*metro*

Yasmina Khadra
Die Algier-Romane

*metro* wird
herausgegeben von
Thomas Wörtche

Zu diesem Buch

Kommissar Brahim Llob aus Algier, humorvoll, sarkastisch und dabei absolut integer, scheint auf verlorenem Posten zu stehen. Das Leben in Algier wird geprägt von bürgerkriegsähnlichen Zuständen: Korruption, Machtkämpfe und religiöser Fanatismus regieren den Alltag. Doch Llob zögert nicht, die Drahtzieher in den höchsten Kreisen zu suchen.

Khadra läßt in intensiven Bildern das vom Terror verwüstete Algerien entstehen – es ist zugleich eine Liebeserklärung an sein Land. Mit entlarvender Hellsichtigkeit inszeniert er das Drama der algerischen Gegenwart als Tragödie in drei Akten. »Herbst der Chimären«, der letzte Teil der Trilogie, wurde 2002 mit dem Deutschen Krimi Preis ausgezeichnet.

»Diese Trilogie ist in doppelter Hinsicht aufregend: Sie folgt nicht den offiziellen Deutungsmustern für die furchtbaren, bürgerkriegsähnlichen Zustände in Algerien, und sie radikalisiert die Muster des Polizeiromans, bis am Ende die Krimielemente fast verschwinden. Vor allem aber haben die Krimis einen ganz eigenen Ton.«
*Wilhelm Roth, Frankfurter Rundschau*

Der Autor
Yasmina Khadra ist das Pseudonym von Mohammed Moullessehoul. Der 1955 geborene Autor war hoher Offizier in der algerischen Armee. Wegen der strengen Zensurbestimmungen veröffentlichte er seine Kriminalromane unter dem Namen seiner Frau. Erst nachdem er im Dezember 2000 mit seiner Familie nach Frankreich ins Exil gegangen war, konnte er das Geheimnis um seine Identität lüften.

Mehr über Buch und Autor im Anhang
oder auf *www.unionsverlag.com*

# Yasmina Khadra
# Die Algier-Romane

Morituri
Doppelweiß
Herbst der Chimären

Aus dem Französischen von
Regina Keil-Sagawe und Bernd Ziermann

Unionsverlag

Die Originalausgaben erschienen 1997 und 1998
unter den Titeln *Morituri, Double blanc* und
*L'Automne des chimères* bei Éditions Baleine in Paris.
Die deutschen Erstausgaben
erschienen 1999, 2000 und 2001
im Haymon-Verlag, Innsbruck.

*Im Internet*
Aktuelle Informationen
Dokumente, Materialien
*www.unionsverlag.com*

Unionsverlag Taschenbuch 377
Diese Ausgabe erscheint mit freundlicher Genehmigung
des Haymon-Verlags, Innsbruck.
© by Éditions Baleine Paris 1997 und 1998
© by Unionsverlag 2006
Rieterstrasse 18, CH-8027 Zürich
Telefon 0041-44-283 20 00, Fax 0041-44-283 20 01
mail@unionsverlag.ch
Alle Rechte vorbehalten
Reihengestaltung: Heinz Unternährer, Zürich
Umschlaggestaltung: Theres Rütschi, Zürich
Druck und Bindung: Clausen & Bosse, Leck
ISBN-10  3-293-20377-9
ISBN-13  978-3-293-20377-8

Die äußeren Zahlen geben die aktuelle Auflage
und deren Erscheinungsjahr an:
1 2 3 4 5 - 09 08 07 06

# Inhalt

# Morituri

Aus dem Französischen von
Regina Keil-Sagawe und Bernd Ziermann

»Die großen Epochen unseres Lebens liegen dort
wo wir den Muth gewinnen,
unser Böses als unser Bestes umzutaufen.«
*F. Nietzsche*

Blutüberströmt liegt der Horizont da und bringt durch einen Kaiserschnitt einen Tag zur Welt, für den sich die Mühe letztlich nicht gelohnt haben wird. Ich wälze mich aus den Federn, völlig geschafft von einem unruhigen Schlaf, aus dem ich beim leisesten Geräusch hochgeschreckt bin. Die Zeiten sind hart: wie schnell ist ein Unglück geschehen.

Mina schnarcht unweit von mir und meiner Lustlosigkeit, aufgequollen wie ein ranziger Teig, ein Stück ihres Busens liegt achtlos auf dem Rand der Decke. Lang ist es her, daß ich bei der harmlosesten Berührung auf sie abgefahren bin. Damals saß mir der Orgasmus direkt unter der Haut. Und mein Stolz hatte vor allem mit Potenz, mein Positivismus mit Fortpflanzung zu tun. Heute ist mein armes Aschenputtel ebenso degeneriert wie der allgemeine Geisteszustand, besitzt nicht mehr Anziehungskraft als ein liegengelassenes Abschleppseil, ist aber wenigstens da, wenn nachts die Angst in mir hochkriecht.

Ich schlüpfe in meinen Anzug Marke »Proletarier wider Willen«, schütte ein seifig schmeckendes Gebräu hinunter und verbringe eine volle Viertelstunde auf der Lauer hinter meinem Fenster, für den Fall, daß ein Terrorist vorhaben sollte, mir den mit Vorurteilen vollgestopften Schädel wegzupusten. Die Luft scheint rein. Ein Müllmann räumt gerade den Abfall weg, der morgen garantiert wieder dasein wird, ansonsten ist die Straße so verlassen wie das Paradies.

Von meinem Haus zur Garage, in der mein Auto geparkt ist, sind es zweihundert Meter. Früher habe ich sie in einem Stück zurückgelegt. Heute ist das eine Expedition. Alles scheint mir verdächtig. Jeder Schritt bedeutet Gefahr. Manchmal habe ich solchen Schiß, daß ich am liebsten umkehren würde.

Der Parkwächter ist ein guter Kerl. Ich tue ihm leid. In seiner naiven Sicht der Dinge bin ich so gut wie tot. Er ist geradezu überrascht, mich Tag für Tag überleben zu sehen.

Besonders nah standen wir uns nie. Unsere Beziehung beschränkte sich auf »Guten-Morgen-Guten-Abend«. Aber wenn er mal ein Problemchen hatte, wußte er stets, wo ich zu finden war. Wenn er mit verstörter Miene zu den unmöglichsten Zeiten bei mir auftauchte, beruhigte ihn schon mein bloßer Anblick. Ich war der nette Bulle des Viertels, allzeit selbstlos und hilfsbereit, und meine vier Wände, die ansonsten wenig Ähnlichkeit mit einem Beichtstuhl aufweisen, empfingen ohne Ansehen von Sitte und Rasse endlose Scharen von Außenseitern. Obwohl ich nicht der Prophet war, schien mir, daß ich eine Herde Schäfchen hatte, mit der man zehn Revolutionen hätte bestreiten können. Doch dann fingen sie an, meine Kollegen abzuknallen, und die Welt um mich herum entvölkerte sich schlagartig. Auf der Straße tut man nun so, als kenne man mich nicht. Sich in der Nähe eines Bullen aufzuhalten heißt, sich verdammt in Gefahr zu bringen. Vor allem, wenn es von überall her knallt. Niemand wagt mehr, mich mit der leisesten Geste zu grüßen, nicht einmal mit einem verstohlenen Blick. Niemand erinnert sich mehr an die kleinen Gefälligkeiten, die ich ihm früher einmal erwiesen, oder an das Wespennest, aus dem ich ihn einst herausgeholt habe. Im Land der vier Winde drehen sich die Wetterfahnen im Kreis.

Von nun an bin ich »der Bulle« und damit basta. Man erwartet von mir, daß ich die bevorzugte Zielscheibe abgebe und ansonsten die Klappe halte. Deshalb empfängt mich der Parkwächter mit Trauermiene und begleitet mich zu meinem Auto wie zu einem Begräbnis. Keine hektische Verbeugung mehr, kein Tremolo mehr in seinem »Guten-Tag-Herr-Kommissar«, keine an Scheinheiligkeit grenzende Untertänigkeit. Mein Parkwächter zeigt fast so etwas wie Herablassung. Sicher, er ist nichts, aber er riskiert auch nichts. In gewissem Sinn rächt er sich an der sozialen Hierarchie.

Ich komme mit einer Stunde Verspätung in der Zentrale an. Sicherheit verpflichtet. Es wurde uns eindringlich nahegelegt, unsere Gewohnheiten täglich zu ändern.

Der Amtsdiener überfällt mich im selben Moment, als ich das Gebäude betrete. »Der Chef verlangt nach Ihnen.«

»Sag ihm, daß man mich gerade umgebracht hat.«

Ich schiebe ihn genervt zur Seite und rausche an ihm vorbei in mein Büro.

Lino, mein Leutnant, ist schon da. Früher war er Weltmeister im Blaumachen. Andauernd hinter seinen kleinen Intrigen, seinen Bestechungen und seinen Huren her. Er hatte begriffen, daß Wunder im Sultanat der Cliquen und Klüngel eine Frage von Verhandlungen sind. Er verdiente nur ein paar Groschen, genoß keinerlei Vergünstigungen und nicht die geringste Sicherheit. Um an eine Wohnung heranzukommen, hätte er ein besserer Schleimer sein müssen. Und um eine Familie zu gründen, hätte er nicht nur einen harten Schwanz, sondern auch spitze Ellenbogen gebraucht. So wurstelte sich Lino durch den Dschungel unserer Gesellschaft.

In einem Land, in dem man früh aufstehen muß, um einen schäbigen Kühlschrank zu ergattern, darf man von der Wache nicht erwarten, daß sie abends lange aufbleibt. Deshalb habe ich bei seinen Geschäften immer mitleidig ein Auge zugedrückt.

Aber mit einem Mal wurde Lino kreuzbrav. Er ist jetzt schon vor dem Amtsdiener im Büro. Was ganz normal ist, immerhin verbringt er dort die Nacht. Zu sich nach Hause, nach Bab-el-Oued, geht er nicht mehr, seit ein Trio von Bärtigen an seiner Halsschlagader Maß genommen hat, um ein passendes Messer für ihn auszusuchen.

Jetzt ist er traumatisiert, der Leutnant. Traut sich kaum in die Nähe des Fensters. Am Abend, wenn er das Licht zum Schlafengehen löscht, hat er dermaßen Schiß, daß man das Klappern seiner Gallensteine hören könnte.

Da sitzt er also hinter seiner Schreibmaschine, mit tiefen Schatten unter den Augen seines Pierrotgesichts. An den Fingern hat er schon keine Nägel mehr, aus seinem Blick ist jeder Ausdruck gewichen, der ganze Kerl sieht zum Steinerweichen mitleiderregend aus.

»Weißt du, was den Burschen passiert, die sich zu viele Sorgen machen, Lino? Sie bekommen glatzköpfige Kinder.«

»Ich weiß nicht einmal, ob ich morgen noch von dieser Welt bin.«

»Bade dich nur in deinem Opferlamm-Pessimismus. Wen rührt das heute noch … Hast du den Bericht gelesen?«

»Ja.«

»Bilanz?«

»Zwei Schulen, eine Fabrik, eine Brücke, ein Stadtpark und dreiundvierzig Strommasten zerstört.«

»Menschliche Verluste?«

»Drei Polizisten, ein Soldat auf Urlaub, ein Lehrer und vier Feuerwehrleute.«

»Warum die Feuerwehrleute?«

»Die Leiche, die sie gerade wegbringen wollten, war vermint.«

»Nun ja …«

Ich krame eine Akte hervor, die seit Urzeiten in den Tiefen der Schublade verschimmelt. Ein paar lose Blätter, das Photo eines Spitzbärtigen in afghanischer Soutane und eine Hexenjagd, die im schlimmsten Fall nie mehr aufhören wird.

Ich betrachte den Guru auf dem Photo: achtundzwanzig Jahre. Nie in der Schule gewesen. Immer arbeitslos. Messianische Reisen quer durch Asien, reißerische Predigten und ein unversöhnlicher Haß auf die ganze Welt. Und ausgerechnet der spielt sich als Weltverbesserer auf: vierunddreißig Morde, zwei Bände voller Fatwas, einen Harem in jedem Untergrundnest und jeder seiner Finger ein Zepter.

Wahrhaftig, es sind die Erleuchteten, die das Feuer der Hölle schüren.

Ich kannte einmal einen kleinen Dealer. Einen ganz und gar abstoßenden Dreckskerl, in der Todsünde war er so in seinem Element wie die Filzlaus in der Unterhose eines Hippies. Heute hat er eine abgesägte Schrotflinte in der Hand und einen Koranvers auf den Lippen und rächt sich munter an allen, die ihm einmal Schwierigkeiten gemacht haben.

Ob es den verehrten Imamen gefällt oder nicht, falls dieses Miststück je im Paradies stranden sollte, lasse ich mich von einem Klempner kastrieren.

Beim Pöbel gilt er trotzdem als Märtyrer. Seit der Terrorismus im Namen der Religion antritt, wissen die kleinen Leute nicht mehr wohin. Alles, was nach Fundamentalismus riecht, verunsichert sie. Wie seit jeher lassen sie die Tragödie über sich ergehen und halten sich nicht weiter damit auf. »Nach mir die Sintflut!« sagt schon das alte Sprichwort. Und keine Einsamkeit ist schlimmer als die Einsamkeit des Schiffbrüchigen.

Vielleicht werde ich eines Tages wieder sorglos durch die Straßen meiner Stadt schlendern können. Wird die Nacht mir im Schlaf zärtliche Geheimnisse offenbaren. Werde ich Kinder um mich haben und auf der Nase eine Sonnenbrille, um mich wie auf Kreuzfahrt zu fühlen. Werde ich es mir wieder erlauben können, ins Theater zu gehen, über meine Mißgeschicke zu lachen, oder auch nur meine Milch beim Krämer um die Ecke zu holen, ohne mich vor jedem Gaffer zu fürchten. Aber ich glaube nicht, daß ich meine Mitbürger je wieder mit den gleichen Augen wie früher ansehen werde. Etwas hat das Band zum Heimathafen für immer gekappt. Groll werde ich keinen hegen, dafür ist in meinem Schmerz kein Platz, aber die Schmeicheleien der süßesten Mädchen könnten mich nicht mit denen versöhnen, die ich heute für meine möglichen Totengräber halte.

Ich werde für meine Freunde nur mehr lauwarme Gefühle aufbringen, und der Nachbar vom selben Stock wird mir so fremd vorkommen wie ein Indianer in Wyoming.

Die Überlebenden dieses Wahnsinns von einem Krieg werden durch meine Gedanken spuken wie Geister, die aus ihren Gräbern verbannt sind und vor denen sich die Häuser verschließen, die irgendwo zwischen Himmel und Erde schweben, zu schuldbeladen, um sich Gott zu nähern, und zu verrufen, um sich zu den Menschen zu gesellen.

Nichts wird mehr sein wie zuvor. Die Lieder, die mich einmal begeistert haben, werden nicht mehr zu mir vordringen. Die Brise, die verspielt durch die nächtlichen Buchten streicht, wird mich nie wieder in Träumereien wiegen. Nichts wird mir die Lichtblicke der wenigen Momente des Vergessens aufheitern, denn nach allem, was ich gesehen habe, kann ich niemals wieder glücklich sein.

Während ich so meine düsteren Gedanken wälze, kommt der Amtsdiener zurück und erinnert mich an die Ungeduld des Chefs.

Behäbig wie ein Elefant, der sich seines bevorstehenden Todes bewußt ist, wuchte ich meinen Hintern aus dem engen Stuhl, keuche die achtundsechzig Stufen der Stiege bis in den dritten Stock hinauf – der Lift ist ausschließlich für den persönlichen Gebrauch des Chefs bestimmt – und bringe ganz nebenbei wieder mein Rheuma auf Trab.

Der Chef macht sich hinter seinem Schreibtisch breit. In all dem Luxus sieht er wie ein Denkmal aus. Doch bei genauerer Betrachtung ist er nur eine Schießbudenfigur, die im falschen Zirkuszelt sitzt.

Er ignoriert meinen ordnungsgemäßen Gruß und schiebt wortlos ein Stück Papier in meine Richtung. »Ich habe keine Zeit, mich drum zu kümmern«, verkündet er mir und vertieft sich wieder ins Feilen seiner Fingernägel.

»Was ist es denn?«

»Der Schwiegersohn von Herrn Ghoul Malek …«

»Der Ex-Star der Republik …? Hat man ihn umgebracht?«

Empört fährt er auf: »Er feiert die Einweihung seines neuen Wohnsitzes.«

»Und dafür wendet er sich an die Kripo?«

»Das ist eine Einladung. Ich kann nicht hingehen. Ich bin verhindert.«

Weil ich immer noch nicht verstehe, redet er Klartext: »Du sollst mich da vertreten.«

»Ich habe auch jede Menge Arbeit«, protestiere ich, während mir bei dem Gedanken daran speiübel wird, mich bei diesem mondänen, meineidigen Schuft einzuschmeicheln, den ich wie selten jemanden verachte.

»Das ist ein Befehl!« Daraufhin dreht er samt Sessel ab und präsentiert mir einen Rücken von der Breite der Berliner Mauer. So stell ich sie mir jedenfalls vor, in der Hoffnung, auch ihn eines Tages stürzen zu sehen, obwohl ich ja überzeugt bin, daß Wunder nur etwas für fromme Christen sind.

## 2

Ich stöbere eine Stunde lang in meinem Kleiderfundus und kann schließlich doch nur eine clowneske Krawatte finden, die noch aus der Zeit vor der Verstaatlichung der Kohlenwasserstoffwerke stammt.

Mina betrachtet mich im Spiegel. Von Zeit zu Zeit streicht sie eine rebellische Locke in meiner Mähne glatt, schnippt mit dem Finger ein Staubkorn von meiner Weste, sie ist so sanft, so aufmerksam, viel zu verliebt, um in mir den losgelassenen Bauerntölpel zu sehen, den ich aber trotzdem ziemlich glaubwürdig verkörpere.

»Macht dich jünger«, meint sie.

Möglich: der Anzug stammt noch aus der Zeit, als sich die Revolutionen, die die Regierung mit der Geschicklichkeit eines Taschenspielers für uns aus dem Ärmel schüttelte, gegenseitig das Feld streitig machten. Damals machte der billige Tergalstoff einen zum angpaßten Sozialisten, und die Demagogen schätzten ihn, selbst wenn ihr eigener glänzender Alpakastoff fast schon an Ketzerei grenzte.

Ich steige in meine Rostlaube und brause nach Hydra, dem schicksten Viertel von Algier. In diesen wechselvollen Zeiten erinnert es an eine verbotene Stadt. Kein Fundamentalistenbart hat hier je auch nur eine Mimose gestreift, kein Pulverdampf je die Süße seines Glückes getrübt. Die Krösusse des Landes verleben hier mit vollem Wanst und ewig habgierigem Blick ihre Pension.

Algeriens Kriege zeichnet jene unergründliche Besonderheit aus, daß sich die Krieger immer darin täuschen, wer ihre eigentlichen Feinde sind.

Nach seinem Gehaltszettel – angeblich ist er Funktionär – zu schließen, hat der Schwiegersohn von Herrn Ghoul Malek gerade so viel, um sich von Brötchen ernähren und sich ein Dutzend Unterhosen pro Fünfjahresplan kaufen zu können. Trotzdem steht seine neue Bleibe dem Club Med in nichts nach: über dreihundert

Quadratmeter, mit Lampions, Girlanden und Ballons bestückt, die so groß sind wie die der Brüder Montgolfier. Es gibt sogar einen Parkplatz, speziell für diesen Anlaß eingerichtet. Funkelnde Luxuskarossen, soweit das Auge reicht. Ich parke meinen alten Zastava zwischen zwei Mercedes. Als ich aussteige, habe ich das Gefühl, daß meine Blechkiste geschrumpft ist.

Zwei Riesen tauchen auf, um sich zu vergewissern, daß ich nicht aus Lesotho komme. Sie überprüfen die Gästeliste und stellen zu ihrem Bedauern fest, daß mein Name darauf steht.

Einen Moment lang versinke ich staunend in den Anblick des Günstlingspalastes: ein Erdgeschoß, das jeden Emir von Kuwait vor Neid erblassen ließe, zwei Etagen, von denen jede mich einzeln umhaut. Nichts als Marmor aus Übersee, eine einzige mörderische Provokation!

Ich halte eine Schweigeminute und denke daran, was die Widerstandskämpfer einst geschworen haben, gedenke der hingemordeten Intellektuellen, jener Märtyrer des Wissens, und an meine eigenen Ideale. Dann erklimme ich mit dem Mut der Flucht nach vorn wie der Delinquent, der das Schafott besteigt, eine Freitreppe à la Hollywood.

Ein Hanswurst mit dem Getue eines importierten Zeremonienmeisters nimmt mich mit einer Miene in Empfang, als bekäme er am frühen Morgen ein Strafmandat. Beim Anblick meiner Aufmachung springen ihm fast die Augenbrauen aus dem Gesicht.

»Für Dienstboten ist der Hintereingang da«, erklärt er mir förmlich.

»Und was treibst du dann hier vorn?«

Als er merkt, daß ich stur bleibe, klatscht er geheimnistuerisch in die Hände. Drei widerwärtige Kerle mit bulligen Schädeln und Backenknochen, die die Stoßstangen jedes Geländewagens einschüchtern könnten, tauchen plötzlich vor mir auf.

»Kommissar Llob«, bremse ich schleunigst ihren Ansturm.

Das trifft den Zeremonienmeister hart. Er stöhnt bestürzt auf: »Armes Algerien!«

Der Salon ist fast genauso groß wie meine Verbitterung. Mein Magengeschwür beschließt spontan, wieder zu wachsen. Es sind viele Leute da. Jeder trägt seinen Rang zur Schau wie einst sein väterlicher Stallknecht den Sattel seines Herrn. Ich versuche, sie mit Pinguinen zu vergleichen, wie sie da stehen, in ihren strengen Smoking gezwängt, aber es gelingt mir nicht. Sie sind so schön, so elegant, so glücklich. Kein Zweifel, denen da gehört die Welt: für sie allein geht die Sonne auf. Der Krieg, der das Land mit seinen Verwüstungen überzieht, traut sich nicht bis zu ihren Ländereien vor. Für sie ist das Ganze nur Umstürzlerei.

Unter den Gästen erkenne ich einige hohe Tiere wieder: Dahmane Faid, den Milliardär, ein paar Abgeordnete, den Schriftsteller Sid Lankabout, einige Damen, aufgeputzt wie Christbäume, ein paar junge Mädchen, die selbst den Stengel einer alten Melone wieder hochbrächten ... Und inmitten von alledem ich. Wie eine Wanze auf einem fliegenden Teppich.

Ich kann mir noch so oft vorsagen, daß ich zumindest ehrlich bin, daß mein Gewissen blütenweiß ist und an meinen Ersparnissen kein Blut klebt – nichts zu machen. Wie rechtschaffen und vernünftig ich auch sein mag, neben diesen Leuten da verdiene ich nicht mehr Aufmerksamkeit als ein Fußabtreter.

Bei meinem Anblick hört Sid Lankabout auf, sich zwischen den Schönlingen um ihn herum aufzuplustern. »Der hat uns gerade noch gefehlt!« lese ich von seinen Lippen ab.

»Schau an, schau an«, gurrt es hinter meinem Rücken, »ist das nicht unser lieber Herr Kommissar?«

Ich drehe mich um. Es ist Haj Garne. Beim Anblick seines scheinheiligen Lächelns krieg ich Magenkrämpfe.

Haj Garne ist einer der gefährlichsten Freibeuter in den hiesigen trüben Gewässern. Als notorischer Perversling, der er ist, brächte ihn sogar ein Auspuffrohr auf allerlei Gedanken. Es heißt, daß unser herausragender Anhänger der Analwissenschaften sich alles reinzieht, was sich bewegt, mit Ausnahme der Uhrzeiger, und alles was aufrecht steht, mit Ausnahme von Meßlatten, überhaupt alles, was man angreifen kann, mit Ausnahme eines Gerichtsprotokolls.

Seine schleimige Hand streichelt instinktiv mein Handgelenk und nähert sich dann bedrohlich meinem Rückenende. Ich weiche vorbeugend zurück. Mein Alter und meine erschlaffte Haut würden mich nie ausreichend vor seinen fragwürdigen Praktiken schützen.

»Noch immer so mollig, mein Mäuschen?«

»Das sind die Nerven.«

Er fährt mit den Fingern über seinen Schurkenschnurrbart, mustert ausgiebig meine Verkleidung als Bauer im Sonntagsstaat und blickt betrübt drein: »Deine Ehrlichkeit hat dich nicht weit gebracht, lieber Kommissar. Ich hoffe, daß du so halbwegs über die Runden kommst.«

»Im großen und ganzen.«

Er kichert. Und mustert von neuem mein altes Jackett, meine zerknitterte Hose, meine ausgetretenen Schuhe: »Dein Problem, Llob, ist die Stagnation. Du bist die gleiche Vogelscheuche geblieben, die du vor dreißig Jahren warst. Wirklich jammerschade. Wann wirst du lernen, über deine Nasenspitze hinauszuschauen?«

»Meine Nase ist leider zu lang.«

Er schüttelt den Kopf, verzieht den Mund und grunzt: »Du weißt ja gar nicht, was für eine Jammergestalt du abgibst, Alter. Eines Tages wirst du dich nicht mehr trauen, deinem Spiegelbild gegenüberzutreten. Man spuckt auf keinen vorbeifahrenden Zug. Dabei bekommt man nur seine eigene Spucke ins Gesicht.«

Er verschwindet.

Eine Art Gräfin bemerkt mich und deutet mir näherzukommen. Ich sehe mich um, ob nicht noch jemand da ist. Die Gräfin verneint mit der Nasenspitze und zeigt energisch mit dem Finger auf mich. Dann brandet sie mit ihrem Pottwalleib auf mich zu und streckt mir ihre Flosse entgegen.

»Oh!« frohlockt sie und wiegt sich schlangengleich in den Hüften, »Kommissar Llob, endlich, Sie hier vor mir, in Fleisch und

Blut. Ich wollte Sie schon so lange kennenlernen! Wissen Sie
eigentlich, daß Sie mein Lieblingsschriftsteller sind?«

»Das ist mir neu.«

»Doch, doch. Sie sind der Beste. Sie haben unglaublich viel Talent.«

»Das kommt daher, daß ich nicht genug Geld habe ...«

»Das stimmt nicht. Das hat damit gar nichts zu tun.« Sie tritt zurück, um mich in Augenschein nehmen zu können. »Was machen
Sie denn für ein Gesicht!«

»Dazu müßte ich erst eines haben.«

Laut lachend wirft sie den Kopf ins Genick, so weit, daß man
fast das Muster ihres Slips erkennen kann, dann nimmt sie mich,
gerührt über mein frustriertes Neidhammelgesicht, beim Arm und
drückt mich heftig gegen ihren Busen:

»Hören Sie, Kommissar. Ich plane, einen Gala-Abend bei mir zu
geben, um eine Hilfsorganisation zu gründen. Ich würde mich sehr
freuen, Sie unter meinen Freunden begrüßen zu können.«

»Das ist sehr freundlich von Ihnen, Madame ...«

»Lankabout, Fatima Lankabout, die Gattin von Sid. Freunde
nennen mich Fa, wie die Kosmetikmarke. Noch etwas, Kommissar.
Bitte verzeihen Sie vielmals meine Indiskretion – wir Frauen sind
nun einmal so –, aber ganz ehrlich, sind Sie Autodidakt?«

»Nur autochthon.«

Sie verschlingt mich mit den Augen. Kein Zweifel, sie ist fasziniert von mir. Aber eher würde ich ein Mausoleum schänden, als
ihr den versteckten Teil meines Eisberges zu zeigen. Ich schenke ihr
ein keusches Lächeln und beeile mich, zwischen all den hohen Tie-
ren unterzutauchen.

Der Schwiegersohn von Ghoul Malek überfällt mich mit der Gefräßigkeit eines Ameisenlöwen.

»Du bist also doch gekommen!« jauchzt er. »Dein Chef war
skeptisch, aber ich war mir sicher, daß du auftauchen würdest. Du
hast vielleicht deine Prinzipien, aber deine Neugier kannst du nicht
im Zaume halten.«

»Berufskrankheit.«

»Nun«, meint er, während er mir sein Reich zeigt, »wie findest du es? Gefällt dir mein Ghetto?«

»Nur keine falsche Bescheidenheit. Im Land der Straffreiheit wird von den Haien erwartet, daß sie den Rachen doppelt voll nehmen.«

Er lacht, packt mich am Ellenbogen und zieht mich hinter sich her. »Komm, ich stelle dich ein paar Freunden vor. Könnte sein, daß unter ihnen jemand ist, der dir deine Kleider kostenlos reinigt.«

Ich habe kaum Zeit, meinen Schlips zurechtzurücken, schon führt er mich wie eine surrealistische Trophäe einer Bande von korrupten Beamten vor, die ihre Körperfülle unglaublich stolz zur Schau tragen.

»Messieurs, ich habe die Ehre, Ihnen den genialsten Polizisten des Landes vorzustellen.«

Kaum daß sie mir einen Blick schenken, diese Neo-Beys von Algier. Mein ehrwürdiger Vater sagte immer, es gebe keinen schlimmeren Tyrannen als einen zum Sultan aufgestiegenen Eselsführer. Gestern Hirten, heute Würdenträger, haben die Honoratioren meines Landes unglaubliche Reichtümer angehäuft, aber sie werden es niemals schaffen, Volk und Viehbestand auseinanderzuhalten.

Der Größte von ihnen dreht sich um und murrt: »Ist das dein Held?«

Der Stämmigste schneidet eine verächtliche Grimasse und fragt mich: »Wie schaffen Sie es, über einer so abscheulichen Krawatte noch Ihr Lächeln zu bewahren, Kommissar?«

»Dazu brauche ich nur Sie anzuschauen.«

Ihre Hoheit ist nicht erfreut. »Vorsicht, Sie sprechen mit einem Abgeordneten!« warnt er mich.

Ich mustere ihn gemächlich von oben bis unten. Wenn er denkt, daß er sich auf seine Immunität als Parlamentspreßwurst mit Hütchen verlassen kann, ist er ein Optimist.

Mein Gastgeber drängt mich in eine Ecke und liest mir die Leviten: »Sachte, Llob, meine Gäste haben einen langen Arm.«

»Sie kamen mir doch gleich so schimpansenhaft vor.«

»Idiot! Ich gebe dir die Chance, gute Beziehungen anzuknüpfen, und du benimmst dich wie …«

»Ich habe ein Magengeschwür«, unterbreche ich ihn.

»Na und?«

»Mein Hausarzt hat mir davon abgeraten, so edles Weißbrot zu essen.«

»Das schwarze ist dir also lieber?«

»Genau.«

»Gut, dann bleib dabei.«

Spricht's, wendet sich einem zwielichtigen Bürgermeister zu und läßt mich stehen.

Ich fühle mich gar nicht wohl in meiner Haut. Ich versuche, mich einzugewöhnen, aber es ist nicht leicht. Diese Feenwelt, von Musik umspült, in die da und dort das schwärmerische Lachen angetrunkener Weibsbilder einbricht, die Wahnsinnskarossen, die im Park wie heilige Kühe herumstehen, der Prunk und die grenzenlose Überheblichkeit der Bonzen, der Vollmond am Himmel, das verheißungsvolle Rascheln des Reichtums – alles an diesem Ort verursacht mir Brechreiz.

Das Algerien, das ich kenne, ist ganz anders.

In meinem Land quellen die Friedhöfe über vor Tränen und Blut, die Rechtschaffenen huschen im Schutz der Mauern durch die Gassen, um dem bösen Blick zu entgehen. Hier dagegen, in diesem Taj Mahal revanchistischer Eunuchen, ist alles in Butter. Nicht das geringste Problem, nicht das kleinste Gefühl von Unsicherheit. Die Schurken meiner Heimat haben sich einen abgeschlossenen und keimfreien Mikrokosmos geschaffen. Wenn mir Klettermasten je imposanter als Denkmäler erschienen, dann an diesen Orten des Wohlstands.

Ich sammle meine Minderwertigkeitskomplexe ein, steige in meine Blechkiste, streife absichtlich den Kotflügel einer dicken Limousine – leider ist es mein Zastava, der etwas abbekommt – und holpere mühsam in Richtung der Anhöhen der Stadt, um wieder durchatmen zu können: in einer Luft, die zwar auch stinkt, aber nicht vor Geld.

## 3

Ich sitze in meinem verbeulten Lehnstuhl und beobachte, wie allmählich der Morgen heraufzieht. Die Explosionen und Sirenen haben sich die ganze Nacht über gegenseitig angebrüllt. In der Oberstadt brannte ein Lagerhaus nieder. Hinter dem Hügel ging eine Bombe hoch. Und dann war da noch dieser verdammte Durchzug, der die Poltergeister in meinem Haus zum besten hält und mich bis zum Morgen wachhielt.

Von meinem Fenster aus kann ich das nesselnde Elend der Kasbah sehen, seine Abwasserschwärze, und dahinter das Mittelmeer. Es gab eine Zeit, da es mir, dem eifrigen Patrioten, von meinem Wachturm aus schien, als ginge aus diesen Elendsquartieren, die von Krieg und Not arg gebeutelt waren, der Adel hervor, als sei das pergamentene Gassengewirr die Heimstatt der Tapferkeit. Das war die Zeit, da Algier weiß wie die Tauben und die Arglosigkeit war, da die Erde in den Augen unserer Kinder soeben wieder neue, jungfräuliche Horizonte gewonnen hatte. Es war die Zeit der Parolen und des Chauvinismus; die Zeit, da die Propaganda es besser als jeder fabulierende Greis verstand, uns das Blaue vom Himmel zu versprechen, während sich der Abend über einen bestürzend nutzlosen Tag herabsenkte.

Heute kriechen unter den Röcken der Nation, aus dem Trümmerhaufen der Mißstände, Ausgeburten des Schreckens hervor, und die Heimat, auf die ich stolz war, ist abstoßender als die schlimmste Barbarei.

Von nun an, nur wenige Schwimmstöße vom Punkt ohne Wiederkehr entfernt, gibt es in meinem Land Kinder, die man einfach so abknallt, nur weil sie in die Schule gehen, und Mädchen, denen man den Kopf abschlägt, nur weil man den anderen Angst einjagen muß.

Von nun an, nur wenige Gebete von Gott entfernt, gibt es in meinem Land Tage, die nur anbrechen, um wieder zu verschwinden, und Nächte, die nur schwarz sind, um sich unserem Gewissen anzugleichen …

Aber was kann man von einem System erwarten, das sich schon am Morgen seiner Unabhängigkeit auf die Witwen und Waisen seiner eigenen Märtyrer gestürzt hat, um ihnen Gewalt anzutun?

Mina wirft sich unter der Bettdecke hin und her. Ihre Madonnenstimme haucht mir verschlafen zu: »Komm ins Bett.«

»Ist ja schon sechs«, erwidere ich.

Sie stützt sich auf einen Ellenbogen, wirft mir einen ratlosen Blick zu: »Ich mache mir Sorgen um dich.«

»Du machst dir zu Recht Sorgen. Ich habe keine Lebensversicherung.«

Ich weiß, daß ich gemein bin. Ich kann nichts dafür.

Ich weiß, daß ich jeden Tag meine Haut riskiere, und das kotzt mich an.

Lino fängt mich an der Tür zum Kommissariat ab. Sein rechtes Brillenglas ist von einem Spinnennetz überzogen.

»Ich bin draufgestiegen«, vertraut er mir an, um mein Mitleid zu erregen.

»Was nur beweist, daß du noch aufrecht stehen kannst.«

Er zeigt mit einem vom Streß abgekauten Finger auf das Empfangszimmer: »Aït Méziane wartet seit einer Stunde auf dich.«

»Der große Komiker?« freue ich mich.

Der Aït Méziane, der da im Empfangszimmer vor Ungeduld fast vergeht, hat nichts mehr von dem Possenreißer an sich, der auf der Bühne alle Blicke fesselt. Vor mir steht eine Jammergestalt, so aufgelöst wie ihr eigener Schatten, mit einer Miene düster wie die Nacht.

Er betrachtet seine Schuhspitzen, die Finger unauflösbar ineinander verkrampft.

»Was hat dich denn in diesen Zustand versetzt?« frage ich, um seine Anspannung zu lösen.

Er reicht mir wortlos einen Umschlag.

Es ist ein Drohbrief, unterschrieben mit »Abou Kalybse«. Er

warnt den Künstler, sich ja nicht in der Nähe des Theaters herumzutreiben oder sich noch länger mit den intellektuellen »Handlangern des Satans« zu treffen, und fordert ihn auf, dem Mufti als kleine Unterstützung die bescheidene Summe von einhunderttausend Dinaren zu überweisen.

Ich setze mich ihm gegenüber hin und versuch's mit einem hilflosen Einwand: »Das ist sicher so ein Spaßvogel.«

Méziane ringt sich ein erbärmliches Lächeln ab: »Findest du, daß man sich bei uns gut amüsiert?«

Ich weiß nicht, was ich tun soll. Leute in seiner Situation gibt es haufenweise. Am Anfang stellte man ihnen einen Geheimpolizisten zur Seite, um ihre Umgebung zu überwachen, doch mittlerweile, seit die Nachfrage immer größer und unsere Verluste immer empfindlicher wurden, versucht jeder selbst zurechtzukommen und sich nur noch auf den Segen seines Stammesältesten und die Ungeschicklichkeit der Henker zu verlassen.

»Du kennst mich, Llob. Wir sind zusammen aufgewachsen, haben uns den Hosenboden auf denselben Gehsteigen abgewetzt. Ich bin keiner von denen, die beim ersten Floh, den man ihnen ins Ohr setzt, die Alarmglocken läuten hören. Aber diesmal fürchte ich, daß mir mein Lächeln bald im wahrsten Sinne des Wortes im Hals steckenbleibt.«

Ich nicke, unfähig, ein aufmunterndes Wort zu finden.

»Ich mache keine Politik. Ich halte keine Polemiken. Das einzige, wofür ich kämpfe, ist das Lachen, Llob. Ich will doch nur die Leute unterhalten, sie entspannen …«

»Jetzt such nur nicht nach irgendeiner Schuld bei dir, Aït. Die haben doch ganz andere Motive.«

»Was soll ich jetzt tun?« fragt er unruhig. »Koffer packen? Beten?«

»Vor allem nicht panisch werden. Es gibt sicher irgendeinen Ausweg. Du hast doch Freunde in Oran oder auch in Constantine. Tauch eine Zeitlang unter, und wir warten ab, bis der Sturm vorüber ist.«

»Sie werden mich finden … und töten.«

»Dann geh nach …«

»Nein!« ruft er, »verlange nicht, daß ich nach Europa ins Exil gehe. Die Leute am anderen Ufer sind zwar nett, aber ich kann keine zwanzig Kilometer entfernt von meinem Wohnblock leben … Was tue ich hier überhaupt, du hast selbst schon genug um die Ohren!«

Er erhebt sich. Es ist, als ginge ein Vorhang auf über den Brettern, die den Pranger bedeuten. Und die Kulissen seiner gequälten Seele liegen abgrundtief dunkel vor mir.

Ich schäme mich, ihn so gehen zu lassen, enttäuscht und verloren wie die Hoffnung, die verpufft, wenn das Gewissen zu Stein wird.

Als Ghoul Malek mich zu sich in die Rue des Pyramides 13 bestellte, war ich kurz davor, mich in meinem Glas zu ersäufen.

Als einflußreiches Mitglied der ehemaligen Nomenklatura war Malek zu Zeiten der Einheitspartei ein besonders gefürchteter Big Brother. Wenn er im Fernsehen auftrat, fehlte nicht viel und man hätte sich hinter dem Vorhang versteckt. Zu seinen Vorrechten zählte es, mit »räudigen Schafen« kurzen Prozeß zu machen, im Handumdrehen Gesetze zu ändern und Frauen sowie Sozialprojekte abtreiben zu lassen: mit einem Wort, er war Herr über den Tag und die Nacht.

Seit der Hysterie vom Oktober 1988 gibt er vor, sich aus der vordersten Reihe zurückgezogen zu haben. In Wahrheit zieht er von seiner majestätischen Residenz in Hydra aus weiterhin die Fäden, und wenn er sich auch nicht mehr auf dem Bildschirm zeigt, sein Ruf als Schwarzer Mann geistert noch immer durch die Köpfe der Leute.

So begann, mit Verlaub, selbst mein kleiner Freund in der Hose zu frösteln, als Maleks Stimme am anderen Ende der Leitung ertönte.

Kurz vor zehn Uhr abends komme ich in der Rue des Pyramides 13 an. Es schüttet in Strömen. Ein paar Blitze schleudern leicht

schizophren ihren Bannstrahl auf ein ganz und gar unbeteiligt da-
liegendes Hydra.

Ich biege in eine von Koniferen gesäumte Schotterallee ein und
fahre noch etwa hundert Meter, bevor ich den Palast erreiche. Es
dauert eine Weile, bis ich inmitten der Knöpfe, die das Armaturenbrett neben dem Eingang zieren, die Klingel finde.

Die Tür geht auf und zum Vorschein kommt ein Albinogorilla.

»Kommissar L…«

»Streifen Sie sich die Schuhe auf dem Vorleger ab!«

Der Ton ist autoritär, von umwerfender Feindseligkeit.

Gelassen putze ich mir die Schuhe ab. Als ich meinen Mantel
ablegen will, hält mich der Gorilla zurück: »Den können Sie anlas-
sen, Monsieur. Das Treffen wird nicht lange dauern.«

»Ich hoffe es, Schneewittchen, ich hoffe es.«

Mein Berberblut verwandelt sich langsam in Nitroglyzerin. Das
Monster wirft mir einen vernichtenden Blick zu und entfernt sich
unbeeindruckt in Richtung einer gepolsterten Tür.

Ich entspanne mich, während ich den Luxus betrachte, der mir
kaum Luft zum Atmen läßt, entdecke eine afrikanische Statuette
und gehe näher hin, um sie genauer in Augenschein zu nehmen.

»Achtung, die Alarmanlage!« poltert eine Stimme hinter mir los.

Hochaufgerichtet wie ein Elefant steht Monsieur Ghoul Malek
in der Mitte der Halle. Er ähnelt Orson Welles – ohne dessen
Talent, versteht sich. Er ist in einen scharlachroten weiten Morgen-
mantel gehüllt und hält eine Zigarre zwischen den Fingern, an denen ein Ring von der Größe einer Muschel prangt.

Ich deute ein durch und durch professionelles Lächeln an und
strecke ihm eine Hand entgegen, die beschämend im Nichts hän-
genbleibt.

Der einstige Ober-Manitu geht um mich herum und beugt sich
dann über die Statuette. »Neulich abends, bei meinem Schwiegersohn, sind Sie viel zu früh verschwunden.«

»Meine Krawatte hat mich gedrückt, Monsieur.«

Er macht »Mhm« und wendet sich dann der Statuette zu: »Ich

werde nie verstehen, warum so ein morsches Ding so ein Heiden-
geld kostet.«

»Da ist wohl der Reichtum außer Kontrolle geraten, vermute
ich.«

Er zuckt kurz zusammen, kaschiert es aber gut.

»Verstehen Sie etwas von darstellender Kunst, Kommissar?«

»Ich kann ziemlich sicher den Unterschied zwischen Salvador
Dalí und einem einfachen Anstreicher erkennen.«

Er nickt. »Man sagt, Sie seien gläubig, Monsieur Llob.«

»Da wird schon was dran sein.«

»Islamist?«

»Muslim.«

»Sieh mal einer an …«

»Monsieur, es ist schon nach zehn Uhr und ich würde gern vor
der Ausgangssperre zu Hause sein.«

Er dreht sich um und mustert mich gelassen:

»Man sagt auch, daß Sie ein feinnasiger Spürhund sind.«

»Was nur beweist, daß man zuviel redet.«

Unvermittelt hält er mir ein Foto unter die Nase:

»Meine Tochter Sabrine.«

»Sie ist sehr hübsch.«

»Sie ist verschwunden.«

Ich nicke. Ohne Grund. Vielleicht aus einheitsparteilicher Ge-
wohnheit. »Hat sie sich schon öfters aus dem Staub gemacht?«

»Sie hatte keinen Grund, so etwas zu tun.«

»Ich verstehe. Seit wann ist sie verschwunden …?«

»Schon seit drei oder vier Wochen.«

»Ist sie vielleicht bei Freunden oder Verwandten?«

»Kommissar«, jetzt wird er ungeduldig, »erstens habe ich Sie ausgewählt, weil ich nicht daran interessiert bin, daß sich diese Geschichte herumspricht. Und zweitens, meine Tochter geht nie weg,
ohne eine Adresse zu hinterlassen. Außerdem weiß sie, wie man
ein Telefon bedient.«

»Ich glaube …«

»Danke, Kommissar, Sie können jetzt gehen.«

Schon ist der mehlige Gorilla da, um mich hinauszubegleiten.

»Es tut mir leid, aber nur mit einem Foto …«

»Für einen feinnasigen Spürhund ist das ausreichend. Guten Abend.«

Ungerührt verschwindet der Dickhäuter hinter seiner gepolsterten Tür.

»Folgen Sie mir!« rülpst mir der Albino in den Nacken.

Das tue ich dann auch. Folgsam. Auf der Schwelle stecke ich ihm einen Zehn-Dinar-Schein in die Tasche: »Kauf dir ein etwas interessanteres Gesicht, Monsieur Yeti.«

Ohne mit der Wimper zu zucken, zieht der Albino den Schein heraus und stopft ihn mir in den Mund. Ehe ich Zeit habe zu reagieren, fällt die Tür vor meiner Nase ins Schloß.

## 4

Versteckt an der Ecke der Rue des Lauriers-Roses liegt das Nacht-lokal Limbes Rouges. Es wird von Algiers Schickeria besucht und verfügt über eine funkelnde Bar, eine große Tanzfläche, hübsch dekorierte Tische und Nischen, die perfekte Diskretion garantie-ren. Man serviert importierte Liköre, getrüffelten Fasan und, falls einem der Sinn nach dem Kick künstlicher Paradiese steht, Joints, die einen ins Nirwana entrücken.

Da es ein höchst privates Jagdrevier ist, verkehren hier hohe Funktionäre, die jungfräuliche Knaben lieben – der Grund, warum ein versteckter Hauch von Vaseline in der Luft liegt –, feine Damen, die vor Geilheit zittern, und auch sonst ein Haufen inter-essanter Leute. Das Essen ist üppig und die Rechnung horrend, so bleibt man unter sich. Wer nicht weiß an Kragen und Hautfarbe ist, hat keine Chance hineinzukommen.

Ein Gigolo mit gedopten Muskeln bewacht den Eingang. Bei meinem Anblick fällt er fast in Ohnmacht, so ungewöhnlich wirke ich in dieser Umgebung. »He, du Pferdehändler!« bellt er, »der Tiermarkt ist am anderen Ende der Stadt.«

Ich beachte sein Gejapse nicht, stoße ihn beiseite und dringe in die Grotte der Dämonen vor. Es wimmelt vor dienstbaren Gei-stern. Alles ganz lautlos. Schön ist das. Samtbespannte Wände mit Pornogemälden und Leuchten in phallischen Formen: äußerst sti-mulierend.

Eine halbnackte Frau mit fadem Gesicht und strengem Haar-knoten entsteigt einem Vorhang. Sie läßt ihren Natterncharme bis hinunter zu meinen Füßen spielen. Doch da der Starter unterhalb meiner Gürtellinie schon seit einer Ewigkeit eingerostet ist, rührt mich ihr Lächeln nicht im geringsten.

»Was kann ich für Sie tun?« zischt sie aus nächster Nähe.

»Für mich nicht viel, aber was die da angeht«, ich zeige ihr das Foto von Sabrine, »da sage ich nicht nein. Anscheinend verkehrt sie hier.«

»Da ist sie nicht die einzige.«

»Kennen Sie sie?«

»Sollte ich ...?«

»Sie ist nicht mehr nach Hause gekommen.«

»Es ist nicht unsere Aufgabe, unsere Kunden nach Hause zu bringen. Ist das alles, Inspektor?«

»Kommissar ... Kommissar Llob.«

Mein Ruhm erschüttert sie nicht, diese Banause.

»Sie müssen mich entschuldigen. Wir machen in weniger als drei Stunden auf und ich muß noch zwei Truppen zusammenstellen.« Ohne meine Erlaubnis abzuwarten, kehrt sie hinter ihren Vorhang zurück.

»Und nun verschwinden Sie, und zwar dalli!« flucht der Gigolo mit den gedopten Muskeln. Und schubst mich buchstäblich auf die Straße. In meinem Alter!

»Und?« erkundigt sich Lino, während er den Motor des Dienstwagens startet.

»Da könnte man genausogut während des Ramadan einen ehrlichen Fleischer suchen.«

»Was machen wir jetzt?«

»Schlag was vor!«


Das Cinq Étoiles ist ein brandneues Hotel. Vollständig mit dunklen Fenstern verglast. Mit seinen elf Stockwerken, die Stadt und Hügel überragen, gleicht es einem futuristischen Mausoleum. Es heißt, ursprünglich habe man ein Krankenhaus geplant, doch im sechsten Stock sei den guten Vorsätzen die Luft ausgegangen. Leute aus der oberen Etage hätten sich eingemischt. Ab dem neunten Stock hätten die Pläne mit dem Besitzer auch radikal den Inhalt gewechselt, so daß den geladenen Gästen bei der Eröffnung statt der Nationalhymne ein fetziger Rai-Musik-Abend geboten wurde.

Fazit: Die kleinen Leute krepieren weiterhin in unsäglichen Schweineställen, die sich Polikliniken schimpfen... Ach, was bringt mir das schon, mein Maul aufzureißen, armseliger Bulle, der ich bin, große Klappe und winziger Kopf, der letztlich zu nichts als zur Zielscheibe taugt.

Mit üppigem Busen und reizendem Gesichtchen ist Mademoiselle Anissa ein schönes Stückchen Traum. Hat man ihren Blick erst einmal eingefangen, hält er einen fest. Ihr Lächeln ist so ergreifend schlicht, daß es selbst einen Krüppel schnell auf die Beine brächte.

Sie empfängt uns in ihrer Suite, die ihr zuvorkommenderweise von einem jener menschenfreundlichen Administratoren und Liebhaber der Jugend überlassen wurde, wie sie das gute alte Algerien in Fülle hervorzubringen versteht.

»Ja?« zwitschert sie und läßt sich einladend auf einem Canapé nieder.

»Die hier fehlt beim Abzählen.«

»Wer?«

»Sabrine Malek.«

»Ich weiß Bescheid. Der Fahrer ihres Vaters hat mich vor ein paar Tagen aufgesucht.«

»Und was wollte er?«

»Er dachte, ich sei ihre Freundin.«

»War sie denn nicht deine Freundin?«

»Ich habe mit meinen Kunden genug.«

Lino kritzelt etwas in seinen Notizblock. Er tut so, als sei es wichtig.

»Kennst du den Papa von Sabrine?«

»Er hat einen Mercedes und einen Albino als Fahrer.«

»Ist das alles?«

»Das ist alles.«

Ich schaue Lino an, und Lino schaut seinen Notizblock an.

»Was genau ist eigentlich dein Beruf?«

»Der älteste der Welt.«

An dieser Stelle bekommt der Leutnant spitze Ohren, zumindest reicht es dafür, daß er den Kopf hebt.

»Übte Sabrine denselben Beruf aus?«

»Ich glaube nicht. Sie ist ein verwöhntes Mädchen. Sie macht ihrer Umgebung gern Schwierigkeiten. Ich bin sicher, daß sie irgendwo hier in der Gegend ist und zuschaut, wie sich die Leute überschlagen. Sabrine ist eine launische Person.«

Dann bleibt ihr Plastikpuppenblick an einer Wanduhr hängen, und sie miaut: »Ich bin spät dran, Kommissar. Ich muß mich noch zurechtmachen. Heute abend wird es voll werden, und ich muß mich beeilen, um früh genug dazusein.«

»Wann hast du sie das letzte Mal gesehen?«

»Ich kann mich nicht genau erinnern«, sagt sie und steht auf. »Warum fragen Sie nicht im Limbes Rouges?«

»Die Besitzerin behauptet, sich nicht an sie zu erinnern.«

»Seltsam. Ich habe die beiden für siamesische Zwillinge gehalten.«

Lino und ich kehren in die Rue des Lauriers-Roses zurück. Die Besitzerin verschluckt sich fast an ihren falschen Zähnen, als ich sie mit blanken Nippeln und nichts als einem Faden zwischen den Pobacken beim Umziehen überrasche.

»Das ist hier kein Taubenschlag!« protestiert sie.

»… sondern ein Bordell!«

»Ich muß doch sehr bitten, Kommissar, etwas mehr Anstand.«

»Wenn Sie es sagen.«

Der diensthabende Wachhund will mich schon am Ohr nehmen. Ich täusche links an und boxe ihm in seine Stinke-Eier. Verblüfft über mein Notfallprogramm reißt die Luxuskokotte ihren Mund auf, als wollte sie gerade das fünfte Bein eines Hengstes verschlucken.

»Was wollen Sie eigentlich?«

»Meine Untersuchung fortsetzen.«

»Haben Sie eine Dienstanweisung?«

»Nur einen Scheck ohne Deckung.«

Sie wird wütend, greift zum Telefon und wählt eine Nummer, die mir bekannt vorkommt.

»He, das ist die Polente, die Sie da anrufen.«

»Besser noch, Kommissar, ich rufe Ihren Vorgesetzten an.«

Wenn's weiter nichts ist!

Ich gebe auf. Ein Fußtritt noch schnell für den Gigolo, Schuhgröße 43, um mir zu beweisen, daß ich nicht das Allerletzte bin, und schon trete ich schleunigst den Rückzug an.

Am Nachmittag kommt ein Anruf von Ghoul Malek. Er hat eine Stinkwut. Einen Moment lang fürchte ich, seine Hand werde aus dem Hörer kriechen, um mich am Kragen zu packen.

Lino, der zusehen muß, wie ich meine Farbe schneller als ein Chamäleon wechsle, denkt, ich stünde kurz vorm Herzinfarkt. »Ist was nicht in Ordnung, Kommy?«

Mit der freien Hand befehle ich ihm, den Mund zu halten, während ich unterwürfig nicke und unablässig »Gut, M'sieur … Sehr wohl, M'sieur …« murmle.

»Ich will Sie in dreißig Minuten bei mir sehen!« donnert der einstige Gott.

»Gut, M'sieur … Sofort, M'sieur … Ich bin schon unterwegs, M'sieur …«

Der Albinogorilla öffnet. Unser Anblick verdrießt ihn. Also wirklich! Angeekelt greift er nach einem Mikrophon und kündigt uns an: »Kommissar Llob, Monsieur. Er ist nicht allein … Gut, Monsieur.«

Er steckt das Mikrophon weg und weist auf einen Gang: »Geradeaus.«

Ich darf durch. Lino hat Pech. Als er versucht, über die Schwelle zu treten, stößt ihn der Albino zurück: »Du nicht, du Schuhputzer. Nur das Weichei.«

Meine Linke ballt sich zur Faust, doch meinem Mut fehlt es an Durchsetzungskraft.

Lino ist traurig. Wie ein kleiner Junge, dem man den Zutritt ins Kino verweigert.

»Er kann doch im Salon warten«, protestiere ich.

»Ist er desinfiziert?«

»Was?«

»In dem Fall wartet er draußen«, entscheidet der Albino. Und verschwindet.

Hinter der Tür höre ich Lino seufzen. Armer Hund! Er tut mir in der Seele leid.

Ghoul Malek lungert gemütlich in seinem Korbstuhl am Rand eines kleeblattförmigen Swimmingpools. Aufgedunsen vom Blut des Volks, hängt ihm sein Wanst bis auf die Knie herab. Als er mich über die Fliesen einer Allee heranschlurfen hört, setzt er sich hinter seiner Sonnenbrille in Szene und schiebt sich eine Havanna in den Schlund.

»Tut mir leid für Ihren Begleiter, aber ich habe nicht nach ihm verlangt.«

»Das ist mein Partner, er ist Polizeioffizier!«

Der gewagte Unterton in meiner übelgelaunten Stimme mißfällt ihm. Offensichtlich ist er aufmüpfige Bemerkungen nicht gewohnt. Er nimmt die Sonnenbrille ab und schleudert mir einen derart bedeutungsvollen Blick zu, daß mir der Schweiß mein verlängertes Rückgrat hinabrinnt.

»Sie sollten Ihren Schädel mal in den Kühlschrank stecken, Kommissar.«

»Warum, Monsieur?«

»Um Ihr Gedächtnis ein wenig aufzufrischen. Ich darf Sie daran erinnern, daß ich größtmögliche Diskretion verlangt hatte.«

»Er ist mein Leutnant.«

»Werden Sie ihn los.«

Nach einem Augenblick tödlicher Stille trompetet er: »Noch eine Klarstellung: Vergessen Sie das Limbes Rouges. Das ist ein exklusiver Club. Außerdem haben meine Männer diese Spur schon verfolgt und sind auf nichts gestoßen. Und meine Familie lassen Sie auch aus dem Spiel. Ich habe einen eifersüchtigen Bruder und ein paar verstoßene Cousins, von deren Existenz Sabrine so gut wie gar nichts weiß.«

»Dann bleibt mir weiter nichts, als den guten Willen einer Hellseherin zu bemühen, Monsieur.«

»Ihr Problem.«

»Besteht für Ihre Tochter denn irgendeine Gefahr?«

Seine Züge verformen sich zu einer empörten Grimasse.

»Gefahr? Was ist das, Kommissar?« Er setzt seine Brille wieder auf und blickt durch mich hindurch.

Das Treffen ist beendet.

Der Albino führt mich gewissermaßen manu militari ab. Vor der Haustür angekommen, deute ich auf seine Weste. Er fällt tatsächlich auf diesen uralten Trick herein und senkt den Kopf, um zu sehen, was los ist. Ich nütze das aus, um ihm einen Nasenstüber zu verpassen. Doch statt sich als guter Verlierer zu zeigen, versetzt mir der Schurke eine gerade Rechte auf die Prothese und stößt mich auf die Stufen. Lino läuft herbei, um mir aufzuhelfen. Der Albino betrachtet uns einen Moment lang verächtlich, dann schließt er die Tür.

»Das war ein klares Foulspiel«, erkläre ich Lino.

»Genau«, stimmt mein Untergebener mitleidsvoll zu.

»Eines Tages verpasse ich ihm meine 43er in den Hintern, diesem milchigen Buckelrind.«

Lino ringt sich ein zustimmendes Kopfnicken ab. Ohne allzugroße Überzeugung.

## 5

Bliss Nahs ist so etwas wie das Barometer vom Betrieb. Wenn er hinter seinem Schreibtisch Däumchen dreht, ist das ein gutes Zeichen; dann kann man beruhigt weiter seinen Tee trinken. Wenn er hingegen in den anderen Abteilungen umherschleimt, ein Bein auf der Schreibtischkante, während ihm düstere Geschichten aus dem Mund triefen, heißt das, daß sich ein Fluch über alles legt.

Der Kerl ist wie eine Stechmücke: Man kann sich nicht so recht mit ihm anfreunden. Da er sonst zu nichts taugt, hat er sich nach Art des Unglücks darauf verlegt, einem die Freude zu verderben.

Ich vermute, der Direktor hat ihn mir nur zugeteilt, um mich im Auge zu behalten. Seit er mir den Unglückspropheten ins Kielwasser gehängt hat, kann ich nicht einmal mehr die Wasserspülung ohne Wissen der Obrigkeit betätigen.

An diesem Morgen ist er ganz außer sich, drum spucke ich nach altem Brauch schnell unter mein Hemd, um die unheilvollen Einflüsse abzuwehren.

Lino tut, als räume er Schubladen auf, ganz offenkundig, um den Pechspritzern zu entgehen. Inspektor Serdj, ein unverbesserlicher Fatalist, murmelt Beschwörungsformeln und Baya, die Sekretärin, steht unter Schock: Sie hat gerade bemerkt, daß ihr Taschenspiegel einen Sprung bekommen hat.

»Kommissar!« schreit Bliss, »du wirst es nicht glauben …«

Der Meister der Katastrophenstimmung hat solchen Mundgeruch, daß ich mir mit der Hand vor dem Gesicht hin und her fächle.

»Keine Zeit!«

Sein Enthusiasmus erlischt auf der Stelle. »Ich bin doch kein Pestkranker, zum Teufel! Ich habe auch meinen Stolz.«

»Dann nimm ein Putzmittel und poliere ihn auf, er ist nicht ganz sauber.«

»Ich habe das Recht auf denselben Respekt wie die anderen Kollegen. Es ist nicht fair, mich so zu behandeln. Verdammt, wir sind im Krieg! Wir müssen zusammenhalten«, jammert er und zieht sich in seine Nische zurück.

»Mein Hals ist schon ganz steif«, stöhnt Lino und kommt aus seinem Versteck hervor. »Wegen diesem Kauz bricht noch mal mein Magengeschwür auf. Sag mal, Kommy, kannst du es nicht einrichten, daß er weit weg versetzt wird?«

»Unmöglich. Er hat eine Schwester in der Verwaltung, die läßt es sich von vorn und hinten besorgen.«

Baya spielt die Verlegene und versteckt das Gesicht in den Händen.

Ich bedeute meinen Sklaven mit einer Kopfbewegung, mir zu folgen. Sobald wir allein sind, nehme ich ihre Berichte entgegen. Den Anfang macht Lino, der am meisten Ehrgeiz hat und in der Hierarchie am höchsten steht. Er blättert in seinem Notizblock. Ich weiß, daß nichts drinsteht, doch sein Bluff erlaubt mir erst einmal durchzuatmen.

»Sabrine Malek, blond, grüne Augen … Wo hab ich sie nur, wo hab ich sie nur …? Ah! Da ist sie ja. Seite 19. Das Mädchen hat Hummeln im Hintern. Die kann nicht stillsitzen. Gilt in der Schule trotz heißem Outfit nicht gerade als Kanone …«

»Das letzte Mal hat man sie vor drei Wochen gesichtet«, fährt Serdj fort. »War mit einem gewissen Mourad Atti zusammen, ein Zuhälter, wenn er nicht gerade im Gefängnis sitzt.«

»Nach den Aussagen ihrer Klassenkameradinnen ist sie andauernd abgehauen. Hat nie bis zum Ende der Stunde durchgehalten. Ein echtes Problemkind. Nicht sonderlich beliebt.«

»Wir müssen ihn finden, diesen Mour…«

Ich habe den Satz noch nicht beendet, als eine gewaltige Explosion das Gebäude erschüttert. Gleich darauf brechen Geschrei und Menschenmassen über uns herein. Lino ist wie versteinert, die Brille ganz vorn auf der Nasenspitze. Ich schiebe Serdj beiseite und renne auf den Gang. Der Chef krakeelt vom dritten Stockwerk herunter. Niemand beachtet ihn. Alles drängt mit verzerrten Gesichtern zum Hof, kalt läuft es uns über den Rücken.

Draußen schickt sich ein fahler Himmel an, die Wolken wieder zusammenzuflicken. Auf der Straße umringen Gaffer das Drama, ohne zu begreifen, was vor sich geht. Ein Auto brennt, die Räder in der Luft. Schwarze Rauchschwaden ziehen über die Fassaden. Verstümmelte Körper liegen blutüberströmt auf dem Asphalt.

»Autobombe«, stammelt der diensthabende Polizist. »Der Junge ist durch die Luft geflogen wie ein brennendes Holzscheit.«

Irgendwer brüllt nach einem Krankenwagen. Die Schreie holen uns in die Realität zurück. Die Leute wachen aus ihrer Betäubung auf, werden sich ihrer Wunden und des Grauens bewußt. Sofort bricht Panik aus. Innerhalb von Minuten verhüllt die Sonne ihr Gesicht, und die Nacht – finsterste Nacht – bricht am hellichten Vormittag über uns herein.


Mina hat mir Zwiebelsuppe gemacht. Mein Lieblingsessen. Schweigend sitze ich am Tisch und starre auf meinen Teller, ohne ihn zu sehen. Der Gedanke an Essen verursacht mir Übelkeit. Kaum schließe ich die Augen, explodiert in meinem Kopf die Autobombe, und ihre Schockwelle schlägt mir erneut in die Magengrube.

Ich weiß nicht mehr, wer mich nach Hause gebracht hat. Ich weiß nur noch, daß ich meinen Zastava nicht mehr starten konnte. Das Bild der zerfetzten Körper, der Anblick des Kindes mit den verrenkten Gliedmaßen im Staub hinderten mich daran, klar zu denken.

Ich habe eine Menge Toter während meiner verdammten Polizistenlaufbahn gesehen. Man stumpft mit der Zeit ab. Aber ein totes Kind, das ist was anderes. Darüber werde ich nie hinwegkommen.

Mina war so lieb, mir keine Fragen zu stellen. Sie hat gelernt, mich im Unglück allein zu lassen.

Meine Kinder sind im Wohnzimmer. Sie vermeiden es, sich an den Tisch zu setzen und ein Gespräch mit mir anzufangen. Sie kennen meine Gefühlsschwankungen nur zu gut und verübeln es mir, daß ich ihnen ihre seltenen Momente der Ruhe verderbe. Meine Tochter wird nervös, sobald ich auftauche. Wenn ich mich nur räuspere, duckt sie sich schon.

Es gibt für mich nichts Schlimmeres als zu sehen, wie meine Kinder hochfahren, wenn ich nur versuche, sie um ein Glas Wasser zu bitten.

Verdammter Krieg.

Ich schiebe den Teller weg, verschwinde ins Schlafzimmer. Mina kommt mir nach. Ihre Augen sind erschütternd vorwurfsvoll. Sie stellt sich hinter mich und massiert mir den Nacken. Wenn sie sich sonst auf diese Weise meiner annimmt, ist Mina die reinste Therapie für mich. Doch an diesem Abend ist jede ihrer Berührungen schmerzhaft wie ein Stich.

Ich drehe mich zum Fenster. Die Nacht gießt Gift und Galle über die Stadt. Und schon löst in der Ferne die erste Salve den Wahnsinn aus.

## 6

Seit zwei geschlagenen Stunden scheuere ich mir die Ellenbogen auf der schmierigen Theke eines Cafés Ecke Rue des Révolutions wund.

Ich throne auf einem Barhocker und halte mit den Händen eine Tasse Tee warm, die längst abgekühlt ist. Meine Uhr zeigt halb neun, und von Mourad Atti noch immer keine Spur.

Lino hockt mit eingezogenem Kopf und abgenutztem Overall in einem Winkel und versucht, wie ein Maurer auszusehen, der seinen Feierabend genießt. Er sitzt wie auf Kohlen. Das Viertel hat nicht gerade den Ruf, zimperlich mit Polizisten umzugehen.

Der Wirt ist ein verkrüppeltes Männchen. Einen Gast zu bedienen, braucht er länger als ein algerischer Zöllner für die Abfertigung eines Reisenden. Man könnte ihn für sanftmütig halten, wenn er nicht dieses widerliche Stachelschwein im Gesicht hätte: einen subversiven Bart, in dessen Nähe es gefährlich werden kann.

Um mich herum unterhält sich eine Gruppe nasebohrender Greise. Etwas weiter weg wetzen ein paar Jugendliche ihre Blicke an der tristen Umgebung. Mit heruntergezogenen Augenbrauen und aggressiv vorgeschobenen Lippen ertragen sie ihre Verbannung wie eine Risikoschwangerschaft.

Neun Uhr!

Ich gehe Mina anrufen, um sie zu beruhigen. Als ich zurückkomme, sitzt ein anderer bequem auf meinem Platz und hat seine Flossen bereits um meine Tasse gelegt.

»He!« sagt er spöttisch, »wer einmal fort zur Jagd gegangen, von dem hab ich den Platz gefangen.«

»Ja, schon! Doch kommt er dann zurück zum Ort, jagt er den Hund gleich wieder fort.«

Anerkennend macht der Mann ein Daumenzeichen, daß der Punkt an mich geht und entfernt seinen dicken Hintern von meinem Barhocker.

Dem Wirt gefällt das gar nicht. Mürrisch poliert er vor meiner Nase die Theke und konfisziert dabei gleich mein Getränk.

Lino zeigt auf seine Uhr, um mich daran zu erinnern, daß die nächtliche Ausgangssperre noch immer in Kraft ist. Ich deute ihm, die Sache zu vergessen.

Da taucht Mourad Atti doch noch auf, mit einer Tasche unter dem Arm. Er grüßt einen Zigarettenverkäufer, der sich die Stufen des Cafés ausgesucht hat, um seine armselige Ware auszubreiten, dann mustert er die Umgebung, sein Blick bleibt an mir hängen, dann an Lino, er findet unsere Mienen wohl verdächtig. Es bleibt ihm keine Zeit, sich zu verdrücken. Serdj schnappt ihn sich sofort.

»Ganz ruhig«, flüstert er ihm zu.

Mourad versucht zu entwischen. Ich halte ihm meine Pistole unter die Nase. Im Handumdrehen befördern wir ihn auf den Rücksitz unseres Dienst-Peugeot und machen uns mit quietschenden Reifen aus dem Staub.

Der Art nach zu schließen, wie die einfachen Leute unseren Auftritt beobachtet haben, halte ich es für ratsam, nie wieder einen Fuß in dieses Viertel zu setzen.


Haj Garne braucht kein Wahrheitsserum, um sich zu verraten. Er ist die Falschheit in Person. Sein Grinsen, seine Lachanfälle, sein schleimiges Schulterklopfen sind nur Köder.

Er gehört zu diesen Primitivlingen, die es »geschafft« haben, ohne jedoch ihre schmuddlige Herkunft verleugnen zu können. Er ist auf vielen Gebieten ein Analphabet, bemüht sich aber dennoch um ein Auftreten, das dem Niveau seines Reichtums entspricht. Aber leider ist da diese verflixte Vergangenheit, die aus jeder seiner Gesten durchscheint, so linkisch und ungehobelt wie beim Zirkusaffen, dessen Pagenkostüm seine Grimassen auch nicht überdecken kann.

»Hätte ich nur geahnt, daß du kommen würdest!« ruft er mir zu und drückt mich lüstern an sich.

»Ich komme, um ein wenig in deinem Schlamm zu wühlen.«

»Hab ich mir fast gedacht.«

Soviel ich weiß, hat Garne bei einem französischen Siedler als

Schmied gearbeitet. Herauszufinden, wie er sein Imperium aufgebaut hat, wäre ein endloses Geduldsspiel. Er ist nie irgendein Risiko eingegangen. Während des Krieges, von 1954 bis 1962, hielt er sich gewissenhaft an seinem Schweißbrenner fest. Nach der Unabhängigkeit hat er es irgendwie geschafft, eine Bescheinigung als Freiheitskämpfer zu bekommen, und ist damit sofort in die Partei eingetreten. Die Genossen nahmen ihn mit offenen Armen auf, und in ihrer Schlangengrube lernte er das Intrigenspiel.

Jedesmal, wenn ich den tieferen Sinn solcher Ironie zu begreifen versuche, gelange ich zu dem Schluß, daß sich die algerische Gesellschaft infolge eines bedauerlichen Durcheinanders in den Blättern ihrer Geschichte jeder klaren Beurteilung entzieht.

»Ich sag's dir gleich, daß du nicht willkommen bist!« warnt er mich. Das habe wiederum ich mir fast gedacht.

Er bleibt vor mir stehen und versperrt mir den Eingang.

»Was ist dein Problem, Bulle? Hast du Kopfweh, weil deine Kuh dir Hörner aufsetzt?«

»Da gibt's andere Rindviecher, die mir Kopfweh bereiten.«

»Du hast doch das Recht, polygam zu sein. Was genierst du dich da?«

»Ich werde langsam alt.«

»Schon von Hospizen gehört? Ich nehme aber an, du bist nicht gekommen, mir was vorzuweinen. Auf die Tour hast du keine Chance. Ich kann Bullen nicht ausstehen.«

»Nein, ich bin nicht gekommen, um dir was vorzuweinen, Haj.«

»Wenn du gekommen bist, um mit dem Feuer zu spielen, dann paß auf, daß du dir nicht das Fell versengst.« Er wirft mir einen drohenden Blick zu. »Also?«

»Mourad Atti sagt, daß er für dich arbeitet.«

»Wer ist dieser Idiot?«

»Ein Zuhälter.«

»Davon habe ich einen ganzen Haufen. Na und?«

»Eines seiner Mädchen ist verschwunden, eine gewisse Sabrine Malek.«

Haj Garne zieht einen Mundwinkel hoch: »Hör zu, Herzchen. Quertreiber von deiner Sorte stören mich nicht im geringsten. Deine Unterstellungen interessieren mich nicht. Zu deiner Information, ich betrüge bei jedem Atemzug gleich zweimal. Ich habe in jedem Saustall ein Auge und meine Nase in allen Futternäpfen. Ich bin das lebende Denkmal der Verkommenheit, und du kannst mich mal. Weil deine Dienstmarke nur dazu da ist, dir eine Nummer zu verpassen, du Idiot. Weil du einfach kein Format hast. Weil's so ist und nicht anders.«

Hab ich's nicht gesagt, daß er ein Rüpel ist! Ein Holzklotz hat mehr Benimm als er.

Zugegeben, das Land hat noch mehr Kerle wie ihn hervorgebracht, die davon überzeugt sind, daß Gesetze nur für die anderen gemacht sind. Kerle, die sich ihrer Straffreiheit so sicher sind, daß sie den Anblick eines Gesetzeshüters als abartig empfinden, als eine Art sinnlose Halluzination.

Ich drehe mich zu Lino um, der im Peugeot geblieben ist, und wische mir mit dem Taschentuch nervös den Schweiß von der Stirn.

»Donnerwetter, du hast's mir aber gegeben, alle Achtung!« gestehe ich kleinlaut. »Da brennt einem ja die Sicherung durch! So hat mir noch keiner das Maul gestopft! Ich zerfließe wie alter Camembert … Das dürfte wohl schon alles sein, was aus unserem Treffen herauskommt?«

»Sei froh, daß du hier mit heiler Haut herauskommst.«

Er erklimmt die drei Stufen seines Vorbaus, legt eine Pause ein und fügt hinzu: »Nächstes Mal, Kommissar, ruf vorher an. Mistbauern treffe ich lieber in der Spelunke, damit sie sich nicht so fremd fühlen. Bei mir zu Hause empfange ich meine Freunde.«

»Ich werde daran denken, versprochen.«

Er knallt die Tür hinter sich zu.

Ich gehe zum Auto zurück. Lino ahnt, daß ich eins aufs Maul bekommen habe, und einmal, ein einziges Mal, tut er, als ob nichts wäre. Ohne zu fragen gibt er Gas, den Blick nach vorn gerichtet, wie ein Großer.

Nach gut hundert Metern befehl ich ihm, den Rückwärtsgang einzulegen. Auch da stellt er keine Fragen, tut es einfach. Wie ein Großer.

Ich läute erneut bei Haj Garne und lasse ihm keine Zeit zu sehen, wer da ist. Kaum daß er sein Gesicht zeigt, befördere ich meine Rechte dorthin, wo ihn sonst seine Liebhaber verwöhnen. Mit offenem Mund, die Arme gekreuzt, sackt er im Vorzimmer zusammen. Wie ein heruntergerissener Wandbehang.

Zufrieden rücke ich meinen Mantel zurecht, massiere meine Faust und gehe zu Lino zurück, der mich schon auf dem Altar des Frevels gekreuzigt sieht.

Als der Chef mich eintreten sieht, legt er die Füße auf den Tisch. In der üblichen Körpersprache, die bedeutet, daß ich nicht mehr wert bin als ein Stück Ziegendreck im offenen Gelände.

Nach einer vielsagenden Stille trompetet er los: »Wann wirst du endlich klüger, Llob? Um Himmels willen! Wann lernst du endlich, daß man den Nachbarn nicht beißt, kaum daß man von der Leine ist? Wir sind hier nicht im Wilden Westen ...«

Ich bleibe stumm. Gemäß Artikel 13 und 69 der Verordnung zur Inneren Sicherheit, die da besagen: Wenn ein Chef dir den Kopf wäscht, unwürdiger Untergebener, hältst du den Mund, damit du keinen Schaum schluckst und dir eine Kolik holst.

»Man kann dich wirklich nicht allein lassen. Nicht einmal eine Stunde hat man seine Ruhe mit dir. Kaum drehe ich dir den Rücken zu, tust du alles, um die Stadt auf den Kopf zu stellen.«

»Die Geschichte mit der Leine, Herr Direktor, die habe ich nicht ganz verstanden.«

»Wie konntest du es wagen, die Hand gegen den ehrenwerten Haj Garne zu erheben?«

»Ich habe nur versucht, mich zu schneuzen, Herr Direktor. Wenn ich verschnupft bin, bin ich entsetzlich ungeschickt.«

Anscheinend bin ich doch ein wenig zu weit gegangen, denn der Direx bäumt sich auf und haut mit der Faust auf den Tisch. Da es aber doch noch eine Gerechtigkeit gibt auf der Welt, verfehlt er die Schreibtischunterlage, und sein Porzellanfäustchen kracht auf den Aschenbecher.

Ich verharre stocksteif, das Kinn im rechten Winkel, während er sich seine wunden Finger leckt.

Mit nachlassendem Schmerz findet der Direktor langsam, aber sicher seine Gesichtsfarbe wieder. Er dröhnt:

»Er wird dich verklagen. Und ich werde nichts unternehmen, ihn davon abzubringen. Ich werde auch nicht die Hand über dich halten. Ich möchte einmal sehen, wie dir der Himmel auf den Kopf fällt, Llob. Seit Ewigkeiten schon suchst du deinen Meister, jetzt hast du ihn endlich gefunden …«

Seine näselnde Stimme ermüdet mich. Einer, der durch die Nase spricht, kann einen Hitzkopf nur schwer einschüchtern.

Ich ertrage geduldig mein Schicksal. Aber wie sehr ich auch versuche, mich auf ein Spatzenpaar auf der Stromleitung im Hof zu konzentrieren, meine Gedanken schaffen es nicht, mit ihnen davonzufliegen.

Der Direktor gelangt ans Ende seiner Strafpredigt. Tupft sich mit einem Seidentüchlein trocken. Nach einem kurzen Schnaufer schlägt vor:

»Du rufst ihn jetzt an und entschuldigst dich.«

»Mitnichten.«

»Ich hab mich wohl verhört.«

»Mitnichten …«

»Ist das eine Meuterei?«

»Wenn Sie das so sehen.«

»Du rufst ihn sofort an, oder ich reiße dir die Ohren aus.«

Und wenn schon! Verächtlich mustere ich den Koloß auf seinen tönernen Füßen, hole tief Luft und lege los:

»Ich spucke auf dich und deine Vorfahren, du Schleimscheißer! Ich habe dich gekannt, als du noch in einer Bruchbude gehaust hast, am Platz des Ersten Mai, und jedem Müllwagen nachgejagt bist. Ich erinnere mich noch an deine zerrissene Kutte und deine lumpige Jacke. Jetzt bist du ganz oben, und das steigt dir zu Kopf. Paß nur auf, daß dir nicht schwindlig wird.«

»Ich erlaube dir nicht, mich zu duzen. Ich bin der Direktor …«

»Ich habe nie ein Votum für dich abgegeben. Ginge es nach mir, dein Verschwinden wäre keine Verlustmeldung wert. Du bist ein Nichts, ein Rauschen im Wind, eine Null mit Zuckerguß, ein Häufchen Hundedreck, ein falscher Fünfziger, fett und undankbar … Was deinen Schützling betrifft, sag ihm, einen Polizisten respektiert man, selbst wenn er halb verhungert ist.«

Ich lasse ihn sitzen in seinem Schlamm, den ich gehörig aufgewühlt habe, und verlasse türschlagend den Raum.

Auf dem Gang gratuliert mir die Belegschaft durch Handzeichen und Augenzwinkern. Alle haben mitgehört und konnten es kaum glauben.

Nachdem das Unwetter vorüber ist, taucht auch Lino wieder auf. Er schwebt wie auf Wolken. Er versenkt den Wurmfortsatz, den er als Nase ausgibt, in ein Taschentuch und posaunt so laut drauflos, daß selbst Baya im Nebenzimmer hochfährt.

»Man sagt, daß du dem Direx das Maul gestopft hast! Stimmt es, daß du ihn ein Häufchen Hundedreck genannt hast?«

»Ja und?«

»Verdammt!« Er ist vor Entzücken außer sich. »Wo nimmst du nur deine verfluchten Schimpfwörter her, Kommy?«

»Aus dem Scheißhaus.«

## 7

Ich bin zu Da Achour gefahren. Wenn ich nicht gut drauf bin, gehe ich immer zu ihm. Seine innere Ruhe glättet meine Wogen. Da Achour ist ein Seher, vielleicht sogar ein Prophet. Er betrachtet die Welt so wie man jemanden ansieht, den man gut kennt. Er weiß immer, woher der Wind weht, wohin der Sturm zieht, und vor allem weiß er, daß man nichts dagegen unternehmen kann.

Er wohnt am Ende eines Geisterdorfes östlich von Algier. Ein Kaff, in eine Biegung der Küste geduckt und so abweisend, daß es sogar die Terroristen in Ruhe lassen.

Früher einmal war es ein hübsches Dorf, das die wohlhabenden Siedler aus der Mitidja-Ebene anzog. Es wimmelte von farbenfrohen Sonnenschirmen, die Eisverkäufer boten Zitronenlimonade in turmhohen Gläsern an, das städtische Orchester spielte auf dem Hauptplatz Tino-Rossi-Melodien, und die jungen Mädchen ließen kichernd die Neckereien der Gecken aus der Stadt über sich ergehen.

Dann kam der Krieg und die Geranien verschwanden. Nichts ist geblieben von diesem Hafen der Lebensfreude als ein Haufen schmuddliger Häuser, eine Hauptstraße voller Schlaglöcher und das Gefühl völliger Nutzlosigkeit.

Einige wenige Fischer klammern sich noch an einen Hafenwall, von dem sich die Fluten längst zurückgezogen haben und der bald von verfaulendem Schilf überwuchert sein wird.

Da Achour haust in einem Elendsloch am Ende eines Weges zwischen einer vernachlässigten Hecke und einem lethargischen Hundepärchen. Wären da nicht ein Stück Meer statt des Horizonts und eine Felsplatte als einzige Anlegestelle, man könnte glauben, in der Vorhölle zu sein.

Da Achour verläßt niemals seinen Schaukelstuhl. Der ist bei ihm fast schon ein natürlicher Körperfortsatz. Eine Zigarette im Mundwinkel, den Bauch über seinen Schildkrötenknien, fixiert er unermüdlich einen vagen Punkt auf hoher See. Von morgens bis abends sitzt er so da, am Rande des Halbschlafs, in den ihn die Lieder El Ankas begleiten, und läßt friedlich sein achtzigstes Jahr in einem frustrierenden Land verstreichen. So manchen Krieg hat er mitgemacht, von der Normandie bis Dien Bien Phu, von Guernica bis zu den Djurdjura-Bergen, und er versteht bis heute nicht, warum die Menschen sich noch immer die Köpfe einschlagen, wo schon ein einfacher Rausch sie einander näher brächte.

Heute zerbricht sich Da Achour nicht mehr den Kopf darüber. Er wartet von Brandungswelle zu Brandungswelle auf das Erscheinen der Dame mit der Silbersichel. Seine Frau ist vor mehr als zwanzig Jahren gestorben, Nachkommen hat er keine, und er wäre überhaupt nicht traurig, wenn es dem Höchsten gefiele, ihn zu sich zu rufen.


Ich treffe Da Achour auf der Veranda an, die Füße auf dem Teetischchen, den Blick in die Ferne gerichtet. Sein feuerroter Nacken zittert beim Geräusch meiner Schritte. Er macht sich nicht die Mühe umzuschauen, als ich mich auf einem Feldbett in Nähe der Brüstung niederlasse.

Es dauert eine Weile, bis er, durch mein Seufzen gereizt, endlich brummt: »Du hast deine Berufung verfehlt, Llob.«

»Lino sagt immer, aus mir wäre ein guter Theater-Souffleur geworden«, stimme ich zu.

»Oder ein miserabler Fernseh-Zuschauer.«

»Ah ja?«

»Weil du alles schwarz siehst.«

Ich folge eine Weile dem torkelnden Flug eines Schmetterlings, dann bleibt mein Blick wieder am faltigen Genick des Alten hängen.

»So lustig ist das nicht, Da.«

»Du bist nicht der Messias.«

»Aber ich mache mir Sorgen.«

»Es hilft dir gar nichts, wenn du dich verrückt machst.«

Ich stütze mich auf den Ellenbogen und kontere: »Du bekommst hier in deinem Rattenloch nicht viel mit, Da.«

»Wer aus der Ferne zusieht, hat den besseren Überblick.«

»Man kann doch nicht einfach zusehen, wie das ganze Land zum Teufel geht.«

»Alles Biologie. Die Welt macht gerade die Wechseljahre durch. Wir treten in eine ekstatische Ära ein, das Jahrtausend der Gurus. Die Zivilisationen werden hinweggefegt, die Geschichte kehrt an den Nullpunkt zurück. Die Grenzen werden fallen, die Rassen werden verschwinden, auch die Grundwerte werden verlorengehen. Es wird keine Vaterländer und keine Nationalhymnen mehr geben, nur noch dunkle Bruderschaften und obskure Beschwörungsformeln. Die Erde wird von den eitrigen Fangarmen der Sekten überzogen werden, ihr Antlitz von Fakiren und selbsternannten Propheten entstellt, Anarchie zieht in die Häuser ein. Adieu ihr Monarchen, adieu ihr Präsidenten, adieu ihr Wahlen und Wahlgesetze. Die Menschen werden unter Marabout-Lehrlingen ihre Gottheiten wählen und sich in selbstmörderischer Begeisterung albernen Ritualen unterwerfen. Der Fundamentalismus ist schon dabei, aus dem Glauben einen Scharlatanskult zu machen. Die Weltreligionen werden untergehen im globalen Diabolisierungstaumel. Die Kirchen werden den Tempeln der Häretiker weichen. Die Moscheen werden es nicht mehr wagen, ihre Minarette vor der Loge der Mutanten in den Himmel zu recken … Das dritte Jahrtausend wird das Jahrtausend der Mystik sein, Llob. Die Apokalypse wird als Gipfel der Verzückung gelten.«

Ich schüttle völlig erschlagen den Kopf.

Da Achour gilt nicht als gesprächig, doch wenn er seiner Seele einmal die Zügel schießen läßt, könnte der berühmteste Prediger an seiner Begabung verzweifeln.

Der Alte hat nicht einmal mit der Wimper gezuckt. Nur auf seiner Schläfe hat sich eine Falte gebildet.

»Ich hätte nicht gedacht, daß der Anblick des Mittelmeeres so deprimieren kann«, werfe ich ihm vor. »Früher warst du herzerfrischend komisch. Und ich bin zu dir gekommen, um meine Batterien aufzuladen und mir den Kopf durchzulüften. Wo ist der Komiker hin, dessen Formulierungen den Teufel in den Wahnsinn getrieben haben?«

»Das ist es ja! Ich bin wie diese Wortspiele, die auf den ersten Blick verblüffen, bei näherer Betrachtung aber gar nichts bedeuten.«

»Sachte, sachte, Da. Du machst auch gerade die Wechseljahre durch.«

Endlich dreht er sich um. Seine Augen gleichen noch immer dem Meer, doch an diesem Morgen lädt kein Segler in ihnen zur großen Fahrt ein.

»Weißt du, warum die Clowns sich Farbe ins Gesicht schmieren?« fragt er. »Die Kinder glauben, aus Spaß. Ein riesiger roter Rüssel ist lustiger als eine Nase, und Sterne auf der Stirn sind nicht so traurig wie Falten. In Wirklichkeit, Llob, schmieren sich die Clowns schreiende Farben ins Gesicht, um ihren Schmerz zu überdecken. Das ist ihre Art, so zu tun als ob, sich eine zweite Persönlichkeit zuzulegen. Ähnlich wie die Vögel, wenn sie sich verstecken, um zu sterben. Und wer ahnt schon etwas von der Einsamkeit des Clowns im Trubel eines Zirkuszelts? Niemand. Ist auch besser so. Man findet nur im verborgenen zu sich selbst.«

Er wendet sein Gesicht wieder dem Meer zu. Und mir ist es, als risse sich eine ganze Insel von meinem Archipel los.

»In der Thermoskanne ist Tee, Kommissar. Macht nicht das Glück eines Mannes aus, aber hilft bei der Verdauung.«

In der Ferne spielt ein Frachter mit den Wogen Bockspringen. Am Himmel, der unsere Felder boykottiert und unsere Gebete ignoriert, steigen wie weiße Spruchbänder die Möwen empor.

Ich hätte einen alten Mann nicht stören dürfen, der *weiß*, warum für die Wellen der Spaß aufhört, wenn der Seegang zu gewaltig wird.

## 8

Der Direktor, dessen Gesicht so mitgenommen aussieht wie ein Putzfetzen, erholt sich von unserer letzten Begegnung wie von einer peinlichen Krankheit. Er trägt einen schwarzen Anzug, eine graue Krawatte und eine Brille mit getönten Gläsern, um seine Hintergedanken zu verbergen.

Bliss steht kriecherisch und verschlagen an seiner Seite, fast schon pathetisch in seiner Stellung des Oberspeichelleckers.

Ich betrete entschlossenen Schritts das Büro. Ohne zu grüßen. Bleibe nur stehen, die Hände in den Hosentaschen, so respektlos wie ein Abgeordneter gegenüber der Republik. Bliss wirft mir einen vorwurfsvollen Blick zu. Ich übersehe ihn. Mit scharfem Zug um die Mundwinkel warte ich ab.

Der Direx tut so, als sei er in die Lektüre eines Berichts vertieft, den er mit der verlogenen Ruhe eines korrupten Richters studiert. Sicher hat er Stunden gebraucht, um seinem Szenario den letzten Schliff zu geben. Und jetzt, wo ich da bin, bringt er in seinem Kopf die Stichworte durcheinander.

Um ihn noch mehr aus der Konzentration zu bringen, klopfe ich mit dem Fuß auf das Parkett.

Der Direx schiebt die Brille ein Stück weit hinunter. Sein Finger bittet mich um Geduld, bietet mir einen Sessel an. Ich halte es für ratsam, einige Zeit verstreichen zu lassen, bevor ich mich setze. So möchte ich seiner Kloschüssel von Schädel eintrichtern, daß ich nicht etwa einen Befehl ausführe.

»Kommissar, ich möchte …«

»Damit wir uns gleich richtig verstehen, Herr Direktor«, unterbreche ich ihn trocken. »Wenn es nur darum geht, uns weiter zu streiten, dazu bin ich nicht in Stimmung.«

Seine Nasenflügel beben. Er bleibt aber cool.

»Merkst du denn nicht, daß der Herr Direktor dir entgegenkommt?« schaltet sich Bliss ein und betrachtet seine Fingernägel.

»Du Zwerg, halte du dich da raus, wenn du nicht willst, daß ich dich in den Abfluß stopfe, bis die Ratten alles Mark aus deinen Knochen gesaugt haben.«

Bliss weicht zurück und verstummt. Seine Augen verengen sich. Das bedeutet, daß er gerade nachdenkt. Und wenn Bliss nachdenkt, hält selbst der Teufel den Atem an.

Der Direktor wird ungeduldig, ermahnt uns, wir sollen uns benehmen. Nach einem tiefen Seufzer verkündet er: »Mourad Atti wurde heute morgen in die Beobachtungsstation des Sicherheitsbüros zurücküberstellt.«

»Ich bin mit ihm noch nicht fertig.«

»Das macht nichts. Die Jungs von der BdS haben mir versprochen, uns zu verständigen, wenn sie was finden, was mit unserem Fall zu tun hat.«

Ich erhebe mich. »Kann ich gehen?«

»Natürlich ...«

Ich streiche meine Weste glatt, mache ein paar Schritte auf die Tür zu. Seine Stimme hält mich zurück: »Kommissar ...«

Ich bleibe stehen, ohne mich jedoch umzudrehen.

Der Direx steigt von seinem Thron herab und kommt auf mich zu. Seine sorgsam manikürte Purpurhand legt sich auf meine Schulter und zieht sich dann wie unter Elektroschock zurück. Er geht mir zur Tür voraus und flötet, während er die Klinke liebkost: »Hast du heute etwas Besonderes vor?«

»Kommt darauf an.«

»Wenn es dir nicht allzuviel ausmacht, schau doch auf einen Sprung bei unserem Freund Ghoul vorbei.«

»So ein Pech aber auch: heute morgen habe ich meine Stange zerbrochen.«

»Was heißen soll?«

»Daß Schluß damit ist. Ihr Kumpel sollte besser einen Privatdetektiv engagieren. Diese Sexgeschichten stinken dermaßen, daß ich dabei kaum klar denken kann. Suchen Sie sich jemand anderen für diese Drecksarbeit.«

»Das find' ich überhaupt nicht witzig!« lamentiert der Chef.

»Hab ich ja von Anfang an gesagt.«

Lino bringt mich nach Hause. Er bearbeitet das Lenkrad, vermeidet es, mich anzusehen. Gut und gerne zwanzig Minuten fahren wir, und noch immer absolutes Schweigen. Er weiß, daß ich einen Haufen Leute gegen mich aufgebracht habe, und das setzt ihm ganz schön zu.

»Diese Kerle sind Bulldozer«, warnt er mich.

»Mir egal.«

»Was willst du jetzt tun?«

»Mich auf meine Pension vorbereiten. Für Erniedrigungen bin ich zu alt.«

Lino wedelt energisch mit dem Finger. »Das ist nicht der richtige Moment, Kommy. Wir haben Krieg. Man wird dich wie einen Deserteur behandeln.«

»Mir egal.«

»Und deine Karriere, Kommy? Du wirst doch jetzt nicht aufgeben, wo du so kurz davor stehst, Abteilungsleiter zu werden.«

Ich bremse ab. »Die echte Karriere eines Mannes, Lino, ist seine Familie. Im Leben hat es der zu etwas gebracht, der es bei sich zu Hause zu etwas gebracht hat. Der einzig wahre und gesunde Ehrgeiz besteht darin, stolz auf seine Familie zu sein. Der Rest, der ganze Rest, Beförderung, Aufstieg, Ruhm, ist nichts als Schaumschlägerei, Flucht nach vorn, Ablenkung vom Wesentlichen …«

Das verschlägt Lino die Sprache.

Ein Unglück kommt selten allein. Dazu fehlt ihm der Mumm. Es braucht stets einen zweiten Schicksalsschlag, der ihm hilft, einem den Boden unter den Füßen wegzuziehen.

Als ich nach Hause komme, stolpere ich im Vorzimmer über zwei Koffer. Mein ältester Sohn steht im Gang, traurig, aber entschlossen. Am schluchzenden Gesicht seiner Mutter sehe ich, daß er sich endgültig entschlossen hat auszuziehen. Seit einer Ewigkeit geistert der Gedanke, von hier abzuhauen, in seinem Kopf herum. Algier ist ihm zur Zwangsjacke geworden. Das Viertel seiner Kindheit hält ihn nicht mehr. Bei meinem Anblick schlägt er die Augen nieder.

Er schluckt: »Tut mir leid, Papa.«

»Nicht deine Schuld, mein Sohn.«

Er ist der Sohn eines Polizisten. Nach den Regeln der Fundamentalisten verdient er dasselbe Schicksal wie sein Vater. Nicht wenigen Kindern hat man die Kehle durchgeschnitten, nur weil ihre Eltern Soldaten oder Polizisten waren. Ich bin fast erleichtert, daß er sich zu einer Luftveränderung entschieden hat.

»Sei mir nicht allzu böse, Papa.«

»Ich habe dir doch gesagt, es ist nicht deine Schuld. Wohin soll es denn gehen?«

»Tamanrasset. Ich habe Freunde da. Ich finde sicher Arbeit.«

»Daran zweifle ich nicht.«

Wortlos schauen wir uns an. Schließlich breite ich die Arme aus, und er schmiegt sich an mich. Er hat sehr abgenommen, mein Großer.

Mina ist vom Weinen ganz naß. Eine Mutter vergießt in Freude und Schmerz die gleichen Tränen.

Er nimmt seine Koffer. Ein furchtbarer Augenblick. Ein Teil meines Fleisches löst sich von mir. Ich fühle mich schwach.

»Ruf von Zeit zu Zeit mal an.«

»Versprochen.«

Er geht noch einmal auf seine Mutter zu, umarmt und küßt sie zum Abschied. Löst sich von ihr. Sicher, die Flut wird uns ein paar Muscheln anschwemmen, an denen sich unsere Erinnerung festhalten kann, doch das, was sie uns nimmt, ist unersetzlich.

»Paß auf dich auf, mein Sohn.«

Er nickt.

Ein kleines Lächeln, und der Aufzug entführt ihn unseren Blicken.

Nie spürt man eine tiefere Resgnation, als wenn sich eine Tür hinter jemandem schließt, der uns im gleichen Moment schon fehlt, da er uns verläßt.

## 9

Aus purem Zufall platzen Lino und ich in ein wildes Durcheinander in der Cité des Oliviers. Nicht weniger als fünf Polizei- und zwei Zellenwagen mit wild blinkenden Blaulichtern und zersplitterten Fensterscheiben stehen um den Rohbau einer Villa.

In der Deckung einer Motorhaube sitzt schwitzend Inspektor Serdj, in einer Hand einen Lautsprecher, in der anderen eine Pistole. Bei meinem Anblick ist er so unglaublich erleichtert, als hätte mich der Himmel geschickt.

»Was ist los?« frage ich, während ich mich an seine Seite drücke.

»Eine Bande von Terroristen hat die Post von Bab Llyb überfallen. Ein Anrainer hat gesehen, was passierte, und uns gleich alarmiert.«

»Wie viele sind es?«

»Drei. Sie haben eine Geisel umgebracht« – er zeigt auf die Leiche eines Jugendlichen neben einer Betonmischmaschine – »und einen meiner Leute verletzt.«

Ich ziehe die Pistole und stelle das Periskop auf, um das Gelände zu erkunden. Eine Salve zerschmettert die Windschutzscheibe über meinem Kopf.

»Sind sie schon lange da drinnen?«

»Ungefähr eine Stunde. Sie wollen sich nicht ergeben. Eine von ihnen ist ein Mädchen.«

»Halten sie noch andere Personen fest?«

»Den Maurer und seinen Sohn.«

»Bewaffnung?«

»Zwei Kalasch's und eine Pumpgun.«

Leutnant Chater aus der Ninja-Einheit robbt zu uns her.

»Willkommen auf dem Schrottplatz, Kommissar.«

»Wie sieht's denn aus?«

»Die sind stoned. Wir können sie kriegen. Ich habe zwei Scharfschützen dort drüben postiert, einen auf dem Dach und zwei weitere da oben.«

»Du hättest noch einen weiteren für dort drüben hinstellen können«, bemängle ich, eigentlich nur, um meine Autorität zu unterstreichen.

»Toter Winkel.«

Aus einem der Fenster beginnt Rauch aufzusteigen.

»Sie verbrennen gerade das Geld aus der Post«, erklärt mir Chater.

»Diese Mistkerle! Womit sollen wir jetzt die Schulden beim Internationalen Währungsfonds zurückzahlen?«

Ich greife zum Lautsprecher.

»Sie vergeuden nur Ihre Zeit, Kommissar.«

»Nur, damit ich nachher kein schlechtes Gewissen habe.«

Wir werden von neuem unter Beschuß genommen. Die Autos scheppern unter den Einschlägen.

»He, Taghout!« schreit das Mädchen. »Wir haben einen Alten und seinen Bastard hier. Entweder ihr verschwindet, oder wir kastrieren sie, dann schneiden wir ihnen die Finger ab, danach die Ohren und die Zehen, bis nichts mehr da ist, was man abschneiden könnte. Wenn ihr in fünf Minuten noch da seid, wandert der erste in den Kochtopf.«

»Die machen keinen Spaß.« Serdj gerät in Panik. »In weniger als fünf Minuten werden sie der ersten Geisel die Knochen auslösen.«

»Die werden wir uns doch nicht durch die Lappen gehen lassen!« empört sich Chater. »Das sind wandelnde Henker.«

»Vier Minuten fünfundvierzig. Wir müssen uns beeilen, Leute.«

Ich gebe Lino ein Zeichen. Er springt aus dem Auto und legt einen überraschend schnellen Slalom hin. Hinter einem Reifen geht er in Deckung.

»Vier Minuten dreißig!«

»Halt's Maul, Serdj! Wir sind hier nicht bei der NASA.«

Kleine Schweißperlen rollen über die Stirn des Inspektors. Seine Backenknochen zittern und zucken. Er verschluckt fast seine Zunge und sieht pausenlos auf seine Uhr.

Ich gebe Lino einen Lagebericht: »Zwei arme Teufel werden in

wenigen Minuten draufgehen, wenn wir sie nicht sofort da heraus-
holen. Ein Vater und sein Sohn. Chater sagt, daß die drei Terroristen bis oben mit Barbituraten zugeknallt sind. Wir können sie also
überrumpeln.«

»Ich bin bereit, Chef!« stößt er hervor und schwingt seine
9 mm.

»Schick ein Stoßgebet zum Himmel und bleib dicht hinter mir.«

Ich atme tief durch und renne auf die Baustelle. Rund um mich
peitschen die Salven der Kalaschnikows den Sand auf. Ich hechte
mich zu Boden und robbe auf einen Container zu. Mit bleichem
Gesicht folgt Lino mir nach. Um das Gesicht zu wahren, reckt er
pathetisch seinen Daumen in die Höhe.

»Ist nicht der richtige Zeitpunkt zum Autostoppen«, knurre ich.

Ein Schuß löst sich vom Dach. Irgend jemand brüllt im Inneren
der Villa. Eine grotesk gestikulierende Gestalt taucht auf, mit weg-
gerissenem Unterkiefer. Sie bricht auf der Stiege zusammen und
wird steif.

»Hierher!« rufe ich der Geisel zu, die an die Tür kommt. Es ist
der Junge. Aber er hört nicht auf mich, sondern bleibt reglos auf
der Rampe stehen, als hätte der Anblick des Toten ihn versteinert.

Lino nützt einen Schußwechsel, um hinzuspringen, den Buben
am Arm zu packen und ihn in den Schutz des Containers zu ziehen.

Jetzt verlieren die Terroristen die Nerven. Das Mädchen kommt
aus der Deckung und feuert auf uns los. Die Windschutzscheiben
splittern. Die Polizisten drängen sich eng in ihrer unsicheren Dek-
kung zusammen. Chater schießt. Das Mädchen läßt ihre Nähma-
schine fallen, scheint nicht zu begreifen, wie ihr geschieht. Zwischen ihren Brauen blüht mit einem Mal eine Knospe auf. Sie
versucht, sich an einem Balken festzuhalten, stürzt ins Leere. Ihr
Körper prallt noch einmal vom Betonmischer ab, bevor er in einer
schamlosen Stellung liegenbleibt.

Genau diesen Moment wählen Lino und ich, um zum Angriff
überzugehen. Wir dringen in den Hausflur vor. Das Erdgeschoß

scheint leer zu sein. Ich gehe in den ersten Stock, die Waffe im Anschlag. Lino folgt in geringem Abstand mit gebeugten Knien und derart geducktem Hinterteil, daß er an ein Affenweibchen beim Urinieren erinnert.

Der letzte Terrorist wütet im ersten Stock.

Vorsichtig erklimme ich die Stufen, meinen Rücken immer gegen die Wand gedrückt. Draußen tun Serdj und seine Leute ihr Bestes, um den Terroristen abzulenken. Endlich kann ich ihn sehen. Ein richtiger Schrank, genau die Art von Ziel, für die ich schwärme. Er benutzt den Maurer als Schutzschild.

Lino versucht mir noch einen praktischen Trick zuzuflüstern. Ich halte meine Knarre an die Lippen, er legt sich flach hin.

Die Männer von Chater nehmen das Gebäude weiter unter Beschuß. Der Terrorist antwortet wild entschlossen Salve um Salve. Er hört nicht, wie ich mich hinter ihm aufrichte. Als ihm bewußt wird, daß die Sache gelaufen ist, zerplatzt sein Schädel schon wie ein riesiges Furunkel.


Baya hat schon wieder ihren Ohrring verloren. Sie sucht ihn auf allen vieren kriechend unterm Schreibtisch, wobei sie ihr Hinterteil übertrieben in die Höhe streckt. Lino spielt den Entspannten, aber in seiner Kehle hüpft ein Jojo auf und ab, während er mit einem Auge in die Zeitung, mit dem anderen auf den bewegten Hintern schielt.

In dieser mitreißenden Choreographie überrasche ich die beiden. Ich herrsche ihn an: »Wenn du sie weiter so mit den Augen verschlingst, wirst du noch mal Bauchschmerzen bekommen.«

Baya steht verwirrt auf, richtet ihren Rock und verschwindet schnell wie der Blitz.

Lino spielt den Unschuldigen und raschelt mit seiner Zeitung: »Sie haben den Dichter Jamal Armad umgebracht.«

»Ich weiß.«

»Verdammt! Er war noch keine fünfundzwanzig.«

Ich hänge meinen Mantel an den Nagel, wo er mir wie eine

Fahne auf Halbmast vorkommt, und lege ihn schließlich über die Rückenlehne meines Stuhles.

»Was für ein Elend! Warum zum Teufel ist man so hinter den Intellektuellen her, Kommy?«

»Das ist nicht erst seit heute so. Eine uralte Geschichte. In unserer traditionellen Unkultur war der Gebildete schon immer der Andere, der Fremde oder gar der Besatzer. Und diese Verschiedenheit hat in uns einen hartnäckigen Groll genährt. Wir sind abgrundtief allergisch gegen alles Intellektuelle geworden. Einen Fehler sieht man jemandem schon einmal nach, seine Andersartigkeit jedoch nie.«

Lino schiebt seine Brille nach oben und protestiert: »Unkultur? Warum sagst du Unkultur?«

»Das kommt von einem bedauerlichen Versprecher. Es war vor sehr langer Zeit, als unser Urahn ein Buch schreiben wollte. Weil er mit leerem Magen nicht denken konnte, veranstaltete seine Sippe ein sagenhaftes Festmahl für ihn, und er langte mit solchem Appetit zu, daß er im Moment, da er sich anschickte, mit seinem Manuskript zu beginnen, plötzlich ein heftiges Bedürfnis nach einer Siesta verspürte. Das Problem war nur, daß er Angst hatte, seine Muse könnte beim Erwachen verschwunden sein. Ein wahres Dilemma! Da erschien ihm unser aller Vater, der heilige Ziri. Der fragte ihn, was ihn denn quäle. Unser Urahn erklärte ihm, daß er gleichzeitig den Wunsch verspüre, ein Nickerchen zu machen, und den unüberwindbaren Drang, seine Memoiren niederzuschreiben. Da rutschte dem heiligen Ziri, der zu seinen Lebzeiten ein großer Mäzen gewesen war, unglücklicherweise die Zunge aus. Statt ›Schreib nieder!‹ sagte er: ›Kau wieder!‹ – und seitdem haben wir nicht aufgehört wiederzukäuen.«

»So eine Geschichte hat mir mein Großvater nie erzählt.«

»Wie denn auch: mit vollem Mund kann man nicht reden. – Aber genug gelacht. Wie weit sind wir mit den drei Terroristen von gestern?«

»Um die kümmert sich Serdj.«

Jemand anderer hätte mich auch verwundert. Sein Büro liegt am Ende des Ganges direkt gegenüber den Toiletten. Es herrschen unerträglicher Qualm und Gestank. Man könnte es für das Labor eines zerstreuten Wissenschaftlers halten. Überall Papierstapel, Zigarettenstummel, die auf dem Fußboden verrotten, Aktenschränke, die dich mit offenen Armen empfangen, Schubladen, die dir die Zunge entgegenstrecken …

Serdj ist die treibende Kraft im Laden. Er kann nicht nein sagen, wenn man ihn um etwas bittet. Die Kollegen, die gleichzeitig mit ihm begonnen haben, sind heute entweder Kommissare oder hohe Funktionäre. Er aber humpelt gutmütig durch sein zwölftes Jahr als Inspektor auf der unteren Etage. Weil er nachgiebig und unersetzlich ist, verweigert man ihm jeden Lehrgang und jedes Stipendium, beides Voraussetzungen für eine Beförderung, in deren Genuß freilich nur kommt, wer gute Beziehungen hat oder wen man loswerden will.

Ich mache es mir auf einem Stuhl bequem und schlage die Beine übereinander. »Hat man die Terroristen identifiziert?«

»Das Mädchen ist der Abteilung unbekannt. Ihre Fingerabdrücke haben nichts gebracht. Was den Rothaarigen betrifft, handelt es sich um Daho Lamine, 31 Jahre, ledig. Sein Vater ist so stinkreich, daß er sich Socken nach Maß machen läßt.«

»Und der andere?«

»Brahim Boudar. Siebenunddreißig Jahre. Verheiratet, geschieden. Arbeitslos. Fünf Jahre Gefängnis wegen widernatürlicher Unzucht mit Minderjährigen. Zwei Jahre wegen absichtlicher Körperverletzung und schwerem Diebstahl. Neun Monate wegen Drogenkonsums. Verletzt und festgenommen im September 93. 1994 aus Sidi Ghiles geflohen.«

»Das ist alles?«

»Brahim Boudar war einer der Hauptanstifter bei den Unruhen im Oktober '88. Hat die Kaufhausbrände auf dem Gewissen, die ›Galeries Algériennes‹ in Kouba, den ›Souk El-Fellah‹ von Chéraga und Boufarik.«

»War er zu dieser Zeit ein Islamischer Bruder?«

»Türsteher in einem Nachtlokal, dem Limbes Rouges.«

»Interessant.«

»Noch eine Kleinigkeit: Bei seiner Verhaftung im Oktober 88 war seine rechte Hand ein gewisser Mourad Atti.«

Lino schlägt auf den Tisch: »Ich wußte, daß wir mit dieser Schwuchtel noch nicht fertig sind!«

Mit erhobenem Finger bringe ich ihn zum Schweigen. Ich stehe auf, die Brauen zu einem Strich zusammengezogen.

»Ich will Mourad Atti heute Punkt drei in meinem Büro.«

Serdj verzieht das Gesicht.

»Da gibt es einen Haken, Chef. Ich habe die Typen vom BdS kontaktiert. Sie haben mir in aller Form versichert, daß der Knabe bis heute nicht bei ihnen aufgetaucht ist.«

»Und die Überstellung?«

»Fehlanzeige. Das BdS erinnert sich nicht, irgend jemanden mit der Überstellung des Verdächtigen betraut zu haben. Die beiden Typen, die ihn abgeholt haben, waren falsch. Der Direktor hat sich hineinlegen lassen.«

»Wo ist er dann?«


»Da ist er, Kommissar!« Ein Gendarm führt mich durch die Hügellandschaft einer Mülldeponie.

Mourad Atti liegt mitten in einem Abfallhaufen. Flach auf dem Bauch. Den Hinterkopf von einem großkalibrigen Geschoß weggepustet. Um sein Hirn schwirrt eine Wolke von Fleischfliegen.

»Ein Stadtstreicher hat ihn gemeldet«, fügt der Gendarm hinzu und preßt sich ein Taschentuch vors Gesicht.

Ich beuge mich über den Kadaver. Er hat Handschellen an den Gelenken, die Füße sind mit Eisendraht gefesselt. Seine großen Augen, in denen sich noch die Qualen der Folter spiegeln, scheinen mich verstohlen zu mustern.

Der Gendarm warnt mich: »Fassen Sie ihn nicht an. Er ist vermint.«

Zwei Tage später, als ich gerade versuche herauszufinden, was die Bucht von Algier so mürrisch aussehen läßt, und mir die Nase am Fenster meines Büros plattdrücke, bekomme ich einen Anruf von Anissa, der Gummipuppe vom Cinq Etoiles.

»Ich habe gehört, daß Sie bei Madame Fa Lankabout eingeladen sind, Kommissar.«

»Richtig. Aber ich denke, daß ich wegen meines Magengeschwürs nicht hingehen werde. Wenn du keinen Begleiter hast, kann ich das arrangieren. Ich habe einen Leutnant, der gerne aufsteigen würde.«

Der Atem der Kleinen beschleunigt sich. »Ich muß auflegen«, japst sie mit sich überschlagender Stimme. »Wir treffen uns bei Madame Lankabout, Kommissar. Ich habe Ihnen etwas mitzuteilen.«

»Kannst du mir nicht den Weg ersparen und es mir jetzt schon sagen?«

»Kann ich nicht. Bis heute abend.«

Sie legt auf.

Lino macht eine fragende Handbewegung.

»Eine Dame gibt einen Empfang.«

»Wann?«

»Heute abend.«

»Hast du ein Schwein, Kommy!«

»Wenn du willst, nehme ich dich mit.«

Der Bleistift, an dem er gerade kaut, entgleitet ihm. »Du brauchst mich nicht zum Narren halten. Das ist nicht nett.«

»Mein Wort gilt.«

»Wirklich, ganz im Ernst? Du lädst mich zu einem Empfang ein, mit Mädels und allem Drum und Dran?«

»An deiner Stelle würde ich gleich loslaufen und mir ein Päckchen Kondome besorgen.«

Mein Leutnant kann es gar nicht glauben. Er ist so zufrieden, daß er fast an die Decke springt.

## 10

Wenn es um ein Rendezvous geht, zögert Lino nicht, sein Spar-
schwein zu schlachten. Dieses Mal bin ich sicher, daß er auch an
die Ersparnisse seiner alten Dame gegangen ist. Er ist aufgeputzt
wie ein Pfau: kirschfarbenes Jackett, italienische Schuhe, britische
Krawatte, Pomade. Eine Revolution. Mit äußerster Sorgfalt säubert
er den Sitz, bevor er in meine alte Karre steigt.

»Womit hast du dich denn eingeräuchert?« frage ich, als ich
starte.

»Oha, du hast etwas gegen deinen Schnupfen getan, Chef! Das
ist ein Parfüm aus Paris.«

»Aus dem Versuchslabor?«

»Von wegen!« entrüstet er sich. »Mit Markenzeichen und allem,
was dazugehört.«

Ich überhole einen Lastwagen und stelle fest: »Du hast dich in
der Flasche geirrt, mein Lieber. Nach der Fliege zu schließen, die
dort auf dem Armaturenbrett im Koma liegt, bist du sicher an ein
Insektizid geraten.«

Lino kichert mit Blick auf meinen Anzug, dem man die Un-
bestechlichkeit seines Trägers aus weiter Ferne ansieht: »Gib zu,
daß du auf mein Outfit eifersüchtig bist, Chef!«

Wir treffen kurz nach Einbruch der Dämmerung bei Madame
Fa Lankabout ein. Lino kann es nicht fassen, daß in einem Land, in
dem Krieg herrscht, ein solcher Prunk existiert. Offen gestanden
habe ich ihn ja auch mitgenommen, um ihn wachzurütteln. Viel zu
lange schon bekommt er den Schädel mit Schlagworten und dummen Sprüchen über Rechtschaffenheit und Transparenz vollgestopft.

Madame Fa ist phänomenal. Ihre Maskenbildner haben sich
selbst übertroffen. Eingehüllt in ein schmuckdurchwobenes Kleid,
sieht sie aus wie Fleischwurst in Zellophan. Sie wird dermaßen um-
worben, daß sie für mich nur ein flüchtiges Lächeln übrig hat.

Von den läufigen Weibchen in Bann geschlagen, benimmt Lino sich wie ein Schoßhündchen: er wedelt enthusiastisch mit dem Schwanz. Er wirft einen Blick auf das Dekolleté der einen und die Hüften der anderen und schluckt dabei, bis ihm fast der Adamsapfel steckenbleibt.

»Was für ein Gestüt! Was meinst du, habe ich eine Chance, eines von diesen Pferdchen zu satteln, Kommy? Ich kneife mir meinen Schniedel schon so lange zusammen, daß ich statt seiner bald eine verschrumpelte Essiggurke haben werde.«

»Du mußt dich nur bedienen. Aber hüte dich vor den schweren Höschen.«

»Vor was?«

»Vor den Transvestiten, Idiot.«

Er zwinkert und gibt ungeniert zu:

»Ach weißt du, ich bin nicht so anspruchsvoll.«

Ich versuche, Anissas niedliche Larve in diesem Puzzle der Reize zu sichten. Sie ist unauffindbar. Ein sanfter Zusammenstoß bringt uns mit zwei wunderbaren Kreaturen in Kontakt, die gerade soviel auf dem Körper tragen, um nicht die Sittenpolizei auf den Plan zu rufen. Die Rothaarige windet sich wie eine Made und wirft uns feurige Blicke zu. Die andere ist brünett und schlank und zeigt ganz offen, wonach ihr die Sinne stehen.

Zu seiner eigenen Überraschung beginnt Lino auf zwei Ebenen zu sabbern.

»Sie sind sicher vom Film?« maunzt die Brünette ihm ins Grübchen neben seiner Schulter.

»Schon möglich«, lügt der Leutnant.

»Sie sehen nämlich Woody Allen ähnlich!« gluckst die Rothaarige.

»Ich finde, er ähnelt eher Idir«, sage ich.

»Warum?«

»Na, ist doch klar, der ist auch beschnitten.«

Die zwei Häschen sind schockiert. Sie nehmen die Brillenschlange in ihre Mitte und drängen ihn in Richtung Buffet.

»Wer ist denn diese Mumie? Ist er mit dir da?«

»Sonst noch was?« wehrt Lino ab, dieser Verräter. »Das ist sicher irgendso ein Hungerleider, den Madame Fa eingeladen hat, um das Mitleid der anderen Gäste zu wecken und so die Kasse ihres Wohltätigkeitsvereins wieder aufzufüllen.«

Jetzt, wo ich allein bin, kann ich mich ungestört dem Studium der mich umgebenden Fauna widmen. Das Anwesen der Lankabouts ist ein echter Olymp, auf dem sich neureiche Götter und Huris tummeln. Die Frau des Hauses hat ein ganzes Regiment von Dienern aufgeboten, um ihre Gäste zu verwöhnen.

Mit einem Glas Orangensaft in der Hand mache ich mich daran, die Leute aus der Nähe zu betrachten. Es ist im Prinzip der gleiche Haufen wie beim Schwiegersohn von Ghoul Malek, eine Auswahl arrivierter Snobs, bei deren Anblick man sich an seinen Pantoffeln verschluckt … He! Entspann dich, Llob, nimm ein Zäpfchen, das bringt dich wieder in Form! Ich erkenne Rachid Lagoune, den Präsidenten von SOS-Ostrazismus, einer Volksbewegung gegen die Ausgrenzung im allgemeinen und die Diskriminierung der Elite im besonderen. Früher war er ein zäher Outsider. Hat keine Versammlung ausgelassen, um die Schergen des Regimes, das Mikro zwischen den Zähnen, mit Hohn zu überschütten. Kannte sämtliche Staatsgefängnisse in- und auswendig und war auf dem besten Weg, ein Mythos zu werden.

Ich bin überrascht, ihn hier anzutreffen. Er hat zu tief ins Glas geschaut und scheint sich königlich zu amüsieren. Er hat sich einen Ring ans Ohr gesteckt und einen Pferdeschwanz wachsen lassen, eine Fliege drückt ihm sein Kinn in die Höhe, ihm, dem Verteidiger der gebeugten Nacken.

»Wie ich sehe, hast du dein Mäntelchen in eine andere Windrichtung gehängt«, flüstere ich ihm zu.

»Besser noch«, erwidert er, »ich habe mir ein neues geleistet.«

Durch meine Taktlosigkeit aus dem Takt gebracht, sinnt er nach, in welchem Hundezwinger ihm ein Floh wie ich über den Weg gelaufen sein kann.

»Kämpfst du nicht mehr für die gute Sache?«

»Jede Sache ist gut, vorausgesetzt, es gibt einen ordentlichen Rausch dabei … Kennen wir uns?«

»Ich denke nicht. Ich kannte einmal einen Rachid Lagoune. Das war aber eine Schwuchtel!«

Er mustert mich von oben bis unten und spuckt aus.

»Guten Abend, mein Herr! Hoffentlich auf Nimmerwiedersehen!«

Ein Stückchen weiter fängt Sid Lankabout mich ab, der Schreiberling des alten Regimes. Mein Gott, wie ich den hasse. Er hat so wenig Talent wie der Pantoffel einen Absatz. Doch zum Ausgleich dafür einen grenzenlosen Opportunismus. Am Anfang, als es Pflicht jedes Marxisten war, wie ein Besessener zu lesen, war er Kommunist, später, als jeder Trottel für kybernetische Literatur schwärmte, Surrealist. Vor allem hat er sich zu allen Zeiten in der Sprache der Apparatschiks geübt und über die besten Kontakte zu den Dinosauriern des algerischen Sozialismus verfügt. Sogar am Gymnasium hat er einmal unterrichtet, um der Jugend das Lesen zu verleiden. Die Frankophonenhetze und die meisten Studentenunruhen gehen auf das Konto seiner morbiden Arabisierungswut.

Heute, wo die Intellektuellen ohne Vorwarnung umgebracht werden, gehört er seltsamerweise zu den wenigen Schriftstellern, die ihrem Geschäft frei nachgehen können, ohne sich ständig umsehen zu müssen.

Wie es in der literarischen Halbwelt mit ihrem Rivalitätsgerangel nun einmal üblich ist, wo sich Herzlichkeit aus gelehrten Gemeinheiten und falschen Freundlichkeiten speist, war das Verhältnis zwischen Llob und Lankabout schon immer das zweier Schlangen, die sich auf leisen Sohlen angiften, wobei er meine Romane beharrlich zur Trivialkunst erklärt und ich hartnäckig seinen Ruf als Don Quichotte der Kunst und Literatur in Frage stelle.

Und so schütteln wir uns mit einem gerüttelt Maß an Feindseligkeit die Hände.

»Worauf warten Sie noch, bis Sie Ihre Dienstmarke zurückgeben? So wie die Dinge liegen, läßt man sich als Polizist besser nicht mehr auf der Straße blicken. Abgesehen davon, verträgt sich die Berufung zum Schriftsteller nur schwer mit einem Beruf, der darin besteht, den Leuten auf den Geist zu gehen.«

»So wie die Dinge liegen, läßt man sich auch als Schriftsteller besser nicht mehr auf der Straße blicken. Vielleicht legen Sie zuerst Ihre Feder beiseite, Monsieur Lankabout?«

Er betrachtet sein Glas, als suche er darin die Inspiration für das nächste Plagiat. Sein Mund verzieht sich, als er sagt: »Es heißt, Sie brüten gerade über einem dritten Buch?«

»Diesmal zum Thema Antimaterie.«

»Interessant, ich wußte gar nicht, daß Sie Alchemist sind. Gibt es tatsächlich so etwas wie Antimaterie?«

»Der Fundamentalismus zum Beispiel: Antimaterie in Reinkultur!«

»Was werfen Sie ihm denn vor, Llob, so durch und durch fromm, wie Sie sind?«

»Seine Funktion als alogisch-verlogener Neologismus.«

»Aha. Etwas gewagt, finden Sie nicht?«

»So gleiche ich mein mangelndes Talent aus.«

Er nickt. »Hmm! Das eine so gut wie das andere, sich Ruhm zu verschaffen. Eine Fatwa, und schon werden Sie zum Prix Goncourt gepuscht. Es gibt eine Menge von Schreiberlingen, bei denen das funktioniert hat.«

»Der lebende Beweis steht vor mir.«

»Vielleicht, aber mein Risiko war äußerst gering. Sie dagegen sind verteufelt mutig, Llob, muß ich zugeben.«

»Was wissen Sie schon von Mut, Monsieur Lankabout?«

»Nun, er ist ein höchst plumpes Täuschungsmanöver.«

Er stößt ein boshaftes Kichern aus, schwenkt sein Glas, führt es an die Lippen, trinkt aber nicht. Seine Augen funkeln vor Falschheit und versprühen ihr ganzes Gift in die meinen.

»Wenn Sie nur die Feder mit der gleichen Leichtigkeit wie Ihre

Zunge führen würden, Kommissar … Es war eine Qual, sich in Ihr Werk einzulesen, Ali Baba.«

»Beruht ganz auf Gegenseitigkeit, Ali Gator.«

Meine Uhr erinnert mich daran, daß Anissa mich schon über zwei Stunden warten läßt. Vor zehn Minuten ist Haj Garne angekommen. Da er meine Gegenwart nur schwer erträgt, scheint er sich beim Hausherrn entschuldigt zu haben und ist wieder gegangen, nicht ohne anzudeuten, daß ein einziger Unterernährter, der bei Tische furzt, der ganzen Tischgesellschaft die Laune verdirbt.

Madame Fa hat derweil Gelegenheit gefunden, sich der Belagerung durch ihre Gigolos zu entziehen, um mich in die Enge zu treiben und glauben zu lassen, ich stünde kurz davor, Rabelais zu entthronen. Ihre Hand hörte nicht auf, die Beschaffenheit meiner Bauchmuskeln zu testen. Es stimmt, daß sie die Manie hat, ihren Worten durch hartnäckiges Getatsche Nachdruck zu verleihen, wie das bei Leuten so ist, die sich sonst kein Gehör verschaffen können, aber hier übertreibt sie wirklich. Verlorene Liebesmüh. Als ihr klar wird, daß sie mich nicht auf die Trophäenliste dieses Sabbats bekommt, läßt sie von mir ab.

Für einen Augenblick sehe ich den Albino von Ghoul Malek hinten im Saal, breitbeinig auf seine Schweinshaxen aufgepflanzt, einsatzbereit beim kleinsten Fingerschnipsen, wie ein Eunuche. Ich esse am Buffet schnell eine Kleinigkeit, und als ich zurückkomme, ist er schon fort.

Lino wiederum hat kein Lebenszeichen von sich gegeben, seit er mit den zwei Miezen nach oben verschwunden ist. Ich folge ihm, um nachzuschauen, da fällt mir eine halb geöffnete Tür auf. Ein Blick hinein bestätigt mir, daß Anissas Verspätung nicht auf irgendeine technische Panne zurückzuführen ist. Die Kleine liegt bäuchlings auf dem Bett der Lankabouts, das Kleid über die Hüften hochgeschoben, das Höschen zu den Waden heruntergezogen.

Ihr Mörder muß sie mit einem Kissen erstickt haben, während er sie vergewaltigt hat.

## 11

Zentimeter um Zentimeter habe ich mit Serdj Anissas Apparte-
ment im Cinq Étoiles durchgekämmt. Nur Spuren einer Kamera
hinter den Nippessachen, was vermuten läßt, daß die Liebesspiele
der Kleinen gewissenhaft dokumentiert worden sind. Sonst nichts.
Kein Tagebuch, kein Telefonverzeichnis, nicht einmal ein Kalen-
der. Der Schmuck ist nicht angetastet worden, aber die Familien-
fotos sind verschwunden.

Wir suchen unter den Teppichen und kratzen die hintersten
Winkel der Schubladen aus, um einen Manschettenknopf oder ein
Stück Fingernagel zu finden, die uns auf eine Spur bringen könn-
ten: rein gar nichts.

Es gibt nur zwei Möglichkeiten: Entweder hatte Anissa ein Soft-
wareprogramm im Kopf installiert, oder jemand ist uns zuvorgekommen.

Ich erwische den Etagenkellner, wie er uns durchs Schlüssel-
loch beobachtet. Auf frischer Tat ertappt, ist er bereit, mit uns
zusammenzuarbeiten – auf seine Weise: er erinnert sich nicht,
ob Anissa am Tag, an dem sie ermordet wurde, allein oder in
Begleitung ausgegangen ist, schwört beim Haupt seiner Mutter,
daß er sie für die Tochter einer reichen alten Schachtel gehalten
und nicht das geringste von ihren horizontalen Geschäften geahnt habe. Der Rest des Personals ist vom gleichen Schlag. Sie
alle sind an großzügige Trinkgelder gewöhnt und schalten ihr
Gedächtnis je nach der Spendierfreude der Fragenden an und
wieder ab.

Der Hoteldirektor begnügt sich damit, die Achseln zu zucken.
Er erinnert sich nicht einmal mehr an die Kleine. Für ihn ist der
Gast nur Mittel zum Zweck. Er hält den Laden in Gang wie ein
Hotelpage oder ein Liftkabel. Er ist eine Zimmernummer oder
eine Rechnung, für die die Buchhaltung zuständig ist. Wie er
sich anzieht, was er sonst so treibt, ist dem Hotelier herzlich
egal.

Da ich im Limbes Rouges Hausverbot habe, war ich so naiv, Lino loszuschicken, sich dort unauffällig umzusehen. Man weiß ja nie: auch ein blindes Huhn findet mal ein Korn.

Lino ist unverrichteter Dinge zurückgekommen, mit leerem Blick und ebensolchen Taschen. Was mich nicht sonderlich wundert. Lino würde noch im Ozean auf dem Trockenen sitzen, wenn man seine Fähigkeiten als Rutengänger in Anspruch nehmen würde.

Serdj durchstöbert den ganzen restlichen Tag die Archive. Währenddessen hänge ich mit dem Finger in der Nase in meinem Büro herum und lasse die Heldentaten einer Küchenschabe im Kampf mit meinen Schuhbändern ungerührt über mich ergehen.

Durch das Fenster blinzelt die Sonne auf mich herab. In der Ferne steht das kolossale Monument der Märtyrer kurz davor, sich in sein Grabtuch aus Gischt gehüllt vom Hügel herab ins Meer zu stürzen.

Ich folge dem Beispiel der Tüchtigen dieser Welt, die ihre Unfähigkeit nicht zugeben und so tun, als dächten sie nach, während sie dabei sind einzudösen. So spiele auch ich den Beschäftigten. Ein Chef schläft nicht, auch wenn er herzhaft schnarcht; er grübelt, er meditiert, er kontrolliert.

Als ich gerade selig entschlummern will, kommt Serdj mit einem zerknitterten Photo herein und reißt mich brutal aus meinen Träumereien.

»Vielleicht besteht da ein Zusammenhang!«

Auf dem Photo sieht man Anissa Arm in Arm mit Haj Garne auf einer Gala. Sie lächelt und strahlt übers ganze Gesicht. Im Hintergrund erkenne ich die nichtssagenden Züge der Limbes-Rouges-Chefin. Sie steht direkt hinter Mourad Atti.

»Und was bringt uns das?« frage ich gereizt.

Serdj geht um meinen Schreibtisch herum und beugt sich über meine Schulter.

»Das hier wurde am 29. Januar aufgenommen«, erklärt er.

»Und weiter?«

Meine zunehmende Lustlosigkeit bringt ihn aus dem Konzept.

»Anissa hieß eigentlich Soria Atti. Mourad war ihr Cousin.«

Ich halte mir die Hand vor den Mund, um ein Gähnen zu unterdrücken.

Serdj wischt sich die Stirn mit einem Taschentuch ab. Er merkt, wie demotiviert ich bin, und weiß nicht, ob er seinen Bericht auf später verschieben oder fortfahren soll.

»Mach ruhig weiter«, ermuntere ich ihn.

»In der Nacht vom 29. zum 30. Januar bekam ein gewisser Abbas Laouer einen Herzinfarkt, als er sich in einem der Zimmer des Nachtclubs gerade seinen Folterphantasien hingab. Seine Gymnastin war niemand anderer als Anissa.«

»Hör zu, mein Guter, ich bekomme noch einen Drehwurm, so sehr schleichst du um den heißen Brei herum. Komm direkt auf den Punkt, das ist der kürzeste Weg.«

Da die Schizophrenie eines Vorgesetzten noch keine Meuterei rechtfertigt, macht Serdj gute Miene zu meiner Unfreundlichkeit.

»Abbas Laouer war Direktor der Nationalbank«, führt er geduldig aus. »Er hatte ein echtes Problem. Sein Fonds wies ein Defizit von hundertzwanzig Millionen Dollar auf. Sein Tod stand auf allen Titelseiten. Einige Zeitungen sind sogar so weit gegangen, von vertuschtem Mord zu sprechen.«

Ich habe die Affäre damals am Rand mitbekommen. Die Veruntreuung öffentlicher Gelder ist bei uns gang und gäbe. Vom berühmten »Soudouq at-tadamoun«, dem »Solidaritäts-Fonds«, der gleich nach der Unabhängigkeit gegründet wurde, über den 26-Milliarden-Skandal bis hin zu den phantastischen Benefizveranstaltungen im Fernsehen zugunsten der Hospize ist das alles in seiner tödlichen Banalität keine Schlagzeile mehr wert.

Angesichts meiner Lethargie kürzt Serdj die Sache ab. Er tippt mit seinem tintenverschmierten Finger auf Mourad Attis Gesicht.

»Die Kleine wußte sicher etwas über den Tod ihres Cousins. Vielleicht hat sie sich selber bedroht gefühlt oder einfach nur den

Kopf verloren. Das ist das dritte Mal, daß uns der Name des Limbes Rouges unterkommt. Meiner Meinung nach sollten wir uns mit Kommissar Dine kurzschließen. Er hat seinerzeit beim Tod von Abbas Laouer ermittelt.«

»Dine ist in der Irrenanstalt.«

»Sie haben ihn vor einem Monat entlassen. Ich habe das überprüft. Außerdem haben wir keine andere Wahl.«

Dine empfängt mich in seiner armseligen Bude in einem der Wohnsilos. Er ist unheimlich gealtert. Nichts ist mehr übrig von seiner Leibesfülle. Von seiner Heiterkeit auch nicht. Er ist kahl geworden, sein Blick grau, seine Wangen so hohl, daß man Wasser in ihnen auffangen könnte. Der Mann ist am Ende, völlig verbraucht, er zittert und keucht: ein Wrack, das sich im Halbdunkel des Zimmers auflöst.

Unser Wiedersehen ist so unpersönlich wie eine Gegenüberstellung. Er hat weder einen Handschlag noch ein Lächeln für mich übrig. Ich habe das Gefühl, seine Kreise zu stören. Ich setze mich ihm gegenüber hin und finde nirgendwo die Kraft, ihn zu fragen, wie es ihm geht.

Auf dem Tisch zwischen uns eine Flasche, in der gerade noch ein Finger Alkohol übrig ist, daneben ein Aschenbecher, voll wie eine Urne. Um uns herum ein einziges Chaos: Matratzen liegen herum, einzelne Schuhe, schmutziges Geschirr, Staub, Gestank …

Dine schiebt seinen Pyjama hoch, um sich an der Wade zu kratzen. Sein Bein ist ungesund bleich. Mit zittriger Hand hebt er eine Schachtel Zigaretten vom Boden auf.

»Du schnaufst schon wie eine Dampflok!«

»Verteilt den Raucheratem besser im Raum. Tut mir leid, einen Kaffee kann ich dir nicht anbieten.«

»Macht nichts. Sind deine Kinder nicht da?«

»Leg keinen Wert drauf, daß die mich so verkatert hier rumhängen sehen. Ich hab sie nach Oran geschickt.«

Ich nicke. »Wir machen alle turbulente Zeiten durch.«

Ohne den Sinn zu erfassen, wiederholt er mit betrunkener Stimme: »Turbulente Zeiten.«

Er sinkt in seinen abgewetzten Sessel zurück, bläst Rauchkringel in die Luft. Flüchtig scheint ein blödes Lächeln unter seinem Schnurrbart auf. Unvermittelt runzelt er die Stirn, als hätte er eben erst meine Anwesenheit bemerkt.

»Warum bist du gekommen, Llob?«

»Kannst es wohl kaum erwarten, bis ich das Feld wieder räume?«

»Man kann dir aber auch gar nichts verheimlichen.«

Ich stehe auf, trete ans Fenster. Draußen verweigert Algier dem Mittelmeer jegliches Interesse. Über seine sämtlichen Hügel verstreut starrt es auf die Sonne wie ein verwüsteter Hühnerhof auf ein unerreichbar fernes Maiskorn. Schweigend und mißtrauisch ankern ein paar Schiffe auf offener See. Die Küsten des Landes sind auch nicht mehr das, was sie einmal waren.

Unten, auf der aufgesprungenen Erde des Innenhofs, reißen zwei Kinder meinem Zastava den Rückspiegel ab. Ein drittes springt auf dem Auto herum und rutscht laut lachend über die Motorhaube.

»Warum bist du gekommen?«

Ich drehe mich um. Dine steckt sich mit dem Stummel der alten eine neue Zigarette an. Seine Bewegungen sind hektisch. Wie eine Alte, die ihr Gebiß zurechtrückt.

»Wegen des Limbes Rouges.«

»Ich hab mit der Sache nichts mehr zu tun.«

»Ich schon.«

Er betrachtet seine Zigarette und verliert sich eine Weile in seinen Alpträumen.

»Das ist ein Schießstand, Llob. Zu viele Heckenschützen.«

»Hast du deshalb aufgegeben?«

»Ich bin zweiundfünfzig, habe acht Mäuler zu stopfen und keinen Groschen auf der Seite.«

»Hat man dir gedroht?«

Er wirft den Kopf mit einem ungesunden Lachen nach hinten.

»Man droht nicht einem Nichts, einem Weniger-als-Nichts. Man setzt zwei Bengel auf ihn an, die jünger als seine eigenen Kinder sind, und die Sache ist erledigt.«

»Wer ist ›man‹?«

»Dein Problem. Ich bin ausgestiegen. Ich stehe auf, wann ich will, gehe schlafen, wenn ich Lust dazu habe, und wenn ich auch nicht jeden Tag die Nase nach draußen stecke, habe ich wenigstens den Trost, daß ich nicht meinen eigenen Schatten für einen Terroristen halten muß.«

Verbittert drückt er die Zigarette im Aschenbecher aus. Seine Hände ballen sich zu Fäusten, trommeln gegen seine Knie. Minutenlang werde ich Zeuge eines seltsamen Pantomimenspiels. Dann findet er ansatzweise zu seiner normalen Verfassung zurück und entspannt sich.

»Diese Leute haben nicht mehr Skrupel als eine Brechstange«, sagt er wie zu sich selbst. »Wenn du nur einmal nicht aufpaßt, wo du deine Finger hinsteckst oder den Fuß hinsetzt, haben sie dich schon erwischt, und ehe du auch nur merkst, wie unvorsichtig du warst, tragen sie dich auf der Kehrschaufel hinaus. Die haben überall ihre Spitzel sitzen, in der Administration, unter deinen Kollegen, ja selbst bei dir im Kleiderschrank … Sie werden dich wie eine Motte zerquetschen.« Er reibt mit einer vieldeutigen Geste Daumen und Zeigefinger gegeneinander. »Einfach so, zwischen zwei Fingern. Und danach gibt es dich nicht mehr. Du bist futsch. Einfach weg … Jetzt fragst du dich, ob ich nicht besser noch eine Weile bei den Verrückten geblieben wäre. Nun ja, du hast recht. Es muß einem schon was im Hirn fehlen, wenn man es wagt, in der Scheiße der Götter zu wühlen.«

Er sieht sich suchend um, mit leerem Blick, auf der Nasenspitze eine Schweißperle. Seine Zigarettenschachtel ist leer. Er zerdrückt sie wütend und schleudert sie gegen die Wand …

Der Polizist, auf den ich einmal so stolz war, erregt nur noch mein Mitgefühl. Um etwas Druck von ihm zu nehmen, gehe ich wieder ans Fenster zurück. Das Viertel duckt sich verschämt und verschreckt hinter den schäbigen Wohnsilos. Die drei Kinder vergnügen sich inzwischen mit einem anderen Auto.

»Hast du nicht zufällig irgendwo noch ein paar Unterlagen von dem Fall herumliegen?«

»Kein einziges Blatt bekämst du davon. Wenn du deine alte Eselshaut riskieren willst, dann ohne meinen Segen.«

»Ich habe da ein paar Namen auf meinem Schreibtisch. Aber mir fehlt noch der Zusammenhang.«

»Vergiß es. Ohne mich. Und jetzt hau ab. Es ist Zeit für meine Tabletten.«

Ich bohre nicht weiter.

Er holt mich auf der Türschwelle ein.

»Da läuft zuviel hinten herum, Llob. Das ist eine Nummer zu groß für dich. Das Limbes Rouges ist ein Minenfeld. Diese Leute überlassen nichts dem Zufall. Die kennen kein Zögern und kein Zurück, und Kompromisse gibt es nicht für sie. Überleg es dir, du bist zu nichts verpflichtet. Wäg in Ruhe ab. Manchen Fällen geht man nach, von anderen läßt man lieber die Finger.«

»Ich tue nur meine Arbeit. Wenn mittendrin was außer Kontrolle gerät, das ist Berufsrisiko.«

Er droht mir mit zittrigem Finger: »Ich habe dich jedenfalls gewarnt.«

»Hör auf zu rauchen, Dine. Und vor allem: hör auf zu trinken.«

## 12

»Jüngstes Mordopfer ist der Komiker Aït Méziane. Als er gerade seine Tochter zur Schule brachte, schossen ihm zwei Bewaffnete drei Kugeln in den Nacken ...«. Ein Zischen, und der Sprecher fügt noch etwas hinzu, das ich nicht mitbekomme.

Die Nachricht trifft mich mit voller Wucht. Ich erstarre über meinen Schuhbändern, unfähig, beim Zuknüpfen weiterzumachen.

Nadelstiche durchbohren meinen Kopf, Erinnerungsfetzen blitzen auf: ein Schulhof, auf dem das Opfer seine ersten Späße trieb, eine Ecke im Klassenzimmer, wo der Lehrer ihm eine Papierkrone mit Eselsohren aufsetzte, die Bretter einer einfachen Bühne, auf der er sich anschickte, die Herzen der Menschen zu erobern, schließlich der Empfangsraum im Kommissariat, wo er mir das meine brach.

»Verdammt!«

Mina stellt das Radio leiser. Sie weiß, wieviel Aït mir bedeutet hat. Ihre Augen verdunkeln sich. Sie lehnt sich gegen die Wand und ballt die Fäuste.

Wortlos schnüre ich die Schuhe fertig zu, stehe auf, schlüpfe in meine Jacke und gehe in die Küche. Wortlos gebe ich zwei Stück Zucker in meinen Kaffee, etwas Marmelade auf mein Brot und frühstücke, während ich auf einen Sprung in der Scheibe starre.

Drei Hupstöße kündigen mir Linos Ankunft an. Wortlos wische ich mir den Mund an einem Geschirrtuch ab, gehe hinaus ins Treppenhaus und vergesse, die Tür hinter mir zu schließen.

Die Sonne vertreibt die letzten Widerstandsnester der Nacht, die sich in die hintersten Winkel der Toreinfahrten zurückgezogen haben. Ihre galvanisierten Strahlen prallen von den Scheiben ab, blitzen auf den Karosserien der Autos auf, tollen als eine Vielzahl von Irrlichtern auf den taunassen Gehsteigen umher, doch kein Funke, der es schafft, die Augen der Passanten zu erhellen.

Die Leute gehen mit unhörbarem Rascheln aneinander vorbei, gedankenverloren, schlafwandlerisch. Etwas in ihrem Gang zeugt von tiefster Resignation. Sie haben die Haltung derer, die der Messias persönlich beleidigt hat. Ihr Schweigen ist das Schweigen derer, die einander nicht mehr verstehen.

Lino hält mir die Tür auf. Er sagt nicht guten Morgen. Er weiß, daß ich weiß.

Wortlos bahnen wir uns einen Weg durch den Nebel.

Im Büro erfahre ich von Serdj, daß einer der beiden Mörder von Aït Méziane bereits verhaftet ist. Sofort stelle ich mir vor, wie ich ihn bei lebendigem Leib in Stücke zerreiße.

Als ich in seiner Zelle ankomme, weicht meine Wut. Aschfahl und fröstelnd kauert er in der Ecke. Ein Jugendlicher, kaum größer als ein Gewehr. Offensichtlich von den Ereignissen überfordert. Sein Blick, der eines gefangenen Vogels, schießt nach allen Seiten, ohne den meinen zu streifen. Zitternd preßt er die Hände zwischen die Schenkel.

Mir ist gleich klar, daß wir mit ihm als Führer so bald nicht über den Berg sein werden.

Zunächst streitet er durch die Bank alles ab. Nach einer halben Stunde wird er schwach: Er arbeitet als Mechanikerlehrling, Place de la Gare. Anfangs hat man ihn mit einem Einbruch hier, einem Botendienst dort betraut. Dann trug man ihm auf, Alarm zu schlagen, sobald ein Taghout des Viertels zu ihm kam. Dann mußte er seine Jacke an den Türflügel hängen.

»Das Schießen übernimmt Didi. Ich nenne ihm das Ziel und stehe Schmiere. Nach dem Anschlag verstecke ich die Waffe in der Werkstatt. Am Abend kommt jemand vorbei und holt sie ab.«

Er wurde vor fünf Monaten am Tag nach einer Razzia in der Innenstadt rekrutiert. Er kam aus dem Bad. Polizisten stießen ihn in den Einsatzwagen. Drei Stunden blieb er auf dem Kommissariat. Mißhandelt wurde er nicht, aber man nahm seine Herkunft und seine Anschrift auf. Didi nennt das die schwarze Liste. »Du bist geliefert!« hat er ihn angeschrien. »Eines Tages, wenn sie alles andere abgegrast haben, kommen sie und holen dich.«

»Ich habe nicht gewußt, daß er mich reingelegt hat!« heult er.

»Didi hat versprochen, auf mich aufzupassen. Er gab mir immer wieder Geld und nahm mich ins Stadion mit. Er sagte mir, wir wären Brüder und daß Gott unsere Taten segnen würde. Er gab mir Taschen, die ich bei mir aufbewahren sollte. Dann war da plötzlich ein Revolver. Und dann gleich der Nachbar, einer vom Fernsehen.«

»An wie vielen Attentaten warst du beteiligt?«

»Nur an drei, ich schwöre es. Nicht eines mehr. Didi hat sie erschossen. Ich weiß nicht einmal, wie man eine Kugel in die Trommel steckt.«

»Wer war das zweite Opfer?«

»Jamal Armad. Didi hat sehr schlecht über ihn geredet. Er sagte, daß dieser Kerl der Satan sei, daß er Obszönitäten schreiben und die Jugend verderben würde.«

»Wo ist Didi?«

»Ich weiß nicht. Er hat mir nie gezeigt, wo er wohnt. Wenn er Arbeit für mich hat, kommt er zur Werkstatt. Ich treffe ihn dann in einem Café zweihundert Meter weiter. Er sagt mir, um was es geht, und nennt mir Zeit und Ort. Dann geht jeder in seine Richtung davon.«


Am Nachmittag legt mir Serdj ein Phantombild vor.

Erinnern Sie sich noch an den Wachhund mit den gedopten Muskeln am Eingang des Limbes Rouges: Nun, genau das ist Didi.


Das Neonschild vom Limbes Rouges zerschneidet die Straße in blutrote Streifen. Hin und wieder wird die Eingangstür von einem Schwall Musik beiseite geschoben, den der Wind alsbald wieder verschluckt. Der Nieselregen legt sich klagend auf die heiteren Nächte von einst, während die Bäume sich in clownesker Hysterie die Haare raufen.

Verschwunden sind die Cliquen, deren Lachen bis zu den Sternen schallte, die schlaflosen Straßen und die Betrunkenen, die ihre eigenen Halluzinationen beschimpften.

Die Rue des Lauriers-Roses gleicht einem von Gott und den

Menschen verlassenen See, in dem der Nachtclub wie eine verwunschene Insel herumspukt.

Noch vor wenigen Monaten haben Kioske die Esplanade bis hin zum Marktplatz gesäumt. Nachtschwärmer sind friedlich umherflaniert und haben die Lichter im Hafen gezählt. Die einen haben einander Schwänke aus ihrem Leben erzählt, die anderen überschwenglich vom Schlaraffenland geträumt. Es war nicht wirklich das Paradies, aber weniger traurig als die Hölle, die danach kam.

Heute abend tritt sie auf der Stelle, die Rue des Lauriers-Roses. Ihre Gebäude stehen da wie bestellt und nicht abgeholt. Weit und breit kein Schaschlik-Verkäufer in Sicht und kein Gigolo auf der Jagd nach einem vergoldeten Seitensprung. Die Leute verkriechen sich zu Hause und halten den Atem an. Eine Schüssel, die beim Nachbarn hinunterfällt, versetzt gleich das ganze Viertel in Alarm.

Zwischen zwei Polizeikontrollen braust von Zeit zu Zeit ein Geisterauto über die regennasse Straße und hält vorm Night-Club an. Dann schließt sich die Tür des Etablissements wieder und überläßt die Welt dem leisen Gejammer des Regens und dem frenetischen Tanz der Bäume.

Wir haben an der Ecke unter einer Laterne mit zerschlagener Lampe geparkt. Wir qualmen verdrossen eine Zigarette nach der anderen. Die Scheiben sind beschlagen und Lino ist beleidigt, weil sich die Zeiger seiner Uhr noch immer im Kreise drehen. Es ist eine Strafe für ihn, in einer stinkenden Karre auf einem vermoderten Sitz zu hocken und darauf zu hoffen, daß das Vögelchen ausfliegt. Er verübelt mir, daß ich ihn zu nächtlicher Stunde herausgeholt habe, und fühlt sich grund- und gnadenlos ausgenutzt.

Er regt sich ganz umsonst auf. Wenn ich mir einmal etwas in den Kopf gesetzt habe, würde sich jeder Nagelheber daran die Zähne ausbeißen.

Das Vögelchen kommt gegen ein Uhr heraus. Ein Mädchen von etwa zwanzig Jahren, schön wie ein Lächeln mit Rehaugen und gertenschlank. Den Bauchtanz beherrscht sie sicher besser als eine Kobra.

Wir warten, bis sie sich in ihrem Renault zusammengerollt hat und in Richtung Hafen weggefahren ist. Nach einer Polizeisperre durchqueren wir eine Vorstadt, die wie ein indischer Friedhof aussieht, umrunden einen Teil von Bab-el-Oued, wo die einfachen Leute bumsen, um sich warmzuhalten, und erklimmen die Serpentinen zu den Anhöhen der Stadt. Ohne Vorwarnung verschwinden die Elendsviertel, und wir finden uns in einem kleinen Garten Eden mit stattlichen Villen, Schweizer Chalets und hängenden Gärten wieder.

Lino, der in der Nähe eines Müllplatzes aufgewachsen ist, traut seinen Augen nicht. Er sieht sich staunend um und verrenkt sich fast den Hals, so ist er vom Glanz dieser Residenzen geblendet, die zwei Steinwürfe vom Elend der Slums entfernt schamlos ihre Pracht entfalten.

»Donnerwetter! Schau dir diese Festungen an, Kommy. Ich hoffe, du hast uns ein Visum besorgt. Wo sind wir hier eigentlich? Ich glaube, du hast ein wenig zu fest auf die Tube gedrückt. Wir haben bestimmt die Schallmauer durchbrochen!«

Ich gebe keine Antwort. Ich versuche, mich auf den Renault zu konzentrieren, um nicht aufsehen zu müssen.

Lino staunt buchstäblich Bauklötze. Der Arme! Er hat noch immer nicht begriffen, daß in seinem geliebten Land jeder versucht, seinen Nachkommen einen Palast zu errichten, und niemand daran denkt, ihnen eine Heimat zu geben.

Der Renault vor uns fährt auf den Gehsteig, gleitet in eine Garage und schaltet die Lichter aus.

Ich wende mich zu Lino: »Jetzt wissen wir, wo Didis Freundin wohnt, und du bekommst den Auftrag, das Haus rund um die Uhr zu überwachen.«

Die Bauklötze fallen zusammen, sein Mund bleibt offen.

Ich tröste ihn: »Ist mal was anderes als deine Bruchbude.«


Eine Woche lang hat Lino in der Umgebung der Tänzerin herumgeschnüffelt, ohne auch nur den Schatten von Didi auszumachen.

In der Zwischenzeit hat er einen Dealer wiedererkannt, den die Kleine zweimal empfangen hat. Das erstemal am Tag nach dem Mord an Aït Méziane, das zweite Mal in einem Mercedes, den ein Albino gefahren hat.

Über eine Kette von Umwegen ist es uns gelungen, den Schlupfwinkel des Dealers ausfindig zu machen. Ich beschließe, ihm mit Lino, Chater und Serdj einen Höflichkeitsbesuch abzustatten. Chater und Serdj sollen in einem Café gegenüber einer Sackgasse abwarten und uns den Rücken decken. Lino und ich klettern über eine Mauer, um in den Hof eines leerstehenden Lagerhauses zu gelangen.

Einige Kinder stehen aufrecht auf ein paar Fässern und pinkeln um die Wette. In einer Ecke rosten unter Schichten von Exkrementen und Staub die Überreste eines Traktors vor sich hin. Wir dringen in die Halle ein. Fast wäre Lino über eine Stufe gestolpert.

»He, du stehst auf meiner Hand!« stöhnt ein Penner unter einem Haufen von Stoffetzen.

Wir entschuldigen uns und gehen in Richtung einer feuchten Rumpelkammer weiter. Durch eine kleine Tür, die sich unter einer Metallstiege duckt, gelangen wir in einen Gang, der so eng ist, daß wir hintereinander gehen müssen. Unter uns brütet ein Elendsloch über seinem Unglück. Zwei Kleinkinder spielen unter dem abwesenden Blick eines Greises mit einer Gasflasche. Eine Luke führt uns zu einer Art Treppenabsatz, wie ich ihn nicht einmal meinem algerischen Verleger wünsche. Kein Geländer, keine Beleuchtung, nur ein paar abgetretene Stufen, die in der Dunkelheit schweben, bereit, uns ins Nichts zu befördern.

Die Tür, die uns interessiert, modert am Ende des Ganges vor sich hin. Links davon hört man ein Baby schreien. Ich ziehe meine Knarre und breche die Tür mit einem Fußtritt auf. »Polizei!«

Ein Tisch stürzt mit Gepolter um, man hört zwei Flüche, und schon ballert ein Schießeisen in unsere Richtung los.

Ich dringe wahllos feuernd als erster ein. Ein zerrissener Vorhang winkt uns Lebewohl. Der Dealer ist über die Dächer davon.

Er ist nicht allein. Ein Klumpfuß hüpft Hals über Kopf hinter ihm her.

»Polizei! Stehenbleiben ...«

Eine Gruppe Frauen läßt die Wäsche fallen und läuft schreiend auseinander. Der Klumpfuß gerät mit dem Fuß in einen Eimer, fällt hin, schickt uns eine Salve entgegen. Lino schießt zurück und trifft ihn an der Schulter.

Der Dealer kommt zurück, um seinem Kumpel aufzuhelfen, zögert angesichts unseres Ansturms, wägt Pro und Kontra gegeneinander ab. Schließlich jagt er dem Hinkebein eine Kugel in den Schädel und entkommt durch eine Waschküche.

»Nimm die Stiege!« rufe ich Lino zu.

Der Leutnant verschwindet.

Hinter der Waschküche ist eine weitere Terrasse. Ein Treppenhaus führt in ein furchterregendes Gebäude hinunter. Hinter den Türen kreischen die Frauen. Ich steige mit butterweichen Knien in die Hölle hinab.

»Gib mir mein Kind zurück!« schluchzt eine Mutter. »Es ist krank. Laß es in Ruhe!«

Der Dealer kann nicht vor noch zurück, das Kind hat er als Schutzschild vor sich. Lino setzt Himmel und Hölle in Bewegung, um die Mutter in der Deckung zurückzuhalten.

»Laß den Kleinen los!« fordere ich den Dealer auf.

»Nein, und du wirst deinen Hintern von hier fortbewegen, du Fettwanst!« Seine Augen leuchten seltsam triumphierend auf. »Du wirst ihn auf dem Gewissen haben«, warnt er mich. »Ich habe nichts zu verlieren. Eine Bewegung, und das Gesichtchen des Engels da ist nicht mehr nett anzuschauen.«

Er kichert.

Ich kenne diese Art von Verrückten. Wenn ich meine Waffe sinken lasse, schießt er mich nieder und verschwindet mit dem Kind. Wenn ich sie oben lasse, gewinne ich Zeit zum Überlegen.

Lino versucht, ihn abzulenken. Der Dealer gewöhnt ihm das mit einem schnellen Schuß zur Seite ab.

»Keine Bewegung, Scheißkerl!«

»Wenn du dem Kleinen auch nur ein Haar krümmst, verspreche ich dir, ich schneide dich in Scheibchen.«

Er wühlt hektisch in den Haaren des Buben.

»Du hast verloren, du häßlicher Dickwanst. Jetzt kannst du drei Tage pausenlos fasten. Und nun geh zur Seite und wirf dein Spielzeug herüber.«

Hinter ihm taucht über der Mauer der Kopf von Serdj auf.

»Schon gut«, sage ich und breite langsam die Arme aus. »Laß den Kleinen los ...«

»Dein Spielzeug auf den Boden, und zwar plötzlich!«

Serdj macht mir ein Zeichen nachzugeben.

Mein Magen verkrampft sich. Über meinen Rücken jagen prikkelnde Schauer. Der Dealer kichert noch immer, so kalt und zynisch, daß ich feuchte Hände bekomme.

»Schneller, Scheißbulle!«

Die Pistole fällt mir aus der Hand. Ich weiß nicht, was passiert ist. Wie im Traum sehe ich, wie der Dealer das Kind in Richtung Lino stößt, um seine Seite zu decken, und seine Kanone auf mich ansetzt. Ein Schuß ... Ich warte lange darauf, daß ich zusammenbreche. Der Dealer zuckt mit keiner Wimper. Er kichert und kichert, dann färben sich seine Zähne rot und ein Rinnsal Blut quillt aus seinen Mundwinkeln hervor. Er taumelt wie in Zeitlupe und schlägt endlich auf den Boden auf.

Serdj springt von der Mauer herunter, stößt mit dem Fuß die Waffe des Dealers weg, beugt sich über ihn.

»Er atmet noch. Einen Krankenwagen, schnell!«


Der Dealer ist ein gewisser Slimane Abbou. Die Kugel von Serdj war ein glatter Lungendurchschuß ohne größere Verletzungen. Der Polizeiarzt sagt, er müsse unter Beobachtung bleiben. Ich verspreche, ihn im Auge zu behalten.

Eine Hausdurchsuchung bei ihm hat uns ein Fax eingebracht, zwei abgesägte Schrotflinten und jede Menge Munition, dazu ein ganzes Sortiment zum Bombenbau, ein Handbuch über explosive Stoffe sowie Traktate, die mit Abou Kalybse gezeichnet sind, dazu eine Liste mit den Namen von dreiundzwanzig Intellektuellen, von denen acht mit einem Kreuz markiert sind, darunter der Dichter Jamal Armad, Sissane Miloud vom Fernsehen und der Theatermann Aït Méziane …

Entweder kann Abou Kalybse meinen Stil nicht leiden oder er liest keine Krimis, denn mein Name ist nicht für sein Festival nominiert.

## 13

Omar Malkom, auch Iks genannt, besitzt ein Elektrofachge-
schäft in einem ruhigen Viertel. Sein Laden reicht bis auf den
Gehweg hinaus, ist ansprechend aufgemacht und verfügt über
ein riesiges Schaufenster und eine Tür, die klingelt, wenn man sie
aufmacht.

Er kritzelt gerade etwas in ein Registerheft, neben sich hat er
einen riesigen Stapel von Rechnungen liegen.

Serdj schließt die Tür, dreht das Schild open auf closed, damit
uns niemand stört, und verschränkt die Arme.

»Was kostet der Kühlschrank?« melde ich mich.

Omar hebt die Hand, um nicht aus der Konzentration gebracht
zu werden, tippt auf einem Taschenrechner Zahlen ein und überprüft seine Zettel, wobei er die Zunge in Schülermanier heraus-
streckt.

Er ist ein stattlich gewachsener Schwarzer mit Fäusten, die einen
Esel locker sein Gebiß verschlucken lassen könnten. Er trägt einen
Dreiteiler, wie die Banker sie tragen, eine goldene Armbanduhr
und eine falsche Ray-Ban. Sein Kopf ist an den Schläfen und im
Nacken streng ausrasiert, das verbleibende Viereck von Haaren
oberhalb der Stirn ist phosphorgrün eingefärbt.

»He, Punk, gehen die Geschäfte gut?«

Er legt seinen Schreiber widerwillig hin.

»Welcher Kühlschrank?« fragt er.

Ich halte ihm meinen Ausweis unter die Nase.

»Diese Art von Kreditkarte akzeptieren wir nicht. Hier zahlt
man cash.«

»Ich hab's aber eilig!«

Er fährt sich nervös mit der Hand über die Stirn.

»Polizei, das hat mir gerade noch gefehlt. Ihr bringt nur Unglück
über mein Geschäft. Seid ihr hier in der Gegend bekannt? Wenn ja,
werde ich wohl umziehen müssen.«

»Kein Grund zur Sorge«, beruhigt ihn Serdj.

Er zwängt sich hinter seinem Ladentisch hervor und tänzelt zu den Rolläden, um sie zu schließen.

»Wollt ihr mich verhaften oder nur ein bißchen quatschen?«

»Hängt ganz von dir ab.«

Er kichert und vollführt eine Art Breakdance.

»Tsss! Ich bin immun.«

»Eine Auffrischungsimpfung könnte nicht schaden.«

Er dreht sich um, mustert uns und begibt sich hüftschwingend hinter seinen Ladentisch zurück. So betont lässig, wie er sich gibt, ist er sicher ein Fan von Spike Lee.

»Hör mal, kho, ich bin sauber. Meine Buchführung ist so penibel wie das Strafgesetzbuch.«

»Mourad Atti war doch ein Kumpel von dir.«

Nicht die leiseste Regung auf seinem Ebenholzgesicht. Seelenruhig fährt er mit der Hand über seinen Rechner. Nach einer Schweigeminute für den Dahingegangenen beginnt er zu reden:

»Er war mehr als ein Kumpel. Aber er lebte sein Leben, ich das meine. Wenn ihr glaubt, daß ich mit dem, was ihm passiert ist, etwas zu tun habe, dann irrt ihr euch, kho, ich bin Geschäftsmann. Ehrlich. Ich kremple meine Ärmel auf, um Geld zu verdienen, aber ich ziehe doch keine Waffe. Ich bin kein Mörder.«

»In deiner Akte steht, daß du Kontakte zu fundamentalistischen Kreisen hattest«, testet ihn Serdj.

Omar bricht in übertriebenes Gelächter aus und läßt erneut seine Hüften kreisen.

»Das ist nicht mein Fach, kho. Ich im Gewand eines afghanischen Hirten, kannst du dir das vorstellen, ausgerechnet ich, wo ich mich so gern in Schale werfe?«

»Du hast doch mit Mourad zusammen …«

»Stop! Mourad war mein Kumpel, kho. Ein Kind aus meinem Kaff. Wir sind vor Hunger fast gestorben und haben gemeinsam den Gürtel enger geschnallt. Wir sind im selben Schlammloch geboren und unsere Mütter haben sich beim selben Makler abgerackert. Damals haben wir keine großen Dinger gedreht. Nur Lappalien. Gerade soviel, um mal die Hose zu wechseln oder in der letzten Spelunke im Ort was zu beißen zu bekommen.«

Er wirkt traurig. Es schmerzt ihn sichtlich, die Vergangenheit aufleben zu lassen.

»War keine schöne Zeit«, setzt er hinzu. »Wir haben uns nicht mal getraut, uns photographieren zu lassen.«

»Und deshalb hast du dich mit Kif vollgepumpt.«

»Ich rühre diese Scheiße nicht an. Träume habe ich, wenn ich klar im Kopf bin, kho. Wer hat euch so einen Schwachsinn erzählt?«

»Slimane … Slimane Abbou«, greift Serdj vor.

Omar runzelt die Stirn. »Nie von ihm gehört.«

»Er verkauft Schnee in der Kasbah.«

Er schüttelt den Kopf. »Kenn ich nicht.«

Ich schiebe ihm das Phantombild von Didi unter die Nase.

»Das da ist kein Comic-Held«, warne ich ihn.

Er verzieht das Gesicht, fährt sich mit dem Finger ins Ohr, läßt sich Zeit.

»Ist das der Rambo vom Nightclub in der Rue des Lauriers-Roses?«

»Haargenau.«

»Den treff ich von Zeit zu Zeit an der Uferpromenade. Wir grüßen uns nicht einmal.«

»Hast du ihn in letzter Zeit nicht mehr gesehen?«

»Hab nicht darauf geachtet.«

»Und Brahim Boudar?« fährt Serdj ihn an.

Malkom beherrscht sich. Er antwortet ganz unbeteiligt:

»Ein Dreckskerl. Wir haben uns im Knast kennengelernt. Promiskuität eben. Ist nicht mein Fall.«

»Er ist tot.«

»Keinen Tag zu früh.«

»Trotzdem, mit Boudar, Daho Lamine und Mourad Atti, da lief doch alles wie am Schnürchen.«

Er unterbricht mich. Seine mit Ringen überladene Hand schnellt mir vors Gesicht.

»Damit wir uns richtig verstehen, kho. Verwechseln wir nicht Ramadan und Chaaban. Daho Lamine war ein Krösus, die reinste Goldmine für Mourad und mich. Mit dem haben wir zum erstenmal den Fuß in ein echtes Restaurant gesetzt. Er leitete eine Schmugglerbande und schlug uns ganz einfache Dinge vor: Kofferträger. Nur Klamotten. Einmal rasch nach Alicante oder Damaskus, oder Marseille, und bei der Rückkehr winkte uns ein dicker Umschlag. Damit habe ich mir einen kleinen Laden am unteren Ende der Rue des Oiseleurs leisten können. He, das Risiko habe ich auf mich genommen, kho! Wenn mich die Zöllner abgefangen haben, habe ich nicht gemurrt. Für nichts gibt's nichts.«

»Daho hat mit Waffen gehandelt …«

»Das war allein seine Sache. Nichts für mich. Ich war im Kleidergeschäft. Kein Rauschgift, keine Waffen. Nur Klamotten.«

Ich nicke. Serdj kommt näher, übernimmt: »Und wie war das im Oktober 1988?«

Omar winkt mit dem Finger ab, deutet eine Art Tanzschritt an, setzt sein milchiges Lächeln auf und beginnt zu erzählen:

»Mourad ist zu mir ins Geschäft gekommen. Er war ganz aufgeregt. ›Vertraust du mir?‹ hat er mich gefragt. Ich darauf: ›Erst will ich sehen.‹ Er: ›Wir werden die Stadt auf den Kopf stellen.‹ Ich: ›Sie steht ja schon kopf.‹ Dann er: ›Eben. Es gibt einen Krawall im großen Stil. Die Straße wird sich erheben. Das reinste Kinderspiel. Du setzt eine Schachtel Zündhölzer ein und gehst mit fünfundzwanzig Scheinchen nach Hause.‹ Steinreich warst du damals mit fünfundzwanzig Scheinchen noch nicht, aber du konntest zumindest mit dem Hausbau anfangen. Ich hab gesagt: ›Abgemacht!‹ Zwei Tage später platzte die Straße aus allen Nähten. Wir haben Geschäfte und Busse in Brand gesteckt. Sie haben uns festgenommen und ins Gefängnis gesteckt. Insofern hab ich cash gezahlt, ohne Straferlaß.«

»Wer steckte hinter den Krawallen?«

»Jetzt enttäuschst du mich aber, kho.«

»Und dann?«

»Was dann, kho?«

»Dann wurde Daho Lamine doch Fundamentalist.«

»Wir haben nicht die gleiche Chechia getragen.«

»Aber du wußtest, was ihm im Kopf herumging?«

»Das hat ein Blinder gesehen. Daho würde selbst mit dem Teufel verhandeln. Er hat sich immer eine Hintertür offengelassen. Man hat damals stark auf die Fundamentalisten gesetzt, und er wollte nicht am selben Galgen wie die Ungläubigen baumeln.«

»Und Brahim Boudar?«

»Der geborene Mörder!« meint er und macht angewidert eine entsprechende Handbewegung. »Schon als Kind hat er Katzen und Hunde gequält. Kein einziger Köter hat sich in unser Kaff gewagt … Natürlich wollte er mich anheuern. Ich habe es ihm klar und deutlich gesagt. Kein Blut an meinen Händen, kho. Wie heißt es doch? Ehrlich währt am längsten. Ich weiß, daß es da oben ein Gericht gibt. Ich habe das auch Mourad gesagt. Aber Mourad hat gern groß angegeben. Er hat sich am Schlammloch gerächt. Von der Religion hat er sich keinen einzigen Vers gemerkt. Er kannte nur einen Gott, den einzigen Gott, der keinen Propheten braucht, der für ihn Werbung macht: die Knete!«

Serdj ist nicht überzeugt. Er versucht es noch einmal:

»Normalerweise eliminieren die Fundamentalisten jeden, der aus der Reihe tanzt.«

»Ich bin rechtzeitig abgesprungen. In dem Augenblick, als die Wahl abgebrochen wurde, habe ich gespürt, daß das nicht gut ausgehen konnte. Zu viel Manipulation!«

»Was meinst du damit?«

»Schwierig zu erklären. Es hat mir nicht gefallen. Ich konnte mir die Typen schlecht an der Bar und auf dem Minbar zugleich vorstellen. Das war nicht sunnitisch. Notorische Ganoven im Gewand der Mullahs, da war nichts Gutes zu erwarten. Als ob ein trojanisches Pferd in die Moscheen eindringen würde … Weißt du, ich bin weder Polizist noch Journalist; ich bin Kaufmann, kho.«

»Hast du Vermutungen über den Mord an Mourad?«

»Tausendundeine Vermutung, Mourad war ein Schürzenjäger.

Er stieg den Jungfrauen ebenso nach wie den Ehefrauen. Logisch, daß er einen Haufen Neider hatte.«

»Hat er dir nie von einem gewissen Abou Kalybse erzählt?«

»Brauchte er nicht. Abou Kalybse ist der Emir, der gerade ›in‹ ist. Seine Plakate sind überall angeschlagen. Man sagt, daß er nur auf die Intellektuellen losgeht.«

»Hat Mourad ihn gekannt?«

»Hör mal, kho, habt ihr etwa vor, hier zu übernachten? Ich hab noch andere Dinge zu tun. Mourad hat mir nicht alles gesagt. Er ist in erster Linie gekommen, um Eindruck zu schinden. Es machte ihm keinen Spaß, es sich gutgehen zu lassen, wenn ich nicht dabei war. Ich für meinen Teil gehe kein Risiko ein. Ehrlich währt am längsten.«

»Abou Kalybse … Beantworte einfach nur meine Frage.«

Omar zuckt mit den Achseln, leckt sich ausführlich die Lippen und klappert mit seinen Ringen auf dem Ladentisch.

Dann besinnt er sich: »Mourad kannte ihn, soviel ist sicher. Er sagte oft: ›Bei Abou Kalybse ist jedes Gramm Hirn Gold wert …‹ Weiter hat er mich nicht ins Vertrauen gezogen … Ist das jetzt genug, kho? Ich habe sowieso schon alles ausgepackt.«

Ich danke ihm und bitte Serdj vorzugehen. Ehe der Inspektor seine Hand auf den Türgriff legt, drehe ich mich nochmal um zum Cousin aus der Bronx.

»Ein einziger Nachtrag, und dann laß es gut sein. Was wird eigentlich im Limbes Rouges gespielt?«

Seine Wangenknochen beben.

»Die schönste Frau auf Erden kann auch nur geben, was sie hat. Es gibt Tabus. Die sind unantastbar. Ich habe ein Kind, und ich hänge an ihm.«

»Hast du etwa Schiß?«

»Oh ja. Ich mach mir fast in die Hose, wenn du es genau wissen willst. Der letzte Idiot, den man in dieser Bar antrifft, kann mehr Gewicht in die Waagschale werfen, als ein Kran je aufheben könnte.«

»Ist doch seltsam. Der Emir der Kasbah hat dort als Teller-
wäscher geschuftet und Didi als Rausschmeißer. Dann Mourad,
Brahim Boudar … Was ist das für ein Laden? Etwa eine Terroristen-
schmiede?«

Omar schluckt. Er sieht nicht so aus, als fühle er sich wohl.

Er knurrt: »Ich muß schließen. Ich war kooperativ und nett, kho.
Jetzt schießt in den Wind.«

## 14

Ein seltsamer Traum hat mich die ganze Nacht hindurch verfolgt. Ich bin über eine staubige Piste gerumpelt. Mir war kalt, und der Mond zerlief wie Camembert auf meiner Windschutzscheibe. Die Bäume, die düster und zerlumpt dastanden, wandten sich ab, wenn ich vorbeikam. Ich hatte keine Ahnung, wohin ich fuhr. Zwei glanzlose Augen beobachteten mich aus dem Rückspiegel heraus.

An einer Brücke stoße ich auf eine Unzahl von Fundamentalisten mit knielangen Bärten. Bewaffnet bis zu den Zähnen. Alles weist mir den Weg in einen Wald, wo sich zwischen den Baumstämmen dickbäuchige Menschenfresser drängen.

Mit einem Mal taucht im Licht meiner Scheinwerfer ein Goliath auf, mit einer Axt, noch größer als mein Entsetzen. Im selben Moment schnellen die Augen aus dem Rückspiegel heraus und kommen mit unheimlichem Brummen auf mich zu, als wollten sie die meinen verschlingen.

Da habe ich laut aufgeschrien … Mina ist bis an die Decke gesprungen.

»War nur ein Alptraum«, habe ich sie zu beruhigen versucht.

Sie ist gleich wieder eingeschlafen. Und ich habe mit brennendem Herzen Minute um Minute heruntergebetet, bis zum Ruf des Muezzins.

An diesem Morgen hat mich Lino nicht abgeholt. Eine Stunde habe ich am Fenster auf ihn gewartet, wie versteinert, in der Kehle eine Vorahnung, daß es einem den Magen umdreht.

Ein Nachbar ist so freundlich, mich beim Kommissariat abzusetzen. Bliss wartet schon am Eingang auf mich, er ist quittegelb im Gesicht. Ich begreife sofort, daß ein Unglück geschehen ist.

»Serdj ist als vermißt gemeldet«, schmettert er mich nieder.

Meine Abteilung wirkt wie ein Sterbezimmer. Baya schnieft mit aufgedunsenen Lidern in ein Taschentuch. Der Amtsdiener blickt drein wie ein Totengräber. Die Polizisten in Uniform lauschen betrübt den Zivilbeamten.

Bei meinem Eintreten verstummen alle. Lino sitzt aufgelöst hinter seiner Schreibmaschine, das Kinn in den Händen vergraben, den Blick ins Leere gerichtet.

»Was ist mit ihm passiert?«

Bliss antwortet: »Der Kommandant der 13. Brigade hat uns gemeldet, daß Serdjs Auto ausgebrannt in der Nähe von Douar Nemmiche gefunden wurde. Der Inspektor dürfte bei einer fingierten Straßensperre entführt worden sein.«

»Was hatte er in Douar Nemmiche zu suchen? Alle Welt weiß, daß das der reinste Höllenschlund ist, wo es vor Fundamentalistengeschmeiß nur so wimmelt.«

»Er hat einen Anruf von seinem Bruder bekommen. Sein Vater ist am Vorabend verstorben.«

Meine Hände greifen ins Leere. Meine Knie geben nach. Ich sinke auf einen Stuhl, alles um mich verschwimmt.

Aus weiter Ferne höre ich, wie Bliss hinzufügt: »Die Brigade ist vor Ort. Sie durchkämmen das gesamte Gebiet.«

Eine Stunde geht dahin, eine zweite, eine dritte …

Der Direktor ist hilflos. Er pendelt pausenlos zwischen drittem Stock und Parterre hin und her, um sich über die Lage zu informieren.

»Serdj würde sich nicht unterkriegen lassen«, flüstert ein Polizist auf dem Gang.

»Sicher hat er sich gewehrt«, psalmodiert der Amtsdiener. »Serdj ist ein richtiger Mann. Der läßt sich nicht einfach so entführen … Hat sich verteidigt … Wenn er tot ist, dann haben sie ihn jedenfalls erschossen. Serdj ist doch kein Lamm.«

Welch eine Zeit! Wenn ein Kollege erschossen wird, meint man, das sei noch das Beste, was ihm passieren konnte – angesichts der grausam zerstückelten Leichen, die die unglückliche Erde Algeriens überziehen.

Gegen Mittag schrillt das Telefon und versetzt uns in kollektiven Starrkrampf.

Bliss reicht mir den Apparat: »Die Brigade.«

Der Hörer brennt in meinen Händen.

»Kommissar Llob?«

»Ja.«

»Kommandant Hamid von der 13. Brigade. Es tut mir so leid.« Ich sinke auf meinen Stuhl zurück. »Wir haben ihn in einem Marabout gefunden.«

Ich möchte den Hörer zerschlagen, den Schreibtisch, die ganze Welt.

»Sind Sie noch da, Kommissar?«

»Leider!«

»Es tut mir aufrichtig leid.«

»Hat er sehr gelitten?«

»Jetzt leidet er nicht mehr. Das bringt ihn zwar auch nicht zurück, aber meine Leute haben drei der neun Entführer erschossen. Den Rest der Gruppe verfolgen wir weiter.«

»Danke, Kommandant.«

Als ich den Hörer auflege, hält Baya sich den Kopf mit beiden Händen und stößt einen unerträglichen Schrei aus.

Am späten Nachmittag wird Serdj überführt. Im Leichenschauhaus rät der Direktor mir dringend, den Chirurgen nicht bei der Arbeit zu stören.

»Ich ziehe es vor, daß du von ihm das Bild des guten Mitarbeiters in Erinnerung behältst, Llob. Er ist so entstellt. Sie nähen ihm gerade den Kopf wieder an.«

Am nächsten Tag versammelt sich die gesamte Mannschaft in Bab-el-Oued zum Begräbnis. Auf der Straße wimmelt es von Nachbarn, Jugendlichen aus dem Viertel, Greisen und Schaulustigen. Leutnant Chater hat zwei Sicherheitssperren errichtet und auf den Dächern der Umgebung Scharfschützen postiert. Die Terroristen haben uns an die unvorstellbarsten Scheußlichkeiten gewöhnt. Manchmal bringen sie eine Mutter um, nur um am Tag der

Aufbahrung den Sohn in die Falle zu bekommen, oder sie ermorden einen Polizisten, nur um seine Kollegen niederzumähen, die sich an seinem Grab versammeln.

Der Direktor, die Lokalpolitiker und Offiziere der 13. Brigade haben es sich nicht nehmen lassen, der Familie des Verstorbenen persönlich ihr Beileid auszusprechen.

Ich komme als letzter an, weil Lino verschwunden ist.

Auf der Straße spielt ein Junge mit einem Fahrradreifen, völlig unbeeindruckt von der ganzen Menschenmenge. Er ist fünf oder sechs Jahre alt. Serdjs Jüngster, erklärt mir ein Onkel. Er begreift nicht, daß alle diese Leute wegen ihm da sind.

Man führt mich in eine Hütte. Ich kann jetzt verstehen, warum Serdj mich nie nach Hause eingeladen hat. Er wollte mich nicht in Verlegenheit bringen. Seine Bude ist dermaßen elend, daß ihre Bewohner noch durchscheinender als Geister wirken.

Man vertraut den Freund einem heruntergekommenen Friedhof an. Gestern den Vater begraben, heute den Sohn. So ist das Gesetz des Lebens.

Irgend jemand flüstert mir zu: »Gott ist groß.«

»Die Hölle auch«, gebe ich zurück.

Der Imam hat mit der Lesung der Fatiha begonnen. Ich richte die Augen gen Himmel. Als sie beginnen, Erde auf den Körper meines Kollegen zu werfen, bleibt eine Wolke vor der Sonne stehen. Ein Stück Nacht, das sich auf die Laufbahn eines Polizisten senkt.


Den ganzen Tag lang habe ich Lino gesucht, bei Da Achour, in den Kneipen, in der Nähe der Bordelle ... Dann habe ich mich an das Hinterzimmer bei Sid-Ali erinnert, unserem früheren Ausbilder, der jetzt in Pension ist. Die Jungs aus demselben Jahrgang treffen sich am Wochenende bei ihm, um ein paar Liter zu kippen und die letzten Neuigkeiten auszutauschen.

Sid-Ali deutet mit dem Daumen über die Schulter.

»Er hat die Sache sehr schlecht aufgenommen«, vertraut er mir an.

»Da ist er nicht der einzige.«

Lino sitzt zusammengesunken am Tisch, das Gesicht in der Armbeuge vergraben. Die Anzahl der geleerten Bierdosen gibt eine Vorstellung vom Ausmaß seiner Verletzung.

Ich hüstle in meine Faust. Lino reagiert kaum. Er zerwühlt weiter seinen Haarschopf, lächelt mich wie durch einen Spiegel an. Es ist nicht wirklich ein Lächeln, eher die Grimasse von einem, der neben seinen Schuhen steht.

Er schüttelt seine Uhr, hält sie ans Ohr.

»Hassu schon deine Ticktack gefüttert?« stammelt er.

»Ich habe eine Quarzuhr.«

»Meine is stehngeblieben.«

»Das Leben geht weiter.«

Lino ist stockbesoffen. Er fällt fast aus seinem schlampigen Gewand. Seine Bewegungen sind unkoordiniert, die Zunge bleibt zwischen seinen Kiefern hängen wie eine verrostete Klinke.

»Das nennssu 'n Leben, Kommy? Im bessen Fall 'n Gnadenfriss. Wieso kommssu und verpanschss mir 'n Wein?«

»Weil es nichts bringt, sich zu besaufen.«

Er stößt mit einem Ruck den Tisch um, taumelt. Ich versuche, ihn zu stützen. Er schiebt empört meine Hand weg.

»Bin immer no fähig, aufrech ssu stehn, ho! Ich steh immer no so fess auf mein Füßn, daß ihr mi stehend begraben müss!«

»Mach dich nicht zum Idioten. Wir gehen jetzt nach Haus.«

»Hab kein Ssuhause mehr.«

»Das hier ist nicht der richtige Ort für dich, Lino.«

»Jammerlappen!«

Er stößt mich weg, torkelt auf die Straße, hält die Hände trichterförmig vor den Mund und brüllt: »Ich bin ein Bulle, he! Ich habe keine Angst. Ich bin ein Bulle, kommt alle her und knallt mich ab!«

Ich versuche, ihn zu beruhigen.

Er stößt mich zurück.

»Pfoten weg, du! Rühr mich nicht an, ja! Merkssu eigentlich auch mal, dassu überflüssig biss? Heute abend erdrücksu mich.

Laß mich in Frieden, in Ordnung? Und hör auf, mich so anzuschaun, als müß ich mir was vorwerfen. Du muß dir was vorwerfen. Du glaubs, du bis auf der richtigen Seite. Es gib kein richtige Seite. Man is einfach nur am richtigen oder am falschen Platz. Ich bin kein Held. Ich bin nicht mal besonders tapfer. Ich glaube auch nicht an die Friedhofskultur. Ich will einfach nur meine Haut retten.«

»Erzähl mir das später.«

Er weicht schwankend zurück.

»Du bist wachsbleich«, sagt er und schneuzt sich in den Ärmel. »Du has kein Tropfen Blut. Geht dir das Viertel so auf den Geist? Und ich dachte immer, du hättes Mumm in den Knochen. Bin total enttäuscht von dir.«

Ein feiner Sprühregen geht über die Stadt nieder, aber ich bekomme nur die Spritzer aus dem Mund meines Leutnants ab.

Ein junger Bärtiger im Qamis kommt aus einer Parfümerie. Lino wartet, bis er auf seiner Höhe ist, um ihn niederzuboxen.

»Verfluchter dreckiger Terrorist! Aasmade! Scheißmullah!«

Ich umklammere den Leutnant. Er macht sich los, fällt über den verblüfften Bruder her. Es folgen ein Austausch von Schimpfwörtern, Fußtritte ins Leere, Ausspucken. Der Bruder schiebt seine Chechia und die Ärmel seines Qamis zurück. Ich greife ihn mir mit einer Hand und dränge ihn gegen die Mauer.

»Hau bloß ab!«

»Ist der verrückt oder was?«

»Hau ab, ehe ich dir das Schamhaar da im Gesicht zusammenzwirble!«

Ich stoße den Leutnant in meinen Wagen und gebe Gas.

Während der Fahrt kauert sich Lino auf der Rückbank zusammen, das Kinn zwischen den Knien, die Hände über dem Kopf, und weint wie zehn kleine Kinder.

## 15

Nie hätte ich Lino soviel Kummer zugetraut.

Drei Tage und drei Nächte lang sagt er kein einziges freundliches Wort. Er meidet die Kantine, boykottiert die Einsatzbesprechung und verbringt mehr Zeit damit, hinter der Schreibmaschine über seinem Schmerz zu brüten, als sich für den Rest der Welt zu interessieren. Mehrfach habe ich ihn dabei überrascht, wie er auf der Toilette Selbstgespräche führte, Nase an Nase mit dem Spiegel.

Ich habe ihm vorgeschlagen, Urlaub zu nehmen. Wütend hat er mich angefaucht: »Ich brauche keine Erholung. Dafür ist die Ewigkeit da.«

Er fing an, mit dem Personal Streit zu suchen, und fand unweigerlich immer einen Vorwand, um zu schimpfen. Er war nicht wiederzuerkennen.

»Ich weiß, wie du dich fühlst«, sage ich zu ihm. »Ich fühle mich genauso. Serdj gehörte zu unserer Familie. Das Schicksal wollte, daß er als erster ging.«

»Das nennst du Schicksal?«

»Nenn es, wie du willst. Es ist nun einmal Tatsache: Serdj ist tot. Er hat es nicht verdient, so zu enden. Er war ein guter Kerl. Manchmal finde ich das so ungerecht, daß ich fast schon den Glauben verliere. Auch ich komme auf dumme Gedanken. Ich habe Lust, meine Pistole zu ziehen und den ersten Bärtigen, der mir über den Weg läuft, niederzuschießen. Ich tue es nur deshalb nicht, weil man das eben nicht tut. Ich bin kein Mörder. Ich weigere mich, ihr Spiel mitzuspielen. Wir müssen wir selbst bleiben, einfache Leute, aber Leute mit Herz.«

Eine volle Minute lang findet Lino keine Worte. Er verkrampft die Hände ineinander. Er drückt mir einen Finger gegen die Brust, als wolle er ihn mir ins Herz bohren.

»Nicht mit mir«, sagt er. »Ich weiß, was gut ist und was nicht. Deine Sprüche kannst du für dich behalten. Das ganze Drama kommt nur daher, daß manche die falschen Werte haben. Von jetzt an handle ich nur noch nach meinem Kopf.«

Er geht und schlägt die Tür hinter sich zu.

Ich kann nicht viel für ihn tun. Jedesmal, wenn ich mich ihm nähere, droht er, mir die Fresse einzuschlagen.

Eines Morgens beschließt er mitten in einer Sitzung, zum Grab von Serdj zu fahren. Er sollte nie dort ankommen. Auf dem Weg überfährt er ein Stoppschild und verprügelt einen Polizisten.

Nach vier Tagen habe ich ihn herausgeholt.

Wir sind dann zu Da Achour hinausgefahren, um Merguez zu grillen. Lino hat sich abgesondert. Von frühmorgens bis zum Einfall der Nacht ist er am Strand geblieben und hat Kieselsteine in die Wellen geschleudert.

Danach ging es besser. Das Meer hat ihn ein wenig beruhigt.

Slimane Abbou hat wieder etwas Farbe im Gesicht. Sein Brustkorb ist bandagiert, seine Hand hängt an einer Art Wasserspülung, und er schneidet eine Grimasse nach der anderen, während er sich gegen sein Kissen lehnt.

Der Arzt hat uns geraten, nicht zu übertreiben, um keine Verschlimmerung seines Zustands zu riskieren. Ich schwöre ihm, die Nerven zu bewahren, und warte, bis er aus dem Zimmer ist, um einen Stuhl an das wacklige Bett zu rücken, auf dem unser Dealer seiner Genesung harrt.

»Nun, was macht die Lunge?«

»Sie haben sie zurechtgeflickt, aber manchmal werde ich noch künstlich beatmet.«

Lino interessiert sich mehr für die Weißkittel im Hof. Er brummelt, ohne sich umzusehen: »Du hättest ihm was zum Naschen mitbringen sollen, Kommy.«

Slimane fährt auf. »Hat er was gegen mich, dein Wachtmeister?«

»Kümmere dich nicht um den. Erzähl uns lieber deine Geschichte von Anfang an.«

»Dafür reicht meine Spucke nicht aus. Und außerdem, mit meinen Beatmungsschläuchen …«

»Wir haben uns kurz in deiner Behausung umgesehen.«

»He, langsam! Das war nicht meine Hütte, das war die von Moh Lakja.«

»Das Hinkebein, das du umgepustet hast?«

»Das war ein Unfall. Ich wollte ihm aufhelfen, da hat sich der Schuß gelöst.«

»Hast recht. War ein Unfall. Wir waren ja dabei, du kannst auf unsere Aussage zählen.«

Er kichert. So zynisch, daß es einem das Zahnfleisch aufreißt.

»Ich wußte ja, daß du ein prima Typ bist. Sonst hätte ich dich nicht verfehlt.«

»Was hattest du bei Moh Lakja zu suchen?«

»Ich habe ihm seine Ration gebracht.«

»Der ist so sauber wie sein Schnee«, meint Lino ironisch, die Nase noch immer an die Scheibe gepreßt.

Slimane wird wütend. Er stützt sich mit dem Ellenbogen ab und jault: »Jawohl! Ich bin sauber, und du kannst mich mal! Ich hab nicht wie du das Glück gehabt, Polizeioffizier zu werden oder Beamter.«

»Vorsicht«, besänftige ich ihn, »sonst springt dir noch der Stöpsel aus dem Schlauch.«

Es ist, als hätten meine Worte ihn aufgestachelt. Er richtet sich ein wenig höher auf und wettert in Richtung Lino los:

»Dreh dich um, du Arschloch! Schau mir in die Augen, wenn du ein Mann bist! Du verachtest mich, weil ich keine Bildung habe, ja? Was meinst du, wie stellt man es an, was zwischen die Zähne zu bekommen, wenn man keinen Schulabschluß und keine Arbeit hat? Weißt du, was es heißt, seine Mutter zur Essenszeit weinen zu sehen, weil sie nichts hat, was sie den Kleinen auf den Teller legen kann? Weißt du, was es heißt, sich die ganze Nacht in der Rumpelkammer verstecken zu müssen, weil der Vater schon wieder besoffen nach Hause kommt? Weißt du, was es heißt, nichts als schlechte Noten heimzubringen, weil zu Hause so ein Chaos herrscht, daß es schäbig wäre, sich hinter seinen Büchern zu verstecken …?«

»Wir sind hier nicht bei Gericht«, bremse ich ihn.

Slimane verstummt, völlig außer Atem. Plötzlich bricht er in Lachen aus. Es ist das Lachen eines Tobsüchtigen, bei dem einem das Blut in den Adern gerinnt.

»Jedenfalls«, kichert er, »hat's beim Richter immer funktioniert.«

Langsam kommt mir die Galle hoch. Ich zwinge mich, einen kühlen Kopf zu bewahren. Slimane ist störrisch wie ein Maultier! Es bringt nichts, ihn daran zu erinnern.

»Du steckst bis zum Hals in der Scheiße«, informiere ich ihn. »Deine Waffe wurde identifiziert. Sie gehörte einem Magistratsbeamten, der in Tamalous ermordet wurde. Wir wissen auch, daß du von einer Reihe von Boutiquebesitzern Schutzgeld erpreßt und zwei Schwestern entführt hast. Du verkaufst Stoff zugunsten der bewaffneten Gruppen. Wir haben Beweise. Wir wissen, daß Didi dein Kumpel und Abou Kalybse dein Guru ist.«

Er hört zu, die Augenbrauen affektiert zusammengezogen, und blinzelt, wie wenn man jemandem spaßeshalber schöne Augen macht, nur um mir zu zeigen, daß ihn meine Fakten kaltlassen und er sich über meine Bestandsaufnahme königlich amüsiert.

»Wieviel wird mir das denn einbringen, Bulle?«

»An dir sind wir gar nicht interessiert.«

»Das ist aber nett! Du hast mir da vorhin ganz schön Angst eingejagt, also wirklich.«

»Der Albino, ist das ein Kunde von dir?«

»Ist das ein Codename?«

»Das ist der Kerl, der den Mercedes gefahren hat. Wir haben gesehen, wie er dich bei der Freundin von Didi abgesetzt hat.«

»Du meinst den Verrückten ohne Pigmente? Die nennt man Albino? Das wußte ich nicht. Meiner Meinung nach ist der Typ von der Geheimpolizei. Er kannte mich besser als meine eigene Mutter. Er hat mich gezwungen, ihn zu Yasmina zu führen. Yasmina wußte aber nicht viel. Da ist er sauer geworden, der Albi…dings, und hat ziemlich fest zugeschlagen. Er wollte sich zu Abou Kalybse durchfragen.«

»Und dich hat er verschont.«

»Das ist nicht dasselbe. Wir haben einen Deal gemacht. Der Albidings hat mir Kohle versprochen, wenn ich ihm eine Spur beschaffen könnte. Ich war bei Lakja, um zu verhandeln. Lakja war auch nicht viel weiter gekommen. Von Abou Kalybse kannten wir nur das Knirschen des Faxgerätes ... Ich wollte mich ein für allemal zur Ruhe setzen, das schwöre ich. Mit meiner Provision wollte ich einen kleinen Laden aufmachen, Kinder in die Welt setzen und ein Kapitel meines Lebens beenden. Zweihundert Scheinchen hat er mir versprochen, der Albidings. Und ihr habt mir nun die Tour vermasselt.«

»Tschuldigung«, äfft ihn Lino nach, »haben wir nicht gewußt.«

Slimane betrachtet seine Fingernägel und überlegt.

»Stimmt es, daß ihr die Terroristen hinrichtet?«

»Na, was glaubst du?«

»Ich möchte Reue zeigen. Ist das möglich?«

»Sonst noch was?« schnarrt Lino.

»Beim Leben meiner Mutter, ich habe Abou Kalybse nie getroffen. Er kontaktiert mich immer per Fax. Hinterher nehme ich von Didi meine Gage in Empfang.«

»Wo ist Didi jetzt?«

»Nicht die leiseste Ahnung.«

»Im Untergrund?«

»Didi im Untergrund? Der kann doch ohne seine Badewanne und sein weiches Bett nicht leben.«

»Was ist er eigentlich genau? Euer Schatzmeister?«

»Eine Art Briefkasten.«

»Und wer ist der Briefträger?«

An dieser Stelle wird Slimane vollständig wach. Seine Augen schleudern Blitze aus dem Jenseits.

»Hat deine Frage einen Preis, Bulle?«

»Können wir verhandeln?«

Er entspannt sich, verschränkt die Hände im Nacken, kreuzt die Beine unter dem Laken, fixiert träumerisch die Decke. Ich habe nicht wenig Lust, ihm die Eingeweide herauszureißen.

»Ich verlange die Freilassung«, kläfft er nach einer Weile.

»Sonst nichts?«

»He!«

Er bricht wieder in sein hämisches Lachen aus. Selbst eine Hyäne wäre unfähig, ihn nachzuahmen.

»Die Freilassung oder gar nichts.«

Lino reißt sich brüsk vom Fenster los, ist mit einem Satz über ihm und trommelt wie wild auf seine Wunde ein. Die Schreie und Flüche hallen durch den ganzen Block. Im Nu sind der Arzt und eine Traube Schwestern im Raum und versuchen, den Leutnant mit Händen und Füßen von seinem grausamen Treiben abzubringen.

Slimane fleht zu Tode erschrocken: »Bringt diesen Irren weg und ich werde alles sagen.«

## 16

In Algier gibt es Tage, an denen Himmel und Meer sich zusammentun, um ein Gefühl unglaublicher Fülle zu erzeugen. Alles ist blau bis in Neptuns Bett hinein, und die Sonne, dieser Schalk, bringt es fertig, im tiefsten Winter den Sommer wachzuküssen. Von allen Sonnen der Welt ist unsere die einzige, der dieses Kunststück gelingt.

Alles wirkt unglaublich heiter. Man hört die Vögel zwitschern und die Blätter rauschen. Die Luft ist eine Hochzeitsgesellschaft aus lauen Winden und süßen Düften. Man möchte am liebsten einschlummern und niemals wieder aufwachen.

Es gibt keinen Zweifel: Das Paradies ist Gottes Schöpfung, die Hölle dagegen von Menschenhand.

Sie ist schön, unsere weiße Stadt, wenn die Luft so klar ist, daß man im Umkreis mehrerer Meilen eine Eiche von einem Johannisbrotbaum unterscheiden kann. Gäbe es da nicht diese greulichen Attentate und die Scharen der Erleuchteten, die wie Motten die Straßen und die Gehirne zerfressen, man würde Algier nicht gegen tausend Märchenstädte eintauschen.

Ich sitze entspannt auf dem Balkon und betrachte die Kasbah, die sich an ihrem Riff festklammert, um der Plünderung durch die abziehenden Wogen zu entkommen, Bab-el-Oued, das an eine Kaserne am Ausgangstag erinnert, und weiter unten den Hafen, der dem Ladentisch eines Schankwirts gleicht, auf dem das Geld zusammenkommt, um sich munter zu vermehren.

Wenn auch nicht alles Gold ist, was bei uns glänzt, faszinierend ist es trotzdem …

Wäre da nicht noch Omar Malkom, genannt Iks, der aus der Nase blutet und dessen Geplärr meine Träumereien zerschlägt. Er krümmt sich mit blauem Auge und wackligen Zähnen am Boden, während Lino ihn hingebungsvoll bearbeitet.

»Also wie war das, kho? Ehrlich währt am längsten? Das hat er doch gesagt, nicht wahr, Kommy?«

»Wenn ich lüge, soll ich in die Hölle kommen«, bestätige ich vom Balkon her.

Lino hebt den Fuß und zerquetscht mit seinem Schuh die Finger des Punks.

»Ich mach einen Scheuerlappen aus deinem Luxusgewand!«

»Ihr seid auf der falschen Spur, kho. Slimane ist neidisch auf meinen Erfolg. Hat er euch seine Märchen erzählt? Ich bin bloß Geschäftsmann. Ich verdiene mein Geld anständig.«

»Wie hat er doch gleich gesagt, Kommy?«

»Ehrlich währt am längsten!«

»Offenbar liegt ihm doch nicht so viel an seinem verdammten Leben.«

»Er denkt vielleicht, daß du ihm einen Bären aufbindest und ihn aus Mangel an Beweisen schon noch laufenläßt.«

»Wenn er sich da nur nicht irrt.«

Lino tritt erneut mit voller Wucht zu. Omar windet sich vor Schmerz und preßt seine Fäuste auf die getroffene Niere.

»Ihr foltert mich ja. Dazu habt ihr kein Recht. Das Gesetz verbietet es.«

»Wir werden uns später schämen. Mit der Fatwa, die deine Gurus gegen die Ausländer erlassen haben, hast du keine Chance, daß Amnesty dir zu Hilfe kommt.«

Ich gehe ins Zimmer, packe den Punk bei seinem Haarbüschel und blase ihm meinen Atem ins Gesicht.

»Ich habe alle Zeit der Welt. Ich werde dir schon noch die Zunge lösen, und wenn ich sie dir herausreißen muß. Es bringt dir gar nichts, die Spuren zu verwischen. Ich bleib dir am Arsch und laß nicht von dir ab. Je schneller du auspackst, desto schneller bist du erlöst.«

»Ich bin Geschäftsmann.«

»Ich will Abou Kalybse zu fassen kriegen. Das ist eine persönliche Sache, kapiert?«

»Ich bin nur Geschäftsmann.«

»Geh zur Seite, Kommy.«

Ein Blutspritzer trifft mein Knie, als der Schuh des Leutnants auf das zerschlagene Gesicht des Punks niedergeht.

»Ich bin Geschäftsmann«, wiederholt er trotzig. »Ich will ja nichts Unmögliches. Was ich habe, reicht mir. Ich bin kein Nimmersatt … Ihr täuscht euch, Leute. Ich bin bloß Geschäftsmann.«

Wir heben ihn auf und binden ihn an einem Stuhl fest.

»Es bringt dir nichts, die Spuren zu verwischen, sag ich dir. Du bist der Schatzmeister und vereidigte Anwerber von Abou Kalybse.«

»Das ist nicht wahr.«

»Und ob das wahr ist.«

»Das nicht wahr, ist nicht wahr, ist nicht wahr …«

Stundenlang wiederholt er denselben Refrain. Linos Fäuste sind an den Gelenken schon ganz wund. Sein Hemd ist zerfusselt und dampft vor Hitze. Erschöpft sinke ich in einen Sessel, um mich zu erholen.

»Und wenn wir Artikel 220 des Schnellverfahrensrechts ausprobierten?« schlägt Lino keuchend vor.

Obwohl er völlig groggy ist, schafft Omar es noch, die Stirn zu runzeln.

»He, was ist das für ein Ding, kho? Ich bin kein Versuchskaninchen.«

Lino reißt den Fernsehstecker heraus und beginnt umständlich, den Draht herauszuschälen.

»Hast du schon mal versucht, dein Arschloch mit der Beißzange zu enthaaren …? Nein? Wie soll ich dir dann Artikel 220 des SVR erklären?«

Omar Malkom kann nicht mehr. Er ringt nach Luft. Mit einer schlappen Handbewegung winkt er dem Leutnant, den Kram wieder zusammenzupacken.

»Schon gut, kho, ich gebe auf. Gott ist mein Zeuge: ich habe bis zum Ende meiner Kräfte durchgehalten.«

»Der Teufel ist sicher mächtig stolz auf dich.«

Omar ist kurz davor, in Ohnmacht zu fallen. Widerstandslos beginnt er auszupacken.

»Slimane behauptet, du hättest Sabrine Malek umgebracht.«

»Falsch. Es stimmt, daß ich sie eingesperrt habe, aber ich habe sie nicht getötet.«

»Und warum wurde sie entführt?«

»Das ist die Schuld von Mourad Atti. Er hätte sich nicht in dieses Biest vergaffen sollen. Sie gehörte nicht zum Harem. Im Club sind die Anweisungen klar. Keine von draußen … Mourad hatte sich vom naiven Gehabe dieser Nutte einwickeln lassen. Und dann hat es sich herausgestellt, daß sie keine normale Nutte war. Sie war ein Lockvogel. Irgendwer hatte sie eingeschmuggelt, um bis zum Guru vorzudringen. Abou Kalybse hatte die Lage gecheckt. Er ließ die Kleine entführen. Sie blieb eine Woche in einer Baracke eingesperrt. Dann wurde sie abgeholt. Ich habe sie nie wieder gesehen.«

»Mourad wurde wegen dieser Unvorsichtigkeit eliminiert.«

»Er fing an, zu oft zu stolpern. Das war nicht ratsam in einer Familie von Seiltänzern, wie der Club es ist. Von Anfang an hatte ich das Gefühl, daß wir uns auf des Messers Schneide bewegten. Aber es gibt dabei keinen Rückwärtsgang.«

»Wußtest du, wer Sabrine war?«

»Die Tochter eines ehemaligen Manitus. Sie selbst hat es mir gesagt. Ich konnte nichts für sie tun. Im Schützengraben hält man seinen Helm und seine Feldflasche fest. Den Rest vertraut man der Fürsorge Gottes an.«

»Wer waren die zwei Typen, die sich für Beamte des BdS ausgegeben haben?«

»Keine Ahnung. Abou Kalybse hat seine Spitzel überall.«

»Was genau sind die Leitlinien eures Clubs?«

»Was meinst du …?«

»Wer seid ihr? Fundamentalisten? Eine Art Mafia? Was habt ihr für eine Ausrichtung? Politisch, mystisch, religiös …?«

Er fährt sich mit dem Arm über seine blutigen Lippen, befühlt seine Zähne. Seine Brust hebt und senkt sich schwer.

»Keine Ahnung. Ich brauchte Geld. Vom ersten, der mir welches geboten hat, habe ich mich anheuern lassen. Unser Club kümmert sich um Intellektuelle. Andere um Industrielle. Wieder andere um Magistratsbeamte. Der Krieg ist ein gefundenes Fressen für alle, die noch eine Rechnung offen haben oder mal gründlich aufräumen wollen. Persönlich habe ich nichts gegen die Gebildeten. Ich weiß nicht einmal, wofür sie stehen ... Ich halte mich an das Geld, kho. Man schickt mir ein Fax: die und die Summe für den und den. Ich lasse ihn eine Quittung unterschreiben und schicke sie per Fax zurück, dann gehe ich nach Hause. Nicht, daß es mir gleichgültig wäre, ich habe mir nur keine besonderen Vorwürfe zu machen. Ich bin ein Schalterbeamter, ein einfacher Geldautomat ... Ich habe einen tierischen Horror vor Feuerwaffen.«

»Wo versteckt sich unser Mann?«

Er drückt vorsichtig seine Faust an die aufgeplatzte Lippe und gurgelt: »Pavillon 17, Cité Deheb, an der Küstenstraße.«

Nach beendeter Teufelsaustreibung beginnt er nervös zu schluchzen.

Ich greife zum Telefon und rufe im Büro an.

Bliss ist dran.

»Was treibst du denn in meinem Büro?«

»Ich kam gerade vorbei und hörte das Telefon läuten. Weil niemand abgehoben hat, da ...«

»Ich habe dir schon hundertmal gesagt, daß du nicht um meinen Schreibtisch herumschleichen sollst, wenn ich nicht da bin ... Also paß auf, einen Gitterwagen in die Avenue des Frères Adou, Nummer 162. Ein ganz gefährlicher Hund. Verhaften und zu keinem ein Wort davon!«

»Nicht mal zum Herrn Direktor?« fragt er kriecherisch.

»Einen Gitterwagen, und zwar ein bißchen plötzlich!«

Die Cité Deheb, die »Stadt des Goldes«, hat kein reines Gewissen. Sie versteckt sich hinter den Hügeln in einer Bergnische und tut so, als gäbe es sie nicht.

Etwa dreißig Villen liegen in der stillen Bucht, die von einer breiten, schnurgeraden Straße zerteilt wird, beiderseits junge Palmen und schmiedeeiserne Laternen. Die Grundstücke gehören zu denen, die hinter vorgehaltener Hand den Besitzer wechseln. Die Verwaltungsmafia breitet das Mäntelchen der Verschwiegenheit darüber, damit nur keine lästige Neugier aufkommt. Traumhafte Oasen, die für einen symbolischen Dinar vergeben wurden und im Schatten gehütet werden wie ein Staatsgeheimnis …

Um sie zu finden, muß man in den Kreis der Versteckspieler eingeführt sein. Von der Landstraße aus sieht man nicht einmal die Abzweigung, die sich heimlich in die Büsche schlägt, nach einigen hundert Metern dann mit einer Asphaltdecke protzt und zuletzt über den feinen Sandstrand bis zur Insel der Seligen vordringt.

Wenn ich an die Schlafstädte denke, die unsere Landschaft verschandeln, an die öden Bunker, die schon beim Einzug baufällig sind und nichts als Aggressionen wecken, an die Slums, die sich bis in unsere Gedanken ausbreiten, oder die Kellerfenster, die über schwefligen Abgasen gähnen, dann gebe ich mich keinen Illusionen bezüglich unserer Zukunft mehr hin. Man baut eine Zivilisation nicht auf Kartenhäusern auf. Und mit schäbiger Vetternwirtschaft und Komplizentum steigt man auch nicht in den Rang einer Nation empor.

Lino hat seine Begeisterungsausbrüche ein für alle Mal abgestellt. Er weiß jetzt, was hinter dem Reichtum der anderen steckt. Lino ist hart geworden. Verbittert, aber hart im Nehmen. Es hat eine Weile gebraucht, ihm die Augen zu öffnen, aber jetzt hat er den Durchblick.

Er verachtet die Arroganz der Paläste und interessiert sich ausschließlich für deren Hausnummern. Die Nummer 17 läßt es sich am Ende der Straße gutgehen, die Nase zum Garten gereckt, das Hinterteil in Sand gebettet. Ein architektonisches Schmuckstück mit blauem Stein auf der Fassade, Arkaden auf der Veranda und einer Schwingtür, die niedlicher ist als jede Nippesfigur.

Sid Lankabout läßt uns fünf Minuten schmoren, bevor er uns öffnet.

»Llob?« Er zieht die Brauen hoch.

»Überrascht?«

»Absolut. Welcher Wind hat euch hierher geweht?«

»Der Wind, der sich dreht, Monsieur Lankabout.«

Er streicht die Vorderseite seines Hausmantels glatt, betrachtet Lino.

»Ich kann euch nicht hereinbitten. Ich schreibe gerade.«

»Sie werden im Gefängnis noch genug Zeit haben, an Ihrer Litanei herumzufeilen.«

Kaum bemerkbar schnellt seine rechte Braue nach oben. Der Rest bleibt reglos.

»Ich verstehe«, meint er.

Seine Gelassenheit soll mich wohl glauben machen, daß er ein Mann von Charakter ist. Seine lange Liaison mit den Mächtigen im Staat hat ihn eine falsche theatralische Größe annehmen lassen.

Er errät den Grund meines Besuchs, doch die Verachtung, die er für mich hegt, verbietet ihm, mir auch nur im geringsten entgegenzukommen.

Ich drücke ihn zur Seite und betrete sein Domizil. Im Salon lagert ein ganzes Arsenal von elektronischem Spielzeug, Soft- und Hardware, Faxgeräte und Funkanlagen, die den Ort zum Sitz eines Generalstabs machen.

»Das also ist Ihr apokalyptisches Labor, Monsieur Abou Kalybse?«

»Ich habe Sie beträchtlich unterschätzt, Llob.«

»Den Polizisten oder den Schriftsteller?«

»Beide. Jedesmal, wenn ich Ihren Namen auf die schwarze Liste setzen wollte, hat mich meine kategorische Weigerung, Ihnen Talent zuzugestehen, davon abgehalten. Gleichzeitig hat es mir Spaß gemacht, Ihren Ruf als Spürnase auf die Probe zu stellen.«

Ich befehle Lino mit einer Kopfbewegung, die obere Etage zu inspizieren.

Sid Lankabout nimmt feierlich hinter seinem Schreibtisch Platz und streichelt die Blätter, die randvoll mit seinen Inspirationen sind. »So ein schöner Roman«, seufzt er.

»Das sagt man sich immer, bevor der Lektor sein Gutachten vorlegt.«

An den Wänden hängen die Porträts der kürzlich ermordeten Intellektuellen, die Jagdliste des Abou Kalybse. Die Trophäen seines düsteren Ruhms: drei Schriftsteller, vier Gelehrte, ein Theokrat, fünf Journalisten, ein Schauspieler und ein Professor. Mein Blick bleibt am kauzigen Gesicht meines verstorbenen Freundes Aït Méziane hängen. Mein Herz krampft sich zusammen. »Welch ein Verlust!«

Sid Lankabout sammelt seine Blätter ein, stapelt sie, klopft den Packen mit der Handfläche glatt. Das Fenster hinter ihm geht auf einen Fels hinaus, an dem die Wellen lecken.

Er beginnt vorzulesen: »Gott vermag die Lage eines Volkes nur zu verbessern, indem er seine Mentalität korrigiert.«

»Vielleicht sollte man lieber die Ihre korrigieren.«

»Ich denke nicht. Wenn ich all diese degenerierten Bastarde sehe, die unsere Städte überfluten, diese amerikanisierten Jugendlichen, diese Intellektuellen, die sich anstrengen, uns eine Kultur einzutrichten, die nicht die unsere ist, und uns allen Ernstes glauben machen wollen, daß ein Verlaine zehn Chawqis aufwiegt und ein Pulitzer zehn Aqqads, daß Gide die reine Wahrheit und Tawfik Al-Hakim ein Nichts ist, daß die Transzendenz abendländisch ist und es Rückschritt bedeutet, zum Arabischen zurückzukehren, dann tue ich nur das, was Goebbels angesichts Thomas Manns auch getan hätte: ich ziehe die Pistole.«

Er verstaut seine Blätter in einer Mappe, legt sie in eine Schublade. Dann blickt er auf. »Sollte man den Dämon austreiben oder ihn zähmen …? Es mußte eine Entscheidung getroffen werden. Und ein Dämon läßt sich nicht zähmen.«

Ich zeige auf die Porträts: »Das waren weder Dämonen noch Verrückte, Sid. Das waren einfache, ehrliche, brave Leute. Sie hatten Kinder, Hoffnungen, legitime Ansprüche und wollten niemandem etwas Böses.«

»Dummes Zeug! Als ich gegen die Kolonialherren zu den Waffen gegriffen habe, war das nicht zum Vergnügen. Ich habe von einem algerischen Algerien geträumt mit Koranschulen und Moscheen und turbantragenden Gelehrten. Von einem Land, das stolz ist auf seine Identität, seine Geschichte, seine Erde, unverwechselbar unter Tausenden; stolz auf die Vielfalt seiner Dialekte, seine Sprache, seine Traditionen ... Und was sehe ich? Algier ist so verdorben wie jede Metropole jenseits des Meeres, ein Volk ohne Charakter, häretische Universitäten, ein Schicksal von tödlicher Trivialität.« Er deutet verächtlich auf seine Opfer: »Das waren keine braven Leute, Llob. Sie waren hinterhältig, arglistig, zerstörerisch. Die reinsten Motten. Sie waren unsere Feinde, Verräter. Sie standen im Sold der Abtrünnigen, waren Handlanger des Teufels.«

»Aït Méziane hatte kaum was zum Beißen. Er hat seine Schulden mit ins Grab genommen.«

»Er war ein mieser Gaukler. Er verkörperte die Person des zersetzenden, zynischen, negativen Algeriers, den wir alle ablehnen ... So konnte das nicht weitergehen. Es war zuviel des Lächerlichen. Der Wald mußte niedergebrannt werden, um Platz für einen neuen zu schaffen, ohne Ratten und Schmeißfliegen, schädlingsfrei und widerstandsfähig ...«

Kein Zweifel, der Mann, der da mit mir redet, ist verrückt. Ich betrachte seine Wangen, seine glitzernden Augen, den Schweiß, der ihm über die Schläfen rinnt, seine Finger, die so zittern wie seine Stimmbänder ...

»Du warst es doch, der die sicheren Werte immer verabscheut hat, Sid, du bist der lebende Widerspruch. Ich habe dich nur als Spielverderber gekannt, nachtragend, mürrisch, allergisch gegen gute Laune. Der Erfolg der anderen hat dich immer nur gestört. Du hast ihr Talent als persönliche Beleidigung empfunden. Nur weil du der geborene Pechvogel bist, hat in deinen Augen nichts einen Wert. Du sprichst von deinen Träumen und läßt Alpträume wahr werden. Eine gräßliche Spinne, die in den Tiefen ihres Netzes lauert: das bist du und sonst nichts. Neidisch auf jeden Schriftsteller, jeden Künstler, der dir die Schau stiehlt. Dein Leben lang wolltest du die Welt überflügeln, über sie erstrahlen, aber nicht durch dein Genie –

davon hast du keinen Funken –, sondern durch die zerstörerische Flamme deines Hasses, du, der Schreibknecht der Tyrannen, eingesetzt nicht um zu lehren und Orientierung zu geben, sondern um die wahre Elite zu sabotieren, so wie ein einziger kranker Baum den ganzen Wald verderben kann. Wer der Lüge dient, verfängt sich in ihr. Deine Freunde aus dem alten Regime haben dich, deinen Egozentrismus, deinen Größenwahn nur benutzt. Sie haben dich gegen deine natürlichen Verbündeten und gegen dich selbst aufgebracht. Sie haben dich an den Höhenrausch gewöhnt und dann auf einer Wolke vergessen. Aber du bist nicht Gott und auch kein Engel, Monsieur Lankabout. Du bist eine jämmerliche Utopie. Du flößt den Lebenden wie den Toten nur Mitleid ein …«

Er streckt mir seine Hände entgegen, liefert sich mir aus.

»Du brauchst keine Handschellen«, erwidere ich. »Eher eine Zwangsjacke.«

Er betrachtet die Innenseite seiner Hände, dreht sie um, stützt sich ab, um aufzustehen. Ganz behutsam. Seine Finger berühren einander, verschränken sich. Sid wähnt sich vor erlauchtem Publikum, schickt sich an, das Wort zu ergreifen. Durchs Fenster flutet das Licht herein und umhüllt ihn wie ein Nessusgewand. Er ist nur mehr ein Phantom, ein Schatten, der sich aus dem Tageslicht löst.

»Als verrückt gilt, was sich dem Verständnis der Menge entzieht«, sagt er mit tonloser Stimme. »Verrückt ist der Weise, der seine Gelehrsamkeit vor dem gemeinen Volk ausbreitet. Galilei war in den Augen der Kirche verrückt. Und als verrückt galt Ibn Sina, der den Körper eines Menschen schändete, indem er ihn sezierte. Doch die Jahre bescheren den nachfolgenden Generationen unerhörte Erkenntnisse. Naivität und Genialität, Verläßlichkeit und Fehlbarkeit, Recht und Unrecht lösen einander in willkürlichem Wechsel ab. Wie viele Schurken von einst werden heute hoch gerühmt? Wieviel Hirngespinste haben sich im nachhinein als erstaunliche Prophezeiung erwiesen …? In Wirklichkeit, Llob, gibt es weder die absolute Wahrheit noch die totale Lüge: Es gibt nur Dinge, an die man glaubt, und andere, an die man nicht glaubt …«

In diesem Moment splittert das Fenster. Sid Lankabout wird auf den Schreibtisch geworfen, sein Schädel von einer großkalibrigen Kugel zerfetzt. Ich kann gerade noch eine Silhouette erkennen, die draußen hinter dem Felsen hervorspringt und in Richtung einer Hecke davonläuft. Dann höre ich, wie ein Wagen mit quietschenden Reifen wegfährt.

## 17

Der Direktor hat darauf bestanden, das Ende von Abou Kalybse zu feiern. Zum kleinen Empfang, den er im Sitz der Direktion organisiert hat, sind die Sekretärin des Verwaltungsbezirks, einige Kommissare, eine Handvoll Offiziere der Spezialeinheiten und eine Schar Journalisten geladen. Der oberste Polizeichef hat abgesagt, jedoch einen ermüdend geschwätzigen Vertreter geschickt, der sich mehr dafür interessiert, wie wohl der Bezwinger der Bestie ausschaut, als eine Lobrede zu halten. Dafür preist der Direktor meine »Ausdauer« und meinen »Sinn für Selbstlosigkeit«. Er nennt mich beim Vornamen, und prompt werde ich so rot wie eine Jungfrau beim Anblick eines Hotdogs.

Alle sind sie der gleichen Meinung, daß Abou Kalybse ein verteufelter Brocken gewesen sei. Wenn man sie so hört, könnte man meinen, der Terrorismus sei nun ausgelöscht.

Man drückt mir die Hand, man klopft mir die Schulter, man knufft mir triumphierend in den Wanst – und nicht einer, der es für nötig befände, Lino zu gratulieren. Der schämt sich fast für seine Anwesenheit, Lino der Untergebene, Lino der Packesel, Lino, zur Sache reduziert, ohne Ruhm und ohne Verdienst. Allzuviel macht es ihm nicht aus. Lino weiß, daß in einer Gesellschaft, in der man selten danke und niemals Entschuldigung sagt, Undankbarkeit völlig natürlich ist.

Später wird er mir anvertrauen, daß er als Junggeselle wider Willen alle Ehrungen der Welt für eine bescheidene Zwei-Zimmer-Wohnung gäbe, um endlich eine Familie gründen zu können. Möge Sankt Nimmerlein ihn erhören!

Zu Hause langweilen sich die Kinder vor dem Fernseher. Unsere Politprominenz streitet um eine derart nervtötende Nebensächlichkeit, daß meine Tochter davon fast eine Depression bekommt.

Ich hänge meine Jacke an den Nagel und lasse mich in der

Küche nieder. Mina serviert mir eine Zwiebelsuppe mit ein paar Nudeln drin. Es geht ihr nicht gut, meinem kleinen Aschenputtel. Nur ungeschickte Gesten, nur ausweichende Blicke. Ich halte sie am Handgelenk fest. Sie sträubt sich, will sich nicht auf meine Knie setzen.

»Du bist heute nicht ganz auf der Höhe, mein Schatz.«

Sie greift sich gequält an die Stirn.

»Sie reden im Radio von deinem Erfolg.«

»Haben sie meinen Namen erwähnt?«

»Nein, aber so gut wie.«

Sie macht sich Sorgen. Sie tut nichts anderes. Ihr Ältester ist fortgegangen, ihre Große langweilt sich, weil sie keinen Verehrer findet, ihr Ehemann ist die Hauptattraktion bei der Terroristen-Olympiade … Wenn ich aus dem Haus gehe, wacht sie hinter dem Fenster. Wenn ich fünf Minuten Verspätung habe, verliert sie die Nerven. Mina macht sich kaputt. Ihre Rundungen, die wie keine anderen meinen Pulsschlag mit ihrem Hüftschwung in Einklang gebracht haben, sind erschlafft. Ihr Herz klopft nur mehr vor Schreck und aus Wut.

»Mach dir keine Sorgen, Liebling. Renkt sich alles wieder ein.«

Gegen drei Uhr nachts schreckt mich das Telefon aus meiner Schlaflosigkeit. Ich hebe ab.

»Hallo, Habibo!« bellt eine verstellte Stimme, »gute Arbeit geleistet. Ich danke dir. Du hast mir einen Dorn aus dem Fuß gezogen … Geht's gut, nicht zu müde? Wetten, du hattest gerade einen Alptraum?«

»Gut, daß du angerufen hast. Ich wäre vor Angst fast gestorben.«

»Ach ja …?« Er legt auf.

Mina rührt sich unter der Bettdecke.

»Wer war das?«

»Ein klaustrophober Nachtschwärmer.«

Sie richtet sich auf. Ihre Augen leuchten im Dunkeln.

»Irgend jemand hat seit heute morgen dauernd angerufen.«

»Schlaf weiter.«

Ich taste auf dem Nachttisch herum, finde eine Zigarette, zünde sie an. Im Nebenzimmer phantasiert mein Jüngster zehn Sekunden lang vor sich hin und ist dann still. Die Nacht leuchtet bläulich durch die Fenstergitter. An einem gespenstischen Himmel sehnt sich ein Stück vom Mond nach seiner ganzen Fülle.

Noch einmal das Telefon.

»Da bin ich wieder, Habibo.«

»Du hast die falschen Tabletten geschluckt, hab ich recht?«

»Das ist eben meine Art. Es gefällt mir, mit der Beute zu reden, bevor ich sie kaltmache. Das bringt einen einander näher, man lernt sich kennen. Ich hasse es, jemanden umzubringen, den ich nicht kenne. Das hinterläßt den Nachgeschmack des Unfertigen … He, was willst du? Die Leute sind nicht alle gleich.«

»Wer spricht denn da?«

»Ganz sicher ist es kein Störgeräusch, Habibo.«

»Soll das ein Witz sein?«

»Meine Freunde finden, daß ich keinen sehr ausgeprägten Sinn für Humor habe. Dem Kerl, den ich neulich darauf vorbereitet habe, erstochen zu werden, ist nichts Besseres eingefallen, um mein Mitleid zu erwecken, als zu erzählen, er hätte eine chronische Rachenentzündung.« Lachen aus dem Hörer. »Bist du noch da, Habibo? Warum hustest du nicht ein bißchen heftiger …« Lachen. »Ciao!«

Meine Zigarette ist zwischen meinen Finger verglüht. Ich habe nichts gespürt. Ich setze mich auf und starre bis zum Morgengrauen das Telefon an. Habibo ruft nicht mehr an.


»Du bist blaß«, teilt mir Mina am frühen Morgen mit.

»Fang nicht wieder damit an, ich bitte dich.«

Ich esse nur mit halbem Appetit. Mein Butterbrot bleibt mir im Hals stecken. Ich weiß nicht warum, aber mit einem Mal verursacht mir der Buttergeruch Brechreiz.

In der Garage macht der Parkwächter dieselbe Bemerkung: »Sie sind blaß, Herr Kommissar.«

»Ich habe zuviel Milch in meinen Kaffee getan.«

Ich untersuche den Parkplatz, schaue unter die Autos, nähere mich meinem Zastava, kontrolliere die Griffe, ohne sie zu berühren, aus Vorsicht vor eventuellen Drähten, spähe unter die Motorhaube. Nicht die Spur einer Bombe.

»Sind Sie sicher, daß alles in Ordnung ist?« fragt der Parkwächter interessiert.

»Sind Sie Arzt?«

»N-nnnein.«

»Also was geht Sie das dann an?«

Der Parkwächter zieht den Kopf ein und verschwindet.

Ich setze mich hinters Steuer, nehme meinen ganzen Mut zusammen und drehe den Zündschlüssel. Der Motor heult sofort auf. Seltsamerweise. Für gewöhnlich ist er störrisch.

Erst als ich den Schalthebel berühre, entdecke ich den Zettel am Rückspiegel:

»Du *bis* tot, Habibo.«

Wenn Bliss meinen schlimmsten Feinden erzählte, daß Llob ein Angsthase ist, der sich schon bei einer Kleinigkeit in die Hose macht, würde ihn niemand ernst nehmen. Trotzdem habe ich einen Stich lang das Gefühl, als würde der Himmel über mir zusammenbrechen.


Habibo stößt im Büro wieder zu mir.

»Hast du meine Nachricht gefunden?«

»Du *bist*, das schreibt man mit *t*.«

»Es ist ja nicht meine Sprache …«

»Was willst du?«

»Mich mit dir amüsieren. Ich war in der Garage. Ich hab mich halb totgelacht. Deiner armen Karre sind die Sicherheitsventile durchgebrannt. Du wirst dich fragen, wo ich mich versteckt habe, Habibo, hm? Du hast ja überall nachgeschaut. Das beweist, wie schlau ich bin. Ich hätte dich gut umbringen können. Ich hab's nicht eilig. Ich werde dich leiden lassen. Du wirst mich noch anfle-

hen, dich fertigzumachen. Ich liebe es, wenn man mich anfleht. Ich
fahr da voll drauf ab. Manchmal lasse ich der Beute einen kleinen
Hoffnungsschimmer. Sie klammert sich mit ganzer Kraft daran. Sie
schleppt sich vorwärts bis zur Tür. Ich bin schon ganz aus ihren Gedanken verschwunden. Sie robbt durch ihr Blut, erreicht die Tür,
sieht die Treppe, sieht die Tür des Nachbarn. Nur drei Meter, nur
noch zwei Meter, nur noch ein Meter. Sie hebt die Hand, schwer
wie ein Amboß, kratzt an der Nachbartür, wieder und wieder. Die
Tür öffnet sich endlich, und der Nachbar, das bin ich.« Er beginnt
unheilvoll zu lachen.

Eine halbe Stunde später ruft Mina mich an: »Man hat ein Paket
vor unserer Tür abgelegt.«

»Faß es auf keinen Fall an!« schreie ich. »Und bewahr die Ruhe.
Nimm die Kinder und verschwinde. Keine Hektik, Liebling. Alar-
miere die Nachbarn. Das ganze Gebäude muß evakuiert werden.
Ich komme …«

Das Paket liegt vor meiner Wohungstür. Zwei Pyrotechniker hören
es in einer unerträglichen Stille ab. Sicherheitskräfte haben die
Straße abgesperrt. Mina und die Kinder warten aschfahl und
stumm in einem Zellenwagen. Sie zittern am ganzen Leib.

Ich beobachte die Umgebung. Ich spüre, daß Habibo ganz nah
ist, so nah, daß ich auf ihn spucken könnte. Und alle Gesichter
kommen mir verdächtig vor.

Die beiden Pyrotechniker nehmen schließlich das Paket auseinander. Als sie aus dem Gebäude kommen, gerät die Menge in Bewegung.

»Blinder Alarm«, beruhigt mich der Diensthöhere.

In dem Paket finde ich Seife für meine Totenwäsche, ein Leichentuch und eine Gebetskette. Ein alter Brauch aus unserer Gegend.

Ich nehme Lino zur Seite und trage ihm unauffällig auf: »Versuch, meinen Cousin Kader in Béjaia zu erreichen. Sag ihm, daß
ich ihm Mina und die Kinder schicke. Sie dürfen auf keinen Fall in
Algier bleiben.«

Drei Tage später, auf der Straße nach Zéralda, wird mein Wagen von einem Meteor gestreift. Ich diskutiere gerade über Funk mit Lino und merke gar nicht, wie mich eine fette Limousine überholt. Plötzlich rempelt sie gegen meine Tür und schüttelte mich von Kopf bis Fuß durch. Ich erinnere mich nur noch, daß die Straße uneben wurde, dann, daß mich der Straßengraben verschlang, schließlich das Nichts ...

»Mehr Glück als Verstand«, beruhigt mich der Arzt, während er sich die Röntgenbilder ansieht. »Ihr Schädel ist so hart wie die Eisenkugel eines Sträflings.«

Ich weiß nicht, ob es sich dabei um ein Kompliment oder um eine Diagnose handelt, aber ich bin ordentlich erleichtert. Ich ziehe mich vor dem Spiegel wieder an. Mit dem Verband, der mir den Schädel einhüllt, sehe ich aus wie ein Fakir, dessen Zöpfe in eine Mühle geraten sind.

Habibo ruft mich um vier Uhr morgens an: »Du hättest mir fast den Abend verdorben.«

»Ich werde das nächste Mal besser aufpassen, nicht wahr, Didi ...?«

Am anderen Ende der Leitung wird aus vollem Halse gelacht.

»Didi ist tot, Habibo. Man hat ihn in ein Loch gesteckt und mit Stahlbeton zugeschüttet. Die Bande von Sid Lankabout, kaputt! Nur du und ich sind noch übrig. Wir werden uns prächtig unterhalten ... Wo hast du eigentlich deine verlausten Gören hingebracht? Ich werde sie wiederfinden. Ich werde Pastete machen aus ihrem Gehirn.«

»Nun mal langsam! Du hast gesagt, ich wäre schon tot, und ich lebe noch.«

»Aber nein, du *bist* tot. Vollkommen tot. Nur du selber denkst, daß du noch von dieser Welt bist. Dein Totenschein wurde gleichzeitig mit dem Dienstvertrag unterzeichnet. Man sagt mir nach, daß ich meine Opfer beerdige, bevor sie noch auf die Welt kommen.«

»Beweis es.«

Ich lege auf.

Er ruft mich sofort wieder an.

»Verdammter Hurensohn. Ich kann es nicht ausstehen, wenn man mir das Wort abschneidet. Mach das nie wieder mit mir.«

Ich reiße das Telefonkabel heraus.

Es ist Montag. Ein griesgrämiger Himmel ergießt seinen Mißmut über die Stadt. Die Sonne meines Landes deprimiert. Die Greuel, die ihr die Nacht hinterläßt, sind stärker als ihre Magie.

Jeden Morgen erfahren wir aus dem Tagesbericht, daß ein Kind getötet, eine Familie dezimiert, ein Zug angezündet, ein anderer Winkel des Landes heimgesucht wurde. Ich zwicke mich, bis ich blute, um sicher zu sein, daß ich nicht träume. Nein, es ist kein böser Traum. Auf der guten alten Erde Numidiens bringen sich die Brüder mit außerordentlicher Grausamkeit gegenseitig um.

Unter allen Völkern sind wir das »radikalste«. Wir sind davon überzeugt, die Besten oder aber die Schlimmsten zu sein. Von der goldenen Mitte haben wir nie etwas gehört. Wir haben die tapfersten Soldaten der Welt und die mutigsten Frauen, und unter unseren Nachkommen finden sich die schrecklichsten Monster des Planeten. Mäßigung halten wir für Unsinn, für »Appetitlosigkeit«. Vielleicht sind wir deshalb so unbezähmbar wie unvernünftig.

Währenddessen glauben wir weiterhin, daß eine Schubumkehr möglich ist, daß von einem Moment zum nächsten die Hölle der Menschen dem Paradies Allahs Platz machen wird, daß mit einem Mal Djazaïr wieder Djazaïr sein wird, das heißt, ein Ort, an dem zwar nicht alles eitel Wonne ist, aber wo es sich trotzdem ganz gut leben läßt – ein wenig drunter und drüber, aber dafür in vollen Zügen.

Ein knausriger Regen netzt die Chaussee.

Das ist der Moment, den Ex-Kommissar Dine ausgewählt hat, um sich meiner zu erinnern: »Llob, mein heißgeliebtes Fäßchen«, tönt er am anderen Ende der Leitung, »ich hoffe, ich hab dich nicht geweckt!«

»Ich bin im Büro.«

»Eben darum, dort schläft es sich besser … Ich war bei dir zu Hause. Man hat mir gesagt, daß du das Weite gesucht hast.«

»Die Gegend wurde allmählich zum Schießstand.«

»Soso! Haben die Heckenschützen dich jetzt im Visier!«

»Was willst du, du Pensionist? Soll ich dir helfen oder dich zum Teufel schicken?«

Dine räuspert sich hüstelnd und fragt: »Interessiert dich *mein* Fall noch immer?«

»Könnte sein. Wieso hast du deine Meinung geändert?«

»Wegen Tahar Djaout! Er hat gesagt: *Wenn du redest, stirbst du. Wenn du schweigst, stirbst du. Also rede und stirb.*«

»Ich bin in vierzig Minuten bei dir.«

Ich erreiche die verkommene Siedlung mit einer Viertelstunde Verspätung. Rund um das Hochhaus, in dem Dine wohnt, stehen Polizeiwagen. Der Anblick des Krankenwagens läßt mir das Blut in den Adern gerinnen.

»Scheiße, Scheiße, Scheiße! Sie haben ihn erwischt!«

Einige Polizisten machen mir Zeichen umzukehren. Der Brigadier erkennt mich und läßt die Absperrung zurücksetzen, damit ich durchkann.

»Zwei Terroristen haben versucht, einen Kollegen zu liquidieren«, erklärt er mir.

Ich springe aus dem Auto. Zu meiner großen Erleichterung steht Dine aufrecht im Treppenhaus, eine 7,62er in der Faust. Auf den Stufen bluten zwei verrenkte Körper ihr Gift aus, der eine mit einer sabbernden Mohnblüte auf der Brust, der andere mit einer seltsamen Sommersprosse zwischen den Brauen.

»Llob, chéri, entweder ist das ein Zufall, oder du wirst abgehört.«

Die Nacht kehrt im wehenden Galopp zurück, ihr schwarzer Umhang bläht sich im Wind, und die Lichter der Stadt stäuben wie Funken unter ihren Hufen.

Dine und ich haben uns für die Klause von Da Achour entschieden. In ihrer Abgeschiedenheit kann man sich konzentrieren und die Akten mit kühlem Kopf entstauben.

Wir haben die Abschriften verglichen, sind unsere Informationen noch einmal durchgegangen, haben die Videokassetten durchgesehen. Die Bilder, die vor meinen Augen vorüberziehen, die Gesichter, die aus dem Dunkel auftauchen, die Hände, die im Schatten geschüttelt werden, das alles schneidet mir den Atem ab.

Die meisten der Fundamentalisten sind in den Salons der Neureichen ein und aus gegangen und mit dem Räderwerk der höheren Sphären bestens vertraut. Der eine war Leibwächter eines Generaldirektors, jetzt ist er Emir einer Horde von Kannibalen. Der andere war Chauffeur eines Neo-Beys, jetzt überschwemmt er das Land mit subversiven Traktaten.

Mit jeder neuen Erkenntnis beschleicht mich stärker dieses Gefühl, das dich lähmend bei der Gurgel packt, wenn du merkst, daß das Licht am Ende des Tunnels nichts anderes ist als der Widerschein der Hölle.

»Von Anfang an«, berichtet Dine, »war mir der Tod von Abbas Laouer verdächtig. Der Bankier war ein Hypochonder. Seine Krankengeschichte war lückenloser als jeder Fahrtenschreiber, sein Lebensablauf so geregelt wie eine Schweizer Uhr. Alle sechs Monate eine Untersuchung. Kein Gramm Fett zuviel, keine Kalorie zuwenig. Er war geradezu prädestiniert, den Rekord an Langlebigkeit zu brechen.

Im Nightclub haben sie mir verboten, mich seinem Leichnam zu nähern. Haj Garne ging sogar so weit, den Durchsuchungsbefehl zu zerreißen. Ich, der ich gedacht hatte, ich hätte ihn weichgekocht, mußte feststellen, daß ich viel zuwenig ausgekocht war.

Es war das erste Mal, daß ich in diesen Höhen fahndete. Ein Polizist, der dreißig Jahre damit verbracht hat, kleinen Gaunern auf die Füße zu treten, ist nur schwer davon zu überzeugen, daß es Leute gibt, die über dem Gesetz stehen. Ich habe den Fall Laouer wieder aufgenommen, nachdem man ihn im Handumdrehen abgeschlossen hatte. Der Bericht des Gerichtsmediziners sprach von Herzinfarkt. Ich bin zu ihm hin, um ihm auf den Zahn zu fühlen. Der hat mir vielleicht was erzählt. Mein Partner hat sich auf Zehenspitzen zurückgezogen. Es war sonnenklar: das war eine Nummer zu groß für uns.

Ich habe dann allein weitergemacht. Richter Berrad bestärkte mich. Nach drei Monaten war ich nicht einen Millimeter weiter. Da brannte bei mir die erste Sicherung durch. Ich wollte das Limbes Rouges amtlich schließen lassen. Resultat: Haj höchstpersönlich taucht in meinem Büro auf und führt mir ein Video vor. Fassungslos erkenne ich meine Nichte inmitten einer abstoßenden Sexorgie. Er überließ mir den Film als Musterstück und meinte: ›Und ich habe noch nicht einmal richtig nachgeschaut. Es gibt sicher noch einen netten Dokumentarfilm über deine außerehelichen Abenteuer.‹

Der Sturz in den Abgrund, Llob. Aber ich ließ nicht los. Ich habe Soria Atti alias Anissa beschattet. Ich habe Fotos gemacht. Am Tag, an dem ich sicher war, sie in der Falle zu haben, hat sie mich nur ausgelacht. Während ich auf ihrem Bett meine kompromittierenden Fotos auspackte, schaltete sie das Video an. Und ich sah Maître Berrad, den höchsten Richter, wie er es sich an allen Körperöffnungen von einem Minderjährigen besorgen ließ. ›An deiner Stelle würde ich es aufgeben, hinter dem Einhorn herzujagen‹, sagte Anissa zu mir. ›Es wäre doch schrecklich, aufgespießt zu werden.‹

Dieses Mal war ich allein, wirklich allein. Kein Verbündeter mehr, keine Unterstützung. Ich wurde wütend. Haj Garne hat vier Luxusbordelle mit Prostituierten versorgt, höchste Autoritäten unter seinen Stammkunden gehabt und eine regelrechte Pornothek

126

aufgebaut, mit der er sie alle erpressen konnte. Abgeordnete, Diplomaten, Staatsräte, Juristen, Journalisten ... Um mir den Rest zu geben, versicherte er mir, er hätte sogar Dias von Adam und Eva.

Sein Gewerbe war weit mehr als eine Sammelstelle für gerupfte Hühner, es war eine politische Kraft. Immer, wenn ein hoher Politiker sich mehr oder weniger über die sozialen Mißstände empörte und nach Aufdeckung der üblen Machenschaften rief, schickte man ihm eine Kopie seiner sexuellen Ausschweifungen zu. Blieb er stur, wurde er liquidiert.

Und weil *ich* stur blieb, hielten sie mich rund um die Uhr auf Trab. Ich mißtraute am Ende der ganzen Welt. Meiner Frau, meinen Kindern, dem Briefträger ... So bin ich zuletzt im Irrenhaus gelandet.«

Wir gehen auf die Veranda hinaus und schauen zu, wie das Meer sich krachend am Riff bricht. Auf unseren Lippen prickelt die Gischt, unsere Lungen saugen gierig den Geruch der Algen ein, um den Modergeruch aus unserem Innern zu vertreiben.

»Wer steckt hinter dieser riesigen Schweinerei?«

Dine bläst die Backen auf.

»Die Finanz- und Polit-Mafia. Sie hat diesen ganzen verdammten Krieg angefangen und sie hält ihn am Laufen. Eine Ansammlung von alten Politikern, die es nicht verkraftet haben, daß sie ausgeschaltet wurden, kleptomanische Anführer aus alten Zeiten, die ihre Strafe mittlerweile abgesessen haben und jetzt zurückkommen, um sich zu rächen, entlassene Funktionäre, Revanchisten, die was weiß ich beweisen wollen, eine ganze Bruderschaft verantwortungsloser Verantwortlicher, deren neue Massengräber die Aasgeier anlocken und wild machen ...«

»Ich will Namen, Dine, Namen ...«

»Den Namen der Sekte«, knurrt Da Achour aus seinem Schaukelstuhl heraus. Er zeigt auf das aufgewühlte Meer. »Horch auf das Rauschen der Wellen, Llob. Die Wellen sind schon in Aufruhr. Das dritte Jahrtausend wird zum Ruhme der Gurus erwachen ...«

Die Leute mögen es nicht, wenn man sich ihnen in die Sonne stellt. Das macht sie wütend, und sie können bös zurückschlagen. Salah Doba weiß das. Deshalb hat er sich entschlossen, sich ganz klein zu machen. Die Kleinen werfen weniger Schatten. Sie leben versteckt in dem ihren. Das schützt sie vor dem bösen Blick.

Salah Doba ist klug. Klein zu sein bedeutet nicht, keine großen Pläne zu schmieden. Da hat er sich noch nie geniert.

Und außerdem ist es gar nicht so schlecht, klein zu sein. Als Zwerg bekommt man die Ziegel als letzter auf den Kopf, und man merkt als erster, wenn die Flut kommt. So macht man den Verlust an Höhe durch einen Zuwachs an Perspektive wett.

Offiziell ist Salah Doba ein kleiner Angestellter im Untergeschoß der nationalen Wafa-Bank in der Rue des Trois Pendules. Tatsächlich ist er Vertreter für die unterschiedlichsten Bereiche. Seine Aufgabe besteht darin, fernab Geschäfte zugunsten der Apparatschiks des alten Regimes abzuwickeln und schmutziges Geld zu waschen. Briefkastenfirmen und Scheingeschäfte kennt er in- und auswendig, er gilt als As in Theorie und Praxis der Fälschung. Dank seiner Aktionen hat eine stattliche Zahl sogenannter charismatischer Persönlichkeiten Traumschlösser in Spanien und anderswo gebaut und etliche Schweizer Banken aufgefettet.

Er selbst begnügt sich mit den Krumen und schafft brav im verborgenen, so daß niemand ahnt, welch Imperium die fleißige Ameise hinter der unbedeutenden Gestalt des kleinen Angestellten errichtet hat.

Sein Haus paßt zu ihm. Von der Straße aus ist es ein ganz normales Gebäude. Mit grotesker Fassade und gewöhnlicher Eingangstür, mit derart schreiendem Orange getüncht, daß es jeden Hitiste, der eine Mauer zum Anlehnen sucht, zur Verzweiflung treiben muß.

Doch sobald man die Schwelle überschritten hat, befindet man sich in einer Oase.

Er empfängt uns auf der Veranda. Ganz untertänig. Als ob seine Festung nur Frucht unserer Einbildung wäre. Er ist ein ausgemergeltes Männchen mit metallischem Blick und abgezirkelten Bewegungen. Er serviert Zitronenlimonade und Pariser Konfekt und beobachtet uns, von unseren Appetit gerührt, mit dem Blick der gütigen Seele, die den Welpen beim Fressen zusieht.

»Monsieur Doba«, beginnt Dine und leckt sich die Finger ab, »Kommissar Llob und ich rollen die Affäre Laouer wieder auf.«

»Das ist eine alte Geschichte …«

»Ich weiß. Sie wurden wegen des Todes Ihres Direktors aller Funktionen enthoben. Man hat versucht, Ihnen die Schuld für die Fehlbeträge im Safe in die Schuhe zu schieben. Aber es handelte sich um hundertzwanzig Millionen Dollar. Ein derartiger Krater konnte doch nur das Werk eines gewaltigen Baggers sein, und Sie sind so zart.«

Salah Doba grinst noch breiter und schiebt das Tablett mit den Leckereien in meine Richtung, als handle es sich um ein Mikrophon.

»Und was denkt Kommissar Llob darüber?«

»Ich denke, daß man Sie benutzt hat.«

Er lehnt sich zurück, verschränkt seine Nagetierfinger über dem Bauch.

»In diesem Fall sitzen wir im gleichen Boot, Kommissar Llob. Ich habe von Ihrer letzten Großtat gehört. Sie haben die Machenschaften von Sid Lankabout beendet. Das ist sehr gut. Aber die Fiesta geht trotzdem weiter.«

»Ich sehe nicht, wie wir im gleichen Boot sitzen könnten, Monsieur Doba.«

»Man hat auch Sie benutzt.«

»Wie das?«

Er betrachtet den Himmel.

Es ist grundsätzlich nicht leicht, diesen Mann zu beeindrucken. Wie klein er auch sein mag, er scheint sein Reich besser abgesichert zu haben als ein Diktator. Bei ihm finde ich dieselbe Haltung wieder, die schon Haj Garne, Sid Lankabout und Konsorten meiner Mittelmäßigkeit gegenüber an den Tag gelegt haben.

»Kommissar«, setzt Doba wieder an, »in meinem Winkel, in den man mich abgeschoben hat, komme ich weiterhin in den Genuß von Zuwendungen. In Wirklichkeit hat man mich nicht meiner Funktionen enthoben, man schützt mich nur vor jeder Indiskretion. Das ist die übliche Vorgangsweise. Sobald eine Spielfigur in die Schußlinie gerät, setzt man sie auf ein anderes Feld. Nach einer Zeit, wenn die Sache sich beruhigt hat, wird sie wieder ins System eingegliedert ...«

»Sie antworten nicht auf meine Frage.«

Er verzieht ärgerlich das Gesicht.

»Kommissar, normalerweise ist man, wenn man sich für oberschlau hält, immer nur der Dumme ... Nehmen wir zum Beispiel diese Geschichte mit Abou Kalybse. Was war das wohl? Einfach nur die Geschichte eines weiteren Schlaubergers, eines weiteren Dummen. Da taucht plötzlich ein Emir auf, der nicht im offiziellen Organigramm des Terrorismus steht. Da das, was er tut, nicht dem Drehbuch entspricht, bringt er die ganze Choreographie durcheinander. Und was das Schlimmste ist, der Eindringling schreckt nicht davor zurück, sich aus den Reserven des Kontingents zu bedienen, und das ist ganz und gar nicht gut. Er bringt die wahren stillen Teilhaber bei ihren Partnern in Mißkredit. Es wurde dringend notwendig, die Krebszelle zu lokalisieren. Dazu brauchte man einen guten Spürhund, und auf dem Markt gab es keinen besseren als Kommissar Llob. Und Sie haben den Köder geschluckt. Dank Ihnen konnte man zwei Fliegen mit einer Klappe schlagen. Erstens hat man sich des Eindringlings entledigt, und zwar auf ganz legale Weise. Für den gewöhnlichen Steuerzahler hat die Polizei – zweitens – ihre Rechnung mit Sid Lankabout alias Abou Kalybse beglichen. Die Sache ist abgeschlossen.«

Ich versuche, einen höhnischen Schimmer in seinen Augen zu entdecken. Doch Salah Doba macht keinen Scherz.

»Ich habe es satt, Kommissar. Ich habe die Betrügereien satt, die ständigen Manipulationen, das Puzzlespiel … Gehen Sie nach Hause, das ist der Rat eines Freundes. Denen sind Sie nicht gewachsen.«

»Wir lieben die Gefahr«, sagt Dine.

»Es ist der Mühe nicht wert, meine Herren. Wirklich, es zahlt sich nicht aus. Gehen Sie nach Hause.«

Dine beeindruckt das nicht. Er fingert mit vollgestopften Backen im Konfekt herum und bohrt nach:

»Es sind nicht diese hundertzwanzig Millionen Dollar, die uns Sorgen machen, Monsieur Doba. Das Land streckt alle viere von sich, wir würden ihm gerne wieder auf die Beine helfen.«

Doba lacht müde auf: »Man sieht, daß Sie keine Ahnung haben, wovon wir hier sprechen.«

»Wir reden von der Finanz- und Polit-Mafia …«

»Alles Einbildung! Das sind Worte, nichts als Worte, zugkräftige Vokabeln, klingende Bezeichnungen, hohle Phrasen. Diese Leute sind die Stärkeren. Nicht unterzukriegen. Sie haben die Härte des organisierten Verbrechens, den Zusammenhalt der Cosa Nostra, die Immunität der Parlamentarier und die Straffreiheit der Götter.«

»Einen Namen, Monsieur Doba, einen einzigen Namen. Um den Rest kümmern wir uns dann selbst.«

»Wie kommen Sie darauf, daß ich einen von ihnen kennen könnte?«

»Wir besitzen Dokumente, Filme, Tonbandmitschnitte. Wir wissen zum Beispiel, was Sie 1991 in Beirut gesucht haben, warum Sie 1992 Ihren Aufenthalt in Syrien abgebrochen haben, was aus Ihren zwei Kollegen 1994 in der Libyschen Wüste geworden ist, warum Ihre Freundin aus Staoueli sich aus dem fünften Stock gestürzt hat …«

»Das genügt! Wenn Sie Beweise gegen mich haben, warum warten Sie noch, mich zu verhaften?« Da wir schweigen, fährt er fort. »Heiße Luft!« Er bläst durch den Kreis, den er mit Daumen und Zeigefinger bildet. »Heiße Luft! Vergebliche Liebesmüh. Denen sind Sie nicht gewachsen. Wir sind hier nicht in Italien, nicht in

Frankreich und auch nicht in den Vereinigten Staaten. Hier verkauft sich die Justiz an den Meistbietenden. Die Grundwerte sind gekoppelt an die Kontoauszüge. Haben Sie Geld, dann gelten Sie was. Dann sind Sie wer. Haben Sie keins, sind Sie allein. Dann pfeift die ganze Welt auf Sie, und wenn Sie zehnmal der Messias wären.«

Er sieht auf die Uhr und bemerkt: »Zeit für meine Lieblingsserie. Auf Wiedersehen, meine Herren.«

Wir brechen auf.

Bevor wir uns verabschieden, sage ich zu Salah Doba: »Der einzige Unterschied zwischen Ihnen und den Terroristen ist, daß die Terroristen ein Risiko eingehen, Sie dagegen nicht. Wenn deren Kühnheit auch nicht die Niedertracht ihrer Taten schmälert, so ist Ihre Feigheit nicht einmal der Verachtung würdig.«

Wir wußten von vornherein, daß Salah Doba knallhart sein würde. Daher hatten wir uns kaum Hoffnungen gemacht. Unser Besuch sollte nur ein bißchen Bewegung in die Sache bringen. Man kann nie wissen. Man wirft ein Wort in die Runde und wartet, bis ein Gerücht daraus wird.

Wir haben im sechsten Stock eines Gebäudes etwa hundert Meter von der Oase entfernt eine Abhörstation eingerichtet. Unser Funker liegt richtiggehend über dem Armaturenbrett, eine schwitzende Masse, die Kopfhörer an den Schläfen.

»Na?« fragt Dine und setzt sich neben ihn.

Der Funker winkt mit seinem Bleistift ab.

Etwa zwanzig Minuten später wird er lebendig, hebt den Bleistift als Zeichen zum Stillsein. Die Spulen des Tonbands beginnen sich quietschend zu drehen.

»Was soll das?« donnert eine rauhe Stimme aus dem Telefon. »Anscheinend waren zwei Bullen bei dir.«

Dann Salah Doba: »Zwei Fliegen. Sie sind lästig, aber sie stechen nicht.«

»Sind sie registriert?«

»Auf dem Abstellgleis, sage ich dir. Kleine Fische.«

»Was wollten sie?«

»Eine alte Geschichte. Kein Grund zur Panik, kann ich dir versichern. Wenn es ernst wäre, kannst du dir doch denken, daß ich es dir brühwarm erzählt hätte.«

»Ich kann warme Brühe nicht ausstehen!« schreit der andere und legt auf.

Ich höre, wie Salah Doba seinen Gesprächspartner einen Mistkerl nennt, dann nur mehr tüüt, tüüt …! Dine drückt seinen Finger gegen die Wange.

»Das ist nicht gut für ihn. Was machen wir?«

»Wir warten.«

Der Funker reißt eine Papiertüte auf, befördert ein gigantisches Sandwich zutage und verschlingt es, ehe ich Zeit habe, mir auch nur die Lippen zu lecken. Ich schlage Dine vor, sich ein bißchen hinzulegen.

Stunden vergehen. Langsam. Drückend.

Ich überwache die Straße mit dem Feldstecher. Von Zeit zu Zeit verweile ich, von einem dumpfen Voyeurismus getrieben, bei diesem oder jenem Fenster und dringe in die Intimsphäre der Leute ein. Der Funker ist eingedöst. Er schnarcht, seine Pfoten liegen auf dem Armaturenbrett, sein Hemd ist weit aufgeknöpft und gibt den Blick auf einen schweißtriefenden Nabel frei.

Die Sonne beginnt ihren Abstieg in die Hölle. Sie stürzt ins Meer, versucht, das Ufer zu erreichen, indem sie sich an den Wellen festhält, doch die Strömung trägt sie mühelos fort, bis sie mit einem wütenden, blutigen Aufspritzen versinkt.

Dann besprenkeln Sterne das Dach der Welt. Schon liegt die Nacht über der Stadt, hoch auf ihrer Stirn steht wie ein blindes Auge der Mond. In der Ferne geistern Autoscheinwerfer über lichtscheue Straßen. Hinter den Häusern heulen die Sirenen auf. Im Handumdrehen sind die Straßen leergefegt. Nur die Laternen stehen den Gehwegen in ihrer bestürzenden Armut noch bei.

Dine gesellt sich wieder zu mir.

Gegen elf Uhr taucht ein Mercedes am Ende der Straße auf, kommt auf leisen Rädern herangerollt, fährt am Haus von Salah Doba vorbei. Dieser steht im Pyjama da. Es ist kein Knall zu hören. Der »Kleine« sinkt auf den Stufen zusammen, die Hände gegen den Bauch gepreßt. Der Mörder taucht auf, beugt sich über ihn, feuert ihm drei Kugeln in den Kopf.

»Scheiße!« schreit Dine.

Ich greife mir mein Funkgerät und alarmiere Lino und Bliss, die eine Ecke weiter Posten bezogen haben.

»Folgt dem Mercedes.«

Der Mörder hat keinen weiten Weg. Er stellt sein Auto in einer Tiefgarage am Rand des Viertels ab und verzieht sich in ein Stundenhotel.

Das bleiche Bürschlein, das hinter der Rezeption hockt, winkt uns ab, noch ehe wir die Tür richtig aufgemacht haben.

»Alles belegt!«

Ich zücke mit der Fingerfertigkeit eines Taschenspielers meine Dienstmarke. Zur Antwort pocht er nur auf sein Gästebuch.

»Meine Gäste sind sauber.«

Dann wendet er sich von uns ab und wieder seinem Boxkampf im Fernsehen zu.

»Würde es dir etwas ausmachen, dich um uns zu kümmern?«

»Jawohl, es würde mir sogar sehr viel ausmachen. Ich sagte doch schon, wir sind voll belegt und unsere Kunden sind sauber. Wenn ihr das Gästebuch einsehen wollt, da liegt es. Ich hasse es, gestört zu werden, wenn sich zwei Verrückte im Ring verprügeln.«

Ich greife mit einer Hand durch den Schalter, packe ihn an der Gurgel und schlage ihn mit dem Kopf gegen das Plexiglas. Seine Nase ist platt gegen die Scheibe gedrückt, die feucht anläuft. Ich drücke ihm die Luft ab, bis er röchelt.

»Da ist gerade ein Kumpel zur Tür herein. Schwarze Lederjacke und Stiefel …«

»316!« japst er.

Ich stoße ihn gegen seinen Fernseher und renne die Treppe hoch. Zimmer 316 liegt gleich am Anfang der dritten Etage. Wir stellen uns mit gezückter Waffe auf beiden Seiten der Tür auf. Dahinter lacht eine Frauenstimme.

Die Klinke gibt unter meiner Hand nach. Durch den Türspalt sehe ich unseren Mann. Er liegt auf dem Bett und telefoniert, während ein nacktes rundliches Mädchen an seinen Schultern knabbert.

»Das war nicht vorgesehen, Habibo«, nörgelt der Kerl. »Ich muß noch vor morgen abend ein Flugzeug nehmen. Ich brauche das Geld … Das ist unmöglich, Habibo. Ich habe meine Abreise schon dreimal verschoben.«

Das Mädchen richtet sich als erste steif auf. Ich gebe ihr ein Zeichen, ihre Sirene ausgeschaltet zu lassen. Schließlich entdeckt uns auch der »Habibo«. Seine Hand schnellt zum Stuhl, wo seine Pistole liegt.

»Das wäre aber dumm«, rede ich es ihm aus.

Er schleudert das Telefon gegen die Wand, streckt sich auf der Bettdecke aus, verschränkt die Hände im Nacken und murmelt:

»Ich habe denen ja gesagt, daß man dich aus dem Weg räumen muß. Sie wollten nicht auf mich hören … Verdammt! Laß ich mich von so einem Idioten erwischen!«

Ich antworte mit einem Zitat aus seinem nächtlichen Anruf: *»He, was willst du? Die Leute sind nicht alle gleich.«*

## 20

Lino schnitzt mit der Spitze seines Taschenmessers Schnörkel in den Tisch. Seine entblößten Zehen verpesten das bißchen frische Luft, das der Gestank des WCs bis zu uns durchläßt. In der schwülen Stille meines Büros ist nur das Knirschen der Klinge im Holz zu hören.

Zwischendurch pustet der Leutnant in heller Freude über sein Talent immer wieder über seine Kalligraphien hinweg und verkündet: »Das stell ich später im Museum aus.«

»Und deine Socken gleich dazu.«

Wir warten auf den Anruf von Dine. Wenn ich schon abgehört werde, warum nicht gleich davon profitieren? Der Habibo hat ausgepackt. Er wollte ohne seinen Anwalt nichts sagen und hat verlangt, daß wir ihn zum Bezirkskommissariat bringen. Da sind wir mit ihm zu einem abgelegenen Bauernhof gefahren und haben ihn die ganze Nacht lang durchgewalkt.

Der Habibo heißt Hamma Llyl. Er arbeitet in einer Schraubenfabrik in Annaba und hat das Feuer am Tag nach dem aufsehenerregenden Ausbruch der neunhundert Fundamentalisten aus Lambèse gelegt. Nach einigen kleinen Scharmützeln im Maquis hat er sich auf den städtischen Terrorismus spezialisiert. Achtzehn Morde in einem Jahr. Sein Ruf ließ ihn zu einem der begehrtesten Killer im Land aufsteigen. Seit zwei Jahren pendelt er zwischen Algier und Constantine hin und her, mit einer schallgedämpften 9-mm-Pistole im Kulturbeutel. Er jagt nur Großwild: Gewerkschafter, hohe Funktionäre, Offiziere, Verleger, lästige Emire.

Seine Auftraggeber kennt er nie. Selbst wenn sie ihm erlauben sollten, bis zu ihnen vorzudringen, würde er die Einladung ablehnen. Eine ganze Reihe von Killern wurde aufgrund dieses »Privilegs« schon ausgeschaltet. Die Auftraggeber zahlen gut. Aber es sind Medusen. Den Unvorsichtigen, der seine Augen auf sie richtet, verwandeln sie zu (Grab)Stein.

Als das Telefon klingelt, schneidet sich Lino fast in den Daumen. Ich deute ihm, sich zu gedulden.

Nach dem sechsten Läuten nimmt er ab: »Zentrale, ich höre … Ach, Sie sind es, Kommissar Dine … Bedaure, er ist in einer Besprechung. Er hat mir aufgetragen, ihn unter keinen Umständen zu stören … Wenn Sie darauf bestehen, werde ich schauen, was ich machen kann. Bleiben Sie dran …«

Er legt den Hörer hin, bewegt einen Stuhl, gibt vor hinauszugehen. Ich warte drei Minuten, stampfe mit den Füßen auf den Boden, greife nach dem Hörer.

»Ja, Dine …? Hör mal, ruf mich doch in einer knappen Stunde an. Ich habe enorm …«

»Es ist ungeheuer wichtig«, tönt es aus der Leitung.

»Hast du eine Fliege in deinem Glas gefunden?«

»Ich habe den Kerl erwischt, der dich bedroht hat. Er ist ein professioneller Killer. Hamma Llyl ist sein Name. Er hat Salah Doba umgebracht.«

»Bist du sicher?«

»Llob, ich bitte dich, verschieb deine verdammte Sitzung. Ich sage dir, das hier geht vor. Der Kerl verblutet gerade in meinem Kofferraum. Wenn du ihn mit eigenen Ohren hören willst, bevor er krepiert, beweg dich schleunigst her.«

»Bring ihn zu mir.«

»Kommt nicht in Frage. Zu viele Spitzel. Komm in einer halben Stunde zu Khélifa.«

»Von wo genau rufst du an?«

»Von einer Telefonzelle, zwei Kilometer vor Sidi Moh.«

Ich tu so, als würde ich überlegen. »Nicht bei Khélifa. Kennst du die Rue Gard …? Nein, hör zu, erinnerst du dich an den verlassenen Bauernhof, in der Nähe des Salzsees, bei Douar Nayem?«

»Ich weiß, wo das ist. Gute Idee. Treffen wir uns dort in einer Stunde … Noch etwas, Llob. Komm allein. Ich betone: allein. Einer zuviel und der Himmel fällt uns auf den Kopf.«

Ich schaue so oft in den Rückspiegel, daß mir bald die Augen stekkenbleiben. Die Stadt verschwindet hinter einer Wand aus glühender Hitze. Die Autobahn ist dicht befahren. Ich fahre ganz links und beobachte die Autos, die mich einholen und in wildem Zickzack an mir vorüberfahren.

Douar Nayem ist so groß wie ein Taschentuch. Sechs morsche Hütten, ein verfallener Innenhof und als Waschhaus ein Becken, in dem es vor Ungeziefer nur so wimmelt. Die Piste, die dorthin führt, ist mehr eine Wagenspur durchs Gestrüpp. Aus einer Hecke, hinter der sich ein paar ärmliche Behausungen ducken, streckt der Feigenkaktus sein stachliges Haupt empor. Kein einziger Hirte ist zu sehen. Das Dorf ist verlassen. Die kleinen Leute sind vor den Mißhandlungen der bewaffneten islamistischen Gruppen geflohen.

Der Hof liegt im Abstand von etwa hundert Metern hinter einem ausgemergelten Gebüsch, in dem nur die Grillen zirpen, der ideale Ort für eine Falle.

Dine erwartet mich im Innenhof, er hat eine kugelsichere Weste an und ist mit einer kleinen Maschinenpistole bewaffnet. Er deutet auf eine weitere Weste: »Zieh dich warm an, wenn du dir keine Erkältung holen willst.«

Eine Amsel singt einsam im Unterholz. Eine Brise streicht durchs wilde Gras. Die Hitze steht über der Landschaft. Eine Stimmung wie im Biwak.

»Da kommen sie!« warnt mich Dine und entsichert seine Waffe.

Ein Kastenwagen fährt vom Weg ab, nähert sich dem Weiler, umrundet das Bassin, dann das Gebüsch und bleibt in etwa fünfzig Meter Entfernung stehen. Die Schiebetür geht auf, und heraus kommen fünf bewaffnete Kerle in Tarnanzügen und mit Maske vorm Gesicht. Chaters Männer, die ganz in der Nähe im Hinterhalt liegen, lassen ihnen keine Zeit, sich zu verteilen.

Eine dichte Salve mäht zwei Terroristen nieder. Die drei anderen versuchen völlig überrascht, sich ins Gebüsch zu retten. Die Salven werfen sie über den Haufen. Der Kastenwagen rollt zurück, rumpelt über den Körper eines Verletzten, fährt einen Strauch um. Er wird sofort unter Beschuß genommen. Sein Tank lodert auf, das Feuer greift über auf die Karosserie. Eine menschliche Fackel springt heulend heraus, wirbelt herum und verbrennt auf einem Felsbuckel.

Alles ging sehr schnell, fast wie im Traum. Die Stille, die darauf folgt, taucht den Hügel in eine andere Welt. Sprungbereit kommen Leutnant Chater und seine Leute aus ihren Verstecken hervor und nähern sich dem Schlachtfeld.

Mit zerfetzter Brust liegt eines der Ungeheuer röchelnd im Gras. Seine blutverschmierte Hand tastet vergeblich nach der Kalaschnik neben ihm. Dine stößt die Waffe mit dem Fuß weg, beugt sich über den Verletzten und reißt ihm die Maske herunter: Es ist der Albino von Ghoul Malek.

## 21

Ich blicke auf Algier, und Algier blickt aufs Meer. Diese Stadt hat keine Gefühle mehr. Sie ist, soweit das Auge reicht, pure Ernüchterung. Ihre Symbole haben ausgedient. Ihre Geschichte beugt das Rückgrat, und ihre Denkmäler ducken sich unter dem Zwang zum Verzicht.

Algier ist besessen von fixen Ideen. Seine Sänger sind verstummt. Wo immer ihre Muse sie küßt, erleben sie, daß sie geknebelt wird. Erst wird ihnen die Flöte entrissen, dann die Feder geraubt, sie bleiben mit doppelt leeren Händen zurück und wissen nicht, wie den Puls der Erde fühlen, wie sie es einstmals taten, als wir alle Hexenmeister und Rutengänger waren.

Algier ist krank. Seine Träume werden abgetrieben wie mißgebildete Embryonen.

Algier ist ein Sterbehaus, Gott ein Tranquilizer, und keiner glaubt mehr, daß Glück eine Frage der inneren Einstellung ist.

Algier ist eine Wanderbühne, auf der nur Tragödien zur Aufführung kommen. Der heraufziehende Morgen wird zagende Geister so wenig verschonen wie Schakale einen angeschlagenen Artgenossen.

Ich parke meinen Zastava oberhalb von Notre-Dame. Weit in der Ferne, jenseits des Hafens, in dem die Kräne auf Halbmast stehen, erhebt sich das Monument der Märtyrer selbstvergessen auf seinem Hügel wie ein großer zurückgebliebener Junge. Die Kasbah blickt drein wie vom Meineid gepeinigt, sie ähnelt dem Skelett einer Heuschrecke, in dem die Ameisen turnen. Wie sich die Zeiten geändert haben.

Früher einmal war die Kasbah nicht gar so unglücklich. Sie war von einem starken Glauben beseelt. Sie war stolz auf ihre Handwerker, ihre Schuhmacher und die Chechia ihrer Ladenbesitzer. Vor allem aber verstand sie es, ihre Freude zu teilen und ihren Schmerz für sich zu behalten. Hier lebte Dahmane der Tätowierer, der auf die Brust der Zuhälter und die Arme der Matrosen die erstaunlichsten Gemälde zauberte. Roukaya die Heilerin wohnte hier, eine hundertjährige Blinde, die durch eine flüchtige Berührung mit ihrem Finger die schlimmsten Brüche wieder zusammenfügte. Und Alilou »Domino«, der in seinem Lieblingsspiel die zahllosen Rivalen mit Leichtigkeit abzuhängen pflegte, dieser verflixte Alilou, den der Schlag an jenem Tag traf, da er über Moha Didous Rausch ganz vergaß, beizeiten seinen Doppelsechser abzusetzen. Und auch Bahja wohnte hier, die rehäugige Vestalin, der sich niemand zu nähern wagte aus Angst, sie könne sich gleich einer Huri in Luft auflösen …

Wir waren arm, doch wie die Seerosen, denen das von Algen faulige Wasser nichts anhaben kann, schwammen wir seltsam gelassen an der Oberfläche aller Enttäuschungen und blinzelten nach dem kleinsten Lichtstrahl, um uns von ihm aufmuntern zu lassen.

Doch nachdem der Kokon aufgeplatzt war und die Schwüre von einst sich in Feuer und Rauch aufgelöst hatten, ging die Sonne in unserem Gedächtnis unter. Es wurde Abend in den Herzen, ein Abend, den weder Mond noch Sterne erhellten, der keine Kühnheit, kein zärtliches Verlangen kannte. Die Dämmerung wob ihr Spinnennetz und fing unsere Gebete ab, ohne daß es irgendwen ernstlich beunruhigt hätte.


Ich bin ins Büro gefahren, um Hunderte von Fotos der Terrorismusopfer zusammenzusuchen. Lino wollte wissen, ob das für mein nächstes Buch sei. Ich gab keine Antwort.

Dann bin ich in die Rue des Pyramides gefahren. Ghoul Malek war nicht zu Hause. Ich schlug ein Fenster ein und stieg in seinen Palast.

Zwei volle Stunden habe ich gebraucht, um die Fotos an Wände, Bilder, Vorhänge, Teppiche, Stühle und Nippesfiguren zu heften. Unerträgliche Fotos erstochener Kinder, vergewaltigter Frauen, enthaupteter Greise, exhumierter Mütter, zerstückelter Soldaten, armer Prominenter, die zu Tode gefoltert worden waren. Nachdem ich die ganze schamlose Fülle der Einrichtung neu dekoriert hatte, streckte ich mich auf einem Diwan aus und starrte die Decke an, als wollte ich sie zum Einsturz bringen.

Die Nacht ist wie eine Maske heraufgezogen. Ich habe kein Licht angemacht und weitergeraucht.

Da fährt ein Wagen in den Hof, der Motor verstummt. Schritte kommen die Treppe herauf. Ein Klicken von Schlüsseln, die Tür geht auf und im Rahmen erscheint die elefantengleiche Silhouette von Ghoul Malek.

»Chérif!« ruft er.

Der Luster leuchtet auf.

»Was ist das für ein Saustall hier!« schreit der Nabob fassungslos.

»Das ist Ihr Meisterwerk, Monsieur Ghoul.«

Einige Sekunden lang ist er sprachlos, als er mich hinter sich entdeckt. Dann bellt er: »Wer hat Ihnen erlaubt, hier hereinzukommen? Wo ist Chérif?«

»Sie meinen Ihren Moby Dick? Der ist ein für allemal untergegangen.«

Sein Gesicht färbt sich feuerrot, seine Hängebacken zittern.

»Wie konnten Sie es wagen, bei mir einzudringen?«

»Das frage ich mich auch.«

»Haben Sie den Verstand verloren, Kommissar?«

»Nun, sagen wir, ich habe viele Freunde verloren.«

Es ist ein wahres Vergnügen zu sehen, wie der Adamsapfel in seinem krebsroten Hals auf- und abhüpft. Gleich darauf hat er sich wieder unter Kontrolle und geht zum Telefon.

»Lohnt sich nicht, Monsieur Ghoul. Wir sind vom Rest des Landes völlig abgeschnitten. Wir sind nur zu viert: der Teufel, Gott, Sie und ich.«

»Sie machen sich lächerlich, Kommissar. Sammeln Sie Ihren Ramsch wieder ein und verschwinden Sie. Ich hatte einen harten Tag. Ich will allein sein.«

Er geht.

»Ghoul!« Mein Schrei fährt durch ihn hindurch. »Ich weiß alles.«

Er wiegt den Kopf, kommt zurück, lehnt sich gegen einen Sessel und mustert mich verächtlich:

»Was Sie nicht wissen, Kommissar, ist, welche Grube Sie sich gerade graben. Kleine Versager Ihres Kalibers stellen sich nicht gegen mich, sie liefern sich mir aus … Sie sind gekommen, um mich zu verhaften? Das glauben Sie doch selber nicht. Einen Ghoul Malek verhaftet man nicht … Was hoffen Sie mit Ihren idiotischen Bildchen zu erreichen? Mein Gewissen? Mich zu erweichen? Schuldgefühle bei mir zu wecken …? Sie Idiot. Sie haben gar nichts verstanden. Seit Anbeginn der Welt gehorcht die Gesellschaft einer Drei-Stufen-Dynamik. Die einen regieren. Die anderen vernichten. Die dritten wachen darüber. Ein Staatschef braucht keine grauen Zellen, seine Krone reicht ihm. Ihnen, Kommissar, genügt voll und ganz Ihr Käppi. Begnügen Sie sich damit, die Ohren steif zu halten. Alles andere geht Sie nichts an. Die soziale Hierarchie wird von einer Energie gesteuert, die sich von der Regierung und ihren Untertanen nicht lenken läßt. Dieser Energie sind Skrupel fremd. Von Tabus hat sie nie etwas gehört. Was sie vorantreibt, ist einzig der Wunsch, der Nation in den Hintern zu treten, damit diese nicht in ihrer eigenen Scheiße einschläft.«

Ich weiß nicht, was plötzlich über mich kommt. Die Wut, die mir zuvor geholfen hatte, die Angst des Wartens zu überstehen, die Gedanken und Worte, die mich auf dem Diwan noch angestachelt hatten, sind plötzlich verpufft, wie fortgeblasen, und lassen in mir eine große Leere zurück. Der Dreckskerl macht mir Angst. Sein Blick schüchtert mich ein, am liebsten würde ich mich unter die Erde verkriechen. Es fehlte nicht viel und ich nähme, sobald er die Hand hebt, die Beine unter den Arm, ohne mich auch nur einmal umzusehen. Dieses Scheusal, dieses Ungeheuer, hat uns dreißig Jahre lang wie Sachen behandelt. Ich kann kaum glauben, daß ich noch immer aufrecht vor ihm stehe.

Und er redet und redet in einem fort … In meinem Kopf brodelt es. Vereinzelt blitzen hier und da Satzfetzen auf, gehen unter, kommen wieder hoch:

»Jedes Land braucht eine Krise, um sich zu erneuern. Natürlich gibt es Scherben. Doch was ist eine Handvoll Märtyrer schon gegen eine Wiedergeburt? Sozusagen eine Notwendigkeit. Es stärkt den Glauben an die Heimat und bereitet auf die Opfer von morgen vor. (…) Die einzigen Aufgaben, die dem Volk zufallen, sind die Wahlen und der Krieg. (…) Sie sind ein Idealist, Monsieur Llob. Sie haben eine utopische Vorstellung vom Patriotismus. Überhaupt sind Sie selbst völlig obsolet. (…) Die Welt wandelt sich nach Maßgabe ihrer Bedürfnisse. Die Nation wird fortan nur nach dem beurteilt, was sie dem einzelnen bringt. Das ist ihre einzige Chance, ihre Überlebensgarantie. Heute schindet sich unser Land bis aufs Blut, um mit einem Kaiserschnitt das neue Algerien zu gebären, das Algerien von morgen – modern, stark, ehrgeizig. 1954 hatten wir einen schlechten Start. Unsere Revolution war ein einziges Fiasko. Der Beweis: nichts als Regression, Totalitarismus und Mittelmaß nach dreißig Jahren Unabhängigkeit. Dieser Krieg ist kein Fluch. Er ist ein unverhoffter Glücksfall, eine unerhörte Chance, ein Wink der Vorsehung. Wir stellen uns ihm. Wir führen ihn. Er ist unsere Visitenkarte, der Preis, den wir zahlen, damit man uns nicht von der neuen Weltordnung ausschließt. Wer von der Karikatur eines sozialistischen Systems auf den offenen Weltmarkt drängt, hat den Tribut zu entrichten. Und das machen wir gerade. Wir werden ein Land aufbauen, das es versteht, seine Chancen auszuhandeln, ohne sich kleinmachen zu müssen, denn Zugeständnisse machen wir schon genug durch diesen Krieg.«

Er weist auf die Tür, herrscht mich an zu verschwinden und entfernt sich.

»Ich hasse es, jemanden in den Rücken zu schießen«, warne ich ihn.

Er hat die Hand schon am Geländer, dreht sich zu mir um, betrachtet meine Waffe und bricht in schallendes Gelächter aus.

»Jetzt sind Sie vollkommen übergeschnappt, Kommissar.«

Ich höre mich stammeln: »Es gibt, wie es heißt, drei Instanzen, die über die Menschen urteilen, Monsieur Ghoul. Das Gewissen, die Justiz und Gott. Die ersten zwei können sich irren, die dritte Instanz jedoch nie. Der werden Sie jetzt vorgeführt.«

Seine Züge verblassen mit einem Mal. Sein Gesicht wird aschfahl, seine Lippen wirken wie ausgedörrt.

»Das meinen Sie doch nicht im Ernst, Kommissar! Sie sind Polizist. Sie haben nicht das Recht dazu.«

»Ich fürchte, es ist das letzte Recht, das mir noch geblieben ist.«

Als ich wieder zu mir komme, merke ich, daß ich noch immer wie ein Rasender auf den Abzug drücke, während der Lauf meiner Waffe schon wieder abgekühlt ist.

# Doppelweiß

Aus dem Französischen von
Regina Keil-Sagawe

## 1

Ich hatte Ben Ouda in Ghardaia kennengelernt, gleich nach der Unabhängigkeit, das heißt zur Zeit der herrenlosen Güter und der rechtsfreien Räume.

Ich begann damals meine Lehr- und Jammerjahre bei der Kripo, meine Taschen quollen über vor billigen Gangsterkrimis und in meinem Kopf brodelten die abenteuerlichsten Intrigen. Ich hatte den Ehrgeiz, meine eigenen Helden noch zu übertreffen. Und obwohl Ghardaia ein Kaff war, in dem nie irgend etwas passierte, kaum realer als eine Fata Morgana, gefiel ich mir darin, jeden Sängerknaben zu verdächtigen, jedem Penner nachzusetzen und des Nachts mit den Hunden zu heulen, um meinen Vorgesetzten zu beweisen, daß ich ein ganz Aufgeweckter war.

Ben Ouda bewarb sich um den Posten als Unterpräfekt. Mit seinen achtundzwanzig Jahren hatte er eine blitzende Glatze und einen stattlichen Bauch vorzuweisen, die ihm bei der Bevölkerung, für die sich im Kahlkopf die Gelehrsamkeit spiegelte und ein Fettwanst als Auswuchs naturgegebener Autorität galt, zu Ansehen verhalfen.

Jedenfalls war er nicht auf den Kopf gefallen. Er wußte ganz genau, was er wollte und wie er es bekommen konnte. Manchmal, wenn eine Tür sich stur stellte und nicht gleich aufgehen wollte, drohte er kurz, seine Beziehungen in Algier spielen zu lassen, und wie von Zauberhand öffnete Sesam sich plötzlich mit lautem Gelächter.

Ben war daran gelegen, sich einen Namen zu machen, die Bewunderung der einen zu erzwingen und die Kapitulation der anderen. Und so ließ er keine Gelegenheit aus, in Erinnerung zu rufen, daß er einer der wenigen Abiturienten der Nation war und Bücher ohne Bilder für ihn nicht mehr Geheimnisse bargen als das Räderwerk der Verwaltung. Ehrgeizig, wie er war, hatte er sich an der Universität Constantine eingeschrieben und locker, ohne nur einmal seinen Schreibtisch in der Sahara zu verlassen, dank einer außergewöhnlichen Telepathie seinen ersten Abschluß und gleich hinterher auch noch den Doktor gemacht, so locker, daß man noch heute darüber staunt.

Er war gerissen, der Ben. Ich erinnere mich, daß er jedesmal, wenn im Palast ein Méchoui angesagt war, eine solche Beredsamkeit an den Tag legte, daß die geladenen Gäste darüber das Essen vergaßen. Er verstand es wie kein Zweiter, Dichter und Helden der Vergangenheit in eine Reihe mit den tapferen Schmieden unserer Befreiung zu stellen und das liebe Algerien in olympische Höhen zu erheben. Und wer ihm zuhörte, der identifizierte sich, verdammt noch mal, im Handumdrehen mit der Revolution und ließ die Welt erzittern, wenn er sich nur schneuzte.

Für den 150prozentigen Polizisten, der ich damals war, strotzend vor Gewißheiten beim Verlassen des Untergrunds, verkörperte er das progressive, kriegerische, siegreiche Algerien. Er war mehr als nur ein Idol für mich, er war der Glaube schlechthin. Es reichte schon, daß er am Kommissariat vorbeikam, und ich geriet in helle Verzückung. Ich ertappte mich, wie ich ihn meinen Kollegen mit dem Finger zeigte, freudig erregt wie ein Schüler, der seinen Lehrer plötzlich auf dem Souk entdeckt.

So kam es, daß ich, als Ben Ouda in eine ganz banale Sittengeschichte verwickelt war, sofort Zeter und Mordio schrie. Im tiefsten Grund meines Herzens lehnte ich es kategorisch ab, daß ein Moudjahid vom Kaliber des Unterpräfekten sich für einen vierzehnjährigen Rotzlümmel entflammen könnte. Ich setzte mich mit Leib und Seele für die Rettung seines guten Rufes ein, bedrohte die Zeugen und stellte den Eltern des Opfers Repressalien in Aussicht, die Tamerlan höchstpersönlich abgeschreckt hätten.

Ben Ouda ist ein Seigneur. Er hat meinen massiven Einsatz für ihn nicht vergessen. Der Beweis: nach dreißig Jahren Funkstille hat er sich an mich erinnert und mich gebeten, ihm an der Place de la Charité, Hausnummer 14, einen Besuch abzustatten.

Er hat es weit gebracht seit damals, seit den Zeiten der Unterpräfektur in Ghardaia. Erst bei der Justiz, dann im Diplomatischen Dienst. 1989 kehrte er nach Algerien zurück, um den hohen Herrschaften zur Hand zu gehen, die vom Staatspräsidenten beauftragt worden waren, die Verfassung zurechtzubiegen, um die Gelüste der Fundamentalisten, die uns noch an die Nieren gehen sollten, zu legitimieren. Es kursieren Gerüchte, man habe ihm ein hohes Staatsamt angetragen, aber seine exzessive Demut hätte ihn bewogen, sich mit seinen Schweizer Nummernkonten zufriedenzugeben.

Ben steht im Ruf, ein Intellektueller zu sein. Er zieht die Ferne dem Bad in der Menge vor, die Ruhe einer Residenz jenseits des Mittelmeeres dem protokollarischen Tamtam. In aller Bescheidenheit hat er akzeptiert, als Konsul nach Schwarzafrika zu gehen, später mußte man ihn bitten und beknien, bis er sich bereit erklärte, Botschafter im Orient zu werden.

Das Heimweh hat sein Gedächtnis aufgefrischt, die Sehnsucht sein goldenes Exil zur Einöde, seine Einsamkeit zur Askese werden lassen, und so kam es, daß man eines schönen Morgens seine Bücher in den Auslagen der Buchläden auftauchen sah. Das war 1992. Das Land lag mit einer gestaltlosen Demokratie in den Wehen. Das Volk rief nach Denkmalstürzern und applaudierte den Wahrheitsbeschwörern. Im allgemeinen Taumel wagte sich jeder auf eigene Faust mit Enthüllungen ans Licht. Ben Bella servierte uns seine *Memoiren,* Aït Ahmed *Die Affäre Mesli,* Belaïd Abdeslem *Das algerische Gas.* Für jeden war etwas dabei.

Ben Ouda für sein Teil beglückte uns mit *Traum und Utopie,* einer atemberaubenden Abrechnung mit dem wissenschaftlichen Sozialismus einstiger Eselstreiber, die zu den Dinosauriern des nationalen Niedergangs mutiert waren. Ein Bestseller. Manch übler Witzbold behauptete gar, der Hohe Staatsrat, der an Glaubwürdigkeit eingebüßt hatte, beabsichtige, den Autor als stellvertretendes Mitglied zu rekrutieren. Und Ben Ouda gab im Fernsehen, während auf den Straßen die Polizisten abgeknallt wurden, folgenden zitatverdächtigen Spruch von sich: »Ich liebe mein Volk zu sehr, um es zu unterjochen.«

Ich, der ich längst nicht mehr an Fakire glaubte, bemerkte zu Mina: »Das ist doch wenigstens ein Kerl. Der nimmt kein Blatt vor den Mund, vermutlich weil er schon was Dickeres zwischen den Zähnen hat.«

Mina fand meine Metapher nicht zum Lachen. Sie haßt vulgäre Anspielungen.


Das Haus Nummer 14 an der Place de la Charité ist ein prachtvolles architektonisches Schmuckstück im Herzen eines futuristischen Square. Die Fuhrleute mit ihren Karren oder die Bäuerchen vom Lande wagen sich nie bis dorthin aus Angst, vorher von der Polizei abgefangen zu werden. Üppige Gärten auf der einen Seite, Parkplätze voll fetter Limousinen auf der anderen. Neidhammeln von meiner Sorte kann es da leicht passieren, daß der Schlag sie trifft.

Selbst der Hausmeister ist perfekt gestylt. Ehrerbietig und kriecherisch. An dicke Trinkgelder gewöhnt, wie er ist, brächte er es fertig, um drei Uhr nachts einen Sterbenden, der am Tropf hängt, aufzuschrecken, nur um ihn mit seinem Lächeln zu beglücken.

»Kann ich Ihnen helfen, Monsieur?« erbietet er sich mit jener heuchlerischen Galanterie, die unter den Gebildeten als Höflichkeit gilt.

»Wenn Sie nichts Besseres zu tun haben ... mein Auto bekommt Muffensausen, sobald es alleine ist. Wenn Sie so nett wären, ihm den Griff zu halten, bis ich wiederkomme.«

Er willigt ein, ohne mit der Wimper zu zucken.

Mit achtundfünfzig hat sich Ben Oudas Umfang verdreifacht. Die ganzen Liftings haben es nicht geschafft, seine Doppelkinne und Hängebacken zu straffen, und seine Wampe ergießt sich hemmungslos über seine Knie. Ich schätze, daß er zur Unterstützung seiner Hosenträger einen ziemlichen Konsum an Stoßdämpfern hat.

Er empfängt mich in seinem nicht gerade armseligen Pensionärs-Salon. Ohne Pauken und Trompeten, ganz so, wie man gute Freunde empfängt.

»Ein Glas Orangenlimonade, Monsieur Llob?«

»Ich bin im Dienst.«

Er bietet mir einen Sessel an und breitet sich selbst auf dem Sofa gegenüber aus. Sein Hausmantel schimmert. Einen Augenblick lang gerate ich ins Träumen angesichts seiner Fettleibigkeit, ich frage mich, ob die Natur nicht allen Ernstes ein klein wenig dazu neigt, sich über die Menschen lustig zu machen.

»Ich hoffe, ich habe Ihre kostbare Zeit nicht überbeansprucht, Kommissar. Jedermann weiß, wie sehr Sie von diesem Krieg, der keine Vernunft annehmen will, gebeutelt sind.«

»Halb so wild.«

Er zieht die Brauen hoch und legt den Kopf schief, um mich aus einem anderen Blickwinkel zu betrachten. »Sind wir uns nicht schon einmal über den Weg gelaufen?«

Seine Gedächtnislücke überrascht mich. Aber die Art von Amnesie ist bei uns gang und gäbe. Es scheint, daß einem davon Flügel wachsen.

»Ich glaube kaum«, erwidere ich von oben herab.

»Aber Ihre Züge…«

»Ich verkörpere den kabylischen Durchschnittstyp. Es kommt öfter vor, daß man mich für jemand anderen hält.«

Er läßt das Thema auf sich beruhen. Seine speckige Hand umfaßt behutsam ein Whiskyglas, führt es an die Lippen.

»Meine Freunde sind des Lobes voll über Sie, Monsieur Llob. Sie sagen vor allem, daß Sie ein Mann sind, mit dem man rechnen kann.«

»Nicht so gut wie mit einem Taschenrechner.«

Er lacht. Ein Schüttelkrampf. Gerade so wie die Götter. Er stellt sein Glas wieder ab, nimmt mich voll ins Visier.

»Ihr letztes Buch hat mich betroffen gemacht. Ich habe es zweimal gelesen.«

»Zu liebenswürdig von Ihnen.«

»Ich stimme Ihrer Analyse der Lage voll und ganz zu, Monsieur Llob.«

Ich betrachte ein Gemälde von Dinet, das an der Wand zwischen zwei Damaszenerklingen hängt, und begreife nicht, was ein Objekt, das zum nationalen Kulturerbe zählt, in einer Privatwohnung verloren hat.

Ben Ouda spült noch einen Schluck Whisky hinunter und schnalzt mit den Lippen. Als er die Beine ausstreckt, quillt sein Bauch unter seinem Mantel hervor.

»Glauben Sie ans Schicksal, Monsieur Llob?«

»Damit läßt sich so manches entschuldigen.«

Er wiegt gedankenverloren den Kopf. »Ich habe oft das Gefühl, daß mir etwas Besonderes vorherbestimmt ist, Sie nicht?«

Mit der Hand unterdrücke ich ein Gähnen.

Er fügt hinzu: »Seit Jahren schon verfolgt mich eine Idee, aber ich hatte bisher keine… keine richtige Motivation. Ich gehöre eher zu den Langsamen. Aber die Lage im Land wird immer unübersichtlicher, und es drängt mich in letzter Zeit zu reagieren. Doch leider kommen mir jedesmal, wenn ich gerade aktiv werden will, meine Initiativen plötzlich unüberlegt, ungeeignet und selbstmörderisch vor. Zum Glück ist mir Ihr Buch in die Hände gefallen. Als ich es durch hatte, begriff ich, daß ich nicht allein dastehe, und ich beschloß, jetzt allen Ernstes etwas zu unternehmen. Was bei uns alles faul ist, läßt sich kaum benennen. Jetzt oder nie ist der Moment zu handeln, um die Hintergründe und Hintermänner dieser albernen Tragödie schonungslos aufzudecken.«

Eine Tür geht auf, und er unterbricht sich. Ich drehe mich um und erblicke einen jungen Mann von seltener Schönheit, mit einem Gesicht wie ein Mädchen und einem Paar großer himmelblauer Augen. »Oh Pardon!« entschuldigt er sich.

Ben hat der Zwischenfall aus dem Konzept gebracht. Seine Hängebacken sind feuerrot. Der Junge kehrt schleunigst ins Zimmer zurück und schließt sorgsam die Tür hinter sich.

Ich tue so, als hätte ich nichts Anstößiges bemerkt, und schlage, um entspannt zu wirken, locker ein Bein über das andere.

Ben steht auf, geht auf den Balkon. Der Wind zerzaust ihm die Handvoll grauer Haare, die er noch an den Schläfen hat. Er lehnt sich gefährlich weit übers Geländer und läßt seinen Blick über die Bucht schweifen, die von bleichen Hochhäusern umzingelt wird.

»Kommen Sie mal hierher, Monsieur Llob.«

Ich folge ihm wohl oder übel.

Pathetisch weist er auf Algier: »Sehen Sie sich diese Stadt an. Sie bricht noch zusammen unter der Last der Belanglosigkeit. Abweisend, plebejisch, anonym. Wie ein morsches Modell. Und doch gleicht kein Himmel dem Himmel über Algier. Die Sonne über Algier ist purer Orgasmus. Die Nacht über Algier wahre Idylle. Dieses Land lechzt nach Trunkenheit. Seine Bestimmung ist es, rauschende Feste zu feiern.«

Ich betrachte mit ihm den Hafen, den der Nebel einrahmt, Notre-Dame d'Afrique, die hoch auf ihrem Hügel ihren Ärger hinunterschluckt, die Kasbah, die wie ein zerrissenes Leichentuch wirkt, und habe nicht den leisesten Schimmer, worauf er eigentlich hinaus will.

»Und sehen Sie nur das Resultat von dreißig unglückseligen Jahren Irrsinn. Straßen voller Gefahren, Müllberge, soweit das Auge blickt, und eine Mentalität, bei der selbst der stärkste Scanner durchbrennt. Und das soll nicht tödlich sein!«

Er blickt noch melancholischer drein und wendet sich zu mir um, um mich zum Zeugen zu nehmen. Seine Stimme zittert: »Es gab einmal eine Zeit, da die Geschichte sich in dicken Lettern auf unseren Stelen verewigte. Die Zentauren von einst erquickten sich auf den Feldern unserer Mütter. Sogar die Propheten verneigten sich vor unserer Langlebigkeit. Gestern erst war es, daß die Mythologie ihre Fäden ins Haar unserer Witwen wob und der Horizont seine Faszination aus dem Blick unserer Waisen bezog… Und sehen Sie nur, was heute aus uns geworden ist: lauter Nullen. Die wandelnde Niedertracht. Alle miteinander.«

Sein Ton steigt drei Oktaven an, als er mit der Faust gegen das

Geländer trommelt und nachsetzt: »Und siehe, auf die Rasse der Giganten folgt eine höchst merkwürdige Kolonie von Einsiedlerkrebsen, aus deren Gehäuse Galle und Fäulnis quillt.«

Er packt mich bei den Schultern. So, wie man einander seinerzeit im Maquis angefaßt hat.

»Ich möchte das alles zu Papier bringen, Monsieur Llob. Deshalb habe ich Sie kommen lassen.«

Ich befreie mich mehr schlecht als recht aus seiner Umklammerung und kehre in den Salon zurück.

»Sie müssen sich nicht sofort entscheiden, Monsieur Llob.«

»Ich gestehe, Sie bringen mich ein wenig in Verlegenheit. Warum ausgerechnet ich?«

»Warum nicht Sie?«

Das reicht mir nicht. Dreißig Jahre auf Tuchfühlung mit dem Mißgeschick haben mich davon überzeugt, daß nichts, aber auch gar nichts bei uns reiner Zufall ist.

Mir kommt das Wortgefecht, das ich kürzlich mit meinem Direktor hatte, wieder in den Sinn. Versucht da jemand auszutesten, ob ich zu Rückfällen neige? Seit der Terrorismus sich zu einem Gesellschaftsphänomen ausgeweitet hat, ist niemand mehr so verrückt, sich jemand anderem anzuvertrauen. Alles steht in Flammen. In der allgemeinen Panik weiß man von keinem mehr, auf welcher Seite er steht.

»Ich bin im Besitz eines einzigartigen Dokuments«, versucht er mich zu ködern. »Codename: N.O.S. Ein Programm, auf das selbst der Teufel nicht verfallen wäre.«

Seine Hand umklammert mein Handgelenk, gibt es gleich wieder frei. Er wiegt gemächlich den Kopf hin und her: »Überall nur Fragezeichen, mein lieber Llob. Die Aussichten zu überleben sind in jedem Schlangennest besser als in unserem Land. Aber ob man nun schweigt oder das Maul weit aufreißt, unsere Gesinnung ist es nicht, die *die da* handeln läßt.«

»Ich weiß.«

»Warum also schweigen?«

Er sieht mir voll ins Gesicht. Seine Aufrichtigkeit erschreckt mich. Die Verzweiflung der Großen – das ist wie ein Weltuntergang.

»Unser Land braucht weder Propheten noch einen Präsidenten. Es braucht einen Exorzisten. Denken Sie in Ruhe nach, Monsieur Llob, lassen Sie sich Zeit…«

Ich strecke ihm brüsk die Hand hin: »Auf Wiedersehen, Monsieur Ouda.«

Er zögert, ehe er mir die seine reicht. »War mir ein Vergnügen, Sie kennenzulernen, Kommissar.«

Er begleitet mich zum Treppenabsatz und ruft den Aufzug. »Das Chaos bei uns ist wie trübes Wasser, in dem die Mörderhaie ungestört ihre Kreise ziehen. Dieses grauenvolle Spektakel dauert schon viel zu lange. Ich muß so schnell wie möglich Gewißheit haben, wie Sie entscheiden, Kommissar.«

»Das werden Sie auch, versprochen.«

Da kommt der Aufzug. Ben hindert ihn daran, mich zu verschlucken. Sein Blick läßt mich nicht los. »Das alles muß sich ändern, Monsieur Llob. *Wir* müssen das alles ändern.«

Ein Zucken springt von seiner Brust über auf sein dreifach gefaltetes Doppelkinn und erfaßt zuletzt den Unterkiefer, während eine riesengroße Traurigkeit sich über sein Lächeln legt.

Endlich geht der Aufzug zu.

Ich habe, das ist sehr lange her, einmal einen Mann verehrt. Jemanden, der in Ordnung war. So lauter wie Wasser. Und immer, wenn er mich auf seine Knie nahm, schwebte mein Kopf in Wolken. Ich habe die Farbe seiner Augen vergessen, den Geruch seines Körpers: ich habe sogar vergessen, wie er aussah, doch ich erinnere mich noch immer an jedes seiner Worte. Er verstand es, die Dinge so zu sagen, wie der Zufall sie entstehen ließ. Er verstand es, mir den Glauben an das einzuflößen, woran er selbst glaubte. Vielleicht war er ein Heiliger. Er war überzeugt davon, daß die Menschen mit einem Minimum an Demut die Walfische und die Ozeane überle-

ben könnten. Es ärgerte ihn sehr zu sehen, daß sie anderswo such-
ten, was doch vor ihrer Nase lag... Und daran, daß er partout die
Welt ändern wollte, starb er zuletzt, denn er allein hatte sich nicht
geändert.

## 2

Ein Koloß, wie herausgehauen aus einem Mauerblock, betritt das Kommissariat. Seine Statur füllt den ganzen Korridor aus, das Personal hat gerade noch Platz, sich gegen die Wand zu drücken. Er ist so groß, daß der Laufbursche den Kopf ins Genick werfen muß, um ihm ins Gesicht zu sehen. Sein Schädel ist an den Schläfen glatt und auf der Stirn eckig ausrasiert, seine Augenbrauen sind in Wimpernhöhe, und wenn er geht, wallt die Luft um ihn herum.

Reihum verstummt das Geklapper der Schreibmaschinen, je weiter der Herkules vorwärtsschreitet, und in den Türen tauchen immer mehr Köpfe auf, um sich zu vergewissern, daß der Terminator, der eben vorüberkam, keine Halluzination ist.

Baya, die Sekretärin, ist gerade dabei, Akten zu ordnen, als sich das Licht um sie herum verfinstert. Beim Anblick des Goliath, der da im Türrahmen klemmt, wäre sie beinahe von der Stehleiter gefallen. Sekundenlang rührt sie sich nicht, die Arme freischwebend, bis sie schließlich piepst: »Ja?«

»Ich suche Kommissar Llob.«

Baya ist im Bann der Stimme des Kolosses, ein kurzes machtvolles Schnarren, wie aus dem Rüssel eines Wildschweins: die Stimme des Männchens in vollendeter Männlichkeit.

»Wen darf ich melden?«

»Ewegh Seddig.«

»Ah! Dann sind Sie der Fallschirmjäger.« Sie zupft ihre Kleidung zurecht. »Bitte nach links.«

Ewegh wendet so klobig wie ein Panzer. Baya hat gerade noch die Zeit, die Breite seiner Schultern zu ermessen, die Stärke seiner Arme abzuschätzen.

»Welch ein Mann!« rutscht ihr schwärmerisch heraus.

Lino tut so, als feile er die Fingernägel.

Ich erhebe mich und begrüße den Koloß: »Du bist pünktlich, das ist schon mal ein Pluspunkt. Bitte nimm Platz.«

Ewegh blickt zwischen Stuhl und Sessel hin und her.

Lino, der einen Horror vor Kleiderschränken hat, wirft ihm einen gelangweilten Blick zu und spöttelt: »Sieh erst mal, ob da nicht irgendwo eine Nadel auf dem Sitz liegt, sonst geht dir nachher noch die Luft aus.«

Ewegh ignoriert die Ironie des Leutnants. Der Stuhl ächzt unter der Last.

Lino läßt den Nagelknipser fallen, kreuzt die Beine und tut so, als interessiere er sich brennend für das Porträt des Raïs über meinem Kopf. Dann entfährt es ihm: »Hast du dir die Haare von einem Gärtner schneiden lassen?«

Eweghs Kopf rührt sich keinen Millimeter. Er sitzt da, die Arme auf die Schenkel gestützt, und es ist, als hätte er die Anwesenheit des Leutnants noch immer nicht bemerkt.

Seit dem Tod von Inspektor Serdj ist Lino zu allen grantig. Vor lauter Kummer hat er sich sogar einen Pferdeschwanz wachsen lassen. Damit, könnte man meinen, zeigt er der Republik, was er von ihr hält. In Wirklichkeit hofft er, sich auf diese Weise die Fundamentalisten vom Hals zu schaffen.

Sein ketzerischer Look hat die Direktion nicht gerade begeistert. Aber Lino hat den Dreh raus: Beim leisesten Vorwurf macht er auf depressiv. Außerdem, prahlt er, habe er seine Schuhe mit Dynamit gefüllt, und wer ihm übereifrig auf die Füße steige, der gehe in die Luft.

Ich blättere in der Akte des Kolosses: 37 Jahre alt. Junggeselle. Erfahrener Ausbilder an der Nationalen Polizeischule. Zwei Auszeichnungen. Drei Diplome. Einen Dienstverweis und ein ganzes Paket voller Verwarnungen.

»Ewegh ist nicht gerade ein häufiger Vorname.«

»Ich bin Targi.«

»Hat dich die Kantine der Polizeischule dazu gebracht, um deine Versetzung zu bitten? Kommt nicht oft vor, daß jemand die ruhige Kugel, die er in der Polizeischule schiebt, freiwillig gegen die Schinderei im Außendienst eintauscht.«

Er knackt der Reihe nach seine Fingergelenke. Ansonsten bleibt sein Körper so angespannt wie die Sehne eines Bogens.

Er antwortet tonlos: »35 Prozent aller Polizisten, die ich ausgebildet habe, sind in Ausübung ihres Dienstes draufgegangen. Daraus habe ich gefolgert, daß meine Methoden veraltet sind, und beschlossen, mich vor Ort weiterzubilden.«

Lino wiehert höhnisch, nicht ohne einen Anflug von Überheblichkeit: »Du sollst sieben Jahre bei den Fallschirmjägern gewesen sein. Haben sie dich gefeuert, weil du vom Baum gefallen bist?«

»Weil ich einen Typ gefeuert habe, der sich in seinem Dienstgrad wie im Schutz eines Talismans sonnte.«

»Wenn ich recht verstehe, bist du ein Feuerkopf.«

Der Blick des Targi bleibt kurz am Leutnant hängen, dann kehrt er in seine Ausgangsstellung zurück: »Kommt schon vor.«

Da taucht Baya unter dem Vorwand auf, sie könne ein Wort in dem Bericht, den ich ihr in die Hand gedrückt habe, nicht entziffern. Während ich es ihr erkläre, macht sie dem Koloß schöne Augen.

Linos Venen schwellen an vor Eifersucht: »Was ist los mit dir, Süße? Kannst du plötzlich die Schrift deines Chefs nicht mehr lesen?«

Baya erwidert nichts. Sie nimmt das Manuskript und trollt sich.

Ich schlage die Akte zu, nehme meine Jacke vom Nagel und erhebe mich: »Willkommen im Club Llob, Ewegh Seddig. Zeit für eine kleine Runde. Kannst dich gleich richtig einleben.«

Unser kleiner Familienausflug führt uns nach Bab el Oued zur Hauptpost. Während der Fahrt lasse ich die Sektoren, in denen es ruhig ist, links liegen und konzentriere mich auf die heißen Zonen, die gegnerischen Kneipen und die illegalen Bordelle, in denen die Köpfe der Revolte hin und wieder Entspannung suchen.

Ewegh sitzt in voller Breite auf der Rückbank und begnügt sich damit zu knurren. Von Zeit zu Zeit fährt er auf, woraus ich schließe, daß ihm ein Bärtiger aufs Radar geraten ist.

»Sind die alle polizeilich erfaßt, diese Waldschrate im Nacht-hemd?« fragt er endlich.

»Bis hin zu den Spitzbärten!« prahlt Lino, einen Fuß ungeniert gegen die Windschutzscheibe gestemmt.

Der Koloß zieht den Reißverschluß über seinen Kauwerkzeugen wieder zu. Fortan ist weiter nichts als das Knacken seiner Fingerge-lenke zu vernehmen.

Die Garküche von Sid Ali hat ein kariöses Loch in die Ecke der Rue du Pont gefressen, gerade gegenüber einem verkommenen Platz, der schwarz vor lärmenden Knirpsen ist. Eine Art Grotte, vier mal acht Meter groß, beidseits ein selbstgezimmerter Tresen, auf dem diverse Sorten von Spießchen höchst dubioser Natur der Kundschaft harren. Dazu Tische, die von altersschwachen Stühlen umzingelt sind. Hinten im Raum lächelt Cheb Hasnis Porträt ein Belloumi-Poster an. Auf schwächlichen Regalen über der Kasse, in-mitten von Wimpeln und Pokalen, zeigen fliegendreckbekleckste Fotos den Herrn des Hauses, wie er inmitten der Mouloudia-Mannschaft oder stolz grinsend Seite an Seite mit ehemaligen Box-Champions posiert.

Kaum macht unsere Zivilkutsche am Bürgersteig halt, stopft Sid Ali sich schnell sein komplettes Sandwich in den Mund, um nur nicht mit uns teilen zu müssen, wischt mit der Schürze hinterher und hält sich für unseren Empfang bereit.

Er springt mich mit der Begeisterung des ehemaligen, zum Im-bißbudenbesitzer mutierten Polizisten an: »Na, wie geht's, alter Komiker?« schreit er und sabbert mir die Wangen voll.

»Wie's gerade kommt.«

Er tritt einen Schritt zurück, um meinen Bauch zu bewundern, boxt einmal liebevoll hinein: »Wann ist es denn soweit?«

»Der Doktor sagt, es handele sich um eine nervöse Schwanger-schaft.«

Der Wirt wirft den Kopf wiehernd nach hinten, dann erkundigt er sich, sichtlich beeindruckt von Eweghs Statur: »Hast du den in einer Höhle aufgelesen?«

»In einer Flasche!«

»Was du nicht sagst! Und womit fütterst du ihn?«

Dann wendet er sich Lino zu, der so tut, als inspiziere er seine Absätze, um sein Zöpfchen besser zur Geltung zu bringen. »Was ist denn das für ein Tarass Bulba, der ist wohl frisch aus dem Sahel entlaufen?«

»O Mann, das ist doch der Lino!«

»Im Ernst? Der hat sich ja wahnsinnig verändert. Und eine Tonne Schwarzpulver hat er sich in die Fresse geschmiert, wenn mich nicht alles täuscht.«

»Wie kommst du denn auf so einen Schwachsinn?« knurrt Lino, der es haßt, vor einem Rivalen runtergemacht zu werden.

»Na, die Lunte, die dir hinten im Genick hängt.«

»Das ist ein Pferdeschwanz. Und außerdem nur der sichtbare Teil vom Eisberg. Du solltest mal den anderen sehen!«

Ich stütze mich auf die Theke auf und gehe zum Ernst des Lebens über: »Und, wie sieht die Gegend hier aus?«

»Des-in-fi-ziert, Kommissar. Ist eine halbe Ewigkeit her, daß wir hier zuletzt den Schatten eines erleuchteten Misthaufens haben herumhängen sehen. Nachdem damals der LKW hochgegangen ist, haben wir uns organisiert. Jede Kakerlake, die im Rinnstein auftaucht, wird auf der Stelle numeriert und registriert.«

»Schön, das zu hören.«

»Und der fromme Schreihals von Nummer 66?« zischt Lino, um sich vor dem Neuen in Szene zu setzen.

Sid Ali verschwindet hinter der Theke und wedelt mit einem Fächer die Fliegen von seinen Fleischspießchen.

Er sagt: »Seit man ihm im Kommissariat den Bart gerupft hat, ist er auf der Hut. Er grüßt brav, wenn er vorbeigeht, aber niemand erwidert seinen Gruß. Hier haben alle genug von den Gurus.«

Ich nehme eine Flasche Limo unter die Lupe, finde, daß sie eine höchst merkwürdige Farbe hat, und stelle sie wieder hin.

»Mir ist zu Ohren gekommen, daß sich nachts seltsame Vögel im Hammam Chérif einquartieren.«

Sid Alis Hand zeichnet beschwichtigend Komma um Komma in die Luft: »Die Jungs sind Typen von der Hochebene. Sie jobben in der Keksfabrik um die Ecke. Die sind durchgecheckt. Sind okay.«

Da kommt ein Anruf von der Zentrale. Lino läuft hin, dann winkt er mich herbei: »Gibt Zoff, Kommy.«

»Heh!« ruft Sid Ali. »Ich habe heute morgen keinen einzigen Kunden gehabt. Trinkt doch wenigstens was.«

»Ich habe Halsweh, Alter. Ciao, und halt die Augen offen. Unsere Telefonnummer hast du ja…«

Drei Polizeiwagen stehen mit vergeblich blinkendem Blaulicht vor der Hausnummer 14, Place de la Charité. Inspektor Bliss ist auch schon da, er hockt mit einer ausländischen Zigarette im Schnabel auf der Motorhaube.

Das Liebkind vom Großen Manitu macht nicht den kleinen Finger krumm, um sich eine Spur korrekter in Szene zu setzen. Nur seine Augen weisen mir mit falschem Funkeln den Weg:

»Die Jungs sind schon bei der Arbeit«, teilt er mir zwischen zwei Zügen mit, soll soviel heißen wie: er hat damit nichts am Hut.

Zwei Träume sind mir kurz vor Ende meiner Laufbahn geblieben: meinen Ruhestand im Vollbesitz meiner Kräfte zu genießen und dieses Miststück so lange in der Mikrowelle zu schmoren, bis sein Schädel krachend auseinanderfliegt. Nichts ist widerwärtiger, als von einem Untergebenen, der sich im Schutz des Chefs sonnt, von oben herab behandelt zu werden.

Der Treppenabsatz vom fünften Stock schwimmt in Blut, das in alle Richtungen verläuft und stellenweise schon über die Stufen tropft. Lino bewegt sich mit dem Rücken zur Wand voran, um seine Leinenschuhe nicht zu versauen.

Hie und da taucht ein Polizist auf der Suche nach Indizien auf, während ein Fotograf ein Blitzlichtgewitter auf die Szenerie abschießt. Ben Ouda liegt in der Diele, enthauptet, die Arme wie am Kreuz ausgebreitet. Auf dem Sofa eine groteske Axt, über und über voll mit bräunlichen Blutklumpen.

»Sein Kopf ist im Badezimmer, in der Kloschüssel«, informiert mich der Brigadier, während er sich mit einem Lappen Spuren von Erbrochenem von der Uniformjacke wischt. »Wenn das so weitergeht, kommen die Menschen in ein paar Generationen gleich mit nichts zwischen den Schultern zur Welt.«

»Wieso? Haben sie denn heute was dazwischen?«

Lino ist nicht weit gekommen. Dieses Gemetzel sieht er Tag für Tag, aber er kann sich einfach nicht daran gewöhnen. Er sucht sich einen Tisch als Halt und zündet sich eine Zigarette an, um nicht gleich loszukotzen.

Der Brigadier fügt hinzu: »In der Garderobe hat sich ein Typ versteckt. Er weigert sich herauszukommen.«

Ich folge ihm ins Schlafzimmer, das ganz in Rosa gestrichen ist, mit männlichen Aktbildern an den Wänden und Blumen in den Ecken. Links ein großer Kleiderschrank mit leicht geöffneten Türflügeln. Ich gehe in die Hocke. Der Knabe kauert ganz hinten im Schrank, den Kopf zwischen den Schenkeln vergraben, und schlottert so sehr, daß seine Zähne gegeneinanderschlagen.

»Kannst rauskommen, Kleiner. Alles vorbei.«

Es ist Ben Oudas Jüngling. Er ist wie betäubt, leichenblaß, und scheint den Sinn meiner Worte nicht verstanden zu haben. Er gibt eine Art Gurgeln von sich und zieht sich noch ein bißchen tiefer ins Dunkle zurück.

»Nun komm schon raus. Der schwarze Mann ist weg.«

Seine Muskeln verhärten sich unter meinen Fingern. Ich ziehe ihn behutsam zu mir her. Er läßt es geschehen wie ein Kind. Der Brigadier hilft ihm, sich aufs Bett zu setzen, bietet ihm ein Glas Wasser an. Der Junge hat nicht die Kraft, den Arm zu heben. Er starrt uns mit irrem Blick an.

Plötzlich bricht es aus ihm heraus: »Nie hätte ich gedacht, daß ein Mensch so schreien kann. Er schrie, wie man gar nicht schreien kann. Ich glaube, seine Schreie werden für alle Zeiten in meinem Kopf nachhallen.«

Ich bitte den Brigadier, sich um den armen Kerl zu kümmern, und gehe ins Wohnzimmer zurück. Lino hängt aufgelöst, mit zerzaustem Zopf, in einem Sessel. Er stiert zur Decke und merkt nicht, daß seine Zigarette nicht mehr brennt.

Im Bad ist der Fotograf dabei, das Ding im Klo zu verewigen. Ich komme näher. Der Kopf des Diplomaten ist ein einziger Alptraum.

»Vorsicht, Kommissar«, warnt mich der Fotograf. »Der Kopf ist vermint. Die Bombe ist direkt darunter.«

Er deutet auf einen Draht, der raffiniert unter dem Sitz versteckt ist.

»Sind die Spezialisten benachrichtigt?«

»Müssen jede Minute da sein.«

Ben Oudas Arbeitszimmer sieht aus, als wäre ein Orkan durchgefegt. Umgestürzte Bücherregale, ausgekippte Schubladen. An der Wand ein kleiner Tresor mit klaffender Tür, völlig leergeräumt.

»Er hat Nachbarn gegenüber, unten drunter und oben drüber, und trotz des ganzen Lärms hat kein Mensch was gesehen oder gehört.«

»Was willst du?« seufzt ein Polizist. »Nach mir die Sintflut!«


Die Lebensgeister des Jünglings kehren erst zurück, als die Bombenspezialisten wieder weg sind. Mittlerweile hat die Ambulanz auch die Leiche abtransportiert.

Ich rücke einen Stuhl heran und sehe dem Jungen ins Gesicht. »Na, geht's schon besser?«

Er nickt kaum wahrnehmbar.

»Wie heißt du denn?«

»Toufik Salem.«

»Und wie alt bist du?«

»Neunzehn.«

»Erkennst du mich wieder?«

»Ja.«

»Was ist eigentlich passiert?«

Seine Augäpfel verdrehen sich. Ich greife schnell nach seinem Handgelenk.

»Wenn du nicht in der Lage bist zu reden, macht das nichts. Dann versuchen wir es später.«

»Ich will bloß weg von hier!« schluchzt er. »Das ist ein Tollhaus. So tötet man doch keinen. Ich will weg aus dieser Stadt, auf der Stelle.«

»Wieviel waren es denn?«

»Drei oder vier. Ich erinnere mich nicht.«

»Kanntest du sie?«

»Wir empfangen hier doch keine Penner.«

»Waren das Penner?«

»Es waren … es waren …« Er vergräbt den Kopf in den Händen. »Ich will aufwachen, ich will aufwachen, ich will aufwachen …«

Ich lasse ihn fünfzehn Sekunden in Ruhe, dann hake ich nach: »Je schneller du uns auf die Sprünge hilfst, um so größer ist unsere Chance, sie zu schnappen.«

Er wirft ruckartig eine Haarsträhne nach hinten und holt tief Luft. Seine Hände zerknüllen das Laken.

»Es hat geläutet. Ben ist nachsehen gegangen, wer da ist. Ich war im Schlafzimmer und habe sie mit ihren Waffen hereinstürzen sehen. Ich habe mich schnell im Schrank versteckt. Ein Typ ist das Schlafzimmer kontrollieren gekommen. Mich hat er nicht gesehen. Er ist wieder ins Wohnzimmer zurück. Ben war wütend. Er forderte sie auf, sofort zu verschwinden, und drohte mit der Polizei. Ich glaube, sie haben ihn zusammengeschlagen. Ich habe gehört, wie er zusammengebrochen ist. ›Wo ist die Diskette?‹ haben sie gebrüllt. Ben sagte, er wisse nicht, wovon sie sprächen. Da sind sie über ihn hergefallen. Er schrie, als ob die Welt unterginge. Er schrie so sehr, daß ich ohnmächtig geworden bin … Bitte, sagen Sie mir, daß das alles nicht wahr ist. Ich flehe Sie an, rütteln Sie mich wach!«

Der Rest seiner Klage geht unter in langem Gestöhn.

»Kümmer dich um ihn«, sage ich zum Brigadier und gebe Lino und Ewegh ein Zeichen, mir zu folgen.

Draußen legt sich die Dämmerung auf die Stadt wie ein frigider, verbitterter Nachtmahr auf eine Brennessel. Am Himmel, an dem es trügerisch lichtert, steht der Mond wie der leibhaftige böse Blick.

In der Ferne, auf hoher See, die sich in Finsternis auflöst, hat sich ein abtrünniger Frachter in ein Glühwürmchen verwandelt, doch niemand tut ihm den Gefallen, auf seine Maskerade einzugehen. Es ist die Stunde, da die Menschen sich hinter Schloß und Riegel verkriechen, um sich ein Alibi zu verschaffen, da ihr Gewissen an der Kette liegt und bleierner Schlaf ihre Lider beschwert. Algier kehrt in die Hölle zurück. Seine Schutzpatrone helfen ihm nicht mehr. Seine Nachtwachen sind wie Totenwachen. Das geringste Blätterrauschen hält man für ein Todesröcheln.

## 3

Die Geheimdienstzentrale ist bestens getarnt. Es käme keinem zufälligen Gaffer in den Sinn, daß hinter den Trümmern einer stillgelegten Fabrik einer der geschäftigsten Nachrichtendienste des Kontinents am Werk ist.

Ich bin schon einmal dagewesen, zu der Zeit, als Kommissar Dine Chef der EDV-Abteilung war. Wenn ich daran denke, schaudert's mich noch heute.

Ein als Penner verkleideter Wärter öffnet mir eine Pforte und geleitet mich durch ein Labyrinth aus unterschiedlichsten Materialien. Dann ein Schiebefenster und ein anderer Wärter, in Anzug und Krawatte diesmal, der meine Papiere beschlagnahmt, mich in ein Register einträgt und in die Höhle des Löwen katapultiert.

Keine Zeit mehr, kleine weiße Kieselsteine auf den Weg zu streuen. Ein Aufzug verschluckt mich und kotzt mich wie ein verdorbenes Lebensmittel mitten auf einem Gang aus, der jedem OP-Trakt zur Ehre gereichte. Jetzt braucht's wirklich keine Begleitung mehr. Rotierende Kameras machen Röntgenbilder von dir, und dein Instinkt führt dich immer der Nase nach deinem Schicksal entgegen.

Meines sieht aus wie ein braver Stammeshäuptling. Seine Kobrabrille trägt er ebenso hoheitsvoll zur Schau wie seine fünfzig Jahre. Er ist kaum größer als ein Kilometerstein, mit einem Lächeln, das in einem Sanatorium harmlos gewirkt hätte, dennoch entströmt seiner Person eine solche Autorität und solches Mißtrauen, daß du anfängst, deinem eigenen Schatten nicht mehr über den Weg zu trauen.

Er kommt hinter seinem nüchternen Schreibtisch hervor, drückt mir die Hand, spürt mein Unbehagen und versucht, mich zu beruhigen: »Es sind nur ein paar Formalitäten zu erledigen, Kommissar. Nehmen Sie doch bitte Platz…«

Da funkt das Telefon dazwischen. Mein Gastgeber entschuldigt sich. Er hört lange schweigend zu, legt auf und wendet sich wieder mir zu, doch sein Lächeln, das hat er auf dem Apparat zurückgelassen.

Ich zücke meine Zigaretten. Er legt mir nahe, lieber nicht zu rauchen. Ich wette, er will mich auf die Probe stellen.

»Ihr Direktor hat Sie sicher davon in Kenntnis gesetzt, daß wir uns für den Fall Ben Ouda interessieren. Der Verstorbene war ein äußerst einflußreicher Diplomat. Wir haben Grund zu vermuten, daß für seine Beseitigung wichtige politische Motive ausschlaggebend waren. Sie haben ja heute früh die Zeitung gelesen. Es wird wild drauflos spekuliert, und das löst Verärgerung in den höheren Sphären aus. Ich weiß nicht, ob Sie auf dem laufenden sind: Unser einziger Zeuge, Toufik Salem, der Junge, mit dem er zusammenlebte, hat sich gestern abend aus dem fünften Stock gestürzt.«

»Ich bin auf dem laufenden.«

Er breitet auf dem Tisch eine Kopie der Zeugenaussage des seligen Toufik aus und trommelt mit dem Finger auf ein Schlüsselwort: »Was hat er mit der ›Diskette‹ gemeint, Kommissar?«

»Keine Ahnung.«

»Haben Sie nicht versucht, mehr darüber herauszufinden?«

»Der Junge stand unter Schock.«

»Sie hätten nicht lockerlassen dürfen.«

»Ich hatte vor, zu einem späteren Zeitpunkt mit ihm weiterzuplaudern.«

»Eine unglückliche Idee, wie Sie sehen. Jetzt ist er tot.«

»Wirklich Pech.«

Meine Gemütsruhe regt ihn auf. Er steckt die Kopie der Aussage in die Akte zurück, kommt mit der Nase ganz nah an mich heran und blafft mir ins Gesicht: »Was hatten Sie bei Ben Ouda zwei Tage vor seinem Tod zu suchen?«

Fünf Sekunden lang habe ich Pudding in den Beinen.

»Er hatte mich gebeten vorbeizukommen.«

»Warum?«

»Um zu plaudern.«

»Worüber?«

»Über Vögel.«

Er trommelt mit den Fingern auf die Akte ein. Seine Kiefer verkrampfen sich, lockern sich aber gleich wieder.

Ganz ruhig sagt er: »Sie sind Polizist. Sie wissen ja, was das heißt.«

»Der Hauptverdächtige zu sein?«

»Kooperativ zu sein ... Sie kannten sich?«

»Wir haben uns 1965 in Ghardaia gesehen.«

»Trafen Sie sich regelmäßig?«

»Nein.«

»Und warum diesmal?«

»Er hatte mein Buch gelesen. Er wollte mir dazu gratulieren.«

Er streicht sich über den Schnauzbart. Er ist nicht überzeugt: »Und er kam Ihnen nicht besorgt vor?«

»Kaum.«

»Er hat nicht zufällig etwas von einer ›Diskette‹ gesagt?«

»Nein.«

»Oder von Dokumenten oder irgend etwas in der Art?«

»Hören Sie, ich habe mein Omelett auf dem Feuer stehenlassen und bis jetzt noch nicht gefrühstückt. Mein Besuch bei Ben Ouda war ein reiner Höflichkeitsbesuch. Er wurde in meinem Sektor liquidiert. Ich verspreche Ihnen, Sie über das Ergebnis meiner Ermittlungen in Kenntnis zu setzen. Das abgekühlte Klima hier bekommt mir nicht. Meine Wohnung liegt neben einem freien Feld, wenn Sie verstehen.«

Zu meiner großen Überraschung läutet er nach dem Laufburschen und bittet ihn, mich hinauszubegleiten.

Wir trennen uns ohne ein weiteres Wort, ohne jeden Händedruck. Ehe ich das Büro verlasse, drehe ich mich noch einmal um. Und was ich in seinem Blick entdecke, läßt meine Nierensteine schlottern.


Eine geschlagene Woche lang hätte ich mir vom vielen Kopfdrehen fast die Halswirbel verstaucht. Ich hatte ständig das Gefühl, beschattet zu werden. Und während ich noch darauf warte, daß über mir der Himmel einstürzt, stolpere ich über eine zweite Leiche.

Eine Traube von Gaffern drängt sich gegenüber der Villa Nummer 18 in der Rue Ferhat Saïd und beobachtet schweigend die Polizisten, die sich davor zu schaffen machen.

Bliss kauert vor einem von Kugeln durchsiebten Auto und betrachtet die Schlüssel, die am Boden liegen: »Er hatte nicht einmal mehr Zeit, die Wagentür zu öffnen.«

»Wer?« fragte ich, erbost über die Fähigkeit des Giftzwergs, offenbar überall gleichzeitig zu sein.

»Abad Nasser, 67 Jahre alt, Junggeselle, Professor an der Universität von Benak.«

»Noch ein Intellektueller weniger«, seufzt Lino.

»Den Zeugen nach waren sie zu dritt«, redet Bliss weiter. »Einer ist am Steuer geblieben. Die zwei anderen haben das Opfer bis in den Innenhof seiner Villa verfolgt. Hier und im Inneren finden sich Patronenhülsen. Es war eine 7,62er. Vermutlich eine Kalaschnikow. Ist gegen dreizehn Uhr passiert. Der Professor wollte gerade nach Benak aufbrechen.«

Der Leichnam des Professors liegt verzerrt auf der Freitreppe, die Brille zertreten davor auf dem Weg. Er ist ein alter Mann, weißhaarig, hager und hochgewachsen, mit einem Gesicht, das aussieht wie mit dem Meißel gehämmert. Mit der Linken hält er noch den Mantelkragen hoch, als wolle er sich in einem absurden Selbstverteidigungsreflex vor dem Kugelhagel schützen.

»Sie waren in einem grauen Peugeot«, fährt Bliss fort, um uns zu verstehen zu geben, daß er nichts dem Zufall überlassen hat. »Ich habe die Autonummer gleich an die Zentrale durchgegeben.«

»Danke, du wirst nicht mehr gebraucht.«

Mein trockener Ton verschlägt ihm die Sprache. Er verschwindet. Und es ist, als ginge die Sonne auf.

Von seinem Geunke befreit, kann ich mich endlich ungestört der Tragödie zuwenden. Ehe er den Geist aufgegeben hat, hat der

Professor noch etwas auf eine Treppenstufe gekritzelt. Das Blut ist geronnen, doch die Fingerspuren sind gut erkennbar: »HIV« steht da zu lesen.

»Hast du noch ein paar Vögelchen im Kasten?« frage ich den Fotografen.

»Noch ein ganzes Nest voll, Chef.«

»Dann mach mir eine Großaufnahme von diesen seltsamen Großbuchstaben.«

»Finger weg!« tobt ein helles Stimmchen.

Ein Mickerling im Mafioso-Anzug, der wie ein Billig-Imitat ausschaut, rennt den Polizisten, der vor der Villa Wache steht, über den Haufen und stürzt auf mich zu, wobei er mir sein Abzeichen entgegenhält, als schwinge er das Kruzifix vor einem Vampir.

»Capitaine Berrah vom Geheimdienst. Meine Leute werden gleich da sein. Packen Sie Ihren Zirkus zusammen und machen Sie, daß Sie wegkommen.«

»Sachte, sachte, Capitaine. Sie werden uns noch einen Schreck einjagen.«

»Mir egal. Packen Sie Ihren Krempel ein und ziehen Sie Leine, Kommissar.«

»Noch ein falscher Ton, du Klapphorn«, lehnt Lino sich auf, »und du landest gleich selber mitten im Krempel!«

Da ist er baff, der Kollege! Er runzelt verstört die Brauen, total überrascht von der Aufsässigkeit des Untergebenen, sieht mich an und fragt, wobei er mit dem Daumen auf ihn zeigt: »Wo kommt denn diese Kaulquappe her?«

»Aus Jupiters Schenkel«, antworte ich.

Er macht auf beleidigte Gottheit, der Capitaine, nimmt den Himmel, dann den Erdboden ins Visier, ehe er mich, ohne den Daumen von der Schulter zu nehmen, erneut befragt: »Wie hat er mich doch gleich genannt?«

»Klapphorn«, bestätigt Lino im Brustton der Verachtung. »Kleines Loch und große Klappe.«

Erst da läßt sich der Capitaine dazu herbei, dem Lästermaul ins Angesicht zu blicken, wobei er sich den Daumen gegen die Brust drückt: »Ich, ein Klapphorn?«

»Ja! Du, ein Klapphorn!«

Ich versuche, sie zu beschwichtigen, gemäß Rundschreiben Nummer 129 des Innenministeriums. Der Capitaine weigert sich, Waffenstillstand zu schließen. Sein Gesicht ist verzerrt, er wiegt sich auf der Stelle hin und her. Ohne den Daumen von seiner Brust zu lösen, streckt er den Zeigefinger Richtung Lino aus: »Du wirst bald von Berrah reden hören, kleiner Kerl. Und dein Chinesen-Zöpfchen, das scher ich dir mit dem Rasenmäher ab.«

»Wenn du schon dabei bist, ich hätte vorne noch was, das auch mal geschoren werden müßte.«

Da zuckt Berrahs Hand ins Jackett. Eine unglückliche, höchst bedauerliche Geste, denn im selben Moment fährt Ewegh seinen Arm aus. Und James Bond 000 kreiselt zweimal um sich selbst, ehe er mit lädierter Nase auf dem Gehweg landet. Er stammelt aufgelöst: »Ich wollte doch nur meinen Kuli rausholen, um seine Dienstnummer aufzuschreiben.«

Und Ewegh, seelenruhig: »Ich dachte, der greift nach seiner Knarre.«

Damit ist der Fall für ihn erledigt.


Die Sonne quält sich hinter dem Märtyrerdenkmal hervor. Sie würde gerne mit den Wolken flirten, doch sie fürchtet, man könnte sie für eine Wildente halten. Der Himmel überzieht mit seinem Blues die zitternde Bucht. Algier ist reglos vor Kummer, erstarrt wie ein Clochard, der seinen Rausch ausschläft. In sich gesunken, müht sich die Stadt, ihre nervösen Zuckungen zu unterdrücken, um nicht plötzlich zu explodieren.

In meinem stressigen Büro versuche ich vergeblich, im Kaffeesatz zu lesen. Lino und Ewegh sind vor den Disziplinarrat zitiert und müssen sich anhören, was für böse Buben sie sind. Dem einen werfen sie seine Aufmüpfigkeit vor, dem anderen, das Hauptarbeitsinstrument des Capitaine, sprich seinen Riecher, ernstlich beschädigt zu haben.

Mir wachsen graue Haare, während ich zerstreut HIV auf sämtliche Blätter kritzele, die in Reichweite meiner Tristesse herumliegen.

Baya ist zweimal gekommen, um mir eine Dienstanweisung zu erklären. Ich habe kein Wort kapiert.

Ich bin nicht gut drauf.

Kurz bevor die Überstunde schlägt, dringt der Direktor in meine Höhle vor. Mit einem Fingerschnippen scheucht er die Sekretärin hinaus, dann vertraut er mir an: »Ich habe vor zehn Minuten mit dem Disziplinarrat telefoniert. Der Vorsitzende ist ein Freund von mir. Er hat mir versprochen, nachsichtig zu sein.«

»Wäre mir unangenehm, wenn er sie öffentlich kastrieren ließe«, sage ich resigniert.

»Mit etwas Glück wird's nur ein Verweis.«

Er läßt sich in den Sessel fallen, betrachtet die Risse, die sich wie Arabesken über die Decke ziehen, kommt auf meinen Weltschmerz zurück: »Die Lage ist ernst, Brahim. Wir haben es mit dem furchtbarsten aller Fundamentalismen zu tun. Es ist nichts gewonnen, wenn wir uns untereinander verkrachen. Kripo, Sitte, Geheimdienst – für den Feind ist das alles eins.«

Ich zünde eine Zigarette an, atme den Rauch durch die Nase aus. Der Boß weicht zur Seite, um dem Qualm zu entgehen.

»Versuche mal, die Stirn zu runzeln, wenn du deine Männer siehst, Kommissar. Ich wünsche, daß du sie nachher gründlich zusammenstauchst. Wir sitzen tief genug in der Scheiße, ich will unter meinem Dach keine Gangster aufziehen.«

Er steht auf, macht ein Gesicht, als fiele ihm plötzlich ein unendlich wichtiges Detail ein: »Hätte ich fast vergessen. Was nützt es ihm eigentlich, deinem Lino, sich so zum Gespött zu machen? Was soll der Zopf in seinem Nacken? Versuch ihn zur Vernunft zu bringen, Himmel noch mal. Ihm fehlen ja nur noch die Titten.«

Ich nicke zustimmend.

Er fügt hinzu: »Und dein Koloß, bist du sicher, daß er sie noch alle hat?«

»Seine Fäuste jedenfalls, die hat er noch alle, da gibt es nichts.«

»Bring ihm bitte bei, daß er sie künftig in der Hosentasche läßt. Der ist noch nicht ganz bei uns angekommen.«

»Werde sehen, was sich machen läßt.«

Er blickt dem sich kräuselnden Rauch nach, schüttelt unmerklich den Kopf.

»Ich habe heute früh Capitaine Berrah gesehen. Habe ihn nicht wiedererkannt. Man könnte meinen, ein Windstoß hätte ihm die Tür vom Tresor ins Gesicht geknallt. Der Ärmste, seine Ray Ban kann er jetzt wohl verschrotten.«

»Wirklich betrüblich, dabei setzen sie sich beim Geheimdienst so gern in Szene.«

Er lächelt. Kommt selten genug vor, aber dies eine Mal steht es ihm echt gut.

## 4

Lino hat den Vormittag einsam in der Einsatzzentrale verbracht, mit seinem Notizbuch, seinem Zopf und Bergen von Archivmaterial, um sich innerlich wie äußerlich wieder in Form zu bringen. Gegen Mittag geruht er, uns zu empfangen. Er hat zwei Pinnwände aufgestellt. Auf der linken stecken großformatige Fotos von Ben Ouda und Professor Abad, auf der rechten die Fotos von vier zottigen Gesellen, die dreinblicken, als hätten sie das Rasieren definitiv unter die Todsünden eingereiht.

Lino wartet geduldig, bis ich mich aus meiner Jacke geschält und mit dem Targi auf den Metallstühlen Platz genommen habe, dann räuspert er sich und bittet um Ruhe. Eine Mücke beginnt zu surren. Wir halten die Luft an.

Er ist konzentriert wie ein Messerwerfer, so, als hinge davon seine Karriere ab, fährt zackig seinen Drehkuli aus und deutet damit auf die Pinnwand zur Rechten.

»Der Hausmeister von der Place de la Charité Nummer 14 und weitere Augenzeugen haben vier der fünf Mörder des Diplomaten und des Professors identifiziert. Es handelt sich um – erstens: Mérouane Sid Ahmed, genannt TNT, die reinste ökologische Katastrophe, Junggeselle, ohne Beruf, stammt aus Aïn Defla, war an beiden Attentaten beteiligt... zweitens: Blidi Kamel, 30 Jahre alt, verheiratet, vier Kinder, Trödler in El Harrach, war an beiden Attentaten beteiligt... drittens: Zaddam Brahim, 32 Jahre alt, Afghanistanveteran, war am zweiten Attentat nicht beteiligt... viertens: Gaïd Ali, genannt ›der Friseur‹, 25 Jahre alt, der Emir der Gruppe, würde die Hölle ebenso schnell leerfegen wie der Schwarze Mann die Kinderstube, verantwortlich für sämtliche Autobombenattentate, die in letzter Zeit in Algier passiert sind, siebzehn Morde in acht Monaten...«

»War er von Beruf Friseur?« hake ich nach, um seinen Redeschwall zu bremsen.

»Das ist nur sein Spitzname, weil er seinen Opfern immer den Kopf abschneidet.«

Ewegh blickt angestrengt auf das Foto des »Emirs« und fragt: »Kannten sie sich, der Diplomat und der Professor?«

»Offenbar nicht. Das waren zwei ganz gegensätzliche Charaktere, der Diplomat verkehrte in den höchsten Kreisen, den Professor zog es eher in die Niederungen.«

»Erzähl uns mehr über den Professor.«

»Da gibt's nicht viel zu sagen. Er lebte außerordentlich zurückgezogen. Freunde hatte er keine. Seine Studenten nannten ihn ›den Eremiten‹. Ein Leben in geordneten Bahnen: von der Arbeit in die Kneipe ins Bett. War Berater von Saïd Rafik. Hat den Job nach drei Monaten wieder geschmissen.«

»Wer ist dieser Rafik?«

»Na hör mal, der Kulturminister.«

»Sieh einer an, und ich dachte immer, der einzige Kulturminister, den Algerien je hatte, wäre Jack Lang… Und warum hat er gekündigt?«

»Unverträglichkeit der Charaktere.«

Bliss stößt die Tür zur Einsatzzentrale auf und präsentiert mit funkelnden Augen seine Rattenvisage: »Wir haben den Peugeot gefunden. Leutnant Charter ist schon an Ort und Stelle.«

Ich werfe ihm einen feindseligen Blick zu und frage zurück: »Na und?«


Es gibt Orte, die scheinen den Tiefen der Vergangenheit entstiegen. Ihr Ruhm ist zu Staub und Asche geworden. Sie sind nur noch da, um durch die Köpfe zu spuken. Wie ein Museum, dessen Tor für alle Zeiten verriegelt ist, eine Muse, deren Lippen auf ewig versiegelt sind. Die Sonne scheint nicht für sie, und ihre Tage sind bleichen Nächten gleich.

Die Kasbah entstammt zwar nicht jener fernsten Vergangenheit, doch aus jenen Tiefen steigen ihre Tragödien und Gespenster auf. Ein Narr, wer ihre architektonische Bedeutung preist – nur Trümmer und Schutt sind davon übriggeblieben. Sie schwebt zwischen Utopie und Erinnerung, härmt sich wortlos zu Tode und grollt den Gezeiten, sie nicht längst hinweggeschwemmt zu haben.

Hier, in diesem unentwirrbaren Spinnennetz, gärt und wuchert die Resignation wie ein giftiger Teig. Die Menschen haben das Warten aufgegeben. Die Füße im Fegefeuer, den Kopf halb im Jenseits, vegetieren sie dahin, und ihre Gebete klingen aus in Verwünschungen. Die Graffiti wirken hier wie Grabinschriften. Die Pflastersteine überziehen Straßen, die jede Erinnerung an bessere Tage verloren haben, mit der Beulenpest. Aus den Hausfluren sickert die Dämmerung in die Köpfe ein.

Die Kasbah, Müllhalde für alles Unglück der Welt, läßt den Sturmangriff auf ihre heldenhafte Vergangenheit über sich ergehen wie eine Witwe die Liebesbekundungen eines gekreuzigten Gatten, dessen Gedächtnis die Kinder an jeder Straßenecke mit Füßen treten.

Die Kneipe ›Club des amis‹ ist für die Kasbah das, was der Hof für den Sträfling ist. Wer dorthin will, muß darauf achten, wohin er die Füße setzt. Es ist eine versiffte, höchst dubiose Kaschemme. Hier treffen sich die, die nicht wissen wohin, halten sich trübselig am Kaffee fest und warten auf die Nacht, den kleinen Tod. Von früh bis spät sind sie da, traktieren die Tische mit ihren Dominosteinen, beginnen den Tag mit Doppelsechs und beenden ihn mit Doppelweiß. Wenn sie glauben, gewonnen zu haben, haben sie schon wieder verloren. Den Tagen, die an ihnen vorüberziehen, wenden sie den Rücken zu wie den Versprechungen des wortbrüchigen Vaterlandes. Grau sind die Gesichter, und die Seelen sind verpfändet an eine alles verschlingende Gott- und Trostlosigkeit.

Unser Auftauchen löst alles andere als Entzücken aus. Ich lasse mich mit dem Targi an der Bar nieder. Sofort hört Eweghs Nebenmann – ein monumentales Museumsstück – damit auf, in sein Gebräu zu stieren, und beginnt, mit angewiderter Miene die Luft durch die Nüstern zu saugen.

»Welches Arschloch hat denn da vergessen, im Scheißhaus die Kette zu ziehen?« brummt er ungehalten. Dann, als er den Targi zu seiner Rechten entdeckt, stirnrunzelnd: »Sieh mal an! Ein Dinosaurier!«

Vereinzelte Lacher spornen den Komiker an, an den Wirt gewandt hinzuzufügen: »Du hast mir ja gar nicht gesagt, daß ein chinesischer Wanderzirkus in der Nähe gastiert.«

»Du hast ja nicht danach gefragt.«

Der Witzbold dreht sich jetzt ganz zu Ewegh und mustert ihn abschätzig von Kopf bis Fuß. Dann streckt er einen Finger vor und stupst ihn an: »Du bist hier im falschen Zirkus, Dino, hau ab, aber schnell.«

»…«

»Hey, Dino!«

»Du täuschst dich offenbar in der Person«, brummt der Targi.

»In der Person vielleicht schon, aber niemals im Tier.«

Gellendes Gelächter erschüttert den Raum. Der Kerl fühlt sich geschmeichelt und stupst Ewegh ein zweites Mal an. Es bleibt ihm keine Zeit, noch einen Witz zu reißen. Eweghs Arm fährt blitzschnell aus, und was auf der Strecke bleibt, ist die Nase des Spaßvogels.

Atemloses Schweigen unter den Zuschauern.

Ewegh packt den Knaben am Genick und hält dem Wirt die verwüstete Visage vors Gesicht: »Ist wohl deinem chinesischen Wanderzirkus entlaufen, der Clown.«

Im Handumdrehen zieht sich die versammelte Kundschaft zurück und nimmt das, was vom Komiker noch übrig ist, gleich mit.

Der Wirt ignoriert uns hinter seinem plumpen Tresen und grinst sich garstig in den Bart: Er ist ein Krüppel mit dem Look eines gotischen Wasserspeiers, eine glotzäugige Kreatur, der der Kopf zwischen den Schultern klemmt. Dazu soviel Haar im Gesicht, daß man meinen könnte, er wäre vermummt. Kurz, exakt die Art Geschöpf, die man älteren Leuten, schwangeren Frauen und wohlerzogenen Kindern nie ohne Vorwarnung zeigen sollte.

»Ben Hamid?« frage ich.

»Schon möglich.«

Eine Sekunde lang fährt sein Blick durch mich hindurch.

»Der graue Peugeot mit der Nummer 44999.195.16, ist das Ihrer?«

»Schon möglich.«

»Wurde Ihnen gestohlen?«

»Ich habe Anzeige erstattet.«

»Mit vierundzwanzig Stunden Verspätung?«

Er hört auf, an seinem Bart zu zupfen, greift nach einem Lappen und beginnt mechanisch, den Tresen zu wischen.

Er brummelt: »Das ist an einem Freitag passiert.«

»Die Polizei hat keinen freien Tag.«

»Den Freitag widme ich dem Gebet. War's das?«

»Wir haben noch nicht mal angefangen.«

Er schmeißt den Lappen auf den Boden und beginnt, die Tassen in einem Becken voll Schmutzwasser zu spülen.

»Ihr habt kein Recht, meine Kunden zu verjagen. Das hier ist mein Broterwerb.«

»Wir haben niemanden verjagt. Wir leben in einer Demokratie. Bitte erzählen Sie, wie der Diebstahl sich zugetragen hat.«

»Wie viele Polizeien gibt's denn noch in diesem Scheißland? Ich werde doch nicht mein Leben damit verbringen, mich von einem Bullen nach dem anderen ausquetschen zu lassen. Ich habe auch noch was anderes zu tun.«

Mein Blick wird schärfer.

Er bläst die Backen auf zum Zeichen des Überdrusses und trocknet die Tassen mit einem schmuddeligen Lappen ab.

»Es war vier Uhr morgens. Sie haben mir die Tür eingetreten, mir eine Knarre an die Schläfe gehalten und mich gezwungen, ihnen die Zündschlüssel zu geben.«

»Wie viele waren es?«

»Hab ich nicht gezählt.«

»Würdest du sie wiedererkennen?«

»Es war dunkel.«

»Genau vor deinem Patio steht eine Laterne. Und die leuchtet ganz gut. Ich hab's überprüft.«

»Dann hatten sie eben Masken auf.«

Ewegh wird unruhig. Gefährlich unruhig. Ich bitte ihn, sich in Geduld zu fassen.

Der Wirt höhnt: »Hat er ein Problem, dein ausgestopfter Gorilla? Garantiert hat er Sehnsucht nach seinem Heu.«

Ewegh bewahrt die Ruhe.

Der Wirt blickt ihn einen Moment lang höhnisch an, ehe er die schon abgetrockneten Tassen wieder ins Spülwasser taucht.

»Ich sehe die Polente lieber von fern. Ich bin so allergisch gegen die Bullen, daß schon der Anblick eines Kalbs mich zum Kotzen bringt. Ich halt euch nicht auf, wenn ihr fertig seid. Irgendwelche Typen haben meine Karre mitgehen lassen. Ich habe Anzeige erstattet. Für mich ist die Geschichte erledigt.«

»Das passiert dir jetzt schon zum dritten Mal innerhalb von zwei Monaten.«

»Ich wohne halt in einer widerlichen Ecke. Was hättest du denn gemacht mit einer abgesägten Schrotflinte im Ohr?«

Ich breite die Fotos der vier Schlächter auf dem Tresen aus.

»Sind nicht einer oder zwei von deinen Angreifern darunter?«

Er fährt kurz mit der Hand über die Fotos, schüttelt den Kopf. »Die kenne ich nicht.«

»Sieh sie dir gut an.«

»Ich bin nicht kurzsichtig.«

»Und der da, der dritte von links?«

»Kenne ich nicht.«

»Der heißt Gaïd Ali, genannt der Friseur. Ist dein Nachbar.«

»Schon möglich. War's das?«

»Dein Auto haben wir wiedergefunden.« (Er springt nicht gerade an die Decke aus Freude über eine Kiste, die immerhin 80 Millionen wert ist.) »Mit den Fingerabdrücken deines Nachbarn drauf.«

»Was willst du? Heutzutage ist auf keinen mehr Verlaß.«

»Dein Auto wurde von den Mördern von Professor Abad Nasser benutzt.«

Ebensogut hätte ich einem Mullah schöne Augen machen können. Er begnügt sich damit, intensiv ein Glas zu betrachten.

»Ich habe den Diebstahl angezeigt. Es lag an euch, weitere Maßnahmen zu treffen. War's das dann?«

»Für den Augenblick schon.«

Ewegh beugt sich von neuem über den Tresen.

»Ich heiße Ewegh Seddig, und ich habe nichts von einem barmherzigen Samariter an mir. Du kannst deinen schlechtrasierten Kumpels einen schönen Gruß bestellen: ich werde ihnen ein Fest ausrichten, bei dem ich ihnen nichts, aber auch gar nichts schenken werde.«

Der Wirt nickt verächtlich: »Wenn du's sagst, Dino.«

Ich habe keine Zeit mehr, den Schicksalsschlag zu verhindern. Die Targifaust zuckt blitzartig vor. Den Wirt schleudert es gegen die Wand, und wo eben noch sein Gesicht war, ist jetzt ein Puzzle.

»Ewegh«, verbessert der Bulle, »nicht Dino. Solltest du dir merken.«

## 5

Man nehme eine Mumie, wickle sie neu, und schon hat man eine Vorstellung von dem Typen, den ich in Zimmer 33 in der Klinik Sidi Mabrouk vorfinde.

Ist ganz schön heruntergekommen, Athmane Mamar. Vor nicht allzu langer Zeit hätte das kleinste Wehwehchen die halbe Stadt um ihn herum auf die Beine gebracht. Und heute ist es schon viel, wenn ihm einer überhaupt mal Fieber mißt.

Wie er da auf seiner stinkigen Pritsche liegt, an einen Vitamintropf gefesselt, neben sich beutegeiergleich eine Krankenschwester, erweckt Athmane Mitleid. Als er mich hereinkommen sieht, zuckt ein zerknirschtes Lächeln über sein Gesicht.

»Na, wie geht's, du wundersam Erretteter?«

Er ruckelt heftig inmitten seiner Verbände und röchelt. Ich bitte ihn, ruhig zu bleiben, und pflanze mich mit einer Pobacke auf die Bettkante.

»Du siehst aus wie eine Wurst in Klopapier«, eröffne ich ihm.

»Hilf mir lieber, mich aufzusetzen.«

Ich richte ihm sein Kissen mit derselben Umsicht, wie sie ein Sprengmeister beim Entschärfen einer Bombe an den Tag legen würde. Er dankt mir mit einem Kopfnicken. Die Krankenschwester hört mit ihrem Getue auf und läßt uns allein.

Ich lasse meinen Blick durchs Zimmer wandern, auf die Mauern, die in scheußlichem Grau gekalkt sind, den Nachttisch, den die Überreste eines ärmlichen Mahls besudeln.

»Blumen hat dir wohl keiner mitgebracht.«

»Noch sind wir nicht auf meiner Beerdigung.«

»Attentat?«

»Unfall.«

»Was ist passiert?«

»Ein schlecht isoliertes Kabel. Mein Betrieb hat schneller als ein Strohballen Feuer gefangen. Ich hatte noch nicht mal Zeit, mich in Sicherheit zu bringen.«

»Das hättest du als Attentat verkaufen können. Würde dein Prestige aufmöbeln, und später hättest du Anspruch auf den Märtyrerstatus.«

»Habe ich mir auch schon überlegt, aber ich hatte Angst, die, die mir früher mal in den Arsch gekrochen sind, dadurch auf dumme Gedanken zu bringen.«

Athmane und ich kennen uns seit den Siebzigern. Wir waren damals beide militante FLN-Aktivisten, ich aus Vaterlandsliebe, er aus Geldgier. Er war der Liebling von Algiers High Society und häufte Privilegien an wie eine alte Nutte die Pariser.

Er seufzt. »Du bist nur gekommen, um dich an meinem Unglück zu weiden.«

»Unrecht Gut gedeiht nicht gut. Alter Spruch, aber so gut wie neu, hab ich dir schon früher gesagt. Doch es gehört nicht zu meinen Hobbys, mich am Mißgeschick anderer zu ergötzen, wenn du es genau wissen willst.«

Er dreht sich von mir weg.

Jenseits des Fensters, das ein Vorhang aus Spinnweben verschleiert, ducken sich die Hochhäuser unter einer schwärzlichen Dunsthaube. Gereizt rempeln sich die Wolken an, während ein feiner Regen auf die Scheiben trommelt. Es ist noch nicht achtzehn Uhr und schon Nacht in Algier.

»Was willst du, Llob?«

Ich knalle ihm das Foto von Beelzebub höchstpersönlich auf die Brust: »Erkennst du ihn?«

»Klar. Das ist Alla Tej. War mal mein Gärtner. Was hat er denn jetzt ausgefressen?«

»Keine Ahnung. Ich bin hinter seinem Schwager her, Gaïd, genannt der Friseur.«

»Und was hab ich damit zu tun?«

»Du warst jahrelang sein Arbeitgeber. Du kennst bestimmt seine Gewohnheiten. Es gibt sicher einen Ort, an dem ich ihn finden kann.«

Athmane bewegt sich unter Schmerzen. Sein violett verfärbtes

Gesicht zerknittert zu tausend Falten. Er grollt: »Und ich dachte, du wärst wegen meines Unfalls gekommen.«

»Das nächste Mal«, antworte ich bissig. »Im Augenblick hat dein Dienstbote Vorrang. Es ist wirklich wichtig.«

Er wackelt betrübt mit dem Kopf. Ich lasse ihn zwei Sekunden lang vor sich hin stieren, dann piesacke ich ihn erneut.

Er gibt schließlich nach: »Der treibt sich in Riad El Feth rum. In der Herrentoilette.«

Spricht's, dreht sich wieder zum Fenster um und weigert sich, mir zum Abschied hinterherzublicken.

Im Gang ertappe ich Lino dabei, wie er einer Krankenschwester sein Leben erzählt. Ich schiebe ihn vor mir her und frage: »Haben wir jemanden in Riad El Feth?«

Lino faßt sich mit beiden Händen an die Stirn wie ein Biologe angesichts einer seltsamen genetischen Mutation, überlegt und überlegt und schnippt zuletzt mit den Fingern: »Wir haben Jo, Chef.«

Jo hat mich ins ›Grill 69‹ nach Riad El Feth bestellt. Ein Edel-Snack mit Glasfassade, verspiegelter Decke, rotweißem Mobiliar. Der Service ist diskret, die Kundschaft gerade flügge geworden. Schwaden von Kif und der Duft des großen Geldes wetteifern in aller Freundschaft um die klimatisierte Luft, während schmachtende Melodien das Kristall der Lüster zum Erklingen bringen. Überall Miezen, maunzend und mit den Wimpern klimpernd, den Popo renitent in knallenge Jeans gezwängt. Hier und da ein Gymnasiastenpärchen, das sich per Blickkontakt paart, eine Hand ums Glas geschlungen, die andere unter dem Tisch.

Unsere Ankunft läßt für einen Sekundenbruchteil einige Augenbrauen fragend hochgehen, dann beachtet man uns nicht mehr. Ich lasse mich mit Lino in Türnähe nieder, und wir machen uns alsbald über senfgestreifte Hammelhoden her. Gratis. Der Snackbesitzer steht nicht eben im Ruf, ein Engel zu sein, da investiert er lieber ein bißchen. Da über des Desserts verlockender Süße kein

Schreckgespenst in Form einer Rechnung schwebt, nutzt Lino die Gastfreundschaft über Gebühr. Dem Lächeln des Wirts tut das zwar keinen Abbruch, doch im Innersten dürfte er zutiefst erschüttert sein. Das wird ihm kein zweites Mal passieren, sich von Hungerleidern wie uns zu Anwandlungen von Barmherzigkeit hinreißen zu lassen.

Ewegh sitzt hinten an einem Tisch neben den Toiletten. Die unmittelbare Nähe eines höchst agilen Popos lenkt ihn in keiner Weise ab. Er hat den ganzen Laden im Blick und die Knarre griffbereit.

»Nicht übel, der Schuppen«, befindet Lino, während er sich die Finger leckt, von denen es nur so tropft. »Werde demnächst wohl mal meine Rothaarige hierher ausführen.«

»Ich dachte, sie sei blond.«

»Äh... das ist eine neue Eroberung. Du weißt doch, ich lasse mich nicht zähmen.«

»Wußte ich nicht.«

»Na schön, dann weißt du es eben jetzt.«

Ich wische mir über die Lippen, um ein aufkommendes Grinsen zu kaschieren. Das letzte Mal, daß der Brillerich mit einem Mädchen ausgegangen ist, dürfte auf dem Klassenausflug gewesen sein. Mit dem Feuerlöscher, den er zwischen den Schultern hat, schafft er es im besten Fall, sein eigenes Spiegelbild nicht zu verscheuchen.

Er macht sich andächtig über einen Fleischspieß her, tunkt ihn erst in Mayonnaise, dann in Harissa, zuletzt in Senf – man beachte die klug durchdachte Reihenfolge bezüglich der Konsistenz der Beilagen – und schlägt mit glücklichem Seufzen seine Zähne hinein.

»Was hältst du davon, Kommy?«

»Wovon?«

»Von dem Laden hier. Meine Kleine wird das geil finden.«

»Wenn es dir Spaß macht, dich ausnehmen zu lassen.«

»Sorg halt dafür, daß ich mal mehr einnehme!«

Jo taucht gegen Viertel vor eins auf, als unser Wohltäter allmählich sauertöpfisch dreinblickt. In ihrer Verkleidung habe ich sie erst gar nicht erkannt. Sie hat sich dafür entschieden, das älteste Gewerbe der Welt auf persische Art auszuüben: im Tschador, und darunter splitternackt. Ist so praktisch wie diskret und hält den bösen Blick auf Abstand.

Sie begrüßt Lino mit Wangenküßchen, verabreicht mir einen respektvollen Schmatz mitten auf den Schädel und setzt sich mir gegenüber hin. Ihr Metier hat begonnen, erste Spuren der Abnutzung in ihrem Gesicht zu hinterlassen. Sie hat sich einen Schönheitsfleck auf die Wange tätowiert, doch der dunkle Fleck auf ihrem Kinn deutet darauf hin, daß das letzte Abenteuer übel für sie ausgegangen sein dürfte.

»Ist ja eine Ewigkeit her, Onkel Brahim!« zwitschert sie voll Entzücken, mich wiederzusehen.

»Mensch, hast du abgenommen!«

»Ich achte auf meine Linie. Wie geht es Mina und den Kindern?«

»Den Umständen entsprechend. Und dir?«

»Solala. Auf und ab…«

»Hmm! Mir wird ganz anders!« jault Lino.

Sie lacht, tätschelt ihm liebevoll das Handgelenk und bekennt: »Dein Pferdeschwanz ist echt super!«

»Und nicht nur der!«

Vollidiot, Lino!

Als ich Jo – mit vollem Namen Joher – kennenlernte, arbeitete sie in der Verwaltung eines großen Staatsbetriebs. Eine Dame ohne Fehl und Tadel, mit strenger Frisur und kantiger Brille. Damals dachte sie noch, sie hätte eine große Karriere vor sich, bei den Diplomen, die sie von der Universität mitgebracht hatte. Nur daß die phallokratische Gesellschaft, in der wir leben, ihr als einziges Beförderungskriterium das Sofa anbot. Irgendwann machte sie dann wirklich die Beine breit – was beim Mann dem ›Hände hoch!‹ entspricht. Und da wollte kein Schwanz sich lumpen lassen, nicht der Direktor noch der Chef vom Dienst, nicht der Buchhalter und auch nicht der Laufbursche. Da die Nachfrage immer stärker wurde, war Joher gezwungen, Doppel- und Dreifachschichten einzulegen, bis hin zur Overdose. Völlig erledigt und desillusioniert wurde sie schließlich rausgeschmissen und fand sich in der Brandung des Straßenstrichs wieder, wo die Polizei ihr das Leben zur Hölle machte. Dann, eines Abends, als wir jemanden einfangen wollten, willigte sie ein, für mich den Lockvogel zu spielen. Seitdem macht sie hin und wieder den Polizeispitzel, als Gegenleistung drücken wir ein Auge bei ihren Steuerschulden zu.

»Worum geht's, Onkelchen? Ich habe wirklich keine Zeit. Im Untergeschoß warten schon zwei Kunden auf mich.«

Ich zeige ihr das Foto von Alla Tej. Sie dreht und wendet es hin und her und verzieht die Lippen, fragt nach: »Hat der zufällig im *Planet der Affen* mitgespielt?«

»Kann sein. Momentan ist er Statist in einer Neuverfilmung der *Zeitmaschine.*«

Sie legt den Kopf schief, erst nach rechts, dann nach links.

»Könnte ich mal ein Foto ohne Bart von ihm sehen?«

»Scheint, daß er damit auf die Welt gekommen ist.«

Jo schneidet eine Grimasse und betrachtet konzentriert die mutmaßlichen Gesichtszüge des Mannes. Ihr schmaler Finger gleitet über das Foto, kratzt automatisch am Bart, wie um zu ergründen, was sich dahinter verbirgt.

»Ich bin mir nicht sicher, aber ich glaube, ich habe ihn hier irgendwo schon mal gesehen.«

»Er heißt Alla Tej. Hängt beim Allerheiligsten herum, vorzugsweise in der Herrentoilette, wenn du verstehst, was ich meine. Wir wissen nicht, wie tief er im Terrorismus steckt, aber das ist keiner, der die Hände fromm faltet, wenn er am Boden eine Münze liegen sieht. Ich brauche ihn, um auf Nummer Sicher zu gehen. Es ist absolut dringend.«

Jo blickt nervös auf ihre Armbanduhr und läßt das Foto in ihre Handtasche gleiten. Ihr Blick fällt auf Ewegh und bleibt an ihm kleben. Die Statur des Targi läßt sie von Kopf bis Fuß erbeben.

»Der hat nicht genug, um dich auszuführen!« warnt Lino neidvoll.

»Aber mehr als genug, um mich zu *ver*führen ...!«

Sie steht auf, küßt mich auf die Stirn, zieht den Leutnant am Zöpfchen und raunt ihm zu: »Wenn das alles ist, was aus deinem Köpfchen kommt, ist das nicht gerade ermutigend.«

Spricht's, winkt uns zum Abschied zu und eilt zu ihren Transit-Lovern ins Untergeschoß.

## 6

Der Donner tobt und tost durch die Nacht. Sporadisch peitschen grelle Blitze das Viertel und bevölkern die Winkel mit albtraumhaften Visionen. Erst zweiundzwanzig Uhr und keine Menschenseele beherzt genug, sich draußen blicken zu lassen.

Seit einer guten halben Stunde überwachen wir von einer alten Brücke aus den Sektor, der aussieht, als sei hier der Abschaum der Welt versammelt, und sich in einem endlosen Schwall ramponierter Dächer und armseliger Innenhöfe gegen das Flußbett ergießt. Mit Ausnahme eines einzigen schlaflosen Ladens herrscht totale Finsternis. Düster heult der Wind durch die Öffnungen im Mauerwerk und zieht den altersschwachen Fenstern die Ohren lang. Ihr Knarren erfüllt die Stille mit psychedelischem Getön.

Das Haus, das wir im Blick haben, steht gleich neben der Brücke unter einer Laterne, die bis zum Hals in Müll und Abfall steckt. Eine stabile Baracke, in derart lumpige Lagen von Kalk gewickelt, daß es einem kalt über den Rücken läuft.

»Nicht mehr lange, dann ist Ausgangssperre!« gerät Lino in Panik. »Am besten holen wir ihn uns.«

»Finde ich auch«, bestärkt Jo ihn vom Rücksitz her. »Ich habe nicht das Gefühl, daß er heute nacht noch Besuch bekommt. Vorhin war er stockbesoffen. Der schnarcht jetzt garantiert schon wie ein Weltmeister.«

Ich nicke, stecke eine elektrische Taschenlampe in meine Manteltasche und lade meine 9-mm-Pistole.

»Okay, dann wollen wir mal.«

»Es gibt da noch einen Hinterausgang«, ergänzt Jo. »Dahinter ist freies Feld. Falls er sich unauffällig verdrücken will, könnt ihr ihn euch da schnappen.«

Ewegh schmettert die Tür ins Schloß und umkurvt im Eiltempo eine Ansammlung von Elendshütten, um dahinter Stellung zu beziehen.

Ich bitte Jo, im Auto zu bleiben und uns im Fall einer Gefahr zu warnen, dann gehe ich vor, während Lino noch eifrig damit beschäftigt ist, sein Magazin zu überprüfen. In der Nachbarschaft beginnt ein Hund zu heulen.

Der Inhaber des Ladens erbleicht über einem Schnauzbart, der jedem Besen zur Ehre gereichte. Der Anblick meiner Knarre läßt seine Augenbrauen fast unsichtbar werden. Wie in einem Akt der Levitation hebt er langsam, ganz langsam die Arme in die Luft, während in seiner Kehle ein Jojo auf- und niedergeht. Lino bedeutet ihm mit der Hand, sich zu setzen und die Klappe zu halten. In Zeitlupe sackt der Kerl in sich zusammen und verschwindet zuletzt hinter seinen Bonbongläsern.

Ich nehme all meinen Mut in beide Hände, gleite lautlos auf ein Tor zu, entdecke einen unförmigen Türklopfer und betätige ihn. Der Krach ist derart ohrenbetäubend, daß der Hund auf der Stelle verstummt. Nach dem zehnten Schlag grummelt eine verschlafene Stimme: »Wer ist da?«

»Der Weihnachtsmann«, antworte ich.

»Wir haben noch nicht Dezember.«

»Dezember ist für Christen. Für Muslime ist das ganze Jahr über Weihnachten.«

Die Stimme hüstelt und erklärt zunehmend ungehalten: »Einen Augenblick, ich hole nur eben meine Schlüssel.«

Zwei Minuten später rasselt die Tür ganz erschröcklich, und Ewegh taucht auf. Mit dem Daumen zeigt er nach hinten: »Er hat versucht zu türmen. Ich habe ihn abgefangen.«

»Hoffentlich hast du ihn nicht umgebracht.«

»Ich hab's nicht überprüft.«

Er führt uns durch einen Hof, der von widerlich stinkenden Wasserrinnen durchzogen ist. Ein alter Lieferwagen verstopft das, was vor Lichtjahren eine Garage gewesen sein muß. Die Arme von sich gestreckt, das Gesicht im Schlamm, liegt Alla Tej in einem Gemüsegarten, der von armseligen Bäumen umgeben ist. Er kommt erst lange, nachdem wir ihn in ein versifftes Zimmer transportiert haben, wieder zu sich.

Als er aufwacht, stellt er fest, daß ihm ein Zahn in der Fresse fehlt. Er schaut auf seine blutüberströmte Hand und stöhnt: »Womit haben die mich bloß geschlagen, verdammt? Mit einem Wagenheber?«

Tej ist ein kurzbeiniger Fettmops. Mit seiner struppigen Mähne, den Haaren, die ihm überall aus dem Hemd hervorschauen, seinen zottigen Armen und seinem Bart sieht er aus wie ein Jak, der sich beim Versuch, sich wie ein Roß aufzubäumen, die Wirbel verstaucht hat.

»Du hast versucht, dich aus dem Staub zu machen«, frische ich sein Gedächtnis auf wie bei einem, der mitten im Text plötzlich den Faden verliert.

Er betupft sich die aufgeplatzte Lippe mit einem Zipfel vom Laken, schüttelt den Kopf. Sein Blick bleibt an der Figur des Targi hängen, dann an dessen Fäusten. Nebenan ist Lino zu hören, der sich unter geräuschvollem Möbelrücken umsieht.

Alla dreht sich in Richtung des Gepolters: »Ist da wer?«

»Nur der Weihnachtsmann«, beruhige ich ihn. »Was ist los mit dir, mein Junge? Vor wem wolltest du untertauchen?«

»Ich hatte euch für Boscos Männer gehalten.«

»Und wer ist Bosco? Ein Yetijäger?«

»Mein stiller Teilhaber. Ich schulde ihm Geld. Ist doch nicht meine Schuld, wenn der Laden nicht läuft. Wir stecken mitten in der Krise. Aber davon will der Bosco nichts hören. Ich werde doch wohl keinem auf offener Straße die Knarre in den Bauch drücken, nur damit ich ihn auszahlen kann.«

»Da hast du recht. Am Anfang drückt man den Leuten die Knarre in den Bauch, weil man dazu gezwungen wird, und mit der Zeit findet man Geschmack daran. Das ist gar nicht gut.«

»Sieh mal her, Kommy, was ich in seinem Nähkästchen gefunden habe!« jubelt Lino und schwenkt ein Täfelchen Haschisch.

»Das gehört mir nicht!« protestiert Tej und richtet sich auf.

Ewegh packt ihn an den Schultern und stößt ihn auf den Stuhl. Tej protestiert noch immer.

Ich hebe sein Kinn mit angewidertem Finger an und erkläre ihm: »Hör zu, du Saukerl. Wenn du damit vielleicht zum Ausdruck bringen willst, daß wir dir dieses Mistzeug da in deine Sachen geschmuggelt haben, um dir Ärger zu machen, könnte ich am Ende noch mal aufhören zu glauben, daß du unfähig bist, Leuten auf offener Straße die Knarre in den Bauch zu drücken. Wir wissen, daß du Dealer bist, daß du dir eine luxuriöse Fünfzimmerwohnung in Kouba geleistet hast, daß das hier nur ein Unterschlupf ist, wo du die gestohlenen Autos auseinandernimmst, um den Schwarzmarkt mit Ersatzteilen zu versorgen, daß deine Schwester mit einem notorischen Terroristen verheiratet ist und du trotz deinem Rauschebart nicht mehr Aussichten auf einen Platz im Paradies hast als jeder beliebige Abgeordnete…«

Tej liest in meinen Augen und findet dort etwas, das ihn zuversichtlich zu stimmen scheint. Er errät, daß es nicht in seinem Interesse liegt, die Chance, die ich ihm gerade bewilligen will, auszuschlagen.

»Was wollt ihr von mir?«

»Dir einen Deal vorschlagen.«

»Meine Bank ist bankrott.«

Linos Fuß schnellt vor. Der Jak weicht zurück. Sein Stuhl stürzt um, und er landet auf der Matratze. Ewegh sammelt ihn ein, staucht ihn auf dem Stuhl zurecht.

»Ich wiederhol mich nicht gern!« warne ich ihn. »Entweder wir reden, oder wir amüsieren uns. Beides gleichzeitig ist bei uns nicht drin. Also?«

Tej mustert Lino und findet, daß der ein Raubtiergebiß hat, dann senkt er den Kopf, um uns glauben zu machen, er sei in der Lage nachzudenken.

»Ich warte!«

»Laß uns reden.«

»Sehr gut. Wir tun so, als wärst du eben erst auf die Welt gekommen. Ich habe dein Sündenregister soeben auf Null gestellt. Im Gegenzug überbringst du deinem Schwager Gaïd Ali eine Botschaft von uns.«

»Keine Ahnung, wo der sich rumtreibt, ich schwör's euch. Ali hat sich nicht mehr in der Familie blicken lassen seit der Sache mit dem entgleisten Zug.«

Ich wende mich an Lino: »Glaubst du ihm?«

»Nicht direkt.«

»Und du, Ewegh?«

Ewegh schüttelt den Kopf.

Ich breite zum Zeichen des Bedauerns die Arme aus: »Denk dir was anderes aus, Idiot. Wenn dich mein Angebot nicht interessiert, dann schlag ich es halt jemand anderem vor. Und aus dir machen wir Kleinholz, Spezialbehandlung inklusive.«

Er kratzt sich den Nasenrücken. Ein rötliches Spuckegerinnsel hängt ihm im Mundwinkel.

»Worin besteht euer Angebot?«

»Gaïd Ali ist seit einiger Zeit im Besitz eines Dings, das nicht ihm gehört. Ich würd's gern haben.«

»Im Klartext?«

»Es handelt sich um eine Diskette. Er hat sie an der Place de la Charité einem Freund geklaut, der seitdem ganz kopflos ist.«

»Ich kapiere nicht, wovon ihr redet.«

»Ist auch nicht nötig. Begnüg dich damit, die Botschaft zu überbringen. Dein Schwager versteht schon. Sag ihm, daß es mir egal ist, ob er gerade untergetaucht ist oder nicht. Ich will weiter nichts als die Diskette.«

»Und wenn ich ihm das bestellt habe, kann ich nach Hause zurück, ohne daß ihr mir am Arsch klebt?«

»Wir sind doch keine Zäpfchen.«

Er tut, als sei er nicht sonderlich begeistert. Ewegh packt ihn am Nacken und läßt ihn baumeln.

»Mein Name ist Ewegh Seddig. Ich seh nicht gut. Ich kann ein Leichentuch nicht von einer Friedensfahne unterscheiden, deshalb mache ich auch keine Gefangenen. So einfach ist das. Entweder du spielst mit oder du hast schon jetzt verspielt.«

Alla beschwichtigt ihn mit beiden Händen.

»Sachte, du Dampfwalze, du zerknitterst mir noch meinen Hemdkragen. Mal sehen, was ich für euch tun kann.«

»Und versuch ja nicht, klüger als wir zu sein!« sagt Lino drohend.

Was bei Ben Hamid, dem Kneipier, nicht funktioniert hat, scheint mit Alla Tej zu klappen. Zwei Minuten nach unserem Abgang hat der Beelzebub vom Laden aus telefoniert. Man hat ihm wohl gesagt, man würde zurückrufen, denn er hat sich auf die Theke gesetzt und den Lebensmittelhändler weggeschickt. Das Telefon läutet dreimal. Alla rührt sich nicht. Eine Minute später hebt er nach dem ersten Läuten ab. Nach dem Gespräch kehrt er in seine Baracke zurück, zieht sich um und nimmt vor dem hinteren Eisentor Stellung.

Gegen 23 Uhr taucht ein Renault ohne Lichter auf, dreht eine Runde um den Platz und sammelt ihn ein. Wir geben Gas und verfolgen sie mit großem Abstand.

Zwei Kilometer unterhalb des Hügels umfährt der Renault eine Polizeisperre und verliert sich in einem Vorort, dessen Schwärze sogar die kränklichen Lichter der Laternen aufsaugt. Wir setzen ihm quer über einen Bauhof nach, auf dem Massen von Kränen und Eisengerüsten gen Himmel ragen, und holen ihn an einem Square mit prächtigen brandneuen Palästen wieder ein…

Alla Tej und sein Fahrer bleiben eine gute Viertelstunde unter einer Mimose im Auto sitzen, ehe sie sich entschließen auszusteigen. Sie gehen zwei Gassen hinunter und betreten ohne Vorankündigung eine Villa.

Wir warten eine Ewigkeit. Da immer noch nichts passiert, beschließe ich, nach dem Rechten zu sehen. Ewegh schlägt sich allein durch eine Seitenstraße. Lino und ich marschieren direkt auf die Villa zu. Das Gittertörchen ist angelehnt. Ein mit Marmor gepflasterter Weg führt uns zu einer Tür aus massivem Eichenholz, die gleichfalls offensteht. Ich knipse meine Taschenlampe an und wage mich ins Innere der Behausung.

Wir kämmen alle Räume durch, Schlafzimmer, Bad, Waschküche, sogar die Schränke. Die beiden Gauner haben sich in Luft aufgelöst.

»Im Garten ist ein Pool«, informiert mich Ewegh, der auch nichts entdeckt hat. »Vermutlich sind sie da entlang getürmt.«

Wir machen kehrt. Im selben Moment, als wir am Gartentörchen ankommen, werden wir förmlich vom Blitz getroffen.

»Polizei!« brüllt jemand. »Hände hoch und keine Bewegung!«

»Nicht schießen!« bettelt Lino kleinlaut. »Wir sind Kollegen.«

»Ach du Scheiße!« ruft Leutnant Charter und kommt hinter einem Gefängniswagen hervor. »Was zum Teufel tut ihr denn hier? Wir hätten euch fast umgelegt!«

»Ich hab schon Netzhautablösung!« ruf ich ihm zu, buchstäblich geblendet von den Scheinwerfern.

Leutnant Charter befiehlt seinen Leuten, ihre Schießeisen wieder zu sichern. Da ich nichts sehe, hakt er mich unter und hilft mir voran.

»Ein anonymer Anrufer hat uns auf die verdächtige Anwesenheit von drei bewaffneten Männern in der Rue Baya Dahro, Hausnummer 16, hingewiesen. Zum Glück hat Lino Laut gegeben, sonst hätten wir euch glatt für Terroristen gehalten.«

Ich bemerke zu Lino: »Na, der Jak, das war kein Hornochse.«

»Und wir, wir sind wie Ochsen vor dem Tor gestanden.«

Vom Renault fehlt jede Spur. Und von Jo, die im Auto geblieben war, haben wir weiter nichts als einen Schuh und einen Lippenstift auf der Straße gefunden.

Am nächsten Morgen, Punkt acht, läßt Alla Tej mir kaum Zeit, den Mantel abzulegen. Tosendes Lachen am anderen Ende der Leitung.

»Na, wer von uns beiden ist denn nun der Idiot, Llob? Wenn ich dich am Leben gelassen habe, dann nur, damit du dir darüber mal klar wirst.«

»Wo ist Jo?«

»Du meinst die Nutte? In der Rue Baya Dahro Nummer 16. Genau da, wo deine Kumpels euch fast umgelegt hätten, euch drei. Und noch was, Idiot: Sag deinem bekloppten Dinosaurier, daß auch wir weder Geschenke noch Gefangene machen.«

Der Himmel ist leuchtend blau. Nach den Regengüssen vom Vorabend glänzt das Grün der Blätter wie frisch angemalt. In den reglosen Bäumen zwitschern die Vögel. Alles ist friedlich im Haus Nummer 16 in der Rue Baya Dahro. Überall Ruhe und Heiterkeit. Auf der Liege am Rand des Swimmingpools, im Schatten eines Sonnenschirms, der gestern abend noch nicht da stand, scheint Jo zu träumen… Doch wovon läßt sich träumen, wenn einem der Hals von einem Ohr zum anderen durchgeschnitten ist?

Ich klammere mich an einen Ast, um nicht umzukippen. Der Teufel kann endlich daran denken, in Pension zu gehen. An Nachfolgern ist kein Mangel.

## 7

Alla Tej hat letztlich wohl doch begriffen, daß ein Bart, wenn er zu irgend etwas nützlich wäre, nicht in jedem Arschloch sprießen würde. Glattrasiert und mit Pomade im Haar, wirkt er zehn Jahre jünger. Ein Hauch von Khol betont seine Augen und verleiht seiner Transvestiten-Visage ungeahnte Frische. Keine Ahnung, wie er es angestellt hat, sich in eine Jeans zu zwängen, die selbst einer Vogelscheuche zu eng wäre und die Dellen und Wellen seines Hinterteils besser nachzeichnet als jede topographische Vermessung. Keine Ahnung, ob seine eigene Mutter ihn hier noch erkennen würde, inmitten des Jungvolks, das auf der Tanzpiste vom ›Djinn Rouge‹ verwegen die Hüften schwenkt.

Ich meinerseits habe ihn im Fieber der hämmernden Dezibel und der zuckenden Lichter gleich ausgemacht, dank seines Schattens, der, den Schatten der verdammten Seelen gleich, mit dem Finger auf ihn wies.

Ich lümmele an der Theke, ein Glas Orangensaft zwischen den Pfoten, und überwache das Völkchen in den Tiefen des Spiegels gegenüber. Eine ganze Weile leiste ich dem Ansturm der Ausgeflippten und der Junkies Widerstand. Plötzlich entdecke ich Alla Tej mitten unter ihnen. Sein Blick, der Blick einer unreinen Bestie, verfängt sich in meinem. Mit einem Satz ist er quer durch die Menge und schon aus dem Staub.

Ich mache mir nicht die Mühe, ihm nachzulaufen.

Er nimmt je vier Treppenstufen auf einmal, gelangt auf die Terrasse, reckt mir als Abschiedsgruß die geballte Faust entgegen und verschwindet in einem Gang. Ich zupfe gelassen meinen Mantel zurecht. Ich bin ganz cool.

Eine Nutte, die aussieht wie ein ranziges Sandwich vom letzten Jahr, schiebt mir ihre Titten vors Gesicht. »Ich bin vom anderen Ufer«, nehme ich ihr den Wind aus den Segeln.

Mit meiner üblichen Höflichkeit entschuldige ich mich rechts und links und bahne mir den Weg zur Terrasse. Der bewußte Gang verrenkt sich schon nach der letzten Stufe den Hals und fällt in einer Art Vorraum vollends auf die Schnauze. Eine Glastür führt in einen Garten voll niedlicher Laternen. Am Himmel prangen Millionen von Perlen und die Götter zählen trällernd die Wolken. Eine Nacht wie diese ist wunderbar geeignet, sich einen Mistkerl zum Dessert zu genehmigen.

Man sieht gleich, daß Eweghs Linke wieder im Einsatz war: Alla Tej liegt am Boden und seine rechte Gesichtshälfte ist nur noch Brei. Er kriecht röchelnd vorwärts, krallt sich an einem Heizkörper fest, schafft es nicht, sich hochzuziehen…

Drei Wochen bin ich jetzt hinter ihm her. Ich habe meine besten Spitzel und Späher auf ihn angesetzt. Und da haben wir ihn, fix und fertig, alle viere von sich gestreckt, der leibhaftige Beweis dafür, daß Moulana tatsächlich existiert!

Ich nehme Anlauf und trete ihm kräftig ins Kreuz. Alla rotiert zweimal um sich selbst und landet an der Wand, den Mund aufgerissen zu einem Schrei, der nicht herauskommen will. Ich packe ihn so heftig bei den Haaren, daß es ihm schier das Genick bricht.

»Danke, mein Süßer, daß du mich so schön verschaukelt hast. Wenn wir so weitermachen, habe ich mich bis zur Pensionierung an den Schaukelstuhl gewöhnt!«

Wir schleifen ihn in die Toiletten am Ende des Vorraums und schließen hinter uns die Tür. Alla rappelt sich etwas auf, hält sich das Kreuz und stöhnt. Seine Hand gleitet verstohlen hinunter zum Messer, das in seiner Socke versteckt ist. Meine 43er setzt sich in Bewegung, der Schlag renkt ihm die Schulter aus. Um ihn davon abzuhalten, das ganze Viertel zusammenzuschreien, hievt Ewegh ihn an Kragen und Gürtel hoch, taucht seine Birne ins Klo und betätigt die Wasserspülung.

»So wird er wieder klar im Kopf.«

Alla bricht auf dem Boden zusammen und kotzt, was das Zeug hält, auf seine Knie. Ich setzte ihm die Messerspitze an die Nase, ziehe sein Profil nach, tippe ihm ans Kinn, kitzle ihn am Adamsapfel.

»Mit diesem ungesunden Eisen hast du Jo die Gurgel durchgeschnitten.«

»Fahr zum Teufel!«

»Von dem komme ich gerade. Er läßt dich schön grüßen. Verbluten werde ich dich lassen, du Scheißkerl.«

Er mustert mich geringschätzig und spuckt mir seinen blutigen Schleim ins Gesicht.

»Leck mich, du Hinterhofbulle. Du bist weiter nichts als ein übereifriger Idiot.« Dann hält er mir seine Kehle hin: »Na los, schneid mir die Gurgel durch. Was ist? Traust du dich nicht? Versuch's doch! Oder hast du Angst, ohnmächtig zu werden?«

Ich wische die Spucke mit dem Taschentuch ab. Meine Hand zittert nicht die Spur. Ich bin ganz cool.

Ich sage zu Jak Stehauf: »Ich weiß was Besseres. Wir zwei spielen jetzt Tausendundeine Nacht, okay? Du bist die Scheherazade, ich der Sultan. Du wirst mir alles über deine kleinen Freunde erzählen, ihre Verstecke, ihre Pläne. Und Ewegh, der da drüben steht, wird den Damokles spielen. Wenn du nicht weiterredest, klopft er dir so lange auf den Kopf, bis dir das Hirn zur Nase rausfließt. Wenn du durchhältst, bekommst du Aufschub bis zur nächsten Nacht. Na, wie gefällt dir das?«

Er räuspert sich, um mir erneut seine Verachtung ins Gesicht zu spucken. Diesmal ist meine Hand schneller als er, ich drücke ihm den Hals zu und zwinge ihn, Gift und Galle wieder hinunterzuschlucken.

Wie alle indoktrinierten Brüllaffen – stark im Chor und schlapp im Solo – fällt Jak Stehauf schon nach den ersten Ohrfeigen um. Nicht daß meine Methoden besonders überzeugend wären, nein, aber die kleinen Giftkröten des lieben Gottes sind einfach Weltmeister im Seitenwechsel. Sie drehen ihr Mäntelchen so geschwind nach dem Wind, daß die Haut auf ihrem Rücken schon ganz abgeschürft ist.


Das Versteck, zu dem Alla Tej uns führt, befindet sich im ersten Stock eines Stundenhotels in der Rue Safir Balach. Die Gegend ist hoffnungslos übervölkert. Riecht meilenweit im Umkreis nach

Moder und Schweiß. Man steht Schulter an Schulter, so fällt man nicht um, doch mit Solidarität hat das nichts zu tun. Man könnte eine Stecknadel vom Balkon werfen, sie käme nie auf dem Boden an. Außerdem ist die Wäsche über der Straße so dicht gehängt, daß die alten Leute Mühe haben, einen Sonnenstrahl zu erhaschen, in dessen Schein sie ihren Schemel rücken könnten.

Das Hotel gammelt in einer Sackgasse vor sich hin und ist vom vielen Warten schon ganz schwarz. Hier und da betteln verschleierte Nutten herum, die sich als Wahrsagerinnen tarnen, um keinen Anstoß bei sensiblen Gemütern zu erregen. Zwei Zuhälter lungern auf dem Gehweg, ein Auge auf die Herde gerichtet, das andere im Nirwana. Einige Kunden schleichen mit schlechtem Gewissen um die Ware, bereit, sich zu verdrücken, sobald irgendwo ein bekanntes Gesicht auftaucht.

Auf der Terrasse eines Cafés hält Lino seinen Daumen hoch. Sein Zöpfchen hat er unter eine Chechia gestopft, und er ist in einen Kaftan geschlüpft, um von der Umgebung nicht abzustechen; doch seinen Bullenschatten wird er nicht los…

Ewegh geht vor, kontrolliert das Erdgeschoß und kommt zurück, um mir von der Tür aus Feuerschutz zu geben. Ich stoße Jak Stehauf zur Rezeption. Der Typ an der Kasse ist so enorm wie die Sünde. Seine Pranken liegen auf der Theke, den Stuhl hat er gegen die Wand gerückt, und er lacht still vor sich hin, während er einen Comic von Slim überfliegt.

»Im Untergeschoß ist noch ein Zimmer frei«, verkündet er ohne aufzusehen. »Fünf Scheine für zwanzig Minuten. Gehandelt wird nicht. Man hebt sich die Spucke für Wichtigeres auf.«

Endlich geruht er den Blick zu heben, läßt die Augen von Alla zu mir springen, wie man von Stock zu Stein zu springt:

»Und damit komme ich euch noch entgegen. Wir sind hier kein Hospiz. Alte Leute lassen wir sonst nicht rein.«

»Sieh an, und warum?« frage ich ihn.

»Raten Sie mal. Bei Ihrem Alter, da steht man doch mit einem Bein im Grab.«

»Und wenn ich mit beiden Beinen im Grab stünde, hätte ich noch immer ein drittes, um dir in den Arsch zu treten, du Trampeltier.«

Ich fege mit einem wütenden Hieb seine Pranken vom Tresen und knalle ihm meinen Dienstausweis in die Fresse.

»Den Schlüssel von Zimmer 13! Du gehst gefälligst vor.«

Ich habe ja schon so manchen Saustall gesehen, damals, als ich als Mädchen für alles bei den Juliens gejobbt habe, aber der in Zimmer 13 ist wirklich was fürs Guinness-Buch der Rekorde. Hier herrscht solch ein bestialischer Gestank, daß ich, als ich das Licht anknipse, befürchte, es fliegt gleich alles in die Luft.

»Wer macht hier eigentlich sauber?«

»Der Mieter.«

»Hat er für den ganzen Monat gemietet?«

»Er hat für ein Vierteljahr im voraus bezahlt, aber er ist selten da.«

Ich zeige ihm das Foto von Mérouane Sid Ahmed alias TNT.

»Ja, das ist er!«

»Hat er allein hier gelebt?«

»Mit einem Mädchen.«

»Wo können wir die finden?«

»Keine Ahnung.«

»Eine, die hier arbeitet?«

»Kein Mensch in unserem Team kennt die. Hat eine Warze auf der Nase, die sie als Schönheitsfleck verkauft. Sie ist unverwechselbar: ein Bauernschrank mit roter Perücke und falschen Wimpern, die dir beim ersten Kuß ins Auge stechen.«

»Weißt du, wer das sein könnte?« frage ich Jak Stehauf.

»Die heißt Brigitte.«

»Französin?«

»Nicht direkt. Sie wird so genannt, weil sie einem Frachter ähnelt, der Brigitte heißt.«

Ich schicke den Typen von der Rezeption in seinen Käfig zurück und mache mich daran, das Chaos zu durchwühlen. Stinkende

Schuhe, eklige Klamotten, ein kaputter Revolver, Anleitungen zum Bombenbasteln, eine Stange Dynamit… In einer Schublade stoße ich auf eine Mappe. Darin Fotos von Athmane Mamar, seinem Hund, seinem Haus und außerdem ein Lageplan seines Betriebs.

Während ich ihm den Rücken zukehre, nimmt Alla Tej die Beine in die Hand und flüchtet über den Gang. Das bringt mich nicht eine Sekunde aus der Fassung. Mit einem Mal bricht der Laufschritt ab, und sofort folgt ein Aufknall.

»Ich hoffe nur, du hast ihn nicht totgemacht«, brumme ich, während ich weiter unter dem Bett herumsuche.

»Ich hab's nicht überprüft!« tönt Eweghs Stimme aus den Tiefen des Gangs.

Eines ist gewiß: wenn Alla sich weiterhin darauf versteift, uns so häufig zu entwischen, ist sein Gesicht über kurz oder lang so platt wie ein Bügelbrett.

## 8

Athmane Mamar sitzt zur Abwechslung im Rollstuhl, direkt vor dem Fenster, seine Gliedmaßen sind mit Merkurochrom-Tinktur bepinselt, sein mondförmiges Gesicht mit Schorf und Grind überzogen. Er dämmert vor sich hin, ähnlich einem weltvergessenen Einsiedler. Er dreht sich nicht um, als er hört, wie sich die Zimmertür öffnet.

»Hallo, Ramses. Ich habe dir Pariser Konfekt mitgebracht.«

Ich stelle eine Tüte mit Süßigkeiten auf dem Nachttisch ab und lege ihm eine mitfühlende Hand auf die Schulter, was ihn vor Schmerz hochfahren läßt.

»Pardon.«

»Halb so wild. Ich gewöhne mich allmählich an mein Nessusgewand.«

»Ist das aus Brennesseln?«

Jetzt rollt er herum und ich sehe sein Gesicht, eine Kamee von einem Violett, daß einem die Schamhaare zu Berge stehen.

»Die Schwester findet, daß meine Physiognomie der Weltkugel ähnelt«, tröstet er sich über sein Geschick hinweg.

»Sehr liebenswürdig von der Schwester.«

Sein klägliches Lächeln franst nach und nach aus, und er umklammert mit den Händen seine Knie, wobei sich seine Gelenke milchig verfärben.

Ich ziehe Fotos und Skizze aus meinem Mantel und breite alles auf dem Bett aus.

»Das habe ich bei einem Bombenleger gefunden, dem wir die Mehrzahl aller Bombenattentate in Algier verdanken. Ein gewisser Mérouane Sid Ahmed, genannt TNT.«

Athmane wendet mühsam den Hals um hinzuschauen, erkennt den Lageplan und fällt in den Stuhl zurück.

»Was genau willst du von mir, Llob?«

»Du hast mich angeschwindelt. Der Brand in deinem Betrieb, das war kein Kurzschluß.«

»Das geht dich gar nichts an. Ich bin gegen die geimpft, ich komm alleine klar.«

Ich sammle alles wieder ein, lege es sorgsam zusammen und verstaue es in der Innentasche meines Mantels.

»Ich habe mich heut früh mit deiner Alten unterhalten. War nicht gut drauf, stell dir vor. Hat mir erzählt, daß du in letzter Zeit jede Menge Anrufe gekriegt hast, daß du nicht gerade glücklich gewesen bist, wenn du wieder aufgelegt hast, und es in letzter Zeit deine Lieblingsbeschäftigung war, hinter deiner Gardine auf der Lauer zu liegen. Vor wem hast du Angst?«

Er begnügt sich damit, auf die Scheibe zu starren. Ich baue mich zwischen ihm und dem Tageslicht auf. Es irritiert ihn, daß ich nicht durchsichtig bin. Er rollt zur Seite und starrt erneut auf die Gebäude jenseits der Straße.

»Sie hat sich auch an Ben Ouda erinnert. War ein Kumpel von dir.«

»Damals hatte ich Kumpel bis in die Arme meiner Frau hinein.«

»Verstehe. Das letzte Mal, als er dich besuchen kam, war er völlig außer sich.«

»Er hatte gerade pleite gemacht. Logisch, daß einen das nicht zu Jubelstürmen hinreißt.«

»Deine Alte hat erklärt, daß der Milliardär Dahmane Faïd von dir verlangt hätte, dem Diplomaten nicht aus der Patsche zu helfen. Hast du all die Anrufe gekriegt, weil du dich über seine Anweisungen hinweggesetzt hast?«

»Ich bin doch niemandes Diener!«

»Warum wollte Faïd denn unbedingt verhindern, daß Ben Ouda wieder auf die Beine kam?«

»Das fragst du ihn am besten selbst.«

»Weißt du, daß Alla Tej, dein Gärtner, dich im Auftrag des Milliardärs ausspioniert hat?«

»Ich habe ihn dafür bezahlt, sich um meinen Garten zu kümmern.«

»Es scheint dich aber nicht zu wundern.«

»Eben. Das ist doch der Beweis, daß ich immun gegen das alles bin.«

»Mit mir spielt er jeden Abend Scheherazade. Er hat mir so einiges erzählt. Zum Beispiel, daß Professor Abad Nasser dich nach dem Mord an Ben Ouda aufgesucht hat.«

»Na und? Er war der Bruder meiner Frau.«

»Aha!« Allmählich wird es interessant.

Ich hieve meinen Allerwertesten aufs Bett und schiebe mir das Kopfkissen unter die Schenkel, um eine leichte Muskelzerrung auszugleichen.

Athmane Mamar rollt seine Karre bis an die Wand zurück und wirft mir einen bösen Blick zu.

Ich zünde mir eine Zigarette an und fasse zusammen:

»Ist doch seltsam, diese Kettenreaktion, findest du nicht? Ben Ouda, der eine Woche, nachdem er bei dir war, einen Kopf kürzer gemacht wird. Dann der Professor. Dann dein Betrieb, der in Flammen aufgeht, und du fast mit. Dann dieser alles verschlingende Einfluß von Faïd. Dazu Alla, auf den man überall stößt. Das läßt nur zwei Schlüsse zu: entweder du bist es, der das Unglück über deine Freunde bringt, oder du steckst mit ihnen zusammen in der Scheiße.«

»Du bist zu lange bei der Polente, Llob.«

»Ich habe das Gefühl, diesmal ist das keine Pawlow'sche Reaktion. Ich habe nur meine Archive konsultiert. Alles weist darauf hin, daß ich den Finger auf ein kolossales Ding gelegt habe.«

»Dann laß ihn mal nicht zu lange da liegen, wenn du einen Rat willst. Sonst kannst du hinterher vielleicht nicht mehr dran lutschen.«

»Ich habe ja noch neun andere.«

»Ist nicht genug.«

Ich blase den Rauch über meine Fingernägel und gebe ihm ein Scherzrätsel auf: »Weißt du, warum das Pferd seinen Weg mit dikken Pferdeäpfeln säumt?«

»Nein.«

»Weil es keine Windelhosen mag.«

»Ich kann dir nicht ganz folgen.«

»Ist das nicht der Beweis, daß ich kein Hosenscheißer bin?«

Ich sehe ihm fest in die Augen, um ihn daran zu hindern, sich wegzudrehen.

»Was geht hier vor, Athmane?«

Er reibt sich nervös am Handrücken, kratzt den Schorf ab, ohne es zu merken.

Nach langem Schweigen belebt sich sein Blick und er sagt: »Da gibt es Neider, die wollen verhindern, daß mein Unternehmen aufblüht. Mit der Öffnung der Märkte platzen alle Schleusen. Und die Flut schwemmt jeden fort, der keinen festen Anker hat. Jeder versucht, Raum zu gewinnen, seinen Einfluß auszudehnen, seinen Aktionsradius zu erweitern. Das ist der Kampf um die Investitionen. Jeder torpediert jeden, aber es ist nicht eigentlich unfair.«

»Glaubst du wirklich, du kannst mich mit diesem Gefasel überzeugen?«

»Ich hab's immerhin versucht.«

Ich zücke den Notizblock, den ich mir von Lino ausgeliehen habe, tue so, als checke ich meine Aufzeichnungen durch, halte inne auf einer Seite, die betrüblich weiß ist, und sage auf gut Glück: »Ben Ouda und der Professor haben sich durch dich kennengelernt.«

»Nicht durch mich, höchstens bei mir. Sie hatten dieselben Neigungen.«

»Zum Beispiel?«

»Junge Männer und Bücher.«

»Das steht auch in meinem Notizblock. Scheint, daß sie sich prächtig verstanden.«

»War wohl eher so, daß sie das gleiche Leiden plagte.«

»Wie wär's, wenn du mir zur Abwechslung was über HIV erzähltest?« überrumpele ich ihn.

»Haifau? Nie gehört! Was soll denn das sein?«

Voller Schuß ins Ofenrohr!

Ich wiege nachdenklich den Kopf hin und her. Ein Laster donnert vorbei und bringt meine Wut erneut auf Touren.

»Zeit für Ihre Spritze, Monsieur Mamar«, kreischt die Krankenschwester und rempelt mich an.

»Ich bin noch nicht fertig mit ihm.«

»Ist mir egal. Das hier ist eine Klinik, kein Internierungslager. Ich ersuche Sie zu gehen, und zwar auf der Stelle. Mein Patient muß sich ausruhen.«

Ich gebe mir Mühe, die Stirn zu runzeln.

Sie verzieht die Lippen zu einer Grimasse, als ob sie mich fressen wollte: »Auf der Stelle, Kommissar!«

»Verpiß dich«, setzt die Mumie eins drauf, »du verstärkst bloß meinen Juckreiz.«

Restlos überzeugt, tippe ich zum lässigen Gruß mit einem Finger an die Stirn und ziehe mich zurück.

Vom Gang aus höre ich noch, wie sich die Schwester aufregt: »Glaubt der vielleicht, er kann uns Angst machen mit seinem Schnüffler-Abzeichen oder was?« Und Athmane: »Vergiß diesen Trottel und verwöhn mich wie gestern, aber versuch mal, dabei die Hände auf dem Rücken zu lassen.«

## 9

Dahmane Faïd ist nur aus einem einzigen Grund auf die Welt gekommen: um Geld zu scheffeln. Schon das Wimmern des Säuglings – wird dereinst sein Biograph vom Dienst zu vermelden wissen – war dem Geschepper eines Münzautomaten zum Verwechseln ähnlich. Und es kam gar nicht in Frage, daß er zum Fläschchen griff, wenn man ihm nicht zuvor eine Banknote unter sein Lätzchen steckte. Erpressung, Prostitution, Rauschgift, Schmuggel, Politik: wo immer es was zu mauscheln gibt, hat er seine Hände im Spiel.

Der einzige Ort, an dem er nicht investiert, ist Allahs Paradies. Was das anbelangt, gibt er sich keinen Illusionen hin.

Sein Büropalast erhebt sich am Ausgang von Hydra, steht da wie ein Monument, errichtet zu Ehren der Geister, die über den trüben Wassern schweben. Sieben Etagen, rundum verglast und üppig begrünt mit wild wuchernden Pflanzen, dazu eine prachtvolle Eingangshalle, die an einen Bahnhof aus der Kaiserzeit erinnert.

Lino kämpft sich durch die morgendliche Menge, die die Schalter belagert. Je mehr Leute sich umdrehen, wenn er vorüberkommt, desto heftiger ruckt er mit dem Kopf, um seinen Zopf zum Schwingen zu bringen.

»Glaubst du, ich beeindrucke sie mit meinem Pferdeschwanz, Kommy?«

»Denkst auch nur du!«

»Nächstes Mal«, verkündet er mit naivem Ernst, »setze ich eine Schirmmütze auf.«

Mich zwickt eine unbändige Lust, ihm ein paar Wörtchen zu sagen, aber als jemand, der um den geistigen Schiffbruch seiner Artgenossen weiß, unterlasse ich es dann doch. Niemand ist tauber als der Narr, der von seiner Narretei nichts weiß.

Ein Rotschopf vom Format zweier Maultiere empfängt uns an der Rezeption. Er hebt den Arm, um uns zu zeigen, daß er ein Schießeisen hat.

»Wir sind von der Polizei«, versuche ich ihn einzuschüchtern.

»Niemand ist vollkommen«, schlägt er zurück.

»Kommissar Llob. Dein Erlöser erwartet mich.«

Da wird er vor Unterwürfigkeit ganz steif und bittet mich höflich, ihm zu einem derart raffinierten Aufzug zu folgen, daß man Lust bekommt, ihn für den ganzen Tag zu mieten. Ehe er mich Richtung Firmament befördert, filzt er mich und zuckt zusammen, als seine Hand gegen den Kolben meiner 9-mm-Pistole stößt.

»Sie sind bewaffnet, Kommissar?«

»Nur eine Prothese.«

Verlegen greift er zum Wandtelefon und verhandelt mit dem Hörer. »In Ordnung«, sagt er schließlich und legt wieder auf. »Sie können sie behalten.«

Lino hat kaum Zeit, sein Zöpfchen in Form zu bringen, da schiebt der Rotschopf ihn schon zur Seite, wie man die Spreu vom Weizen trennt.

»Einer nach dem anderen. Du bleibst schön hier, du Spermatropf, und gib acht, daß du den Teppich im Salon gegenüber nicht beschmierst, bis deine Eizelle zurück ist.«

Lino erwartet, daß ich alles kurz und klein schlage, um seine Ehre zu retten. Aber ich breite nur entschuldigend die Arme aus und lasse mich vom Aufzug aufsaugen.

Die Mieze, die mich auf halbem Weg gen Himmel empfängt, ist zum Anbeißen. Genau die Art von Topmodel, für die ein Verrückter wie Lino zehn Jahre seines Lebens gäbe, wenn er nur zwei Minuten in den Genuß käme, öffentlich neben ihr zu posieren. Glänzende Mähne und klarer Blick, polyvalente Lippen und ein beeindruckend autonomer Busen.

»Sitzt wohl am falschen Futtertrog?« necke ich sie.

»Wer, Monsieur?«

»Das süße kleine Ferkel, das sich in Ihrem Ausschnitt verkrochen hat.«

Sie gluckst und erbietet sich, mir aus dem Mantel zu helfen. Ich lehne höflich ab, wegen der Löcher im Jackett.

Wie ein Pharao an der Spitze seines Imperiums ergeht Dahmane Faïd sich in den Tiefen eines den Besucher frustrierenden Büros, im Mund eine Zigarre und zu seinen Füßen die Welt. Er ist unförmig und kahlköpfig, im frömmlerischen Gesicht ein Stoppelbart, zwischen den Fingern eine Gebetskette. Das Klirren der Bernsteinperlen tröpfelt mit der Regelmäßigkeit eines tödlichen Tick-Tack in die Stille, zwingt meinem Puls den Rhythmus auf und läßt meine Speicheldrüsen versiegen.

»Nehmen Sie Platz, Derrick!« dirigiert er mich schleunigst zu einem Sessel, um mir nicht die Hand drücken zu müssen.

Ich versinke in einem Fauteuil, der so weich ist, daß ich das Gefühl habe, mit allen vieren in der Luft zu hängen.

»Sie haben exakt drei Minuten!« fährt er mich an. »Mein Terminkalender quillt über.«

Seine Brutalität weckt in mir Lasttierinstinkte. Im Nu gerät mein Herz aus dem Takt, und in meinen Eingeweiden beginnt es zu rumoren. Natürlich war ich als alter Hase auf einiges gefaßt und hatte das traute Tête-à-tête mit ihm gefürchtet. Jetzt stelle ich fest, daß ich trotz meines unausrottbaren Pessimismus weit hinter der Realität zurückgeblieben bin.

»Es geht um Ben Ouda«, falle ich mit der Tür ins Haus.

»Ich denke, der ist tot und begraben.«

»Genau. Und eben dem Grund für sein vorzeitiges Ableben bin ich auf der Spur, Monsieur Faïd. Der Verstorbene war ein Freund von Ihnen…«

»Diese Formel hat im Börsenjargon einen unangenehmen Beigeschmack«, schneidet er mir das Wort ab und bläst mir den Rauch ins Gesicht.

»Ich nehme es zur Kenntnis, Monsieur. Also: was bedeutete er Ihnen im Rahmen Ihres Gesamtumsatzes?«

Er schätzt auch meine Neuformulierung der Frage nicht. Sein linker Wangenknochen bebt. Er glaubt offenbar, daß ich meinen Auftritt gründlich vorbereitet habe.

»Das war kaum der Rede wert.«

»Konkret?«

Er schaut demonstrativ auf die Uhr.

»Er hatte ein wenig Kleingeld. Ich habe es gegen eine Beteiligung für ihn angelegt.«

»Scheint, daß Sie beide in heftigem Streit auseinandergegangen sind.«

»Das ist so üblich bei Geschäftsbeziehungen. Ben hatte es auf das größte Stück vom Kuchen abgesehen und wollte nicht begreifen, daß sein Gebiß dafür nicht taugte. Er war bankrott gegangen und wollte noch mal bei Null anfangen. Aber Nullen leihe ich kein Geld. Da hat er die Tür zugeknallt und ist gegangen.«

Ich mache »hm«, versuche, das Hämmern meines Herzens zu bändigen und frage tollkühn: »Wußten Sie, daß er an einem Buch arbeitete?«

»Ich bin kein Verleger.«

»Er hat Ihnen nicht davon erzählt?«

»Das einzige Buch, das für mich zählt, ist das, in dem meine Zahlen stehen, Derrick.«

»Ich habe Gründe anzunehmen, daß er wegen dieses Buches umgebracht wurde.«

»Wenn es Ihnen Spaß macht.«

Seine wulstigen Lippen ziehen sich um die Zigarre zusammen. Ich versuche, seinem Blick standzuhalten, es gelingt mir nicht.

Dahmane Faïd ist milliardenschwer. Er braucht nur einmal kurz zu niesen, wenn er die Republik aus den Angeln kippen will. Seine Taschen quellen über vor Abgeordneten, und die Behörden fressen ihm aus der Hand. In den Jahren des Heils, zur Zeit der Einheitspartei, hatte er ein Vetorecht auf alle Regierungsprogramme und erlaubte sich, Justiz- und Verwaltungsbeamte ein- und abzusetzen, ohne auf den geringsten Widerstand zu stoßen. Jeder Kandidat, gleich auf welchem Gebiet, der seines Segens nicht teilhaftig war, hatte nicht mehr Aussichten, behalten zu werden, als eine Lektion in Staatsbürgerkunde, wenn man sie einem Vandalen erteilt. Soviel ich weiß, ist seine Diktatur bis heute ungebrochen.

»Mal im Ernst«, rülpst er los, indem er leicht auf seine Zigarre klopft, »was läßt Sie vermuten, daß Bens Tod mit seinem Buch zusammenhängen könnte? Er hat einen Haufen Bücher geschrieben, eins verdrehter als das andere, und niemanden hat das je gekümmert. Die Leute sind ausgehungert, Derrick. Sie versuchen, sich irgendwie durchs Leben zu schlagen, statt sich die Existenz mit blödsinnigen Theorien zu erschweren. Ben war ein Liebhaber hübscher Jungs. Er verbrachte mehr Zeit damit, hinter knackigen Ärschen herzulaufen, als darauf zu achten, wem sie gehörten. Sein Harem quoll über vor Junkies und Gestrandeten, vor Gaunern und Psychopathen. Ich persönlich habe sein Ende in keinem Moment mit der kulturellen Säuberung, die bei uns wütet, in Verbindung gebracht. Wenn Sie einen Rat wollen: sehen Sie sich lieber in der Halb- und Unterwelt um. Das Terrain dort dürfte Ihnen auch vertrauter sein.«

»Seine Mörder sind bereits identifiziert.«

»Und worauf warten Sie noch, um sie zu schnappen?«

»Auf nichts.«

»Was haben Sie dann bei mir verloren?«

Ich mustere ihn: ein Gebiß wie ein Pottwal, Klauen wie ein Raubvogel, ein Gelächter wie eine Hyäne. So wie er aussieht, könnte er allein einen ganzen Zoo bevölkern.

»Sie haben noch dreiundzwanzig Sekunden, Derrick.«

»Würde es Ihnen was ausmachen, mich Kommissar zu nennen?«

»Ich kann Sie auch Heiliger Vater nennen, wenn Ihnen daran liegt. In meinen Augen ist es dasselbe in Grün.«

Ich wiege den Kopf hin und her: »Ich schätze, ich vergeude hier nur meine Zeit, Monsieur Faïd.«

»Und vor allem die meine.«


Ich habe den ganzen Tag daran gekaut, doch unverdaut liegt mir die Schmach im Magen, die Dahmane Faïd den Vertreter von Recht und Ordnung in Ausübung seines Amtes, wie ich ihn darstelle, schlucken ließ.

Einen Augenblick lang habe ich mit dem Gedanken gespielt, an die Stätte der Unbill zurückzukehren und dem Flegel eine Tracht Prügel zu verpassen. Aber wozu? In einem Land, wo das Gesetz sich instinktiv vor dem Geld prostituiert, hätte ich weiter nichts bewirkt, als den geballten Groll der Verwaltung zu wecken.

Als nächstes, wie immer, wenn mir wieder einmal klar wird, was für ein volltrottliger Pechvogel ich doch bin, der sich selbst das letzte Wort noch wegnehmen läßt, habe ich erwogen, meine Dienstmarke zurückzugeben und zu Mina und den Kindern nach Béjaïa zu fahren, wo mein Bruder sie seit sechs Monaten aus Sicherheitsgründen unter Verschluß hält.

Ich kann mir noch so sehr einreden, daß die Anständigen es sich schuldig sind, sich nicht entmutigen zu lassen, weil das Schicksal der Nation von ihrer Ausdauer abhängt, der allmächtigen Hydra die Stirn zu bieten. Ich kann noch so sehr davon träumen, daß eines Tages die Gerechtigkeit über Korruption und Klüngel siegen wird. Ich kann noch so sehr glauben, daß am Himmel unter Milliarden von Sternen einer nur für mich leuchtet, einer, der schöner ist als sämtliche Galaxien. Die Selbstgewißheit, die Typen vom Schlag eines Dahmane Faïd demonstrieren, raubt mir am Ende jede Energie.

Ich habe Lino gebeten, mit mir eine kleine Spazierfahrt längs der Küste zu machen. Das Mittelmeer ist von unschätzbarem therapeutischen Wert, der Leutnant jedoch von derart entnervender Redseligkeit, daß er selbst die Brüder Barbarossa zur Weißglut gebracht hätte. Zuletzt, als ich schon fürchten muß, daß mich an der nächsten Kurve der Schlag trifft, bitte ich meinen Kollegen, mich ans Steuer zu lassen und die Fliege zu machen.

»Und wie komme ich nach Hause?« protestiert Lino vom Gehweg aus.

»Zu Fuß.«

»Ist 'ne heiße Gegend hier, Kommy.«

»Na gut, dann kommst du eben mit den Füßen voran zu Hause an.« Ich gebe Gas und fahre los, ohne mich noch einmal umzusehen.

Auf der Straße, die im Sonnenlicht glänzt, sehe ich Bauern, die sich auf ihren Feldern abrackern, Fernfahrer, die ihr Lenkrad fest in beiden Händen halten, Frauen, die ohne Zeitgefühl auf einen Bus warten, Kinder, die zur Schule trippeln, Müßiggänger, die auf den Terrassen der Cafés meditieren, Greise, die am Fuß von Bretterzäunen vegetieren. Und in ihren Gesichtern habe ich trotz der drückenden Ungewißheit, trotz der düsteren Tragödie, die die Nation heimsucht, eine erstaunliche Heiterkeit entdeckt – den Glauben eines gutmütigen, großzügigen Volkes, das noch sein letztes Hemd hingibt, das so demütig ist, daß es die Verachtung derer weckt, die nichts von den Worten der Propheten begriffen haben. Und nur wegen ihres Blicks, wegen ihrer Langmut, die schon an Fatalismus grenzt, wegen ihrer Würde, die noch durch die dunkelsten Flecken ihres Unglücks durchscheint, habe ich das Lenkrad mitten in der Fahrt herumgerissen, bin zur Küstenstraße zurückgefahren und habe Lino wieder an Bord genommen.

## 10

Es ist Punkt eins, als ich vor dem Haus Nummer 5 in der Rue Mosbahi ankomme, mit der Zentnerlast von Sid Alis Sandwich im Magen. Eine Schar faunsgesichtiger Kinder stiebt zappelnd und lärmend vor meiner Motorhaube auseinander, spürbar geschockt von dem neuerlichen Gemetzel, das da ihr Elend überschattet.

Polizeiwagen verstopfen die engen Windungen der Gasse, während ein Schwarm vermummter Ninjas auf den Nachbardächern Stellung bezieht. Der unvermeidliche Bliss erwartet mich bereits am Eingang zum Innenhof, seine Nase in ein Taschentuch gepreßt.

»Halt schon mal deine Gasmaske bereit, Llob!« ruft er mir mit Hämorrhoidalstimme entgegen. »Stinkt zum Himmel da drinnen!«

»Würde mir schon reichen, wenn *du* das Feld räumen würdest.«

»Ich bin doch kein Iltis.«

»Du stellst eine Bedrohung für die Ozonschicht dar.«

Lino wiehert hämisch hinter mir los. Bliss zieht es vor, den Klügeren zu spielen, und läßt uns an sich vorbei.

Wir gelangen in einen kleinen Innenhof voll Schotter und Scherben. Ben Hamid, der Kneipier, baumelt in Unterhosen an einem Zitronenbaum. Er ist an den Handgelenken gefesselt und hat einen dicken Wischlappen im Mund. Seine Fußsohlen sind verkohlt, darunter vermittelt ein Aschehaufen eine Ahnung von den heiklen Momenten, die er auf seinem Weg ins Jenseits hinter sich gebracht hat.

»Die Frau ist im Haus«, informiert Leutnant Charter mich.

Wir kommen durch ein verlottertes Wohnzimmer, in dem drei Feldbetten um einen kleinen gedrechselten Tisch herum stehen. Zeitungen und Bierdosen sind über den Boden verstreut. Rechts von einem rußverschmierten Ölofen führt eine Tür in eine eklige Küche: modernde Essensreste in den Tellern, widerliche Flecken auf den Gläsern.

Die Frau liegt im Bad, die Wände sind mit ihrem Blut bespritzt. Sie ist enorm fett und nackt. Man hat ihr die Haut vom Rücken abgezogen und die Kehle von einem Ohr zum anderen aufgeschlitzt. Mein Mittagessen macht Anstalten hochzukommen.

Bliss feuchtet mit spitzer Zunge einen Finger an und blättert feierlich in seinem Notizblock: »Im Hof das Brandopfer, das ist Ben Hamid. Er betrieb den ›Club des amis‹, ein kleines Café im Herzen der Kasbah. Und die Frau da war Prostituierte. Nannte sich Brigitte.«

Der Brigadier kommt mit einem knochigen Greis daher, der in seiner zerschlissenen Gandura versinkt.

»Das ist der Nachbar von gegenüber.«

Der Alte schiebt seine Chechia zurück und kratzt sich verlegen am Schädel. »Na ja, genaugenommen habe ich nicht alles gesehen«, sagt er zögerlich. »Bin ja kein Voyeur. War gerade am Fenster und hab auf den Ruf des Muezzins gewartet.«

»Kein Mensch macht Ihnen einen Vorwurf.«

Das beruhigt ihn. Er dreht sich zum Erhängten um, der von den Polizisten gerade abgenommen wird, und sagt: »Das war keiner von den Anständigen.«

»Was ist passiert?«

»Ein Krankenwagen hat vor dem Hof gehalten. Ich dachte, Ben Hamid ginge es nicht gut. Ich habe mich getäuscht.« Er macht eine kurze Pause, damit wir noch stärker die Ohren spitzen, und fährt fort: »Was sie dann aus dem Krankenwagen gezogen haben, das war keine Trage, sondern Ben Hamid und eine sehr korpulente Dame. Beide schon übel zugerichtet. Vier Kerle sind über sie hergefallen und haben sie fertiggemacht.«

»Wie spät war es da?«

»Kurz vor dem Ruf zum El-Icha-Gebet.«

»20 Uhr«, präzisiert der Brigadier.

»Der Krankenwagen ist dann wieder weggefahren. Als nächstes tauchte ein Mercedes auf. Mit zwei Typen, die gleich ausgestiegen sind. In Klamotten wie die Schaufensterpuppen auf den großen Boulevards.«

»Wie sahen die zwei Typen aus?«

»Normal.«

»Was heißt das?«

»Der eine war mager und hatte einen Schnurrbart.«

»Und der andere?«

»Normal.«

»Mager und mit Schnurrbart?«

»Oh nein, er war so groß wie ein Reklameschild, mit rasiertem Schädel und einem birnenförmigen Ohrring am linken Ohr. Der andere, der Kleine, hat irgendwas an seinen Schießkolben geschraubt und dann die Laterne kaputtgeschossen. Danach habe ich nichts mehr gesehen.«

Ich lege ihm anerkennend die Hand auf die Schulter. Für ihn ist es, als hätte Algiers Schutzpatron ihn persönlich gesegnet. Ich habe das Gefühl, das federleichte Männlein als ganzes in der hohlen Hand fassen zu können.

»Die Autonummer des Mercedes haben Sie sich nicht zufällig gemerkt?«

»Ich kann nicht lesen.«

»Vielen Dank, Hadsch, Sie haben uns sehr geholfen.«

Der Brigadier faßt ihn am Ellenbogen und bugsiert ihn entschieden zur Tür hinaus.


Ehe ich auch nur einen Fingerabdruck auf meiner Kaffeetasse anbringen kann, bittet mich der Boß schon in seinen Elfenbeinturm. Als ich eintrete, steht er am Fenster, die Hände auf dem Rücken verschränkt, und ist ganz in die Betrachtung der Bucht von Algier versunken. Auch der liebe Bliss ist zur Stelle. Da wird mir klar, daß ich nicht herbeizitiert wurde, um einen Orden in Empfang zu nehmen.

Ich verharre eine Ewigkeit in Habtachtstellung. Da mein ausgeprägter Sinn für Disziplin niemanden zu interessieren scheint, hüstle ich diskret in die Faust, um die Aufmerksamkeit unseres Direktors zu erregen. Statt seiner reagiert sein dienstbarer Geist: »Psst! Er denkt gerade nach!«

»Wie bitte?«

Bliss erstarrt und wiederholt im Flüsterton: »Der Herr Direktor denkt gerade nach.«

Ich beuge mich über seine Schulter und beginne ebenfalls zu wispern: »Wie unangenehm. Er wird noch sein letztes Gramm Hirnschmalz aufzehren, und dann wird er nichts mehr anstellen können.«

Bliss grinst hämisch und bringt sein Nagetierface vor meinem Atem in Sicherheit.

»Deine Zunge wird dich eines Tages um Leib und Leben bringen, Llob.«

»Aber wenigstens nicht um Leib und Seele, Mephisto. Was hast du ihm alles über mich aufgetischt? Er wirkt ziemlich aufgebracht.«

»Er trauert noch um Jo. Ziemlich mies, sie so im Stich gelassen zu haben.«

Meine Hand fährt ihm an die Gurgel.

»Schluß jetzt!« schnarrt der Boss und schnellt herum. Sein Gesicht ist aschfahl. Im ersten Moment denke ich, sein Gebiß springt heraus, um nach mir zu schnappen. Doch er rührt sich nicht vom Fenster, wirft mir statt dessen einen finsteren Blick zu und winkt erschöpft ab: »Euer Hickhack ermüdet mich.«

Bliss senkt zerknirscht den Blick. Der Direx läßt sich auf seinen Thron fallen, bringt ihn mit einem Hüftschwung zum Kreiseln und sieht mich schief an.

»Hast du heute früh den Tagesbericht gelesen? Ein Team vom Geheimdienst hat den Schlupfwinkel von Mérouane TNT ausgemacht. Der Schweinehund hatte an sämtlichen Zugängen Sprengladungen angebracht. Kaum haben sie den ersten Fenstergriff angerührt, ist der ganze Laden in die Luft geflogen. Bilanz: drei Bombenspezialisten auf der Bahre, ein Gutteil der Straße unter Trümmern.«

Er erhebt sich, schlendert erneut zu seinem Aussichtsposten, dann zu mir herüber.

»Drei Monate trittst du schon auf der Stelle, Kommissar. Unterdessen begraben wir einen Toten nach dem anderen.«

»Ich tue, was ich kann.«

»Das ist nicht genug.«

»Ich kann nicht mehr tun, als die Mittel, die man mir an die Hand gibt, zu tun gestatten.«

Seine Lippen schürzen sich, seine Pupillen beginnen gefährlich zu glühen: »Was du da unterstellst, ist einfach lächerlich.«

Bliss beobachtet mich scharf durch seine zusammengekniffenen Lider hindurch. Sich seiner verteufelten Raffinesse sehr wohl bewußt, erdreistet er sich: »Das liegt in seiner Natur, Herr Direktor. Immer, wenn er in der Klemme steckt, denkt er sich eine Ausflucht aus... Dein Problem kommt daher, Llob, daß deine psychologischen Fähigkeiten zu wünschen übriglassen. Nicht daß Gaïds Bande unauffindbar wäre, doch deine Methode, sie aufzuspüren, bringt's einfach nicht. Von Anfang an habe ich Herrn Direktor gesagt, daß du die Angel nach dem Hecht in einer Pfütze auswirfst. Bei jedem anderen hätte ich mich schon längst eingeschaltet, aber dein Hochmut hat mich davon abgehalten.«

»Weißt du eigentlich, was ich von dir halte, Bliss Nahs?«

Er unterbricht mich mit einer Geste, steht langsam auf, rückt seine Krawatte zurecht, streicht das Vorderteil seiner Jacke glatt, streckt sich auf die Zehenspitzen. Pech für ihn, daß sein Kopf nicht über meine Gürtelschnalle hinausreicht.

»Ich weiß, was du von mir hältst, aber es bereitet mir keine schlaflosen Nächte.«

Er nähert sich dem Schreibtisch des Direktors und schiebt mir ein Buch hin.

»Hier haben wir vermutlich eines der Motive für den Mord. Ben Oudas jüngstes Werk: *Traum und Utopie*. Ich habe es zweimal gelesen. Der Herr Direktor und ich sind überzeugt, daß...«

»Ich hab's auch gelesen. Du kannst mir gar nichts beibringen.«

»Da bin ich wohl leider nicht der einzige!«

Er schlägt das Buch auf Seite 5 auf und legt seinen Finger auf eine Widmung: »Abderrahmane Kaak in herzlicher Verbundenheit zugeeignet«, liest er laut vor. »Statt blindlings drauflos zu suchen, könnte man doch mal dieser Spur nachgehen?«

Der Direktor kritzelt rasch was auf einen Papierfetzen und hält ihn mir hin: »Seine Anschrift.«

Ich schau auf das Papier, das Buch, die beiden mit ihrer Kunkelei offenbar höchst zufriedenen Ganoven, auf die Bucht hinterm Fenster, auf meine Schuhe, zur Decke und finde nirgendwo Raum, auch nur ein Wort loszuwerden. Mit lockerer Hand greife ich nach dem Papier und strecke mein Kinn hoch. Kommt nicht in die Tüte, mir hier die geringste Blöße zu geben. Wahrer Adel besteht darin, nicht aus der Haut zu fahren, wo simple Verachtung genügt.

Lino ist vorgefahren, um mich wie üblich abzuholen. Ich lasse ihn auf der Straße hupen. Er braucht eine Weile, bis er realisiert, daß mich heute nichts an meinen Schreibtisch zieht und ich allein sein will.

In der Nacht hätte ich fast mein Kopfkissen erwürgt. Und seit dem frühen Morgen schwanke ich, so geschafft bin ich von dieser schlaflosen Nacht, ob ich mich nun rasieren oder gleich unrasiert in die Toilette versenken soll. Ich sehe so schwarz, daß zehn Sonnen nicht dagegen anscheinen können.

Draußen dampft die Stadt unter der Hitzeglocke und schleppt sich verbissen voran. Hier dröhnen dissonant die Motoren, dort heulen gellend die Sirenen. Noch hat der Frühling sich nicht verabschiedet, da schmort Algier schon wie ein Hammel am Spieß zwischen göttlicher Hölle und menschlichem Fegefeuer.

Ich ersticke.

Es gibt Tage, da grollt man Gott und der Welt, und die Republik, die kann einen mal.

Irgendwann bin ich es leid, wie ein Trottel auf mein Spiegelbild zu starren, springe in meinen Zastava und rase durch die Gegend, bis der Kühler fast den Geist aufgibt. Die Gluthitze zwingt mich zuletzt, vor einer Cafeteria zu stoppen. Ich habe mir gedacht, und ausnahmsweise kein Wortspiel im Sinn gehabt, daß ein starker schwarzer Kaffee vielleicht Licht in meine finsteren Gedanken brächte.

Die Cafeteria ist überfüllt und völlig verraucht. Obwohl vier Ventilatoren auf Hochtouren laufen, fühlt man sich wie im Hammam. Eine Bruderschaft notorischer Schreibtischschwänzer und abgedrehter Weltverbesserer setzt das Universum neu zusammen, wie es ihnen gerade durch den Sinn schießt. In den Ecken hängen gelangweilt ein paar Nutten herum. Manche von ihnen rauchen, die Wange in die hohle Hand gestützt. Andere versuchen vergeblich, das Wild mit ihrem ausgebrannten Blick anzulocken, in dem noch jener Funke glüht, der einen Spiegelreflex vom Glanz in den Augen einer Schlange unterscheidet.

Ich setze mich an die Bar. Da der Zufall bei uns immer macht, was ihm richtig erscheint, gerate ich an Capitaine Berrah. Da sitzt er, auf dem Nachbarhocker, und starrt nachdenklich vor sich hin. Der Ärmste! Sein Profil hat nicht mehr Relief als ein Lineal. Kaum hat er mich bemerkt, beginnt er Ausschau nach Ewegh zu halten.

»Den habe ich im Zwinger gelassen!« beruhige ich ihn.

»Umso besser.«

Er lächelt.

Der Anblick seiner Rochenvisage schneidet mir ins Herz.

»Ist das heute dein freier Tag?« frage ich ihn.

»Ich warte auf jemanden.«

Ich winke dem Kellner. Statt auf der Stelle anzutanzen, dreht der mir ostentativ den Rücken zu.

»Ist hier wie zu Hause«, weiht der Capitaine mich ein. »Tee oder Kaffee?«

»Kaffee.«

Er zieht eine Kaffeekanne zu sich rüber, gießt eine Tasse voll und schiebt sie mir zu.

»Du siehst aus, als wenn du gerade aus einem Misthaufen aufgetaucht wärst, Kommissar. Ärger?«

»Nichts Ernstes. Nur ein kleiner Durchhänger.«

Er bietet mir eine amerikanische Zigarette an und hält mir sein Feuerzeug hin.

»Und deine Ermittlungen?«

»Nicht gerade ermutigend.«

»Wir sind auch nicht viel weiter. Wir waren kurz davor, uns Zaddam Brahim zu schnappen. Du erinnerst dich? Der Afghanistanveteran. An der Ermordung von Ben Ouda beteiligt. Vor drei Tagen hat ihn uns eine bewaffnete Gruppe vor unserer Nase weggeschnappt. Gestern haben wir seine Leiche auf einer Mülldeponie gefunden. Sie haben ihn lange gefoltert, ehe er hinüber war.«

»Ich wette, daß unter den Entführern ein ganz normal aussehender Kerl war, so groß wie ein Reklameschild, mit rasiertem Schädel und einer Birne am Ohr.«

Der Capitaine hört abrupt auf, mit seinem Feuerzeug zu spielen.

»Warst du etwa in der Nähe?«

»Nein, aber ich habe einen Glatzkopf in meinem Team.«

Ich stoße ihm mit dem Ellenbogen in die Seite und bemerke: »Ich stelle mir Fragen über Fragen und schaffe es nicht, die Leerstellen im Formular zu füllen.«

»Vielleicht hältst du es verkehrt herum. Wir vom Geheimdienst sind überzeugt, daß eine rivalisierende Bande dabei ist, Gaïds Bande zu liquidieren.«

Ich nippe an meinem Kaffee, finde ihn zu süß und suche nach einem Spucknapf.

Der Capitaine schaut auf die Uhr. Seine Faust ballt sich ungehalten.

»Eine süße Maus?«

»Höchstens eine, die Katz und Maus mit mir spielt. Ich glaube, man hat mich schon wieder versetzt... – Ich habe Athmane Mamar in der Klinik besucht. Er hat mir erzählt, daß du bei ihm warst, aber über den Brand in seinem Betrieb hat er sich ausgeschwiegen.«

»Das ist so in den höheren Sphären. Man bekämpft sich untereinander, was das Zeug hält, aber dem neugierigen Gesindel gegenüber hält man dicht. Darf ich dir eine nicht ganz koschere Frage stellen, Capitaine?«

»Unter Kollegen immer.«

»Wie kommt es, daß der Geheimdienst nicht die Überstellung von Alla Tej verlangt hat?«

Der Capitaine zieht eine Braue hoch. Sein Lächeln weitet die lädierten Nasenlöcher auf das schauerlichste aus. Er beugt sich über meine Schulter und vertraut mir an: »Eine Frage der Psychologie.«

Ich nicke zerstreut und sage mir, das habe ich doch schon mal irgendwo gehört.

## 11

Die Nacht hat sich hinter ihrer Schwärze verborgen, die Stadt in der Tiefe ihrer Torfluchten verschanzt. Jegliches Geräusch ist verstummt, und das Schweigen hat sich in sich selbst verkrochen. Die Zeiten sind danach, daß man die Luft anhält. Wir sind im Krieg, verdammt! Ein bißchen Respekt wäre angebracht.

Da biegt funkelnd eine Limousine um die Ecke. Gigantisch wie ein Weltreich. Und so blitzblank poliert, daß sie das Licht der Laternen spiegelt. Sie stoppt vor unserer Nase. Der Wagenschlag geht auf. Der Berg kreißt und gebiert eine Maus. Seinem Smoking und seiner zwanzig Zentimeter langen Zigarre zum Trotz ist der Krösus kaum größer als eine Kröte und hätte problemlos zwischen den Reifen durchhuschen können, doch als ein Mann, der seinen sozialen Rang hochhält, unterzieht er sich der Mühe, seinen Mercedes zu umrunden.

Ewegh und ich lehnen an unserem fahrbaren Untersatz, die Arme über der Brust verschränkt. Die Kröte mustert uns mit dem Gesichtsausdruck eines Tempelwächters, der soeben Spuren von Kot auf dem Opferaltar entdeckt, läßt den Blick über die Leibesfülle des Targi schweifen und verzieht schließlich die Lippen: »Gehört der Schaufelbagger da Ihnen?«

»Das ist kein Schaufelbagger.«

»Und das hier ist keine Baustelle.«

Ich öffne meine Arme-Schlucker-Jacke über meinem Bullenausweis.

»Sie sind Abderrahmane Kaak?«

»*Monsieur* Abderrahmane Kaak, Inhaber der Raha-Hotelkette, Generaldirektor von Afak-Import-Export, Direktor von DZ-Tours. Was wünschen Sie?«

Sein weingeschwängerter Atem verätzt mir die Netzhaut und sein Eifer meine Eingeweide.

»Wir müssen Ihnen ein paar Fragen stellen.«

»Worüber?«

»Darüber ließe sich drinnen bestimmt besser sprechen.«

»So ein Pech aber auch. Ich habe meine Schlüssel verlegt.«

Ich zu Ewegh: »Monsieur hat seine Schlüssel verlegt.«

Ewegh nickt, erklimmt die Treppe, tritt einmal kurz zu und die Tür der Villa ein. Der Knirps erleidet einen Schock. Die Zigarre fällt ihm aus der Hand, und sein Teint färbt sich grau. Ich bin mir sicher, hätte man seinem Erzeuger höchstpersönlich einen Tritt in den Allerwertesten verpaßt, hätte ihn das nur halb so sehr tangiert.

»Heh, was soll das? Diese Tür ist ein Kunstobjekt. Wo kommen Sie denn bloß her! Diese Tür hat mich ein halbes Vermögen gekostet.«

Ich sage zu Ewegh: »Diese Tür hat ihn ein halbes Vermögen gekostet.«

»Begnügen wir uns halt mit dem, was übrigbleibt.«

Der Knirps blickt wutentbrannt in alle Richtungen. Seine Fliege bebt unter seinem Kinn: »Sie sind ja wahnsinnig!«

»Treten wir ein, Monsieur Kaak. Ist doch besser, wir haben es mit Wänden, die Ohren haben, zu tun, als mit Satelliten.«

Er mustert uns von Kopf bis Fuß und murmelt: »Für Leute von der Polizei sind Sie enttäuschend. Ihre Manieren stehen denen Ihrer Delinquenten in nichts nach.«

Wir schieben ihn vorwärts in einen Salon, der doppelt so groß ist wie meine Dreizimmerwohnung. Mit Todesverachtung weist er uns Sofas an, stellt sich auf die Zehenspitzen, um eine Hinterbacke auf die Armlehne eines Sessels zu stützen, und stemmt seine Puppenfinger in die Hüften.

»Beeilen Sie sich, mein Bad wartet.«

Ewegh bleibt im Türrahmen stehen und blickt so ausdruckslos drein wie ein Walfisch.

Ich lasse meinen Blick seelenruhig über das Sammelsurium aus Gemälden und Möbelstücken wandern, mit denen der Raum vollgestopft ist. Dieser Reichtum, der aus dem Nichts kommt, verführt zu allem und nichts.

»Gewisse Lästerzungen wissen zu berichten, daß Ben Ouda und Sie sehr enge Freunde waren.«

»Waren wir auch.«

»Und diese Leute begreifen nicht, warum Sie nicht auf seiner Beerdigung waren.«

»Ich war zur Behandlung eines Tumors in Paris.«

»Dieselben Lästerzungen behaupten außerdem, daß Sie gewissermaßen sein wichtigster Vertrauter waren.«

»So ist es.«

»Er hat Ihnen sicherlich von der Drohung erzählt, die über ihm schwebte.«

Er legt seinen Finger an die Wange, frei nach Rodins *Denker*, sinniert eine Weile und erhebt sich.

»Inspektor…«

*»Kommissar.«*

»Nun denn, Kommissar, die Lästerzungen zerreißen sich gerne das Maul, aber leider erklären sie dabei nicht viel. Doch das ist wohl auch nicht ihre Berufung. Ben Ouda war in letzter Zeit nicht mehr ganz für voll zu nehmen. Er hatte sich total darauf versteift, Geschäfte zu machen. Er hat seine sämtlichen Ressourcen, auch seine geistigen, aufs Spiel gesetzt. Und sein Bankrott riß alles mit sich fort. Er bekam tiefe Depressionen. Er war überzeugt, gelinkt worden zu sein. Ben war ein unvergleichlicher Diplomat, doch in Geschäftsdingen eine Niete. Er weigerte sich, sein finanzielles Debakel zur Kenntnis zu nehmen, und suchte seinen Teilhabern die Schuld zuzuschieben. Er war nicht mehr wiederzuerkennen.«

»Kein Wunder, er war enttäuscht. Seine Kumpel haben ihn ungerührt den Bach runtergehen lassen.«

»Stimmt nicht. Ben hat das Ganze nur nicht wegstecken können. Er sah überall nur noch Feinde.«

»Das war also der Grund, warum er sich rächen wollte?«

»Wie bitte?«

»Ben hatte vor, ein kompromittierendes Buch zu schreiben.«

Abderrahmane setzt sich wieder hin, diesmal auf einen Glastisch mir gegenüber. Er wirkt entspannt.

»Das waren ganz bewußte Verleumdungen, Kommissar. Er suchte

eine Menge Journalisten auf und redete ihnen ein, er wäre im Besitz des Jahrhundertdokuments. Weil er es nicht verkraften konnte, sein Geld falsch angelegt zu haben, goß er Kübel von Mist über denen aus, die da reüssiert hatten, wo er gescheitert war.«

»Und doch ist irgendwer dabei in Panik geraten. Sonst hätte man ihn ja wohl kaum umgelegt und seinen Tresor leergeräumt.«

Der Gnom zuckt mit keiner Wimper. Er mustert mich amüsiert, dann formt er aus Daumen und Zeigefinger ein Loch und pustet hindurch: »Alles nur Bluff …«

»Professor Abad glaubte ihm jedenfalls. Er hat sogar eingewilligt, mit ihm zusammenzuarbeiten.«

»Ich bin am Anfang auch drauf reingefallen. Ich bat ihn, Beweise vorzulegen. Ben redete jedesmal nur darum herum. Mit der Zeit begriff ich, daß es nichts zu beweisen gab. Ben hatte mir ja nie das Geringste verheimlicht.«

Ich zücke eine Karteikarte, auf die ich in Riesenlettern »HIV« gemalt habe. Er liest es, ohne nur einmal zusammenzuzucken, schiebt die Lippen vor und bemerkt:

»Wenn Sie diese Buchstaben in Ihrem Krankenbericht gefunden haben, Kommissar, dann gute Nacht!«

»Ich habe sie woanders gefunden, auf einer Treppenstufe neben der Leiche von Professor Abad.«

»Keine Ahnung, was das zu bedeuten hat.«

»Nicht die geringste Idee?«

»Ich muß leider passen.«

Wieder im Auto, während wir Richtung Bab el Oued den Hügel hinabrollen, frage ich Ewegh, was er von der Vorführung des Krösus hält.

Der Targi mümmelt: »Der hat seine Lektion gut gelernt.«

»Das Gefühl habe ich auch.«


»Ich muß dringend meine rituellen Waschungen machen«, jammert Lino, eine Arschbacke auf meine Schreibtischkante gestützt. »Kaak ist eine wandelnde Jauchegrube.«

Da seine Metapher mir nichts sagt, wischt er sich die Hände an den Knien ab und fügt hinzu:

»Ich habe die Archive durchforstet. Seine Akte quillt über vor Schmutz. 1976 jobbt er als Kassierer in einem Vorortkino. Brennt mit der Kasse durch. Ein Jahr Knast. 1981 macht er einen Fernseh-Reparatur-Service auf. Ein Jahr Knast wegen Einbruch. 1985 ist er Vertragshändler der Sonacome. Wird verhaftet wegen Schwarzhandels mit Ersatzteilen. Das Verfahren gegen ihn wird eingestellt. 1989 ist er Geschäftsführer von Raha, einem Hotel an der Küstenstraße. Wird verhaftet wegen Anstiftung zur Unzucht. Das Verfahren gegen ihn wird eingestellt. 1991 gründet er Afak-Import-Export. Wird verhaftet wegen Imports verdorbener Lebensmittel. Das Verfahren wird eingestellt. 1993 zählt seine Raha-Gruppe fünf Hotels, drei Fünf-Sterne-Restaurants und drei Fastfood-Läden.«

»Und das alles hat er aus der Kinokasse finanziert?«

»Njet. Sein himmlisches Manna begann 1983 zu fließen. Da stieß er auf einen gewissen Dahmane Faïd. Dem dient er als Strohmann.«

»Sein IQ?«

»Könnte keine Nachrichtensendung von einem Werbespot unterscheiden.«

»Das erklärt noch nicht, wie er Ben Oudas Freund werden konnte.«

»Der Diplomat war häufiger Gast in den Raha-Hotels. Damals waren die Pagen nicht nur zum Koffertragen da.«

Mit meinem Holzlineal stupse ich die Arschbacke von meinem Schreibtisch herunter, denn der Leutnant beginnt, mir Schatten zu machen. Lino läßt sich in den Sessel fallen, sein Kopf verschwindet zur Hälfte hinter dem Telefon.

»Der weiß bestimmt so manches, Kommy. Den dürfen wir uns nicht entgehen lassen.«

Ich lehne mich weit zurück und lege die Füße auf den Schreibtisch. Die Risse an der Zimmerdecke bringen mich aus dem Konzept. Ich schließe die Augen, um besser nachdenken zu können.

Am Nachmittag fahre ich nochmals zu Abderrahmane Kaak. Er hat seine Tür schon repariert und sorgt eilends für ihre Sicherheit, sobald unser Auto vor seinem Gartentor hält.

»Haben Sie etwas vergessen, Kommissar?«

»Möglich.«

»Ich erwarte Besuch.«

»Eine Zwergin?«

»Jemanden, der sehr viel größer ist.«

»Und wo haben Sie Ihren Hocker versteckt?«

Er errötet bis ins Weiße vom Auge hinein.

»Spielen Sie keine Spielchen mit mir, Kommissar. Ich kenne *meine* Rechte und *Ihre* Grenzen. Wenn Sie keinen Durchsuchungsbefehl haben, können Sie gleich wieder gehen.«

»Wer einen Schaufelbagger hat, braucht keinen Durchsuchungsbefehl.«

Er bläst die Backen auf und weicht zurück.

»In welch einem beschissenen Land leben wir eigentlich, verdammt noch mal?« mault er und geht uns voraus.

»Die Lästerzungen haben sich von Ihrer gestrigen Vorstellung nicht überzeugen lassen, Monsieur Kaak. Ich auch nicht. Ich werde Ihnen meine Version der Fakten geben und Sie korrigieren mich, wo ich mich irre: Ben Ouda hat nicht geblufft. Ich habe ihn ein paar Tage vor seinem Tod getroffen. Er machte nicht den Eindruck, ungereimtes Zeug zu reden. Er hatte den Finger in der Tat auf ein tolles Ding gelegt. Eine Diskette. Sein Problem war, daß er nichts für sich behalten konnte. Er suchte seinen großen Intimus auf, und das war der Anfang vom Ende.«

Abderrahmane Kaak beginnt zu zittern und zu beben. Seine Kinnmuskeln verkrampfen sich und seine Fäuste dazu. Er starrt erst Ewegh und dann Lino an, macht einen Schritt vor und drückt mir seinen Finger in den Bauch.

»Hinaus mit Ihnen, Kommissar. Ich habe genug von Ihnen.«

»Monsieur Kaak, wer lügt, lügt doch nicht ohne Grund. Ich habe das überprüft. Sie waren gar nicht in Paris, weder um einen

Tumor behandeln zu lassen, noch um sich Stöckelschuhe anzu-
schaffen. Sie waren nicht auf der Beerdigung Ihres Busenfreundes,
weil er Ihnen das nicht wert war… Sie ganz allein haben ihn verraten.«

»Sie reden Unsinn, Kommissar. Ben war mein bester Freund.«

»Was wissen Sie schon von Freundschaft, Monsieur Kaak? Eine
glückselig gurrende Komplizenschaft in den Abgründen eines rosa
Schlafzimmers? Ein paar nette Scharaden, solange alles in Butter
ist…? Ben Ouda war von dem Moment an nicht mehr Ihr Busen-
freund, als er begann, in Ihren Jagdgründen zu schnüffeln. Vielleicht ahnte er nicht, daß Sie genauso korrupt wie alle anderen
waren und man, wenn man den Hai bedroht, auch den Schwarm
der kleinen Fische um ihn herum gefährdet.«

»Ich ersuche Sie noch einmal zu gehen!«

»Was ist denn hier los?« überrascht uns eine energische Stimme.
»Man kann euch ja auf der Straße hören!«

Dahmane Faïd steht im Vorraum, nebst Rotschopf und noch
zwei Gorillas, die so häßlich sind, daß man meinen könnte, sie
seien eben erst von ihren Bäumen geplumpst. Eisige Stille erfüllt
den Salon. Bevor ich mich ganz dem Milliardär zuwende, füsiliere
ich mit bösen Blicken meine Männer, die sich derart haben überrumpeln lassen.

»Sieh an, Derrick. Was machen Sie denn so weit von Ihrem
Ghetto entfernt?«

»Meine Kreise ziehen.«

»Sie sollten lieber Leine ziehen. Sie sind hier in einer Nobel-
gegend. Eheszenen und Kräche sind hier tabu. Wer hier lebt, hat für
Marktschreierei und Volksaufläufe schon lange nichts mehr übrig.«

Abderrahmane fällt ein Stein vom Herzen. Er schubst mich beiseite und eilt seinem Erlöser entgegen. Der Milliardär bremst ihn
mit einem Blick und schnippt kurz mit dem Finger, damit er die
Klappe hält.

»Eine unschöne Sache, unbescholtene Bürger zu drangsalieren,
Kommissar. Die Polizei hat doch wirklich Besseres zu tun. Sie wird

dafür bezahlt, daß sie uns den Fundamentalismus vom Hals schafft. Statt hier ihre Muskeln spielen zu lassen, sollten Sie lieber die Widerstandsnester der Terroristen ausheben... Und jetzt entschuldigen Sie uns, Monsieur Abderrahmane und ich haben zu arbeiten.«

Ich weiß nicht, wieso, doch plötzlich finde ich keine Worte mehr.

Dahmane läßt seine Gebetskette in einem fort durch seine Finger gleiten, mit gierigem Lächeln und glasigem Blick. Hinter ihm scharren seine Schergen schon mit den Hufen, lauern nur auf ein Zeichen von ihm, um uns zu verschlingen.

Ich sage: »Wen wollen Sie mit Ihrer Gebetskette eigentlich zügeln, Monsieur Faïd?«

»Die Lust, auf Sie loszugehen!«

»Das ist doch Schnee von gestern. Sehen Sie mal aus dem Fenster. Die Welt ändert sich rasend schnell. Das Gesetz steht wie Phönix aus der Asche auf. Noch ein falsches Wort, und ich loche Sie ein wie einen gewöhnlichen Strolch.«

Rotschopf setzt zum Ausfall an. Darauf hat Ewegh nur gewartet. Seine Fäuste tänzeln leidenschaftlich los. Ich habe das Gefühl, wenn es ums Zuschlagen geht, könnten sämtliche Stricke der Welt sie nicht halten. Rotschopf glaubt zunächst an einen Zusammenstoß auf der Autobahn, dann realisiert er, daß es das doch nicht war, und geht so schnell wie eine alte Tapete zu Boden. Die Pranken der zwei Gorillas schweben reglos in der Luft, zwei Millimeter von ihren Knarren entfernt, so geschockt sind sie von der Kanone, die der verblüffend heldenhafte Lino den beiden vor die Nase hält.

Dahmane Faïd wiehert drauflos, nicht die Spur beeindruckt ist er.

Ich trete vor, um ihm aus nächster Nähe die Stirn zu bieten: »Sie sind bestenfalls ein gutartiges Geschwür, Monsieur Faïd.«

»Ihr Labor liefert schlechte Analysen.«

»Denke kaum. Noch was: ich habe einen Horror vor falscher Frömmigkeit.«

»Kommen Sie mit meiner Gebetskette nicht klar?«

»So ist es.«

Von neuem läßt er sie durch die Finger gleiten.

Er lacht höhnisch auf: »Ich versichere Ihnen, ich bin ein gläubiger Mensch.«

Mit einer Kopfbewegung weise ich meine Männer zum Rückzug an.

Dahmane Faïd verfolgt mich mit seinem Sarkasmus:

»Heh, Derrick! Warum zweifeln Sie an meinen Worten? Ich bin gläubig. Mein Glaube ist so echt wie meine Gebetskette. Sag es ihm, Abder, daß ich gläubig bin.« Er bricht in polterndes Gelächter aus. »Derrick, nicht Gott ist es, der den Menschen nach seinem Bilde erschafft. Die Natur will, daß jeder seinen eigenen Gott inkarniert. Mir ist es gleich, ob meiner einen Bart von der Länge mehrerer Lichtjahre hat oder grauenhafte Hörner auf dem Schädel. Alles, was zählt, ist, daß man an ihn glaubt... Heh! Derrick...«

Ich mache auf der Stelle kehrt, bin mir jeder meiner Bewegungen bewußt und gesegnet durch jeden Tropfen Schweiß auf meiner Stirn. Ich fühle mich um dreißig Jahre zurückversetzt, in die Zeit, da meine Brust vor Slogans überquoll und ich mich im Morgenlicht wie betört anschickte, die Welt zu erobern. Schlagartig lösen sich die Kinderschrecks auf, ihre Allmacht erblaßt, und es bleibt nichts als die Befriedigung zurück, die man aus einer gut gelernten Lektion bezieht.

Dahmane Faïd begreift, daß ich inzwischen erwachsen bin. Er wird nervös. Und nur wegen dieser winzigen, kaum merklichen Schwäche, die er da durchscheinen läßt, bricht es aus mir heraus:

»Wenn Sie so herumschreien, Dahmane Faïd, beweist das letztlich nur, daß Sie, welchen Gott auch immer Sie inkarnieren, innerlich so hohl wie ein Dudelsack sind.«

Sein Adamsapfel verklemmt sich in Höhe seines Kinns. Ich setze seinem Blick nach und halte ihn genau in dem Moment fest, als er zum zweiten Einschüchterungsversuch ansetzen will. Unsere

Atemzüge vermischen sich. Man könnte den Staub auf den Fliesen knirschen hören.

Ich drehe mich um und gehe davon – in der Gewißheit, wenigstens einmal im Leben den Teufel im richtigen Moment am Schwanz gezogen zu haben.

## 12

Der Belvedere ist ein fantastischer Ausflugsort. Früher kamen die Liebespärchen von den angesehensten Gymnasien der Stadt in ihren Cabrios hierher, um aufs Meer hinaus zu blicken und ihre Unterhöschen zu tauschen. Man konnte sie von weitem an ihren bunten, im Wind knisternden Tüchern und ihrem girrenden Lachen erkennen. Und um sie herum, umgeben von bunten Lichtern und Vogelgezwitscher, führten Hunde ihre Herrchen aus, hingen alternde Damen am Arm ihrer Gigolos, umschwärmten ganze Sippen an den Wochenenden die weißen Tische der Milchbars. Die Tage waren so flachsblond wie der Sommer. Die Mädchen dufteten nach Jasmin, die Augen der Kinder strahlten wie tausend Juwelen.

Heute hat der Belvedere nur wenig von seiner Pracht eingebüßt. Nach dreijähriger Abstinenz sind die Turteltäubchen wieder da, doch ihr Tauschhandel ist etwas zurückgegangen. Und die Sippschaften, die sich noch auf die Esplanade wagen, schauen zweimal, wohin sie ihre Füße setzen.

Tief unten schiebt die Stadt ihre Menschlein wie Mosaiksteine hin und her. Unter der Hitzeglocke wirkt sie wie eine immense Baustelle. Jenseits der Straße, die zum Flughafen führt, plätschert nonchalant das Mittelmeer. Die Schiffe am Horizont vertreiben sich die Zeit, indem sie ihre Anker nach dicken Fischen auswerfen.

Doch das alles spielt sich hinter meinem Rücken ab. Ich bin nicht zum Belvedere gekommen, um die guten alten Zeiten aufleben zu lassen. Heute früh hat ein anonymer Anrufer uns auf ein verdächtiges Fahrzeug in der Tiefgarage B hingewiesen. Wir haben zwei Stunden gebraucht, um die Örtlichkeiten von Menschen und Autos zu räumen.

Das fragliche Fahrzeug ist ein Taxi. Es steht neben einem Pfeiler und hat einen Platten. Lino und ich haben uns hinter einer Betonrampe am anderen Ende des Parkdecks verbarrikadiert. Wir beobachten einen Trupp Bombenentschärfer, die mit verschmierten Händen und chirurgischen Griffen an der Kiste herumwerkeln.

Sie schaffen es, eine Tür zu öffnen, dann die Motorhaube. Keine Bombe. Doch dafür im Kofferraum eine Leiche im fortgeschrittenen Stadium der Verwesung. Trotz des Gestanks und der Folterspuren, die der Körper aufweist, identifizieren wir ihn sofort. Blidi Kamel, dreißig Jahre alt, verheiratet, vier Kinder, ehemals Trödler in El Harrach. Beteiligt an den Morden an Ben Ouda und Professor Abad.

Den Rest erledigt zuverlässig das »arabische Telefon«, die hiesige Buschtrommel: Kaum im Büro, stolpere ich schon über Capitaine Berrah. Er hat noch vor dem Direktor von unserem Fund läuten gehört. Entgegenkommend rafft er sich aus dem Sessel hoch und streckt mir die Hand hin.

»Sieh an, die Neuigkeiten verbreiten sich ja schnell«, sage ich.

»Auch der Geheimdienst hat einen Glatzkopf in seinen Reihen… Ist jetzt schon der dritte Tote von Gaïds Leuten innerhalb von dreizehn Tagen. Wenn das so weitergeht, geht uns bald der Nachschub aus.«

Ich bitte ihn, sich wieder zu setzen, und schnappe mir den Nachbarstuhl.

»Und alles nur, weil es uns untersagt ist, die Verdächtigen mit dem Schweißbrenner zu bearbeiten.«

Der Capitaine bietet mir eine Zigarette an und vergißt, sein Feuerzeug anzuknipsen. Er ist mächtig gealtert. Tiefe Ringe um die Augen und Gesichtszüge, in die der Schlafmangel seine Spuren gegraben hat. Er greift nach einer Tasche, die neben seinen Füßen liegt, und zeigt mir das Foto einer dreckigen Visage mit einem Häftlingsschild vor der Brust.

»Das ist der Kerl, der ›ganz normal aussieht und so groß ist wie ein Reklameschild‹. Heißt Hakim Karach alias der Bosco.«

Da macht es Peng. Meine flache Hand knallt gegen meine Stirn. Ich bin wirklich ein Vollidiot. Ich packe den Capitaine am Arm und zerre ihn hinter mir her, direkten Weges zur Haftanstalt von Serkadji, wo sich Alla Tej auf Kosten der Republik den Bauch vollschlägt und sich einen Teufel um unsere permanenten Umschuldungen schert und die Restriktionen, die der Internationale Währungsfonds uns auferlegt.

Zelle 48 ist ein verfallenes Loch am Ende vom Gang zwischen der vergitterten Deckenleuchte und den Latrinen. Alla Tej sitzt fakirgleich mitten im Raum, die Hände auf den Knien und den Kopf im Nirwana. Auf den ersten Blick könnte man meinen, man hätte ihn mitten in einer Yoga-Sitzung überrascht.

»Er schmollt mit uns«, erklärt uns der Wärter und kratzt sich den Rücken mit seinem Gummiknüppel. »Er sagt, er sei klaustrophob und brauche Gesellschaft. Am Anfang war er in Zelle 16. Und alle wollten zu ihm in die Sechzehn. Mit ihm wurde es nie langweilig. Wir mußten ihn schließlich in eine Einzelzelle verlegen, damit keiner neidisch wurde«, schloß er mit der Weisheit eines Patriarchen.

»Jetzt sind wir ja da, um ihm Gesellschaft zu leisten. Vielen Dank, du kannst gehen.«

Der Wärter ist ein braver schwabbeliger Fleischberg mit einem sanften Mondgesicht. Sein Schnauzer hängt ihm bis aufs Kinn, seine Arme sind tätowiert und sein Hosenschlitz reicht bis zum Nabel hoch. Seine Stimme ist weich, und wenn er redet, zittert sein Bauch wie Wackelpudding.

»Wenn Sie wollen«, erbietet er sich, »kann ich auch bleiben. Bei dieser Art von *bougnoule* weiß man nie. Die verstehen nur die Sprache des Knüppels.«

Ich lächele ihm zu. Er versteht, daß ich seine Dienste nicht brauche, und macht sich davon, wobei er mit dem Knüppel gegen sein Bein schlägt.

Mit der Fußspitze rüttle ich Alla Tej wach. Er bewegt sich schwerfällig. Sein Gesicht verändert sich, als er mich wiedererkennt. Der Capitaine läßt sich auf den Strohsack fallen und schlägt die Beine übereinander. Seine Fingernägel kratzen zerstreut über das Leder seiner Tasche. Ich trete einen Schritt zurück und lehne mich an die Zellenwand.

»Na, sind sie nicht nett zu dir?«

Alla zuckt die Achseln.

»Draußen hab ich mich wohler gefühlt.«

Der Capitaine beginnt sich zu rühren. Er rollt das Foto von Hakim Karach zwischen den Fingern und schnipst es ihm zu. Das Foto flattert, kreiselt und landet direkt vor Alla.

»Wir haben uns nichts mehr zu sagen. Ich habe gesagt, was ich weiß, und keine mildernden Umstände gekriegt. Außerdem ist jetzt nicht mehr die Polizei für mich zuständig, sondern die Justiz. Ihr könnt euch die Mühe sparen, mich einzuschüchtern.«

Wir antworten nicht, der Capitaine und ich. Alla wartet auf eine Reaktion, irgendein Zeichen, doch es kommt nichts. Unser Schweigen dauert an.

»Glaubt nicht, daß ihr mich mit so was beeindruckt...«

»...«

Er schluckt unter dem undurchdringlichen Blick des Capitaine, versucht, dem meinen schönzutun. Vergeblich. Im Gang hört man den Wärter, der seinen Knüppel über die Gitter schleift. Ein Metallbehälter fällt hinten in der Abteilung um, gefolgt von einem donnernden Fluch. Dann gewinnt das Schweigen wieder die Oberhand, unangenehm, lastend dehnt es sich in Zelle 48 aus. Alla zögert, gerät ins Wanken. Zaghaft gleitet seine Hand zu Boden, umkreist das Foto, zieht es mit einem Finger heran.

»Den Typen da hab ich noch nie gesehen«, schwindelt er, um das Gesicht zu wahren.

»Das ist der Bosco.«

»Kenn ich nicht.«

»Mach's nicht noch komplizierter. Wir sind alle kaputt. Bringt doch nichts, sich wie einen Esel zusammenprügeln zu lassen... Ist das der Bosco, von dem du mir erzählt hast, als ich das erste Mal bei dir war, um dir einen kleinen Deal vorzuschlagen?«

Alla hält das Foto symbolisch näher ans Licht, das aus der Luke eindringt.

»Und was ändert das für mich?«

»Ich verspreche dir, ihn auf der Stelle zu dir in die Zelle zu sperren, sobald ich ihn geschnappt habe.«

»Ja, das ist er.«

»Hast du ihm Geld geschuldet?«

»So war's.«

»Und Gaïds Bande, schuldete die ihm auch Geld?«

»Daran würde er nicht mal im Traum denken. Der Bosco, das ist ein Nichts. Der prügelt nur Nutten und tritt Säufern in den Arsch, aber der hat nicht genug Mumm in den Knochen, um vor Gaïd aufrecht dazustehen.«

»Vor zwei Wochen hat er Ben Hamid und Brigitte kaltgemacht.«

Alla läßt das Foto verächtlich fallen.

»Dann kann er es nicht sein. Ihr verrennt euch da in was. Der Bosco ist ein unbedeutender Ganove. Sein Revier sind die Bars. Der kann nur Nutten und Besoffene malträtieren, sonst kann er keinem das Wasser reichen.«

»Zaddam und Blidi Kamel hat er auch aus dem Weg geschafft.«

Alla lacht kurz und ordinär auf.

»Ihr seid auf dem Holzweg, Leute.«

»Und doch verhält es sich so.«

Alla hört auf herumzuzappeln, eine Hand hat er am Kinn. Ungläubig springt sein Blick zwischen mir und dem Capitaine hin und her.

»Ihr führt mich doch an der Nase herum.«

»Wir haben gar keinen Nasenring dabei.«

Er schüttelt mehrmals heftig den Kopf.

»Das ist einfach nicht möglich. Das ist bloß ein schmieriger kleiner Gauner, sonst nichts.«

»Gaïd war nichts als ein Häufchen Scheiße im freien Feld«, regt der Capitaine sich auf, »und jetzt hat er sich zum Problemfall ausgewachsen. Darüber brauchen wir nicht zu diskutieren. Was wir wissen wollen, ist einfach: warum ist der Bosco hinter dem Friseur her?«

»Fragt ihn doch selbst. Er arbeitet im Majestic, einem Edelbums an der Küstenstraße.«

»Da ist er nicht mehr. Schon seit Monaten hat sein Chef nichts mehr von ihm gehört.«

Der Wärter taucht hinter dem Gitter auf, streichelt seinen Knüppel und fragt: »Haben Sie mich gerufen, Kommissar?«

»Nicht wirklich.«

»Ich bin nebenan.«

»Hab verstanden.« Der Wärter schneidet eine Grimasse, bei der der Schnauzbart bebt, und verduftet.

Alla zieht den Kopf zwischen die Schultern. Seine Stimme steigt aus einem verunsicherten Knurren auf: »Haben Sie eine Zigarette für mich?«

Der Capitaine wirft ihm eine Schachtel Marlboro hinüber. Alla greift hektisch zu und raucht wie ein Weltmeister drauflos. Wir lassen ihn drei Minuten lang sich vergiften.

Endlich sagt er:

»Gaïd hat den Diplomaten umgelegt, um an ein Dokument oder so was Ähnliches zu kommen. Er hatte eine Million Dinar Vorschuß kassiert und sollte hinterher nochmal dasselbe bekommen. Und als Gaïd das Ding dann in der Hand hatte, da ist ihm das zu Kopf gestiegen. Er wollte fünfmal soviel, wie abgemacht war. Sein Auftraggeber ließ sich aber nicht erweichen. Einige Zeit später hörte Mérouane TNT von Brigitte, die hin und wieder im Majestic arbeitete, der Bosco wäre beauftragt worden, Gaïd das Dokument abzuknöpfen. Kein Mensch glaubte ihr das. Eines Abends wurde ich dann in Riad El Feth von zwei Typen gestellt. Sie sagten, der Bosco wolle mich sprechen, und zerrten mich in ein Auto. An einer roten Ampel bin ich getürmt. Am selben Abend seid ihr dann mit eurer Dampfwalze bei mir aufgetaucht.«

»Hast du deine Geschichte Gaïd erzählt?«

»Ich hab's nicht geschafft, ihn ausfindig zu machen.«

»Wer war das, der dich am selben Abend noch abholen kam?«

»Ben Hamid.«

»Hast du ihm von Boscos Männern erzählt?«

»Ich habe ihm gesagt, daß Bullen da waren, die sich für Boscos Männer ausgaben. Das hatte ich geglaubt, als ihr bei mir aufgekreuzt seid.«

»Und wer ist der Auftraggeber?«

»Darüber redet Gaïd mit seinen Männern nie. Er handelt das immer heimlich aus. Das ist seine eiserne Regel. Er kriegt einen Auftrag, er führt ihn aus. Und weiß von nichts.«

»Dann war das also gar kein Emir!« kreischt der Capitaine.

Alla verzieht verächtlich den Mund: »Ein Emir, was ist das denn, bist du naiv! Das sind doch alles nur Ablenkungsmanöver. In Wirklichkeit herrscht das totale Chaos. Jeder dreht sein eigenes Ding, und das war's.«

## 13

Als wolle sie sich absetzen von den Elendshütten, die an der Tal-
seite verrotten, macht die Straße einen Hüftschwung und eilt
bäuchlings auf ein Eukalyptuswäldchen zu. Doch wie sehr sie sich
auch absondern will, wer einmal schlechten Umgang hatte, wird
unweigerlich davon eingeholt. Schon geht unsere Straße einem
Weiler ins Netz, der sich hinter einer Kurve duckt und sie zwischen
seinen Bruchbuden in Stücke fetzt. Wohl gelingt es ihr, ein paar
Streifen Asphalt zu retten, und sie schleppt sich noch an die tausend Meter hin, zerlumpt und ausgemergelt, bevor sie bei einem
Anlegesteg endgültig den Geist aufgibt. Die Piste, die gegenüber
beginnt, bröckelt hügelwärts gefährlich ab und geht zuletzt in den
Reifenspuren auf der Mole unter, wo Autowracks ihre Innereien
den Krebsen und Kraken anpreisen.

Es ist zwölf Uhr mittags. Ein Fischer geistert einsam auf seinem
Fels herum, beim Anblick der Gegend sträubt sich sogar einer
Straßenkatze das Fell. Im ausgedörrten Gras wird eine fliehende
Eidechse zum Ereignis. In der Brutkastenhitze stinkt es nach ver-
westem Hund.

Am Ende eines Ziegenpfads setzt sich ein Barackenwirrwarr
stelzvogelartig dem Ansturm der Wellen aus, die Mauern sind völlig abgeblättert und die Fenster stärker vergittert als jeder Raubtier-
käfig.

Tahar Brik haust in Baracke 28. Um dorthin zu gelangen, muß
man sich vorab bekreuzigen, wegen eines vorsintflutlichen Stegs,
der zu scheppern beginnt, sobald nur eine Möwe drüberfliegt.

Lino reibt an einer rostigen Klingel. Es läutet nirgendwo. Er
klopft an eine Fensterscheibe. Alsbald klirren die Messingringe
einer Vorhangstange und geben ein Frauengesicht frei, das so uner-
forschlich ist wie die Wege des Herrn.

»Wir suchen Tahar«, bemerkt Lino.

Das Gesicht der Frau bleibt reglos, gleicht mehr einem Bild als
einem Menschen aus Fleisch und Blut.

Sie braucht eine Ewigkeit, um endlich tonlos hervorzustoßen: »Gibt's hier nicht.«

»Wir sind Freunde.«

Dieser Begriff löst nichts bei ihr aus. Sie sieht aus wie eine, die so viele Hiebe eingesteckt hat, daß sie nicht versteht, wieso man sie plötzlich nicht mehr prügelt.

»Wir sind von der Polizei.«

Sie hebt den Vorhang ein wenig an.

»Polizisten mit Mädchenzöpfen…? Geht nur wieder. Hier gibt es keinen Tahar. Und mein Mann wird auch gleich nach Hause kommen.«

»Achtung!« warnt uns Ewegh von der anderen Seite des Stegs. »Er türmt gerade durch den Hinterausgang.«

Wir hören, wie es in der Baracke rumort. Kleinkinder fangen zu plärren an. Ich laufe zur Terrasse und komme genau in dem Moment an, als ein Rüschengewand sich ins Leere stürzt, wenig später ins Meer platscht und eine enorme Fontäne aufspritzen läßt. Ich sause eine hinfällige Treppe hinunter und wate durch die trüben Ergüsse eines Abwasserkanals. Ewegh seinerseits spurtet mit Riesensprüngen zum Strand hinunter, klettert über einen Kranz von Felsen und nimmt den Flüchtenden beim Auftauchen aus den Fluten in Empfang.

»Nur keine Panik, mein Junge. Wir wollen dir nichts Böses.«

Tahar Brik hebt die Hände über den Kopf. Seine von der Luft aufgeblähte Gandura schwimmt wie ein großer Krapfen um ihn herum.

»Wir sind von der Polizei.«

Tahar beruhigt sich ein wenig. Er bleibt einen Moment sinnierend im Wasser stehen, dann klettert er auf den Felsen, stößt den Arm des Targi beiseite und geht die Treppe hoch. Ohne ein Wort. Er wirft mir einen vernichtenden Blick aus rabenschwarzen Augen zu, schiebt Lino beiseite und tritt den Heimweg an.

Wir folgen ihm.

Er hat sich eine Decke übergeworfen und sitzt jetzt auf einer Bank. Sein Gesicht ist vor Wut ganz entstellt.

»Wenn ihr mich gefunden habt«, grollt er, »dann finden mich auch die anderen. Der Staatsanwalt ist der einzige, der meinen Unterschlupf kennt.«

»Der hat uns ja auch deine Adresse gegeben.«

Er spuckt vehement aus: »Sind alle gleich!«

Tahar ist klein und braunhäutig und so drahtig wie ein Nagel. Sein Kraushaar ist an den Schläfen weiß. Er muß so um die Vierzig sein und eine Menge Gründe haben, warum seine Augen wie Kohlen glühen.

»Er hätte mich auch vorladen können. Jetzt werden sich die Nachbarn Fragen stellen. Ist denen meine Sicherheit eigentlich völlig schnuppe oder was? Ich habe bereut und mich der Justiz zur Verfügung gestellt. Es besteht nicht die geringste Fluchtgefahr.«

»Okay, wir haben Mist gebaut. Versuch dich abzuregen.«

»Und was sonst noch?«

Er schneuzt sich ungebührlich in die Decke.

Im Nachbarzimmer haben die Kinder aufgehört zu schreien. Ihr Schweigen ist bedrückend.

»Wir sind hinter Gaïd her und haben keine Zeit zu verlieren.«

»Ich bin solide geworden. Ich sehe nicht, wie ich euch helfen könnte. Ich bin sehr viel mehr damit beschäftigt, meine Haut zu retten, als sie zu ernähren. Das hier ist mein dreizehntes Versteck in den acht Monaten, seit ich untergetaucht bin. Ich gehe noch nicht mal mehr ins Freie, um Luft zu schöpfen. Gaïd ist mir auf den Fersen. Er hat meinen Cousin getötet, mein Haus in die Luft gejagt und den Rest meiner Familie gezwungen, ins Exil zu gehen. Ich war noch nicht mal auf der Beerdigung meiner Großmutter.«

»Bitte beruhige dich.«

»Ihr denkt wohl, das geht so leicht. Ihr kommt mit eurem ganzen Geschütz angefahren, scheucht alles auf und wollt dann auch noch, daß ich Beifall klatsche. Wo soll ich mich als nächstes vergraben? Ich habe drei epileptische Kinder, eine nervenkranke Frau und kein Loch, um sie unterzubringen.«

»Wir besorgen dir einen Unterschlupf.«

Er zieht sich die Decke über den Kopf und murrt weiter, wobei seine knochigen Schultern krampfartig zucken.

»Ich kann nicht mehr. Ich bin fix und fertig. Ich bring meine Frau und die Kinder um und schneid mir zum Schluß selber die Kehle durch.«

Er drückt den Nacken durch, richtet den Kopf auf, wischt sich resigniert die Tränen vom Gesicht.

»Ja ...! Das wäre vermutlich das Beste für uns!«

Tahar Brik sollte uns eine Auflistung aller möglichen Verstecke von Gaïd, dem Friseur, übergeben. Ich ließ um jeden Unterschlupf einen Beobachtungsring ziehen, baute ein Alarmsystem auf, das es dem Einsatzteam ermöglichen würde, binnen zwanzig Minuten an Ort und Stelle zu sein, und wartete im Vertrauen auf meine Strategie eine Woche lang, bis das erste Lämpchen auf meiner Schalttafel zu blinken begann.

Am Freitag um neunzehn Uhr meldet Alarmglocke Nummer 8, daß auf Höhe von Versteck »H« in Haï El Moustaqbal ein verdächtiger Wagen aufgekreuzt ist. Ich verfrachte Lino ans Steuer, verstaue Ewegh auf dem Rücksitz, und ab geht die Post.

Es gibt würdige Namen und andere, die sind so was von stupide, daß sie nicht einmal ein Zähneknirschen provozieren. Eine lose Ansammlung trostlos vor sich hin modernder Baracken, querbeet über eine von fauligen Rinnsalen und Elend überquellende Pampa verstreut, hochtrabend auf den Namen Haï el Moustaqbal, »Stadt der Zukunft«, zu taufen, ist der blanke Hohn. Haï el Moustaqbal erkühnt sich gar nicht mehr zu hoffen. Auf seinen Horizonten lastet ein Fluch. Seine Zukunft geht vor Angst in die Knie. Das Viertel wirkt, als habe es gerade einen Nervenzusammenbruch hinter sich. Keine einzige Straßenlaterne, kein Gully. Ein versehrtes Niemandsland, von den einen verleumdet, von den anderen verleugnet, ein Stück Erde, dem Untergang geweiht, wo der Mensch weder Individuum noch Staatsbürger ist und in einem Klima völliger Apathie geboren wird und stirbt.

Unsere Alarmglocke empfängt uns auf einer zum Beobachtungsposten umfunktionierten Dachterrasse. Es ist ein hinfälliger Greis, der beschlossen hat, lieber dem Tod zu trotzen, als dieses Leben zu ertragen – einer jener anonymen Patrioten, die inkognito die vom Fundamentalismus verseuchten Viertel durchstreifen und uns regelmäßig den Pulsschlag der Masse durchgeben.

»Der Lieferwagen steht seit einer Stunde da«, empfängt er uns und weist mit knochigem Finger auf die Räuberhöhle.

Ich taste mit dem Fernglas den Innenhof ab.

»Und wer wohnt da?«

»Der Besitzer ist letzten September ausgezogen. Einer seiner Söhne ist zur Zeit bei der Armee. Heute ist zum ersten Mal jemand da.«

»Vielleicht der Besitzer«, mutmaßt Lino.

»Der Wagen wurde um 16 Uhr von einem bewaffneten Mann auf der Küstenstraße gestohlen«, entgegnet der Patriot. »Ich habe das im Radio gehört.«

Die Nacht legt sich immer dichter auf das Bruchbudenviertel. In Versteck »H« sind keine Lichter angegangen. Die Geräusche werden seltener, die Gassen immer leerer. Ein Fuhrmann quält sein Maultier die Wagenspur entlang. Seine Flüche gehen unter im Ruf des Muezzins. Wir überwachen zwei Stunden lang die Umgebung. Kein Lebenszeichen im Innenhof. Wir beschließen nachzusehen, was da los ist.

Ewegh läuft zur Rückseite der Baracken. Lino und ich klettern über eine Leichtbetonmauer, um nicht durch den Innenhof zu müssen. Im Haus herrscht Grabesstille.

Ich versuche mich an der Türklinke. Ihr Quietschen zwingt mich zum Rückzug. Wir entdecken ein Fenster mit eingeschlagener Scheibe. Lino ist als erster drin. Ich folge ihm in ein enges, kahles Zimmer. Wir drücken uns rauhe Korridorwände entlang, gelangen in ein anderes Zimmer. Plötzlich geht das Deckenlicht an und wir stoßen auf ein riesenhaftes, leichenblasses, grauenvolles Geschöpf. Es liegt mit nacktem Oberkörper auf einer verrotteten Matratze, eine Hand auf der blutenden Flanke, in der anderen Hand eine Fernbedienung. Das Blut hat den Hosenbund überschwemmt, ist durch die Matratze gesickert und hat den Boden befleckt.

»Willkommen an Bord, Kommissar Llob!« ruft er mir mit geschwächter, aber fester Stimme entgegen.

Meine Hämorrhoiden platzen schlagartig auf wie eine Garbe Kaktusfeigen. Ich brauche mich nicht umzudrehen, um zu erraten, daß Lino sich gleich in die Hose machen wird.

Gaïd der Friseur lächelt uns zu von jenseits des Grabes.

»Diese Fernbedienung, die ich hier habe, die ist nicht für den Fernseher.«

»Das haben wir geschnallt.«

Er röchelt und reckt den Hals. Seine Hand fährt schmerzvoll über seine verwundete Flanke. Ich mache einen Schritt nach vorn.

»Zurück!« fährt er mich an. »Da sind drei Kilo TNT unter deinem Body. Ein Daumendruck auf dieses Ding, und dein lieber Gott höchstpersönlich würde das Puzzle nicht mehr zusammenkriegen.«

Ich weiche zurück.

Das Reden hat ihn angestrengt. Er blickt mich haßerfüllt an. Der Schmerz reitet die nächste Attacke gegen ihn. Er krümmt sich um seine Wunde herum, ohne uns aus dem Blick zu lassen.

»Wie viele Liter Blut hat der menschliche Körper, Kommissar?«

»Hängt davon ab, wieviel einem an den Händen klebt.«

Seine Brauen ziehen sich zusammen. Ein Schauer zuckt ihm durch Kiefer und Wangenknochen.

»Unglaublich. Ich pisse seit mehr als sechs Stunden Blut und schaffe es nicht, in Ohnmacht zu fallen.«

»Dazu reicht eben deine Macht nicht. Wir bringen dich ins nächste Krankenhaus.«

»Nett von Ihnen, Kommissar, aber ich trau Ihnen nicht.«

Seine Finger krümmen sich. Er windet sich, die Fernbedienung macht sich selbständig und knallt auf die Fliesen. Eine Schicht Glatteis kristallisiert auf meinem Rücken. Ich höre, wie Lino vor

Panik ins Stolpern gerät. Sein Atem bläst mir in den Nacken. Ich begreife endlich, was es heißt, wenn man sagt: »jemandem auf den Leim gehen«.

»Paß auf, mein Junge, diese Art von Spielzeug ist unberechenbar.«

Gaïd lacht höhnisch. Seine Finger tätscheln das Werkzeug des Todes, heben es wieder auf.

»Mir gefällt dein Humor, Kommissar. Wird bestimmt vergnüglich mit dir, die große Reise!«

»Leg das Ding da beiseite und laß uns reden. Der Krankenwagen steht bereit. Du wirst genauso verarztet wie jeder andere Verletzte auch.«

»Ich habe schon einen Platz im Paradies reserviert.«

»Mensch, mach keinen Quatsch!« kreischt Lino völlig aufgelöst. »Denk an die Ärmsten, die gleich nebenan hausen. Du jagst doch das ganze Viertel in die Luft.«

»Bei dem Hundeleben, das die hier führen, erweise ich denen einen unbezahlbaren Dienst.«

Sein Daumen streichelt furchterregend die Fernbedienung.

Wie im Wahn, mit ausgedörrter Kehle und flacher Brust, flehe ich ihn an: »Warte doch, warte. Tu das nicht, das bringt doch nichts…«

»Alle Mann einsteigen!«

Eine gigantische Detonation… Ich habe das verschwommene Gefühl, mich in schwindelerregendem Tempo zu zersetzen. Ich bin ein Komet, der ins Nichts abdriftet… Dann fasse ich mich. Das erste, was mich mit der Welt der Lebenden aussöhnt, ist der geplatzte Schädel des Friseurs. Er liegt auf dem Kopfkissen und starrt mich aus glasigem Auge an, mit einem Loch in der Schläfe, einem anderen am Hals. Ewegh schlägt das Fenster mit einem Schulterstoß ein, stellt ein Bein an Bord und landet im Zimmer, die Knarre unablässig auf die Matratze gerichtet. Die Detonation, das war er. Lino seinerseits macht sich eilends daran, die Batterien aus der Fernbedienung zu nehmen. Er ist bleich bis unter die Haarwurzeln und zittert wie eine alte Hexe in Trance.

Wir haben die Wohnung bis in den letzten Winkel gefilzt und weder eine Bombe noch eine Diskette gefunden. Gaïd hat nur geblufft. Er wollte sich ganz einfach ins Jenseits absetzen, und wir waren ihm dabei behilflich.

»Bravo!« gröhlt der Direx außer sich. »Gaïd ist uns endlich ins Netz gegangen, und ihr habt ihn wieder entwischen lassen. Einfach so, komplett idiotisch, ohne jeden Grund. Er hat uns alle miteinander ins Bockshorn gejagt. Jetzt tappen wir wieder im dunkeln. Da habt ihr wirklich fantastische Arbeit geleistet. Ihr könnt stolz auf euch sein!«

Er fegt durchs Büro, wischt Aschenbecher vom Tisch, zieht seinem Drehsessel die Ohren lang, traktiert die Vorhänge ... Ich sehe ihm zu, wie er seine Nummer abzieht, und hoffe inständig, daß er sich das Handgelenk an der Wand aufschürft oder sich die Faust am Fensterglas verletzt. Seit einer halben Stunde mühe ich mich ab, ihm klarzumachen, daß meine Männer und ich nicht den geringsten Anhaltspunkt hatten, um abschätzen zu können, ob Gaïd bluffte oder nicht, der Direx weigert sich, mich anzuhören ...

»Halt die Klappe! Du hast hier nichts zu sagen. Wegen deiner Überstürztheit ist die Kripo vom Rest der Welt isoliert. Der Geheimdienst wird uns keine Konzessionen mehr machen. Der ›chef de cabinet‹ hat sofort wieder aufgelegt. (Er wirft mir eine Zeitung ins Gesicht.) Alle Zeitungen bringen es auf der ersten Seite. Kein Mensch ist geneigt, unsere Version zu glauben. Das ganze Land ist der Meinung, die Polizei habe kaltblütig einen Kronzeugen umgelegt. ›Wer will Ben Ouda ein zweites Mal begraben?‹ (Er zeigt mir eine Schlagzeile, die sich über die halbe Seite hinzieht.) Wir hatten nicht das Recht, uns zu irren. Selbst wenn ihr mit ihm zusammen draufgegangen wärt, hätte euch noch der Zweifel überlebt. Man verdächtigt uns der Komplizenschaft, Monsieur Brahim Llob, man denkt, wir wollen Spuren verwischen. Der einzige Weg, uns von jedem Verdacht zu befreien, bestand darin, diesen Hurensohn festzunehmen und ihn bis zu seinem Prozeß am Leben zu erhalten. Man wollte ihn anhören. So war es ausgemacht. Ben war nicht irgendwer. Es konnte nicht sein, daß irgendein hergelaufener Komiker ihn aus einem x-beliebigen Grund umgelegt hat. Erinnere dich an das riesige Medientheater, das seine Ermordung ausgelöst hat. Sie waren fix mit der Erklärung bei der Hand. Dahinter steckt das System, hat es geheißen. Und das System, das sind wir. Wir werden beschuldigt, mit in der Scheiße zu stecken und die Drecksarbeit für die anderen zu machen. Wie immer.«

Abrupt dreht er sich um und stürzt auf mich zu. Er bedrängt mich mit seinem keimfreien Atem und reißt sich seinen sorgsam manikürierten Fingernagel an meinem Ranzen auf:

»Ich hatte dich gewarnt, Llob. Diese Geschichte ist hochexplosiv. Da mußte man mit Samtfingern drangehen.«

»Davon geht die Welt auch nicht unter!« entgegne ich erbost. »Die Ermittlungen laufen weiter. Ich werde sie mit oder ohne Gaïd abschließen.«

»Und wie wohl? Der Friseur war unser letzter Trumpf. Alles steht und fällt mit dieser verfluchten Diskette, von der kein Mensch weiß, wo sie steckt.«

»Das ist mein Problem. Jetzt liegt's an mir, so viel Lärm wie möglich zu machen, um das Wild aufzuscheuchen. Ich verlange freie Hand.«

»Tut mir leid, ich habe keine Hand mehr frei. Ich habe alle Hände voll zu tun, den Scherbenhaufen, den du hinterlassen hast, beiseitezukehren. Was du jetzt anstellst, geht voll auf deine Kappe.«

## 14

Abderrahmane Kaak fährt in mein Büro ein wie ein Dschinn am Ende der Beschwörungsformel. Er schäumt vor Wut und wirkt fast lächerlich. Mit hochrotem Kopf und weißem Gesabber im Mundwinkel hievt er sich auf die Zehenspitzen und knallt mir seine Papiere auf den Schreibtisch.

»Ich bin im Besitz eines Passes, eines Visums und eines Flugtickets. Ich werde von niemandem strafverfolgt. Ich stehe auch nicht unter Hausarrest. Ich bewege mich im Rahmen der Legalität und bin somit Herr meiner Bewegungen. Würden Sie mir bitte erklären, warum Ihre Kollegen vom Flughafen sich geweigert haben, mich mein Flugzeug nach Lyon nehmen zu lassen?«

Er muß sich auf der Strecke vom Flughafen zur Polizeizentrale seine Litanei unablässig vorgesagt haben. Denn er rattert sie in einem Zug herunter, ohne auch nur einmal Atem zu holen.

Ich breite zum Zeichen der Machtlosigkeit die Arme aus. Das stachelt ihn noch mehr auf, und seine knallroten Hängebäckchen beginnen zu vibrieren. Er hißt sich noch eine Spur höher und fuchtelt drohend mit seinem Monsterbabyfinger.

»Ich warne Sie, das wird weitreichende Konsequenzen haben. Sie überschreiten Ihre Befugnisse, Kommissar. Ich habe Freunde ganz weit oben. Ich schwöre Ihnen, Sie sind jetzt schon erledigt.«

Seine Nasenflügel beben vor Wut. Er fällt auf seine Absätze zurück und wird unsichtbar für mich. »Das sind doch keine Zustände!« protestiert es aus dem Off. »Wir leben in einer Republik, verdammt! Es gibt doch ein Gesetz!«

»Es gibt sogar mehrere, die Ihnen zu Diensten stehen, Monsieur Kaak.«

Ich beuge mich über meine Schreibunterlage vor, um seinen Standort ausfindig zu machen, und zähle ihm an zehn Fingern auf: »Da gibt es zuerst das Gesetz, das Sie sich maßschneidern lassen, sodann das Gesetz, das Ihnen als Fußabtreter dient, des weiteren das Gesetz, mit dem Sie sich den Hintern abwischen...«

Der Zwerg liest in meinen Zügen die unerträgliche Abneigung, die ich für Abschaum seiner Sorte hege. Das kühlt seine Glut etwas ab. Seine Hand streicht die Vorderseite seines Sakkos glatt. Seine Art, die Lage zu entspannen.

Er versucht es in einem anderen Ton: »Ich habe einen äußerst wichtigen geschäftlichen Termin in Paris wahrzunehmen.«

»Was geht das mich an?«

Ich klopfe auf eine belanglose Akte, die gerade in Reichweite liegt, und vertraue ihm an: »Sie stecken bis zum Hals in der Scheiße.«

Er schrumpft um zehn Zentimeter.

»In dieser Akte ist Zündstoff genug, um Ihnen die Hölle heiß zu machen. Mein Leben lang habe ich auf die Gelegenheit gewartet, einem stinkreichen Aas mal eins reinzuwürgen. Jetzt ist es so weit. Ich werde Sie Stück für Stück auseinandernehmen, *Monsieur* Kaak.«

Der gewöhnliche Sterbliche wird hin und wieder mal blaß um die Nase, doch Abderrahmane Kaak ist so bleich wie ein Gespenst. Aus seinem Gesicht ist alles Blut gewichen. Sein Blick ist zu Boden gegangen. Seine Hand wühlt unsicher in seinen Taschen und befördert ein Tüchlein zutage, mit dem er sich Nacken, Kinn und Stirn abtupft. Er sagt kein Wort. Er will erst sehen.

Ich schwenke eine Visitenkarte. »Die haben wir bei Gaïd, dem Friseur, gefunden.«

»Mein Friseur heißt Tony.«

»Ich meine den Terroristen.«

»Von dem habe ich noch nie gehört. Ich pflege keinen Umgang mit Fundamentalisten.«

»Und was hat Ihre Visitenkarte dann in seinen Papieren verloren?«

Er kommt näher an meinen Schreibtisch heran, nimmt mir die Karte weg, mustert sie eingehend. Das genügt, um die Farbe in sein Gesicht zurückkehren zu lassen. Die Spannung auf seinen Zügen weicht. Er gibt mir die Karte wieder und tritt erleichtert einen Schritt zurück.

»Das ist die Karte vom Hotel Raha-les-Palmiers.«

»Dessen Inhaber Sie sind.«

»Inzwischen nicht mehr. Ich habe es vor über acht Monaten verkauft. Wie auch Raha-Golf, Raha-les-Pins und Raha-les-Sablettes… Und noch etwas: Dieses Stück Pappe hat keinerlei Beweiswert. Sie finden es im Reisebüro, im Hotel, überall. Hotels sind öffentliche Räume. Visitenkarten sind Werbung. Sie sind dazu da, verteilt zu werden. Ich hoffe, Sie haben mich meine Pariser Termine nicht wegen einer solchen Bagatelle versäumen lassen.«

»Da ist vor allem das hier, Monsieur Kaak«, bemerke ich und klopfe wieder auf die Akte.

»Da liegt doch garantiert ein Mißverständnis vor.«

Ich wedle mit einem Blatt vor seiner Nase herum.

»Ich habe das Recht, Sie achtundvierzig Stunden lang hier einzuquartieren.«

»In diesem Fall möchte ich mit meinem Anwalt sprechen.«

»Der denkt, Sie seien in Lyon.«

»Das ist nicht rechtmäßig!«

»Das geht mir gerade am Arsch vorbei!«

Er versucht, mich mit beiden Händen zu beschwichtigen.

»Kommissar, irgendwer spielt hier mit falschen Karten.«

»Worauf Sie sich verlassen können. Ich habe vorher jede Karte einzeln gezinkt und die guten alle für mich behalten.«

Er protestiert, beginnt zu gestikulieren und auf das heftigste Widerstand zu leisten. Ewgh greift ihn mit zwei Fingern und führt ihn in die Geständnisbox ab, einen Verschlag von zwei Quadratmetern mit niedriger Decke und beklemmenden Wänden, einem Metallstuhl, einem Projektor und einem Tisch als ganzem Mobiliar.

Abderrahmane Kaak bleibt zwanzig Minuten lang still sitzen und wartet darauf, daß man kommt, um ihn fertigzumachen. Eine halbe Stunde später hat er noch immer die eine Hand an der Wange liegen, die Finger der anderen beginnen auf den Tisch zu trommeln, wobei er die Panzertür nicht aus den Augen läßt.

Der Boß kommt zu mir ins Nebenzimmer, um den Verdächtigen durch den Spiegelspion zu beobachten. Er gesteht mir, daß das Telefon in seinem Büro pausenlos schrillt. Kaaks Freunde seien zutiefst beunruhigt. Ich empfehle ihm, ihnen zu sagen, daß ihr Schützling vermutlich von Terroristen entführt worden ist und man seine Leiche mit ein wenig Glück schon am folgenden Morgen in irgendeinem Treppenhaus entdecken wird. Der Boß hält meinen Zynismus für höchst morbide und erinnert mich daran, daß meine Methode in keiner Weise den Vorschriften entspricht. Ich entgegne ihm, daß ich weiter nichts tue, als mich den aktuellen Gepflogenheiten anzupassen. Er lächelt und verspricht mir, schützend die Hand über mich zu halten, falls es einem Ziegel gelingen sollte, vom Dach zu fallen. Ich beruhige ihn mit der Erklärung, daß eine kleine Gehirnerschütterung vielleicht nicht schaden könnte, um meine Gedanken in Schwung zu bringen.

Gegen Mitternacht revoltiert der Knirps. Er hat Krawatte und Jackett abgelegt, die Hemdsärmel hochgekrempelt und fängt an, sich die Schuhsohlen an der Tür abzuwetzen.

Um zwei Uhr früh gibt er auf, sinkt über dem Tisch zusammen und döst ein.

»Keine Müdigkeit vorgeschützt da drinnen!« quäle ich ihn. »Der einstweilige Gewahrsam ist kein Kuraufenthalt.«

Kaak mobilisiert seine letzten Kräfte, um nicht loszuplärren. Er ist am Ende, seine Züge sind völlig erschlafft, seine Haare wild zerwühlt. Seine Augäpfel sind halb nach oben verdreht und streifen mich mit mildem Medusenblick. Er fährt sich mit der Hand übers Gesicht, zerrauft sich weiter die Mähne und sieht mich lange stumm an.

»Ich werde diese Angelegenheit auf höchster Ebene zur Sprache bringen!« keucht er schließlich erschöpft.

»Ich stelle Ihnen gern meinen privaten Aufzug zur Verfügung. Doch vorher packen Sie erst mal aus. Wenn Sie meinen, Sie seien noch nicht reif dafür, komme ich gerne später wieder. Ich hab's nicht eilig.«

Er hält mich mit einer entkräfteten Handbewegung zurück. »Kommen wir zum Ende. Ich will nach Hause.«

Ich lasse mich auf der Tischkante nieder, die geballten Fäuste auf die Knie gestützt.

»Ben war mein Freund«, fängt er nach langem Nachdenken an. »Er war anders. Die übrigen, das waren alles Betrüger oder Betrogene… Bei Ben fühlte ich mich wohl. Das passierte mir nicht oft. Hinter der Fassade meines Erfolgs war ich der arme Teufel aus der Vorstadt geblieben: kläglich an Herkunft, Verstand und Körperbau… Gewiß, ich hab es durchaus zu etwas gebracht – aber erst Ben fügte meinem Reichtum eine gewisse – nun, sagen wir – Ethik hinzu. Es gefiel mir, einen geschätzten Literaten zum Freund zu haben, ich, der ich als Kinokassierer im Armeleuteviertel angefangen hatte… Mit Ben war das Geld weiter nichts als eben Geld. Es gab im Leben noch anderes, das zählte. Ben war ein anderes Kaliber. Er hatte Format. Er hatte Talent. Klar, manchmal machte er mir auch Kummer, aber das hatte mit Mitleid nichts zu tun. In einem Land, wo die Habgier alles beherrscht, macht das Genie eine kümmerliche Figur. Ich verstand ihn. Ich achtete ihn. Nie im Leben hätte ich ihn verraten. Er war alles, was ich zu meinen Gunsten vorweisen konnte.«

Traurig betrachtet er seine Fingernägel. Sein Kinn stößt mehrfach vor ins Leere wie bei einem, der unerträgliche Erinnerungen ausgräbt.

»Er langweilte sich zu Tode. Er war voller Ideen nach Algerien zurückgekehrt. Sein Diplomatendasein hatte jede Menge Illusionen in ihm genährt. Er begriff nicht, warum man bei uns der Raubrittermentalität mehr als dem Transzendentalen huldigte… Ben war ein Idealist. Er sagte stets, schlimmer als jeder Weltuntergang sei der Untergang der Kultur. Er brachte seine Zeit damit zu, Dichterlesungen, Ausstellungen, Begegnungen mit Intellektuellen zu organisieren, aber es war jedesmal dasselbe. Keiner interessierte sich für seine Bemühungen, alle machten sich über seinen Eifer lustig. Die wenigen Neugierigen, die zu ihm kamen, kamen nur, um zu sehen, ob es nicht irgend etwas abzustauben gab, und ließen sich dann nie mehr blicken. Um nicht als Narr verschrien zu werden, begann er mit der Zeit, es den anderen gleichzutun. Er versuchte sich als Geschäftsmann. Das machte ihn aber auch nicht glücklich. Einmal mehr ging die Welt für ihn unter: er entdeckte die Korruption. Für jemand wie ihn, der vom Schlaraffenland träumte, was das ein gefundenes Fressen... Ich glaube, seine Neigung zum Laster entsprang seiner großen Enttäuschung. Er quälte sich. Er mußte sich seiner Berufung unwürdig fühlen... Nach den Ereignissen vom Oktober 1988 hatte er geglaubt, die nahende Demokratie biete ihm eine zweite Chance. Er nahm an jedem Meeting teil, saß in allen Diskussionsforen. Die Polemik entfachte seine Kreativität. Er begann wie ein Besessener zu schreiben. *Traum und Utopie* war erst der Auftakt. Doch der Erfolg wurde ihm zum Verhängnis. Er fühlte sich, als ob ihm Flügel wüchsen. Er hatte sich geschworen weiterzumachen, immer weiter und weiter zu gehen... Bis er eines Abends dann bei mir aufkreuzte, zu einer unmöglichen Zeit, völlig aufgedreht, nicht wiederzuerkennen. ›Ich hab's!‹ Und er schwenkte eine Computer-Diskette. Das war sein Stein der Weisen, das Dokument des Jahrhunderts, die verfluchte Kopie der *Vierten Hypothese*...«

»Der Vierten Hypothese?«

»Ich wette, Sie haben die Initialen auf Ihrer Karteikarte neulich abends noch immer nicht entziffert... HIV... IV, das ist eine römische Vier. Es heißt also H 4 beziehungsweise 4. Hypothese. Ben hat mir erklärt, daß es sich um ein teuflisches Programm handelt, ausgeheckt von einer Gruppe geldschwerer Opportunisten, um das industrielle Erbe des Landes in ihre Hand zu bringen.«

»Und wie soll das gehen?«

»Mehr hat er mir nicht gesagt. Ich bin nicht gerade an die Decke gesprungen. Ich habe einen Horror vor Komplikationen. Ben balancierte auf des Messers Schneide. Er war ohnehin nicht sonderlich beliebt. Die Politiker hatten ihn ins Abseits verbannt. Die Geschäftsleute versuchten ihn zu ruinieren. Und die Intellektuellen hatten nur Verachtung für ihn. Ben stand allein da. Man verübelte es mir, daß ich ihn empfing.«

»Wer?«

»Alle. Meine Stammgäste machten aus Protest einen Bogen um meine Hotels. Meine Finanziers machten ihre Schleusen dicht. Ben verstand sich auf die Kunst, alle Welt gegen sich aufzubringen. Ich hatte ihn angefleht, nach Europa zu gehen. Er weigerte sich, auf mich zu hören.«

Ich falte meine Hände, richte den Oberkörper leicht auf und frage: »Haben Sie irgendwem von dem Dokument erzählt?«

»Das wäre unklug von mir gewesen.«

»Wer, meinen Sie, hätte ihn verraten können?«

»Vielleicht er selbst, ohne daß er es gemerkt hat. Diese Schriftsteller sind wirklich zu naiv.«

Ich lege einen Finger auf meinen Schnurrbart und denke eine Sekunde lang nach.

Kaak versinkt erneut in die Betrachtung seiner Fingernägel, mit derselben Tristesse wie zuvor.

»Hat er, während er Ihnen die Vierte Hypothese erklärte, nicht den einen oder anderen Namen genannt oder Andeutungen fallenlassen, die auf bestimmte Personen hinweisen?«

Kaak blickt auf und lehnt sich schlapp zurück. Er verzieht den Mund und schüttelt erst einmal nur den Kopf.

»Ich habe kein Recht, irgendwelche Namen zu nennen, Kommissar. Ben hat mir bloß eine Diskette gezeigt, eine ordinäre Zweieinhalb-Zoll-Diskette. Vielleicht war sie ja leer. Ich kann mir nicht erlauben, Leute nur deshalb zu kompromittieren, weil Ben sie nicht riechen konnte. Falls dieses Dokument tatsächlich existiert… Sie sind doch Polizist. Stöbern Sie es auf und machen Sie damit, was Sie wollen.«

»Dahmane Faïd war nicht zufällig…«

»Vergessen Sie's, Kommissar. Ich bin vielleicht ein mieser Kerl, aber ich weiß, wie weit ich gehen darf. Wenn ich nichts Genaues weiß, dann gehe ich keinerlei Risiko ein.«

»Okay«, mache ich und hebe die Hände hoch, »schon vergessen… Ben Ouda hat mir gegenüber noch einen Code-Namen erwähnt: N.O.S.«

Er unterbricht mich sofort, um mir klarzumachen, daß er zum einen verstanden hat und sich zum anderen kooperativ zeigen möchte.

»Es handelt sich um den ›Nouvel Ordre Social‹, die neue Gesellschaftsordnung, wie die Vierte Hypothese sie vorsieht. Ein Bündel drakonischer Maßnahmen, von den vermögendsten Männern festgelegt, um den neuen Wirtschaftskurs durchzusetzen. Da der Übergang vom Fassadensozialismus zur freien Marktwirtschaft nicht ohne Verluste abgeht, haben die Betroffenen das Verlustmanagement selbst in die Hand genommen. Ben zufolge war alles bis ins letzte Detail durchgeplant. Das Programm zur Ausschaltung des Staates berücksichtigte sämtliche Eventualitäten und traf eine Fülle von Vorkehrungen, um aller Imponderabilien Herr zu werden: Sabotage und Erpressung, Korruption und Mord sind die regulären Handlungsanweisungen der Direktive H-IV – denn um eine Direktive handelt es sich in der Tat.«

»Steht das Mißgeschick, das Athmane Mamar passiert ist, in irgendeiner Beziehung zu…«

»Stop! Bitte keine Namen, Kommissar! Ich glaube, die Müdigkeit fängt allmählich an, mir üble Streiche zu spielen… Ich will jetzt endlich nach Hause, und zwar gleich.«

## 15

Athmane Mamar befindet sich in seinem zum Rehabilitationszentrum umgebauten Swimmingpool. Ich habe kürzlich eine solche Anstalt für Kriegsversehrte besucht, die kaum besser ausgerüstet war. Verchromte Apparate funkeln und blitzen dermaßen verlockend im Dämmerlicht, daß man schier Lust bekommt, sich zu verstümmeln, um sie auszuprobieren; daneben Fitnessgeräte, die einen mit Hanteln, die anderen mit Polstersitzen; oder raffinierte, an Schalttafeln angeschlossene Prothesen; und überall Software, ein Haufen technischer Schnickschnack – aneinandergereiht wie am Montageband –, der einen Beinamputierten wieder zum Laufen brächte.

Bis zum Hals steht er im Wasser, unser Patient, und hantelt sich längs einer Rampe voran. Von Zeit zu Zeit geben seine Knie nach, und er stolpert. Sein Pfleger, ein schweißglänzender schwarzer Riese, kauert über ihm und hält den Arm einsatzbereit ausgestreckt.

»Sehr schön, Monsieur«, ermuntert er ihn, »noch sechs Meter, dann machen wir Pause. Schauen Sie nicht nach unten. Halten Sie die Augen auf das Sprungbrett gerichtet. Verlassen Sie sich nicht nur auf Ihre Arme. Ihre Beine müssen auch funktionieren.«

Mamar nickt gehorsamst und fährt fort zu mogeln. Das liegt in seiner Natur. Von dort, wo ich stehe, sehe ich, wie er mit den Armen rudert und die Beine schleifen läßt. Er bleibt unter dem Sprungbrett stehen, um Luft zu holen und sich eine Flasche Mineralwasser zu angeln. Als er gerade zum Trinken ansetzt, fällt sein gequälter Blick auf mich. Kein Elektroschock hätte ihn stärker durchschütteln können.

Er stellt die Flasche ohne zu trinken ab, ganz schön irritiert von meiner Unverfrorenheit.

»Wer hat dich denn hereingelassen?«

»Ein Luftzug.«

Der schwarze Riese stützt die Hände gegen die Knie und richtet sich auf. Seine Muskeln treten mächtig hervor, sie sind von dicken

Adern durchzogen. Er stemmt seine Pranken in die Hüften, führt mir seinen pflastersteinharten Brustkorb vor und treibt mich mit seinem Blick in die Enge. Die Ohren hat er leicht angelegt und lauert nur auf den Befehl, aus mir Hackfleisch zu machen.

»Laß uns allein, Babay«, beschwichtigt Mamar ihn.

Der Riese beißt grunzend die Zähne zusammen, schnappt sein T-Shirt, wirft es sich über die Schulter und verschwindet in Richtung Garderobe.

Mamar schiebt sich bis zu den Stufen zu seiner Linken vor und läßt sich erschöpft niedersinken. Er ist von seinen akrobatischen Verrenkungen total geschafft und legt erst einmal zwei Minuten Verschnaufpause ein. Sein Körper weist noch immer Brandspuren auf, große rötliche Flecken, die höchst unerquicklich zu betrachten sind.

»Bist du schon lange hier?« fragt er mich.

»Seit einer Viertelstunde etwa. Du bist ja wieder gut drauf. Am Anfang hätte ich keinen müden Dinar für deine Haut gegeben.«

»Der Kurs hat eben gewechselt… Ich dachte, ich hätte dir schon einmal gesagt, daß deine Besuche mir auf den Geist gehen. Du gefährdest meine Genesung.«

»Das hast du mir gesagt? Muß ich glatt vergessen haben.«

Ich nehme mir einen Rollstuhl, wirble ihn um seine eigene Achse und setze mich hinein.

»Eine echte Revolution, Donnerwetter!« bewundere ich das Gerät. »Schalttafel, Gangschaltung, Hupe, Rückspiegel. Deinem Flitzer fehlt nur noch die Stereoanlage. Woher ist der denn importiert?«

»Inländische Produktion, jederzeit bestellbar. Willst du einen für deine alten Tage?«

»Schätze, den kann ich mir nicht leisten.«

Mamar tupft sich höchst behutsam mit einem Badetuch trocken und macht dabei einen großen Bogen um seine lädierten Körperpartien.

Ich steuere das Gefährt um den Swimmingpool, im Slalom durch das medizinische Arsenal hindurch, vollführe ein paar Phantasiemanöver und halte schließlich neben dem Sprungbrett an.

»Echt beeindruckend!«

»Also, was will die Polizei von mir?«

»Ich habe einen Blick auf den Bericht über den Brand in deinem Betrieb geworfen. Deine Geschäfte schienen nicht so toll zu laufen. Du warst kurz vor dem Bankrott. Zwischen den Zeilen steht zu lesen, daß du den Laden höchstwahrscheinlich selbst in die Luft gejagt hast, um die Versicherungssumme zu kassieren.«

»Du übersiehst, daß ich mit in die Luft gegangen bin.«

»Nicht jeder ist ein geborener Feuerwerker.«

Mamar malträtiert seine Schulter, als er sich das Handtuch um den Hals legt.

»Nutz meine momentane Schwäche nicht aus, Llob. Meine Ärzte haben mir eindringlich geraten, mich nicht aufzuregen. Ich brauche meine ganze Kraft, um über den Berg zu kommen, verstehst du…? Es stimmt, in meinem Betrieb gab es in letzter Zeit viel Leerlauf. Der Rohstoff war mir ausgegangen, und meine Lieferanten weigerten sich, mir über die Durststrecke zu helfen. Aber deshalb zerstört man doch noch lange nicht seinen Betrieb. Ich hatte einen Maschinenpark im Wert von drei Milliarden. Man wirft kein Vermögen weg, um eine mickrige Versicherungssumme abzuräumen.«

»Deine Maschinen standen zum größten Teil still. Das war alles Schrott.«

»Das sagst du. Ich habe meinen Maschinenpark erst vor einem knappen Jahr erneuert.«

»Erneuert…? Davon steht in dem Bericht kein Wort.«

»Sagen wir mal, ich hatte keine Zeit, das auf der Ebene des Zolls zu bereinigen.«

»Kapiere. Eine Schwarzlieferung.«

»Ich habe auch einen Blick auf den Bericht geworfen«, lenkt er mich eilends vom Thema ab. »Und um dir nichts zu verheimlichen: ich habe es sogar geschafft, mir eine Kopie zu besorgen.«

»Das ist nicht legal.«

»Mag sein, aber es geht trotzdem ganz leicht. Was die Ermittlungen anbelangt – das ist das Allerletzte. Stinkt nach Manipulation. Nicht ernstzunehmen. Gänzlich bedeutungslos. Wirklich nichts, was einem korrupten Richter Spaß machen könnte. Wenn du es genau wissen willst: Da hat jemand versucht, zwei Fliegen mit einer Klappe zu schlagen: Athmane Mamar aus dem Weg zu räumen und seine Familie in den Ruin zu stürzen.«

»Hast du eine Ahnung, wer das sein könnte?«

»Eine Ahnung schon, mehr aber auch nicht! Ich hebe sie mir für später auf.«

»Warum will man dir schaden?«

»Schon mal was von Konkurrenzneid gehört, liebster Llob? Von Überlebenskampf, Erweiterung des Aktionsradius, Vampirismus, Investitionswut, Leadership…?«

»… vierter Hypothese …!«

Bingo!

Athmane empfängt den Kinnhaken da, wo er ihn am wenigsten erwartet hätte. Er wirft den Kopf in den Nacken, sichtlich angeschlagen. Aber sofort fängt er sich wieder. Ein ganzes Leben als zäher und unverbesserlicher Intrigant hat ihn zu einem werden lassen, der eiskalt wegstecken kann. Er macht sich nicht einmal die Mühe, sich zu schütteln. Seine Hand ist kurze Zeit wie erstarrt, dann krümmen sich die Finger bis auf den Zeigefinger, der auf mich weist.

»Unser Gespräch ist beendet, Kommissar.«

Er klatscht in die Hände. Der schwarze Riese kommt mit schäumenden Nüstern angetrabt. Ich mache mich schnurstracks aus dem Staub.

Vom Swimmingpool aus lande ich in einem riesigen Garten. Ich laufe eilends auf den schützenden Schatten des Blattwerks zu, denn die Sonne steht kochend am Himmel. Ich habe noch nicht ganz den Weg erreicht, der durch den Hof führt, da flötet eine Traumstimme hinter mir: »Monsieur Llob?«

Ich drehe mich um.

Eine halbnackte Mieze blickt von einem Balkon aus auf mich herab. Sie ist notdürftig in einen flatternden Fetzen gehüllt, ihre Haare sind schwarz und drahtig, ihre Beine rosig und so lang, daß jeder Mönch es sich zweimal überlegen würde, ob er wirklich wieder ins Kloster zurückwill. Ihr betörender Schlafzimmerblick beweist, daß sie eben erst Morpheus' Armen entstiegen ist.

Es ist Madame Athmane in Person, und sie ist tausendmal attraktiver, als die schlüpfrigen Geschichten vermuten lassen, die in der Stadt über ihre kleinen Fluchten kursieren.

»Sie wollen schon gehen?«

Mit weichem Hüftschwung überprüft sie von der Höhe ihres Turms herab, ob der Weg frei ist, und zeigt dann auf eine Wendeltreppe.

»Wollen Sie nicht auf eine Minute hochkommen?«

»Bei meinem Rheuma brauche ich weit mehr, um diese Stufen da zu überwinden.«

Sie kichert. Ein Lüftchen spielt in den diversen Ausschnitten ihres Gewands. Madame Athmane hat doch tatsächlich ihr Höschen auf dem Nachttisch vergessen. Sie tänzelt weiterhin auf der Stelle, bis ich auf ihrer Höhe ankomme. Ihre durchscheinende Hand greift nach der meinen, zieht mich zu sich heran. Ihr Parfüm steigt mir zu Kopf, und ich habe Mühe, ihn zwischen den Ohren zu behalten. Sie schleppt mich in ein luxuriöses Schlafgemach und schubst mich auf einen Diwan.

»Ich habe mit angehört, was Sie und mein Mann geredet haben.«

Sie geht vor einem Messingtablett in die Knie, schenkt mir eine Tasse Kaffee ein. Als sie sich umdreht, blüht ihre Korsage auf, und gleich werden die festen braungebrannten Brüste ihr über die Arme kullern.

»Meinem Mann geht es nicht gut. Der Rollstuhl zermürbt ihn. Er war ja ständig unterwegs.«

»Ich kenne ihn seit einer Ewigkeit.«

»Mag sein, doch der Mann, der da unten herumstolpert, ist

nicht der, den Sie gekannt haben. Er leidet und denkt, er sei am Ende. Ich hoffe, es ist nicht zuviel verlangt, wenn ich Sie darum bitte, ihn nicht zu verstören. Er hat schon versucht, seinem Leben ein Ende zu setzen.«

»Das tut mir leid. Das wußte ich nicht.«

Sie kommt wieder hoch und läßt sich auf der Bettkante nieder. Ein erbsengroßer Schönheitsfleck prangt dekorativ auf ihrem rechten Oberschenkel. Es gelingt mir nicht, den Blick abzuwenden.

Der ihre wird weich.

»Auch wir machen auf unsere Art die Hölle durch, Monsieur Llob. Der Luxus, der uns umgibt, schirmt uns nicht gegen die Unbill der Außenwelt ab. Wir leiden an der nationalen Tragödie ebenso wie die anderen. Es ist grausam, dem Martyrium des eigenen Landes beiwohnen zu müssen.«

»Daran zweifle ich nicht, Madame. Es muß in der Tat hart sein, seinen Gartengrill auf verbrannter Erde anwerfen zu müssen.«

Sie scheint unzufrieden. Ihre Hand macht sich auf die Suche nach einem Zipfel des Kleides, das sich sehr weit nach oben verirrt hat, und zieht es auf ihre Knie herunter.

»Es scheint, daß Sie reiche Leute nicht leiden können, Monsieur Llob.«

»Nicht alle… Danke für den Kaffee.«

Sie umklammert mein Handgelenk, um mich am Aufstehen zu hindern.

»Ich werde versuchen, mich kurz zu fassen, Monsieur Llob. Mein Mann ist Geschäftsmann. Im Geschäftsleben gibt es nur ein einziges Mekka: die Börse. Und eine einzige Glaubensregel: Profit, Profit, immerzu Profit. Da unterdrückt man schon mal seine Skrupel. Man ist gezwungen, Schmiergelder zu zahlen, seine Ellenbogen zu gebrauchen. Aber alles hat seine Grenzen. Und mein Mann weiß, wo die seinen sind. Er ist Patriot. Er hat die Interessen seines Landes immer über seine eigenen gestellt.«

Mein höhnisches Lächeln entgeht ihr nicht. Jetzt verabscheut sie mich.

»Was ich sagen will, Monsieur Llob: wir haben unseren Betrieb nicht in Brand gesetzt, um die Versicherung zu kassieren. Man hat schlicht und ergreifend versucht, meinen Mann zu ermorden, wie man schon meinen eigenen Bruder, Professor Abad, hingerichtet hat. Weil wir uns weigern, bei den Intrigen derer mitzuspielen, die unserem Land Schaden zufügen wollen. Ich weiß nicht, worum es dabei genau geht. Mein Mann vertraut sich mir nicht an. Aber ich bin eine Frau, und ich habe Augen im Kopf!«

Wie schön für sie!

Ich stelle die Tasse ab und stehe auf. Sie unternimmt nichts mehr, um mich zurückzuhalten. Unsere Augen tasten sich ab, befehden einander. Ich tupfe mir die Lippen mit einem Taschentuch trocken und bemerke impulsiv, im vollen Bewußtsein meiner Taktlosigkeit, für die ich keinerlei Rechtfertigung finde: »Sie sollten sich ein wenig bedecken, Madame. Es gibt nichts Schlimmeres als eine Sommergrippe.«

Ihre Gesichtszüge entgleisen. Ich fühle, wie ihr Haß mich durchbohrt.

Sie steht nicht auf, um mich hinauszubegleiten, sondern bleibt auf dem Bett sitzen, so starr wie eine Königskobra. Wie sie da sitzt, das jagt mir eine Gänsehaut über den Rücken. Wenn ihr Benehmen auch nicht die Feindschaft rechtfertigt, die ich für Leute ihres Standes hege, so liefert es doch den Hauptgrund dafür, weshalb ich ihnen weder Vertrauen noch Sympathie entgegenbringe.

Die kühle Frische, die das Blattwerk verströmt, vermag nicht die Glut des Blicks zu mildern, der mir den Rücken versengt. Ich stelle mir Madame Athmane vor, wie sie auf dem Balkon steht, anstelle eines Mundes einen schmalen Schlitz und glühende Lava in den Augenhöhlen. Ich gelange zum Gartentor und zögere sekundenlang. Allzugerne würde ich mich umdrehen, aber ich beherrsche mich.

Ich steige in meine Karre, die am Bordstein auf mich gewartet hat, und werfe den Motor an. Die Gangschaltung knirscht zum

Davonlaufen, und schon rolle ich los und schlage als erstes einen Passanten in die Flucht, der sich voll Panik in die Büsche schmeißt.

Am Ende der Straße biege ich rechts ab, rolle durch eine Allee nobler Villen, spritze durch eine Nebenstraße und lande auf dem Boulevard. Die Leute haben sich vor der Bruthitze in die Tiefen der Cafés verkrochen. Abgesehen von ein paar Polizisten, die wie angegossen auf ihrem Posten ausharren, sind Caféterrassen und Bürgersteige menschenleer.

Als ich an einer roten Ampel halte, taucht in meinem Rückspiegel ein Mercedes auf. Mit getönter Windschutzscheibe, die den Fahrer den Blicken entzieht. Die Ampel springt auf Grün. Der Mercedes bleibt mir dicht auf den Fersen, läßt mich nicht mehr aus. Auf der Autobahn werde ich allmählich unruhig. Der Mercedes will mich noch immer nicht überholen. Hinter der Abzweigung nach Kouba fühle ich mich dann definitiv ungemütlich. Ich ziehe meinen Revolver aus dem Gurt und lege ihn griffbereit auf den Beifahrersitz.

Ich gebe Gas, überhole eine ganze Reihe alter Kisten und ordne mich vor einem Laster rechts ein. Die Limousine sprintet durch, um mich einzuholen, überholt mich und verlangsamt dann. Der Typ auf dem Rücksitz zwinkert mir eigenartig zu. Plötzlich schwenkt er eine MP. Ich steige auf die Bremse. Meine Reifen quietschen im selben Moment, wie die Salve losgeht. Glassplitter schwirren um mich herum wie ein Fliegenschwarm ums Fleisch. Ich ducke mich. Der Laster hinter mir heult laut auf und wird gleich volle Pulle auf mich drauffahren. Bis ich mich wieder aufs Lenkrad besinne, ist die Straße aus meinem Blickfeld entschwunden, und ich muß feststellen, daß ich gerade Kurs auf ein riesiges Reklameschild nehme. Ich ziehe mit vollen Kräften nach Steuerbord, treibe ab, knalle gegen einen Lichtmast, drehe das Ruder wieder zurück, holpere und stolpere und pralle zuletzt mit der Kardanwelle gegen einen Kilometerstein. Der Laster verfehlt mich wundersamerweise und landet im Straßengraben.

Durch eine Staubwolke hindurch sehe ich, wie der Mercedes weiter vorne am Straßenrand hält. Seine Rücklichter leuchten auf. Er setzt zurück, voll auf mich zu. Mein Revolver hat sich verflüchtigt. Ich suche ihn fluchend unter den Sitzen, werde schließlich unter den Pedalen fündig. Ich kriege ihn am Kolben zu fassen, versuche aus dem Auto zu kommen. Die Fahrertür klemmt. Ich robbe über den Beifahrersitz und bin mit einem Hechtsprung im Freien.

Auf der Autobahn herrscht helles Chaos. Wildes Gehupe, dazu das Blechgescheppers der sich ineinander verkeilenden Wagen.

Der Mercedes hält dreißig Meter von mir entfernt. Der Typ mit der Mitraillette baut sich in der Landschaft auf und schickt mir eine lange Salve herüber. Mein Wagen geht unter dem Beschuß schwankend in die Knie und kommt schief auf seinen geplatzten Reifen zu liegen. Der Typ feuert noch immer nonstop auf die Stelle, an der er mich vermutet, eiskalt und völlig unbeteiligt. Er leert das ganze Magazin, setzt ein neues ein. Ein erster Funke blitzt unter der Motorhaube auf, breitet sich rasend schnell aus, eine Flamme züngelt unter dem Motor hervor. Ich stütze mich auf ein Knie und drücke dreimal ab. Eine Kugel trifft den Knilch an der Schulter, die Waffe fällt ihm aus der Hand. Ich richte mich auf und ziele, wie es sich gehört. Sein Schädel platzt auf wie ein matschiger Granatapfel. Er bricht zusammen und knallt in den Staub. Ein zweiter Typ eilt ihm zu Hilfe. Er feuert einen Schuß nach dem anderen auf mich ab und treibt mich immer weiter hinter die höher lodernde Flamme zurück. Ich feuere zurück, ohne ihn im mindesten zu beunruhigen. Er sammelt seinen Kumpel ein, schleppt ihn zum Mercedes und deckt seinen Rückzug durch Feuerstöße. Die Limousine schlittert über den Schotter und erreicht unter ohrenbetäubendem Gedröhn mit einem Satz den Asphalt.

Mittlerweile verschlingt das Feuer schon meine Autositze. Flammenfinger züngeln von den Türen hoch, umschmeicheln das Fahrgestell, strömen von allen Seiten auf den Tank zu. Ich renne schnell zu einem Erdhügel, um dahinter in Deckung zu gehen. Die Wucht der Explosion schleudert mich ins Gesträuch.

In der Ferne gellen die Sirenen der Einsatzkommandos. Auf der Straße herrscht wilder Tumult. Ich höre Männer brüllen und Frauen schreien. Ein Dutzend Fahrzeuge sind zusammengekracht. Überall rennen Leute herum.

Jetzt erst sehe ich das Blut auf meinem Hemd. Ein Glassplitter hat mich am Handgelenk geritzt. Weiß Gott die geringste meiner Sorgen. Ich bin zufrieden mit mir: Es ist mir gelungen, das Wild aufzuscheuchen.

## 16

Es ist das Unglück wilder Horden, daß, sobald einer aus ihrer Mitte plötzlich Feuer unterm Hintern hat, die ganze Horde in Panik ausbricht und sich ihm an die Fersen heftet, bereit, ihm in den Abgrund zu folgen.

Am nächsten Tag bekomme ich einen Anruf von Capitaine Berrah. Er erwarte mich im Haus Nummer 9 der Cité du Beau Plaisir, einem paradiesischen Flecken, nur ein paar Kabellängen von Sidi Fredj entfernt. Es ist eine Anschrift, die uns in einen verschwiegenen Winkel entführt, diskret hinter einem Wäldchen versteckt. Die Villa, um die es geht, liegt im Herzen einer Lichtung, kokett und nett anzusehen mit ihrem blauen, kunstvoll behauenen Stein und ihren Efeuhäubchen. Ein vergoldetes schmiedeeisernes Gartentor führt in einen Hof mit alten Steinplatten, eingerahmt von grünen Tuffs, die zurechtgestutzt sind wie die Schädel der Punks.

Ich parke den Wagen neben einem italienischen Marmorbrunnen, den eine steinalte, unverkennbar aus einem spanischen Fort geklaute Kanone bewacht. Der Capitaine begrüßt mich von der Veranda aus. Sein Kinn deutet auf einen Mercedes hin, der zur Hälfte in einer Garage steckt.

»Ist er das?«

»Jedenfalls dasselbe Nummernschild.«

»An den Sitzen klebt Blut.«

Er bemerkt den Verband um mein Handgelenk.

»Hoffentlich nichts Schlimmes?«

»Ist nur um anzugeben.«

Er lacht schnaubend, und ich folge ihm ins Innere des Palais. Über eine Treppe, die mit rotem Teppichboden ausgelegt ist. Ein paar Geheimdienstagenten sind schweigend dabei, alles zu durchsuchen.

Der Bosco sitzt zusammengesackt in einem Diwan, mit eingefallenen Schultern und dem Kinn auf der Brust. In seinem Nacken klafft ein Krater. Aus dem aufgeplatzten Fleisch schaut ein zertrümmerter Wirbel hervor, und im Rücken verklebt ein geronnener

Blutstrom das Hemd. Neben seinen Füßen liegt ein Glas am Boden; sein Inhalt hat sich über den Teppich ergossen und beim Verdunsten eine gelbliche Spur hinterlassen.

»Er wurde abgemurkst, als er sich gerade einen kleinen Ricard genehmigte«, sagt der Capitaine. »Auf der Rückenlehne des Diwans sind Pulverspuren.«

Man hat ihn hinterrücks umgelegt, aus nächster Nähe. Damit hat der Bosco nicht gerechnet. Sein Gesichtsausdruck hält für alle Zeiten sein Erstaunen fest, das so groß wie kurz gewesen sein muß.

»Das hier haben wir in seiner Tasche gefunden«, ergänzt der Capitaine und wiegt einen Schlüssel in der Hand. »Keine Papiere, kein Geld.«

Es ist ein Schlüssel der Marke Fiochet-Bauche aus Gußaluminium, der an einer drei Zoll großen Metallplatte mit einer Nummer auf der einen, einem Logo auf der anderen befestigt ist.

»Sagt dir das Logo irgendwas?«

»Es ist das einer Firma, die auf den Einbau von Tresoren spezialisiert ist. Sie versorgt exklusiv die Schließfächer von Bahnhöfen und Flughäfen. Die Firma hat mir eine Liste ihrer Kunden zur Verfügung gestellt.«

»Eine Diskette hatte er natürlich nicht bei sich!«

»Hätte mich gewundert.«

»Mich auch.«

Wir knöpfen uns als erstes den Hauptbahnhof vor, als nächstes die Busbahnhöfe. Wir brauchen drei Stunden, um zu des Pudels Kern vorzustoßen, den wir im Untergeschoß C des Flughafens finden. Der Schlüssel dreht sich butterweich im Schloß, die Tür vom Schließfach springt auf, und zum Vorschein kommt ein brandneuer lederner Aktenkoffer.

»Sieh erst mal nach, ob er nicht vermint ist«, weist der Capitaine einen der Spezialisten an.

Nach der Beendigung des Routine-Checks holen wir den Koffer heraus. Wie ein Fausthieb trifft mich als erstes inmitten eines Wusts von Kassetten, Akten und Papieren der Anblick eines sorgfältig gebundenen Manuskripts, auf dessen Einband in fetten roten Lettern geschrieben steht: H-IV.

Der Capitaine und seine Spezialisten machen sich gleich nach der Rückkehr ins Hauptquartier an die Arbeit. Sie werden sich die Nacht mit der Durchsicht der Dokumente um die Ohren schlagen und dabei Sehkraft und Denkkraft abnutzen.

Gegen elf Uhr morgens treffe ich in ihrer Kommandozentrale ein, die zum Kinosaal umfunktioniert worden ist. Ich finde einen erschöpften, aufgelösten Capitaine Berrah vor, mit tiefen Augenringen und blau verfärbten Lippen. Seine Männer hängen völlig geschafft über den dreißig Stühlen, die in mehreren Reihen bis zur Vorführkammer ansteigen.

»Ich hoffe, das war nicht alles für die Katz, dieser ganze Energieverschleiß, Capitaine?«

»Das war jede Mühe der Welt wert. Setz dich dort hin. Es gibt Café und Sandwiches, wenn du willst.«

Er klatscht in die Hände, um sich bei seinen Männern zu bedanken: »Leute, ihr wart Spitze! Wir treffen uns in zwei Stunden. Und abends gibt's in der Offiziersmesse ein Méchoui.«

Kaum sind wir allein, läßt er sich in einen Sessel fallen und fächelt sich mit einer Karteikarte Kühlung zu.

»Was Greifbares?«

»Kannst du wohl sagen!«

»Und Dahmane Faïd? Ich wäre für den Rest meines Lebens untröstlich, wenn er nicht mit drinsteckte.«

»Bis zum Hals, Kommissar, bis zum Hals.«

Erst jetzt verspüre ich Lust auf einen Kaffee und bekomme Appetit auf ein Sandwich.

Berrah resümiert mir kurz und bündig die *Vierte Hypothese*, spielt mir eine Tonbandaufzeichnung nach der anderen vor. Ich höre und höre und traue meinen Ohren nicht.

Dahmane Faïd, der Milliardär Kaddour Abbas, Jilali Younes, Inhaber der Le-Mouflon-Kaufhäuser, Hamma Dib, der Juwelier, und noch zwei weitere der vermögendsten Männer sind hingebungs-voll damit beschäftigt, die einzelnen Abschnitte der Direktive H-IV zu diskutieren, und reiten sich dabei immer tiefer hinein. Von Zeit zu Zeit schwillt die Lautstärke an, etwa wenn sie einander zu übertrumpfen suchen, die einen diesen oder jenen Wirtschafts-sektor für sich beanspruchen, die anderen hier und da ein Zuge-ständnis machen, um im nächsten Atemzug schon wieder eine Kompensation einzufordern. Sie debattieren über den Einsatz be-stimmter Strategien, die Opportunität gewisser Engagements, die Notwendigkeit einer großangelegten Sabotageaktion.

Berrah illustriert die Verschwörung mit schwarzen Listen der gesamten Infrastruktur, die sabotiert werden soll. Er zeigt mir Fotos, auf denen man Mérouane TNT erkennt, wie er gerade dabei ist, den Stahlkomplex von Zitouna in die Luft zu jagen, oder die Handlanger von Hamma Dib, wie sie ihren schmutzigen Geschäf-ten nachgehen. Wir sehen kompromittierende Videos, an denen es nichts zu deuten gibt, studieren Fotokopien, sortieren Beweisstük-ke. Stoff genug nicht nur für einen Bestseller, sondern vor allem Stoff genug, sechs dicke Vermögen Algiers an den Galgen zu brin-gen. Es ist alles da: von den Verschwörungsthesen, die auf die De-stabilisierung der Volkswirtschaft abzielen, um den Staat zu zwin-gen, einen Teil seines industriellen Besitzes zu verschleudern, zur kompletten Liste jener Sektoren, auf die Dahmane Faïd und seine Clique scharf sind; sowohl Mitschnitte von Telefongesprächen als auch Kopien von Schecks in astronomischer Höhe mit den Namen der Brandstifter und Mörder; hier die Anweisungen zur Ermor-dung Ben Oudas und anderer »räudiger Schafe«, dort die Erfolgs-berichte nach beendigter Mission ...

»Wann nehmen wir die Schweinehunde fest?« frage ich empört.

»Sobald ich mich ein bißchen frisch gemacht habe.«

»Ich weiß, daß der Fall in die Zuständigkeit des Geheimdien-stes gehört, aber um Faïd würde ich mich gerne persönlich küm-mern.«

»Keine Einwände, vorausgesetzt, du bringst ihn direkt hierher.«

»Du bist ein echter Kumpel… Apropos Athmane Mamar, hast du etwas gegen ihn in der Hand?«

»Und ob! Er war von Anfang an mit dabei. Anscheinend hat ihm sein Schwager, der Professor, von Ben Oudas Plänen erzählt. Als er daraufhin einen Rückzieher machte, hat Faïd ihm Mérouane TNT auf den Hals geschickt, um ihn mitsamt seinem Betrieb in die Luft zu jagen.«

Ich nehme mein Kinn zwischen Daumen und Zeigefinger und denke nach. Der Capitaine wirft mir einen beunruhigten Blick zu, verwundert über meine nachdenklich gerunzelte Stirn.

»Stimmt was nicht, Kommissar?«

»Ich verstehe da was nicht. Hattet ihr da einen Maulwurf eingeschleust?«

»Nein.«

»Wer um alles in der Welt hat dann diesen ganzen Kram angehäuft, und vor allem warum?«

Da weiß der Capitaine auch nicht weiter. Jetzt runzelt er die Stirn und sitzt ganz still.

Meiner Meinung ist ihm bisher eine solche Frage nicht im entferntesten in den Sinn gekommen. Der beste Beweis, daß auch seine psychologischen Fähigkeiten bisweilen zu wünschen übrig lassen.

## 17

Die Sekretärin in der Halle ist gerade dabei, sich ihre Nase zu pudern, als wir aus dem Aufzug platzen. Schnell zupft sie ihr Vorderteil zurecht, um empfangsbereit zu sein.

»Messieurs?« zwitschert sie mit kommerziellem Lächeln.

Wir lassen sie mitsamt ihrem Lockruf links liegen und stiefeln geräuschvoll an ihr vorbei. Sie springt auf, fliegt über ihren Schreibtisch hinweg und stellt sich uns in den Weg.

»Monsieur Faïd ist mitten in einer Besprechung… Es ist streng verboten, ihn zu stören.«

Von ihrem Gepiepse angelockt, schiebt Rotschopf sein Leberwurstface um die Ecke vom Gang. Als er uns sieht, schnellt seine Hand instinktiv Richtung Revolver.

»Tsst! Tsst!« bringt Ewegh ihn auf andere Gedanken.

Rotschopf schluckt krampfhaft seine Spucke hinunter und nimmt die Hand von der Knarre. Die Sekretärin müht sich ab, uns aufzuhalten. Wir ziehen sie, absolut taub ihrem Flehen gegenüber, im Schlepptau hinter uns her.

»Ihr könnt da nicht rein«, bellt Rotschopf.

»Verpiß dich, du nasenlose Sphinx!« rät ihm Lino, den die beruhigende Nähe des Targi unverkennbar aufmuntert.

Wir stoßen den Ägypter und das Täubchen beiseite und poltern durch eine gigantische Eichentür in den Versammlungsraum.

Eine Bande von Matschbirnen rund um einen riesigen Mahagonitisch dreht sich schlagartig nach dem Getöse um. Ganz hinten schiebt Dahmane Faïd seine Brille mit spitzem Finger hoch und blickt angewidert zu uns her.

»Es tut uns leid«, schluchzt das Mädel. »Wir haben versucht, sie aufzuhalten…«

Dahmane Faïd sagt kein Wort. Doch seine Augen glühen zerstörerisch und würden uns am liebsten zu Asche verbrennen, bitterböse, gnadenlos.

»Die Sitzung ist geschlossen«, rufe ich den versammelten Birnen zu, die nicht zu kapieren scheinen, was vor sich geht.

Sie wenden sich zunehmend verstört zu ihrem Manitu um. Dahmane Faïd nickt unmerklich. Die Birnen werden auf der Stelle aktiv. Sie sammeln ihre Mappen und Papiere ein und machen sich unter enttäuschtem Geraschel davon. Die Sekretärin verläßt im Krebsgang den Raum, sie ist kreidebleich, nicht mehr lange und sie flennt drauflos.

»Du auch, der Ägypter da!« bellt Lino.

Rotschopf wiegt sich in den Hüften und rührt sich nicht von der Stelle, um seinem Boß zu zeigen, daß er mit ihm durch dick und dünn geht. Ewegh packt ihn am Genick, schleudert ihn in die Vorhalle und knallt die Tür hinter ihm zu.

»Keine Sorge, Monsieur Faïd. Wir haben uns die ganze Mühe nicht wegen der Diskette gemacht. Die interessiert uns nicht mehr.«

»Was glauben Sie eigentlich, wo Sie hier sind?« sagt er, als ich schon glaube, es habe ihm definitiv die Sprache verschlagen. »Auf dem Viehmarkt? Haben Sie sich wenigstens die Schuhe abgestreift? Wer hat Ihnen gestattet hereinzukommen?«

»Das Gesetz, Monsieur Faïd.«

Er reißt sich die Brille von der Nase und knallt sie auf seine Schreibunterlage.

»Was für ein Gesetz? Wissen Sie eigentlich, mit wem Sie reden?«

»Mit Dahmane Faïd, einem dreckigen, beschissenen Fettsack, der die Atmosphäre doppelt so stark verpestet wie Tschernobyl. Ich bin gekommen, um ihm sein großes Maul zu stopfen.«

Er greift nach dem Telefon und fuchtelt wild auf den Tasten herum.

»Lassen Sie den Hörer liegen, Monsieur. Das zieht nicht mehr. Die Zeiten der Schiebung sind vorbei.«

»Wer hat Ihnen denn diesen Quark erzählt?«

»Mein Milchmann.«

»Alles nur Demagogie. Diese Kampagnen darf man doch nicht ernst nehmen. Alles nur Augenauswischerei fürs Volk, Derrick.

Doch mit hohlen Slogans, und seien sie noch so bestechend, macht man noch lange keine Revolution.«

Er faßt nach seiner Gebetskette und läßt sie um sein Handgelenk kreisen.

»Los, Monsieur Faïd, rufen Sie ruhig Ihre Freunde an.«

»Doch nicht wegen Peanuts, Sie spinnen ja. Mein Personal wird Sie nachher schon rausschmeißen.«

»Die Zeiten sind vorbei, Monsieur Faïd. Ihr eigener Hund würde Sie heute verleugnen. Sie sind zu weit gegangen. Und jetzt: Endstation, alle Mann aussteigen!«

Er lehnt sich behäbig auf seinem Thron zurück und faltet die Hände über seinem Menschenfresserbauch. Ein verächtliches Lächeln spielt um seine Lippen.

»Im Gegenteil: der Zug ist eben erst abgefahren, Derrick, aber ohne Sie. Machen Sie endlich die Augen auf, dann sehen Sie, Sie sind im falschen Film, Ihre Methoden funktionieren nur in Europa.«

»Stimmt, wir leben in Algerien. Und Algerien, Monsieur Faïd, ist wie Gold: je heftiger man sich daran reibt, umso mehr beginnt es zu glänzen. Es ist ein Land, wo noch richtige Männer leben. Manchmal schläft vielleicht seine Wachsamkeit, sein Stolz jedoch nie. Und je heftiger man es bedrängt, umso stärker setzt es sich zur Wehr...«

»Das haben Sie wohl bei den Pfadfindern gelernt.«

Er widert mich an.

»Ich verhafte Sie, Monsieur Faïd. Gott allein weiß, was das für mich heißt. Ich verhafte Sie wegen Mordes an Ben Ouda und Professor Abad. Ich verhafte Sie wegen versuchtem Mord an der Person eines Polizeikommissars in Ausübung seines Dienstes. Ich verhafte Sie wegen Gefährdung der Staatssicherheit. Kurz, ich verhafte Sie, damit das Leben wieder seinen normalen Gang gehen kann, ohne durch Sie behindert zu werden.«

Seine fetten Flossen knallen auf den Schreibtisch nieder. Er wirft den Kopf in den Nacken und wird von einem dröhnenden Gelächter geschüttelt, das seinen Schmerbauch bis hoch zur Kehle erbeben läßt: Es ist das Lachen einer allmächtigen Hydra, die nicht glauben will, daß es manchmal ganz schnell abwärts geht. Plötzlich verstummt das Gebrüll, und sein Gesicht erstarrt zu einer gräßlichen Fratze. Seine Lippen verziehen sich zu einem kannibalischen Grinsen. Er streckt den Arm nach der Fensterfront zu seiner Rechten aus.

»Da draußen gibt es nicht einen Winkel, in dem man Dahmane Faïd nicht kennt. Mir gehört die halbe Stadt. Mir verdanken die meisten ihren Lebensunterhalt!« Er schlägt sich mit der Hand an die Brust. »Mir allein…! Ich allein habe diese Stadt zu dem gemacht, was sie heute ist.«

»Zu einer Arena.«

»Einer veritablen Kapitale, modern und ehrgeizig. Stein für Stein, Ziegel für Ziegel habe ich sie aufgebaut. Ich habe ihr meine besten Jahre geschenkt, mein ganzes Talent in ihren Dienst gestellt. In ihren Adern zirkuliert mein Geld, ihre Gärten sind mit meinem Schweiß getränkt, und wenn ihr Puls heftiger pocht als der einer Jungfrau in der Hochzeitsnacht, dann dank meiner Investitionen. Sehen Sie hin. Sehen Sie genau hin, und Sie werden feststellen, daß sie nur für mich Augen hat, daß sie keinen Gott kennt außer mir. Uns verbindet eine Leidenschaft, die keine Tabus kennt. Wir beide denken mit einem Kopf… Diese Stadt ist mein Eigentum. Ich habe es nie akzeptiert, ihre Schönheit welken zu sehen. Gott allein kennt die Zahl der dümmlichen Slogans, die ihr den Glanz nehmen wollten, der ungehobelten Freier, die sie verführen, der Eselstreiber, die sie verschleudern wollten. Aber ich habe immerzu nur nein gesagt, das kommt gar nicht in Frage. Ich habe sie aus den Fängen der Schmarotzer befreit und ihr die Freiheit zurückgegeben. Dank mir ist sie prächtiger denn je anzusehen. Meine schöne Weiße ist weder eine Odaliske noch eine Towarischtsch : Sie ist eine stolze Sultanin. Sie braucht Prunk und Prachtentfaltung, rauschende Feste und wilde Reiter, heißblütige Liebhaber und treu ergebene Höflinge. Sie verlangt, daß man sich hingibt für sie, daß man wagt, daß man entweiht, daß man für sie aufgeht, draufgeht, aufs Ganze geht. Es gibt nur diese Art, ihr zu dienen, es ist die einzige Art, sie zu verdienen... Sie ist ein Kunstwerk. Du versuchst dich Skizze um Skizze an ihr, und dann ist sie es, die einen Meister aus dir macht, die deinem Talent zu höchster Entfaltung verhilft. Doch ach! Solch lyrischer Überschwang ist Ihnen fremd, Derrick. Was weiß ein armseliger Polyp schon vom Hochgefühl, welches das Prestige auslöst? Was weiß ein armer Teufel, dem schwindlig wird, wenn er nur aufrecht steht, schon von Höhenluft? Was wissen Sie schon davon, was es heißt, etwas aufzubauen, was wissen Sie vom Ruhm, der Sie überlebt? Nichts. Nichts und nochmal nichts. ›Der Ruhm läßt nur die Seele erbeben, welche sich seiner würdig erweist‹, sagt Gogol. Ich untersage mir strikt, auf Majakowskij zu hören. Wenn die Nacht in ihrem Fieberwahn, wenn die Goliaths mich so groß werden ließen, dann, auf daß ich nicht nutzlos sei... Hören Sie? Auf daß ich nicht nutzlos sei. Wie Ihresgleichen. Unsichtbare Schatten, die im Hintergrund hocken. Erbärmliche Verdauungstrakte, anmaßend und hohl...«

»Sie sollten wirklich den Optiker wechseln, Monsieur Faïd.«

Ich gebe Ewegh mit dem Kopf ein Zeichen, daß der gute Mann sich nach seiner Zwangsjacke sehnt. Schon rasselt der Targi mit den Handschellen.

Dahmane Faïd ist geschockt. Der Anblick der Armbänder traumatisiert ihn zutiefst. Er starrt sie ungläubig an, betrachtet seine feuerroten Handgelenke und weigert sich, sich vorzustellen, daß sie je in rostigen, grotesken, demütigenden Eisenringen stecken könnten. Nach einem Augenblick, der so lang ist wie ein Erdbeben, realisiert er schließlich, was ihm widerfährt. Er schüttelt heftig den Kopf, überzeugt, daß ein Manitu seines Formats von dieser Art Ritual verschont bleiben würde, daß er gegen die Wechselfälle des Lebens gefeit, daß er unantastbar, unbestrafbar, tabu sei.

»Kommen Sie mir nicht zu nahe! Ich verbiete Ihnen, mich mit diesem Unrat zu berühren! Ich bin Dahmane Faïd! Die Behörden fressen mir aus der Hand! Die höchsten Persönlichkeiten werfen sich mir zu Füßen! Ich fordere Sie auf, sich zurückzuziehen, Sie sind entlassen, überflüssig, abgeschafft…«

Ich habe schon manch armen Teufel den Kopf verlieren sehen. Ich habe Leute gesehen, die Halluzinationen hatten und dem Wahnsinn verfielen. Ich habe mehr als einen Gott vom Sockel stürzen sehen. Doch das Schauspiel, das Dahmane Faïd uns da bietet, läßt jeden Exzeß Lichtjahre hinter sich.

Ich habe wahrhaftig dem ersten Akt der Apokalypse beigewohnt.

## 18

Der Diener empfängt mich untertänig, nimmt mir meine Zigarette ab und führt mich in einen herrschaftlichen Salon. Es ist ein hagerer Greis mit schlohweißem Haar, aufrecht wie eine Fahnenstange, mit schmalem Gesicht, scharfgeschnittenen Zügen und mittendrin einer Hakennase, die so schlaff wie eine Flagge auf Halbmast hängt. Mit seinem steifen Brustkasten und seinen Frackzipfeln erinnert er an einen ausgebleichten Flamingo, der mit der Kralle versehentlich einer Schlange ins Maul geraten ist und so tut, als wäre alles in bester Ordnung. Seine aufgesetzte Würde hilft ihm offenbar, sich der lästigen Domestikenpflicht mit philosophischer Gelassenheit zu entledigen.

»Wenn Monsieur liebenswürdigerweise hier auf mich warten würden«, spult er im Ton eines defekten Grammophons herunter. »Ich werde Monsieur benachrichtigen, daß Monsieur ihm einen Besuch abstatten möchten.«

Nach einer Minute ist er wieder zurück, noch immer so starr wie eine fixe Idee. Seine Schulter neigt sich ehrerbietig und seine weißbehandschuhte Hand weist mir den Weg.

»Wenn Monsieur mir bitte folgen wollen.«

»Das laß ich mir nicht zweimal sagen!«

Wir durchqueren ein granatrotes Samtuniversum, in dem es vor Silbergeschirr nur so funkelt und blitzt. Ausgestopfte Raubtiere liegen zwischen bauchigen Diwanen und verschnörkelten Bronzetischchen auf der Lauer. Eine echte Ritterrüstung hält in einem Alkoven Wacht, mit gezücktem Schwert und gesenktem Visier. Und sogar einen bengalischen Tiger gibt es, der sein Maul in lautlosem Gebrüll verrenkt und sein flaches Fell den Füßen darbietet, als käme er gerade unter einer Dampfwalze hervorgekrochen.

Abderrahmane Kaak hat es sich in einem Schaukelstuhl auf der Veranda bequem gemacht. Er wirkt wie eine Marionette, die ein berühmter Bauchredner achtlos hat liegen lassen. Eine Zigarre in der einen Hand, ein Glas Alkohol in der anderen, schaut er aufs Meer hinaus und läßt sich einlullen vom Knarren des Schaukelstuhls. Er dreht sich nicht um. Mit der Zigarre deutet er auf den Schaukelstuhl nebenan. Ich lasse mich nieder und gebe acht, nicht mit allen vieren in der Luft zu landen, stütze einen Fuß an der Balustrade ab und lasse die Arme über die Lehnen baumeln.

»Schöner Tag heute, Kommissar, finden Sie nicht auch?«

»Für den, der es sich leisten kann.«

»Das hier ist mein Lieblingsplatz. Wenn ich schlecht drauf bin, komme ich hierher, und das Mittelmeer übernimmt den Rest… Wie wär's mit einem Aperitif?«

»Bin praktizierender Muslim.«

»Oder einer kleinen Erfrischung?«

»Habe eine Halsentzündung.«

Er schüttelt mißvergnügt den Kopf und stellt sein Getränk auf einem kleinen Glastisch ab. Ich muß mich aufrichten, um ihn überhaupt zu sehen, denn er ist tief in seinen Sitz gerutscht. Er trägt ein besticktes Saharagewand mit vergoldeten Pailletten am Kragen und geflochtenen Seidenbordüren an den Ärmeln. Im tiefen Ausschnitt ein winziger Bauch, glänzend vor Schweiß, ähnlich einem Schildkrötenpanzer. Um seinen fleischigen Hals schimmert eine Kette aus massivem Gold im Tageslicht.

Er klopft die Asche von seiner Zigarre.

Nur ein paar Schritte von uns entfernt schäumt das Meer, versprüht seine Gischt, tobt und tost.

»Vor zwei Stunden war es absolut still«, bemerkt er.

»Der Wind hat sich gedreht.«

»Und deshalb sind Sie hier?«

»Ihnen kann man aber auch gar nichts verbergen.«

Ich lehne mich wieder bequem zurück und gebe dem Schaukelstuhl einen kleinen Stoß, damit er zu wippen beginnt. Er setzt sich mit einem beruhigenden Quietschen in Bewegung.

»Ich muß anerkennen, daß Sie über eine beachtliche Fantasie verfügen, Monsieur Kaak. Sie haben das alles höchst bravourös inszeniert. Spendieren Sie mir eine Zigarre?«

»Wenn Sie meinen, Sie hätten sie verdient?«

»Oh ja, durchaus.«

»Dann greifen Sie zu.«

Ich nehme mir eine Zigarre aus einer geschnitzten Dose, köpfe sie mit einem Biß und zünde sie mit einem Platinfeuerzeug an. Der erste Zug bringt mein Gehirn zum Prickeln. Der zweite versetzt mich fast in einen Rauschzustand.

Ich umspanne mit dem Blick das wogende Meer und beginne zu erzählen:

»Es war einmal ein Mann, der war so reich wie Krösus, und seine Habgier war ebenso groß wie seine Gefräßigkeit. Er hatte einen untrügbaren Sinn fürs Geschäftliche und eine grenzenlose Leidenschaft fürs Intrigieren. Doch leider lebte er in einem Land, wo alle lukrativen Unternehmungen stark beschnitten oder von vornherein willkürlich abgeblockt wurden – durch einen aufgesetzten, keineswegs unbestechlichen Sozialismus. Der reiche Mann mußte oft halsbrecherisch jonglieren und sich mehr als einer Demütigung aussetzen, um seiner Berufung weiter nachgehen zu können. Wieviele Freunde er sich auch in der Nomenklatura erkaufte, es schützte ihn weder vor den geltenden Gesetzestexten noch vor ideologischer Schikane. Damals schrie das ganze Land ›Häresie‹, sobald ein privater Bauunternehmer es wagte, die proletarische Lethargie zu durchbrechen. Es gehörte zum guten Ton, arm zu sein, jeglicher Reichtum war verdächtig, wenn nicht gar des Teufels… Und Dahmane Faïd fand endlich einen Ausweg: Warum nicht, statt ein Riesenreich aufzubauen und die geballte Kritik auf sich zu ziehen, lieber überall ein bißchen investieren und so zugleich den Aktionsradius ausdehnen wie auch die Bewegungsfreiheit vergrößern…? Und so entschied er sich scharfsichtig für das System der Strohmänner.«

Stille im Schaukelstuhl nebenan.

Ich ziehe an meiner Zigarre, um das Feuer neu zu entfachen, und fahre fort:

»Abderrahmane Kaak zögerte nicht lange, als man ihn rief. Er hatte ein fettes Vorstrafenregister, war ein erbärmlicher Versager, kam von ganz unten. Er ergriff gierig die sich bietende Gelegenheit und lernte das Leben im Luxus kennen, Schlösser, Kreuzfahrten, die Privilegien der Reichen... Freilich nicht alle Tage. Oft mußte er die Knochen für seinen Boß hinhalten. Ein Strohmann ist auch dazu da, daß er die Prügel kassiert, die seinem Boß gelten. Das war Teil der Geschäftsbedingungen. Der Big Boss macht sich im Big Business nicht die Hosen naß. Die Schmutzarbeit delegiert er lieber an andere. Trotzdem lief für unseren Kaak alles wie geschmiert bis zu dem Tag, als das Land von der Fundamentalistenseuche befallen wurde. Der Krieg hielt Einzug auf numidischem Boden. Eine furchtbare Tragödie, gewiß, doch ein irrsinniger Glücksfall für eine gewisse begüterte Minderheit. Jetzt oder nie war die ersehnte Gelegenheit, diesem Pseudo-Sozialismus endlich das Maul zu stopfen, der jede Initiative zur Mehrung von Privatvermögen abwürgte. Es galt, Spannungsherde zu schüren, Öl ins Feuer zu schütten, um das Land jeder Orientierung zu berauben und es besser ausbeuten zu können. Es mußte alles getan werden, um das Regime, das in der Falle saß, so weit zu bringen, daß es bereit war zu verhandeln, um Gnade vor den Augen des Volks zu finden, daß es seine proletarischen Prinzipien fallenließ, wichtige Konzessionen machte...«

»Schon verrückt, wie unverbesserlich die Reichen sind«, spottet Kaak.

»Warten Sie ab, wie es weitergeht, ich bin noch nicht fertig. Jetzt, wo die Privatisierung, das zentrale Zugeständnis des Regimes, gelaufen ist, braucht Dahmane Faïd keine Strohmänner mehr. Er macht sich daran, seine verborgenen Schätze einzusammeln, um unter eigenem Namen ein Imperium aufzubauen. Und so beginnt der Niedergang des Abderrahmane Kaak, der sein Fassadenreich im selben Maße, in dem Faïds Appetit wächst, wegbröckeln sieht. Als er 75 Prozent der Raha-Kette und 35 Prozent von DZ-Tours verkaufen muß, damit Dahmane sich den Stahlkomplex von Zitouna leisten kann, gerät Abderrahmane in Panik. Wenn das in dem Tempo so weitergeht, dauert es nicht mehr lange und er findet sich auf der Hafenmole wieder. ›Zum Teufel!‹ hat er sich da gesagt. ›Ich bin Strohmann, na und? Auf dem Papier, offiziell, administrativ, juristisch, bin ich der Besitzer! Es genügt, DF abzuschütteln, und das Spiel ist gewonnen…‹ Und hier haben Sie eine wirklich bemerkenswerte Intelligenz an den Tag gelegt, Monsieur Kaak, um Dahmane Faïd nach allen Regeln der Kunst aus dem Weg zu räumen. Ohne sich die Hände schmutzig zu machen. Ohne sich zu kompromittieren… Da DF bis zum Hals in der Serie der Bombenattentate steckt, warum ihn nicht einfach denunzieren? Sie sind Insider. Sie sind bestens über alles informiert, was ausgeheckt wird. Sie haben sich sofort darangemacht, alles auszuspionieren und aufzuzeichnen, zu filmen und zu fotokopieren, bis zu dem Tag, an dem Sie mehr als genug Beweismaterial zusammenhatten, um DF ans Messer zu liefern. Als nächstes entwerfen Sie ein wirklich geniales Szenario, in dessen Mittelpunkt Sie Ben Ouda stellen, einen abgehalfterten Diplomaten, einen Intellektuellen von größter Naivität, einen Lichtjäger, der sich mit Freuden der Krux des Rampenlichts unterzieht, nur um dem Schattendasein zu entfliehen. Es gibt nichts, was er für einen Bestseller nicht getan hätte, der Ben. Er war die ideale Besetzung für die Rolle des Trottels.«

Ich merke, daß meine Zigarre endgültig erloschen ist. Ich höre Abderrahmane nicht mehr atmen. Einen Moment lang glaube ich schon, er sei fort. Ich richte mich ein wenig auf, um hinüberzusehen. Kaak ist nicht fort. Da sitzt er, mit dem Glas in der Hand, und starrt aufs Meer wie ein Kind in ein Aquarium.

Ich sage zu ihm: »Sie sind zu Ben gegangen und haben ihn mit Ihren Dokumenten fasziniert. Dann haben Sie es fertiggebracht, ihn Dahmane Faïd gegenüber als potentielle Gefahr Nummer eins darzustellen. Dieser beißt an, das Programm läuft ab, und die Sache eskaliert auf gräßliche Weise.«

Abderrahmane stellt sein Glas ab und rutscht zur Stuhlkante vor.

Nach einer Ewigkeit dreht er sich um.

Er ist um Jahre gealtert!

Er starrt mich sonderbar an. Ich habe den Eindruck, daß sein Blick durch mich hindurchgeht, um ich weiß nicht wo ich weiß nicht was zu finden, um meiner Geschichte etwas entgegenzusetzen; doch er kommt unverrichteter Dinge zurück und flüchtet sich in die Betrachtung seiner Hände.

»Sie hätten nicht mit der Kinokasse durchbrennen sollen, Monsieur Kaak. Das war eine ganz schlechte Idee.«

Er wackelt mit dem Kopf.

Ich vertraue ihm an: »Von Anfang an habe ich mich gefragt, wem die Ausschaltung von Dahmane Faïd wohl am meisten brächte: einem karrieresüchtigen Spitzel? Einem unersättlichen Rivalen? Einem ungeduldigen Erben…? Niemand war besser plaziert als sein wichtigster Strohmann. Das war sonnenklar. Es stach in die Augen.«

Seine Fäuste ballen sich, tauchen ein in den wogenden Faltenwurf seines Gewandes. Sein Atem wird lauter, schneller, erinnert an das Zischen eines rissigen Dampfkessels.

»Der vorläufige Gewahrsam hatte den Zweck, den Geheimdienstlern zu erlauben, dieses Haus mit Wanzen zu spicken. Ich habe von Ihren Methoden gelernt. Ihre Telefongespräche sind hier aufgezeichnet« – ich wedle mit einer Kassette unter seiner Nase herum –, »einschließlich des Gesprächs mit dem Bosco und dem Treffen, das Sie mit ihm im Haus Nummer 9 in der Cité du Beau Plaisir vereinbart haben. Sie sind zu ihm hin, angeblich um ihm einen Auftrag zu erteilen. Dann haben Sie ihn mit einem Kopfschuß fertiggemacht und ihm den Schlüssel vom Schließfach in die Tasche gesteckt, damit die Polizei ihn da findet.«

Ein Zittern geht von seinen Fußsohlen aus, kriecht durch seine Waden, erfaßt seine Oberschenkel und rüttelt an seinen Schultern. Der ganze Mann ist ein einziger fiebriger Schüttelfrost, ein unkontrolliert zuckendes, zischendes Häuflein Fleisch.

»Sie dachten, Sie könnten uns den Blick verstellen mit Ihrem Berg an Beweismaterial. Hätte durchaus klappen können. Hat aber nicht geklappt. Ist die Ratte noch so häßlich, *Monsieur* Kaak, die

Kröte ist darum nicht weniger gräßlich, und wenn Sie den Affen auch in Seide kleiden, so ist's und bleibt es doch ein Aff.«

Er steht schwankend auf, kreideweiß von Kopf bis Fuß. Er klammert sich ans Geländer, um nicht zu Boden zu sinken.

Er holt in den tiefsten Tiefen seines Zwerchfells Luft und quetscht mit bebender Stimme hervor: »Meine Mutter sagte immer, je mehr man sich fürs kleinste Detail umbringt, umso eher bringt einen das kleinste Detail um.«

»Ihre Mutter war eine Dichterin, Monsieur Kaak.«

»Ich ziehe mich schnell um, dann gehöre ich Ihnen.«

»Ich bitte Sie.«

Sein Blick ist schon nicht mehr von dieser Welt. Er dreht sich taumelnd um, die Augäpfel völlig verdreht, wankt durch die Stelen seines Wohlstands, die Arme weit ausgestreckt, stößt eine ausgestopfte Gazelle um, findet den Weg in seinem eigenen Haus nicht mehr. Er betritt sein Schlafzimmer, als wär's der Vorhof zur Hölle…

Als der Schuß losging, war ich längst unterwegs zum Strand.

# Herbst der Chimären

Aus dem Französischen von
Regina Keil-Sagawe

*Für
Helga Anderle,
Beate Burtscher-Bechter
und Guy Dugas*

*Denen, die nicht mehr unter uns weilen,
den Frauen, den Soldaten und den Polizisten
meines Landes gewidmet*

# Teil 1

*Ich werde dich ausspeien aus meinem Munde.*
*Du (...) weißt nicht, daß du bist elend und jämmerlich,*
*arm, blind und bloß.*
Apokalypse des Johannes 3, 16–17

## 1

Von allen Genies auf Erden widerfährt den unseren die größte Schmach. Sie sind die Stiefkinder der Gesellschaft. Von den einen werden sie verfolgt, von den anderen verkannt. Ihr Leben ist, so-lange es währt, eine dramatische Hetzjagd durch die Abgründe der Willkür und Absurdität. Wer nicht der Stahlklinge zum Opfer fällt, wird vom Bannstrahl sozialer Ächtung getroffen oder geht an Verbitterung zugrunde. Verendet im Irrenhaus oder im Nirgend-wo, um das Haupt eine Dornenkrone, die Adern zerstört vom Al-kohol. Und der Moment, da man ihn bestattet, ist der einzige Mo-ment, da je Bericht über ihn erstattet wird. Sein Mausoleum ist im erstbesten Friedhof das erstbeste Grab, sein Ruhm gründet allein in der Kühnheit, mit der er es wagte, Talent zu zeigen zu Zeiten, da nur zu Ehren kam, wer nicht den geringsten Funken Genie besaß.

Arezki Naït-Wali ist ein Genie. Der Beweis? Er hat sich in einer Sackgasse in den Tiefen Bab El-Oueds verkrochen, hinter dem Ge-plärr der Kinderhorden und den Wäschebergen wimmelnder Fami-lienclans. Hätte er andernorts das Licht der Welt erblickt, hätte sein Ruhm vermutlich hell wie tausend Sonnen gestrahlt. Hier aber gilt er als Schattengestalt.

Ein Wohnhaus, das nur so starrt vor Schmutz, ein Treppenhaus, das ausschaut wie eine öffentliche Bedürfnisanstalt, und schon kommt hinter der Tür mit der Nummer 13 ein ärmlicher Greis hervor, zittrig und schlotternd wie Aspik.

Arezki hat den tragischen Gesichtsausdruck der algerischen Intellektuellen. Ein bleiches Gespenst mit zwei Augen, daß es einem das Herz durchbohrt, dazu die Hände eines Gefolterten.

»Wie hast du es geschafft, mich hier zu finden?«

»Ich habe die Fundamentalisten nach dem Weg gefragt.«

Er lächelt, wobei seine Nase, die ohnehin schon Halbmast zeigt, sich fast ganz über seinen Mund herabsenkt. Er weicht beiseite wie ein schlaffer Vorhang. Hätte ich die Wahl zwischen ewigen Höllenqualen und dem Anblick des Elends, der sich da vor mir auftut, im Interesse meines Seelenfriedens zögerte ich keine Sekunde, für alle Zeiten in der Hölle zu schmoren.

»Meine Putzfrau ist krank«, flunkert er mich an, um das Gesicht zu wahren.

Mir fällt nichts ein, was ich sagen könnte, um das meine zu wahren.

Mein Schweigen ist für uns beide peinlich. Er blickt sich um, als gäbe es da etwas, an dem er sich festhalten könnte, entdeckt in einer zugemüllten Zimmerecke ein Bündel, nimmt es unauffällig an sich und macht mir ein Zeichen, daß er startklar ist.

Ich nicke und sage: »Ich warte im Auto auf dich.«

Wir durchqueren, ohne es zu merken, die ganze Stadt, ich nervös auf mein Lenkrad eintrommelnd, er mit seinem Bündel im Arm. Nicht ein einziges Mal bekundet er Interesse für das Menschengewühl, das ziellos die Gehwege überflutet, noch für die Autofahrer, die uns rücksichtslos in wildem Slalom überholen. Zusammengesunken sitzt er da, sein Blick klebt an der Windschutzscheibe, seine Lippen sind wie vernarbt. Trotz der glühenden Sommerhitze hat er noch nicht mal daran gedacht, die Scheibe herunterzukurbeln. Ich weiß nicht warum, doch als ich ihn so sehe, steigt plötzlich Groll gegen die ganze Welt in mir auf.

Nach einer guten Stunde Fahrt, als wir eben in den Pfad der Verderbnis einbiegen, der weit von jeder überwachten Straße wegführt, höre ich, wie er den Griff um sein Bündel lockert. Ich spähe aus den Augenwinkeln nach ihm, warte auf eine Reaktion. Ich hatte gedacht, er würde auf das Armaturenbrett einschlagen oder den Boden des Fahrzeugs mit Tritten traktieren, doch nicht die geringste brüske Bewegung. Nur sein Adamsapfel zuckt im kahlen Hals auf und ab, dann, Sekunden später, klingt seine Stimme in einem pathetischen Gurgeln auf:

»Hat er sehr gelitten?«

»Andere haben Schlimmeres durchgemacht.«

Sein Atem gerät einen Moment aus dem Takt, wird wieder regelmäßig. »Ich habe dich gefragt, ob er gelitten hat!«

»Jetzt leidet er nicht mehr.«

»Schußwaffe?«

»Das macht ihn auch nicht wieder lebendig.«

Plötzlich sind seine Hände auf dem Lenkrad und nötigen mich zu einer Vollbremsung am Straßenrand.

»Ich will es wissen!«

Ich stoße ihn wütend auf seinen Sitz zurück. »Was willst du wissen, Arezki Naït-Wali? Liest du keine Zeitungen, hörst du kein Radio? Wir sind im Krieg. Dein Bruder ist tot, Punkt und Schluß.«

Er umklammert wieder sein Bündel, starrt weiter auf die Windschutzscheibe. Eine Minute lang versucht er, dem Beben seiner Kinnspitze Einhalt zu gebieten. »Ich möchte es auf keinen Fall erst im Dorf erfahren, Brahim. Für mich ist es wichtig, hier und jetzt Klarheit zu haben.«

Er seufzt, und in diesem Seufzen liegt so viel an Kummer und Leid, daß meine Hand sich wie von selbst auf seine legt.

Ich nehme all meinen Mut zusammen, bevor ich antworte: »Klinge.«

Mir ist, als könnte ich die Explosion wahrnehmen, die ich tief in ihm drin ausgelöst habe. Langsam, ganz langsam schrumpft er zusammen, wird so klein, daß ich den Eindruck habe, ich könnte ihn von Kopf bis Fuß mit meiner hohlen Hand umfangen.

»Neiiin!« Aufstöhnend läßt er sich nach hinten fallen.
Und beginnt zu weinen.

Die Beerdigung findet auf dem alten Friedhof von Igidher statt. Viele sind gekommen, wollten es sich nicht nehmen lassen, den Toten zu seiner letzten Ruhestätte zu geleiten. Aus der ganzen Gegend sind sie herbeigeströmt. Würdige Greise, stattliche Männer, junge Leute, sichtlich unter Schock.

Idir Naït-Wali war keiner von den Notabeln. Gewiß, er hatte einen der bedeutendsten Maler des ganzen Landes zum Bruder, gewiß, sein Name erhob den Stamm in den Rang einer Nation, doch als Philosoph, der um den Wahn weltlicher Eitelkeit wußte, war es ihm gelungen, eine aufrechte, zurückhaltende Gestalt zu bleiben, wie schon sein Vater, sein Großvater und seine Ahnen es gewesen waren. Ein geborener Hirte und unrettbarer Träumer, Künstler nach Lust und Laune und Krieger wider Willen. Sein Leben spielte sich im Schatten seiner Ölbäume ab, nie sah man ihn anders als mit dem Turban auf dem Kopf und der Flöte in Reichweite seiner Seufzer. Er besaß rund zwanzig Schafe, denen er hingebungsvoll beim Grasen zusah, ein Fleckchen Land am Ausgang vom Dorf und die warme Zuneigung der Seinen. Er war primitiv, weil er authentisch war, und seine Tage spulte er ab wie andere die Perlen an ihrem Rosenkranz, ohne Getue, ohne Tamtam, ohne weltbewegende Überzeugungen, überzeugt wie er war, daß das Glück – jedwedes Glück – eine Frage der Mentalität sei, weiter nichts.

Gerade spricht der Imam: »Das schlimmste Unrecht, das man dem lieben Gott antun kann, besteht darin, jemandem das Leben zu nehmen. Denn nirgends zeigt sich die Großzügigkeit des Herrn eindrucksvoller als im Geschenk des Lebens.«

Neben mir steht Arezki und reibt sich pausenlos die Hände an den Hüften trocken. Er hört nicht, was der Imam sagt, sieht nicht die Vögel, die sich in den verkümmerten Bäumen die Seele aus dem Schnabel schreien. Von Zeit zu Zeit fällt sein verstörter

Blick auf den weißumhüllten Körper seines Bruders. Und erst dann faltet er, der so zerbrechlich und zerrupft aussieht, die Hände vorm Bauch und beugt das Genick noch ein wenig mehr vornüber.

Kaum sind die ersten Schaufeln Erde auf den Leichnam gefallen, hat Arezki sich schon abgewandt. Ich folge ihm bis zur Straße, durch die sich zahllose Risse ziehen, und weiter hinauf bis auf den Hügel, auf den er als Kind immer mit seinem Bruder lief, um von dort oben Echos über das zerklüftete Land zu werfen. Selbstvergessen lehnt er an einem Feigenbaum, einen Arm auf dem Stamm ausgestreckt, den Kopf gegen den Handrücken gestützt, selbstvergessen, eine Ewigkeit lang.

Mir fehlen die Worte.

Stumm verharren wir dort, zwischen Himmel und Erde, winzig und stumm, zwei Staubkörnern gleich. Um uns herum, so weit das Auge reicht, verwüstetes Land. Mein Blick fällt auf ausgedörrte Obstgärten, kahle Hügelkuppen und Geisterflüsse, die dabei sind, ihrer Verlassenheit von Gott und der Welt Gestalt zu geben. Am Fuß des Bergs, hinter seinen Elendshütten verschanzt, modert Igidher in der Sonne vor sich hin, undurchdringlich wie die Wege des Herrn. Meine Heimat ist nur noch ein unermeßlicher Schmerz…

Hier bin ich geboren, vor sehr langer Zeit. Man nannte es die Zeit der Kolonien. Damals waren die Felder so unermeßlich weit, daß jenseits des Bergs, so schien es mir, das Nichts begann. Der Weizen stand mir bis zu den Schultern, und doch hatte ich ständig Hunger, Tag für Tag, Nacht für Nacht. Ich verstand schon damals nicht, aber es war mir egal: Ich hatte das Glück, ein Kind zu sein. Wenn ich dem Flug der Libelle zusah und mir dabei selber Flügel wuchsen, wenn die Kaskaden meines Lachens ins plätschernde Wasser der Brunnen tropften, wenn ich wie toll durchs Farnkraut tobte, obwohl jeder Schritt wie ein Zweikampf war, wußte ich: ich war als Dichter geboren wie der Vogel als Sänger, und wie dem Vogel so fehlten auch mir nur die Worte, es zu sagen.

Und heute, da verstehe ich noch immer nicht. Ich taste mich vorwärts wie ein Blinder im hellen Tageslicht. Zwar habe ich die Fesseln längst abgestreift, doch der Lorbeer des Freigelassenen ist mir wie eine Scheuklappe. Mein Prophetenblick hat jeden Halt verloren. Fast schäme ich mich für den Erwachsenen, der aus mir geworden ist, und erwarte mein Alter mit demselben Argwohn wie andere den Gerichtsvollzieher, denn die Dinge hienieden machen mich längst nicht mehr träumen.

Die Nacht zieht schwarzgallig über dem alten Stammland der Naït-Wali herauf. Einst ein wundervoller Augenblick. Die Sterne waren zum Greifen nah. Die heiligen Schutzpatrone der *dechra* wachten über uns. Wir schauten dem Tanz der Irrlichter über der Öllampe zu und waren mit allen Dingen und Wesen versöhnt. Wir waren arm, aber nicht unglücklich, lebten für uns, aber nicht vereinsamt, waren ein Stamm und wußten, was das hieß. Die Faszination der Ferne, die Verheißungen der Großstadt, die lockenden Gesänge der Chimären…, nichts davon kam dem Schellenklang an den Hälsen unserer Ziegen gleich. Wir waren eine Rasse freier Männer, und wir hielten uns fern von der Welt, ihren Bestien und Höllenhunden, ihren Machern und Machenschaften, ihren Protesten und Manifesten, ihrem Industrielärm und ihrem Investitionsgeschrei…

Heute hat der Abend sämtliche Lichter verschluckt. Schaudernd erbleichen die Sterne am Himmel von Igidher. Das Höllentier ist da. In der Stille des Untergrunds schickt es sich an, uns das Leben zu verdüstern.

»He, Brahim, du stößt gleich mit einem Satelliten zusammen!«

Ich schrecke hoch.

Mohand läßt sich neben mich fallen, das Gewehr zwischen die Schenkel geklemmt. »Komm auf die Erde zurück, alter Freund«, fügt er hinzu. »Das Spiel läuft hier.«

Er kramt eine Schachtel Zigaretten hervor, hält mir eine hin: »Rauchst du?«

»Nein, danke.«

Er betätigt das Feuerzeug, macht drei gierige Lungenzüge und atmet durch die Nase aus. Unten in der Ferne, am Fuß des Hügels, schimmert der Weiler Imazighène wie eine Ansammlung von Glühwürmchen.

Ich lege einen Stein mit der Schuhspitze frei und befördere ihn in den Graben.

Mohand dreht sich zu mir um, sucht meinen Blick. Er bläst mir seinen weingeschwängerten Atem ins Gesicht. »Schnupperst du wieder am Korken?«

»Die Landluft ist auch nicht mehr, was sie mal war.«

»Was genau ist passiert?«

»Wir haben ihn in seinem Gemüsegarten gefunden, mit durchschnittener Kehle.«

»Und weiß man, wer's war?«

»Da muß man nicht lang suchen.«

»Warum ausgerechnet Idir?«

»Er war zufällig da, weiter nichts. Seit ein paar Tagen wird vor einer Gruppe von Marodeuren hier in der Gegend gewarnt. Sie haben sich den Erstbesten, der ihnen über den Weg lief, geschnappt. Ihre Art, uns wissen zu lassen: Hallo! Wir sind wieder da!«

Mohand betrachtet das glühende Ende seiner Zigarette, bevor er sie auf einem Stein ausdrückt. Der Abendwind bläst die Funken durchs Gebüsch. Wir verstummen für einen Moment und lauschen dem nächtlichen Grillengezirpe.

»Glaubst du, sie werden wiederkommen?«

»Die sollen nur kommen, wir sind bereit.« Wieder sucht er meinen Blick. »Wie lange wird das noch so weitergehen, dieser Mummenschanz, Brahim?«

»Das fragst du mich?«

»Igidher ist nicht Algier. Hier hat man keine Zeit, das alles zu verstehen.«

»Drüben in Algier weiß man auch nicht mehr, welchem Teufel man noch vertrauen kann. Es ist die Hölle, Mohand, ein heilloses

Durcheinander, der größte Schwindel, den du dir nur vorstellen kannst.«

Er stampft mit dem Gewehrkolben auf den Boden. »Was um alles in der Welt machen denn unsere Verantwortlichen?«

Jetzt bin ich es, der sich zu ihm umdreht. Und was ich in seinen ausgemergelten Zügen lese, verstört mich gewaltig. Er ist verdammt alt geworden, der gute Mohand. Als ich ihn das letzte Mal sah, da hatte er kein einziges weißes Haar. Drei Jahre später, und schon auf der Schwelle zum Greisenalter. Hat mehr Falten als ein altes Pergament, und der Blick seiner Augen, der früher so packend war, brennt heute unerträglich.

»Die Verantwortlichen? Welche Verantwortlichen? Meinst du die Komiker, die man in den Nachrichten sieht, diese hoffnungslosen Hanswürste? In unserem Land, Mohand, gibt es nichts als Schuldige und Opfer. Wenn du ein Problem hast, ist es *dein* Problem.«

Meine Direktheit schockiert ihn. Er steht auf, umklammert wütend sein Gewehr und stapft mit gebeugtem Rücken davon. Ich sehe ihm nach, bis er die Piste erreicht. Ein ratloses Gespenst.

Dann stehe ich ebenfalls auf, klopfe mir den Staub vom Hosenboden und gehe hinauf in den Patio, wo die Alten und Freunde einem gramerfüllten Arezki Beistand leisten.


Gegen Mitternacht beginnt das Lamento allmählich zu verebben. Einer nach dem anderen verlassen Verwandte und Bekannte das Haus, auf leisen Sohlen, ein wenig verschämt, den Künstler in seinem Kummer allein zu lassen. Ehe Mohand sich als letzter zum Gehen anschickt, schaut er sich das zerknitterte Foto des Verblichenen, das an der Wand hängt, aus der Nähe an. Seine Mundwinkel zucken, vermutlich um seine aufsteigende Wut zu unterdrücken.

Er wiegt den Kopf, bemerkt: »War ein *zawali*, einer der Stillen im Lande, der sich mehr um das Wohlergehen seiner Schafe als um die eigene Krebskrankheit sorgte. Ich bin sicher, er fand es noch nicht einmal der Mühe wert, sich gegen seine Mörder zur Wehr zu setzen.«

Ich betrachte mit ihm zusammen Idirs Porträt. Er war ein eingefleischter Junggeselle, dem nichts über seine Unabhängigkeit ging. Lebte wie ein in sich versponnener Einsiedler, der sein Glück in der heiteren Stille der Waldwiesen fand. Jetzt, da er tot ist, frage ich mich, ob er jemals wirklich existiert hat.

Mohand schaut auf seine Armbanduhr. »Zeit für die Patrouille. Meine Männer sind bestimmt schon unruhig... Seid Ihr sicher, daß Ihr hierbleiben wollt?«

»Gute Nacht!« rufe ich ihm zu und ziehe mir demonstrativ die Schuhe aus.

»Gut, dann gehe ich jetzt. Ich werde drei oder vier Männer in der Nähe postieren, für den Fall, daß es diesen Irren einfallen sollte, an den Ort ihres Verbrechens zurückzukehren.«

Ich zeige auf meine dicke Knarre. »Wir sind gewappnet.«

Mohand nickt und zieht sich zurück, nicht ohne sorgfältig die Tür hinter sich zu schließen.

»Versuch zu schlafen«, brumme ich Arezki zu und mache mich auf einer Strohmatte lang. Ich rücke das Kopfkissen gegen die Wand, lasse meine Faust einmal drauf niedersausen, damit es sich bequemer liegt, schiebe meine 9mm-Pistole darunter und verschränke die Hände im Nacken, so daß ich Arezki im Blickfeld habe.

Der Bürgermeister hat uns eingeladen, die Nacht in seinen Räumlichkeiten zu verbringen, aber Arezki wollte unbedingt im ärmlichen Loch seines Bruders bleiben, zwischen den vorsintflutlichen Möbeln, die in ihrer schlichten Archaik das Herz anrühren, und den nicht greifbaren Erinnerungen.

»Soll ich dir vielleicht noch ein Wiegenlied singen?«

Arezki blickt mich strafend an. »Du hast aber auch vor nichts Respekt.«

»Hör auf mit dem Gejammer! Idir schläft längst. Versuch, es ihm nachzutun. Morgen fahren wir in aller Früh zurück.

Ich habe nicht die Absicht, einen Kran anzuheuern, um dir auf die Beine zu helfen.«

Arezki ist außer sich. »Ich fahre nicht mit.«

»Aber sicher fährst du mit.«

»Mein Platz ist hier.«

»Sei so gut und mach endlich das Licht aus. Diese unmögliche Glühbirne geht mir auf den Geist.«

Er löscht das Licht.

Ich ziehe mir die Decke übers Gesicht und die Knie bis zur Nasenspitze hoch, dann rühre ich mich nicht mehr.

Nichts hilft besser als die Dunkelheit, einem Mann die Last von der Seele zu nehmen.

## 2

»Schon zurück, Kommy?« Lino setzt die Sonnenbrille ab, sieht mich an und macht dabei ein Gesicht wie eine Springmaus, die in ihrem Bau unversehens eine Schlange entdeckt.

»Hast wohl gehofft, ich würde für immer in der Pampa verschwinden?«

»Ich dachte, du bleibst noch ein paar Tage, um aufzutanken.«

»Gib schon zu, daß du auf den Geschmack gekommen bist!«

Lino stößt die Tür mit dem Absatz zu und läßt sich auf den Stuhl gegenüber meinem Schreibtisch fallen. Er wischt sich die Brille am Hemd ab und setzt sie wieder auf.

»Und, wie läuft es so in der Heimat?«

»So wie überall.«

»Und dein Freund, der Künstler?«

»War ein schwerer Schlag für ihn. Ich mußte ihn in der Zwangsjacke nach Algier zurückschleifen. Im Dorf hätte er eine prima Schießscheibe abgegeben.«

»Und unterwegs ist nichts passiert?«

»Wir hatten bloß Glück. Nächstes Mal fordere ich Geleitschutz an.«

»Aha.« Lino mustert eingehend seine Fingernägel, die Augenlider halb geschlossen.

Sein Mangel an Enthusiasmus läßt in mir alle Alarmglocken läuten. Ich verstehe, daß während meiner Abwesenheit irgend etwas passiert sein muß.

Ich schiebe das Telefon beiseite, um den ausweichenden Blick des Leutnants einzufangen. Er wendet sich ab und tut so, als interessiere er sich brennend für die Dienstanweisungen, mit denen die Wand tapeziert ist.

»Schieß schon los!« ermuntere ich ihn. »Ich bin immun.«

Er verzieht nur den Mund. Fünf Sekunden lang knetet er seine Finger durch, unfähig, sich zu entscheiden, ob er die Katze am Schwanz oder am Schopf packen oder besser gar nicht erst aus dem Sack lassen soll.

»Ich war doch nur zwei Tage weg«, schimpfe ich. »Du willst mir doch wohl nicht weismachen, ich hätte den Höhepunkt meiner Laufbahn in so kurzer Zeit verpaßt!«

Er mobilisiert alle seine Kräfte, um mir schließlich mit schwankender Stimme zu antworten: »Du bist nicht auf dem laufenden?«

»Kommt darauf an.«

»Im Sekretariat vom Chef liegt ein Umschlag für dich.«

»Wenn man dich so hört, könnte man meinen, es handle sich um meinen Totenschein.«

»Ziemlich gut getroffen.«

Ich spüre, wie meine Innereien sich unentwirrbar verknoten.

Lino fährt fort, seine Finger zu traktieren. Seine Backenknochen hüpfen auf und ab, seine Lippen haben sich olivgrün verfärbt und beben verdächtig. Da klingelt plötzlich das Telefon und versetzt mich auf der Stelle in eine Art Starrkrampf. Als ich abhebe, spüre ich, wie meine Hand zittert.

Am Ende der Leitung näselt die Stimme des Direx und gibt mir den Rest. »Brahim?«

»Ja, Herr Direktor.«

»Hast du eine Minute Zeit?«

»Sofort, Herr Direktor.«

Zwei Anläufe brauche ich, bis der Hörer wieder ordentlich auf der Gabel liegt.

Peinlich berührt von meiner Beklommenheit, macht sich Lino daran, seine 08/15-Brille auf Schönheitsfehler hin abzusuchen.

»Es geht ja schon los...«, stammle ich.

»Ich fürchte ja«, nickt er betrübt.

Ich schnappe meine Jacke und sause über den Korridor. Die Belegschaft weicht vor mir zurück wie vor einem Leichenzug. Ich brauche mich nicht umzudrehen, um zu wissen, daß sich alle hinter mir bekreuzigen.

Ab dem zweiten Stock lassen mich meine Beine im Stich. Ich muß mich am Geländer hochziehen. Dabei war ich doch schon immer aufs Schlimmste gefaßt. Und jetzt, wo es passiert ist – die blanke Panik.

Abgemagert ist er, der Direktor. Vor drei Tagen hatte er noch blendend ausgesehen. Woraus ich schließe, daß er eine kräftige Abreibung hinter sich hat. Seine bleiche Miene verstärkt mein Unbehagen.

Schon von weitem weist er mir mit schlaffem Gestus einen Sessel zu. Mit trockener Kehle und rauchenden Ohren nehme ich Platz.

»Da hast du dich mächtig in die Nesseln gesetzt, Brahim!« kanzelt er mich oberlehrerhaft ab. »Und ich kenne kein Mittel, das gegen diese Brandblasen hilft.«

Ich versuche, die Stirn zu runzeln – vergeblich. Meine Stimmbänder drohen, beim geringsten Laut zu zerreißen. Also verschränke ich nur still die Hände und warte ab, daß das Unwetter über mich hereinbricht.

Der Direktor greift nach einem Blatt, schleudert es mir ins Gesicht. Ich fange es ab und überfliege es hastig, ohne den Inhalt recht zu begreifen.

»Vorladung zum Großen Manitu«, klärt er mich auf. »Es spricht alles dafür, daß du dort sämtliche Federn lassen wirst.«

Ich schlucke krampfhaft.

Er fügt vorwurfsvoll hinzu: »Du bist stur wie ein Maulesel, Kommissar. Ich habe dich oft genug gewarnt.«

»War es das?«

»Reicht dir das nicht?«

Ich lege das Papier auf den Schreibtisch zurück und stehe auf. Er steht ebenfalls auf, bringt mich zur Tür. Dort faßt er mich bei der Schulter und vertraut mir an: »Ich weiß zwar nicht, wie weit mein Einfluß reicht, aber ich möchte, daß du weißt, daß ich meine Leute nicht so einfach fallenlasse.«

Ich nicke und entferne mich im Gefühl, einen Weg mit ungewissem Ausgang anzutreten, auf dem ich mich auf Schritt und Tritt ein Stückchen mehr auflöse.


# 3

Sobald man sich in Algier hinter seinem Schreibtisch hervor- oder aus seinem Loch herauswagt, ist man in Feindesland. Man versuche bloß nicht, beim Taxifahrer auf Mitleid zu machen, dem Schalterbeamten ein freundliches Wort zu entlocken, das Mitgefühl des Pförtners zu wecken – es ist schon ein Wunder, wenn er einen überhaupt zur Kenntnis nimmt. Wo immer man sich mit seinem Weltschmerz blicken läßt, man fühlt sich wie ein Aussätziger. Nirgendwo zeigt sich Entgegenkommen. Nirgends wird einem ein aufmunterndes Lächeln zuteil. Stattdessen wird man überall kurz abgefertigt, abgewürgt und angeschnauzt, daß einem alsbald das Herz in die Hose sinkt und man sich mit der Zeit daran gewöhnt, seine Würde an der Garderobe abzugeben und seinen Stolz auf der Fußmatte abzulegen, denn dort, wohin es einen verschlagen hat, sollte man sich gefälligst ducken.

Als jemand, der diese Spielchen kennt, lasse ich, kaum habe ich den Vorraum der Délégation betreten, mit stoischem Gleichmut die Arroganz der Türsteher, das Mißtrauen der Sicherheitsdienstler, die Verachtung der Unter-Unter-Untergebenen über mich ergehen.

Nachdem sie mich gründlich durchgecheckt haben, schubsen sie mich in eine Art Verlies und überlassen mich stundenlang mir selbst, ohne eine Tasse Kaffee, ohne jeden Kommentar. Nicht einmal einen Aschenbecher gibt es, um sich wenigstens am Glimmstengel festzuhalten. Der Verschlag ist gerade mal zwei Quadratmeter groß, trübselig, grau, mit niedriger Decke und fensterlos: ideal, um bei einem Tier einen Koller auszulösen, bis es vor Erschöpfung tot zusammenbricht.

Der Herr Kabinettsdirektor entsinnt sich erst dann meines Martyriums, als ich schon anfange, wie ein Ragout in meiner Nachtwächterjacke vor mich hin zu schmoren.

»Hier entlang, Monsieur Llob«, bittet mich ein Sekretär mit der zuvorkommenden Höflichkeit des Scharfrichters, der dem Schelm den Weg zum Schafott weist.

Eine turmhohe Tür geht auf und gibt den Blick frei auf einen riesigen Saal, der nur so starrt vor Trophäen, Wappen und Monumentalgemälden. Eine Falltür, unter der mein Verderben klafft. So kommt mir das vor. Fast hätte ich mir den Knöchel auf dem Teppich verstaucht. Nicht wegen der gestampften Erde, die ich tagaus tagein unter meinen Füßen habe, sondern einfach, weil ich mich niemals an die sumpfigen Gefilde in dieser Höhenlage werde gewöhnen können.

Monsieur Slimane Houbel thront inmitten seiner Kommandozentrale, umgeben von Telefonschnickschnack, Glückwunschkarten und angeberischen Aktenbergen – man muß die Besucher doch glauben machen, daß ein hoher Beamter bis zum Hals in

Arbeit versinkt und nicht so hopplahopp wieder daraus auftauchen kann.

Er lockert seinen Krawattenknoten, breitet seine Geierflügel aus und versinkt für einen Moment in Meditation – ein Gott, der nicht versteht, warum die Welt, die er geschaffen hat, ihm plötzlich entgleitet.

Mit mir ist gar nichts los. Immer, wenn ich vor einem Vorgesetzten stehe, befällt mich das fatale Gefühl, etwas Schreckliches angestellt zu haben. Trotz meiner unterm Strich untadeligen Reputation beschleicht mich ein vages Schuldbewußtsein, und ich ertappe mich dabei, wie ich den Kopf einziehe, mich geradezu demütig aufführe.

Monsieur Houbel liest in meinem Blick, wie ich mich innerlich vor ihm ducke, fühlt sich ermutigt und schiebt mir, statt mir erstmal einen Platz anzubieten, sofort ein Buch zu.

»Was soll das sein, Kommissar?«

Ich schlucke, aber der Kloß in meinem Hals löst sich nicht auf. Nach einer titanischen Anstrengung höre ich mich hervorpressen: »Ein Buch.«

»Diese Fäkalie nennen Sie Buch?«

Jetzt spielt mein Adamsapfel verrückt. Er setzt sich auf Höhe meines Gaumens fest und bleibt stur da stecken.

Slimane Houbel fletscht die Zähne mit der Schamlosigkeit eines Esels, der den Schwanz hebt. Er mustert mich eingehend von Kopf bis Fuß, unschlüssig, ob er mich anspucken oder einen Scheuerlappen aus mir machen soll.

»Halten Sie sich denn tatsächlich für einen Schriftsteller, Monsieur Llob?«

Mit sorgfältig maniкürtem spitzen Finger stößt er mein Opus* von sich, als handle es sich um Unrat: »Dieses groteske Machwerk hat nicht seinesgleichen, es sei denn die Niedertracht seines Verfassers. Sie versuchen die Gesellschaft, in der Sie leben, bloßzustellen

* Gemeint ist *Morituri*

und haben sich dabei doch nur selbst blamiert und den letzten Rest Wertschätzung, den ich für Sie noch zu haben glaubte, mit Erfolg vernichtet.«

»Monsieur...«

»Ruhe!«

Ein Spritzer Spucke landet dicht unter meinem Auge.

Er erhebt sich. Seine wohlgenährte Statur überragt mich bei weitem, läßt mich in seinem Schatten verschwinden. Er ist der Boß. Und bei uns hat Macht nichts mit Kompetenz zu tun. Ihre Stärke liegt in der Bedrohung, die von ihr ausgehen kann. Zu seiner Linken blinkt ein Licht. Er drückt auf einen Knopf und wiehert ins Mikro: »Ich bin für niemanden zu sprechen, Lyès. Nicht einmal für den Raïs.«

So einfach ist das!

Der Boden vibriert, als er um den Schreibtisch herumkommt, um mir ins Weiße vom Auge zu sehen. Und wenn er sich zehnmal mit Dior bestäubt, sein Atem wirft mich fast um.

»Ich hoffe, ich teile Ihnen nichts Neues mit, wenn ich Ihnen sage, daß der letzte Trottel Ihr Gesudel dem analen Stadium der Literatur zuordnen würde, Monsieur Llob. Ihre Stilübung hat mehr mit Hirnwichserei als mit einem echten geistigen Impuls zu tun. Es wäre geradezu ein Kompliment, Sie einen Schreiberling zu schimpfen.«

Jetzt macht er mich so richtig fertig. Das ist sein Vorrecht als Chef.

So ist das bei uns: Man kann der größte Kriegsheld sein, doch ein niedriger Dienstgrad hat sich an den Tressen und am IQ zu zeigen. Als Untergebener hat man die verdammte Pflicht und Schuldigkeit, seinen Geist unter Verschluß zu halten.

Ich schaue mir den Despoten an – eine reinrassige Ausgeburt der Zarenrepublik: jung, reich, breitschultrig genug, das himmlische Manna aufzufangen, niemals gefährdet, niemals bedürftig, an jedem Finger eine Intrige und in jedem Palast eine Suite, dazu zwei Füße, um mich in Grund und Boden zu stampfen.

Und ich, Brahim Llob, ein Monument an Loyalität, doch auf tönernen Füßen, mit achtundfünfzig fast schon senil, bald als Sprungbrett, bald als Fußabtreter mißbraucht, ich, der ich meine Nächte in kalten Autos und meine Tage am Schießstand verbringe, ich stehe stramm und lasse mich fertigmachen wie ein Köter, ich, der ich fröhlich jeden Tag, den Gott geschaffen hat, meine Haut riskiere, damit Heuchler wie er, undankbar und selbstherrlich, weiterhin ungestraft wüten können.

Slimane Houbel nimmt sich Zeit, ein Staubkörnchen von seinem Hemd zu entfernen. Er benetzt einen Finger mit der Zungenspitze und macht sich daran, es mit umständlicher Besessenheit wegzuputzen.

Er brummt: »Monsieur le Délégué hat mich beauftragt, Ihnen mitzuteilen, wie sehr die Lektüre Ihres Machwerks ihn angewidert hat. Wären da nicht Ihre langen Dienstjahre und Ihre Vergangenheit als Freiheitskämpfer...«

»Monsieur Houbel«, unterbreche ich ihn aufgebracht, »warum haben Sie mich kommen lassen?«

Da fährt er auf, der Herr Kabinettschef. Seine Brauen ziehen sich zusammen, seine Nüstern beben wie der Beutetrichter eines Ameisenlöwen. »Ja, was glauben denn Sie, Kommissar, weshalb Sie hier sind? Haben wir früher vielleicht zusammen Kühe gehütet?«

»Sie sagen es.«

Er merkt, daß ich anfange, die Situation in den Griff zu kriegen, und ist eine Spur verunsichert. Er weicht meinem Blick aus und klopft auf das Buch: »Was soll dieser Mist?«

»Das ist kein Mist!«

»Und ob! Ein Riesenmist sogar, mit sämtlichen Ingredienzien: Schamlosigkeit, Dämlichkeit...«

»Ich schulde Ihnen Rechenschaft als Polizist, nicht als Schriftsteller.«

»Schweigen Sie!«

Einen Millimeter näher heran, und sein Gesabber wäre mir voll ins Auge gespritzt.

Ich habe die Kanonen der Artillerie donnern hören, doch Slimane Houbels Gebrüll ist weit eindrucksvoller: Er verfügt über die Abschreckungsgewalt des Amtsmißbrauchs.

Er schnäubt sich geräuschvoll, um seine Wut einzudämmen. Seine Augen springen gleich auf mich los: »Ich erinnere Sie daran, daß Sie Staatsbeamter sind und sich folglich eine gewisse Zurückhaltung auferlegen sollten. Wir haben Ihnen bislang erlaubt, Ihre Eseleien zu veröffentlichen, doch wir sind nicht bereit, Verirrungen solchen Ausmaßes hinzunehmen. Sie sind zu weit gegangen. Sie haben sich viele Leute zu Feinden gemacht. Niemand wäre jetzt gern an Ihrer Stelle, nicht um allen Dichterlorbeer der Welt.«

Er ist widerwärtig puterrot angelaufen.

»Ihr Machwerk ist schändlich, einfach abscheulich. Ich habe schon immer gewußt, daß Sie bloß ein abgedrehter Phrasendrescher sind, ein übereifriger Schreiberling, aber wie hätte ich ahnen können, daß Sie sich zu solchem Schwachsinn versteigen…! Ich bin überzeugt, daß Sie sich in Ihrer Naivität nicht einmal der Tragweite Ihrer Phantastereien bewußt sind.«

Weißschäumender Schleim breitet sich in seinen Mundwinkeln aus, und sein stinkender Atem kriecht bis in den letzten Winkel des Raumes.

»Daß Sie ein unfähiger, frustrierter Griesgram sind, gibt Ihnen noch lange nicht das Recht, Ihre Vorgesetzten zu verleumden und Ihr Land in den Schmutz zu ziehen. Sie in Ihrer Position sollten schließlich Schwarz und Weiß unterscheiden können. Natürlich kommt es vor, daß wir Fehler machen, aber doch aus Versehen, nicht aus Prinzip. Algerien ist nicht ganz im Lot. Aber wenn es hier und da ins Straucheln gerät, heißt das doch nicht, daß es völlig ins Schleudern kommt. Es ist das Schicksal junger Nationen wie der unseren, die ihren Weg suchen, Rückschläge zu erleben, Mißgriffe zu tun. Aus seinen Fehlern kann man nur lernen. Auf diesem Weg sind die Großmächte zu dem geworden, was sie heute sind. Ihr Verdienst liegt darin, daß sie stark genug waren, Widrigkeiten in den Griff zu bekommen, das Beste daraus zu machen…«

Das Problem mit den Erbauern von Totempfählen liegt darin, daß sie felsenfest glauben, sie könnten mit einem einzigen Baumstamm den ganzen Wald verdecken und gleichzeitig noch die Wilddiebe abschrecken.

»Monsieur...«

»Schweigen Sie! Sie haben weder das Zeug zum Märtyrer noch sind Sie aus dem Stoff, aus dem die Helden sind, Kommissar. Sie sind nicht einmal so lächerlich wie Ihre eigenen Figuren. Wenn Sie der Meinung sind, wir würden eine klägliche Gestalt abgeben, dann flößen Sie uns doch ein wenig von Ihrer aufrechten Gesinnung ein, vielleicht hilft uns das auf die Beine und wieder in die Gänge. Unser Volk ist erschöpft, enttäuscht, orientierungslos. Es gefiele uns gar nicht, wenn unsere Elite nur aus Schwarzsehern bestünde. Was wir brauchen, ist ein guter Stern, an den wir glauben, in dessen Licht wir unseren Weg gehen können. Miesmacherei ist nicht das, was uns derzeit begeistert. Das Stimmungsbarometer verlangt nach anderem.«

Plötzlich merkt er, daß sich mein Buch in seinen Händen schon halb aufgelöst hat, wackelt mit dem Haupt, wie das ein Sultan angesichts seiner undankbaren Eunuchen tut und fällt plötzlich in sich zusammen: »Es schmerzt mich für Sie, Kommissar... Monsieur le Délégué hat mich auch noch beauftragt, Sie in Kenntnis zu setzen, daß Sie sich ab heute im vorgezogenen Ruhestand befinden... Und jetzt gehen Sie mir aus den Augen.«

Ein schizophrener Chef rechtfertigt noch lange keinen Aufstand, und so schlage ich die Hacken zusammen, mache auf dem Absatz kehrt und schicke mich an zu gehen.

»Kommissar!«

Ich wende mich um.

Er drückt mir den Finger aufs Brustbein: »Da gibt's ein Sprichwort: Willst du voran, zieh nicht zu großes Schuhwerk an.«

»Stammt von mir.«

Er macht ein Gesicht, als wäre ich ihm auf den kleinen Zeh getreten.

## 4

Ich war schon auf der Rue Larbi Ben M'hidi angelangt, als mir einfiel, daß ich mein Auto auf dem Parkplatz der Délégation vergessen hatte. Ich habe ein Taxi konfisziert und bin nochmal zurückfahren.

Erst als ich hinterm Steuer sitze, kommt mir meine Einsamkeit in vollem Ausmaß zu Bewußtsein. Mina und die Kinder sind noch immer in Béjaïa, und die paar Freunde, die ich habe, haben mit sich selber genug zu tun. In meiner wachsenden Verzagtheit finde ich nicht den Mut, ins Büro zurückzukehren und meine Sachen abzuholen. Schlagartig kommt mir Algier so unergründlich wie eine Parallelwelt vor.

So gebe ich Gas und fahre drauflos, immer weiter, durch die Gluthitze der Straßen, mit leerem Blick, hohlem Kopf, taub für das Getöse rundum, nicht wissend woher noch wohin.

»Bist du farbenblind oder was, du Idiot?« brüllt ein LKW-Fahrer mich an und zeigt auf eine Ampel, die längst auf Grün umgesprungen ist.

Seine Stimme dringt tausendfach gefiltert zu mir durch. Ich verheddere mich mit dem Schaltknüppel, würge mehrfach hintereinander den Motor ab. Als ich durchstarten will, springt die Ampel gerade wieder auf Rot. Ich fahre mit aufheulendem Motor los, löse ein schrilles Hupkonzert und eine gräßliche Lawine von Flüchen aus… *Willst du voran, zieh nicht zu großes Schuhwerk an!* sagt die Stimme in meinem Kopf… *Ich habe dich oft genug gewarnt,* näselt eine andere… *Schweigen Sie…* Die Stimmen jagen einander, überschlagen sich, belagern mich, hämmern auf meine Schläfen ein, gehen mir durch Mark und Bein… *Wenn man dich so hört, könnte man meinen, es handle sich um meinen Totenschein… Ziemlich gut getroffen… Monsieur le Délégué hat mich beauftragt… wie sehr… angewidert…*

Meine Reifen quietschen: Ich wache auf, zwei Zentimeter vor meiner Stoßstange eine Frau, die mich aus riesigen Augen anschaut und schleunigst über die Straße läuft, ihre Einkaufstasche furchtsam gegen ihre Brust gedrückt.

Die Nacht überrascht mich auf der Strandpromenade, wie ich an einem Geländer lehne und zwischen den Lichtern des Hafens meinen Gedanken nachhänge. Eine Polizeistreife, die ich nicht habe kommen sehen, umstellt mich wortlos, die MPs im Anschlag, bei der kleinsten Bewegung einsatzbereit. Ein Brigadier fährt mir mit dem Schein seiner Taschenlampe übers Gesicht und verlangt dann meine Papiere.

»Ist kein guter Platz hier, Kommissar!« empfiehlt er mir, »es wurde ein verdächtiges Fahrzeug hier im Sektor gesichtet.«

»Wie spät ist es?«

»Ziemlich spät. Fahren Sie nach Hause.«

Ich bedanke mich und steige wieder in mein Auto.

Kaum stehe ich vor meiner Wohnungstür, klingelt drinnen das Telefon. Ich beeile mich ohne zu wissen warum.

Vom anderen Ende der Leitung springt mich die heisere Stimme meines Freundes Dine an: »Ich versuche schon seit einer Ewigkeit, dich zu erreichen.«

»Die Neuigkeiten sprechen sich ja schnell herum.«

»Vor allem die unangenehmen. Wo hast du denn gesteckt?«

»Am Strand. Hab den Kopf in den Sand gesteckt.«

»Gefällt mir gar nicht, wenn du so redest, Brahim. Ich baue darauf, daß du einen kühlen Kopf behältst.«

»Ich werde ihn gleich in den Kühlschrank stecken«, verspreche ich ihm.

»Sehen wir uns morgen? Ich bin ab zehn im Café En-Nasr. Falls du meinst, ein Freund sei dazu da, einem zur Seite zu stehen, wenn man in Schwierigkeiten steckt, dann weißt du wenigstens, wo du ihn finden kannst.«

»Nett von dir.« Ich lege auf.

Erst als ich mich aus meiner Jacke schäle, wird mir bewußt, daß ich seit dem Morgen keinen Bissen zu mir genommen habe. Im

Küchenschrank finde ich Brot und Käse, braue mir einen Kaffee zusammen und verziehe mich ins Wohnzimmer, um mir weiter das Hirn zu martern. Ich lasse mich in einen Sessel am Fenster fallen. Hinter den staubigen Scheiben sehe ich die Oberstadt, die im Nirwana schwebt. Algier lockt keinen Nachtschwärmer mehr an. Nur Gespenster geistern noch durch seine Nächte. Die Stadt hat den Glauben an den Abend verloren, der sich vor schlechtgelaunten Schlaflosen prostituiert, wittert in der Ruhe nach dem Sturm schon die Ruhe vor dem nächsten…

Das Klirren von Geschirr schreckt mich auf. Ich bin im Sessel eingenickt. Lino sitzt da, auf dem Sofa neben mir, hält sich an einer Tasse Kaffee fest und schaut mich ganz komisch an.

»Wie bist du denn hier reingekommen?«

»Nichts einfacher auf der Welt: Du hast vergessen, die Tür zu schließen.«

»Sieh an!«

Er setzt die Tasse auf dem Beistelltisch ab und beugt sich über meine Augenringe. Er ist besoffener, als die Polizei erlaubt.

»Wenn sie dich wirklich rausschmeißen, dann geb ich meinen Dienstausweis zurück«, tut er solidarisch kund.

»Ich kann mir aber keinen Fahrer leisten.«

»Das ist das letzte, worüber ich mir den Kopf zerbrechen würde. Begabung, Können, Vorbehalte, das zählt doch alles gar nichts mehr. Das einzige Beförderungskriterium, das sie uns gelassen haben, ist die Intrige. Und da werde ich mich zurückhalten!«

Lino glaubt nicht wirklich, was er da sagt. Er ist mein Zögling. Ich habe ihn im Geist der Sunna und der Empfehlungen der verbürgten Hadiths erzogen. Wenn er sich jetzt so gehenläßt, dann nur, weil er leidet. Das ist seine Art von Protest.

Ich schiebe ihn freundlich beiseite und gehe mich umziehen. Als ich zurückkomme, steht er am Fenster, drückt sich die Nase an der Scheibe platt, hat die Hände hinter dem Rücken verschränkt. Ich stelle mich neben ihn und klopfe ihm auf die Schulter, ein klei-

ner Schwindel, damit er glaubt, daß Brahim Llob ein hartgesotte-
ner Bursche ist, der Tiefschläge wegsteckt wie nichts. Er wendet sich
um und liest in meinem Blick. Seine Stirn legt sich in Sorgenfalten.
Ich begreife, daß die Haltung, die ich mir da aufzwinge, offenbar
nicht sonderlich glaubwürdig wirkt.

»Was gedenkst du zu tun?« quetscht er hervor.

»Nachdenken.«

»Darf ich daraus folgern, daß ich dich in Ruhe lassen soll?«

»Ich bin stolz auf deinen Scharfsinn!«

Er blickt auf seine Schuhspitzen. »Die Sache trifft mich völlig
unvorbereitet. Ich weiß nicht, wie ich angemessen reagieren soll.«

»Davon geht doch die Welt nicht unter, Lino.«

Er nickt. »Du sollst wissen, daß du mich jederzeit anrufen
kannst.«

»Würde ich mir nie verzeihen, wenn ich daran zweifeln würde.«

Er hebt zögernd die Hand zum Gruß und trollt sich davon.


Wie immer, wenn ich nicht mehr weiter weiß, ertappe ich mich
dabei, wie ich Kurs auf Da Achour nehme. Er ist mein Tranquilizer. Ich treffe ihn auf der Veranda am Meer an, wie er friedlich in
seinem Schaukelstuhl döst; aus dem offenem Hemd quillt sein
Elefantenbauch, während die Ohren unterm Strohhut verschwunden sind. Als er mich mit meiner tristen Miene auftauchen sieht,
beugt er sich übers Radio, um den Ton leiser zu drehen, und trifft
Anstalten, mich mitsamt meinem Weltschmerz in Empfang zu
nehmen.

Ich setzte mich neben ihn auf einen Schemel und lasse meinen
Blick über die Wellen schweifen. Der Strand ist belebt. Die Rufe
der Kinder schwirren hinter den Schreien der Möwen einem Himmel zu, der purer nicht sein könnte. Jugendliche Schwimmer
wagen sich weit aufs Meer hinaus, um junge Damen, die sich
scheinbar gleichgültig im Schatten ihrer Sonnenschirme räkeln, zu
beeindrucken, und spotten der Aufregung der Rettungsschwim-
mer. Auf Felsen, die wie Geysire schäumen, mühen sich Angler,

widerspenstige Fische an die Leine zu bekommen. Das ist der algerische Sommer, zwar mit Höhen und Tiefen, aber wild entschlossen, keine Zugeständnisse zu machen. Müßte ich auf einer Leinwand die Essenz des Lebens festhalten, dann in den Farben dieses Sommers, dieses Waffenstillstandes.

Da Achour spitzt die Lippen: »Ich habe schon gestern mit dir gerechnet.«

»Dann bist du also im Bilde?«

»Es gibt heutzutage keine Geheimnisse mehr. Das ganze Leben wirkt wie eine Fernsehaufzeichnung.«

Er schiebt gemächlich die Krempe seines Strohhuts hoch und schaut mir ins Gesicht. »Und?«

»Ich krieg's schon irgendwie in den Griff.«

»Gut so. Die modernden Gewässer im Teich vermochten noch nie die Reinheit der Seerose zu trüben.«

»Aber sie erheben sie auch nicht in den Rang einer Krone.«

»Kronen kümmern sie nicht. Sie ist sich selbst Majestät genug.« Ich blicke skeptisch.

Er fügt hinzu: »Ich habe mir Sorgen um dich gemacht.«

»Hattest du Angst, ich würde mir eine Kugel in den Kopf jagen?«

»So unberechenbar, wie du bist…«

Ein großer Fußball landet neben der Veranda. Zwei Kinder kommen schüchtern näher, um ihn zu holen, und beobachten uns furchtsam aus den Augenwinkeln. Mein Lächeln schlägt sie schneller in die Flucht als die Grimasse vom Schwarzen Mann.

»Und? Was meinst du? Hab ich eine Dummheit gemacht?«

»Wenn du anfängst, an dir zu zweifeln, bist du keine Bohne wert.«

»Ich zweifle ja gar nicht.«

Da Achour schiebt seinen Hut definitiv hoch und rappelt sich mühsam auf, um mir von Angesicht zu Angesicht zu erklären: »Ein Dichter macht keine Dummheiten. Ein Dichter deckt die Dummheiten der anderen auf. Ist doch logisch, daß das nicht jeden begeistert. Ich habe dein Buch gelesen. Es ist der Mühe wert, glaub mir.«

»Sie haben mich einfach abserviert. Nach fünfunddreißig Jahren, in denen ich mich täglich mit diesen Idioten habe herumschlagen müssen. Nach fünfunddreißig Jahren, in denen ich mich grün und blau geärgert habe, in denen ich felsenfest an Recht und Ordnung geglaubt habe, an das Vorhandensein von Prinzipien, an Loyalität – allen Lügen, aller Demagogie, allen schmutzigen Machenschaften zum Trotz. Ich wollte mich schon längst pensionieren lassen, da kam mir dieser bekloppte Krieg in die Quere. Ich dachte, der brave Mann verläßt sein Schiff nicht, wenn es zu kentern droht, er versucht alles, um den Mast wieder aufzurichten. Und dann, eines Morgens, zeigen sie dir den Hinterausgang und verlangen von dir, die Fliege zu machen, ohne jede Vorwarnung...«

»Denn sie wissen nicht, was sie tun. Die Welt wird immer prosaischer. Die schlichten Freuden von einst, die Freude am Schönen, das ist heute aus der Mode gekommen. Das einzige Drama, das man kennt, ist das Drama des Mißerfolgs, der einzige Glaube, der noch gilt, der Glaube ans Investment. Der Mensch hat anstelle eines Gewissens nur noch eine fixe Idee: Money Money Money... Er ist überzeugt, daß die Grundwerte allein von einem abhängen: dem Börsenbarometer. Daher bewegt der Tod eines Gelehrten, der Brand einer Bibliothek oder der Mord an einem Künstler die Herzen sehr viel weniger als eine unprofitable Geldanlage.«

»Wenn ich dich recht verstehe, soll ich jetzt wohl auch diesen Kurs einschlagen.«

»Ganz und gar nicht. Genau hier trittst du ja auf den Plan.«

»Als Spielverderber...«

»Der Dichter ist kein Brandstifter, doch sein Kummer wirkt wie eine Katharsis. Dein Buch sagt die Wahrheit. Das zählt mehr als alles andere. Der ganze Rest: der Ärger, den du hast, die Anwürfe und Drohungen, kurz, das ganze wilde Gefuchtel, das du auslöst, das darf dich nicht einschüchtern. Dieser grauenhafte Krieg hat zumindest ein Gutes: Er reißt uns die Maske vom Gesicht. Erst vor uns selbst, dann vor der Welt. Jeder suhlt sich in seinem Element.

Die Demagogen geifern vor Eifer, die Intriganten werfen alle Hemmungen über Bord, und die Aasgeier müssen nicht mehr so tun, als stamme das Fleisch ihrer Brüder, über die sie herfallen, vom Metzger. Die Monster, die in uns geschlafen haben, stolzieren schamlos vor aller Augen einher. Und über diesem ganzen stinkenden Morast, da schwebst *du*. Wie ein Gott, der seine Welt überblickt, es ist fabelhaft. Hättest du nicht gewagt, deine Wut und deinen Abscheu laut hinauszuschreien, hättest du dich geduckt, damit diese Mistkerle ungestraft ihre Phantasien ausleben können, wäre ich furchtbar enttäuscht gewesen.«

Plötzlich verfärben sich seine Hängebacken feuerrot.

»Hör auf, wie ein getretener Hund dreinzuschauen, Brahim, und zwar sofort. Oder kannst du mir unter den Tausenden von Opfern, mit denen die Wege unseres Wahnsinns gepflastert sind, auch nur eines nennen, das es verdient hätte, wie ein Tier abgeschlachtet zu werden? Kannst du mir in der ganzen Horde gottloser Kannibalen auch nur einen zeigen, der es wert wäre, daß man ihm verzeiht? Du hast dir nichts vorzuwerfen. Sie haben dich vor die Tür gesetzt, na und? Tausend andere Türen stehen dir offen, und meine zuallererst. Du hast deine Pflicht gewissenhaft erfüllt. Du warst erfolgreich! Diese Hurensöhne wissen das, deshalb zittern sie jetzt. Sie hielten sich für gerissener, sie dachten, es wäre ihnen das perfekte Verbrechen gelungen. Aber das Böse ist nie vollkommen. Vollkommenheit gibt es nur im Zusammenhang mit der Gerechtigkeit.«

Er unterbricht sich, ist völlig atemlos, sinkt mit hervortretenden Augen und schäumenden Lippen in seinen Korbstuhl zurück. Während sein Bauch sich heftig hebt und senkt, verliert sein Blick sich zwischen den Schaumkronen im Meer. Ich nehme weder das Kindergeschrei noch das Klatschen der Wellen wahr; ich höre allein das Quietschen des Schaukelstuhls, der aufs neue zu schwingen begonnen hat. Zwei Minuten schwebe ich in einer Luftblase, als hätte mir einer einen Schlag in den Nacken verpaßt, dann spüre ich wieder Bodenhaftung, unbestimmt erleichtert durch Da

Achours Abgeklärtheit. Nehme plötzlich wachen Sinnes den Luftzug wahr, der sein Hemd leise bläht, den Schweiß, der um seinen Nabel perlt, den Schatten um seine Augen und dazu diese Unbekümmertheit, die von seinen schlenkernden Armen ausgeht und mich, als wär's ein Zeichen, ermutigen will, die Dinge mit größerer Gelassenheit anzugehen.

»Danke«, sage ich.

## 5

»Dein Pech, wenn du dich über meinen Besuch nicht freust!« schleudert Dine mir entgegen und fährt wie ein Tornado zur Tür herein. »Zwei volle Stunden habe ich im Café gewartet, und wer nicht kam, warst du. Da gibt's nur zwei Möglichkeiten, habe ich mir gesagt: Entweder der Vollidiot hat in seinem Badezimmer Harakiri begangen, oder ich bin sein alter Kumpel nicht mehr. Ich bin hergekommen, um mir Klarheit zu verschaffen.«

Er schiebt mich mit der Hand zur Seite, inspiziert die Zimmer, kommt zurück und drängt mich durch den Korridor.

»Auf den ersten Blick«, stellt er fest, »kein Grund zur Panik. Keine demolierten Möbel, keine zerschlagenen Fensterscheiben. Was beweist, daß du hart im Nehmen bist, worüber ich froh bin… Und jetzt?« fügt er hinzu und breitet die Arme aus, »wollen wir hierbleiben und Trübsal blasen, oder wollen wir lieber essen gehen?«

Ohne meine Antwort abzuwarten, nimmt er meine Jacke vom Stuhl und drückt sie mir in die Hand… »Ganz schön triste bei dir. Komm, wir gehen uns amüsieren und pfeifen den Bullen eins.«

Ich mache Anstalten, mich zu zieren. Seine Schlägerfaust befördert mich ins Treppenhaus. »Sonst verpassen wir noch den Höhepunkt des Spektakels, mein Lieber.«

Im Handumdrehen befinde ich mich auf der Straße.

Dine schubst mich in eine fette, funkelnde Limousine, schwingt sich hinters Lenkrad und ruft: »Na, wie gefällt dir meine Kutsche? Jetzt bist du erst mal platt, was? Hast wohl erwartet, mich tagsüber Rosenkranz beten und abends in den Kneipen rumhängen zu sehen? Fehlanzeige! Mit dem Ruhestand hat ein neues Leben begonnen, ein zweiter Frühling. Rassehengste sterben mitten im Orgasmus, mein Schatz. Das Alter ist bloß was für Maulesel und Ackergäule.«

Dine ist derart enthusiastisch, daß ich mich am Ende wirklich etwas entspanne. Ich lasse mich in den Sitz fallen und atme tief durch. Der Wagen spurt lautlos über den Asphalt. Am Himmel, an dem es millionenfach funkelt, lacht der Mond. Ich schließe die Augen und gestatte dem Fahrtwind, mein Haar zu zerzausen und mein Hemd aufzuplustern.

Dine führt mich ins ›Corail‹, ein pompöses Luxusrestaurant inmitten eines vier Hektar großen Parks, den gepflasterte Alleen und schmiedeeiserne Laternenpfähle durchziehen. Das Meer ist gleich nebenan, mit einem paradiesischen Streifen Strand voller Felsskulpturen. Einige Pärchen schlendern laut lachend über den feinen Sand, nur in den Winkeln, in die kein Scheinwerfer reicht, verstummen sie kurz. Wir stellen den Wagen auf dem Parkplatz ab und erstürmen eine Eingangshalle, die nicht minder blitzt und funkelt als der monströse Kronleuchter, der von der Decke strahlt. Hinter einem Tresen aus granatrotem Mahagoni fingert der Empfangschef erst einmal seine Fliege zurecht, bevor er uns mit einem Lächeln bedenkt, dessen Professionalität etwas Beunruhigendes hat.

»Guten Abend, Monsieur Dine. Welch eine Freude, Sie heute abend unter unseren Gästen begrüßen zu dürfen!«

Er schiebt seine Hand auf eine Klingel. Alsbald kommt von man weiß nicht woher ein Vogel angestellt, der steif und hochmütig dreinblickt. »Ist Monsieur Dines bevorzugter Tisch frei?«

»Ja, Monsieur.«

»Nun, dann nehmen Sie ihn in Ihre Obhut.«

»Sehr wohl, Monsieur.«

Der Lakai zeigt uns gehorsamst den Weg, mit starrem Genick und strengem Frack stolziert er voran, die Nase wie einen Feuerhaken in die Luft gereckt.

»Wo habt ihr denn diese Antiquität aufgegabelt?« flüstere ich Dine ins Ohr.

Dine stößt mir den Ellenbogen in die Rippen, um mir klarzumachen, daß ich jetzt besser die Klappe halte.

Der Lakai führt uns an einen blumengeschmückten Tisch direkt an der Fensterfront, rückt uns die Stühle zurecht und löst sich in Luft auf.

»Der Ruhestand scheint dir nicht schlecht zu bekommen«, bemerke ich zu Dine.

»Könnte man so sagen…«

»Hast du dich ins Geschäftsleben gestürzt?«

»Ich habe mir während meiner Dienstzeit nicht nur Feinde gemacht. Ein paar Freunde haben sich erinnert, daß ich ihnen mal nützlich war. Sie haben mir die Leitung eines kleinen Betriebs in der Lebensmittelbranche angeboten, und da habe ich zugegriffen.«

Ich sehe mich im Saal um, entdecke den einen oder anderen alten Bekannten, ein paar Neureiche, die ihren Harem vorführen, ein paar hochgestellte Persönlichkeiten, die ganz in ihre Verhandlungen mit ausländischen Geschäftspartnern vertieft sind, und im Hintergrund die Verbrechervisage von Haj Garne an einem Tisch mit Soraya K., der örtlichen Madame Claude, die mich beide mit hämischem Grinsen mustern.

»Du erinnerst dich noch an Kader Laouedj?« fragt Dine und zeigt verstohlen auf einen gedrungenen Fettsack zu unserer Linken.

»Der hat aber zugelegt.«

»In jeder Hinsicht. Man munkelt, daß er demnächst die Leitung des Komitees der Rechtschaffenen übernehmen soll.«

Fast hätte ich mein Gebiß verschluckt. »Soll das ein Witz sein?«

»Klingt so, ist aber so gut wie offiziell.«

Wirklich ein guter Witz! Ich kannte Kader Laouedj schon, als er seine ersten propagandistischen Zungenschläge am nationalen Fernseh-Konservatorium absolvierte. Ein Schleimscheißer erster Güte. Er hatte die höchsten Funktionäre in seiner Sendung zu Gast. An jenen Abenden blieb der Nation weiter nichts übrig als blindlings draufloszuzappen, auf die Gefahr hin, daß der Fernseher explodierte. Wer keine Satellitenschüssel hatte, machte kurzen Prozeß und schaltete aus. Und als er dann fürs Parlament kandidierte, stimmten alle Leute für ihn. Sie hatten keine andere Wahl. Es war das einzige Mittel, ihn davon abzuhalten, ihnen weiterhin ihren Fernsehabend zu versauen. Aber der Abgeordnete Laouedj hat nicht lange gebraucht, bis er wieder auf dem Bildschirm auftauchte. Nach knapp einem Jahr stand er fünf staatlichen Ausschüssen vor, bis er über eine schmutzige Korruptionsaffäre im Zusammenhang mit der Veruntreuung von Volkseigentum stolperte. Die Presse hat sich mit dem Mut der Meute auf ihn gestürzt und ihn wochenlang auf die Titelseite gezerrt. Der Ärmste hat sich von Prozeß zu Prozeß geschleppt, von Skandal zu Skandal, von Depression zu Depression, und ist schließlich ganz von der Bildfläche verschwunden. Nachdem der Sturm sich gelegt hat, taucht er mit einem herzzerreißenden Schuldbekenntnis, das er sich von einer Schar gekaufter Journalisten hat zusammenzimmern lassen, wieder aus der Versenkung auf, kommt in den Genuß der hohen Ehre, eine mickrige Benefizsendung zu moderieren, die ihn rehabilitieren soll, und wird schließlich auf den Posten des Dorfbürgermeisters in einem friedlichen Kaff gehievt. Nur zwei Jahre später startet er auf hohem Roß als Gründungsmitglied einer Pipifaxpartei sein politisches Comeback.

Laouedj bemerkt, daß ich ihn anstarre, hebt mir sein Glas zum Gruß entgegen und hat mich schon wieder vergessen. Eines ist sicher: Der Typ bringt es noch mal weit. Er ist von grenzenloser Schamlosigkeit und weiß, daß man in einem undurchschaubaren System um so schneller nach oben kommt, je weniger Skrupel man hat. Und ist man erst oben, steht man den Göttern in nichts nach. Der mieseste Charakter wird als originell eingestuft und frühere

Fehltritte werden als Heldentat verbucht. Wer in der einen Hand das Geld und in der anderen die Macht hält, für den ist das Himmelreich nicht der Rede wert.

»Hör auf, ihn so anzustarren, du wirst ihn noch verärgern.«

Ich fange mich.

Der Kellner kommt, nimmt unsere Bestellung entgegen und zieht wieder ab.

Erneut ertappe ich mich dabei, wie ich Laouedj beobachte, seinen Pariser Anzug, seine frischen Wangen und seine geschmeidigen Bewegungen. Das ist bloß ein Misthaufen von einem Gauner, sage ich mir. Außen hui und innen pfui. Auf einen Misthaufen werde ich doch nicht neidisch sein.

Eine Dame mit futuristischem Kopfputz tritt in Erscheinung. Sie ist hochgewachsen und feingliedrig wie ein Elektromast und aufreizend reizvoll in eine Robe gegossen, deren Rückenausschnitt bis zum Ansatz ihres Popos reicht. Einen Moment lang bleibt sie reglos zwischen den Tischen stehen, ihr Täschchen fest an den Busen gepreßt, und wartet hoheitsvoll, daß man sich ihrer annehmen möge. Schon kommt ein Lakai herbeigeeilt, bittet sie, ihm zu folgen und weist ihr den Tisch neben unserem zu. Gleich beginnt Dine, sich den Schnauzer zu zwirbeln. Die Dame dankt dem Lakai, nickt uns unmerklich zu, verschränkt ihre Rosenfinger unterm porzellanenen Kinn und versinkt alsbald in tiefe Kontemplation der Deckengemälde.

»Schau dir nur dieses Kunstwerk an!« ruft Dine mit fiebernder Stimme aus. »Madame Zhor Rym, die schönste Witwe von ganz Algier.«

»Ich kenne sie.«

»Du kennst sie wirklich?«

»Naja, wie man sich so kennt.«

Er zerquetscht mir fast das Schulterblatt: »Machst du mich mit ihr bekannt?«

»Du hast eine prima Frau, Dine. Fände ich nicht gut, wenn du das vergißt.«

Er zerknüllt seine Serviette und zieht schmollend seinen Oberkörper zurück.

Hinten im Saal macht Haj Garne dem Lakai Zeichen näherzukommen, flüstert ihm etwas ins Ohr und steht auf. Er umrundet umständlich den Tisch, um Soraya K. beim Aufstehen behilflich zu sein. Seine Galanterie nach Art einstiger Eseltreiber ist so umwerfend, daß fast ein Gedeck dabei zu Bruch gegangen wäre.

Soraya blitzt ihn schwarzäugig an und schwebt, ganz große Dame, davon. Haj Garne, leicht verstört, checkt schnell ab, ob die am Nachbartisch auch nichts gemerkt haben, dann hastet er hinter seiner Gefährtin her.

Soraya rauscht hochnäsig an mir vorbei, während Haj Garne stehenbleibt, um Dine zu begrüßen, und dann meinen Jackenkragen anspricht: »Entzückt zu hören, daß sie dich rausgeschmissen haben, Llob. Da kriegt man ja fast Respekt vor der Polizei.«

»Wenn es dir Spaß macht.«

»Und ob! Es kommt mir jedesmal, wenn ich nur daran denke! Llob gefeuert, was braucht's mehr zum Glück?«

Er breitet die Arme aus zum Zeichen äußerster Glückseligkeit und jubelt drauflos: »Einfach geil…!«

»Und dein Dinner, das läßt du sausen wegen mir?«

»Dir kann man nichts vormachen. Ich hielt den Ort hier bisher für clean.«

Er reibt sich die Hände. Das Geräusch, das seine rauhen Handflächen dabei von sich geben, klingt einfach abstoßend.

»Soso, Yasmina Khadra nennst du dich jetzt! Damit wolltest du wohl die Jury vom Prix Fémina verführen und deine Gegner gleich mit hinters Licht?«

»Dem Mut der Frauen wollte ich meinen Respekt bezeugen. Wenn es überhaupt jemanden in unserem Lande gibt, der nicht den Schwanz einzieht, dann die algerische Frau.«

Sein Gesicht verzieht sich zu einer häßlichen Fratze: »Willst du die Wahrheit wissen, Llob? Du bist einem Transvestiten aufgesessen!«

»Komm endlich!« ruft Soraya ihm von der Treppe aus zu.

Haj Garne bittet sie um noch etwas Geduld, kramt eine Visitenkarte hervor und legt sie mir auf den Teller: »Man kann nie wissen! Wenn du mal Lust hast, Nachtwächter zu spielen, kannst du dich melden. Ich habe am Stadtrand zwei leere Lagerhallen stehen.«

Er schaut mich sechs Sekunden lang schief an, sagt noch: »Mann, geht's mir heute prächtig!« Und trabt seiner Schickse ins Treppenhaus nach.

»Mir hat es ungemein gefallen«, piepst Madame Rym, deren Kinn noch immer auf ihren Krällchen ruht, während ihr Blick nach wie zur Decke geht.

Weder Dine noch mir ist klar, ob sie sich an uns gewandt oder einfach nur laut gedacht hat. »Wie bitte, Madame?«

Ihre riesengroßen Vestalinnenaugen senken sich auf mich herab.

»Ich sagte, daß es mir ungemein gefallen hat, Monsieur Llob. Ich spreche von *Morituri*.«

»Zu liebenswürdig von Ihnen.«

»Es ist nicht meine Art, hinter Türen zu lauschen, aber dieser Flegel hat ja so laut geredet, daß das ganze Restaurant mithören konnte.«

»Vermutlich, weil er etwas schwerhörig ist.«

»Und schwer von Begriff dazu.«

»Kein Grund zur Sorge: das war bei dem schon immer so.«

Sie flechtet ihre Finger auseinander und wendet uns ihr Gesicht zu. Faszinierend, mit welcher Eleganz sich ihr Hals wie in Zeitlupe dreht. Ein wahres Wunder, diese Frau. Die Raffinesse ihrer Toilette und die Anmut ihrer Bewegungen fügen ihrer Schönheit jenes gewisse Etwas hinzu, durch das ein Meisterwerk sich von der Fälschung unterscheidet.

»Möchten Sie nicht an unseren Tisch übersiedeln, Madame Rym?« schlägt Dine vor.

»Sehr freundlich von Ihnen. Aber ich bin bereits verabredet… Dessen ungeachtet, Monsieur Llob, würde ich mich freuen, wenn Sie mich besuchen kämen, falls es Sie eines Tages mal nach Hydra verschlägt. Ich habe mir schon immer gewünscht, einmal Gelegenheit zu haben, mit Ihnen zu plaudern. Ich verehre die Schriftsteller.«

»Wir werden nicht versäumen, bei Ihnen vorbeizuschauen!« flötet Dine mit erstaunlich melodischer Stimme.

»Am Montag gebe ich einen kleinen Empfang. Nichts Besonderes, ein schlichtes Treffen unter Freunden.«

»Um nichts in der Welt würden wir das verpassen wollen«, verpflichtet Dine sich feierlich.

»Na, wunderbar, dann bis Montag, ab zwanzig Uhr.«

Sie lächelt und versenkt sich erneut in die Kontemplation der Deckengemälde.

Unsere Unterredung ist hiermit beendet.


Die Hose bis auf die Knöchel herabgelassen, die Krawatte über die Schulter geworfen, so steht Kader Laouedj in der Herrentoilette und wäscht sich die Hände. Er ist schon im Zustand fortgeschrittener Trunkenheit und hat Mühe, seine Bewegungen auf die Reihe zu kriegen. Er fährt sich mit feuchten Fingern durchs Haar, dann übers Gesicht. Als er sich aufrichtet, sieht er mich im Spiegel. Mein Anblick stimmt ihn mißvergnügt.

»Gute Reise, Sam!« ruft er mir zu, während ich die Tür zum WC aufstoße.

Er wendet sich schwankend um, um mir mit unsicherer Hand Bye Bye zuzuwinken.

»Und gutes Geschäft!«

Ich beachte ihn nicht weiter und schließe die Tür hinter mir. Als ich herauskomme, steht er noch immer da, stützt sich mit wankenden Knien am Becken ab, ist kurz davor zusammenzusacken. Er wischt sich die Hände an der Krawatte ab, macht versuchsweise einen Schritt nach vorn, doch sein schwerfälliges Hinterteil hält ihn zurück, und er lehnt sich haltsuchend an die Wand.

»Du hast vergessen, hinter dir abzuziehen, Sam.«

»Sie verwechseln mich mit jemandem, guter Mann. Ich heiße Llob, Brahim Llob.«

Sein Finger sagt nein, und seine Fettmassen beginnen zu wogen: »Du bist Sam. Du gehörst in die Kloake. Du kannst gleich reinspringen und hinter dir abziehen, und wenn du's nicht tust, tu ich's für dich.«

»Da passe ich doch gar nicht durch!«

Er schnaubt so heftig, daß es ihm fast die Nasenlöcher zerreißt, und trompetet los: »Du Saftsack, du Arschloch, du Mistkerl! Hast du nichts Besseres zu tun gehabt, als uns vor unseren Gegnern bloßzustellen? Wolltest du dein Publikum mit deinen käuflichen Scherzen amüsieren oder was? Wenn Algerien dir zum Hals raushängt, dann verpiß dich doch, und zwar dalli! Die Überläufer und Bastarde da drüben warten schon auf dich, auf der anderen Seite vom Meer!«

Es liegt keine Verwechslung vor. Kader Laouedj meint zweifelsfrei mich. Er spuckt offenbar alles an Gift und Galle aus, was ihm beim Lesen meines Buches hochgekommen ist. Sein Gesicht ist violett verfärbt und bebt in schäumender Wut, die ihm schon aus den Mundwinkeln quillt.

Er taumelt, klammert sich am Waschbecken fest und zeigt mit dem Finger auf den Spiegel hinter sich.

»Wetten, der Spiegel zerspringt beim bloßen Gedanken daran, dein Bild wiedergeben zu müssen. Du bist widerlich, Sam. Der größte Mistkerl aller Zeiten. Algerien wird die, die ihm die Treue halten, zu erkennen wissen. Und die Verräter, früher oder später kriegen wir sie alle zu fassen und ficken sie an Ort und Stelle in den Arsch.«

»Sie sollten nicht ganz so dick auftragen, Monsieur Laouedj.«

»Man kann gar nicht dick genug auftragen, sonst reißt es dir noch was auf, du Aasgeier. Aber du hast auf die falsche Beute gesetzt. Algerien ist ein Herrenland, ein uneinnehmbares Heiligtum. Und die echten Algerier, das sind alles stolze Herren. Sie halten der Katastrophe stand. Sie wanken und sie weichen nicht. Keine Gewalt, und sei sie noch so mächtig, vermag sie in die Knie zu zwingen. Wir gehören zur Rasse der Unbezwingbaren, Sam. Wenn der

Donner des Himmels uns nichts anhaben kann, dann wird uns dein Gesudel erst recht nicht aus der Fassung bringen. Du bist ein Vollidiot, ein elender Trottel, ein rettungsloser Dummkopf!«

Er versucht, mich anzuspucken, doch besoffen, wie er ist, bleibt ihm der Speichel an den Lippen kleben und tropft dann langsam übers Kinn. Er stützt sich gegen die Wand, krümmt sich in verbissener Anstrengung und schnellt mit gestreckter Faust nach vorn. Ich weiche ihm aus. Sein Schwung reißt ihn mit und er torkelt ins WC. Er klammert sich an der Klosettschüssel fest, krampfhaft bemüht, sich wieder aufzurichten; doch seine Schuhe rutschen auf den Fliesen weg, und schon fällt er wieder hin. Man könnte fast Mitleid mit ihm kriegen.

»Es ist aus mit dir, Sam. Wir machen dich fertig, du Verräter, du Überläufer!«

Ich verlasse die Herrentoilette. Seine Säuferstimme verfolgt mich noch lange: »Aus mit dir..., du bist ein toter Mann, Sam!!! Saftsack...! Arschloch...! Mistkerl...!«

Es sollte noch besser kommen. Nach dem Essen paßt uns der Geschäftsführer des ›Corail‹ an der Rezeption ab. Erst schüttelt er Dine die Hand, dann zieht er seine Hand demonstrativ zurück, um mich nicht grüßen zu müssen, fährt sich mehrmals mit der Zunge über die Lippen und sagt schließlich: »Monsieur Dine, unser Haus steht Ihnen jederzeit offen. Sie sind ein besonders gern gesehener Gast. Dennoch wäre ich Ihnen verbunden, wenn Sie künftig auf Ihren Umgang achten wollten. Wir sind ein Privatclub. Unsere Gäste sind anspruchsvoll. Wir können es uns nicht leisten, unseren guten Ruf aufs Spiel zu setzen.«

»Was ist denn bloß los, Monsieur Abbas? Gefällt Ihnen die Nase meines Freundes nicht?«

»Um ehrlich zu sein: Ihr ganzer Freund gefällt mir nicht.«

Dine blickt erst ihn an, dann mich, dann wieder ihn, und seine Wangen zucken verdächtig. Seine Faust krümmt sich und beginnt gefährlich zu beben.

»Komm, wir gehen«, sage ich zu ihm.

»Einen Moment!« ereifert er sich und schüttelt meine Hand von seinem Arm. »Was wollen Sie mir da zu verstehen geben, Monsieur Abbas?«

»Ich dachte, ich hätte mich deutlich genug ausgedrückt.«

»Mag sein, aber ich habe es nicht recht begriffen.«

Der Geschäftsführer schnippt mit den Fingern. Schon kommen zwei Gorillas angetrabt, direkt aus einem Horrorzoo entlaufen.

»Wenn Sie die beiden Herren bitte hinausbegleiten würden.«

Die zwei Gorillas packen uns, ehe wir auch nur reagieren können, schieben uns zum Ausgang und schmeißen uns raus. Der Geschäftsführer mustert uns zwei Sekunden lang verächtlich, dann rät er uns in einem Ton, der zu denken gibt, nie wieder auch nur einen Fuß in die Nähe seines Etablissements zu setzen. Und bevor er uns definitiv den Rücken zukehrt, bemerkt er noch zu mir:

»Manch kleiner Mann wär gerne groß, Monsieur Llob. Doch kein Zwerg wird größer, höchstens älter. Vorausgesetzt, er bleibt am Leben.«

# Teil 2

*Das Schlimmste ist, um seine Dummheit zu wissen*
*und sich nichts daraus zu machen.*
Brahim Llob

## 6

Als es an der Tür klingelte, sann ich gerade darüber nach, was Lino mir eines Abends auf der Küstenstraße gesagt hatte. Wir waren in einem Grillroom und schoben uns was zwischen die Kiemen. Lino gab mit fettriefendem Kinn und Beulen in den Backen folgende tiefsinnige Bemerkung von sich: »Die vernünftigste Art, einer Sache zu dienen, besteht nicht darin, für sie zu sterben, sondern sie zu überleben.« Damals fühlte Algerien sich noch gesund und kräftig an, ich platzte fast vor Patriotismus und neigte nicht dazu, den Äußerungen eines Untergebenen Beachtung zu schenken. Aber heute, da trifft es mich wie ein Bumerang. Mit der Wucht einer Wahrheit aus Kindermund. Stundenlang brüte ich schon darüber nach. Ein harter Brocken. Unverdaulich. Einfach furchtbar.

Mein Leben lang habe ich immer daneben gelegen. War der ewige Brummbär, der Karikatur näher als dem Wald, durch die allgegenwärtige Niedertracht in eine Art größenwahnsinniger Starre versetzt, die mich blind und taub machte. Es widerte mich an, meine Umgebung fröhlich hinter einer Pappnase hertrotten zu sehen. Doch heute, da weiß ich: der Grauschleier, der mir den Blick verstellte, der bittere Groll, der mir die Eingeweide zerfraß, all das kam daher, daß ich nicht zuhören konnte. Ich war betäubt von meinem Groll, dem Groll des Unbestechlichen, verblendet von meinem Ekel vor allem, was meiner Vorstellung vom Wahren und Guten widersprach. Vielleicht war es nur der Versuch gewesen, mich zu retten vor den Machenschaften des Teufels, der überall lauern konnte, oder mich abzugrenzen vor den intriganten Umtrieben, wie sie in den Zentren der Macht florierten, denn mein Kokon erschien mir als das denkbar beste Alibi. Welch Utopie! Einmal mehr hatte ich nichts begriffen.

Gewiß, tröstete ich mich, in jeder Mülltonne finden sich Dinge, die noch heil sind. Aber, so verzagte ich gleich darauf, was ist das schon, ein heiles Ding in einer Mülltonne? Ob es nun von einem Penner herausgepickt wird oder auf der Deponie landet, der Welt des Unrats entgeht es nicht … Voll daneben! Könnte ja sein, daß es recycelt wird!

Heute bin ich überzeugt, daß die modernden Gewässer im Teich der Reinheit der Seerose keinen Abbruch tun.

Ich hatte die Wahl zwischen zwei Wegen, mich meiner Aufgabe gegenüber der Gesellschaft zu entledigen: ihr zu Diensten zu sein oder sie mir zu Diensten zu machen. Ich habe mich für den Weg entschieden, der mir als das kleinere Übel erschien. Es war hart, aber ich bereue nichts. Ich frage mich noch immer: Muß man seiner Überzeugung bis zuletzt die Treue halten? Oder soll man sein Mäntelchen lieber nach dem Winde hängen? Und was heißt das: bis zuletzt? Bis an den Galgen, bis in den Untergrund oder bloß bis in die Moschee, wo man unter lauter Tattergreisen vermodert, wie es sich für brave Pensionäre gehört?

Lino hatte recht gehabt. Er hatte mit übervollem Mund gesprochen, an jenem Abend auf der Küstenstraße, aber nicht nur wegen der Fleischspießchen. Sterben ist der schlimmste Dienst, den man einer guten Sache erweisen kann. Denn über allen Trümmern und Opfern tummeln sich unweigerlich irgendwelche Aasgeier, die listig genug sind, sich als Phönix auszugeben. Und die werden nicht eine Sekunde zögern, mit der Asche der Märtyrer ihre privaten Paradiesgärten zu düngen, die Grabsteine der Gefallenen in Monumente für sich selbst zu verwandeln und die Tränen der Witwen auf ihre Mühlen umzuleiten. Und das, das kann ich nicht ertragen.

330

Vielleicht habe ich deshalb so lange gebraucht, bis ich auf das Klingeln reagiert habe.

»Hast du dein Hörrohr verlegt oder was?« wiehert Dine auf dem Treppenabsatz. »Ich läute schon seit gut zehn Minuten.«

Angesichts meiner tristen Miene dämpft er den Ton und grinst mich stumm an mit seinem Pferdegebiß. Dann pocht er mit seinem nikotingelben Fingernagel eindringlich auf das Zifferblatt seiner Armbanduhr, um mir klarzumachen, daß wir zu spät zu unserer Verabredung kommen werden.

Ich nehme lustlos meine Proletarierjacke vom Haken und hole ihn am Fuß der Treppe ein.

Dine ist so erregt, daß man meinen könnte, er wäre angespitzt. Er hat seinen besten Anzug an, dazu italienische Schuhe, und ist derart üppig mit Eau de Toilette bestäubt, daß es sogar einen Leichnam im fortgeschrittenen Stadium der Verwesung wieder annehmbar duften lassen würde. Um sich den Anschein von Seriosität zu geben, hat er sich eine gigantische Hornbrille auf die Nase geklemmt, die sein halbes Gesicht verdeckt.

»Hör zu, mein Schatz«, warnt er mich, als er mir den Wagenschlag öffnet, »wenn du vorhast, den ganzen Abend über so muffig zu bleiben, bleiben wir besser gleich zu Hause. Vergiß nicht, daß wir eine Dame besuchen. Also bitte, ein bißchen Haltung – und nicht so eine Trauermiene!« fügt er hinzu und knallt die Wagentür hinter mir zu.

Kein Wort dringt aus meinem Mund während der ganzen Fahrt. Meine Bitternis hat etwas, das einem alle Freude auf Erden vergällen kann, Dines Freude zuallererst. Er hat inzwischen gemerkt, daß es sinnlos ist, den Clown zu spielen, um mir ein Lächeln zu entlocken. Meine Unleidlichkeit beginnt auf ihn überzuschwappen wie ein giftiger Nebel. Einmal hätte ich ihn fast gebeten, anzuhalten und mich aussteigen zu lassen. Ich wollte zu Fuß nach Hause zurück. Nicht um mir die Beine zu vertreten oder den Geist zu lüften, sondern einfach, weil ich finde, daß sogar Dine mich jetzt mächtig zu nerven beginnt. Und überhaupt, ich habe schließlich ein Recht darauf, mich in meinen vier Wänden zu vergraben, meine Gedanken zu sortieren, ein wenig Abstand zu gewinnen, um zu sehen, wie es um mich steht.

Was weiß Dine denn schon von meiner Einsamkeit? Warum schleppt er mich zu dieser Witwe, obwohl ich gar nicht darauf brenne, sie wiederzusehen? Wenn er sich für sie interessiert, was habe ich damit zu tun? Wenn man so will, benutzt Dine mich nur.

Seit langem schon finde ich Feten nicht mehr zum Lachen. Die Ursache dafür liegt in der Kindheit, die man mir gestohlen, der Jugend, um die man mich gebracht hat, und heute sind die Zeiten auch nicht danach, das wieder ins rechte Lot zu rücken.

Als ich ein Junge war, war immer diese Glasscheibe zwischen mir und meinen Träumen auf der einen Seite, der Ausgelassenheit des Feierns auf der anderen.

Auf dem Hof der Guillaumets, wo ich als Mädchen für alles verdingt war, blieb keine Zeit für Zerstreuungen. Ich war ständig im Dreh, hin- und hergerissen zwischen Haushaltspflichten und Botengängen, war bemüht, mein Geld auch wert zu sein, und ertrug mit stoischem Gleichmut alle Höhen und Tiefen – ganz wie die Schwalben, bei denen sich das Weiß der Bäuche wunderbar mit dem Schwarz auf ihrem Rücken verträgt. Gott hat zweierlei Sorten von Menschen geschaffen, lehrte man mich: reiche und arme.

Wenn das Haus meiner Herrschaft mit Girlanden geschmückt war und aus allen vier Himmelsrichtungen knatternde Automobile und Kutschen eintrafen, wenn der Lärm des Festes bis auf den Berg emporschallte und das Lachen der Frauen sich am Firmament brach, dann gab ich mich mit einer Astgabel oder einem Plätzchen im Schatten zufrieden und betrachtete das Glück der anderen wie durch ein Aquarium hindurch. Stundenlang blieb ich so hocken, starr vor Kälte und Staunen, die Nase bis zum Morgengrauen gegen die Scheibe gedrückt, und nicht eine Sekunde verübelte ich es den Leuten von Igidher, daß sie nichts taten, meine Kinderaugen wenigstens ein bißchen zum Leuchten zu bringen.

Damals waren es immer die französischen Siedler, die etwas zu feiern hatten. So war es, damit mußte man leben. Und deshalb verkrieche ich mich bis auf den heutigen Tag immer, wenn sich irgendwo die Freude breitmacht, sofort in eine Ecke, in der ich mich ausgeschlossen fühlen kann.

Wir kommen mit vierzig Minuten Verspätung in Hydra an. Eine Straßenschlacht zwischen Polizei und einer Terroristengruppe hatte uns zu einem Umweg genötigt.

Madame Rym bewohnt ein imposantes Herrenhaus an der Rue de la Paix, gegenüber einem Platz voller Palmen, der wie eine Oase wirkt. Die Gegend scheint idyllisch. Kein einziges Auto am Straßenrand, keinerlei Lärm. Eine Gruppe Jugendlicher albert unter einer Mimose herum. Ihre Gesichter sind rosig, manche haben sich die Schläfen ausrasiert, andere haben einen Pferdeschwanz, bei allen funkelt ein Ring im linken Ohr. In Algier nennt man sie die *Tchitchi*-Bruderschaft. Sie sind in der Lage, einen Krieg zu durchleben, ohne das Geringste davon mitzubekommen.

Madame Rym ist erleichtert, als sie uns endlich auftauchen sieht. Sie wollte schon fast die Hoffnung aufgeben, gesteht sie uns, während sie mich am Arm nimmt, um uns ihren Freunden vorzustellen, die sich sichtlich wohl fühlen inmitten all der Pracht. Da gibt's Miezen, die sind so liebreizend wie Brokatstickerei, Frauen wie gefüllte Puten und Herren von distinguiertem Äußeren. Hier und da lagern ältere Damen mit der Reglosigkeit heiliger Kühe auf dem Diwan, damit beschäftigt, ihr fettes Vermögen wiederzukäuen und Gleichgültigkeit gegenüber dem Charme ihrer Gigolos zu heucheln, die bereit sind, ihnen für ein wenig Taschengeld den Hengst zu machen. Weiter hinten dann die Crème de la Crème, darunter, soweit ich erkennen kann, Baha Salah, ein Großindustrieller, der ein Erdbeben auslöst, wenn er sich nur einmal schneuzt; Amar Bouras, ein verstockter Regionalist, der es verstanden hat, in der richtigen Sippe das Licht der Welt zu erblicken und sich strikt an den Wahlspruch der Seinen hält: sich schnell bereichern und lange herrschen. Er steht an der Spitze einer mafiösen Partei. Sodann Doktor Lounes Bendi, renommierter Gelehrter und eingefleischter Opportunist, der nicht zögern würde, seine eigene Mutter den Flammen auszuliefern, nur um von sich reden zu machen; Omar Daïf, heruntergekommener Filmemacher, den man auf jeder Szene-Soiree trifft, wo er mit beharrlichem Schielen nach einem Mäzen Ausschau hält; Scheich Alem, glühender Befürworter des Volksaufstands von 1992, der mächtig stolz auf seine sechs Monate Internierungslager ist und seinen subversiven Bart so würdevoll wie ein Stachelschwein seine Stacheln zur Schau stellt. Und natürlich der unvermeidliche Kader Leuf, ein aufrechter Journalist, hellsichtig, unbestechlich und objektiv, dem alle Welt einstimmig so viel Charakter wie einem französischen Käse zuspricht.

Wie Achtzigjährige, die in die Schlacht ziehen, schreiten wir die Front ab: hier ein Neureicher, dort eine vermögende alte Witwe. Ein Herr ist derart beschäftigt, sich die Würmer aus der Nase zu ziehen, daß er nicht eine Sekunde für uns erübrigen kann. In der Tat: eine höchst bedeutungsvolle Expedition. Zwischen gestelzten Artigkeiten und flüchtigen Salamaleikums lavieren wir uns durch diesen Jahrmarkt, an dessen Ausgang uns die Gastgeberin uns selbst überläßt, um den nächsten Troß Neuankömmlinge unter ihre Fittiche zu nehmen.

»Eine Wucht!« jauchzt Dine, der Madame Rym mit den Augen verschlingt.

»Ihr Reichtum?«

»Sie selbst, na hör mal!« schimpft er aufgebracht.

Ich gestehe ihm mildernde Umstände zu und hake das Thema ab.

Mostéfa Haraj läßt seinen Archipel dienstbarer Geister im Stich und kommt zu mir herüber, um mir mit seinem Scotch on the Rocks unter der Nase herumzuscheppern. Haraj ist Bankier. Wir haben uns bei einem Verhör kennengelernt, das er mir bis heute nicht verziehen hat. Er ist untersetzt und bösartig, hat eine Visage wie ein Galgenstrick und würde eher einen Kredit riskieren als einem Unbekannten zulächeln. Ein widerlicher Kerl!

»Sehe ich Gespenster oder was?« kläfft er mich an mit einer Stimme wie ein Abführmittel: »Brahim Llob unter der Elite, wer hätte das gedacht?«

»Ihr Enthusiasmus richtet mich auf.«

Da legt sich sein großes Maul in Falten: »Liegt nicht in meiner Absicht, Sie aufzurichten. Wenn Sie wüßten, wie abscheulich ich Sie finde... Leider fehlen mir die Worte.«

»Leider ist das nicht das einzige, was Ihnen fehlt!«

Sein Blick durchbohrt mich wie ein Degen. Er schwenkt arrogant seinen Drink und sagt: »Ich habe einen Freund in Paris. Den werde ich mal bitten nachzusehen, ob nicht ein Wasserspeier an Notre-Dame fehlt.«

»Nicht nötig, ihn zu behelligen. Ich habe hier doch einen – in Reichweite meines Speichels!«

Das hat gesessen! Die Adern auf seiner Glatze schwellen grauenvoll an. Doch eine gigantische Detonation läßt das Haus erbeben und beendet jäh unser Gespräch. Mostéfa Haraj macht sich den ungestümen Zwischenfall zunutze, um sich unauffällig zu Seinesgleichen auf die Veranda zu verziehen. In der Ferne markiert eine Rauchsäule den Schauplatz der Tragödie, die die Stadt einmal mehr heimgesucht hat.

»Achtundsiebzig«, gluckert Scheich Alem und schafft es nicht, den morbiden Triumph zu unterdrücken, der in seinen Pupillen funkelt. Schon die achtundsiebzigste Bombe, die über Algier explodiert!

Ich gehe zum Balkon, um die Feuerzungen zu sehen, die an den Rockzipfeln der Nacht hochlecken. In der reglosen Stille nimmt das höhnische Kichern des Bärtigen schaurige Ausmaße an. Meine Hand setzt sich ganz von selbst in Bewegung, kriegt ihn am Kragen seiner Soutane zu fassen und schiebt ihn unsanft beiseite. »Du entschuldigst...«

Er versucht, die Stirn zu runzeln. Meine Finger schließen sich um seinen Nacken zusammen, tun ihm weh. Er zieht sich katzbuckelnd zurück, eingehüllt in seine Niedertracht: ein feiger, scheinheiliger Scharlatan, von dessen Zurückweichen ein eigentümlicher Glanz ausgeht, als hätte man einen Dämon exorziert.

Einige Minuten später dringt das Geheul der Sirenen wie ein apokalyptischer Chor zu uns herauf. Eine Dame, geschminkt wie eine japanische Schauspielerin, ringt in melodramatischem Gebet ihre schmuckbestückten Finger und sucht einen himmlischen Ansprechpartner, der gefällig genug ist, sie ernstzunehmen.

»Wir sollten nicht hier draußen bleiben«, bemerkt Baha Salah.

»Du hast recht«, stimmt Amar Bouras zu. »Wir werden uns doch nicht von solch miesen Kerlen die Laune verderben lassen.«

Einige Partygäste folgen dem Industriellen in den Saal. Die übrigen bleiben noch eine Weile im Freien, mehr oder weniger aufmerksam auf die Geräusche in der Ferne lauschend.

Doktor Bendi zündet mit olympischer Ruhe sein Pfeifchen an und betrachtet dann – eine Hand in der Tasche, in der anderen die Pfeife – die Rauchwolke, als wär's ein Kunstwerk.

»Mein Gott, dieser Krieg, den man wie eine schändliche Krankheit verbirgt!« seufzt Omar Daïf. »Langsam macht mich das verrückt.«

Den renommierten Gelehrten läßt das kalt.

Der Filmemacher ballt beherrscht die Faust. In seinen zerknitterten Zügen steht die Ratlosigkeit etwas deutlicher geschrieben. »Wie lange wird das noch gehen, Doktor?«

»Ich habe meine Kristallkugel im Büro liegenlassen.« Der Ton des Doktors ist barsch.

Omar Daïf versinkt in tiefes Nachdenken und bemerkt schließlich bekümmert: »Andernorts genügt ein einziger Schuß, ein Knallfrosch, ein Gefängnisausbruch, und schon wird die ganze Nation mobilisiert. Beim geringsten Zwischenfall gibt der Präsident in der Minute darauf eine offizielle Erklärung ab. Und bei uns, da werden kleine Mädchen erst vergewaltigt, danach enthauptet, Kinder werden von Sprengsätzen zerfetzt, ganze Familien Nacht für Nacht mit der Axt massakriert, und man tut so, als sei alles in bester Ordnung.«

Der Doktor zieht lange an seiner Pfeife, bläst dem Filmemacher den Rauch ins Gesicht und kehrt zu den Neureichen im Salon zurück.

Omar Daïf wendet sich an die alte Dame neben ihm: »Ich habe doch recht. Zum Beispiel das Fernsehen. Wann immer Sie es einschalten, stoßen Sie auf eine Sendung, die himmelweit von der Tragödie in unserem Land entfernt ist.«

Die alte Schachtel runzelt die Stirn in Richtung ihrer Höflinge, als ob sie sich fragte, warum man ausgerechnet sie zur Zielscheibe der Anklage macht, rümpft die Nase und zieht an der Spitze einer Heerschar von Gigolos von dannen.

»Wir sollten nicht dramatisieren!« schaltet Kader Leuf sich jetzt ein und faßt den Filmemacher herablassend am Ellenbogen. »Der Krieg in unserem Land ist Teil der Umwälzungen, die sich auf allen Kontinenten vollziehen. Ein ganz normaler Ablauf. Wir sind kein Sonderfall. Man denke nur an Zaïre, Ruanda, Bosnien, Tschetschenien, den Mittleren Osten, Irland, Afghanistan, Albanien... Was sich hier bei uns abspielt, ist letztlich biologisch konditioniert. Unser Land will erwachsen werden. Es ist auf der Suche nach sich selbst. Eine schlichte Pubertätskrise.«

Ich bin jetzt ganz allein auf der Veranda, übers Gelände gesunken, halb weggetreten. Da kommt Madame Rym angeschlängelt. Sanft legt sich ihre Hand auf meine.

»Warum haben Sie mich zu diesem Karneval der Beknackten geladen, Madame Rym?«

»Damit Sie wissen, was ich Woche für Woche auszustehen habe.«

»Dazu zwingt Sie doch keiner.«

»Deshalb versuche ich ja auch, neue Freunde zu gewinnen.«

»Ach tatsächlich?«

»Absolut. In meiner Welt spricht man nur über Profit, Politik und Finanzgeschäfte, nie über andere Dinge. Ich bin es leid. Ich

bin eine Träumerin, Monsieur Llob. Am liebsten säße ich
irgendwo an einem Flußufer und würde alles vergessen, schlösse
einfach die Augen und stellte mir vor, daß Märchen wahr werden:
Sogar einen Frosch würde ich dafür auf sein feuchtes Maul küssen.
Manchmal packt mich die Lust, einfach die Tür zuzuknallen und
in den Büschen meine Träume aufzustöbern. Ich bin ein Mädchen
vom Land, Monsieur Llob. Mein Vater besaß eine Hütte am Wald-
rand. Er ist nur deshalb in die Stadt übersiedelt, weil er fürchtete,
man könnte mir hinter einem Baum auflauern. Ich bin leidenschaftlich gern durch die Wälder gestreift.«

Ihre Finger haben sich mittlerweile in meiner Hand eingenistet.
Ihre Augen, in denen sich das Laternenlicht spiegelt, funkeln wie
zwei Juwelen. Ihr Parfüm ist stärker als alle Düfte, die aus dem Garten aufsteigen.

»Ich bin wie meine Rosen, die ich hingebungsvoll pflege. Aber
das fällt keinem meiner Gäste auf. Alle kommen sie nur hierher,
um zu feiern. Und im Morgengrauen, wenn sie wieder gehen, glänzen Tränen in meinen Augen, als wären es Tautropfen auf den Blü-
tenblättern.«

Sie faßt mich um die Taille, und ich spüre deutlich den Druck
ihrer Brüste gegen meine Rippen.

»Kommen Sie, mein Freund, lassen Sie uns zu Tisch gehen.«

Ich folge ihr.

»Mögen Sie Blumen, Monsieur Llob?«

»Unter anderem.«

»Haben Sie eine Vorliebe für eine bestimmte Sorte?«

»Nun, sagen wir, ich sehne mich nach jener, die ich wohl kaum
noch werde pflücken können.«

»Nämlich?«

»Der Jugendblüte.«


Das Dinner wird in einem riesigen, mit Samttapeten ausgeschlage-
nen Saal serviert. Das Bankett erstreckt sich über mindestens zwanzig Meter Länge. Es ist so üppig, daß man davon eine ganze Sippe

zwei Tage lang satt bekäme. Ich werde zwischen zwei knusprige Damen an die Mitte der Tafel plaziert, zu meiner Linken Madame Baha Salah, rechts von mir Madame Haraj. Den Vorsitz macht Amar Bouras. Jeder andere hätte mich überrascht. Da er meint, er sei auf einem Kongreß, leiert er einen unverständlichen Diskurs herunter und bittet uns, massenhaft seiner Bewegung für die Wiederherstellung von Frieden und Wohlstand in Algerien beizutreten. Sein Politbüro klatscht eifrig Beifall. Das ist das Signal für die wackeren Kämpen: Im Sturm werden die Suppentassen eingenommen.

»In welcher Partei sind Sie denn, Monsieur Llob?« fragt mich meine Nachbarin zur Rechten.

»In meiner Familie, Madame.«

»Da haben Sie recht. Aber wo ist denn Ihre Frau?«

»Zu Hause. Sie bereitet gerade mein Bad vor.«

»Kleiner Heimlichtuer. Während Ihre Frau Ihnen das Bad zubereitet, suchen Sie krampfhaft nach einer Rechtfertigung dafür.«

Eine zweite Detonation läßt uns hochfahren. Doch gleich nimmt Baha Salah das Heft in die Hand: »Kümmert Euch nicht um diese Idioten, liebe Freunde. Schlemmen wir bis zum Gehtnichtmehr!«

Die Selbstsicherheit des Industriellen entspannt die Atmosphäre. Hinter einer dicken Dame aus der Bourgeoisie versteckt, hat Scheich Alem mich im Visier. Kaum wende ich den Kopf ab, schmettert er los: »Neunundsiebzig!«

»Schäm dich, Scheich!« empört sich der Filmemacher. »Ein Hadsch wie du, mit einem Bein schon im Grab! Wie kannst du dich nur freuen, dein eigenes Land in Flammen aufgehen zu sehen!«

»Daran ist nur die Armee schuld!« deklamiert der Bärtige. »Sie hätte den Wahlprozeß nicht unterbrechen dürfen.«

»Die Armee hat nur ihre Pflicht getan. Hätten die deutschen Offiziere damals denselben Mut bewiesen, um Adolf Hitler den Weg zu versperren, dann hätte das in Deutschland sicher einen Bürgerkrieg ausgelöst, doch der Welt wären Holocaust, Massendeportationen und Gaskammern erspart geblieben.«

»Wir hatten nie die Absicht, einen Weltkrieg auszulösen!« protestiert der Scheich.

»Und die kulturelle Säuberung, die der FIS angekündigt hat? Und der Galgen, den er den Intellektuellen in Aussicht gestellt hat? Und der Totalitarismus, für den er sich stark gemacht hat? Ich bin überzeugt, das Land hätte im Falle eines Wahlsiegs des FIS einen Genozid ungeahnten Ausmaßes erlebt. Zum Glück hat der FIS den taktischen Fehler begangen, zum bürgerlichen Ungehorsam aufzurufen…«

Das ist der Moment, in dem Doktor Lounes Bendi, um sich Gehör zu verschaffen, mit dem Löffel gegen den Tellerrand klopft. Mit ungeheurer Konzentration und vernichtendem Lächeln blickt er abwechselnd den Scheich und den Filmemacher an.

»Etwas mehr Niveau, meine Herren, wenn ich bitten darf. Wir sind hier doch nicht am Stammtisch.«

In der Gewißheit, die ganze Tafelrunde in seinen Bann gezogen zu haben, legt er den Löffel nieder und lehnt sich gemächlich zurück. Mit zwei Fingern liebkost er seine Lacoste-Krawatte. Neben mir beginnt Madame Baha Salah wie eine läufige Sau zu zittern. Seit wir zu Tisch sitzen, läßt sie ihn nicht mehr aus den Augen. Und immer, wenn sich ihre Blicke kreuzen, erbebt sie von Kopf bis Fuß.

Der Doktor holt tief Luft und donnert wieder los: »Wie konnte es kommen, daß der FIS, der kurz vor einem glanzvollen Wahlsieg stand, sich von heute auf morgen in die Illegalität begeben hat? Wozu der Aufruf zum zivilen Ungehorsam? Der FIS war das virtuelle Parlament. Warum hat er schlagartig alles hingeworfen, um im Gefängnis zu enden?«

Die Fragen des Doktors wandern einmal um die ganze Tafel, doch niemand mag sie aufgreifen.

»In der Tat«, zwitschert zuletzt ein kurzsichtiges Fräulein, »das macht keinen Sinn. Das Volk war doch auf seiner Seite. Aus allen

Umfragen ging er mit einer Mehrheit von über 80 Prozent hervor, Wahlbetrug hin oder her.«

»Je länger man darüber nachdenkt, umso seltsamer kommt es einem vor!« bestätigt ein Schönling wohl nur deshalb, um alle Blikke auf sich zu ziehen.

Der Doktor sieht ein, daß er die Latte zu hoch gehängt hat, und lächelt noch eine Spur überheblicher, bevor er erklärt:

»Die Sache mit dem bürgerlichen Ungehorsam hat weder Hand noch Fuß. Damit nahm der Schwindel seinen Lauf. Der FIS entlarvte sich als ausführendes Organ. Alles war seit Jahren im Detail geplant. Der FIS ist nicht gekommen, um zu regieren, sondern um Krieg zu führen. Die Nomenklatura hat allen Sand in die Augen gestreut. Ihr schmutziges Geld quoll hinter der Fassade des Sozialismus hervor und begann, sie zu verraten. Sie fürchtete, hinweggeschwemmt zu werden von der Welle der Empörung, die ihr Gemauschel und ihre Spekulationen auslöste. Was sie brauchte, war neuer Lebensraum. Und das so schnell wie möglich. Es ärgerte sie, daß ihr Geld in die Banken im Ausland floß, daß sie Milliardensummen einfrieren mußte. Sie wollte ihr Beutegeld zurück, wollte hier, im eigenen Land investieren, einem Eldorado, das brachlag. Aber die Sache hatte einen Haken. Jedesmal, wenn man durchblicken ließ, daß dieses oder jenes hohe Tier ein großes Projekt lancieren wollte, tuschelte es im Volk: ›*Minn ayna laqa hada?* Wie kommt der zu so viel Geld?‹ So ging das nicht weiter. Man mußte ihr das Maul stopfen, dieser Nation von Nichtstuern… Aber wie? Nichts einfacher als das! Ein Krieg mußte her! Eine Krise, eine richtig schöne beschissene Krise, aber eine Krise, die sich von A bis Z steuern ließ… Auf die Berberkarte setzen? Zu riskant fürs Vermögen. Die Karte der Arabisierung? Die Intellektuellen sind schlechte Söldner. Es galt ja, den Laden in die Luft zu jagen, alles abzufackeln, dem nationalen Gedächtnis ein Trauma einzuimpfen, die Nichtstuer, die ›Immobilisten‹, zur Vernunft zu bringen und dieses Volk undankbarer und verstockter Subventionsempfänger solange auszuhungern, bis es sich nicht mehr scheute, um

Brot für seine Kinder zu betteln, sich für den letzten Job zu prostituieren. Dann hat die Stunde der Nomenklatura geschlagen, die zynisch beteuert: ›Wie gerne würde ich investieren, doch die Leute werden munkeln...‹ – ›Zum Teufel mit dem Gemunkel der Leute!‹ wird man dann sagen. ›Ist uns ganz gleich, von wem ihr euer Vermögen habt. Nur nehmt sie, die kaputten Fabriken, baut ein Imperium auf! Euch stören die Trümmer? Kein Problem, wir fegen bis vor eure Tür. Alles, was wir wollen, ist Arbeit!‹ Simsalabim, so leicht geht das. Ein Kinderspiel.

Und während die Theoretiker woanders ihren Chimären nachjagen, brennt das Land. Die Feuerwehrleute, die ihre Hilfe anbieten, sind in Wahrheit die Brandstifter selbst. Sie haben auf die richtige Karte gesetzt: den Fundamentalismus. Die Bruderschaft war einsatzbereit, stand Gewehr bei Fuß, tief frustriert und total indoktriniert. Gestern hat sie den Haß kultiviert, heute ist sie ein unterhaltsamer Zeitvertreib. Man bringt seinem Vater doch nicht bei, wie man Kinder macht! Die offizielle Zulassung der Parteien mit religiösem Charakter wurde mit dem ausschließlichen Ziel betrieben, den Aufstand zu legitimieren. Erst hat man die Islamistenbewegung in den Rang einer Prophezeiung erhoben, dann hat man sie wieder abserviert. Logisch, daß die Geprellten zu den Waffen gegriffen haben. Als erster der MIA, der bewaffnete Flügel des FIS. Dann der GIA, die eiserne Faust des Vaters. Dieser Krieg ist weiter nichts als eine Baustelle, die die Polit- und Finanzmafia fröhlich unter sich aufteilt. Wenn sich ihr Imperium konsolidiert hat, wird sie mit den Fingern schnipsen – und wie im Traum kehrt wieder Ruhe ein. Und der arme Steuerzahler wird darüber so was von erleichtert sein, daß er für alle Zeiten die Lust an jeder Polemik verliert.«

Spricht's, schiebt seinen Teller zurück und steht inmitten einer betäubenden Stille auf, holt seine Pfeife hervor und macht einen heroischen Abgang, ohne die Zuhörer auch nur eines Blickes zu würdigen.

Drei Minuten lang sind wir sprachlos, fühlen uns schuldig, so wenig auf der Höhe dieses Monumentes an Intelligenz gewesen zu sein. Madame Baha Salahs Fingergelenke sind ganz milchig verfärbt, so heftig hat sie ihre Serviette gepreßt. Dine, der mir gegenüber sitzt, ringt vergeblich um Atem. Alle blicken einander an, und niemand wagt ein Wort zu sagen. Zuletzt bin ich es, der das erste Lebenszeichen von sich gibt, indem ich zwei Schluck Wasser trinke, die im abgrundtiefen Schweigen so laut in meiner Kehle dröhnen wie die zwei Bomben, die heute abend explodiert sind.

»Phantastereien!« ruft Kader Leuf vom Ende des Tisches.

»Hmmm…« brummt Baha Salah, »der hält sich wohl für den Nero der Weisheit.«

»Goebbels hatte schon recht. Wenn einer nur ein Buch hervorzieht, sollte man gleich den Revolver ziehen«, spottet Haraj.

»Zum Teufel, diese Intellektuellen! Halten sich für schlauer als alle und sind doch die ersten, die angeschmiert sind!« bemerkt ein kräftiger Typ mit einer Stirn wie ein Rammbock. »Sei so gut, mein Lieber, und reich mir mal das Silbertablett.«

»Man muß nur mal sehen, was für Leidensmienen sie in den ausländischen Fernsehsendern zur Schau tragen, die Intellektuellen. Sühneopfer, denen nicht zu helfen ist. Sie haben Angst, schlafen schlecht, werden verfolgt, können ihr Auto nicht vom Parkplatz holen, man will sie umlegen, sie sind allein, sie schlagen sich an allen Fronten zugleich…«

»Was man nicht alles für eine elende Aufenthaltsgenehmigung auf sich nehmen muß!«

»Aber hallo!« ergreift Amar Bouras das Wort: »Manche haben damit Erfolg. Ich kannte mal einen Schreiberling, der sich fürchterlich quälte, bis er einen Satz zu Papier gebracht hatte. Jetzt ist er ein großes Licht und staubt an jeder Straßenecke einen Literaturpreis ab.«

»Mir scheint, die im Westen sind leicht plemplem. Man muß ihnen nur erzählen, man sei zum Tode verurteilt, und schon fühlen sie sich schuldig.«

»Zum Tode verurteilt? Was soll das heißen, zum Tode verurteilt? Die armen Teufel, die auf der Landstraße, im Douar, unter den Augen ihrer Kinder abgeschlachtet werden, waren die vielleicht zum Tode verurteilt?«

»*Astaghfirou Llah!*« seufzt Scheich Alem mit eingezogenem Hals.

»Hört mal zu, Leute!« schimpft Baha Salah und deutet mit ausladendem Gestus auf die Berge von Lebensmitteln. »Wir sind zwar hier, um einen drauf zu machen, aber man soll's nicht übertreiben. Vergeßt jetzt bitte mal diese Hunde!«

»Und wenn sie noch so kläffen, die Karawane zieht auf alle Fälle weiter«, ergänzt Haraj.

In spontaner Choreographie greifen Arme nach Schüsseln, verwandeln Münder sich in dunkle Löcher, ergießt sich eine Symphonie aus Gabelgeklimper und Schmatzgeräuschen in den Saal.

»Der Lachs ist unsäglich saftig«, gluckst eine scharfe Maid und leckt sich wollüstig die Finger.

»Madame Rym«, wirft ein blondgesträhnter Playboy ein, »Ihre Crème Anglaise ist, mit Verlaub, einfach göttlich!«

»Queen Elizabeth hat sie höchstpersönlich für mich zubereitet!«

Allgemeines Gelächter, und schon sind Doktor Bendi, die Bomben und das Elend dieser Welt wieder vergessen.

Madame Baha Salah nutzt das Stimmengewirr, um sich auf leisen Sohlen davonzustehlen.

Meine Nachbarin zur Rechten forscht unter dem Tisch nach meinem Bein.

»Essen Sie denn gar nichts, Monsieur Llob?«

»Ich denke an mein Übergewicht.«

Ihre Hand tätschelt mein Knie, wandert über meinen Oberschenkel, verlustiert sich bergauf, bergab. Ihre Kühnheit trifft mich ohne jede Vorwarnung. Ihr gelassener Blick entwaffnet mich. Ich erstarre. Sie nimmt das als stillschweigende Zustimmung und setzt ihre Erkundung durch Regionen fort, die im allgemeinen tabu sind.

»Es ist zwecklos, sich weiter vorzuwagen, Madame. Mein Senkrechtstarter ist seit Urzeiten eingerostet.«

»Ich bin sehr fingerfertig, wissen Sie? Ich krieg das im Handumdrehen wieder hin.«

»Gewiß, aber es besteht keine Notwendigkeit.«

Sie zieht ihre Hand zurück, holt sie wieder nach oben, auf den Tisch. Noch immer lächelnd sieht sie mich lange an und gesteht mir zuletzt: »Sie sind verteufelt sexy.«

»Sieht nur so aus, meine Liebe. In Wahrheit halte ich's mit der Melone: je mehr Bauch, desto weniger Stiel.«

Damit werfe ich das Handtuch und stehe auf. »Sie nehmen's mir doch nicht übel, Madame?«

Madame zwinkert mir zu. Fair play.

Dine läuft mir schimpfend nach: »Du bist wirklich unmöglich. Was ist denn jetzt schon wieder? Kannst du nicht mal eine Sekunde lang stillsitzen?«

»Ich will nach Hause.«

»Verdammt, ich bin gerade dabei, ein Geschäft einzufädeln.«

»Laß dich nicht stören. Ich nehme ein Taxi.«

»Kommt nicht in Frage. Wir sind zusammen hergekommen, wir werden zusammen wieder gehen. Bitte sei kein Spielverderber, verdammt! Bei dir zu Hause bläst du doch nur wieder Trübsal. Laß mir wenigstens noch ein Stündchen.«

»Eine halbe Stunde, Dine. Ich halt's keine Minute länger hier aus.«

»Okay.«

»Gibt's hier denn keine Ecke, in die ich mich solange verkriechen könnte? Der Anblick dieses goldenen Packs ist die reinste Folter für mich.«

»Geh in die Bibliothek: den Gang runter, bis du in eine Halle kommst. Dann gleich links. Da kannst du dich abregen. Es gibt tolle Bücher, einen Riesenfernseher und ein Videogerät.«

Ich nicke und gehe bis zur Halle vor. Links führt eine massive Polstertür in einen Saal von den Ausmaßen einer Turnhalle. Er ist vollgestopft mit Ledersofas, Silbergerätschaften und endlosen Regalen voller Bücher. Ich zünde mir eine Zigarette an und halte Aus-

schau nach einem interessanten Schriftsteller. Als ich mich gerade
für Nagib Machfus entscheide, höre ich ein Stöhnen. Ich drehe
mich um. Der Raum ist leer. Ein zweites Stöhnen lenkt mich zu
einer hinter der Hausbar versteckten Tür. Ich gehe näher heran,
werfe einen Blick durch den offenen Türspalt und sehe jemanden
in einem Sessel sitzen, die Arme auf den Polsterlehnen, die Beine
ausgestreckt: Es ist Doktor Bendi, der Madame Baha Salah eine
prachtvolle Erektion darbietet. Sie legt ihm zu Füßen einen frenetischen Striptease hin und verpaßt ihm dabei eine Fellatio, bei der
einem Hören und Sehen vergeht.

Jetzt reicht's mir wirklich.

# 7

»Bist du neidisch, weil's für mich so gut läuft, oder was?« knurrt
Dine, der wie ein Irrer fährt. »Ich stand kurz davor, das Geschäft
meines Lebens unter Dach und Fach zu bringen.«

Ich lasse ihn wettern, soviel er will. Meinen Gedanken kommt
mein Überdruß gerade recht, um den Abgrund zu vertiefen, in dessen Sog ich bin. Ich verspüre keinerlei Bedürfnis, mich noch
irgendwo anzuklammern, schlimmer noch: Ich lasse mich fallen,
widerstandslos, mit einer Art innerem Frieden, der bewirkt, daß die
Dinge dieses Lebens mich nur noch anwidern. Was hatte ich bloß
bei Madame Rym verloren? Was sollte diese primitive, skandalös
dämliche Maskerade? Muß ich mich definitiv damit abfinden, daß
nichts, absolut nichts, dem Mammon widersteht, daß alles, absolut
alles, käuflich ist?

Ich bin zutiefst verstört.

Jetzt habe ich schon die dritte Zigarette in knapp fünfzehn Minuten intus und bin noch immer nicht hinreichend betäubt.

Dine brettert an einem Stopschild vorbei und läßt in einer

scharfen Kurve die Reifen quietschen. Er ist außer sich. Seine Faust trommelt aufs Lenkrad, malträtiert den Schaltknüppel. Ich find's nicht besonders amüsant. In einer Biegung kommt der Wagen wegen eines Schlaglochs ins Schleudern, und es wirft mich gegen die Scheibe. Dine bemerkt nichts von alledem. Er hat an meinem überstürzten Aufbruch aus der Villa von Algiers schönster Witwe zu knapsen und reagiert seinen Zorn mit durchgedrücktem Gaspedal ab.

»Mein Lieber, wenn du weiter so muffig dreinblickst, wirst du dein Schicksal kaum freundlicher stimmen!« schimpft er. »Sieh zu, daß sich ein Schönheitschirurg deiner Visage annimmt. Du bist schlicht zum Verzweifeln.«

Verzweifelt, das dürfte es treffen. Verzweifelt darüber, zusehen zu müssen, wie meine Welt sich im Hauch der Chimären auflöst; verzweifelt, im fortgeschrittenen Alter feststellen zu müssen, daß nichts blieb von den Hoffnungen, die ich hartnäckig nährte, die mein Bollwerk waren gegen alle Anfeindungen, gegen den barbarischen Ansturm der Opportunisten und Arrivisten. Ach, Dine, wo sind sie hin, die unbeschwerten Jahre, in denen du dir täglich was Neues ausdachtest, um bis zum Monatsende über die Runden zu kommen? Was ist aus dem tollen Burschen geworden, dessen Hungerlohn seinen aufrechten Gang nicht anzufechten vermochte? Dabei gab es vieles, bei dem man schwach werden konnte. Es war so leicht, es wie alle zu machen, sich ein Plätzchen an der Sonne zu sichern, jemandes Einfluß zu nutzen, um eine fette Rente zu ergattern, die in Reichweite aller Geldbeutel war. So verrottet war das Land, daß es schon zum Himmel stank. Doch manch einer mochte nicht dem Schwur der Gerechten entsagen, wollte seine Prinzipien nicht für trügerische Privilegien verhökern. Manch einer hat seine Ehre höher als den Reichtum gehalten, hat sich im trübsten Tümpel nicht in den Schlamm ziehen lassen.

Meine vierte Zigarette schickt mich auf Reisen, 27 Jahre zurück, in ein kleines Kommissariat in El Hamri, einem Armeleuteviertel von Oran. Eines Morgens im April war ich dort aufgetaucht, in der einen Hand mein Köfferchen, in der anderen ein Dokument. Es regnete Bindfäden an jenem Tag, der Himmel entlud seine Wut. Ich war fremd in einer fremden Stadt. Und dann war da plötzlich dieser joviale Typ hinter seinem altersschwachen Schreibtisch. Der beim Reden nicht anders konnte als jeden Satz mit lautem Gelächter zu beenden. Sein Lächeln heiterte das Gewitter auf, das draußen tobte. Er hieß Dine. Wir wurden Freunde vom ersten Handschlag an und sind es jahrelang geblieben, trotz der Wechselfälle dieses Hundelebens, das sich Laufbahn nennt. Doch offensichtlich gibt es solide Fassaden, die plötzlich, bei der geringsten Berührung, einstürzen.

Wir sind vor dem Haus angelangt, in dem ich wohne. Die Straße ist ausgestorben. Die paar klapperdürren Laternen, die sich am Straßenrand reihen, sehen wie bettelnde Gespenster aus. Bleiches Licht hüllt ihren Kopf in einen verblüffenden Heiligenschein. Vorbei die schöne Zeit von einst. Verschwunden die jungen Tunichtgute, die sich einst lärmend in den Torfluchten trafen. Die Händler machen mit Einbruch der Nacht die Läden dicht. Dann treibt sich hier nur noch der Wind herum, die Hunde streunen, die Unsicherheit lauert der Straße auf.

»Nun gib dir mal 'nen Ruck!« brummt Dine. »Im Leben muß du dich entscheiden: Entweder du steigst aus oder du gibst Vollgas und ziehst an den anderen vorbei.«

»Was glaubst du, wieviel das ausmacht, siebenundzwanzig Jahre Freundschaft – abzüglich der Steuern?«

Meine tonlose Stimme überrumpelt ihn, haut ihn regelrecht um. Er läßt das Lenkrad los, weicht bis zur Tür zurück, sieht mir schließlich ins Gesicht. Sein Schnauzer bebt. »Wie bitte?«

»Was für ein Spiel spielst du?« Ich setze ihm den Zeigefinger auf die Brust. Er begreift zwar nicht, aber er merkt, daß da irgendwas faul ist.

»Was soll der Quatsch, Brahim?«

»Was für ein Spiel spielst du?«

Er schluckt. »Ich kann dir nicht folgen.«

»Wie auch, wo ich's doch bin, der dir ständig wie ein kleiner Hund nachläuft.«

Er blickt vor sich hin, bekundet vages Interesse für eine Katze, die gerade einem Müllsack ans Eingemachte geht. Er versucht, seinen Atem unter Kontrolle zu bekommen, seine Gedanken in den Griff. Dann endlich wendet er sich mir zu. Doch diesmal folgen seine Augen nicht.

»Bist du sicher, daß alles okay ist?« stammelt er.

»Absolut sicher. Aber ich glaube nicht, daß was Vernünftiges dabei herauskommt.«

»Olala, du lavierst hart am Rande des Wahnsinns, wenn du meine Meinung hören willst.«

Mit gespreizten Fingern bitte ich ihn, nicht vorzugreifen.

»Hör zu, Dine. Stimmt, ich habe heftig eins über die Rübe gekriegt, aber deshalb mußt du noch lange nicht meinen, ich hätte den Verstand verloren, das ist gar nicht nett… Zunächst einmal: Du bist bei mir aufgekreuzt und schleppst mich, ohne Widerspruch zu dulden, in das nobelste Lokal der Stadt. Und ganz zufällig sitzt Madame Rym am Nebentisch.«

»Reiner Zufall.«

»Na schön. Als nächstes fährst du heute abend schnurstracks bis zu ihrem Haus, ohne nur einmal zu zögern oder nach dem Weg zu fragen.«

»Ich habe sie heute im Lauf des Tages angerufen, um mir den Weg beschreiben zu lassen.«

»Angerufen?«

»Sie ist doch keine Außerirdische. Ihre Nummer steht im Telefonbuch.«

Ich nicke, völlig entspannt.

»Bis hierher ziehst du dich nicht schlecht aus der Affäre. Sehen wir mal, ob du auf alles eine Antwort hast… Du willst mir zu verstehen geben, daß du vorher noch nie einen Fuß über ihre Schwelle gesetzt hast?«

Irritiert setzt er seinen Suchkopf in Bewegung, um eine

Schwachstelle in seinen Plänen zu orten. Seine Brauen ziehen sich zusammen. Als er nichts Kompromittierendes finden kann, schaut er mir wieder offen ins Gesicht, mit einer gewissen Aggressivität. »Genau.«

»Du hast also vor heute abend noch nie einen Fuß über ihre Schwelle gesetzt?«

Erneut trübt der Zweifel seine Züge, doch schnell faßt er sich wieder und beteuert: »Noch nie!«

»Dann erklär mir doch bitte, woher du wissen konntest, daß sich die Bibliothek am Ende vom Gang befindet, in der Halle links, mit tollen Büchern, einem Riesenfernseher und einem Videogerät drin!« Ein Detail nur, ein winziges, albernes, belangloses Detail…

Dine wird aschfahl. Als wäre er von eben auf jetzt völlig verdorrt. Sein Mund zittert, unfähig, auch nur ein Wort zu artikulieren, sein Adamsapfel bleibt ihm wortwörtlich im Hals stecken.

Mit Daumen und Zeigefinger mache ich »paff!« und steige aus. Ich bin schon im dritten Stock angelangt, als ich ihn anfahren höre.

Jemand hat mir einen Besuch abgestattet, während ich bei Madame Rym war. Er hat vergessen, hinter sich das Licht auszumachen. In meinem Wohnzimmer herrscht Chaos: Die Sessel sind umgestürzt, die Lampenschirme zerfetzt, der Teppich umgedreht. Mein klappriger Bücherschrank liegt am Boden, die Bücher sind übel zugerichtet, die Papiere aus den Schubladen überall verstreut. Im Schlafzimmer hat jemand ins Bett gepinkelt und Schweinekram an die Wände gekritzelt. Mit Lippenstift hat man eine zweisprachige Nachricht hinterlassen: Auf Arabisch fordert man mich auf, Verbindung mit dem nächsten Totengräber aufzunehmen; auf Französisch beschimpft man mich als Hurensohn und üble Brut.

Während ich noch die Schäden sichte, taucht ein Schatten in meiner Diele auf. Ich ziehe mein Schießrohr und spurte in den Korridor, den Finger am Abzug.

»Nicht schießen, Onkel Brahim.«

Es ist Fouroulou, der halbwüchsige Sohn einer Witwe aus dem sechsten Stock. Er hebt die Hände hoch, leichenblaß, zu Tode erschreckt von meinem Schießeisen.

»Für gewöhnlich klopft man, ehe man eintritt. Ich hätte dich umlegen können.«

Er nickt zustimmend und läßt die Arme wieder sinken.

Fouroulou ist eine Art Hansdampf in allen Gassen. Es heißt, er schlafe nie. Ist erst siebzehn und schon ziemlich verbittert. Zu alt für die Schule, zu jung für eine feste Anstellung, zu allen Schandtaten bereit. Früher schaute er regelmäßig bei uns vorbei, um meinem Jüngsten lukrative Gelegenheitsjobs anzutragen, wie zum Beispiel den Handel mit Klamotten aus Marseille. In letzter Zeit hat er sich auf Zigaretten verlegt. Als fliegender Händler. Er betreibt an der Straßenecke einen zum Kleinkiosk umgebauten Schubkarren. Von früh bis spät klebt er auf seinem Hocker, mit ewig dudelndem Kassettenrekorder, macht die Mädels an und gewährt den Arbeitslosen aus der Siedlung großmütig Kredit.

Ich schiebe meine Pistole wieder ins Koppel.

»Hast du sie gesehen?«

Er fährt sich mit den Fingern durch seinen Karottenschopf und nickt.

»Wie spät war's denn?«

»Hmm…«

Ich schließe erst einmal die Tür ab, damit uns keiner stören kommt und biete ihm einen Küchenstuhl an. Er schenkt sich ein Glas Wasser ein, leert es in einem Zug aus und wischt sich mit dem Handgelenk über den Mund. Er wirkt verstört. Ich warte, bis er sich gefangen hat, ehe ich zu fragen beginne:

»Wie viele waren es denn?«

»Vier…, drei waren in der Wohnung, der vierte hat unten an der Treppe Wache geschoben.«

»Und wo warst du?«

»Im fünften Stock. Ich habe meine Einnahmen gezählt. Sie waren zu Fuß, ich habe weder beim Kommen noch beim Gehen ein Auto gehört. Die Typen haben nicht lange auf dem Treppenabsatz rumgemacht. Sie hatten alle Schlüssel. Ich wollte erst die Nachbarn alarmieren, aber sie waren bewaffnet.«

»Kannst du sie mir beschreiben?«

»Sie waren verkleidet …«

»Wie denn?«

»Riesige Nasen, geschwungene Schnauzbärte, aufgeklebte Augenbrauen und Baskenmützen. Einer von ihnen hat kurz seine Perücke angehoben, um sich am Kopf zu kratzen. Die reinsten Kleiderschränke. Der Schwächste hätte noch immer locker hundert Kilo und mehr auf die Waage gebracht. Sie sind gut zehn Minuten drinnen geblieben und dann mit einem Einkaufskorb wieder rausgekommen. Sie hatten es kein bißchen eilig.«

»Haben sie irgend etwas geredet?«

»Eigentlich kaum.«

»Und was für Waffen hatten sie?«

»Ge …«

Er stockt, hat Mühe zu schlucken, gießt sich noch ein Glas Wasser ein und kippt es hinunter. Er schwitzt. Der Schweiß rinnt ihm von den Schläfen die Wangen hinunter und läuft am Kinn, welches lang ist und spitz, quasi trichterförmig, wieder zusammen.

»Ich kann sie nicht identifizieren, Onkel Brahim. Kenn mich nicht aus mit Waffen.«

»Macht nichts.«

Sein Gesicht, das von Sommersprossen übersät ist, läuft feuerrot an. Er springt fast auf, während er spricht: »Wenn ich ein Schießeisen dabei gehabt hätte, dann hätte ich sie garantiert durchlöchert. Ich habe mich so geschämt, tatenlos rumsitzen zu müssen, während die alles kaputtgemacht haben. Ich habe nicht mal ein Telefon, sonst hätte ich die Polizei gerufen.«

Ich tätschele ihm die Wange zum Beweis, daß ich ihm das wirklich nicht übelnehme.

»Du hast dir nichts vorzuwerfen, mein Junge. Diese Typen, das waren keine gewöhnlichen Taschendiebe. Die lassen sich von keiner Polizeisirene in die Flucht schlagen. Das waren Killer. Eiskalte Tötungsmaschinen, die jeden umlegen, ohne Rücksicht auf Alter oder Geschlecht. Die hätten nicht gezögert, dir den Schädel zu spalten, wenn du dich hättest blicken lassen. Du hast dich klug verhalten, ich kann dir nur gratulieren. Und jetzt hoch zu deiner Mutter. Und zu keinem ein Wort.«

»Ich bin ihnen nach, weißt du?« Er läßt nicht locker, als schaffte er es nicht, sich von seinem Schuldgefühl zu befreien. »Hinter der Fußgängerbrücke hat ein Lieferwagen auf sie gewartet. Ein Renault J-5. Beige. Ich habe mir die Nummer notiert.«

Der polizeiliche Erkennungsdienst rückt in aller Herrgottsfrühe in meiner Bude an. Ich habe nichts angerührt. Um sie nicht zu behindern, verziehe ich mich in die Küche und tue so, als gäbe es mich nicht.

Lino kommt mit hängenden Mundwinkeln zu mir rüber. Meine Pechsträhne geht ihm derart nah, daß er nicht weiß, wie er die Sache anpacken soll. Er fürchtet meine Reaktion. Er setzt sich verkehrt herum auf einen Stuhl, stützt das Kinn auf die Lehne und versucht sich darin, meinen Blick zu bändigen.

Ich spüre seinen Kummer. Kein Zweifel, er leidet unter meiner Amtsenthebung, als wäre es eine Amputation.

Wieviele Jahre sind wir jetzt zusammen? Zehn, zwölf? Wieviel Leid haben wir schon geteilt, und wieviel Freud?

Er hat sich an mein Gebrüll gewöhnt, an meine Sprunghaftigkeit, meine Sprüche und mein Temperament, das Temperament eines Mannes, der frustriert ist, der nicht immer vernünftig handelt, aber immer aufrecht und unbeugsam. Gewiß, ich habe ihn automatisch zum Prügelknaben gemacht, habe ihm jedesmal, wenn mir die Dinge entglitten, die Schuld in die Schuhe geschoben; gewiß, ich habe ihn immer als kleinen Fisch behandelt und ihm jedes Verdienst aberkannt, aus dem einfachen Grund, weil man meine Verdienste auch ignorierte, doch ich bin ihm von Herzen zugetan, und das weiß er.

Die Kluft, die seine Generation von meiner trennt, die ewigen Konflikte, die sich daraus ergaben, meine ländliche Erziehung, die seinem coolen Charakter zuwiderlief, dem Charakter des Städters, der mit dem Nuckelfläschchen aufwuchs: All die Unvereinbarkeiten in Mentalität und Laune brachten uns letztlich, statt uns zu entzweien, einander nah, so nah, daß wir fast miteinander verschmolzen. Klar, ich war sein Chef, aber zuallererst war ich sein Kumpel, sein alter »Kommy«, mit allem, was dazugehört an Vertrautheit und Intimität, und mein schwieriger Charakter rührte ihn mehr, als daß er ihn störte.

Es gibt Geschichten von Männern, die sind schlicht legendär. Die unsere ist von legendärer Schlichtheit. Es ist die Geschichte einer Freundschaft im Rohzustand, die so starrköpfig wie die Liebe ist, so solidarisch wie die Komplizenschaft; ein zartes Band, um einen kräftigen Schaft aus Solidarität geschlungen, das sich bei heftigem Gegenwind wie eine Standarte am Himmel entrollt. Ich schwör's, man kommt über die schlimmsten Tiefschläge hinweg, sobald man sie über den Köpfen knattern hört.

Wenn ich mich nächtens dabei ertappe, wie ich mein Hundeleben an mir vorbeiziehen lasse, in der heimtückischen Stille der Nacht, wenn ich so gar nichts finde, mit dem ich zufrieden sein könnte, wenn ich nicht anders kann, als mir das Ausmaß meiner Irrtümer und Fehler einzugestehen – ich, der ich stets Meister in der Kunst des Verkomplizierens war –, dann kann ich zu meiner Ehrenrettung weiter nichts als diese Freundschaft anführen, die mich vor dem Allerschlimmsten bewahrt.

»Hast du eine Ahnung, wer deine Poltergeister sein könnten?«

Ich verziehe den Mund. »Ahnungen habe ich jede Menge.«

»Vielleicht waren es auch bloß Einbrecher…«

»Bis zu den Zähnen bewaffnet?«

»Das ist heute so Mode.«

Ich schüttle den Kopf: »Das waren keine Diebe.«

»Dann wollten sie dich also umlegen.«

»Die wußten, daß ich nicht zu Hause war.«

Er schiebt den Unterkiefer hin und her, das ist ihm alles zu hoch. »Was haben sie denn mitgehen lassen?«

»Ein Manuskript, an dem ich gerade gesessen habe.«

»*Magog?*«

»Unter anderem. Außerdem mein Diensttagebuch und zwei Kladden mit Notizen, dazu Fotos von meiner Familie und ein paar Zeitungsrezensionen, die ich ausgeschnitten und gesammelt habe…«

»Wie sieht's mit Schmuck aus?«

»Mina hatte ja schon alles mitgenommen.«

»Kohle?«

»Ja, meine Ersparnisse. Unwesentlich. Mehr, um uns auf eine falsche Fährte zu locken, als um einen Reibach zu machen. Hast du die obszönen Schmierereien an den Wänden gesehen?«

»Ich habe den Fotografen angewiesen, Aufnahmen zu machen. Die Botschaft ist nicht signiert. Was meinst du, stammt das von einem Emir?«

»Schon möglich. Ich störe, ich bringe die Kacke zum Dampfen. Das kann echt jeder gewesen sein: die Mafia, die Politiker, die Fundamentalisten, die Nutznießer der Revolution, die Tempelwächter mitsamt den Verfechtern der nationalen Identität, die meinen, das einzige Mittel, die arabische Sprache zu befördern, bestünde darin, alles kaputtzumachen, was Französisch spricht. Ich bin Schriftsteller, und als Schriftsteller, Lino, bist du fast jedermanns Feind.«

Lino steht auf, durchmißt mit langen Schritten den Raum, die Stirn in tiefe Falten gelegt, schlägt mit der geballten Faust unablässig gegen die flache Hand.

»Verflucht und zugenäht! In welchem Land leben wir eigentlich?«

»Die Frage stellt sich nicht.«

Da kommt ein Polizist und teilt uns mit, daß der beige Renault J-5 in Hafennähe aufgefunden worden ist. Unbemannt. Ich nicke ihm dankend zu. Er grüßt unbeholfen und zieht ab.

»Ewegh ist gar nicht da!« bemerke ich.

»Der ist unten geblieben.«

»Und wieso?«

»Was weiß ich? Der ist aus Granit. In den schaut keiner rein. Wenn du meine Meinung wissen willst, die Art, wie sie dich verabschiedet haben, ist ihm übel aufgestoßen. Er redet zwar nicht drüber, aber seit er Wind von deiner Entlassung gekriegt hat, ist er irgendwie seltsam.«

# 8

Hadi Salem hat mich zu sich ins Büro bestellt. Ich bin nicht gerade an die Decke gesprungen. Er ist exakt von der Sorte, der man am frühen Morgen gerne aus dem Wege geht, wenn man noch was vom Tag haben will. Aber er kann sich rühmen, ein dicker Freund von Slimane Houbel aus der Délégation zu sein.

Er hat sein Sultanat am Ende der Rue des Trois-Horloges installiert, im letzten Stockwerk eines finsteren Gebäudes ganz in der Nähe eines wimmelnden Souks. Da der Aufzug den Honoratioren vorbehalten ist, nehme ich ohne zu murren die hundertzehn Stufen bis zum Schafott auf mich.

Auf dem Gang stellt sich mir eine Art Gefängniswärterin mit Hijab und Brüsten groß wie Airbags in den Weg, kontrolliert meine Papiere und schiebt mich unsanft bis zum Chef des Sekretariats vor sich her. Der verstaut, als er mich kommen sieht, flugs etwas in seiner Schublade. Erst als er merkt, daß mein verschlissener Anzug nicht eben der Kleiderordnung der hohen Tiere entspricht, kehrt wieder Frieden in sein Habichtsgesicht ein. Mit einem Fingerzeig verabschiedet er meine Wärterin und weist mir einen Platz auf einem Metallstuhl an, der speziell für zufällig des Weges kommende Underdogs dasteht.

»Sie haben sich verspätet, Monsieur Llob.«

»Wie die ganze Nation.«

Er findet meinen Vergleich nicht sehr komisch und macht sich daran, in ein Heft zu kritzeln, um mir weiszumachen, hier werde schwer geschuftet.

Ich greife nach meinen Zigaretten. Sofort zeigt er auf ein Rauchverbotsschild. Ich füge mich und verschiebe die Luftverschmutzung auf später.

Der gute Mann hört auf zu kritzeln und lehnt sich zurück, um sein Geschreibsel in Augenschein zu nehmen. Zufrieden beugt er sich wieder vor und versenkt sich erneut in seine Hieroglyphen, wobei er bei jedem Großbuchstaben die Zunge in den Mundwinkel klemmt.

Allmählich wird mir die Zeit lang. Ich wende meine Aufmerksamkeit den Möbeln zu. In der Ecke ein Tresor, ein durchgesessenes Sofa neben einer vorhanglosen Fenstertür, ein chinesischer Aschenbecher auf einem Beistelltisch und an der Wand – vermutlich ein Familienporträt –, ein angestaubtes Stilleben mit Birnenkorb.

»Hat Monsieur Salem Besuch?«

Ohne den Kopf zu heben, deutet er mit der Bleistiftspitze auf die Wanduhr. Es ist dreizehn Uhr dreißig.

»Ach, er ist noch nicht da?«

Sein Stift schwenkt herum und weist mich auf ein rotes Lämpchen links über der Polstertür hin.

»Würd's Ihnen was ausmachen, mir ein Licht aufgehen zu lassen?«

»Es ist die Stunde des *Dohr,* Monsieur Llob. Monsieur Salem verrichtet sein Gebet.«

Meine Zudringlichkeit hat seinen Inspirationsfluß gehemmt. Er liest seinen Text, findet nicht mehr in den alten Schwung zurück, reißt das Blatt heraus, zerknüllt es und befördert es in einen überraschend leeren Papierkorb.

Feindseliges Schweigen macht sich zwischen uns breit. Zwei Minuten später fällt ihm seine Schublade wieder ein, er holt eine Tasse Kaffee daraus hervor, stellt sie vor sich hin und entdeckt eine kleine Küchenschabe in der braunen Brühe. Gelassen taucht er einen Finger zur Rettung des Tierchens hinein und schnipst es kraftvoll einmal quer durch den Raum.

Das Licht wechselt von Rot auf Grün. Ohne die geringste Eile an den Tag zu legen, drückt der Sekretär auf einen Knopf und kündigt mich an.

»Lassen Sie ihn herein.«

Hadi Salem sitzt im Schneidersitz auf seiner Gebetsmatte, ähnlich einem Frosch auf seinem seegrünen Blatt. Er hat alles so inszeniert, daß ich ihn mitten in seiner falschfrommen Gymnastik überrasche. Aber mich bewegt allein die Frage, wie er es angestellt hat, zu seinem Schreibtisch zu kommen, das Licht auf Grün umzuschalten und ins Interphon zu sprechen, ohne sich aus seiner Rumpfbeuge zu erheben. Ich muß mich gedulden, bis er mit seinem Gemurmel fertig ist.

»Ich werde dir die Nase langziehen, bis deine Ohren im Kopf verschwunden sind!« ruft er beim Aufstehen.

Und schon springt er mich an, um mich demonstrativ zu umarmen. »Du Oberschlawiner!« jubelt er. »Immer muß er seinen Rüssel in Dinge stecken, die ihn nichts angehen! Unverbesserlicher Dreckskerl von Aufrührer, du! Eine Zwangsjacke allein reicht nicht aus, dich zu zähmen.«

Er schiebt mich von sich weg, um mich zu betrachten, zieht mich wieder an seine Catcherbrust und sabbert mir das Gesicht voll. Ich fühle mich wie im Auge des Orkans.

Schnell hat ihn seine Warmherzigkeit erschöpft. Mit größter Behutsamkeit verstaut er mich in einem Sessel und geht einen Schritt zurück, die Fäuste in die Hüften gestemmt. Als ob er es nicht fassen könnte! Er bleibt vor mir stehen, froh und gerührt, mich bei sich zu haben, vor seinen Augen, in Fleisch und Blut – er, der die miesesten Berichte über mich verfaßt hat, er, der meinen Direktor bedrängt hat, mir das Rückgrat zu brechen, er, der keine Sekunde gezögert hat, den Daumen nach unten zu richten, wenn ich mal wieder hilflos am Boden lag und alle Viere von mir streckte.

»Heiliger Hurensohn einer verdammten Nutte! Du ahnst nicht, wie froh ich bin, dich wiederzusehen. Ist schon eine Weile her, stimmt's?«

Salem und ich sind vom selben Examensjahrgang. Wir haben 1963 zusammen den Fortbildungskurs für Ermittler besucht. Er ist überall durchgefallen und wurde in die Verwaltung versetzt. Er war jahrelang fürs Sozialwesen der Truppe zuständig und hat, sowohl für sich selbst wie für seine Chefs, in allen Städten Paläste errichtet. Er hatte von Anfang an kapiert, wo's langging. Algerien war in zwei Freihandelszonen aufgeteilt. Hier das Revier der Intriganten, der Schleimscheißer und Roßtäuscher, dort das der Erleuchteten, der Sauertöpfe und Kinderfresser. Er hat sein Lager gewählt und nie Grund zur Klage gehabt. Während ich Verbrechern nachstellte, ging er in trüben Gewässern fischen. Und in Ermangelung jeder Kompetenz – der Mutter aller Scherereien –, übte er sich nicht ohne Erfolg im Fälschen von Rechnungen und in Korruption. Resultat: Er ist steinreich, hat eine Abteilung unter sich, deren Arm weit in die Délégation hineinreicht, und der Schrott, der aus seinem Munde kommt, steht im Rang eines unanfechtbaren Prophetenworts.

Er setzt sich mit halbem Hintern auf die Schreibtischkante, verschränkt die Finger überm Knie und fährt fort, mich anzuhimmeln: »Der gute alte Brahim! So ein sturer Bock! Was muß man nicht alles in Bewegung setzen, um ihn endlich einmal zwischen die Finger zu kriegen! Du hast dich kein Jota geändert, du Mistkerl! Erinnerst du dich noch an unseren Fortbildungskurs im Ausbildungszentrum von Soumaa? A propos, was wohl aus dieser Putzfrau geworden ist, die wir uns von früh bis spät streitig machten? Wie hieß sie doch gleich? Wardia? Du erinnerst dich doch noch an ihr Fahrgestell? Verdammt, bei der habe ich nicht einen Groschen beiseitelegen können.« Er lacht polternd. »Und Kada, der Brigadier? Bei Gott, den hast du vielleicht an der Nase rumgeführt! Du hättest ihn fast in die Klapsmühle gebracht…«

Plötzlich wird sein Teint fahl.

»Du warst ein richtiger Scherzkeks, Brahim. Einsame Spitze. Was ist bloß in deinem Kopf passiert, daß du dich um 180 Grad gewendet hast?«

»Das kommt vom Wind, Hadi, alles nur vom Wind.«

»Der Wind dreht sich, und die Wetterhähne auch.«

»Nicht der Wind der Reden und Parolen.«

Seine Finger lösen sich, kriechen über seinen Schenkel. Seine Miene verdüstert sich.

»Brahim, wir sind doch Freunde, oder nicht?«

»Wenn du das so siehst.«

»Ganz recht, das seh ich so. Mein Blick ist scharf. Er reicht weiter als deine Schnodderschnauze, mit der du dir nur Ärger einhandelst. Es ist der Blick eines Mannes, der sich auskennt, der weiß, woher er kommt, wohin er geht, was er selbst will und was er besser anderen überläßt, was er kann und was nicht. Du dagegen, du rast mit Volldampf auf den Abgrund zu, mit Scheuklappen, die sich vor lauter dummer Gedankenlosigkeit ganz verhärtet haben... Es schmerzt mich zu sehen, was dir widerfährt. Noch hast du dir nicht alles Wohlwollen verscherzt: ich wäre untröstlich, wenn die Polizei ein Element deiner Güte einbüßen müßte. Das wäre Verschwendung, Brahim, eine gigantische Verschwendung.«

Ich höre zu.

»Vor drei Tagen hatte ich eine Unterredung mit Slimane Houbel. Der hat die Krise gekriegt, als ich nur deinen Namen erwähnte. Ehrlich gestanden, ich finde, du bist mit deinem beschissenen Buch einfach zu weit gegangen. Es ist von bestürzender Unüberlegtheit. Ich sage nicht, daß du kein Talent hast. Im Gegenteil, deine Feder müßte man mit Gold aufwiegen...«

»Und wieviel wiegt eine Feder?«

»Laß uns bitte beim Thema bleiben! Ich bemühe mich gerade, das, was du verbockt hast, wieder zurechtzubiegen. Versuch, dich nicht undankbar zu erweisen. Ich habe zwei gräßlich lange Stunden gebraucht, um Slimane zu überzeugen. Ich hätte weniger lange gebraucht, einen Mullah zur Vernunft zu bringen, das weißt du. Den jüngsten Informationen zufolge wurde dein Pensionierungsschreiben zurückgehalten. Ohne Wissen des großen Manitu. Wir sind ein wahnwitziges Risiko eingegangen. Enttäusch uns jetzt nicht.«

Als er sieht, daß ich nicht gerade begeistert bin, fährt er fort: »Wenn alles gut geht, nimmst du noch vor Monatsende den Dienst wieder auf. Deine Männer sind völlig demoralisiert. Dein Leutnant hat seine Versetzung beantragt. Ich habe einen Kommissar in die Zentrale abgeordnet. Da geht es zu wie im Sterbehaus. Sogar dein Direktor hat um eine Audienz ersucht, damit du wieder zurückkommst.«

Ich bitte um Erlaubnis zu rauchen.

Er bewilligt es mir.

»Bin tief gerührt«, sage ich, während ich ihm den Rauch ins Gesicht blase. »Im Gegenzug muß ich jetzt Wohlverhalten an den Tag legen, nehme ich an.«

Er kommt hinter seinem Schreibtisch hervor. Ein entscheidender Augenblick. Er verschränkt geziert beide Hände unter seinen Lippen und richtet seinen scharfen Blick auf mich. Lastendes Schweigen macht sich breit, nur ganz leise von den Geräuschen unterlegt, die gedämpft vom Souk hochdringen.

»Bevor du mir antwortest, nimm dir Zeit und denk nach. So sensibel und impulsiv wie du bist, ziehe ich es vor, zur Not eine ganze Woche auf deine Antwort zu warten. Um Himmels willen, Brahim, sag bloß nicht sofort etwas. Nimm alles in dich auf und gehe nach Hause, denk drüber nach. Laß es gut sein für heute.«

»Ich bin bereit.«

Er atmet tief durch, tupft sich nervös den Schweiß mit einem Taschentuch ab. Man könnte meinen, seine Karriere, sein Vermögen, sein ganzes Schicksal hingen von meiner Entscheidung ab.

»Du mußt öffentlich anerkennen, daß du dich geirrt hast, daß dein Buch eine unglückselige Unternehmung war, Ausfluß einer schwierigen Phase… Ich bitte dich, sag jetzt nichts. Das ist doch alles halb so schlimm. Man verlangt doch nichts Unmögliches von dir. Eine kurze Erklärung für die Presse, ohne großes Tamtam. Wenn du willst, kannst du auch ins Fernsehen. Noureddine Boudali ist bereit, dich in seiner Sendung zu begrüßen. Das ist ein Profi, der richtet dir alles nach Wunsch. Es reichen schon zwei Worte, Brahim, zwei elende Worte: *Ich bedaure ...*«

Diesmal ist das Schweigen total. Fast kann man das Blut in Hadis Schläfen pochen hören. Selbst die Geräusche vom Souk sind verstummt. Hadi Salem schwimmt in seinem Schweiß. Sein Taschentuch ist triefnaß.

Ich drücke meine Zigarette im Aschenbecher aus und stehe auf. Hadi Salem klebt mir an den Lippen, mit flehendem, verzweifeltem Blick.

Alles, was ich sage, ist: »*Ich bedaure* nur eines: überhaupt hierher gekommen zu sein.«

Da gerät er in Bewegung. Seine Angst verwandelt sich schlagartig in Wut. Seine Pupillen, die einen Moment lang glasig wirkten, glühen auf in Haß. Er stützt sich auf den Schreibtisch, lehnt sich weit im Sessel zurück und betrachtet mich eindringlich, ehe er hervorstößt: »Wenigstens werde ich ein ruhiges Gewissen haben.«

Ich brauche keine Nachhilfe, um zu begreifen, was er damit andeuten will.


Es ist ein roter Wagen mit getönten Scheiben. Und einer breiten Schramme am rechten Seitenflügel. Ich glaube, ich habe ihn heute morgen schon mal gesehen, er parkte gegenüber der Werkstatt, aus der ich meine alte Karre abgeholt habe. Mit einem Schatten drin, der sich vage bewegte. Ich habe nicht weiter darauf geachtet.

Und jetzt ist er wieder da, der Wagen, an der Ecke ist er geparkt, mit zwei Reifen auf dem Gehweg und zweien im Rinnstein.

Ich verziehe mich ins erstbeste Café.

»Kann man hier mal telefonieren?« frage ich.

»Die Post ist auf dem Platz draußen«, entgegnet der Inhaber.

Er wienert wie wild den Tresen blank, direkt vor meiner Nase.

»Sind Sie krank?« fragt er mich.

»Nicht direkt.«

Er sieht mich von der Seite an: »Sie sind bleich, und Ihre Hände zittern.«

»Vielleicht eine Erkältung.«

»Bei dieser Hitze?«

Er traut mir nicht über den Weg. Kein Wunder, bei all den Bomben Marke Eigenbau, die manch einer gern gut getarnt unterm Tresen vergißt.

Ein Hüne taucht im Türrahmen auf. Hinter seinen Rausschmeißer-Schultern verschwindet der Raum im Schatten. Im Schutz seiner Sonnenbrille wendet er den Kopf erst nach rechts, dann nach links, mustert mich eingehend und gibt dann die Tür wieder frei, wodurch sich ein ganzer Lichtschwall in den Raum ergießt.

»Was darf es sein?«

»Mineralwasser.«

Ich erfrische mich unter dem immer ängstlicheren Blick des Inhabers, bezahle und setze meinen Weg fort.

Draußen wimmelt es nur so von Menschen. Der rote Wagen hat sich in Luft aufgelöst.

Zwei Tage später liegt er wieder auf der Lauer, am Boulevard Mohamed V. Gerade beschließe ich, der Geschichte ein für allemal auf den Grund zu gehen, da verschwindet er mit lautem Getöse um die nächste Kurve.

Das Spielchen dauert eine Woche an. Offensichtlich möchte man auffallen. Ein roter Wagen, immer derselbe, immer so geparkt, daß man ihn nicht übersehen kann… Man will mir Angst einjagen. Wollte man mich umlegen, würde man es anders anstellen.

Am achten Tag kreuzt er in meinem Rückspiegel auf. Diesmal ist es zuviel. Ich fahre in eine Vorstadtsiedlung, lasse meine Karre in einem Hinterhof stehen, verschwinde in einem Hochhaus und gelange auf der gegenüberliegenden Seite durch den Notausgang wieder ins Freie. Ich umrunde zwei Wohnblocks und pirsche mich von hinten an.

Der rote Wagen steht in einer menschenleeren Seitenstraße, zweihundert Meter von meinem entfernt. Ich schleiche auf Zehenspitzen näher, immer eng an der Mauer entlang, die Hand unter der Jacke.

»Keine Bewegung!« brülle ich und reiße die Fahrertür auf, die Pistole im Anschlag.

Der Typ rührt sich nicht. Er ist über dem Lenkrad zusammengesunken, mit hängenden Armen und hervorquellenden Augen. Jemand ist mir zuvorgekommen, hat ihm den Hals umgedreht.

Am selben Abend stolpere ich, verstört vom Lauf der Ereignisse, über einen jungen Mann auf meinem Treppenabsatz. Er ist schmutzig und zerlumpt, hat ein Faunsgesicht und einen Dreitagebart. Ich habe ihn nie zuvor hier in der Umgebung gesehen. Ohne lang zu überlegen, stürze ich auf ihn und drücke ihm meine 9mm-Pistole gegen die Schläfe.

»Onkel Brahim!« schreit Fouroulou und kommt die Treppe heruntergerast. »Das ist mein Cousin. Er ist ein bißchen zurückgeblieben.«

Da ist er, so will mir fast scheinen, nicht der einzige.

Ich lasse ihn laufen und verkrieche mich in meinem Bau.

9

Seit einer Stunde sitze ich schon hier und beobachte durch die Fensterfront eines Teesalons die schlafwandelnde Menschenmenge, die um die Hauptpost herum wogt, ohne auch nur ein bekanntes Gesicht zu entdecken. Die Leute kommen und gehen in heftigen Brandungswellen und merken gar nicht, daß sie einander anrempeln. In ihrem Blick, dem Blick von Schiffbrüchigen, taucht nicht die kleinste Insel auf. Die Gefahr, die ihnen schon hinter der nächsten Biegung auflauern kann, scheint sie nicht im mindesten zu be-

unruhigen. Letzte Woche ist hundert Meter von hier eine Autobombe hochgegangen. Die zerfetzten Körper konnte man hinterher mit der Handschaufel auflesen. Kaum waren die Feuerwehr-
sirenen verstummt, ging das Leben weiter, als wäre nichts passiert.
Wenn der Tod erst einmal zum Alltag gehört, wird er zur Rand-
erscheinung unter Randerscheinungen. Verdächtig wirkt allenfalls
die Ruhe, die auf ihn folgt.

Mir gegenüber sitzt eine grellgeschminkte Dame und macht mir
schöne Augen. Sie klammert sich an ihr Glas Zitronenlimonade,
als wär's das Leben selbst, doch auf ihrem Gesicht ist eine Falte, die
nicht täuscht. Diese Frau ist allein, sie sucht einen Freund. Sie spürt
meine Einsamkeit, darum zeigt sie Mitgefühl.

»Hätten Sie wohl eine Zigarette für mich?«

Ehe meine Hand in der Hosentasche nachforschen kann, verläßt sie schon ihren Tisch und kommt zu mir herüber, ihr Glas wie
eine Trophäe in der Faust.

»Ich warte auf jemanden«, informiere ich sie.

»Wir alle warten auf jemand, wir wissen nur nicht auf wen.«

Sie zieht eine Zigarette aus der Packung, die ich ihr reiche, und
dreht sie zerstreut zwischen ihren knochigen Fingern hin und her.
Sie lächelt, aber es ist ein trauriges Lächeln.

»Ich beobachte Sie schon seit einiger Zeit«, bekennt sie.

»Um ehrlich zu sein, ich hab's gleich gemerkt.«

»Sie mußten annehmen, daß ich Sie anmachen wollte.«

»Oh, das wäre zuviel der Ehre.«

Sie wühlt in einer armseligen Handtasche, befördert ein Weg-
werffeuerzeug zutage, zündet die Zigarette an und wendet sich ab,
um den Rauch auszuatmen.

»Ich bin keine Nutte.«

»Habe ich auch nicht gesagt.«

»Aber gedacht … Ich sehe zwar so aus, aber ich bin keine Prostituierte, Monsieur Llob. Ich habe einen Beruf, der dem Laster ähnlich ist. Man raucht, man schläft manchmal außer Haus, aber man
geht nie auf Kundenfang.«

»Kennen wir uns?«

Sie läßt die Hand kreisen, als imitiere sie den Flug eines Schmetterlings: »Wir kannten uns mal…«

Sie betrachtet sinnierend das rotglühende Ende ihrer Zigarette. »Wir haben sogar einmal ein ganzes Wochenende lang zusammengearbeitet.«

»Sie sind von der Polizei?«

»Nicht direkt: Ich bin Journalistin…, naja, ich war es mal.«

Ich suche in ihren zerquälten Zügen nach einem Detail, das meine Erinnerung auffrischen könnte, versenke mich in ihren Blick. Nirgends in meinen Hirnwindungen stoße ich auf ihre Spur.

»Malika«, hilft sie mir auf die Sprünge, erbost über meine Gedächtnislücke.

Aber das bringt mich auch nicht voran. Ich mustere ihr verwaschenes Kleid, das auf der Schulter ungeschickt geflickt ist, ihre eingefallenen Wangen, ihren Mund, dem das Lachen längst vergangen sein dürfte, ihr rebellisches Haar, das ihr etwas Dämonisches verleiht, die Verzweiflung, die ihr aus jeder Pore strömt…

»Die Bankaffäre von 1978«, seufzt sie. »Die beiden Leichen im Tresor.«

Meine Hand schlägt kurz und heftig gegen die Stirn.

»Malika Sobhi! Wie konnte ich das nur vergessen?«

»Wie soll man sich auch erinnern bei all dem Chaos, das unseren Alltag aufmischt? Ist ja auch schon eine Ewigkeit her. Es war die Zeit der Revolutionen, der Hexenverfolgungen und der Hatz auf die Reaktionäre… Ich habe Sie trotzdem gleich erkannt«, konstatiert sie fingerschnipsend. »Stimmt, Sie sind etwas fülliger geworden, an den Schläfen etwas weiß überpudert, aber im großen und ganzen sind Sie unverändert.«

»Ich muß zugeben, ich hatte nicht denselben scharfen Blick.«

»Ist auch nicht dasselbe. Meine eigene Mutter muß zweimal hinsehen, um mich zu erkennen. Die Krankheit hat mich gezeichnet.« Sie klopft sich mit dem Finger an den Kopf. »Zwei Depressionen, zwei Jahre unter einem Dach mit den Verrückten. Ich bin nackt durch die Straßen gelaufen. Es war hart, sehr hart... Ich habe meinen Mann bei einem Attentat verloren und den größten Teil meines Verstandes in der Vereinigung der Terrorismusopfer, in der ich noch immer aktiv bin.«

»Tut mir leid.«

»Da sind Sie der einzige, das können Sie mir glauben. Wenn Sie wüßten, wie wir behandelt werden. Sie haben mich sogar geschlagen.« Sie schüttelt ihre Mähne über meine Arme, um mir eine Narbe am Kopf zu zeigen. »Sie haben gesagt, ich sei eine Agitatorin, Monsieur Llob. Sie haben versucht, es mir mit dem Gummiknüppel in den Schädel einzuhämmern.«

Ein Kellner mit Krawatte nähert sich, entschuldigt sich höflich bei mir, packt die Frau unsanft am Arm und sagt: »Sie stören den Herrn. Wenn Sie sich bitte wieder an Ihren Tisch setzen wollen.«

»Und Sie? Stören Sie vielleicht nicht?« schnauze ich ihn an.

Er verhaspelt sich, schluckt krampfhaft seinen Speichel hinunter und erklärt: »Diese Frau belästigt ständig unsere Gäste, Monsieur.«

»Ich bezahle alle meine Getränke«, protestiert Malika.

»Ihr Geld interessiert uns nicht, Madame. Das hier ist ein Teesalon, keine Nachtbar.«

Ich bitte ihn, es gutsein zu lassen. Er mustert gehässig die Frau, schüttelt den Kopf und legt den Rückwärtsgang ein.

»Dieser Mistkerl«, schimpft Malika. »Der hält mich für bekloppt. Der hat keine Ahnung, daß in unserem Land jeder von heute auf morgen plötzlich ganz unten sein kann.«

Ich nehme ihre Hände, um sie zu trösten.

»Kann ich irgend etwas für Sie tun?«

Ohne es zu beabsichtigen, habe ich offenbar einen höchst wunden Punkt berührt. Sie reißt entsetzt die Augen auf, bebt von Kopf bis Fuß. Ihre Wangenknochen, die ohnehin schon kantig sind, treten noch schärfer hervor.

»Wie bitte? Was haben Sie da gerade gesagt?« Sie stößt meine Hände fort und steht polternd auf. »Ihr Scheißmitleid brauche ich nicht, Monsieur Llob. Ich habe nur jemanden zum Reden gesucht.«

»Ich bitte Sie, verstehen Sie mich nicht falsch. Ich wollte Sie nicht kränken.«

»Sind alle gleich!«

»Hören Sie, Malika…«

»Pfoten weg, dreckiger Bulle!«

Der ganze Teesalon erstarrt in der Bewegung, um uns zu beobachten. Malika Sobhi ist jetzt weiter nichts als eine Jammergestalt mit struppiger Mähne, Schaum vor dem Mund und verdrehten Augäpfeln. Sie schleudert mir ihre Zigarette ins Gesicht, greift nach ihrer Handtasche und läuft davon.

Ich versuche, sie einzuholen.

Sie taucht in die Menge ein und ist verschwunden, ohne sich noch einmal umzudrehen.

»Ich habe Ihnen doch gleich gesagt, daß die nicht richtig tickt«, schnaubt mir der Kellner in den Nacken, zufrieden, das letzte Wort gehabt zu haben.


Ich bin ans Meer hinunter und habe zugesehen, wie es mit den Felsen kämpft, während die Möwen mit spitzen Schreien über der Gischt hinwegzischen. Die Wellen sind derart hysterisch, daß sie die Fischer zum Rückzug in Richtung alte Landungsbrücke zwingen. Der Strand ist überflutet, und in der Bucht tost es zum Fürchten.

Ich weiß nicht, wieviel Zeit ich so herumgebracht habe, ehe ich ziel- und lustlos weitergelaufen bin. Ich habe nicht mitbekommen, wie sich die Sonne abgesetzt hat, noch wie der Abend bei Einbruch der Nacht immer finsterer blickte. Ich weiß nicht einmal, wie ich am Ende zu Sid Alis Garküche gekommen bin.

Sid Ali schwenkt wie bei einer Zeremonie einen Fächer über seinem Grill. Um sich in Stimmung zu versetzen, zieht er in vollen Zügen den Rauch seiner Grillwaren durch die Nüstern ein und leckt sich die Lippen. Als er mich auf der Türschwelle stehen sieht, hält er inne, legt seinen Fächer zur Seite und wischt sich seine fleischigen Finger an der Schürze ab, auf der die Sauce unübersehbare Spuren hinterlassen hat.

»Was! Dich gibt es auch noch!« ruft er aus und kommt wie eine Woge auf mich zugerollt.

Er klatscht mir voll aufs Gesicht, und ich gehe unter der Wucht seiner Zuneigung in die Knie. Der Geruch verbrannten Fleisches, der von ihm ausgeht, verschlägt mir den Atem.

»Bist du sauer auf mich? Du läßt dich ja überhaupt nicht mehr blicken!«

»Ist auch besser so.«

Er runzelt die Stirn. »Warum sagst du denn so einen Mist?«

»Scheint, daß meine Visage zum Heulen ist.«

»Na und? Freunde sind doch nicht nur zum Feiern da.«

»Mein Vater hat mir geraten, meine Freude mit anderen zu teilen und meinen Kummer für mich zu behalten.«

»Da war er im Irrtum.«

Er tritt zurück, blickt mich abwägend an, drückt mir einen Finger in die Wampe. »Du siehst aus wie ein geschrumpfter Gummiball«, stellt er fest, während er mir einen Stuhl zurechtrückt. »Bist du auf dem Sprung oder willst du was essen?«

»Beides.«

»Ich mache in einer knappen Stunde den Laden dicht. Was hältst du davon, wenn du bei uns zu Hause zu Abend ißt? Die Kinder werden sich freuen, dich wiederzusehen.«

»Laß gut sein. Mir ist nicht danach. Und außerdem kreuzt gleich Lino hier auf. Mach mir ein halbes Dutzend Merguez mit massig Senf und schreib an, ich bin total abgebrannt.«

Er kümmert sich um zwei Kunden hinten im Raum und kommt wieder nach vorne geschlurft.

»Wo warst du denn die ganze Zeit?«

»Du weißt noch gar nichts?«

Er zieht einen Flunsch. »Mir sagt ja keiner was.«

»Sie haben mir meine Dienstmarke weggenommen.«

Er weicht sekundenlang meinem Blick aus, kratzt sich am Schädel und läßt sich auf den Stuhl neben mir plumpsen.

»Ach…!«

»Scheint dich nicht sonderlich zu überraschen.«

Er macht eine undefinierbare Handbewegung. »Ich habe zwar nur eine Garküche und bin nicht sonderlich gebildet, aber das heißt noch lange nicht, daß ich einen Fußball zwischen den Schultern sitzen habe. Wozu letztlich der Krieg gegen die fundamentalistischen Bösewichte, wenn nicht, um einen Krieg gegen die fundamental Guten auszulösen? Du bist weder der erste noch der letzte, den es erwischt. Um die Wahrheit zu sagen, ich sprech lieber nicht darüber. Ich habe mich die ganzen letzten Jahre über so sehr ausgekotzt, daß ich heute nicht mehr auf den Topf brauche. Und außerdem, bei deinem Alter, was hast du dir denn vorgestellt? Daß sie dir die Uniform gleich mit wegnehmen?«

Er legt seinen resignierten Tonfall ab und stößt mir den Ellenbogen in die Seite. »Los, lächle mal. Kennst du den schon? Wie nennt man ein Känguruh, das nicht zurückkommt?«

»Wenn du einen Bügel meinst, bist du echt der letzte Trottel.«

Er schmeißt sich mit einem Stehaufmännchenlachen nach hinten und läßt seine Speckfalten tanzen. »Kanntest du den schon?«

Zehn Minuten später lädt er ein ramponiertes Tablett voller Fleischspießchen, Zwiebelscheiben, Peperoni und Brot nebst einem Krug mit einem absolut widerwärtigen, selbstgebräuten Gesöff vor mir ab und quetscht sich mir gegenüber auf die Bank, das Gesicht in die Hände vergraben, um mir beim Mampfen zuzusehen.

»Irgendwelche Pläne?«

»Erstmal meine Pechsträhne überwinden.«

»Also bitte, trag bloß nicht so dick auf. Davon geht doch die Welt nicht unter. Es gibt auch noch was anderes als die Polente im Leben. Hast du nicht längst genug, nach all den Jahren? Mach mir die Freude und zieh einen Strich unter dieses Kapitel. Es bringt eh nichts, die Welt verbessern zu wollen. Sie ist, wie sie ist. Der Messias persönlich würde sie nicht ändern können. Der Beweis? Er will erst am allerletzten Tag wiederkommen. Ist ja nicht so, daß ich dich nicht verstehen könnte. Du steckst den Kopf in den Sand. Du bist nicht der Anwalt der Armen und noch weniger der Rächer der Enterbten, den der Himmel uns schickt. Du bist ein kleiner Funktionär, bestenfalls eine Handvoll Groschen wert. Du machst deinen Job und ab in die Federn, aus und basta. Ich sage ja nicht, daß es dich nichts anginge, oder daß man noch nicht mal den kleinen Finger rühren sollte. Ich sage nur, daß es nicht ratsam ist, über den eigenen Hintern hinaus zu furzen. Worauf es ankommt, ist, daß man keine krummen Dinger dreht. Und du, hast du je ein krummes Ding gedreht? Nie im Leben. Wenn die anderen es tun, was geht's dich an? Vor dem Herrgott steht jeder mit seinem Gewissen allein.«

»Sid Ali, um Himmels willen, siehst du nicht, daß ich esse?«

»Ißt du neuerdings vielleicht mit den Ohren? Und außerdem, wie soll ich bitte schön den Mund halten, wenn du die ganze Zeit über kein Wort von dir gibst?«


Lino hat seinen Zopf abgeschnitten. Er hat sich die Schläfen ausrasieren und die Strähne auf der Stirn eindrehen lassen. Zum Ausgleich hat er seit unserem letzten Treffen die Bartstoppeln stehen lassen. Mit seinem Tropenhemd, seiner an den Knien abgewetzten Jeans und seinen falschen Markenturnschuhen sieht er aus wie ein Luppy vom Lande, der frisch in der Großstadt eingetroffen ist.

Er winkt lässig zu Sid Ali hinüber und macht mir Zeichen, zu ihm zu kommen.

Hinter ihm steht Ewegh Seddig und hat die Straße fest im Blick. Seine Kolossalstatur verdeckt fast das Auto. Die Arme über der Brust verschränkt, die Beine fest in den Boden gerammt, beherrscht er den Gehweg so undurchdringlich wie seine schwarze Sonnenbrille. Einmal habe ich ihn gefragt, warum er nachts eine Brille trägt, die eigentlich als Schutz vor der Sonne gedacht ist. Um die anderen vor seinem Blick zu schützen, hat er gesagt.

Ich wische mir Mund und Hände mit einem Lappen ab und sprinte zum Auto. Lino setzt sich ans Steuer. Eweghs Blick sucht die Gegend ab, ehe er sich auf die Rückbank zwängt.

»Wie geht's denn so?« frage ich ihn.

»Hmmm…«

Lino chauffiert uns bis hinter Bab El-Oued, vorbei am Platz des 1. Mai, und rast dann die Küstenstraße entlang, eine Hand am Steuer, die andere im offenen Fenster. Er schweigt. Ab und zu, um das Schweigen zu überwinden, tut er so, als interessiere er sich für die Gaffer am Straßenrand, fixiert sie auch noch im Rückspiegel und hat sie ein paar Meter weiter schon wieder vergessen.

Lino ist gar nicht gut drauf.

Wir kommen zu einem erleuchteten Teesalon in der Nähe vom Märtyrerdenkmal. Am Fuß des Hügels leuchtet Algier nach Kräften, um die Finsternis daran zu hindern, sich definitiv in den Köpfen einzunisten.

Wir suchen uns einen Ecktisch, von dem aus wir gleichzeitig den Raum und den Parkplatz mit unserem Auto im Blick haben. Ein adretter Kellner fragt nach unseren Wünschen. Lino bestellt dreimal Orangensaft und drei Schoko-Croissants.

»Wie wär's, wenn du endlich Schluß machst mit deinem Theater?« schlage ich entnervt vor.

Lino zieht den Spaß in die Länge. Er haucht hingebungsvoll auf seine Brillengläser, reibt sie am Hemd sauber und schiebt sich das Gestell über die Augenbrauen.

»Mir geht's nicht gut.«

»Mir auch nicht.«

Der Kellner kommt mit einem Tablett zurück und teilt Gebäck und Getränke aus, wobei er sich von der Statur des Targi sichtlich beeindruckt zeigt. Lino beruhigt ihn: »Der beißt nicht.«

Der Kellner schüttelt den Kopf und zieht ab, ohne auf seinem Trinkgeld zu beharren.

Lino verkündet im Tonfall tiefsten Abscheus: »Wir haben den Typen identifiziert, der dir nachgestellt hat. Er hieß Farhat Nabilou.«

»Und? Paßt dir sein Name nicht?«

»Seine Akte paßt mir nicht. So nichtssagend wie eine offizielle Ansprache. Ich hatte gehofft, wir würden ein paar Einzelheiten erfahren, um über ihn an seine Hintermänner heranzukommen. Nichts. Farhat Nabilou, am 27. Februar 1965 in Algier geboren. Trödler in El Harrach. Keinerlei politische Aktivitäten. Kein Strafmandat. Keinerlei Kontakte. Der perfekte Einzelgänger. Hallo, wie geht's und tschüß. Die Nachbarn wissen fast nichts über ihn. Hat seinen Laden täglich zur selben Zeit dicht gemacht und ist gleich danach ab nach Hause.«

»Er war doch bewaffnet…«

»Genau das ist der Punkt. Das Schießeisen hat einem Brigadier gehört, der vor zwei Jahren in Sidi Moussa ermordet wurde. Für die Kollegen vom Labor ist das sonnenklar. Und es ist genau die Waffe, mit der Anfang des Monats drei Einwohner von Rouiba umgelegt wurden.«

»Warum?«

»Hatten keine Lust mehr, sich weiter erpressen zu lassen.«

»Warst du in Rouiba?«

»Mit Ewegh, gestern und noch heute früh. Wir sind von Tür zu Tür gelatscht, doch kein Mensch hat Nabilou auf dem Foto wiedererkannt.«

»Und der Wagen?«

»Wurde vor drei Wochen in Chlef gestohlen. Gut getarnt, neu gespritzt, falsches Nummernschild, gefälschter Fahrzeugbrief, neue Reifen, aufgemotzt mit Radkappen und Stoßstange… Für einen unbescholtenen Bürger ein prima Job.« Er verleibt sich das halbe Glas Saft und die Hälfte seines Schoko-Croissants ein und meint noch: »Der muß ganz frisch angeworben sein.«

»Praktizierender Gläubiger?«

»Man hat ihn nie in der Moschee gesehen. Aber das will heutzutage nichts mehr heißen. Der Krieg hat es mit sich gebracht, daß sie inzwischen jeden rekrutieren.«

»War er verheiratet?«

»Geschieden, kinderlos. Die Mutter tot, der Vater impotent. Die reinste Sackgasse.«

Ich drehe nachdenklich das Glas in meinen Händen.

Ewegh hat seines noch nicht angerührt. Er sitzt stocksteif da und überwacht, was sich draußen tut – eine Kobra, die auf Beute lauert.

»Wer hat ihm bloß das Genick gebrochen?« werfe ich beiläufig ein. »So viel ich weiß, findet seit 1962 kein Jahrmarkt mehr statt. Aus welchem Zirkus mag dieser Herkules entlaufen sein?«

Ewegh zuckt mit keiner Wimper. Lino dagegen scheint das irgendwie unangenehm zu sein.

»Ich bin gerade mal um die Wohnblocks herum. Das hat vielleicht fünf oder sieben Minuten gedauert. Und schon finde ich ihn zusammengesackt überm Lenkrad liegen. Kannst du mir das erklären, Leutnant?«

»Der ist auch von einem beschattet worden, ist doch klar.«

Mein Finger zeigt auf den Targi: »Das warst du!«

»Sein Hals ist mir unter den Fingern weggeknackst«, gibt Ewegh ohne Umstände zu, als handle es sich um ein dummes Malheur. »Ich wollte ihn eigentlich nur aus dem Auto ziehen.«

Lino seufzt, gibt sich geschlagen und erklärt: »Der Direx hatte Ewegh beauftragt, dich zu überwachen. Nach der Geschichte mit den Poltergeistern in deiner Wohnung ging ein Anruf in der Zentrale ein. Anonym. Der Typ ließ durchblicken, daß sie dich umlegen wollten. Vielleicht nur ein Scherz, aber der Direktor zog es vor, auf Nummer Sicher zu gehen. Ewegh wollte ihn wirklich nur festnehmen. Lebendig hätten wir einiges aus dem rausgekriegt, kannst du dir ja denken... War halt ein Unfall.«

Ewegh rührt sich noch immer nicht. Er überwacht den Parkplatz, sonst interessiert ihn nichts.

Lino wechselt plötzlich den Ton: »Willst du mir einen Gefallen tun, Kommy? Fahr zu Mina und den Kindern nach Béjaïa, oder geh nach Igidher zurück, oder laß von mir aus in Oran Gras über die Sache wachsen, aber häng nicht weiter hier herum. Ich bin überhaupt nicht beruhigt. Kein Mensch ist beruhigt...«

Ich will ihm gerade zu verstehen geben, was ich – ehrlich gestanden – von seinen Ratschlägen halte, da zerplatzt plötzlich die Fensterfront in Millionen von Splittern. Ein Sog erfaßt mich und schleudert mich nach hinten. Um mich herum wildes Geschrei. Ich habe Mühe zu begreifen, was passiert ist. Ich liege am Boden, völlig entkräftet, zu schlapp, den Tisch, der auf mir liegt, wegzuschieben. Neben mir Lino, mit aufgerissenen Augen. Ewegh, alle Viere in der Luft, versucht, sich unter dem Berg von Stühlen, in den es ihn verschlagen hat, hochzurappeln.

Im Teesalon herrscht blankes Chaos. Wer nahe der Eingangstür saß, ist unter Trümmern begraben. Unter den gliedlosen Marionetten erkenne ich den Kellner wieder. Er entdeckt soeben voll Entsetzen, daß sein Arm keine Rückmeldung gibt. Er kann es nicht fassen, ist leichenblaß, glaubt nicht, was er sieht. Eine Frau taumelt durch den Qualm, eine Kreatur wie aus einem Gespensterfilm, die Arme weit von sich gestreckt, das Gesicht von der Explosion weggerissen.

»Wo ist meine Tasche?« ruft ein Mädchen blutüberströmt und wühlt verzweifelt im Staub.

Den entstellten Mann vor ihrer Nase scheint sie nicht wahrzunehmen, und auch nicht das verstümmelte Bein, aus dem sich das Blut über ihre Waden ergießt.

»Eine Bombe! Eine Bombe!« ruft jemand wie im Delirium.

Ewegh steht als erster wieder auf, wirbelt eine Staublawine hoch. Er schiebt den Tisch, der mich fast erdrückt hat, zur Seite und hilft mir hoch. »Bist du okay?«

Abgesehen von den Glassplittern im Arm habe ich nicht den Eindruck, verletzt zu sein.

Lino stöhnt. Sein Fuß ist gräßlich verrenkt. »Mir tut mein Knöchel weh!« ächzt er.

Ein Mann taucht aus dem Rauch auf, mit schwärzlichem Gesicht, torkelt und bricht zusammen, der Rücken verkohlt. Eine Frau sitzt auf einem Stuhl, wundersamerweise unverletzt, blickt sich nur immerzu um, begreift nicht. Hinter dem Tresen züngelt eine Flamme empor, schlängelt sich an einem Vorhang hinauf und hat im Nu die Decke erreicht. Das Dach knistert, bricht auseinander und kracht mit Getöse zusammen.

Draußen ist der Teufel los. Schatten bewegen sich, laufen ineinander, durcheinander, ein halluzinierendes Schauspiel. Ihre Schreie vereinen sich zu einer ohrenbetäubenden, irrwitzigen, alles mitreißenden Sturzflut.

»Wo ist mein Sohn?« ruft flehentlich ein Vater, dem nur noch Fetzen am Leibe hängen, und klammert sich an die Leute. »Eben war er noch da. Gerade hier. Wo ist er?«

»Es ist nicht wahr, es ist nicht wahr!« murmelt unablässig kopfschüttelnd ein Greis. »Es ist nicht wahr, es ist nicht wahr...«

Das Feuer greift auf den Parkplatz über, verschlingt das erste Auto und beginnt, die anderen in einer surrealen kakophonen Geräuschkaskade explodieren zu lassen. Menschliche Fackeln schwanken durch die Nacht, Irrlichtern gleich, und ihre Bewegungen sind herzzerreißender als ihr Schreien.

Innerhalb weniger Minuten hat sich der Belvedere in einen Alptraum verwandelt, und die Hölle erscheint mir gnädiger als das Fegefeuer, das hier wütet.

# Teil 3

*Vergeblich versucht sie*
*Auf einem Grashalm zu landen*
*Schwerfällige Libelle*
Wandermönch Matsuo Bashô
(1644–1694)

## 10

Zu sterben ist die größte Gemeinheit, die man seinen Freunden antun kann.

Da Achour ist nicht mehr von dieser Welt.

Er hat für vier gegessen, hat seine Zwanzig-Uhr-dreißig-Zigarette exakt um zwanzig Uhr dreißig geraucht, es sich in seinem Schaukelstuhl bequem gemacht, die Füße gegen die Balustrade gestützt, mit einem kleinen Hüftschwung den Stuhl in Bewegung gesetzt, und sich dann, die Lichter eines Frachters auf hoher See fest im Blick, still und leise rülpsend davongemacht.

Wäre ich in der Nähe gewesen, hätte ich sicher zwischen den Sternen den lieben Gott gesehen, der sich freut, ihn endlich unter den Seinen begrüßen zu können.

Er war, wenn man so will, meine Familie. Hatte in seinem Blick den dämmernden Abglanz des Heimwehs bewahrt. War ein Hort der Weisheit, war mein Igidher, meine verlorenen Jahre. Gott hat mit ihm ein gutes Geschäft gemacht, und ich, ich weiß nicht wohin.

Schon beginnt das Meer sein Klagelied, sammelt sich die Stille, ist die Welt öde und leer.

Da Achour war einer der Gerechten.

Er wird mir ungeheuer fehlen.

Er pflegte zu sagen: »Die Rassen, das sind nicht die Weißen, die

Schwarzen, die Roten, die Gelben. Die Menschen wissen die Gaben der Natur nicht zu schätzen. Sie schauen mit Vorurteilen auf ihre Unterschiede und nennen es Rassentrennung. Aber die Rassen, das sind nicht die Araber, die Juden, die Slawen, die Tutsis. Die Menschen ziehen keine Lehre aus der Zeit. Stattdessen teilen sie die Ethnien in Kampftruppen ein. Sie trennen die Menschheit in oben und unten auf, um ihre eigene Nichtigkeit zu überspielen, darüber hinwegzutäuschen, wie ordinär sie selber sind... *Wahre* Rassen gibt es nur zwei: die Rasse der Aufrichtigen und die Rasse der Ruchlosen, die Ehrenwerten und die Ehrlosen. Seit Anbeginn der Zeiten stehen sie einander gegenüber, bekämpfen sich gnadenlos, das ist das Gleichgewicht der Dinge. Sie waren schon immer da, lange vor dem ›Licht‹, lange vor dem ersten Prophetenwort, und sie werden alle Zivilisationen überdauern. Seit wir auf der Welt sind, lehrt man uns die Zwietracht und führt uns auf Irrwege, fern der Wahrheit. Man lehrt uns den Haß auf alles Andere, alles Abwesende, alles Fremde: ein künstlicher, wohlfeiler, auf Abruf verfügbarer Haß. Und sieh nur, Brahim, sieh: Wer setzt heute unsere Schulen in Brand, tötet unsere Brüder und Nachbarn, enthauptet unsere Gelehrten, überzieht unser junges Land mit Feuer und Blut? Sind es Außerirdische, sind es Malaien, sind es Animisten, sind es Christen? Es sind Algerier, niemand sonst als Algerier, dieselben Algerier, die vor noch nicht allzu langer Zeit lauthals in den Stadien die Nationalhymne sangen, die in Scharen den Geschädigten zu Hilfe eilten, die sich von den Benefizveranstaltungen im Fernsehen mobilisieren ließen. Und sieh sie dir heute an. Erkennst du dich in ihnen wieder? Ich nicht im geringsten... Die Menschen *meiner* Rasse, Brahim, das sind all jene, die es rund um den Globus entschieden ablehnen, daß solchen Monstern Pardon gewährt wird.«

Er war mein Allerheiligstes: Da Achour, er war der letzte Schutzpatron dieser Stadt.

Wir haben ihn auf dem Friedhof von Igidher beigesetzt. Fünfzig Gräber vom Grab von Idir Naït-Wali entfernt. Alles frische Gräber, die sich wie braune Geschwülste aus der Erde wölben. Zweimal war der Stamm in der Zwischenzeit Opfer tragischer Vorfälle geworden. Erst hatte eine Gruppe Fundamentalisten eine Polizeisperre an der Straße nach Sidi Lakhdar vorgetäuscht. Sie nahmen den Bus ohne Vorwarnung unter Beschuß. Das Fahrzeug fing Feuer, die Fahrgäste sind bei lebendigem Leibe verbrannt. Etwas später wurden sieben Frauen und dreizehn Kinder aus der Nähe des Marabout Sidi Méziane entführt. Zwei Tage später fand man sie in einer Lichtung auf, alle erdolcht.

Mohand fragt, ob ich etwas zum Gedächtnis des Verstorbenen sagen wolle. Ich schüttle nur den Kopf.

»Na schön. Dann werdet ihr jetzt mit dem Auto nach Imazighène gebracht. In einer knappen Stunde treffen wir uns alle da unten wieder.«

Ich bedanke mich bei ihm. Er sieht zu, daß er fortkommt, zu seinen bewaffneten Männern.

Die Menge zerstreut sich schweigend. Greise humpeln auf Lieferwagen zu, andere zu ihren Eselskarren. Die Jüngeren laufen zu Fuß den steilen Hügel nach Imazighène hinunter.

Arezki Naït-Wali sitzt selbstvergessen auf einem großen Stein vor dem frischen Grab. Sein naßgeschwitztes Hemd dampft in der Hitze. Er hat seine purpurrote Nase in ein Taschentuch gepreßt und wartet, daß ich ihn abholen komme.

»Los, komm«, muntere ich ihn auf.

Er schüttelt das Kinn und erhebt sich.

Ich lege ihm den Arm um die Schultern und schiebe ihn vor mir her. »Wollen wir den Wagen nehmen?«

»Ich gehe lieber zu Fuß.«

»Ist aber ein ganzes Stück.«

»Halb so schlimm, geht ja immer bergab.«

»Na schön. Dann wollen wir mal.«


Imazighène ist ein Geisterdorf, einige Kabellängen von Igidher entfernt. Einst wurden dort die Widerspenstigen des Stammes einquartiert, die sich weigerten, zu den Zuaven zu gehen. Während des Krieges fiel das Nest an die SAS. Nach 1962 beschloß es, weiterhin ein Ort der Ausgrenzung zu bleiben und ist seitdem von einer geradezu pathologischen Verweigerungshaltung. Keine Kinder, die schreien, keine Töpfe, die scheppern.

Da liegt er, der Ort, am Ende eines Pfades, und verbirgt seine Misere verschämt hinter einem Bollwerk aus Feigenkakteen, so trostlos wie ein indianischer Friedhof. Seine Bewohner sind nach einem Massaker fortgezogen und haben den Fundamentalisten ihre klägliche Herde und ihre armseligen Gerätschaften zurückgelassen. Ein Großteil der Hütten hat schon kein Dach mehr. Die Fassaden der Innenhöfe sind rissig geworden und bröckeln im Wind. Alles ist still, nur die Zugluft schlägt munter über die Stränge, läßt Türen klappen und Fenster quietschen. Die Ratten haben die modrigen Räume zu ihrem Reich erkoren. Und die Spinnen ihre hängenden Gärten von einer Mauer zur anderen gespannt, über das ganze Mobiliar hinweg. Außer einigen Greisen, die geisterhaft in den Eingängen hocken, klammert sich nur eine Handvoll Familien störrisch an ihren Bau, das Gewehr geschultert, das Auge waidwund.

»Wir haben ihnen angeboten, sich nach Igidher zurückzuziehen, aber sie wollen ihre Gemüsegärten nicht aufgeben«, erklärt mir ein junger Patriot. »Tagsüber tun sie, was sie können, und nachts schieben sie Wache.«

»Wenn das noch lange so weitergeht«, bemerkt der Imam, »dann sterben sie, falls die roten *Khmej* sie nicht vorher umbringen, entweder an Angst oder an Schlaflosigkeit.«

Der junge Mann streichelt seine Kalaschnikow und erklärt: »Wir patrouillieren von Zeit zu Zeit hier in der Gegend. Aber manchmal sind wir tagelang zum Durchkämmen ganzer Gebiete weg, und dann fehlen uns die Leute.«

Ich bleibe stehen, um einen Eindruck vom Ausmaß der Verluste zu gewinnen. Imazighène ist ein Symbol der Entsagung, malträtiert, traumatisiert, mißtrauisch geworden, und seine Gassen sind von einem wachsenden Übel verseucht: der Feindseligkeit. Es ist die Feindseligkeit einer aus dem Sattel geworfenen Bevölkerung, deren Nerven bloßliegen und die sich weigert zu glauben, daß man schlicht aus Versehen in ihrem Ort landen kann.

Als Kind kam ich oft hierher, um heimlich Lounja zu beobachten. Sie wohnte in einem Häuschen, das heute dem Erdboden gleich ist, dort auf der Anhöhe, hinter dem Kaktusstreifen. Jeden Morgen schlug sie den Weg zur Quelle ein, mit einem Gewand in den Farben des Sommers angetan, den Wasserkrug in vollendetem Gleichgewicht auf ihrer flammenden Mähne balancierend. Lounja war elf Jahre alt und hatte einen azurblauen Blick. Wenn sie ihr kristallklares Lachen in die Lüfte warf, huschten mir seltsame Schauer über den Rücken.

Der Imam wischt sich mit einem Zipfel vom Turban übers Gesicht. Er ist puterrot, als würde er gleich explodieren. Er beugt sich zu Arezki hinüber und erzählt:

»1994 sind vierzig Hundesöhne aus den Wäldern dort drüben hervorgestürmt. In weniger als einer Stunde hatten sie alles geplündert. Bevor sie wieder abgezogen sind, haben sie alle Familien auf dem Dorfplatz versammelt und ihnen eine Predigt gehalten. Dann haben sie als abschreckendes Beispiel den Muezzin und seinen Sohn erdolcht und sie kopfüber am Eingang der Moschee aufgehängt. Du erinnerst dich sicher noch an Haj Boudjemaa. Er hat zur Zeit der Besatzung an der Koranschule von Igidher unterrichtet.«

»Ich erinnere mich nicht an ihn.«

»Er war sehr eng mit deinem Vater befreundet.«

»An den erinnere ich mich auch nicht mehr.«

»Schon möglich, du warst ja noch sehr jung… 1995 sind sie dann wiedergekommen. Am Vorabend vom Aïd, kannst du dir das vorstellen? Sie haben die Häuser der ehemaligen Moudjaheddin in Brand gesetzt und Amrane und seine Familie in der Gesundheitsstation verbrannt. Du erinnerst dich doch noch an Amrane, den Pferdehändler?«

Arezki schneidet eine ausweichende Grimasse.

Der Imam runzelt die Brauen: »Du erinnerst dich nicht an Amrane?«

»Es tut mir wirklich leid.«

»Ich hoffe, daß du dich wenigstens an mich erinnerst?«

Arezki blickt zu Boden: »Ich bin sehr früh von hier fort.«

Der Imam ist enttäuscht.

»Warum haben sie ihn verbrannt?« frage ich nach.

Der Imam wendet die offenen Handflächen zum Himmel. »Wer weiß das schon? An Amrane war nichts Besonderes, er war unauffällig, fast nichtssagend als Person. Wenn ihr mich fragt, sie haben ihm vermutlich vorgeschlagen, eine gestohlene Viehherde auf dem Souk abzusetzen, und er hat nicht mitgemacht.«

Wir kommen beim Haus der alten Taos an. Sie empfängt uns im Innenhof ihres ärmlichen Gehöfts, den sie üppig mit Teppichen und alten Kissen ausgelegt hat, und lädt uns ein, uns an den Tischchen niederzulassen, die rund um einen Johannisbrotbaum aufgestellt sind.

»Lalla«, murmelt der Imam mit begehrlichem Blick auf das ›Festmahl‹, »wir sind zutiefst betrübt, dich noch ärmer zu machen.«

»Mein guter Imam«, unterbricht sie ihn, »du hast schon deine liebe Not, mich am Freitag in der Moschee zu beschwatzen, da wirst du mir doch nicht heute unter meinem eigenen Dach was vormachen wollen!«

Der Imam lacht leutselig und macht sich daran, ein Plätzchen in den Reihen der Alten zu suchen.

Lalla Taos ist die ältere Schwester von Da Achour. Die Last des Alters scheint ihr nicht das Geringste anzuhaben. Von der Höhe ihrer sechsundachtzig Jahre herab hat sie nach wie vor alles fest im Griff, robust und klarsichtig, und ihre Bewegungen sind so flink wie ihr Mundwerk, aus dem mitunter herrlich frivole Scherze sprudeln. Sie ist witzig und voll Temperament, hat Autorität, ohne autoritär zu sein, und alle Welt liegt ihr zu Füßen. Sie steht aufrecht im Sturm wie die Eiche neben einem Marabout: Die Mühlen des Alltags, die sie aufreiben könnten, die Sorgen und Plagen, die an ihr zehren wollen, werden nie bis zu ihrer Seele vordringen. Sie hat ein Jahrhundert voller Umwälzungen, hat die verheerendsten Epidemien und die Trauer um den Verlust ihrer Nächsten mit seltener Gefaßtheit überlebt und scheint durch die Wechselfälle des Lebens hindurchzugleiten wie die Nadel durch den Stoff. Für sich allein verkörpert Lalla Taos die ruhige Stärke der unwandelbaren Kabylei.

Ich küsse sie aufs Haupt.

Sie umschlingt mich mit ihren mageren Armen und weicht ein wenig zurück, um mich anzusehen: »Was soll jetzt aus dir werden, Brahim, ohne deinen alten Freund?«

Sie bangt mehr um mich als um den Entschlafenen.

Sie war es, die mich aufgezogen hat. Ich war ihr Augapfel. Meine Streiche heiterten sie auf, meine schlechte Laune betrübte sie. Sie liebte mich so sehr, daß sie nicht zögerte, tagtäglich den steilen Hügel hochzuklettern, um meine Mutter aufzufordern, mich in Ruhe zu lassen, wenn ich mich wieder über sie geärgert hatte.

»Er war ein Heiliger«, antworte ich ihr.

»Um ihn mache ich mir keine Sorgen. Er war anständig. Garantiert genießt er da oben jetzt schon das süße Leben. Manchmal hat er sich zwar wie ein schlimmer Schlingel aufgeführt, aber Burschen wie er haben sich im großen und ganzen nicht viel vorzuwerfen. Der liebe Gott wird ihm höchstens die Ohren langziehen, um da oben keinen Neid aufkommen zu lassen, und ihn dann für den Rest der Ewigkeit in Ruhe lassen... Gedanken mach ich mir *um dich*.«

»Na, dann zieh mir doch auch die Ohren lang und fertig.«

Die Trauergäste haben sich rings um die Tische verteilt und sind wacker dabei, die Berge von Kuskus abzutragen.

»Komm«, tuschelt sie mir ins Ohr, »ich möchte dir was zeigen.«

Sie nimmt mich bei der Hand und führt mich in ein Zimmer mit rissigen Wänden.

»Damit wir uns gleich richtig verstehen«, bereitet sie mich vor: »Es bleibt alles hier.«

»Ich schwör's dir.«

Mein Wort reicht ihr nicht aus. Sie verschränkt ihre Finger mit meinen und läßt uns mit den Händen schlenkern, weit ausholend, und dazu ein Schwur aus Kindertagen – wie in der guten alten Zeit. Jetzt erst ist sie ganz beruhigt, beginnt in den Tiefen eines vorsintflutlichen Schranks zu kramen, befördert ein Messingkästchen mit Vorhängeschloß ans Licht und macht es vor meinen Augen auf.

»Na, was ist das wohl?« jauchzt sie auf und hält mir triumphierend eine Steinschleuder hin.

»Mein *astak*!«

»So ist es. Hab ich dir damals eigenhändig gebastelt. Mein Gott! Was warst du neidisch auf die anderen Jungen! Und das da? Erinnerst du dich?« fragt sie weiter, während sie ein an allen vier Seiten zugenähtes Ledertäschchen hochhält. »Das war der Talisman, den du immer am Arm getragen hast. Er hat dich vor dem bösen Blick und vor üblem Umgang beschützt… Und das? Das errätst du nie. Das sollte deine allererste Chéchia werden, aber du hast sie nie getragen. Ich bin diesem verflixten Hausierer aufgesessen. Ich hatte ja im Leben noch nie einen Büstenhalter gesehen. Ich dachte, daß das zwei Käppis sind und habe ihn gebeten, mir eines für dich abzuschneiden. Achour hat sich fast die Milz aus dem Leib gelacht, als ich es ihm gezeigt habe.«

Sie noch immer über diese Anekdote lachen zu sehen, die sich vor fünfzig Jahren zugetragen hat, sie dabei zu erleben, wie sie eines nach dem anderen die Relikte meiner Kindheit wie geweihte Reliquien hervorholt, unsere gemeinsame Geschichte wie ein Märchenbuch aufblättert und in höchste Verzückung gerät bei der Erinnerung an derart schlichte, naive Begebenheiten – welch ein Gefühl!

Zuletzt zieht sie mit unendlicher Zärtlichkeit und Behutsamkeit etwas hervor, was sie für ihr bestes Stück zu halten scheint, versteckt es hinter ihrem Rücken und spricht glänzenden Auges: »Rate mal, rate mal, was ich hier habe, mein Großer!« Und ich sehe ihre Augen, die aus ihrer Grisaille erwachen, sehe, wie die Tätowierungen auf ihrem Gesicht zu blühen beginnen, ihre ausgemergelten Schultern vor Begeisterung beben…

»Erinnerst du dich?« Und sie schwingt ein vergilbtes, fast gänzlich verblichenes Foto. »Erinnerst du dich?«

Das auf dem Foto ist sie, wie sie auf einem Maulesel sitzt, die Augen geschlossen in der gleißenden Sonne, das Kleid bis über die Knie hochgerafft, und sie strahlt, überglücklich, völlig hingerissen von diesem zerlumpten Bengel, der lachend neben ihr auf einem Baumstumpf steht.

»Mein Gott! Was war ich damals hässlich!«

»Du warst überhaupt nicht hässlich, Brahim. Du warst wunderbar.«

Sie fährt mir mit der Hand über meine stachligen Backen, legt den Kopf schräg in den Nacken und murmelt mütterlich, zärtlich, gerührt: »Du warst der Beste überhaupt.«

## 11

Mohand hat uns eindringlich davor gewarnt, uns über den hellgrauen Grat hinauszuwagen, der den Berg wie eine Messerklinge teilt. Hin und wieder tauchten Fundamentalisten im Dickicht auf, um das Dorf zu überwachen oder einen einsamen Hirten zu entführen. Sie zögerten auch nicht, hat er gesagt, auf alles zu schießen, was sich in Reichweite ihrer Gewehre befände, ehe sie wieder im Wald verschwänden. Sie benutzten diese List, um die Patrioten in verheerende Fallen zu locken. Jetzt, wo ihre Tricks nichts mehr fruchteten, begnügten sie sich damit, die Leute auszuspähen und Unvorsichtige, vor allem Kinder, die sich verlaufen haben, anzugreifen.

Seit dem Morgen werden Arezki und ich aus der Ferne von zwei Schutzengeln bewacht, während wir uns von unseren Erinnerungen treiben lassen. Ich habe sie gleich gesehen, aber ich spiele den Ahnungslosen, um sie zu beflügeln.

Wir erklimmen einen unförmigen kleinen Erdhügel, der unter unseren Schritten wegbröckelt. Die verdorrten Halme kratzen uns die Waden auf.

Arezki macht tollkühne Anstrengungen, um sich nicht abhängen zu lassen – umsonst. Er muß alle hundert Meter eine Pause machen, um wieder zu Kräften zu kommen. »Und da redest du von Erholung!« japst er.

»Ist anstrengend, tut aber gut.«

»Kannst du mir mal helfen?«

Ich strecke ihm meinen Stock hin und ziehe ihn daran zu mir hoch.

»Noch eine winzige Anstrengung. Der Ausblick ist die Mühe wert.«

Er läßt sich mir direkt vor die Füße fallen, mit aufgelöster Miene, ausgedörrter Kehle. »Reich mir mal deine Flasche. Ich brenne inwendig noch aus.«

Ich lasse mich neben ihn zu Boden gleiten.

Links von uns liegt der Obstgarten, in dem wir Lausebengel regelmäßig unsere Streifzüge unternahmen, so behende, daß keiner uns je zu fassen bekam. Heute ist er ein Schatten der Legenden, die wir um ihn rankten. Sein Schweigen ist das eines Friedhofs. Seine Spatzen sind längst auf und davon. Und selbst die Esel wagen sich heute nicht mehr hierher. Damals war der ganze Hügel zur Zeit der Mandelbaumblüte bis an die Pforten des Horizonts wie mit Schnee überzogen.

Auch Arezki betrachtet still, was vom alten Obstgarten übrig ist: verkrümmte, mickrige Bäume, die ihre Äste in verzweifeltem Gebet gen Himmel recken.

»Erinnerst du dich noch, wie du einmal wie ein Wilder da bergab gesaust bist, auf der Flucht vor dem Wächter?«

Arezki schaudert leise und kauert sich zusammen.

»Normalerweise hat er ein Auge zugedrückt. Er ließ mich immer in Ruhe.«

»Um das Lämmchen anzulocken, es in Vertrauen zu wiegen. Wenn du mich fragst, dann hat ihn der Wind, der die Gandoura über deinem drallen Popo hochgeweht hat, auf krumme Gedanken gebracht.«

Arezki schüttelt verlegen den Kopf. Er war schon immer sehr schamhaft. Meine Unverblümtheit geniert ihn.

»Weißt du, warum es zu stinken beginnt, sobald du nur den Mund aufmachst?«

»Weil mein Verstand im A ... ist.«

»Du hast es erfaßt.«

Ich lache. »Ich habe keinen Hasen je so schnell fortsausen gesehen.«

»Na ja!«

Arezki greift nach einem trockenen Zweig, zerbricht ihn zwischen den Fingern. Sein Mund läßt sich zur Andeutung eines rätselhaften Lächeln herbei. Mit meinem Stock wühle ich in einem Haufen herum und schrecke ein Heer von Kleinstgetier auf.

Am Fuß des Erdhügels hat der Fluß tiefe Furchen in den Boden gegraben. Die Kieselsteine erinnern an fossile Eingeweide. Einst kamen die Frauen in Scharen hierher, um ihre Wäsche zu waschen. Das Wasser sprudelte in Kaskaden vom Berg herunter und verlief sich fern in der Ebene. Das Schilf stand dichtgedrängt am Ufer, um den Oleander zu beeindrucken. Stellenweise war der Fluß richtig tief. Wir planschten nach Herzenslust drin herum, in einem Aquarell aus Zurufen und funkelnden Spritzern. Manchmal taten wir so, als würden wir ertrinken, um unsere jungen Hunde jaulen und aufgeregt auf der Böschung hin und her springen zu sehen, ehe sie es wagten, sich uns in tollkühnen Kopfsprüngen zuzugesellen. Ich selber schwamm eher selten. Ich zog es vor, mich im Schilf zu verstecken und stundenlang Lounja zuzusehen, wie sie bis zu den Knien im Wasser stand, während ihr Haar sich als goldener Strom über ihren Rücken ergoß und ihr nasses Kleid ihr auf der Haut klebte und die keimenden Brüste erkennen ließ, die schön wie zwei gekräuselte Sonnen waren.

»An dieser Stelle habe ich meine allererste Leinwand bemalt«, erinnert sich Arezki. »Mit bunten Kreideresten, die ich in Milch getaucht hatte. Meine Mutter hätte mich fast erwürgt, als sie sah, was ich mit dem einzigen Bettlaken, das sie besaß, angestellt habe.«

»Du warst schon damals ein Genie.«

Ein Traktor kommt die staubige Piste entlanggetuckert. Er rumpelt unbeholfen die Fahrrinnen entlang, verschwindet hinter einem Wäldchen und taucht am Fuß der Anhöhe wieder auf. Der Bürgermeister bedankt sich beim Fahrer und springt mit geschultertem Karabiner herab. Das Gefährt macht stotternd kehrt und entfernt sich mit groteskem Geholper.

»Ein schönes Paar seltener Vögel gebt ihr ab!« ruft der Bürgermeister uns zu.

Er kommt trotz seiner sechzig Jahre behende den Hang heruntergeeilt und läßt sich uns gegenüber ins Gras fallen.

Akli Uld Ameur war Bauunternehmer, ehe die Kalifen der Apokalypse das Regiment an sich rissen. Eines Nachts haben vermummte Monster ohne Vorwarnung seinen Gerätepark in Brand gesetzt. Einige Wochen später waren sie wieder da und wollten Geld von ihm erpressen. Er hat sie gleich mit dem Gewehr begrüßt. Ein Salut nach den Regeln der Résistance. Am Tag darauf hat er den ersten Patriotentrupp der ganzen Region aufgestellt und sich bereiterklärt, die Leitung des Rathauses, das die Fundamentalisten in Schutt und Asche gelegt hatten, zu übernehmen.

»Störe ich euch?«

»Nicht im geringsten.«

Er zieht gewissenhaft sein Hemd über den nackten Nabel.

»Na?« ruft er aus, während sein Arm einen Schwenk über den Horizont beschreibt. »Ist es nicht schön, unser Land? Wie kann man nur in einer derart häßlichen Stadt leben, überall dieser furchtbare Asphalt und Beton, dazu Lärm und verschmutzte Luft bei Tag und Nacht?«

»Indem man die Augen schließt und sich die Nase zuhält.«

Er stützt sich auf einen Ellenbogen, legt den Karabiner neben

seinem ausgestreckten Bein ab und läßt seinen Blick umherschwei-
fen.

»Früher war es einfach fabelhaft! An den Feiertagen sind die
Leute aus den Nachbardörfern hier zusammengekommen. Sie
haben ihre Decken ausgebreitet und friedlich gepicknickt. Die Jungen haben Fußball gespielt. Es war herrlich!«

»Damals war man sich seines Glücks gar nicht richtig bewußt.«

»Da hast du recht, man nahm das einfach so hin. Es gibt Leute,
die merken gar nicht, was für ein Glück sie haben.«

»Nietzsche sagt: *Unter friedlichen Umständen fällt der kriegerische
Mensch über sich selber her.*«

»Und wer ist Nietsch?«

»Ein Bruder im Geiste.«

Akli sucht sein Gedächtnis des langen und breiten nach dem
Bruder ab, dann gibt er auf.

»Ach ja«, erinnert er sich plötzlich, »dein Direktor hat auf der
Post eine Nachricht für dich hinterlassen. Du möchtest zurückkommen.«

»Ist es dringend?«

»Am Dienstag sollst du dich bei der Zentrale melden.«

»Dann bleiben ja noch vier Tage, uns ein Visum zu beschaffen«,
sage ich zu Arezki.

»Du sprichst für dich. Mich wird diesmal der stärkste aller Kräne
nicht von hier fortbewegen… Bab El-Oued, damit ist's aus. Ich
möchte inmitten der Meinen den Geist aufgeben.«

»Recht hast du!« stimmt Akli energisch zu. »Die ganze Pracht des
Ozeans läßt den Lachs nicht seinen guten alten Fluß vergessen.«


Akli hat uns zu einem Essen in seine Residenz geladen. Er hat alle
Welt eingeladen. Um den Künstlern Ehre zu erweisen, hat er ein
Porträt von Tahar Djaout zwischen zwei Damaszenerklingen an der
Wand aufgehängt.

Ich mochte Tahar gern. Er war ein Junge mit vollendeten Manieren. Wenn die Höflichkeit eines Tages Gestalt annehmen sollte,

dann die von Tahar. Der studierte Mathematiker, der aus Pflichtgefühl beim Journalismus gelandet ist, war ein talentierter Poet. In einem geschmiedeten Bronzerahmen schaut er mich aus unruhigen Augen an, als verstünde er nicht, was er in diesem Glaskasten verloren hat, er, der in die Welt geboren wurde, um sie zu erobern. Er sieht regelrecht entfremdet darin aus... Die schönste Chinavase kann der Blume keine Wiese ersetzen.

»Immer, wenn er in der Gegend war, ist er auf einen Sprung nach Igidher gekommen«, erzählt Akli. »Er hat Stunden im Zwiegespräch mit dem Berg zugebracht. Hier hat er seine ersten Texte geschrieben.«

Ich betrachte den seligen Tahar. Mit seinen gezwirbelten Schnurrbartenden sieht er aus wie ein Jüngling aus der Blütezeit der Bohème. Es fällt mir schwer zu glauben, daß die Knarre, die seinen Tagen ein Ende gesetzt hat, angesichts von so viel Schlichtheit nicht den Dienst verweigert hat. Aber in einem Land, in dem man sogar die Säuglinge in der Wiege zerstückelt, wäre es wohl zu viel verlangt, von der Barbarei wenigstens einmal Anstand und Benimm einzufordern.

»He! Herr Bürgermeister!« ruft ein krausköpfiger Mops beim Betreten des Saals. »Sie sollten Ihre Hunde besser anbinden!«

»Ich habe gar keine Hunde.«

»Woher stammt denn dann dieser Hundedreck draußen auf dem Weg?« schreit er und zeigt mit dem Finger auf einen Gecken im Drillichanzug.

»Ich bin kein Hundedreck. Paß auf, was du redest, du aufgeblasenes Arschloch.«

Allgemeines Gelächter begleitet den Auftritt dieses hinreißenden Gespanns. Der Dickmops macht sich daran, die Greise fromm auf ihren Turban zu küssen, nur den Imam läßt er absichtlich aus...

»Du hast vergessen, den Scheich auf den Kopf zu küssen«, tadelt Mohand.

»Dazu müßte er erst einmal einen haben.«

»Was heißt, ich müßte erst einen haben?«

»Du bist dreimal in eine vorgetäuschte Straßensperre geraten. Wenn du einen hättest, hätten die roten *Khmej* das längst gemerkt.«

Eine neue Lachsalve ist die Antwort.

Der Dickmops beendet seine Begrüßungsrunde, macht es sich auf einer mit Matratzen ausgelegten Bank bequem und beginnt erneut, den Uniformierten zu necken, der mürrisch und griesgrämig im Türrahmen steht.

»He! Du Oberfastenrambo! Stimmt es, daß du dein Fallschirmspringerabzeichen dafür gekriegt hast, daß du einen Baumstamm heruntergerutscht bist?«

»Eher dafür, daß ich aus dem Bett deiner Schwester gerutscht bin!«

»Danke für deine Begleitung. Jetzt raus mit dir. Das hier ist nur was für Honoratioren!«

Akli nutzt die allgemeine Heiterkeit, um mir ins Ohr zu flüstern: »Unsere Dick und Doof. Der Dicke, das ist Bachir. Hat sein Studium an der Universität von Tizi Ouzou aufgesteckt, um unsere Reihen zu verstärken. Ist im Untergrund eine echte Dampfwalze. Das Wort ›Angst‹ hat er aus seinem Wortschatz gestrichen. Der Kleine ist Amar. Sie sind Cousins und außerdem verschwägert. Halten die Moral der Truppe hoch. Unsere Kämpfer himmeln sie an.«

Ein junger Mann bahnt sich einen Weg durch die Tische und beugt sich zum Bürgermeister vor. Akli runzelt die Stirn, nickt und sagt: »Aber natürlich, laß sie herein.«

Der junge Mann geht in den Hof und kommt mit einer Gruppe Dorfwachen zurück, die in ihrer blauen Tunika vor Demut ganz pathetisch wirken.

»Die Patrouille von Sidi Lakhdar«, erfahre ich von Akli. »Sie kommen gerade von einem Erkundungsgang zurück.«

Die Dorfwachen stellen ihre Waffen in einer Mauernische ab und mischen sich unter die Gäste.

Ein paar Jugendliche bringen Tabletts mit Scheiben vom Hammelspießbraten, Salatblättern und Zwiebeln herein.

Bachir klatscht Beifall und leckt sich gierig die Lippen. »Und jetzt füllt euch den Wanst!« donnert er los, und das läßt sich keiner zwei Mal sagen.

Mohand fährt uns gegen halb fünf in der Früh zum Haus von Idir zurück. Unsere Köpfe flirren vor Lachen und Scherzen. Arezki hat nicht durchgehalten. Die langen Jahre des Ausgeschlossenseins haben ihren Tribut gefordert. Todmüde schwankt er, von den kaputten Stoßdämpfern durchgerüttelt, auf dem Rücksitz des alten Autos hin und her.

Am bläulichen Himmel der Naït-Wali steht der Sichelmond wie ein abgekauter Fingernagel, den ein Gott dort vergessen hat. Ein schimmernder Kratzer tief unten am Horizont kündet von der Fehlgeburt des neuen Tages. Es ist eine schöne Nacht, die mit schnellem Flügelschlag über die flaumigen Täler und Hügel enteilt, während der Wind verspielt oder nur unentschlossen sich die Zeit vertreibt, indem er das Zirpen in den Tiefen der Büsche zum Schweigen bringt.

Wir nehmen die Hauptstraße durchs Dorf, die von grellen Laternen mit bunten Lichtern übertupft ist.

Slimanes Café hat noch offen. An den Tischen sitzen Patrioten, Zigarette im Mundwinkel und Gewehr auf den Knien. Hier und da sieht man Gruppen von Jugendlichen, die die Schwüle wachhält, schwatzend oder kartenspielend auf Treppenaufgängen hocken. In Igidher wacht man bis tief in die Nacht. Sicherheitshalber.

Das Auto biegt in einen Obstgarten ein, eine kläffende Hundemeute hinterher. Ein Hirt steckt den Kopf aus seiner Hütte heraus. Er erkennt das Fahrzeug und macht sich daran, seine Tiere zu beruhigen.

»Hier wollen wir eine Schule bauen«, erklärt Mohand. »Unsere Kinder beklagen sich darüber, daß die alte zu eng ist. Es wird einen Spielplatz geben und, sobald wir das Wasserreservoire repariert haben, sogar Duschen. Dann müssen unsere Sportler nicht mehr nach Sidi Lakhdar ausweichen. Wir haben eine selbstgebastelte Bombe von dreiundvierzig Kilo unter der Chaussée entdeckt. Eine Stunde, ehe der Gemeindebus hier durchkam. Was für eine Katastrophe, wenn sie explodiert wäre. Im Bus waren sechzig Schüler. Auf Klassenfahrt.«

»Ihr leistet euch heutzutage Klassenfahrten?«

»Na und ob! Wir versuchen, unseren Kindern ein möglichst normales Leben zu bieten.« Seine Hand krampft sich ums Steuer. »Vorher waren das keine Kinder mehr. Ihr hättet sie sehen müssen, wie sie in den Ecken kauerten, zitternd und verstört, sie brüllten schon los, wenn man sie nur ansah. Wie verängstigte Tiere. Ein knatternder Auspuff löste die wildeste Panik aus. Unmöglich, sie in diesem Zustand zu lassen. Sie wären früher oder später verrückt geworden. Mein Junge fing zu weinen an, sobald ich nur im Nebenzimmer verschwand, um etwas zu holen. Er klammerte sich Tag und Nacht an meinen Schatten. Wir haben die Hölle hinter uns.«

Sein Ton wird aufgeräumter, als wir auf freies Feld gelangen: »Hier wollen wir ein Jugendhaus bauen und vielleicht sogar ein kleines Stadion mit einer offiziellen Tribüne und Stufenreihen. Wir haben eine Menge Projekte für unsere Gemeinde. Das ist unsere Art, die Herausforderung anzunehmen. Wir bauen auf, was der Fundamentalismus zerstört hat, und gewinnen täglich Terrain hinzu. Die beste Verteidigung ist noch immer der Angriff, hat der Capitaine gesagt.«

Der Wagen poltert krachend in eine Ackerfurche. Mohand reißt schnell das Lenkrad herum, um nicht im Graben zu landen.

»Du hast es selbst gesagt, Brahim: ›Wenn du ein Problem hast, ist es *dein* Problem.‹ Wer soll uns helfen, wenn nicht wir uns selbst. Und bisher klappt es ganz gut.«

Da taucht Idirs Haus hinter den Bäumen auf, verhutzelt und pittoresk mit seinem Schieferdach und seinen Mauern aus Lehm und Stroh.

Ich rüttele Arezki wach. Der Maler schreckt hoch und hampelt auf der Suche nach dem Türgriff wild herum, ohne fündig zu werden. Mohand springt heraus, eilt auf die andere Seite, um ihm den Wagenschlag zu öffnen und stützt Arezki mit beiden Händen.

»Der ist fertig«, sage ich. »Wird nicht mehr lange dauern, und wir müssen ihm bei seinen rituellen Waschungen helfen.«

»Die Luft seiner geliebten Berge wird ihn schnell wieder auf die Beine bringen«, verheißt Mohand und schiebt seine Arme unter den ungelenken Körper des Greises. »Wir werden ihn hätscheln und päppeln.«

Ich mache das Licht im Schlafraum an. Mohand legt seine Last auf einer Matratze nieder, zieht Aretzki die Schuhe aus und deckt ihn zu.

»Ein hübsches Leichentuch!« unke ich.

»Ich an deiner Stelle würde es machen wie er. Ich würde mit Madame und den Kindern in den Schoß der Sippe zurückkehren und alles andere vergessen... Jetzt muß ich aber los. Im Kühlschrank sind Getränke, und da im Schlauch ist frisches Quellwasser.«

»Du hast nicht zufällig ein oder zwei Zigaretten übrig? Ich habe meine Vorräte beim Bürgermeister aufgebraucht.«

Er reicht mir eine Packung Rym. »Kannst du behalten.«

Plötzlich geht er nah ans Fenster heran und horcht.

»Was ist denn los?«

Seine Hand bedeutet mir zu schweigen. Ich spitze die Ohren. Außer Grillenzirpen und dem Gesäusel des Windes höre ich nichts Besonderes. Mohand geht in den Hof hinaus, klettert auf einen Steinhaufen und horcht in die Ferne, die Hand wie einen Trichter ums Ohr gelegt.

Ganz fern, von den Windstößen verfälscht, ein Knattern...

»Schüsse?«

»Pst!«

Eine einzelne, kaum hörbare Detonation, dann eine Salve von Feuerstößen...

»Das ist sicher die Patrouille von Sidi Lakhdar, die einen Zusammenstoß mit einer Gruppe Terroristen hat.«

»Ich habe vorhin alles mit den Soldaten durchgecheckt. Die Dorfwachen waren um null Uhr zwanzig zurück in ihrem Quartier.«

Die Schüsse werden lauter, aber es ist unmöglich, sie in der Dunkelheit zu orten.

Da kommt ein Lastwagen ohne Licht vom Dorf herauf. Mohand läuft querfeldein, um ihn abzufangen.

Als er zurückkommt, ist er blaß. »Das ist Aklis Gruppe. Sie fahren zu Punkt 21.«

»Was ist los?«

»Angriff auf Imazighène!«

Eiswasser peitscht mir den Rücken entlang. In meinem Geist blitzt das gepeinigte Gesicht der alten Taos auf. Meine Knie werden weich, mein Herz hämmert wie wild gegen mein Brustbein.

»Diese Feiglinge!« schreie ich.

»Die Feigheit ist algerisch. Die Tapferkeit ist algerisch. Für beide zusammen hat dieses Land keinen Platz. Wir sind entschlossen, den Teufel zur Strecke zu bringen, wenn nötig in der Hölle.« Er springt in seinen Wagen. »Du bleibst hier, Brahim.«

»Du machst wohl Witze.«


Im Dorf ist alles in Alarmbereitschaft. Die Hauptstraße ist menschenleer. Auf den Dächern bewegen sich Silhouetten, sichern ihre Kampfpositionen, erkennbar an den Sandsäcken, die sich auf den Terrassen stapeln. Am Ortsausgang leuchten Scheinwerfer die umliegenden Felder aus. Aus den Häusern schwirren Befehle, die die Frauen ermahnen, ruhig Blut zu bewahren.

Mohand stellt sein Auto neben einem Bewässerungsbecken ab und stößt zu seinem Trupp, der sich im militärischen Kampfdreß auf einer Lichtung versammelt hat.

Ein magerer Rotschopf umreißt die Lage: »Wir wissen nicht, wie viele es sind. Wir sind bereit. Bachir hat auf Punkt 18 Posten bezogen, Ramdane auf Punkt 24. In fünf Minuten wird Akli an Punkt 21 sein.«

»Bestens.«

Mohand inspiziert schnell seine Leute, kontrolliert die Waffen und die Erste-Hilfe- Ausrüstung, befiehlt einem Greis, seine Uhr abzulegen. Der gehorcht auf der Stelle.

»Diesmal entkommen sie uns nicht.«

Die Männer nicken steif, in martialischer Haltung. Tapfer, mythisch und schön wie nur der Krieg sie zu formen weiß, um sie für das Unrecht zu entschädigen, das er ihnen in der nächsten Minute zufügen wird.

»Vorwärts!«

Die Gruppe setzt sich in Marsch wie ein einziger Mann.

Kein Zweifel: Wenn manche Nationen noch nicht zusammengebrochen sind, dann nicht, weil sie einen Kopf auf den Schultern, sondern weil sie solide Beine haben.

Als wir den Hügel hinabsteigen, ertönt eine grauenvolle Detonation.

Unten am Hang brennen die Häuser.

Der Anblick wirft mich um. Taos!

Ohne mir dessen bewusst zu sein, rase ich wie ein Irrer auf den Weiler zu.

Eine zweite Explosion löst einen Strudel an Staub und Flammen aus, der den oberen Teil von Imazighène verschluckt. Aus einem Maschinengewehr dringt ein langgezogener Klagelaut, der die schüchternen Salven aus dem Dorf überdeckt. Abgehackte Schreie dringen an mein Ohr.

Ich renne, renne blindlings drauflos, taub gegenüber den Zurufen Mohands. Ich spüre, wie mein Gesicht von Zweigen zerkratzt wird. *Taos!* Ich glaube, ihre Stimme inmitten von Donner und Geschrei zu hören, ich sehe nichts als ihr Gesicht im flammenden Inferno.

Mein Fuß stößt jäh gegen ein Hindernis. Ich kreisele um mich selbst und stürze in einen Graben.

Mohand holt mich ein, außer sich: »Was hat dich denn gepackt? Man stürzt nicht so drauflos durch die Dunkelheit! Unsere eigenen Leute könnten dich aus Versehen erschießen. Wir haben unsere Erkennungszeichen und Anweisungen, an die wir uns strikt zu halten haben.«

Die Gruppe setzt sich wieder in Bewegung, in raschen Sprüngen auf den Ort des Zusammenstoßes zu.

Der Rotschopf fragt, ob wir eine Bahre brauchen. Ich beruhige ihn, und schon eilt er der Gruppe hinterher.

Mohand hilft mir auf die Beine.

»Bist du sicher, daß es geht?«

»Beeilen wir uns, sonst bringen sie noch alle um.«

Jetzt kann man deutlich die kräftigen Feuerstöße erkennen, die aus dem Dickicht oberhalb des Weilers kommen. Leuchtkugeln jagen auf blitzenden Bahnen hintereinander her. Das Geschrei der Frauen und Kinder übertönt den Choral des Bleis.

»Das Militär ist im Anmarsch«, gibt der Funker bekannt. »Der Capitaine bittet um Geleit.«

»Akli wird ihn führen. Wir dürfen keine Zeit verlieren. Sonst treten die *Khmej* noch den Rückzug an und entwischen uns zwischen den Fingern.«

Wir laufen querfeldein, säbeln die Barrikaden aus Feigenkaktus um. In nächster Nähe, links von uns, gehen Schüsse los. Hinter mir bricht jemand zusammen. Der Rotschopf. Es hat ihm die Schulter weggerissen. Er rollt sich zur Seite, sucht nach Deckung. Er hat keinen Laut von sich gegeben.

Mohand kriecht zu ihm hin.

»Kümmert euch nicht um mich«, flüstert der Rotschopf. »Ich komme schon durch.«

Plötzlich, finsterster Vorzeit entsprungen, greift mich ein alptraumhaftes Wesen an, mit donnerndem *allahou aqbar,* am ausgestreckten Arm eine geschwungene Axt. Eine Salve mäht ihn um, er schlägt vor mir zu Boden, mit offenem Mund und aufgerissenen Augen. Im Sturz hat das Monster einen ganzen Kaktus mitgerissen. Ein Koloß von mindestens 120 Kilo, mit bodenlangem Haar und einem Bart, der ihm bis zum Nabel reicht. Er glotzt mich haßerfüllt an, versucht, sich wieder aufzurichten. Sein Gestank lähmt mich. Da nagelt ihn eine zweite Salve am Boden fest. Er röchelt. Blut sprudelt aus seinem Mund, sein Kopf rollt zur Seite.

Als ich wieder zu mir komme, stelle ich fest, daß Mohands Gruppe schon die ersten Häuser von Imazighène inspiziert. In einen Hof, der ihnen verdächtig vorkommt, werfen sie eine Handgranate. Nach der Explosion stürmen zehn Männer, während die anderen im Zickzack weiterlaufen.

Leuchtzeichen blinken von einem Gebäude herab. Mohand antwortet mit der Taschenlampe. Wir stürzen unter ohrenbetäubendem Kugellärm auf den Dorfplatz.

»Sie ziehen ab, sie ziehen ab…«

»Sie ziehen sich in die Wälder zurück…«

In der Ferne löchern die Lichter des Militärkonvois die Finsternis. Mohand informiert Bachirs Gruppe über Funk und befiehlt ihm, die Terroristen abzufangen, falls sie versuchen, ihren Rückzug in seiner Richtung anzutreten. Und schon beginnen die Waffen aufs neue, einander anzuspeien.

Die brennenden Häuser erleuchten das Dorf taghell. Zwei zerlumpte Körper liegen am Boden, ihre filzigen Bärte sträuben sich im Wind. Ein anderer liegt zerfetzt unter einem Baum. Die Luft ist vom Brandgeruch menschlichen Fleisches erfüllt. Hinter einem Vorhang aus lehmgelbem Rauch sitzt auf einer Türschwelle eine stöhnende Frau, die sich den Bauch mit beiden Händen hält, um das fließende Blut einzudämmen. Die ersten Zivilisten wagen sich aus ihren Verstecken hervor, tauschen entsetzte Zurufe aus; andere eilen zu den Trümmern, um Verletzten beizustehen.

Ein Greis kommt vorüber, die Arme wie schlafwandelnd ausgestreckt. Ein Patriot hebt ihn auf die Schultern und trägt ihn auf den Platz. Vereinzelt lassen sich ein paar Frauen blicken, Kindern klammern sich an ihre Gewänder.

Wie im Wahn blicke ich auf die rauchenden Ruinen. Zerfetzte Haustiere wälzen sich in riesigen Blutlachen. Federn kreiseln in der knisternden Glut.

Das Haus meiner Taos gibt es nicht mehr. Nur eine Mauer ist stehengeblieben. Gleich einer Stele, in die der Blitz gefahren ist. Ein Lastwagen, vermutlich voll Dynamit, hat einen Krater im Hof aufgerissen. Er ist umgekippt und völlig zerstört, mit deformiertem Fahrgestell und herausgerissenem Motor.

Ich betrete den verwüsteten Patio, wie man in geistige Umnachtung sinkt. Ich habe das Gefühl, durch die Vorhölle zu irren. Ein Schatten unter den Schatten des Weltuntergangs... *Taos... Taos...* Wie ein Besessener beginne ich, Balken beiseitezuschieben, Dielen und Steine anzuheben und mir die Hände im heißen Geröll aufzuschürfen.

»Hier bin ich!« meckert in meinem Rücken ein Stimmlein.

Ich drehe mich ungläubig um... Und da sitzt sie, auf dem Stamm von etwas, das Minuten zuvor noch ein prachtvoller Johannisbrotbaum war. Da sitzt sie, meine Taos, gesund und munter, und in den Händen hält sie ihr Messingkästchen.

»Mein Vater sagte immer zu mir: Geh nur, Taos, du bist ein gutes Mädchen. Wohin auch immer dich deine Schritte lenken, meine Baraka begleitet dich. Du wirst wie eine Huri sein: Du wirst all deine Feinde sehen, aber keiner von ihnen sieht dich.«

Erst jetzt zuckt mir ein heftiger Schmerz durchs Bein, und der Boden rutscht unter meinen Füßen weg.

# 12

Der Direx hat sich extra für mich in Schale geschmissen. Heitere Krawatte auf seidigem Hemd, Anzug von Pierre Cardin, dazu Krokoschuhe, gestriegelte Mähne und rosige Wangen. Ein optischer Hochgenuß!

Er ist höchst zufrieden mit sich und trägt die Haltung von einem zur Schau, der eine frohe Botschaft überbringt. In seinem zügellosen Enthusiasmus bemerkt er weder den Stock, auf den ich mich stütze, noch mein Humpeln.

Er reißt die Arme auseinander und ruft: »Welch eine Freude, dich wiederzusehen, Brahim! Ich dachte schon, du wärst mir böse.«

Sein Jauchzen hört sich fast so an, daß man Lust hat, es für bare

Münze zu nehmen. Er lädt mich ein, es mir auf dem Ledersofa unter der algerischen Fahne bequem zu machen, der Kuschelecke für privilegierte Besucher, und nimmt im Sessel daneben Platz. Seine Hypochonderhand klopft mir mutig aufs Knie. Es sollen freundschaftliche Klapse sein, bleiben aber die des Bosses, der sein räudiges Schaf zu zähmen sucht.

»Willkommen an Bord, Kommissar. Auf allen Decks herrscht Festtagsstimmung.«

»Ist mir nicht entgangen.« Ich fühle mich unwohl unter seinem brennenden Blick.

Er steht unvermittelt auf. »Tee oder Kaffee?«

»Beides.«

Er lacht schallend. »Du änderst dich wohl nie?«

»Dann hielte ich mich am Ende noch für jemand anderen.«

»Recht hast du … Und, was macht die Sippe?«

»Zahlt den Preis fürs Kosmopolitentum.«

Er wird nervös. Wenn der Direx etwas nicht kapiert, wird er nervös. Seine Antennen sind hypersensibel wie bei allen, die nur von ihren Beziehungen leben, und schalten, sobald etwas zu hoch für ihn ist, auf Alarm.

»Aber sie wird schon noch auf ihre Kosten kommen.«

»Ah ja …«

Er hat noch immer nicht begriffen. Was schon das einzige wäre, das ihm zur Ehre gereicht. Er läutet dem Amtsdiener, der auf der Stelle auftaucht. »Kaffee und Tee für den verlorenen Sohn.«

Der Amtsdiener buckelt besonders ehrerbietig, um mir zu beweisen, wie glücklich er ist, mich wiederzusehen, und rauscht davon.

»Der gute alte Azziz«, macht der Direx gerührt, »er schätzt dich ganz enorm.«

Ich schaue vielsagend auf die Uhr.

Der Direktor klatscht in die Hände, zufrieden mit sich und der Welt … »Ende gut, alles gut, nicht wahr, Brahim? Man darf die Hoffnung nie aufgeben.«

Ein großes Wort! *Hatte* ich je welche? Ich denke nicht. *Geglaubt* habe ich an die Hoffnung, hartnäckig und verbissen wie die alternde Konkubine, die an die Rückkehr des Geliebten glaubt, der eines Abends Zigaretten holen geht und nicht mehr zurückkommt. Aber ich bin keine Konkubine. Ich habe gelernt, den Hängebrükken, die die Philosophen über den Abgrund spannen, mit Mißtrauen zu begegnen. Es ist wie mit altbackenem Brot, das man unter die Hungernden verteilt, um sie glauben zu machen, man denke an sie. Wenn es der lautstark inszenierten Barmherzigkeit auch gelingt, falsche Samariter in den Rang des Herrgotts zu erheben, so holt der Hunger die Welt doch schnell wieder ein, und die Hoffnung wird ihr zum Verhängnis. Was ist Hoffnung anderes als ein Euphemismus für Resignation, ein schillernder Verzicht, eine langsame, sanfte Agonie, in der die letzte Aussicht auf echte Hilfe und Überwindung des eigenen Mittelmaßes dahingeht?

»Ich habe sie niemals aufgegeben, Monsieur. Wie kann man aufgeben, was man nie besaß?«

»Aber, aber, Brahim, jetzt verdirb uns nicht diesen herrlichen Tag.«

»Noch etwas, das mir nicht gehört.«

Meine Verbitterung wirft ihn in den Sessel zurück. Er ist aus dem Takt geraten, tastet nach einem Argument… Seine Hand ist verstört, wagt sich nicht mehr an mein Knie heran. Ich kann mir schon denken, was ich für ein Bild abgebe: Eingeschnappt und verbiestert sitze ich da, mit einem dicken Flunsch, und gebe mir keine Mühe, das zu verbergen.

»Verstehe«, sagt er müde. »Man hat sich dir gegenüber nicht korrekt benommen? Du fühlst dich hintergangen, verraten? Hör mal, Brahim, nicht jeder weiß zu unterscheiden zwischen Recht und Unrecht, richtig und falsch. Slimane Houbel hat seine Befugnisse überschritten. Er ist größenwahnsinnig. Er denkt, er könne sich alles erlauben, ist überzeugt, er könne seine Nase selbst in Dinge stecken, die ihn nichts angehen. Du sollst wissen, daß nicht wenige sein Verhalten mißbilligt haben. Seine Vorgesetzten haben ihn schroff in seine Schranken verwiesen. Sicher, er hat sich zu rechtfertigen versucht. Er ist nicht davor zurückgeschreckt zu fordern, daß man dich vor einen Disziplinarausschuß stellt, symbolisch, zur Abschreckung für alle, die in Versuchung geraten könnten, deinem Beispiel zu folgen. Ich habe da nicht mitgemacht. Und glaub mir, ich war nicht der einzige. Wir haben unsere Forderungen gestellt: Brahim Llob muß voll und ganz rehabilitiert werden, in seinen Rechten als Polizeibeamter wie in seinem Ruf als Schriftsteller. Und wir haben uns durchgesetzt. Du bekommst nicht nur deinen Posten zurück, außerdem bist du vorgeschlagen für die Polizeimedaille.«

Ich rülpse ungehalten.

Diesmal knallt die Hand des Direx mit voller Wucht auf meinen Schenkel nieder: »Die Inquisition, die kann uns mal, Brahim! Wir leben doch nicht mehr im Mittelalter. So viele Algerier lassen heute ihr Leben – und auf welche Weise lassen sie es! Doch wohl nicht dafür, daß solche Operettendespoten nach Lust und Laune mit uns umspringen können!«

»Herr Direktor!« unterbreche ich ihn. »Ich werde Ihnen nie genug für Ihre Unterstützung danken können. Ich weiß, Sie haben Himmel und Hölle in Bewegung gesetzt, um mich zurückzubekommen, nur: Ein echter Berber ist wie ein Karabiner. Wenn er einmal losschießt, gibt's kein Zurück.«

»Das wirst du uns doch nicht antun…«

»Hören Sie, lassen Sie uns eine Sekunde lang vernünftig miteinander reden. Ich schleppe mich auf meine sechzig Lenze zu, bin schon fast ein alter Knabe, immer schwieriger zu bändigen. Wird langsam Zeit für mich, das Feld zu räumen. Ich bin es leid, hinter kleinen Ganoven herzurennen, während die großen Gauner über alle Zweifel erhaben sind. Es macht mir keinen Spaß mehr. Ich strecke die Waffen, ich will nach Hause. Ich habe Kinder, die sollte ich mal wieder aus der Nähe sehen, und auch etwas öfter als sonst, und eine Frau, die mehr ist als nur ein Arbeitstier, auch wenn ich das fast vergessen habe, und vielleicht schaffe ich es und sie verzeihen mir, daß ich sie für trügerische Gedankenspiele verschachert habe. Ich will mich ausruhen, Monsieur Menouar, mich mit den einfachen Dingen des Lebens aussöhnen, mich tagelang hinter einem Buch verkriechen oder auch einmal verreisen, die Welt kennenlernen. Es tut mir aufrichtig leid. Nicht daß ich gar keine Lust mehr hätte, aber ich bin nicht mehr mit dem Herzen dabei. Bei uns zu Hause, in den Bergen der Naït-Wali, besteigt kein Reiter mehr ein Roß, das ihn einmal abgeworfen hat.«

## 13

Die Krankenschwester ist sehr nett. Nicht eben von der Natur verwöhnt, dafür ein Herz wie ein Schifferklavier. Sieht aus wie ein altertümlicher Kleiderschrank, der bis vor kurzem noch beim Trödler stand, leicht angestaubt, mit Fettwülsten zwischen Schultern und Ellenbogen und einem massigen, gutmütigen Gesicht. Sie walzt mit der Eleganz eines Eisbrechers durch die Menge und wird im Vorbeirauschen von neckischen Zurufen begrüßt.

»Die Leute hier scheinen Sie ja mächtig zu mögen!« bemerke ich.

»Umgekehrt auch.«

»Sie sind bestimmt völlig überlaufen.«

»In den anderen Krankenhäusern ist noch weniger Platz. Wir rücken halt zusammen. Nicht sonderlich bequem, aber so hält man sich aufrecht.«

Im Gang wimmelt es vor Leuten, die meisten Opfer terroristischer Anschläge. In einem überfüllten Raum läßt sich ein Junge von den Zauberkunststückchen eines alten Arztes unterhalten. Er hat einen grotesken Verband um den Kopf und ein Bein amputiert. Sein Gesichtchen funkelt wie ein Leuchtreif inmitten der allgemeinen Konfusion.

»Sie waren zu elf in der Familie«, berichtet die Krankenschwester. »Er ist als einziger übriggeblieben, und auch das nur zum Teil. Innerhalb von wenigen Minuten hat er Vater und Mutter, fünf Schwestern und drei Brüder verloren. Alle bestialisch ermordet. Er selbst hat einen Schlag mit der Machete auf den Kopf gekriegt, einen anderen übers Knie und wurde als tot liegengelassen. Er hat die Nacht im Blut seiner Familie verbracht. Er hat noch kein einziges Wort gesagt. Wir versuchen, ihn abzulenken. Er macht zwar mit, aber alles nur an der Oberfläche. In Wirklichkeit hat sich sein Geist in die tiefsten Schichten seines Ich zurückgezogen und weigert sich hochzukommen.«

»Hat er keine Verwandten mehr?«

»Wir sind noch am Suchen...«

Ein Verletzter hüpft auf seiner Prothese umher und macht mir begeistert Zeichen. »He! Kommissar!«

Der Mann ist groß und kräftig gebaut, mit fleckigem Gesicht. Er muß so um die Dreißig sein, sieht aber zehn Jahre älter aus. Sein rechtes Auge wird ganz von seiner geschwollenen Wange verdeckt. Ich strenge mich an, ihn in meinem Gedächtnis zu orten – umsonst. Er kämpft sich recht und schlecht durchs Chaos und ist sichtlich erfreut, mich hier anzutreffen.

»Erkennst du mich nicht wieder? Wahab aus Bir Mourad Raïs. Ich war im Team von Leutnant Chater.«

»Ach ja!« entgegne ich, um ihn nicht zu kränken.

Seine feuchte Hand vergißt sich in meiner. Sein Lächeln wird schmal.

»Molotow-Cocktail«, erklärt er verbittert. »Früher habe ich mir nichts dabei gedacht, wenn jemand vom ›Einfallen der Nacht‹ sprach. War ganz normal für mich. Jetzt weiß ich, was es wirklich heißt. Die Nächte fallen ein, Kommissar, so wie Menschen fallen. Und das macht so einen Krach da drin«, fügt er hinzu, wobei er sich mit dem Finger an die Schläfe tippt. »Ich schwör's Ihnen, man hört einen deutlichen Widerhall... Eines Abends, als wir auf Patrouille waren, fing unser Panzer plötzlich Feuer und rutschte in den Straßengraben. Und die Nacht fiel in den Graben ein. Schwer zu erklären. Aber ich hab's erlebt. Meine Kollegen sind auch gefallen. Einer nach dem anderen. Hatten keine Alternative. Entweder rauskommen und im Kugelhagel sterben, oder in den Flammen umkommen. Sie haben beides erlebt... *Alternative* – ich weiß jetzt, was das wirklich heißt. Alles andere als eine Vergnügungsfahrt...«

Die Krankenschwester kneift mich unauffällig, gibt mir zu verstehen, daß der Knabe nicht ganz dicht sei. Ich bin verunsichert. Ich wage weder meine Hand, die allmählich steif wird, zurückzuziehen, noch ein tröstendes Wort zu sagen. Der Polizist macht nicht den Eindruck, als erwarte er Mitgefühl. Wie Malika Sobhi. Er will nur, daß man zuhört, solange er redet.

»Jetzt achte ich mehr auf diese Dinge. Die Bedeutungsnuancen treten viel schärfer hervor. Die Worte haben einen tieferen Sinn...«

»Ist gut, Wahab«, schaltet die Schwester sich ein. »Wir reden später weiter. Ehrenwort.«

Der Verletzte nickt überzeugt. »Einverstanden. Wir reden später weiter. Ehrenwort?«

»Du weißt doch, daß ich Wort halte.«

»Stimmt, du hältst Wort.«

Zögernd, Millimeter um Millimeter, gibt er meine Hand frei.

»Wahab aus Bir Mourad Raïs, Kommissar. An den wirst du dich noch erinnern...«

»Und ob!«

»Du wirst ihn in deinem nächsten Buch erwähnen, Kommissar. Wahab, ein Kerl wie Dynamit, so einer war das. Ein Haudegen.«

Er weicht zur Seite, um uns vorbeizulassen. Ich höre, wie er in meinem Rücken lautstark mit sich zu schimpfen beginnt: »Hör auf mit dem Theater, Wahab! Am Ende wirst du noch richtig verrückt. Alles hat seine Grenzen, Wahab. Vorsicht... Hör auf, die Leute in Verlegenheit zu bringen. Mein Rat...«

Die Schwester erklärt: »Er ist nicht immer in diesem Zustand. Nur ab und zu. Er hat einen Schuldkomplex. Er ist der einzige Überlebende der ganzen Patrouillenmannschaft.«

Wir gelangen in den Innenhof des Krankenhauses. Lino sitzt unter einer Platane im Schatten und blättert in einer Zeitschrift. Den Fuß hat er in Gips.

»Ein prachtvoller Kerl!« vertraut die Schwester mir an. »Und so witzig. Er hat eine eiserne Moral.«

Ich bedanke mich bei ihr. Sie zerquetscht meine Finger in ihrer Faust und kehrt zu ihren Patienten zurück.

Lino schlägt seine Lektüre zu, schiebt die Brille hoch und mustert ausgiebig meinen Krückstock.

»Kriegsverletzung oder Hundescheiße?«

»Krieg…«

»Na, dann sind wir ja quitt. Seit wann bist du zurück?«

»Seit gestern abend.«

Er verzieht dramatisch das Gesicht, während er sein Bein bewegt. Er ist gut drauf. Man könnte meinen, er sei reifer geworden, oder vielleicht ist es auch nur der Ansatz eines Schnurrbartes, der ihn älter wirken läßt. Ich fahre ihm durchs Haar. Er weicht meiner verniedlichenden Geste aus. Ich weiß, wie sehr er es haßt, daß man seine Frisur berührt, die direkt aus der Haarpflegemittelwerbung zu stammen scheint, aber ich hatte schon immer eine diebische Freude daran, ihn auf die Palme zu bringen.

»Na, was macht die Verstauchung?«

»Das ist keine Verstauchung!«

»Ist es schlimm?«

»Der Doktor denkt, da man einem Affen beibringen kann, Fahrrad zu fahren, dürfte sein Nachkomme mit Leichtigkeit lernen, wie man einen Rollstuhl bedient.« Doch gleich beruhigt er mich: »Alles halb so wild. In ein paar Wochen werde ich problemlos einem parlamentarischen Dickhäuter in den Arsch treten können.«

»Wenn du meinst, daß du ihn dadurch von seinem Sitz wegkriegst… Dafür braucht's einiges mehr. – Ich habe dir Schweizer Schokolade mitgebracht.«

»Oh, vielen Dank.«

Er legt die Tafel auf den Tisch. Seine Nase wirkt irgendwie

schlaff. Er macht sich Sorgen. Ich setze mich vor ihn hin und studiere die Mädchennamen, die zwischen Zeichnungen und esoterischen Formeln in den Gips gekritzelt sind.

»Deine Jagdtrophäen?«

»Damit man mich nicht auch noch für lendenlahm hält, wenn ich schon fußlahm bin.«

Er macht sich mehr als nur Sorgen, der gute Lino, er ist kreuzunglücklich. Ich kann mir denken, daß er dabei ist, Zeit zu schinden, um das unvermeidliche Ende hinauszuzögern. Seine Bemühungen sind absurd, das weiß er. Das ist ihm klar geworden, sobald er mich gesehen hat. Er weigert sich nur, den Dingen ins Gesicht zu sehen. Sein Finger fährt nervös über den Schnurrbart, bleibt an einem Pickel im Mundwinkel hängen. Neben uns landet ein Sperlingspärchen, vergnügt sich ein Weilchen am Fuß eines Baums und schwingt sich dann in schwindelerregenden Spiralen in den Himmel hinauf.

Lino räuspert sich, zaudert noch ein wenig, dann bricht es aus ihm heraus: »Ewegh hat mir eine phantastische Nachricht überbracht... Ich hoffe, du hast nicht gerade alles wieder kaputtgemacht.«

»Tut mir leid.«

Er wirft den Kopf in den Nacken. Am strahlend blauen Himmel spielen die zwei Spatzen Fangen, trennen sich, verfolgen einander und finden im gleißenden Licht des Tages wieder zusammen. Lino sitzt mit verkniffenen Lippen da. Nach einem endlosen Schweigen sagt er schluckend: »Ich habe es ja geahnt. Wenn einer mehr Stolz als gesunden Menschenverstand hat...«

»Für beides gibt es in diesem Land keine Verwendung mehr.«

Sein Blick schweift hoch zum Wipfel der Platane, über die Umfassungsmauern, hin zu den Genesenden, die über die verbrannte Erde schlendern. Er ballt die Faust. Ein paar Tische weiter dudelt *hawzi*-Musik aus dem Transistor und füllt die Luft mit schwerer Melancholie.

»Deine Entscheidung ist... unwiderruflich?«

»Das ist keine Kurzschlußhandlung, Lino. Ich habe es mir reiflich überlegt, Für und Wider sorgsam gegeneinander abgewogen, alles bis ins Detail durchdacht…«

Seine Faust knallt auf die Lehne nieder. »Scheiße! Das wird der reinste Saftladen…«

»So darfst du nicht reden. Die Guten gehen, die Besseren rücken nach…«

»Jetzt redest du schon wie diese Idioten von Abgeordneten.«

»Hör doch…«

»Stop! Bitte mach's nicht noch schlimmer. Das war doch schon dein letztes Wort. Es reicht, glaub mir.«

»Lino…«

»Was Lino? Du mußt dich nicht rechtfertigen. Du hast beschlossen auszusteigen, bitte, das ist dein gutes Recht. Was auch immer du jetzt noch sagst, es wäre pure Heuchelei. Und außerdem, wer bin ich denn, um dich zur Rechenschaft zu ziehen? Wer bin ich schon, kannst du mir das mal sagen? Du hast deine Gründe, ist doch klar. Du bist frei zu handeln, wie es dir beliebt. Allerdings wäre es angebrachter, wenn du sie für dich behieltest, deine guten Gründe, findest du nicht? Es wäre anständiger, angemessener… Die anderen, was geht die das denn an? Die anderen, die können dich mal.«

Er schiebt sich die Krücke unter die Achsel, lehnt schroff jede Hilfe ab und steht auf. Seine Lippen beben. Er merkt, daß Worte seinem Groll nicht gerecht werden können und verzichtet darauf, mir noch weiter welche entgegenzuschleudern. Er zürnt mir so sehr, daß er so tut, als hätte er die Schweizer Schokolade vergessen, die ich extra für ihn gekauft habe. Er dreht sich nicht einmal um, während er sich immer weiter entfernt, einem großen Portal hinten im Hof entgegen.

## 14

Alle sind sie gekommen: die Freunde und Sympathisanten, die Orthodoxen und die Protestler... Sie stehen dichtgedrängt, um sich einen Logenplatz zu sichern, die einen, weil es was zu gaffen gibt, die anderen, um denen, die nicht da sind, was voraus zu haben. Der große Konferenzsaal im Untergeschoß der Zentrale ist brechend voll. Es ist ein historischer Augenblick. Sie werden dabeisein, wenn man eine Legende entmystifiziert, ein freches Mundwerk stopft, einen taktlosen und rettungslos rückfälligen Polizeikommissar endlich aus dem Dienst entläßt.

Sogar Haj Garne ist da. Hat ihn Überwindung gekostet, sich seinem Serail der Lesben und Schwuchteln zu entziehen, aber gekommen ist er. Um nichts in der Welt würde er das verpassen wollen. Hämisch leckt er sich sein fransiges Maul, fährt wieder und wieder mit seiner belegten Zunge darüber, um sein Aspiklächeln zu schmieren. Er fühlt sich wie im Himmel: Eine reife Leistung für einen alten Faun, der sich im allgemeinen in den stinkenden Abgründen der Gosse suhlt.

Gleich neben ihm Sofiane Malek, der nur so schlottert vor Glück. Das liebe Miststück, Ghouls vergötterter Neffe, ein kultivierter Paranoiker, der an der Insulinnadel hängt und unentwegt eine Krawatte lockert, die nur in seiner Phantasie existiert, seit er als junger Spund wegen eines altersschwachen Lüsters einen Selbstmord verpatzt hat. Auch er ist gekommen, um mit eigenen Augen die offizielle Amtsenthebung des in der Stadt am meisten verschrienen Polypen zu sehen, und müßte er darüber an Unterzuckerung krepieren. Mit jedem Schritt, den ich näherkomme, beginnen seine Nasenflügel stärker zu beben. Seine Lippen verfluchen mich. Der Blick aus seinen Glubschaugen verbrennt mich fast. In diesem ganz besonderen Moment gäbe er alles, könnte er der entfesselte Blitz des Himmels sein, die vernichtende Wut des Mutanten, der sich für befähigt hielt, die Götter mal eben in die Knie zu zwingen, bis ein ordinärer Süßwasserpolyp daherkam und seinen Olymp wie ein Kartenhaus auffliegen ließ.

»Du bist museumsreif, alte Haut!« keucht er mir ins Gesicht.

»Ich fühle mich sehr wohl, da, wo ich bin«, kontere ich, »in deinen Alpträumen nämlich. Nacht für Nacht werde ich dich im Schlaf heimsuchen. Es wird so gräßlich für dich sein, daß du kein Auge mehr zubekommst.«

»Das werden wir ja sehen, du Ex.«

»Vor mir aus kann es gleich heute nacht losgehen.«

Unsere Wimpernspitzen stoßen klirrend gegeneinander, wir stehen Nase an Nase, Atem in Atem. Das Grinsen erstarrt zur Grimasse, und seine Säufervisage beginnt unkontrolliert zu zucken.

»Laß gut sein, mit toten Männern spricht man nicht«, besänftigt ihn Haj Garne. »Exakt!« pflichtet Sofiane bei, kurz vor dem endgültigen Zusammenbruch. »Was macht man mit Aas? Man pißt drauf, dann bleibt's schön frisch.«

Mit einem ekligen Nachgeschmack auf der Zunge setze ich meinen Weg fort.

Unter den Anwesenden entdecke ich Gesichter von Verbündeten. Sie sind gerührt. Und ich bin nicht mehr allein. Ewegh steht ganz außen in der ersten Reihe, stocksteif, mit vorgerecktem Kinn. Er blickt starr auf die Tribüne, hochmütig und schweigsam wie ein Waran, der reglos oben auf seiner Sanddüne lauert. Rechts von ihm stellt Lino den Rest seiner Würde zur Schau. In seinem granatroten Yves-Saint-Laurent-Imitat sticht er aus der Menge hervor. Von seinem Gips befreit sieht er aus, als wolle er der ganzen Welt in den Hintern treten. Er äugt verstohlen in meine Richtung und wendet den Kopf schnell wieder ab, doch nicht schnell genug, um das unstete Glänzen in seinen Pupillen verbergen zu können. Baya, meine gute Sekretärin, ist bemüht, sich mit ihrer roten Nasenspitze hinterm Taschentuch zu tarnen. Ich zwinkere ihr aufmunternd zu, doch umsonst. Ihre Schultern werden von einem Krampf geschüttelt, und schon fängt sie wieder zu schluchzen an.

Vorne angelangt, nimmt mich Omar Rih in Empfang. Er ist fürs Protokoll zuständig. Ein charmanter Kerl von übertriebener Zuvorkommenheit. Bittet man ihn um ein Glas Wasser, bringt er die ganze Quelle angeschleppt. Rät man ihm, kaltblütig zu bleiben, nimmt er ohne zu klagen eine Unterkühlung in Kauf. Er drückt mir warmherzig die Hand und bittet mich aufs Podium.

Mourad Smaïl verzieht keine Miene, als er meiner ansichtig wird. Ich schätze, Rang und Vermögen entheben ihn der Pflicht, sich fürs Fußvolk zu interessieren. Er ist der gefürchtete Oberboß der ganzen Polizei. Allein sein Name ist ein Trauma. Wo immer man ihn ankündigt, fehlt es bald an Tranquilizern. Er wird gehaßt wie die Pest. Ständig schikaniert er seine Höflinge, ist mit nichts zufrieden und versucht unter dem Vorwand, daß klare Vorstellungen nicht zwangsläufig transparent sein müssen, selbst auf den Glatzen Haare zu spalten. Er ist größenwahnsinnig und von grenzenloser Gewissenlosigkeit. Aus dem Nichts, konkret dem muffigen Büro eines schon halb dienstuntauglich erklärten Aktensortierers hervorgekrochen, fand er sich dank der Gunst man weiß nicht welch bösen Geistes plötzlich als Oberhaupt einer sagenhaften Armada wieder und treibt sie mit dem Stock vor sich her, als wär's der elterliche Viehbestand.

Mein ehrwürdiger Vater, seines Zeichens Kadi und lebenskluger Philosoph, pflegte zu sagen: ›Es gibt keinen schlimmeren Tyrannen als einen Spucknapfausleerer, der zum Sultan avanciert ist.‹ Hätte ich ihm nur länger zugehört.

Mourad Smaïl thront nicht allein auf der Tribüne, wiewohl man sich diese Bemerkung besser verkneifen sollte. Wenn Mourad Smaïl nämlich irgendwo zu weilen beliebt, duldet er niemanden neben sich, selbst Gottvater nur mit Müh und Not. Er ist von einer Bande vollgefressener Buddhas umgeben, Statisten, die ihrer Rolle im Halbschlaf frönen, mit Augenlidern, die fast auf den Lippen hängen und Händen, feierlich über dem Bauch gefaltet, was ihrer betonten Askese jene postdigestive Nonchalance verleiht, die den Schlafmützen unter den Königen so teuer ist.

Leicht zurückversetzt, auf seinem Nachbeterplatz, benimmt sich Hédi Salem wie ein Abklatsch vom Boß. Niest, wenn dieser sich schneuzt, kratzt sich wie er am Hals und paßt andächtig auf, daß keine seiner Gesten oder Taten jene des Monsterwesens vor ihm verfälscht oder übertrifft.

Omar Rih weist mir einen Stuhl am Ende der Reihe zu. Der Direx streckt unterm Tisch seine Hand zu mir vor, um mich freundschaftlich zu tätscheln. Wer glücklich leben will, muß versteckt leben. Der Direx versteckt sich, um zu überdauern.

Mourad Smaïl säuft ein Glas Mineralwasser leer, während Hédi Salem hinter ihm wie ein Karpfen schluckt, und schnippt zweimal kurz gegen das Mikro. Der Lärmpegel sinkt. Wer vorn sitzt, wendet den Hals und bittet die Hintermänner, die Klappe zu halten. Endlich Schweigen im Saal. Eine Fliege beginnt in der Stille zu surren.

»Na schön!« dröhnt Mourad Smaïl los. »Trompeten und Fanfaren sind nicht meine Sache, Lobgesänge auch nicht. Ich mache aus meinem Herzen keine Mördergrube. Ich sage es, wie es ist: ich bin enttäuscht!«

Ringsum schütteln die Buddhas bekümmert ihre Häupter.

»Es ist mir ausgesprochen unangenehm, einem Kollegen in einem Moment Adieu zu sagen, wo die angespannte Sicherheitslage die Mobilisation sämtlicher Kräfte verlangt.«

Hier und da unterdrücktes Murren im Saal, das sich schnell im empörten »Psst!« der ersten Reihen verliert. Mourad Smaïl betupft sich die Lippen mit einem Papiertaschentuch und läßt sein Auge drohend über den Herd des Aufruhrs schweifen. Langsam kehrt wieder Ruhe ein. Und die Fliege dazu.

»Ich bin kein Diplomat!« donnert er los. »Meine Schule war die der Härte und Unbeugsamkeit. Das hinterläßt Folgen, doch es schmiedet einen Mann. Ich bin so einer!« stellt er klar und spaltet mit unsichtbarem Säbel die Luft.

In den vorderen Reihen werden die Kehlen trocken und die Hälse rutschen zwischen die Schulterblätter.

»Wer vom fahrenden Zug springt, riskiert, einen Teil seines Gesichts auf dem Schotter zu lassen. Kommissar Llob weiß das. Deshalb erwartet er von mir auch kein Lob.«

Ich bin entgeistert.

Was am meisten an diesem krankhaft anmaßenden Fettkloß verblüfft, ist nicht die unglaubliche Autorität, die er verströmt, auch nicht die entwaffnende Selbstsicherheit, die er seiner Baraka verdankt, der Aura göttlichen Schutzes, die Menschenfresser seines Formats in der Regel umgibt; was am stärksten frappiert, ist sein Gesicht, das nie den leisesten Zweifel, den leisesten Ausdruck von Bedauern verrät, eine Physiognomie, die einem Totem gleicht, ein Katalysatorengesicht, in dem die Kräfte des Bösen und das krankhafte Bedürfnis es auszuüben zusammenkommen, als ob die einzige Art der Selbstinszenierung darin bestünde, seine Umwelt in Angst und Schrecken zu versetzen, bevor man sie unter einem Schwall ätzender Spucke in Nichts auflöst.

»Kommissar Llob verläßt uns. Das ist bedauerlich. Aber es ist nicht der Weltuntergang. Algerien kennt keine Wechseljahre. Glücklicherweise und Gottseidank.«

Er hält kurz inne, verjagt eine Fliege, boykottiert sein Wasserglas. Ihm gegenüber schweißnasse Stirnen, fliehende Blicke.

»Es liegt mir fern, näher auf seine Laufbahn einzugehen. Wir werden dafür bezahlt, daß wir unsere Arbeit tun. Kein Mensch erwartet von uns Barmherzigkeit. Ich schätze, ein jeder weiß, was er tut. Jeder ist selbst verantwortlich. Vor seinen Kollegen und vor der Geschichte. Das Vaterland wird die Seinen schon erkennen... Ich nutze die Gelegenheit, die mir unsere kleine Zusammenkunft bietet, um alle, die dazu neigen, es zu vergessen, daran zu erinnern, daß der Krieg nicht vorüber ist und daß man die Chancen, ihn zu gewinnen, nicht dadurch vergrößert, daß man sich aus dem Staub macht...«

Die Buddha-Riege wiegt fromm das Haupt.

»Der Kommissar ist keine zwanzig mehr. Da ist er übrigens nicht der einzige. Er hat es für richtig gehalten, sich aus dem Rennen zurückzuziehen. Das ist sein gutes Recht. Er wird seine Gründe haben, andere mögen finden, er sei im Unrecht. Im einen Fall wie im anderen betrifft es, trifft es nur ihn... Glück kann ich ihm abschließend keines wünschen. Seinem Glück hat er gerade einen Tritt gegeben. Ich wünsche ihm viel Mut, denn die Pension ist kein leichter Job für einen, der jede Menge Gespenster hinter sich herschleift…«

Er nimmt einen Schluck Wasser und sagt: »Monsieur Menouar, Sie sind an der Reihe. Und bitte machen Sie es kurz.«

Der Direx ist bleich. Mit einem derart kurzen Prozeß hat er nicht gerechnet. Er ist völlig überrumpelt, und die Rede, die er sorgsam auf drei Blatt zu Papier gebracht hat, kommt ihm mit einem Mal ganz unwirklich vor, dubioser als eine Alchimistenformel.

»Bitte, Monsieur Menouar!« Mourad Smaïl wird ungeduldig.

Der Direx taut nur mit Mühe aus seiner Erstarrung auf. Er wankt ans Rednerpult und betastet linkisch das Mikro, bis Omar Rih ihm schließlich zu Hilfe kommt. Als nächstes verheddert er sich auf der Suche nach einem unauffindbaren Taschentuch, gibt irgendwann auf und wendet sich seinen Blättern zu, die überflüssig geworden sind und nur stören. Die Schlinge des Schweigens zieht sich enger zu, macht ihn noch nervöser. Er räuspert sich, um einen hartnäckigen Kloß aus dem Hals zu entfernen, atmet tief durch und fängt mit unsicherer Stimme an: »Der Herr Generaldirektor hatte recht, nicht näher auf die Laufbahn von Kommissar Llob einzugehen. Sinnigerweise fällt diese Aufgabe, so undankbar sie sein mag, mir zu.«

Jetzt hat er keine Puste mehr. Er verhaspelt sich, konzentriert sich, steigt in die tiefsten Tiefen seines Ich herab, um von dort einen Mut hochzuholen, dem er vor langen Jahren abgeschworen hat, da er nicht die Empfindsamkeit einer Hierarchie verletzen wollte, die an die Unterwürfigkeit und stumme Ergebenheit ihrer Subalternen gewöhnt ist. Der Direx ist sich des Risikos bewußt, das er im Begriff ist einzugehen. Ich ahne, wie er unter Schmerzen den Stein des Sisyphus vor sich herrollt, aber er läßt nicht los und erklimmt, Stufe um Stufe, den Berg der Unsicherheiten. Mit schweißnasser Stirn und ausgedörrter Kehle ringt er nach Worten inmitten des Sturms. Seine Hände sind feucht vom Umklammern der allgemeinen Aufmerksamkeit, seine Adern geschwollen unter der Blicke Last. Er holt Luft, tief und tiefer, hebt die Augen auf und läßt den Blick über die versammelte Zuhörerschaft gleiten, dann hin zu mir. Ich lächele ihm zu, und wie von Zauberhand befreit er sich aus den Klauen der Angst und legt los:

»Es ist höchst anmaßend, über andere urteilen zu wollen. Vorausgesetzt, man ist ihnen überhaupt ebenbürtig, ist es wert, sie zu führen, hat ihren Gehorsam und ihr Vertrauen verdient. Chef zu sein, setzt voraus, den anderen etwas voraus zu haben, Weisheit vielleicht, mehr Diensteifer oder größere Weitsicht; etwas im guten Sinn Überlegenes, das ihre Bereitschaft rechtfertigen kann, den verschrobensten Anweisungen Folge zu leisten, nicht zu meckern und gewisse Überschreitungen hinzunehmen, die jemand begeht, den Vorschriften und Konventionen als unantastbar hinstellen. Mit Brahim war das keine leichte Sache. Ich war ein gutes Jahrzehnt lang sein Chef, und unser Verhältnis war nicht immer ungetrübt. Wir haben uns manchmal angebrüllt, bis uns die Stimme versagt hat, wir haben oft gar nicht mehr miteinander geredet. Die grauen Haare auf meinem Kopf, die habe ich ihm zu verdanken. Ich habe mir wegen ihm manche Abreibung geholt. Und was bleibt jetzt von alledem? Eine Abschiedsrede, die ich improvisieren muß, denn die Worte, die ich gestern vorbereitet habe, sind heute schon Makulatur... Was sagen über Kommissar Llob, hier und jetzt, ganz spontan, auf die Gefahr hin, sich ungeschickt auszudrücken oder vielleicht resigniert zu klingen? Werden meine Worte auf der Höhe seiner Taten sein? Ich fürchte nein. Und so wäre ich Ihnen dankbar, wenn Sie mir vergeben wollten, falls auch ich nicht immer auf der Höhe des Augenblicks sein sollte. War Brahim ein guter Polizist? Ich glaube schon. Ein schwieriger Untergebener, das ja, aber ein hervorragender Polizist. Hatte er recht, das eine zugunsten des anderen zu vernachlässigen, hatte er unrecht? Eines ist gewiß: Er horchte auf sein Gewissen, und das ist alles andere als selbstverständlich. In einem Algerien, das verzweifelt auf der

Suche nach sich selber war, ging Brahim, gleich ob im Schatten oder im Rampenlicht, während jeder um seinen Platz an der Sonne buhlte, aufrecht und geradlinig seinen Weg. Verführerische Angebote, Aussicht auf Profit, gute Gelegenheiten, die andernorts Diebe machen, all dem ist er nie erlegen. Und das wird man ihm nie verzeihen. Brahim hielt unbeirrbar Kurs auf das, was ihm loyal und gerecht erschien; alles andere hatte wenig Bedeutung für ihn. Er legte von Anfang an seine Marschroute fest und hat sie sein Leben lang eingehalten, couragiert und uneigennützig. Heute hat er nichts zu bereuen. Er war erfolgreich. Er ist mit sich und seinem Gewissen im reinen, und das, das können leider Gottes nicht viele unter uns von sich behaupten... Was soll man sagen über einen Mann, der eine Laufbahn als Ordnungshüter angetreten hat, um tatsächlich ein Hüter der Ordnung zu sein, der mit aller Kraft an Recht und Gerechtigkeit geglaubt und schwer geschuftet hat, um ihr würdiger Diener zu sein, während andere sie schamlos für sich selbst zurechtbogen, der elementarsten Regeln von Anstand und Sitte spottend? Nichts. Man sagt nichts. Man schweigt und schaut zu. Das Schamgefühl verlangt, daß man vor so viel aufrechtem Sinn verstummt. Vor allem, wenn er einem selber abgeht.«

Er dreht sich zu mir um, sieht mich eindringlich an. Seine Augen glänzen, die Blätter in seiner Hand sind völlig zerknüllt:

»Brahim, mein Freund, falls es überhaupt jemanden gibt, der es verdient hat, Polizist zu sein, mit einem P , das so hoch wie eine Säule ist, dann du.«

Der hintere Teil vom Saal erbebt in einer ohrenbetäubenden Ovation. Die Euphorie setzt sich nach und nach bis in die vorderen Reihen fort, überschwemmt zuletzt die Tribüne. Einer der Buddhas steht plötzlich auf und klatscht so ungestüm Beifall, daß er sich fast die Handflächen wundreibt. Reihe für Reihe erhebt sich der Saal in schallendem Gejohle. Lino pufft Ewegh in die Seite, um ihn aufzuwecken, und zwinkert mir zu. Bayas Jubeltriller spritzen hoch auf wie Wasserstrahlen. Der Direktor kommt mir mit weitgeöffneten Armen entgegen, und das trotz der vergrätzten Miene von Mourad Smaïl. Ich erhebe mich, um mich mit ihm ins Getümmel zu stürzen.

»Vielen Dank«, stammle ich. »Ich bin zutiefst gerührt.«

Nach der Zeremonie wollen Leutnant Chater und sein Ninja-Trupp unbedingt Erinnerungsfotos mit mir im Hof der Zentrale schießen. Andere Weggefährten kommen hinzu, um mich zu beglückwünschen und moralisch aufzurüsten. Capitaine Berrah von der Geheimdienstzentrale, der den Höhepunkt des Spektakels aufgrund einer technischen Panne verpaßt hat, stößt dazu, als ich mich gerade verabschieden will. Sein Rochengesicht hat er hinter einer Sonnenbrille versteckt, was mich ungemein beruhigt. Eweghs Ausrutscher ist dabei, sich in eine halb vergessene falsche Bewegung zu verwandeln, denn die Plattnase nimmt langsam wieder Gestalt an. Er läßt sich sogar fotografieren, erst mit mir, dann zwischen Lino und den Targi geklemmt, wodurch ein sinnloses Ressentiment begraben wird.

Inspektor Bliss nähert sich schüchtern lächelnd auf Zehenspitzen. Er wartet geduldig, bis der Fotograf seine Utensilien verstaut hat, dann baut er sich vor mir auf. Seine Nagetierhand betastet einen Sticker in den algerischen Nationalfarben, den er am Jackettkragen trägt.

»Ich frage mich bloß, an wem ich mich jetzt schadlos halten soll, wo du mir zwischen den Fingern durchflutschst, Kommissar.«

Es ist das erste Mal, daß er mich Kommissar nennt. Er ist sichtlich bewegt. »Dich habe ich lieber als jeden anderen verpfiffen«, schiebt er mit belegter Stimme nach. Er löst den Sticker mit flatternder Hand vom Revers und steckt ihn mir an die Brust. »Hat mir mein Sohn an einem 5. Juli geschenkt. Heute schenke ich ihn dir. Ich nehme nicht den ersten Platz in deinem Herzen ein. Ich werde mich mit einem Quadratzentimeter auf deiner Jacke begnügen. Mehr braucht's nicht, um mich glücklich zu machen, glaub mir.«

Er legt mir die Hände auf die Schultern, küßt mich flüchtig.

»Wirst mir fehlen.« Und macht sich aus dem Staub, unfähig, seine Rührung zu unterdrücken.

Während er sich betrübt seinen Weg durch die Menge bahnt, frage ich mich, ob Feindschaft letztlich vielleicht nur auf einem banalen Mißverständnis beruht, einem fatalen Kommunikationsproblem.

Lino schlägt vor, im ›Rimmel‹ weiterzufeiern, einem schicken Restaurant an der Küste. Ich erkläre ihm, daß mir sehr viel mehr danach zumute ist, mich einfach treiben zu lassen. Es ist ein prachtvoller Tag, und es täte mir gut, eine Weile Zwiesprache mit meinem Schatten zu halten. Er dringt nicht weiter in mich und verspricht, gegen Abend bei mir vorbeizuschauen.

»Versuch dich nicht schon vorher zu besaufen.«

»Werde tun, was ich kann…«


Ich habe mich durch eine kleine im Efeu versteckte Tür abgesetzt, meinen Wagen vom Parkplatz geholt und bin den ganzen Vormittag durch die Straßen gekurvt. Gegen Mittag bin ich in einem Bistro zu Füßen des Märtyrerdenkmals eingekehrt und habe drei Sandwiches mit Merguez verdrückt, ein halbes Dutzend Zigaretten gequalmt und mir danach einen anständigen Kaffee auf der Terrasse vom ›Oasis‹ genehmigt, im Schatten regenbogenfarbener Sonnenschirme. Gegen fünfzehn Uhr bin ich zur Moutonnière zurück und habe einer Gruppe Clochards beim Streiten zugesehen. Ihr unverständliches Gezänk sprudelte aus den Wellen hoch und zerfranste weit hinten am Horizont, aufgesogen vom Tumult des Mittelmeers.

Das Meer ist in Trance. Es wirft seine Sturmstrupps ans Ufer, versucht, die Felsen zu zerbröckeln, macht Vorstöße und Rückzieher, die niemanden täuschen. Eines schönen Tages werde ich mir Angeln kaufen und von der alten Landungsbrücke herab den Fischen auflauern. Ich werde mir einen Sonnenhut überstülpen und von früh bis spät mit meinen Kindern plaudern. Mina wird mir zusehen, wie ich unermüdlich meine Köder auswerfe, einen immer weiter als den anderen, und jede meiner Handbewegungen wird unter ihrem Blick zu einer Heldentat. Später werden wir am Strand die gefangenen Fische grillen. Der Abend wird es nicht leicht haben, uns aus unseren Träumen zu reißen.

Ein Spaziergänger fragt mich nach der Uhrzeit. Seltsamerweise ist meine Uhr um fünf nach halb vier stehengeblieben. Ich werfe mir die Jacke über die Schulter und mache mich Richtung Stadt auf den Weg, entlang der Küstenpromenade, quer durch Bab El-Oued und die Kasbah, und parke zuletzt an der Place des Martyrs. Auf der Suche nach ich weiß nicht was. Algier ist manchmal wie eine Dunkelkammer. Ein einziger Lichtstrahl könnte alles verderben.

Ich muß an Serdj denken, den sie in einer vorgetäuschten Straßensperre einen Kopf kürzer gemacht haben, an seinen Jüngsten, der bei der Trauerfeier hinter einem Fahrradreifen herlief, ohne zu begreifen, warum so viele Leute im Haus waren. Einen Seufzer weiter steht mir eine zertrümmerte Bar vor Augen. Selbstgebastelte Bombe. Eine Schule erinnert mich daran, daß sie auf Schüler geschossen haben, die kaum den Windeln entwachsen waren. Eine Toreinfahrt erzählt mir die Geschichte des jungen Rekruten, der nie die Pensionärsfreuden des Kegelns kennenlernen wird. Nichts als Tragödien auf meinem Weg, nichts als tragische Mißverständnisse …

Ich erinnere mich an den Tag, an dem ich zum ersten Mal den Fuß nach Algier gesetzt habe. Es war ein Freitag. Der ächzende Bus, der mich auf dem Umweg über Ghardaïa aus Igidher entführt hatte, kam genau in dem Moment auf dem Platz des 1. Mai zum Stehen, als der Muezzin zum Dohr-Gebet rief. Ich hatte meinen Koffer am Eingang der Moschee abgestellt. Nach dem Gebet stand er immer noch da, nur eine Spur zur Seite geschoben, um den Zutritt in den Gebetsraum freizuhalten. Das war 1967, zu einer Zeit, da man die Nacht verbringen konnte, wo sie einen überraschte, ohne um seinen Geldbeutel bangen zu müssen, geschweige denn um sein Leben.

An jenem Freitag übertraf der Frühling sich selbst. Die Balkons standen in vollem Blütenschmuck, und die Mädchen, eingehüllt in milchige Siegesbanner, dufteten wie Blumenwiesen. Es war die Zeit, da der Zufall die Tage nach dem Vorbild des lieben Gottes schuf – glückliche Tage. Die Straßen luden mich ein, an ihrem Glück teilzuhaben, breiteten Geschäfte, Schaufenster, Grillbuden und lauschige Plätze vor mir aus; und ich, der kesse Bauernjunge in seinem billigen, übergroßen Tergalanzug, der mit seinen breiten Streifen wie ein Sträflingshemd wirkte, in seinem Hemd, dessen gestärkter Kragen das halbe Revers verdeckte, ich paradierte stundenlang umher, mächtig stolz auf mein Cowboy-Koppel mit der mächtigen Gürtelschnalle, auf der zwei versilberte Winchester prangten. Mein Herz schlug beim kleinsten Lächeln auf Frauenlippen höher, ich war in jeden weiblichen Vornamen verliebt.

Mit meinem Gesicht eines Dorfgigolos und meinen nagelneuen Inspektorstressen machte ich mich daran, die Herzen zu erobern. Ich war achtundzwanzig und hatte genausoviel Gründe, die mich glauben ließen, Algerien sei mein.

Und eines Tages, während ich mich als Liebhaber von ganz Algier fühlte, begegnete ich Mina. Im hintersten Winkel der Kasbah, bei einem Färber. Ich war gekommen, um mir eine Krawatte für den Samstagabend auszuleihen. Sie war schon da und wartete auf den Burnus ihres Vaters. Es war ein magischer Moment, von höchster Intensität. In ihren weißen Schleier gepfercht und von meinen dreisten Blicken verschreckt, suchte sie mich mit ihrem Blick in die Schranken zu weisen, wie es sich für Töchter aus besserem Hause geziemt. Aber Mina hatte keinen Blick, sondern riesengroße Augen, die mich rettungslos verzauberten. Seither sehe ich immerzu diese Augen vor mir, wenn die Sonne aufgeht, wenn sich ein hinreißender Anblick auftut, diese Augen, die so schön sind, daß ich mich von ihnen überzeugen ließ, daß die Liebe zu einer einzigen Frau alle Liebe der Welt umfaßt.

Und heute, was blieb vom Algier jener Tage übrig? Die Geschichte wird von der Tragödie Algeriens die Erinnerung an den Irrweg eines Volkes bewahren, das wie unter Zwang stets dem falschen Guru nachlief, und die Erinnerung an eine Affenhorde, welche, die

Gunst der Stunde nutzend, sich mangels Stammbaum auf Brot-
bäume und Galgen spezialisierte. In einem Land, mit dem sich
alles machen ließ – nur kein Staat.

*Es ist zwanzig Uhr zehn, als Leutnant Lino in der Rue des Frères-Mostefa
eintrifft. Die Gehwege sind schwarz vor Menschen. Lichter von Polizei-
autos kreisen langsam durch die Nacht, lassen ihren bläulichen Schein über
die Fassaden huschen. Von den Balkonen herab beobachten die Familien in
unerträglichem Schweigen das Treiben auf der Straße.*

*»Was ist denn jetzt schon wieder los?« brummt Lino und stellt sein Auto
eilig am Bordstein ab. Ein Polizist macht ihm Zeichen, zu verschwinden.
Lino zückt seine Dienstmarke.*

*»Was ist hier los?«*

*Ohne auf Antwort zu warten, steigt er aus und geht auf die Menge zu,
immer schneller, je näher er dem Ort des Geschehens kommt, läuft schließlich
mit wild klopfendem Herzen drauflos.*

*Er schiebt die Gaffer zur Seite, bahnt sich seinen Weg bis zum Gebäude
mit der Hausnummer 51. Der Anblick, der sich bietet, verschlägt ihm den
Atem.*

*»Nein, das ist nicht wahr«, stammelt er ungläubig, während ihm der
Boden unter den Füßen wegrutscht.*

*Ein Mann liegt am Boden: Es ist Kommissar Llob. Er hat die Augen
verdreht, den Mund weit aufgerissen, den Brustkorb grauenvoll zerfetzt.*

*Lino tastet nach einem Halt, lehnt sich gegen die Mauer, um nicht zu-
sammenzusinken. Doch seine Beine geben nach; er rutscht in Zeitlupe zu
Boden, vergräbt den Kopf in beiden Händen und krümmt sich zusammen.
Aus weiter Ferne hört er, wie jemand sagt:*

*»Sie haben aus einem vorbeifahrenden Wagen auf ihn gefeuert. Sie
haben ihr ganzes Magazin leergeschossen. Sie ließen ihm keine Chance.«*

# Worterklärungen

Zur Bedeutung einiger der vorkommenden Namen:

*Abou Kalybse* – Wortspiel ausgehend von *Apokalyse*. *Abou* (Vater von) und *Kalybse*, dem Kalypse entspricht, da das harte p im arabischen Alphabet nicht existiert.

*Bliss* – Abgeleitet von *Iblis*, dem Namen des Teufels im Koran, wo die Frau mit dem Teufel verglichen wird. 1990 war der Slogan der FIS für die Wahlen: *Dad bliss vote FIS* (Gegen Bliss, wähl den FIS).

*Ghoul* – Menschenfresser; im übertragenen Sinn: böser Besitzer

*Haj Garn* – Horn

*Lankabout* – Spinne

*Nahs* – Unglück


Weitere arabische oder islamische Ausdrücke und Namen, soweit sie nicht als bekannt vorausgesetzt werden (z. B. *Imam, Ramadan, Fatwa*).

Zu beachten ist, daß *Emir* nicht ein Herrschertitel ist, sondern daß in Algerien die Anführer der Islamisten so genannt werden.


*Aïd* – Aïd el-Kebir, das große Opferfest, wichtigstes muslimisches Fest

*allahou aqbar* – arab. »Gott ist groß«

*Allerheiligsten* – gemeint ist das Märtyrerdenkmal (Maqam)

*Astaghfirou Llah!* – arab. »Bitte Gott um Vergebung!«

*Bab El-Oued* – wörtlich »Tor zum Fluß«, Teil der Altstadt von Algier, sehr volkstümlich, Hort der Armut und Zentrum der Islamisten

*Bärtiger* – Synonym für Islamist; auch das spöttisch als »Nachthemd« bezeichnete lange Gewand (Qamis) gehört zu deren äußerlichen Attributen

*Baraka* – arab. »Segen Gottes«

*sich bekreuzigen* – Die französische Kolonialzeit hat im algerischen Alltag und im Sprachgebrauch tiefgreifende Spuren hinterlassen. So gebrauchen auch bekennende Muslime häufig christliche Symbole, Metaphern und Redewendungen.

*Belloumi* – algerischer Fußballstar

*Benak* – umgangssprachliche Abkürzung für Ben Aknoun, einen Stadtteil von Algier *bougnoule* – französisches Schimpfwort für Araber

*die Brüder Barbarossa* – zwei türkische Seeräuber, im 16. Jahrhundert Herrscher über Algier

*Chaaban* – Name des dem Fastenmonat Ramadan vorangehenden Monat

*Chawqi* – Ahmed Chawqi (auch Chawki oder Shawki), 1868–1932; Abbas Mahmud Al-Aqqad (auch Akkad), 1889–1964; Hussein Tawfik Al-Hakim, 1899–1987: ägyptische Dichter, drei der bedeutendsten Autoren der modernen arabischen Literatur. Al-Aqqad, berühmt wegen seines virtuosen Umgangs mit der arabischen Sprache, war auch als kritischer Publizist hoch angesehen, deshalb hier der Vergleich mit Pulitzer.

*Cheb Hasni* – populärster algerischer Sänger

*Chechia* – traditionelle Kopfbedeckung, Fez

*Dechra* – Dorf, Gemeinde

*Tahar Djaout* – algerischer Journalist und Schriftsteller, 1993 ermordet. In *Morituri* zitiert Kommissar Llob als Rechtfertigung für seine Unbeugsamkeit dem Terror gegenüber einen Ausspruch von Djaout: »Wenn du redest, stirbst du, wenn du schweigst, stirbst du. Also rede und stirb.«

*Djazaïr* – Algerien

*Emir* – so werden in Algerien die Anführer der Islamistengruppen genannt

*Ewegh* – stößt in *Doppelweiß* zu Llobs Team, Angehöriger des Volks der Tuareg

»*Eweghs Ausrutscher*« – siehe die Szene in *Doppelweiß*, in der Ewegh den Geheimdienstoffizier Berrah zusammenschlägt

*Fatiha* – arab. »Die (Er)Öffnende«. Name der ersten Koransure, die bei den täglichen Gebeten und bei besonderen Anlässen rezitiert wird, also im religiösen Leben der Muslime eine dem Vaterunser ähnliche Rolle spielt.

*Gandura* – langer hemdartiger Überwurf

*GIA* – »Groupe islamique armé« (»Bewaffnete islamische Gruppe«)

*Habibo* – arab. Habib: »Liebling«, »Schätzchen«

*Hadith* – arab. »Rede, Gespräch, Erzählung, Bericht«; verbürgter Ausspruch des Propheten Mohammed. Die Hadith-Sammlungen reflektieren die Lebensgewohnheiten (»Sunna«) des Propheten und gelten neben dem Koran als Hauptquelle des Islam.

*Hadsch* – arab., eigentlich Mekkapilger; generell respektvolle Anrede für ältere Männer

*Haj Garne* – Figur aus *Morituri*

*Hammam* – Dampfbad

*hawzi-Musik* – algerische Musikrichtung, die aus dem klassischen und volkstümlichen Repertoire gleichzeitig schöpft

*Hijab* – arab.»Schleier«, »Kopfbedeckung«. Das traditionelle Gewand der iranischen Frauen hat in den letzten Jahren durch die Islamisten als Ausdruck starker Religiosität auch in Algerien Einzug gehalten, wo es im Gegensatz zur Vielfalt der regionalen Trachten steht.

*Hitiste*–»der die Mauer abstützt«: übliche Bezeichnung für die arbeitslosen Jugendlichen, die auf den Straßen der algerischen Städte herumlungern

*Huri*–Jungfrau, die nach islamischem Glauben im Paradies dem Gläubigen zur Frau gegeben wird

*Idir*–Künstlername; einer der bekanntesten zeitgenössischen Berbersänger

*Igidher*–Berberdorf in der Kabylei (östlich von Algier). Kabylen (von arab.»qibla« = Stamm) heißen die algerischen Berber, die 20–30 Prozent der Gesamtbevölkerung Algeriens ausmachen. Sie gelten traditionell als»rebellisch« und stehen in Opposition zum totalitären Regime, das ihre sprachliche und kulturelle Besonderheit unterdrückt.

*Khmej*–Unrat, Dreck

*Lalla*–»Gnädige Frau«, »Madame«: übliche Anrede für ältere Damen

*Lang, Jack*–populärer französischer Kulturminister

*Madame Claude*–berühmte Organisatorin von Sexorgien in Frankreich

*Maquis*–Widerstandsbewegung im algerischen Freiheitskampf gegen die französische Kolonialmacht

*Marabout*–für den Maghreb typisches Kuppelgrab eines islamischen Heiligen

*Méchoui*–Hammel am Spieß, arabisches Festessen

*MIA*–»Mouvement islamique armé« (»Bewaffnete islamische Bewegung«)

*Minbar*–Kanzel der Moschee

*Moudjahid, Moudjaheddin* (Pl.) – Kämpfer im algerischen Befreiungskrieg gegen die Franzosen (1954–1962)

*Moulana*–arab.»unser Herr(gott)«

*Mouloudia*–beliebte Fußballmannschaft

*Moutonnière*–Name der Schnellstraße, die nahe der Küste vom Flughafen zur Stadt führt

*Ninja* – algerische Spezialeinheit zur Terroristenbekämpfung

*Odaliske* – weiße Sklavin in einem türkischen Harem

*Patriot* – »Patrioten« oder »Selbstverteidigungsgruppen« nennen sich in Algerien die von staatlicher Seite bewaffneten Milizen, die die Bevölkerung vor den islamistischen Terroristen beschützen bzw. selbst Anschläge und militärische Offensiven gegen die Terroristen durchführen. In einigen Gegenden ersetzen sie faktisch die Sicherheitskräfte.

*Qamis* – arab. »Hemd«. Das bis zu den Füßen verlängerte Oberhemd, wie es vor allem die Männer in den arabischen Emiraten tragen, gehört in Algerien neben dem Vollbart zu den typischen Attributen der Islamisten.

*Raïs* – Staatspräsident

*SAS* – »Section administrative spécialisée«: in etwa »Sonderverwaltungseinheit«, 1955 von den Franzosen zur psychologischen Kriegsführung gegen die Bevölkerung geschaffen

*Sonacome* – staatlicher algerischer Automobilhersteller, der das Monopol auf Ersatzteile hat

*Taghout* – Diktator. Wird von den Islamisten für alle Angestellten der Regierung verwendet, bis hin zu den kleinsten Polizisten.

*Targi, Tuareg* (Pl.) – Bewohner der Targa, einem Tal im Fezzan in der Sahara

*Towarischtsch* – russ. »Genosse«

*Zawali* – »armer Kerl«

*Zuave* – »zu den Zuaven gehen«: hier allgemein: sich in die französische Armee einberufen lassen. Zouaven oder Zuaven (benannt nach einem algerischen Berberstamm, der besonders tapfere Soldaten für das türkische Heer, dann für die Franzosen stellte) hießen die Mitglieder eines später nicht mehr ausschließlich aus Berbern bestehenden französischen Kolonialcorps in türkischer Tracht.

# Yasmina Khadra
## (Pseudonym von Mohammed Moulessehoul)

Mohammed Moulessehoul, geboren 1955 in Kenadsa in Algerien, wurde von seinem Vater für eine militärische Laufbahn vorgesehen und mit neun Jahren in eine Kadettenschule geschickt. Er brachte es bis zum hohen Offizier in der algerischen Armee. Seit den achtziger Jahren verfolgte er eine parallele Karriere als Schriftsteller; für seine zunächst in Algerien publizierten Romane erhielt er 1986 den Großen Preis der Stadt Oran. Die Kriminalromane mit Kommissar Llob, Mohammed Moulessehouls alter ego, entstanden in den neunziger Jahren und sind seine Antwort auf Bürgerkrieg und Fanatismus – nach ei-

Foto Brigitte Friedrich

gener Aussage »eine möglichst getreue Analyse der Tragödie, die mein Land erschüttert«. Die verschärften Zensurbestimmungen für Armeeangehörige konnte er nur durch die Veröffentlichung unter Pseudonym umgehen. Er nahm den Rat (und den Namen) seiner Frau an, die zu ihm sagte: »Du hast mir Deinen Namen für das Leben gegeben, jetzt gebe ich Dir den meinen für die Nachwelt.« Erst nachdem er im Herbst 2000 die Armee verlassen hatte und ins Exil gegangen war, konnte er das Geheimnis um seine Identität lüften. Zur Zeit lebt er mit seiner Familie in Frankreich. Seine Bücher veröffentlicht er weiterhin unter dem Namen Yasmina Khadra.

Mehr über den Autor auf *www.unionsverlag.com*

# Bibliografie

Die Kommissar-Llob-Romane:
*Le dingue au bistouri* (1990); *La foire des enfoirés* (1993); *Morituri* (1997, dt. *Morituri,* 1999); *Double Blanc* (1997, dt. *Doppelweiß,* 2000); *L'Automne des chimères* (1998, dt. *Herbst der Chimären,* 2001); *La part du mort* (2004; dt. *Nacht über Algier,* 2006).

Weitere Werke:

*Houria* (1984); *La fille du pont* (1985); *El Kahira* (1986); *De l'autre côté de la ville* (1988); *Le privilège du phénix* (1989); *Les agneaux du Seigneur* (1998; dt. *Die Lämmer des Herrn,* 2004); *A quoi rêvent les loups* (1999, dt. *Wovon die Wölfe träumen,* 2002); *L'Écrivain* (2001); *L'imposture des mots* (2002); *Les hirondelles de Kaboul* (2002; dt. *Die Schwalben von Kabul,* 2003); *Cousine K.* (2003); *L'attentat* (2005; dt. *Die Attentäterin,* 2006); *Les Sirènes de Bagdad* (2006).

# Die Übersetzer

*Regina Keil-Sagawe,* geboren 1957 in Bochum, studierte Romanistik, Germanistik und Orientalistik in Bonn, Paris und Heidelberg. Sie hat zahlreiche Werke zur Literatur des Maghreb veröffentlicht und ist Vorsitzende des Maghreb-Romanisten-Verbandes. Regina Keil-Sagawe übersetzt aus dem Französischen (u. a. Driss Chraïbi, Mohammed Dib, Habib Tengour) und lehrt an den Universitäten von Heidelberg, Brüssel und Rabat.

*Bernd Ziermann,* geboren 1970 in Innsbruck geboren, studierte Romanistik, Philosophie und Filmwissenschaften in Innsbruck und Lille. 1994 erhielt er den Stefan-George-Preis für junge Übersetzer. Seit 1999 Lehrtätigkeit.

# Bilder eines »unsichtbaren« Krieges

Nachwort von Beate Burtscher-Bechter

Als in Frankreich im März 1997 mit *Morituri* (dt. *Morituri,* Haymon-Verlag 1999; Taschenbuchausgabe Unionsverlag 2001) der erste Band der Kriminalromantrilogie um Commissaire Llob unter dem weiblichen Pseudonym Yasmina Khadra erschien, wurden bereits erste Zweifel laut, ob die in rauhem Ton geschilderten Ereignisse und die ungeschminkte Darstellung blutiger Auseinandersetzungen tatsächlich aus der Feder einer Frau stammten. Hartnäckig hielt sich auch nach der Veröffentlichung von *Double blanc* (1997, dt. *Doppelweiß,* Haymon-Verlag 2000; Taschenbuchausgabe Unionsverlag 2002) und *L'Automne des chimères* (1998, dt. *Herbst der Chimären,* Haymon-Verlag 2001; Taschenbuchausgabe Unionsverlag 2002), dem zweiten und dritten Band der Trilogie, die unterschiedlichsten Gerüchte um die Identität des Autors.

Die Überraschung war dennoch groß, als Yasmina Khadra im September 1999 in einem Exklusivinterview für die französische Tageszeitung *Le Monde* gestand, daß sich hinter dem weiblichen Pseudonym ein Mann verberge, der sich nach wie vor in Algerien aufhalte und aus Sicherheitsgründen zur Anonymität verurteilt sei.

Noch größer war das Erstaunen, als der Autor im Januar 2001 vor die französische Öffentlichkeit trat und seine wahre Identität preisgab: Mohammed Moulessehoul – so der richtige Name des Autors – diente bis zu seiner Emigration im Herbst 2000 als hoher Offizier in der algerischen Armee. Parallel dazu war er viele Jahre hindurch als Schriftsteller tätig und hatte in Algerien bereits mehrere Romane unter seinem richtigen Namen publiziert. Als er sich Ende der achtziger Jahre aufgrund eines dementsprechenden Erlasses gezwungen sah, seine Schriften vor der Veröffentlichung einer Zensurbehörde zu unterwerfen, entschied er, eher mit dem Schreiben aufzuhören, als sich solchen Maßnahmen unterzuordnen.

Schließlich gab der Autor seine Werke ab diesem Zeitpunkt unter einem Pseudonym heraus. So erschienen Anfang der neunziger Jahre zwei Kriminalromane (*Le dingue au bistouri,* 1990, und *La foire des enfoirés,* 1993) unter dem Namen Commissaire Llob in Algerien. Daß die folgende Kriminalromantrilogie unter einem weiblichen Pseudonym veröffentlicht wurde, ist anderen Umständen zuzuschreiben: Da sich die Ehefrau des Autors um die Veröffentlichung seiner Werke im Ausland kümmerte (aufgrund der angespannten Lage und der bürgerkriegsähnlichen Auseinandersetzungen in Algerien war es undenkbar geworden, die Werke im Land selbst zu publizieren), mußten die Verleger annehmen, es mit einer Autorin zu tun zu haben. Die Gattin des Autors nahm aber nicht nur dessen Geschäfte in die Hand, sie »schenkte« ihm auch ihren Namen: »Tu m'a donné ton nom pour la vie, je te donne le mien pour la postérité. – Du hast mir deinen Namen fürs Leben gegeben, ich gebe dir den meinen für die Nachwelt.« Auch wenn die Identität des Autors heute bekannt ist, hat er sich dafür entschieden, seine Werke weiterhin unter dem Pseudonym Yasmina Khadra zu veröffentlichen; dies aus Dankbarkeit, aber auch aus Respekt vor dem Mut und der Tapferkeit, die die algerischen Frauen im gegenwärtigen Konflikt aufbringen.

So sind nach den zuvor genannten Büchern drei weitere Romane des Autors unter dem Namen Yasmina Khadra erschienen: In *Les agneaux du Seigneur* (1998; dt. *Die Lämmer des Herrn,* 2004) und *A quoi rêvent les loups* (1999, dt. *Wovon die Wölfe träumen,* 2002) setzt er die in seinen Kriminalromanen begonnene Beschreibung und Analyse der Kriegsereignisse in Algerien fort; in *L'Écrivain* (2001), jenem autobiographischen Roman, den er parallel zur Preisgabe seiner Identität im Januar 2001 veröffentlichte, zeichnet er seinen militärischen Werdegang nach, der im Alter von neun Jahren begann, als sein Vater ihn in der Kadettenschule von El Mechouar allein zurückließ.

Die fünf Werke, die Yasmina Khadra in der zweiten Hälfte der neunziger Jahre veröffentlicht hat, bilden eine thematische Einheit, ging es dem Autor doch darum, unterschiedliche Aspekte des blutigen Konflikts, der seit mehr als einem Jahrzehnt Algerien erschüttert, ans Licht zu bringen und unverblümt zu dokumentieren. So entlarvt er in seinen Kriminalromanen die Rolle korrupter Regierungsmitglieder, die aufgrund ihrer Inkompetenz und Bestechlichkeit den Aufstieg der algerischen Finanzmafia ermöglichten, und macht deutlich, daß die Mitglieder dieser kriminellen Organisation wichtige Schaltstellen innerhalb des Staatsapparates besetzen und als die wahren Drahtzieher des Konflikts anzusehen sind. In *Die Lämmer des Herrn* beschreibt Khadra, wie die Hoffnungslosigkeit weiter Bevölkerungsteile zur Plattform fundamentalistischen Gedankenguts wird und ein ganzes Dorf in die Maschinerie der Gewalt stürzt. Aus der Sicht eines fundamentalistischen Führers stellt der Autor in *Wovon die Wölfe träumen* schließlich die Motive dar, die einen jungen Mann zu einem grausamen Mörder im Namen Gottes machen.

Explizit thematisiert Yasmina Khadra die kriegerischen Auseinandersetzungen in Algerien, die den Angaben des derzeitigen algerischen Präsidenten Abdelaziz Bouteflika zufolge schon über 100 000 Menschenleben gefordert haben. Diese literarischen Darstellungen erweisen sich als um so interessanter, als dieser Konflikt sowohl für Analysten als auch für Außenstehende immer undurchsichtiger und verworrener erscheint, je länger er andauert.

Der Grund dafür liegt unter anderem darin, daß dieser Krieg nur wenige Anhaltspunkte bietet, die eine kohärente Darstellung ermöglichen. So gibt es beispielsweise kein eindeutiges Ereignis, das den Beginn der Auseinandersetzungen markiert. Der Ausbruch des Krieges erfolgte schrittweise und reicht bis 1988 zurück, als sich im Oktober der aufgestaute Zorn der algerischen Bevölkerung in einem spontanen Aufstand entlud. Auf offener Straße protestierten die Algerier gegen Korruption und Mißwirtschaft des seit der Unabhängigkeit im Jahr 1962 allein regierenden FLN *(Front de libération nationale – Nationale Befreiungsfront)*. Das Volk verlangte politische und wirtschaftliche Reformen und forderte Freiheit und Demokratie.

Angesichts der massiven Proteste wurde ein Prozeß eingeleitet, der eine Liberalisierung des Parteiensystems nach sich zog und zu einer Legalisierung des bis dahin verbotenen FIS *(Front islamique du salut – Islamische Heilsfront)* führte. Der überlegene Wahlsieg dieser neuen Oppositionspartei bei den Kommunalwahlen des Jahres 1990 und der hohe Stimmenanteil, den der FIS im ersten Wahlgang der Parlamentswahlen 1991 für sich verbuchen konnte, brachten die Unzufriedenheit weiter Bevölkerungskreise mit dem immer noch regierenden FLN und seinem korrupten Beamtenapparat erneut zum Ausdruck.

In der Folge wurde Präsident Chadli Benjedid am 11. Januar 1992 von der Armee zum Rücktritt gezwungen und der zweite Wahldurchgang annulliert. Neben den Oktoberaufständen des Jahres 1988 markiert dieses Datum einen weiteren Schritt hin zu jener bewaffneten Auseinandersetzung, die bis heute andauert.

Nach der Übernahme der Macht durch das algerische Militär wurde ein *Haut Comité d'Etat (Hohes Staatskomitee)* eingesetzt, um die Staatsgeschäfte zu lenken. Mit Mohamed Boudiaf trat ein ehemaliger Befreiungskämpfer im Unabhängigkeitskrieg gegen die französische Kolonialmacht und historischer Führer des FLN an die Spitze dieses Komitees, um die dringend notwendigen Reformen im Land einzuleiten. Die Ermordung von Mohamed Boudiaf am 29. Juni 1992 in Annaba durch ein Mitglied des Sicherheitsdienstes stürzte das Land endgültig ins Chaos und bildet somit die letzte Etappe auf dem Weg Algeriens in den Bürgerkrieg.

In den Sommermonaten des Jahres 1992 erschütterte eine erste Welle von Terroranschlägen das Land, die in einen bewaffneten Kampf zwischen verschiedenen militanten Gruppierungen der Fundamentalisten und der Armee mündeten. Unter General Liamine Zéroual, der 1994 zum Staatspräsidenten ernannt wurde, erreichten der blindwütende Terror und die Kämpfe zwischen den Fundamentalisten und den Militärs einen weiteren traurigen Höhepunkt. Mit seinem Aufruf zur nationalen Aussöhnung und der Begnadigung Tausender inhaftierter Fundamentalisten ließ der im April 1999 neu gewählte Staatschef Abdelaziz Bouteflika Hoffnung auf eine Aussöhnung aufkommen. Die Terroranschläge in der ersten Hälfte des Jahres 2001 machten diese Hoffnungen aber weitgehend zunichte.

Die Tatsache, daß sich die Fronten zwischen der algerischen Regierung und den Militärs auf der einen Seite und den fundamentalistischen Gruppierungen auf der anderen Seite im Laufe des Konflikts mehr und mehr verwischt haben und es sich auch nicht um einen ›klassischen‹ Bürgerkrieg handelt, in dem sich zwei Interessengruppen oder deren organisierte Armeen gegenüberstehen, macht eine Einschätzung der Situation sehr schwierig. Wie bei vielen innerstaatlichen Auseinandersetzungen sind auch in diesen verworrenen Krieg zwischen den algerischen Militärs und den Fundamentalisten zahlreiche andere Konflikte verwoben, ohne deren Kenntnis eine umfassende Beurteilung der Lage unmöglich ist und die die Gesamtsituation noch undurchsichtiger erscheinen lassen: So spielen bei den kriegerischen Auseinandersetzungen Machtkämpfe unterschiedlicher Clans eine wesentliche Rolle; weiters wird der Krieg maßgeblich von wirtschaftlichen Interessen mitbestimmt, vor allem von jenen der großen Konzerne, die die Erdölförderung im Süden des Landes kontrollieren: schließlich spiegelt sich im Konflikt auch die lange Geschichte eines Landes, die von Gewalt gekennzeichnet ist.

Hinzu kommt, daß sich in Algerien im Verlauf vieler Jahre eine mächtige Finanzmafia durch Korruption und Gewinne im Erdölgeschäft ein regelrechtes Imperium aufbauen konnte und bis heute ihren Einfluß und ihre Macht auf höchster politischer Ebene geltend macht. Ihre Angehörigen sind die wahren Regenten des Landes, und sie nehmen auch innerhalb des Konflikts eine einflußreiche Position ein. Die blutigen Kämpfe haben all diese Probleme nach und nach ans Licht gebracht. Dennoch bleiben die Interessen, die in den bürgerkriegsähnlichen Auseinandersetzungen verfolgt werden, weitgehend undurchschaubar. Das grausame Morden entbehrt jeder Logik, und es bleibt unmöglich, den wahren Grund für das Blutvergießen festzumachen. Wie bei jedem Konflikt profitieren einige wenige von den Auseinandersetzungen; die Vermutung dürfte stimmen, daß vor allem sie es sind, die den Krieg, in dem es längst nicht mehr um konkrete Inhalte geht, aus skrupelloser Profitgier in Gang halten. Darüberhinaus hat der Konflikt mittlerweile eine große Eigendynamik entwickelt, die es noch schwieriger macht, dem Grauen ein Ende zu bereiten.

Die »Undurchsichtigkeit« des Konflikt wird durch seine »Unsichtbarkeit« verstärkt, wie der bekannte Historiker und renommierte Algerienspezialist Benjamin Stora in seinem Buch *La guerre invisible. Algérie, années 90* (Paris 2001) verdeutlicht. Obwohl die kriegerischen Auseinandersetzungen zwischen der algerischen Armee und den unterschiedlichen fundamentalistischen Grupierungen schon mehr als zehn Jahre andauern, bleiben die Bilder, die an die Öffentlichkeit dringen, auf einige Ausnahmen beschränkt. Nur wenige Fotos und Filmaufnahmen dokumentieren die Situation in dem krisengeschüttelten Land und die Grausamkeit, mit der dieser Krieg geführt wird. In einer Zeit, die von einer medialen Bilderflut geprägt ist, wirkt ein Krisenherd, von dem es kein Bildmaterial gibt, unfaßbar und suspekt. Angesichts des Fehlens von Bildern scheint sich der Konflikt irgendwo in einer unsichtbaren Welt abzuspielen, und die Berichte von blutigen Attentaten und grausamen Massakern, die an die Öffentlichkeit gelangen, werden von einer Aura der Unsicherheit, der Irrealität und des Zweifels umgeben.

Die verfeindeten Gruppen in Algerien sind durchaus daran interessiert, daß der Krieg weiterhin »unsichtbar« bliebt. Für ausländische Berichterstatter ist es nahezu unmöglich, ein Visum zu erhalten, und die Journalisten, die sich vor Ort befinden, werden durch restriktive Gesetze und Erlasse in Schach gehalten. Neben den Verboten, die von Seiten der algerischen Regierung ausgesprochen werden, sind sie den Drohungen der Fundamentalisten ausgesetzt und damit auch auf diese Art zum Schweigen verurteilt.

Dennoch – oder gerade deshalb – sind seit Ausbruch des Krieges so viele Werke algerischer Autoren und vor allem Autorinnen erschienen wie nie zuvor. Vor allem Frauen haben ihre Kriegserlebnisse in autobiographischen Schriften verarbeitet und Zeugnis abgelegt von den Greueln dieses Konflikts. Viele von ihnen sind zwischenzeitlich wieder verstummt, war doch für sie das Schreiben weniger ein literarischer Akt als vielmehr eine Möglichkeit, die Erlebnisse persönlich zu verarbeiten. Parallel dazu brachte der Konflikt aber auch eine neue Generation von Autoren hervor, welche für die algerische Literatur ungewöhnliche Darstellungsweisen wählten, um die Grausamkeit und die Undurchsichtigkeit dieses Krieges zu vermitteln. Zu letzteren zählt auch Yasmina Khadra, greift der Autor mit der Gattung des Kriminalromans doch zu einem für Algerien untypischen Genre, um die Hintergründe des Blutvergießens zu beleuchten.

Die Anfänge des algerischen Kriminalromans in französischer Sprache finden sich zu Beginn der siebziger Jahre, als eine Reihe von Spionageromanen den Grundstein für die Verankerung der Gattung in Algerien legte. Erst zwei Jahrzehnte später erreichte das Genre mit den Romanen von Yasmina Khadra sprachlich, inhaltlich und formal ihren ersten Höhepunkt. Mit dem *roman noir,* einer Untergattung des Kriminalromans, in dem die beiden Handlungsstränge von Verbrechen und deren Aufklärung parallel verlaufen, fällt die Wahl des Autors auf ein Genre, das sich weiters dadurch auszeichnet, daß die Ermittlungen mit der Enthüllung und Darstellung spezifischer soziokultureller Aspekte verknüpft werden. Die Gattung enthält also ein kritisches Potential, das Yasmina Khadra vor allem in *Morituri* und *Doppelweiß* für die Darstellung des Konflikts in Algerien voll ausschöpft. Diese *littérature de temps de crise (Literatur der Krisenzeit),* wie Jean-François Vilar den *roman noir* bezeichnet, bring im Vergleich zum klassischen Rätselroman à la Agatha Christie auch keine definitiven Lösungen mehr, und es gelingt den Helden am Ende der Romane nur noch vereinzelt, die wahren Täter zu fassen und die alte Ordnung sowie die damit verbundene Sicherheit wieder herzustellen. Ermittlungen können meist nur noch punktuell erfolgreich abgeschlossen werden, aber auch in diesen Fällen sind Schuld und Gerechtigkeit relativ, und bei den Ermittlern bleiben am Ende immer Zweifel und ein Gefühl von Bitterkeit zurück. Zieht man diese Gattungsmerkmale in Betracht, wird evident, daß Yasmina Khadra im *roman noir* ein maßgeschneidertes Genre gefunden hat, um die verworrene und ausweglose Situation in Algerien zu verarbeiten.

Der Kriminalroman bietet sich aber auch auf ästhetischer Ebene für die Darstellung des blutigen Konflikts an und ermöglicht dem Autor, »Bilder« von den Ereignissen in Algerien zu vermitteln, die normalerweise nicht an die Öffentlichkeit dringen. Der schnelle Rhythmus, die kurzen Sätze und knappen Beschreibungen, der effiziente und oft nervöse Stil, typisch für den *roman noir* ganz allgemein, erinnern an Momentaufnahmen, die Kriegsberichterstatter oft im Verborgenen und in aller Eile machen müssen. Wie die Bilder eines Fotografen, der keine Zeit hat, lange zu überlegen und auf dem Objekt zu verweilen, bevor er auf den Auslöser drückt, so präsentieren sich auch die Momentaufnahmen der kriegerischen Auseinandersetzungen in Algerien bei Yasmina Khadra. Die knappen aber äußerst präzisen Beschreibungen von Anschlägen und Opfern, die literarischen »Bilder« machen den Konflikt »sichtbar«. Das hat nichts mit Voyeurismus oder Sensationslust zu tun, vielmehr geht es dem Autor um eine möglichst authentische Darstellung: »Mes romans sont durs à l'image de la réalité algérienne. Je rends compte d'une tragédie. Une tragédie insoutenable. – Meine Romane sind hart, weil das der algerischen Realität entspricht. Ich lege Rechenschaft ab über eine Tragödie, die unerträglich ist«, sagt Yasmina Khadra in einem Interview. Indem der Autor jene »Bilder« des Krieges in Algerien in seine Romane einfügt, die der Öffentlichkeit vorenthalten werden, trägt er dazu bei, daß dieser Konflikt auch von den nicht unmittelbar Betroffenen wahrgenommen wird und daß dieser Krisenherd auch außerhalb Algeriens in den Köpfen der Menschen Gestalt annimmt und zu existieren beginnt.

Der Suche nach der »Wahrheit«, die das Genre des Kriminalromans charakterisiert, kommt in Zusammenhang mit der Algerienkrise eine besondere Bedeutung zu. So geht es Yasmina Khadra nicht vorrangig darum, Mordfälle und Verbrechen aufzuklären; vielmehr stehen der blutige Konflikt und seine Hintergründe im Zentrum der Untersuchungen, die Commissaire Llob, der brummige, aber sensible Protagonist der Serie, dessen Name auf Arabisch soviel bedeutet wie »harter Kern, weiches Herz«, durchführt. Diesem Auftrag kommt Brahim Llob in einer Doppelrolle nach, nämlich als Kriminalbeamter und als Schriftsteller. Der Ich-Erzähler Llob wird als gefeierter Autor präsentiert, der aber in *Herbst der Chimären,* dem letzten Band der Trilogie, wegen der Veröffentlichung von *Morituri* vorübergehend vom Polizeidienst suspendiert wird. Dieses selbstreflexive Spiel gibt dem realen Autor die Möglichkeit, die Aufnahme seiner Romane in Algerien zu kommentieren und durch die Einbindung kritischer Stellungnahmen den Zündstoff, den die Romantrilogie enthält, herauszustreichen. Es gab ihm zum Zeitpunkt des Erscheinens der Romane in Frankreich aber auch Gelegenheit, auf die Gefahren aufmerksam zu machen, denen er sich selbst als schreibender Offizier ausgesetzt hatte.

Je undurchdringlicher die Lage und je aussichtsloser die Ermittlungen für Llob als Kommissar werden, um so mehr Raum nehmen die kritischen Stellungnahmen des Schriftstellers Llob in den Romanen ein. Wenn im im letzten Band nicht nur der Kommissar, sondern auch der Autor Llob scheitert, wird auf sehr eindringliche Art deutlich, daß es in Algerien keinen Platz für kompromißlose Idealisten und auch kaum Aussicht auf ein Ende des Konflikts gibt.

Dennoch, trotz der Aussichtslosigkeit der Lage und des hohen Preises, den der Kommissar und Schriftsteller am Ende von *Herbst der Chimären* bezahlt, kann der Weg, den Commissaire Llob in der Romantrilogie von Yasmina Khadra geht, als eine mögliche – wahrscheinlich die einzige – Antwort auf die Frage nach dem Ausweg aus der Krise gelesen werden: »Dans une Algérie qui se cherchait désespéremment, parmi les angles morts et les feux de la rampe, alors que chacun s'enrageait à se frayer une place au soleil, Brahim marchait droit. – In einem Algerien, das verzweifelt auf der Suche nach sich selber war, ging Brahim, gleich ob im Schatten oder im Rampenlicht, während jeder um seinen Platz an der Sonne buhlte, aufrecht und geradlinig seinen Weg.«

# Yasmina Khadra über …

… Terrorismus:

Es ist ein Fehler, in der Gewalt nur eine Panne zu sehen. Die Gewalt ist eine Realität. Man wird Terrorist, wie man zum Beispiel Taxifahrer wird. Wenn man ein Underdog ist, nirgends seinen Platz findet und seelisch nicht mehr weiterweiß, dann macht man eines Tages bei jedem mit, der sich als Freund ausgibt.

Die Extremisten wissen genau, daß die Welt ohne sie bestens funktioniert und sie nie an die Macht gelangen werden. Der Extremismus ist ganz grundsätzlich die morbide Gier, Zerstörung anzurichten, wo immer es geht.

Für den Moment hat Algerien alles getan, um dem Islamismus ein Ende zu bereiten. Algerien hat das allein getan. Wir haben den Krieg gegen den Islamismus geführt. Und das ist der wahre Dschihad: die Verteidigung unserer Religion gegen die islamistische Scharlatanerie. Aber der Westen hat sich von uns abgewandt. Jetzt muß er feststellen, daß der Islamismus nicht das Problem schwacher Nationen ist. Daß er sich auch gegen die richten kann, die ihn geschaffen haben.

Der Krieg gegen die Islamisten ist keine militärische oder politische Angelegenheit, sondern eine kulturelle. Ich finde es völlig abwegig zu glauben, man könne Leuten drohen, die doch beschlossen haben, alles hinter sich zu lassen, was Leben bedeutet. Man kann einen Islamisten weder einschüchtern noch terrorisieren. Das einzige Mittel, ihm zu helfen, ist, ihn zu überzeugen. Ihm zu beweisen, daß er sich im Irrtum befindet. Und das ist die Aufgabe der Intellektuellen. Islam und Extremismus sind keine Synonyme. Der Extremismus, der zu Verbrechen wie jenen in den USA führt, ist die Negation des Islam schlechthin. Ohne diese Tatsache begriffen zu haben, ohne sich die Mühe zu machen, das Wesen des Islam besser zu verstehen, wird der Westen nichts gegen den extremistischen Terror ausrichten können.


… Algerien:

In Algerien wollten die wenigen Reichen aus einem sozialistischen Land ein kapitalistisches machen, zu ihrem Vorteil. Aber wie bringt man ein in Armut lebendes Volk dazu, Milliardären nicht zu mißtrauen? Man mußte das Land destabilisieren. Für die große Mehrheit der Menschen war der Konflikt politisch-ideologisch motiviert. Dazu sage ich ein klares Nein! Die wahre Krise Algeriens ist eine Krise der

Zivilgesellschaft. Algerien hat eigentlich keine Tradition der Freiheit. Es gibt zwei Algerien: das Algerien der Macht und das Algerien des Volkes. Das Algerien derer, die alles haben, alles plündern, Einfluß haben und auf der anderen Seite das Algerien der Opfer, der völlig Verarmten, Erniedrigten, Isolierten, Ausgeschlossenen. Deshalb hatten die Islamisten auch keine Probleme, so viele Menschen für ihre Ideale zu mobilisieren.

… Kommissar Llob:
Diese Figur hat mir während des Krieges moralisch sehr geholfen. Er war mein Freund, er hat die Mitternacht erträglich gemacht, denn ich konnte nicht mehr schlafen. Ich hatte furchtbare Alpträume. Jeden Tag habe ich Freunde verloren, ich war traumatisiert von Szenen, die ich erlebt hatte: Massaker, zerstückelte Kinder.

Meine Absicht war, eine Figur zu entwerfen, die sehr nah am Durchschnittsalgerier ist. Und da ist der Kommissar Llob extrem repräsentativ. Er gibt sich alle Mühe, ein aufrechter Mann zu sein, aber er ist auch ein Macho; und manchmal mißbraucht er seine Überlegenheit, etwa bei seinem Untergebenen, den er immer niedermacht. Er hat Angst vor seinen Vorgesetzten, wie alle Algerier. Vorgesetzter zu sein, ist keine Frage von Kompetenz, sondern eine Frage von Bedrohlichkeit. Wer droht, wird gefürchtet.

… Literatur:
Es ist der Text, der uns erklärt, wer wir wirklich sind. Das beste Medium ist der Kriminalroman, eine formal schlichte, ja demütige Gattung. Nicht ich habe den Kriminalroman gewählt, es sind vielmehr meine Figuren, die mir die Gattung aufzwingen, in der sie sich entwickeln wollen. Was die Wahl dieser Gattung betrifft, habe ich nicht den geringsten Komplex. Ich mag diese Form. Man kann sie trotz ihrer klaren Vorgaben unendlich variieren, und sie erlaubt mir, unsere Gesellschaft darzustellen, wie ich sie sehe.

Literatur ist eine Sublimierung. Sie erhebt einfache Leute in den Rang von Menschen, macht aus ihnen verantwortungsbewußte und aufgeklärte Personen, die Sicherheit geben. Ein Land ohne Kultur ist wie ein ungenütztes Gelände, das nach und nach zur Schutthalde wird und allem möglichen Ungetier ausgesetzt ist. Es gibt kein größeres Unheil als ein Leben ohne Poesie. Ich bin so zum Schreiben gekommen, wie man auf die Welt kommt, nämlich auf die natürlichste Art und Weise.

Ich sehe die Aufgabe des Schriftstellers darin, sich immer angemessen zu verhalten, seinen scharfen Verstand einzusetzen. Seine Aufgabe ist es, das Gewissen wachzurütteln. Schreiben war für mich überlebenswichtig. Ich mußte schreiben. Am Anfang habe ich arabisch geschrieben. Mein Arabischlehrer hat mich ausgelacht, aber mein Französischlehrer hat mir Mut gemacht. Meine Beziehung zur französischen wie auch zur arabischen Sprache ist sehr freundschaftlich.

*(Zitatcollage aus Dutzenden von Interviews, die Yasmina Khadra französischen, deutschen und spanischen Zeitungen und in Radio- und Fernsehsendungen gegeben hat.)*

# *metro* – Spannungsliteratur im Unionsverlag

»Die *metro*-Bände gehören auf jeden Fall zum Besten, was derzeit an sogenannter Spannungsliteratur zu haben ist.« Michaela Grom, Südwestrundfunk

**Guillermo Arriaga** *Der süße Duft des Todes*
In einem kleinen Dorf in Mexiko entsteht aus Lügen eine Wahrheit, von der niemand verschont bleibt.

**Bernardo Atxaga** *Ein Mann allein*
Der große Roman einer vom Scheitern ihrer Revolution enttäuschten Generation – im Rhythmus eines Thrillers geschrieben.

**Mongo Beti** *Sonne, Liebe, Tod*
»Ein schwelgerisches Buch, bunt mäandernd zieht es uns in seinen Bann.« Sächsische Zeitung

**Lena Blaudez** *Spiegelreflex; Farbfilter*
Im westafrikanischen Benin ist Vodou Staatsreligion und damit so real wie Profikiller, Bürokraten und internationale Abzocker.

**Patrick Boman**
*Peabody geht fischen*
»Peabody ist der niederträchtigste Ermittler, der jemals in Szene gesetzt wurde.« WDR

**Driss Chraïbi** *Inspektor Ali im Trinity College*
Inspektor Ali aus Casablanca kombiniert wie Sherlock Holmes und kommt daher wie ein marokkanischer Bauer.

**Liza Cody** *Gimme more*
»Mit Birdie Walker gelingt Cody ein großer, ein wunderbarer Bluff.« Die Zeit

**José Luis Correa** *Drei Wochen im November*
Privatdetektiv Ricardo Blanco ermittelt an einem Ort, den es für die Kriminalliteratur erst noch zu entdecken gilt: Las Palmas auf Gran Canaria.

**Pablo De Santis** *Die Übersetzung; Die Fakultät; Voltaires Kalligraph*
»De Santis ist ein meisterhafter Erzähler. Kafka und Agatha Christie hätten ihr Vergnügen daran.« NDR

**Garry Disher** *Drachenmann; Hinter den Inseln; Flugrausch; Schnappschuss*
»Garry Disher ist zurzeit einer der besten Kriminalschriftsteller der Welt.« WDR

**Giuseppe Fava** *Ehrenwerte Leute*
»Eine höchst temporeiche, fesselnde und literarische Antwort auf die Frage, wie Mafia entsteht und funktioniert.« Doppelpunkt, Nürnberg

**Rubem Fonseca** *Bufo & Spallanzani; Grenzenlose Gefühle, unvollendete Gedanken; Mord im August*
Rubem Fonseca zeichnet witzig, satirisch, virtuos und opulent die Bourgeoisie Brasiliens.

**Jorge Franco** *Paraíso Travel*
»Jorge Franco gehört zu denjenigen kolumbianischen Schriftstellern, an die ich die Fackel mit Freude weiterreiche.« Gabriel García Márquez

**Santiago Gamboa** *Verlieren ist eine Frage der Methode*
In Bogotá gerät der Journalist Silanpa in einen Strudel aus Traum und Albtraum. »Ein raffinierter Großstadt-Krimi.« Der Spiegel

**Jef Geeraerts** *Der Generalstaatsanwalt; Coltmorde; Dossier K.*
»Geeraerts legt die Mechanismen von Korruption, Machtmissbrauch, politischer Gewissenlosigkeit und religiösem Wahn bloß.« ZDF

**Friedrich Glauser** *Schlumpf Erwin Mord; Matto regiert; Der Chinese; Die Speiche; Die Fieberkurve; Der Tee der drei alten Damen*
»An Glauser kommt kein Krimifreund vorbei.« Peter Zeindler

**Chester Himes** *Die Geldmacher von Harlem; Lauf Mann, lauf!; Der Traum vom großen Geld; Fenstersturz in Harlem; Heiße Nacht für kühle Killer*
»Wer Chester Himes' Krimis liest, taucht ab ins tiefste Harlem.« Annabelle

**Jean-Claude Izzo** Die Marseille-Trilogie:
*Total Cheops; Chourmo; Solea*
»Izzo besingt seine Stadt wie ein Liebender.«
*Stadtmagazin Krefeld*

**Stan Jones** *Weißer Himmel, schwarzes Eis;*
*Gefrorene Sonne; Schamanenpass*
»Jones lässt uns in die Seele der Ureinwohner
Alaskas schauen.« *Hessischer Rundfunk*

**H. R. F. Keating** *Inspector Ghote zerbricht*
*ein Ei; Inspector Ghote geht nach Bollywood;*
*Inspector Ghote hört auf sein Herz*
»Ghote gehört in den Pantheon der literarischen Detektive.« *100 Masters of Crime*

**Yasmina Khadra** *Morituri; Doppelweiß;*
*Herbst der Chimären*
»Hier sieht man mal wieder, wie wichtig
Literatur ist.« *Elke Heidenreich*

**Thomas King** *DreadfulWater kreuzt auf*
»King muss als einer der wichtigsten Autoren
der Native Americans gelten.« *Die Welt*

**Bill Moody** *Solo Hand; Moulin Rouge, Las*
*Vegas; Auf der Suche nach Chet Baker;*
*Bird lives!*
»Zwischen jeder Zeile klingt wunderbarer Jazz
durch.« *Badische Zeitung*

**Christopher G. Moore** *Haus der Geister;*
*Nana Plaza; Stunde null in Phnom Penh*
»Konsequente Action, meisterhafte Sprache,
dazu angelsächsischer Humor at its best.«
*DeutschlandRadio*

**Katy Munger** *Beinarbeit; Gnadenfrist;*
*Miststück*
»Eine tolle Heldin: Casey ist eine Mischung aus
Philip Marlowe und Femme fatale.«
*Brigitte Young Miss*

**Peter O'Donnell** *Modesty Blaise –*
*Die Klaue des Drachen; Die Goldfalle; Opera-*
*tion Säbelzahn; Der Xanadu-Talisman*
»Mit Modesty wird es nie langweilig, höchstens
einmal lebensgefährlich.« *Michael Kleeberg, FAS*

**Celil Oker** *Schnee am Bosporus; Foul am*
*Bosporus; Letzter Akt am Bosporus*
»Celil Oker ist der Grandseigneur des türki-
schen Krimis.« *Stuttgarter Zeitung*

**Leonardo Padura** *Adiós Hemingway;*
Das Havanna-Quartett:
*Ein perfektes Leben; Handel der Gefühle;*
*Labyrinth der Masken; Das Meer der Illusionen*
»Wir erleben Havanna live.« *NZZ*

**Pepetela** *Jaime Bunda, Geheimagent*
Was ist die Steigerung von James Bond?
Jaime Bunda, Angolas effizientester Geheim-
polizist!

**Roger L. Simon** *Die Baumkrieger*
»Simon bündelt explosive Konflikte zu einer
spannenden Story.« *Das Magazin*

**Susan Slater** *Die Geister von Tewa Pueblo*
Tewa Pueblo in New Mexico liegt auf kargem
Land. Die Eröffnung eines Spielkasinos
verspricht Reichtum – doch um welchen Preis?

**Clemens Stadlbauer** *Quotenkiller*
»Manchmal glaubt man sich in einem Film der
Marx Brothers.« *Wien Live*

**Paco Taibo II** *Vier Hände*
»Paco Ignacio Taibo II: ein Vagabund auf
diesem Planeten.« *L'Humanité*

**Masako Togawa** *Schwestern der Nacht;*
*Trübe Wasser in Tokio; Der Hauptschlüssel*
»Das Fremde und das Bekannte verschmelzen
geheimnisvoll, die Spannung ist erschreckend.«
*Ruth Rendell*

**Gabriel Trujillo Muñoz** *Tijuana Blues*
»Gabriel Trujillo Muñoz ist der fantasievollste
und originellste Autor Mexikos, eine echte Ent-
deckung.« *Reforma*

**Nury Vittachi** *Der Fengshui-Detektiv;*
*Der Fengshui-Detektiv und der Geistheiler;*
*Der Fengshui-Detektiv und der Computertiger*
»Ein gelungenes Crossover mit Kultpotenzial.«
*Der Standard*

**Helen Zahavi** *Donna und der Fettsack;*
*Schmutziges Wochenende*
»Zahavi gewinnt dem Machtkampf zwischen
Mann und Frau bizarre Seiten ab.« *Stern*

Bestellen Sie unseren kostenlosen Verlagsprospekt:
Unionsverlag, CH-8027 Zürich, mail@unionsverlag.ch